八闋文庫

專題彙編——第三種

福建通俗文學彙編

涂秀虹　主编

2

唐書志傳通俗演義

［明］熊大木　著
胡小梅　點校

海峽出版發行集團
THE STRAITS PUBLISHING & DISTRIBUTING GROUP
海峽文藝出版社

本書整理説明

《唐書志傳通俗演義》是隋唐歷史題材小説的代表性作品之一。作者熊大木，字鍾谷，明代福建建陽人，爲書坊編撰小説、啟蒙讀物及日用類書等。

《唐書志傳通俗演義》現存最早刊本爲建陽書坊楊氏清江堂本，首有嘉靖三十二年（一五五三）江南散人李大年《唐書演義序》，次爲《新刊唐書志傳目錄卷之首》（即人物表）六葉，次爲《新刊秦王演義目錄》五葉。正文八卷八十九節。卷一卷端署「金陵薛居士的本、鰲峰熊鍾谷編集」，可知此書當是熊大木根據「金陵薛居士」本改編而成。書末牌記署「嘉靖癸丑孟秋楊氏清江堂刊」。

本書點校以日本内閣文庫所藏明嘉靖三十二年楊氏清江堂刊本爲底本，參校日本靜嘉堂文庫藏明萬曆二十一年世德堂刊本、中國國家圖書館藏大業堂刊本及日本内閣文庫藏明萬曆四十八年藏珠館刊本《唐傳演義》。

底本卷首目錄標爲九十節，其中第三五、三六節節目爲墨丁。正文第三四節與第三七節之間僅有一節，第八九節之後尚有一節，但節數與節目均爲墨丁。現據世德堂刊本將卷首目錄和正文分目調整爲八十九節。第三、四、六至八卷卷首詩位於「按《唐書》實史節目」前，現據世德堂刊本統一移至「按《唐書》實史節目」後。

底本第五卷第廿三葉原缺，個別書葉殘損而致部分文字殘缺或漫漶，皆據世德堂刊本補。

底本有若干處使用符號「〇」，第三至第八卷卷末原有書名及卷次，均予刪除。

古今字、通假字、符合古籍整理規範的異體字，保留原貌。小説文本常見的同音字、形近字俗寫，若文義大體可通，一般保留原貌。

明顯因形近而訛的誤字，根據實際情況直接改正，如「抖搜」「俏俏」等分别徑改爲「抖擻」「悄悄」等，不出校。影響文義的誤字，據參校本改，並出校。疑似誤字而無可參校者一般按原書照錄。底本部分人名有誤，如「李軌」作「李規」，「黄君漢」作「黄君廓」，「李道宗」作「王道宗」等，據實際情況徑改，不出校。

對於明顯的衍字、漏字等，據參校本删、補，並出校。

承擔本書點校整理工作者：胡小梅，文學博士，福建江夏學院副教授。

目錄

第三卷

第四卷

〔一〕此節目原爲墨丁，據世德堂刊本補。

第五卷

第六卷

〔一〕蘇，原爲墨丁，此據世德堂刊本。

第七〔一〕卷

〔一〕「七」，原作「八」，據世德堂刊本改。

第八卷

唐書演義序

《唐書演義》，書林熊子鍾谷編集。書成以視余，逐首末閱之，似有紊亂《通鑒綱目》之非。人或曰：「若然，則是書不足以行世矣。」余又曰：「雖出其一臆之見，於坊間《三國志》《水滸傳》相仿，未必無可取。且詞話中詩詞檄書頗據文理，使俗人騷客披之，自亦得諸歡慕，豈以其全謬而忽之耶？惜乎全文有欠歷年實跡，未克顯明其事實，致善觀是書者見哂焉。」或人諾吾言而退，余曰：「使再會熊子，雖以歷年事實告之，使其勤渠於斯，迄於五代而止，誠所幸矣。」因援筆識之，以俟知者。

時龍飛癸丑年仲秋朔旦

江南散人李大年識

書林楊氏清江堂刊

人物表

唐臣紀

劉文靜，字肇仁，彭城京兆人。官至光祿大夫，封魯國公。
裴寂，字玄真，蒲州桑泉人。官至司空。
趙文恪，并州人。官至都水監，封新興郡公。
李思行，趙州人。官至嘉州刺史，封樂安郡公。
李高遷，岐州人。官至左武衛大將軍，封江夏郡公。
姜寶誼，秦州上邽人。官至右衛大將軍，封永安縣公。
許世緒，并州人。官至蔡州刺史，封真定郡公。
劉師立，宋州虞城人。官至始州刺史。
劉義節，并州人。官至太府，封葛國公。
錢九隴，字永業，湖州長城人。官至眉州刺史，封巢國公。

樊興，安州人。官至右武侯大〔一〕將軍。
公孫武達，京兆櫟陽人。官至右武衛大將軍。
龐卿惲，并州人。官至右驍衛將軍，封邾國公。
張平高，綏州人。官至丹州刺史。
李安遠，真州人。官至左驍衛大將軍。
屈突通，徒何人。官至工部尚書。
尉遲敬德，名恭，朔州善陽人。官至鄜、夏二州都督，封鄂國公。
張公謹，字弘慎，魏州繁水人。官至襄州都督。
秦瓊，字叔寶，齊州歷城人。官至右武衛大將軍。
唐儉，字茂系，并州晉陽人。官至工部郎中。
段志玄，齊州臨淄人。官至鎮軍大將軍，封褒國公。
劉弘基，雍州池陽人。官至衛尉卿，封夔國公。
殷開山，名嶠，京兆鄠人。官至兵部尚書〔二〕。
劉政會，滑州胙人。官至洪州都督。

〔一〕「大」，原作「將」，據大業堂刊本改。
〔二〕「兵」，原作「民」，據世德堂刊本改。

許紹，字嗣宗，安州安陸人。官至陝州刺史，封安陸郡公。
程咬金，濟州東阿人。官至瀘州都督。
柴紹，字嗣昌，晉州臨汾人。官至鎮軍大將軍。
任瓌，字瑋，廬州合肥人。官至銀青光祿大夫。
丘行恭，洛陽人。官至右衛將軍。
溫大雅，字彦弘，并州祁人。官至禮部尚書，封黎國公。
溫彦博，字大臨，大雅之弟。官至尚書右僕射。
溫大有，字彦將，大雅次弟。官至典校秘閣。
姜謨，秦州上邽人。官至隴州刺史。
杜伏威，齊州章丘人。官至尚書令。
張仕貴，虢州盧氏人。官至左領軍大將軍。
羅藝，字子廷，襄陽人。官至開府儀同三司。
王君廓，并州石艾人。官至光祿大夫。
李靖，字藥師，京兆三原人。官至儀同三司，封代國公。
李勣，字懋功，曹州離孤人。官至太子太師。
侯君集，三水人。官至兵部尚書。
張亮，滎陽人。官至太子詹事。
薛萬均，敦煌人。官至左屯衛大將軍，封潞國公。

薛萬徹，萬均之弟。官至右武衛大將軍。
盛彦師，虞城人。官至武衛將軍，封葛國公。
盧祖尚，字季良，樂安人。官至瀛州刺史。
劉世讓，字元欽，醴泉人。官至彭州刺史，封弘農郡公。
李君羨，武安人。官至左衛府中郎將。
高儉，字士廉，清河人。官至吏部尚書，封許國公。
竇威，字文蔚，平陸人。官至内史令。
竇規，字士則，威之兄子。官至右衛大將軍。
房玄齡，字喬，臨淄人。官至太子少師。
杜如晦，字克明，杜陵人。官至尚書右僕射，封蔡國公。
杜楚客，如晦之弟。官至工部尚書。
魏徵，字玄成，曲城人。官至太子少師。
王珪，字叔寶，郿人。官至禮部尚書。
薛收，字伯襃，汾陰人。官至記室參軍。
馬周，字賓王，茌平人。官至銀青光禄大夫。
李綱，字文紀，觀州蓨人。官至太子少師。
李大亮，涇陽人。官至右衛大將軍。
陳叔達，字子聰，陳宣帝子也。官至禮部尚書。

楊恭仁，隋觀王雄子也。官至洛陽都督。
楊師道，字景猷，恭仁弟。官至太常卿。
封倫，字德彝，觀州蓨人。官至尚書右僕射，封趙國公。
裴矩，字弘大，聞喜人。官至太子詹事、檢校侍中。
宇文士及，字仁人，長安人。官至右衛大將軍。
鄭善果，滎澤人。官至刑部尚書。
鄭元璹，字德芳。官至左武衛大將軍。
蕭瑀，字時文，後梁明帝子也。仕唐，官至特進。
岑文本，字景仁，棘陽人。官至中書舍人。
虞世南，余姚人。官至弘文館學士。
李百藥，字重規，安平人。官至左庶子宗正卿。
褚亮，字希文，錢塘人。官至散騎常侍，封陽翟縣侯。
蘇世長，武功人。官至納言，封溫國公。
韋雲起，萬年人。官至司農卿，封陽城縣公。
孫伏伽，武城人。官至刑部郎中。
張玄素，虞鄉人。官至給事中。
于志寧，字仲謐，高陵人。官至尚書左僕射。
長孫無忌，字輔機。官至太尉、檢校中書令。

褚遂良，字登善，亮之子。官至吏部尚書。
來濟，江都人。官至中書侍郎。
羅士信，歷城人。官至絳州總管，封鄭國公。忠義
呂子臧，河東人。官至鄧州刺史，封南陽郡公。忠義
王行敏，樂平人。官至定州總管。忠義
徐曠，字文遠，南齊司空孝嗣五世孫。仕唐，官至國子博士。
陸元朗，字德明，蘇州吳人。官至國子博士，封吳縣男。
顔師古，字籀，臨沂人。官至禮部侍郎。

諸夷蕃將紀

史大柰，本西突厥特勒也。官至右武衛大將軍。
執失思力，突厥酋長也。官至駙馬都尉。
契苾何力，莫賀可汗之孫。官至鎮軍大將軍。
郭孝恪，陽翟人。官至西州刺史。
張儉，字師約，新豐人。官至金紫光祿大夫。
程名振，洺州人。官至兵部尚書。
薛仁貴，龍門人。官至右領軍衛將軍。

皇族紀

錄其本傳入事者，餘外話中不相關的略之

江夏郡王道宗，字承範。官至禮部尚書。

永安壯王孝基，官至鴻臚卿。

別傳

李密，字玄邃，一字法主，襄平人。大業九年從玄感舉兵黎陽，後自稱魏公。

單雄信，濟陰人。善能馬上用槍，密軍中號飛將。

祖君彥，齊僕射孝徵子，爲李密愛將，被王世充所殺。

王世充，字行滿，其祖西域胡，號支頹耨。後武德二年僭位，建元開明，國號鄭。

竇建德，漳南人，世爲農。大業十四年自號夏王，建元丁丑。

薛舉，金城人。大業任金城府校尉，僭帝號於蘭州。

李軌，字處則，姑臧人。略知書，有智辨，自稱河西大凉王。

劉武周，景城人。其母趙氏，嘗夜坐庭中，見有雄雞光燭地，飛投其懷，感而娠生。大業十一〔一〕年僭稱皇帝。
高開道，陽信人，世煮鹽爲生。武德元年陷漁陽，自號燕王。
劉黑闥，漳南人。武德五年陷相州，號漢東王，建元天造。
徐圓朗，兗州人。隋末爲盜，自號魯王。
蕭銑，後梁宣帝曾孫也。少貧，事母以孝聞。自稱梁王，建元鳳鳴。義寧二年僭稱皇帝。
輔公祏，臨濟人。隋末與鄉人杜伏威爲盜。武德六年僭位，國稱宋，即陳故宮都之。
沈法興，湖州武康人。隋大業末爲吳興郡守。武德二年稱梁王，建元爲延康。
李子通，沂州丞人。少貧，以漁獵爲生。大業十一年僭號楚王。
朱粲，亳州城父人。大業中從軍伐賊，於長白山亡命，去爲盜。自稱迦樓羅王，僭號楚帝，建元爲昌達。
林仕弘，鄱陽人。據虔州，自號南越王。僭號楚，稱皇帝，建元爲太平。
張善安〔二〕，兗州方與人。年十七，亡命爲盜。武德初奪蕭銑地，歸國，授洪州總管。
梁都師，夏州朔方人。大業末起爲盜，自爲梁國，僭皇帝位。後被從父弟洛仁斬以降唐。
劉季真，離石胡人。大業末自號太子王。

〔一〕「十一」，原作「工年」，據世德堂刊本改。
〔二〕「張」，原漫漶不清，此據世德堂刊本。

使俗人騷客披之自亦得諸歡
慕豈以其全謬而忽之耶惜乎
全文有欠歷年實跡未克顯明
其事實致善觀是書者見哂焉
或人諾吾言而退余曰使再會
熊子鍾以歷年事實告之使其
勤渠於斯迄於五代而止誠所
幸矣因援筆識之以俟知者

龍飛癸丑年仲秋朔旦
江南散人李大年識
書林楊氏清江堂刊

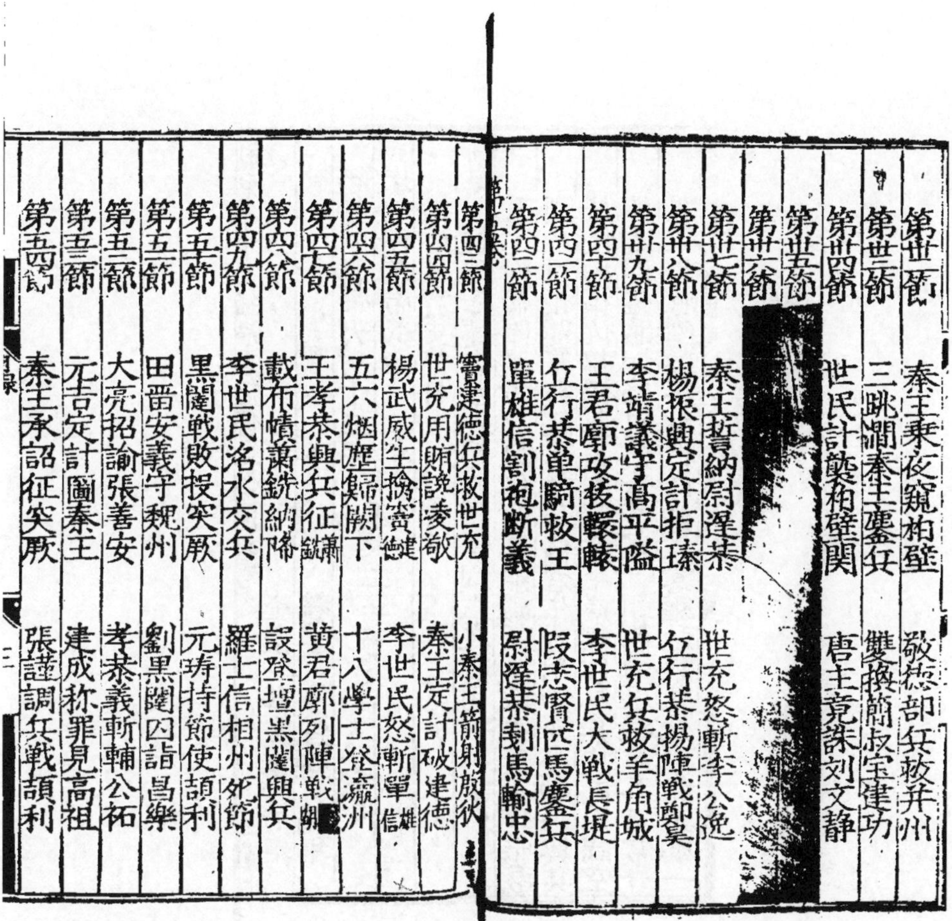

第卅一節　秦王乘夜窺柏壁　敬德部兵救并州
第卅二節　三跳澗秦王鏖兵　雙换箭叔宝建功
第卅四節　世民計襲柏壁關　唐主竟誅刘文静
第卅五節　[illegible]
第卅六節　[illegible]
第卅七節　秦王誓納尉遲恭　世充怒斬李公逸
第卅八節　楊振興定計拒琛　丘行恭楊陣戰鄭臯
第卅九節　李靖議守高平隘　世充兵救羊角城
第四十節　王君廓攻拔轘轅　李世民大戰長堤
第四一節　丘行恭单騎救王　假志賢匹馬鏖兵
第四二節　單雄信割袍斷義　尉遲恭剌馬輸忠
第五卷
第四三節　竇建德兵救世充　小秦王箭射般狄
第四四節　世充用賄說凌敬　秦王定計破建德
第四五節　楊武威生擒竇建德　李世民怒斬單雄信
第四六節　五六烟塵歸闕下　十八學士登瀛洲
第四七節　王孝恭興兵征蕭銑　黄君廓列陣戰[illegible]
第四八節　載布憤蕭銑納降　設登壇黑闥興兵
第四九節　李世民洺水交兵　羅士信相州死節
第五十節　黑闥戰敗投突厥　元琦持節使頡利
第五一節　田留安義守魏州　劉黑闥囚詣昌樂
第五二節　大亮招諭張善安　孝恭義斬輔公祏
第五三節　元吉定計圖秦王　建成称罪見高祖
第五四節　秦王承詔征突厥　張謹調兵戰頡利
目録　三

新刊參采史鑑唐書志傳通俗演義卷之一

金陵　薛居士　的本
鰲峯　熊鍾谷　編集

起自隋煬帝大業十三年
迄於隋恭帝義寧二年　首尾共二年事實

按唐書實史節目

鍾谷子述古風一篇單揭唐創立之有由

天下紛紛隋煬帝中原休呀草離離朝堂政事棄不理唯教
酒色行相隨築苑經營極奢侈蒼生費用如崩夷動馬興兵
好侵侮搆仇招禍惹災虞經年卒歲無休息兵疲民困國空
虛連郡盜賊如蜂起繁華宮室一朝隳由來氣運本無常晉
陽策馬收隋轡睿智世民勸父意驅馳乘亂效剪商義旗一

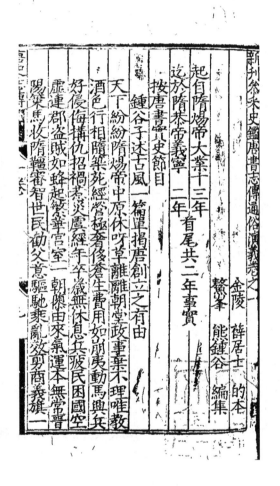

嘉靖癸丑孟秋
楊氏清江堂刊
新刊京本秦王演義唐國志傳卷之八終

新刊參采史鑒唐書志傳通俗演義卷之一

金陵薛居士的本
鰲峰熊鍾谷編集

起自隋煬帝大業十三年
迄於隋恭帝義寧二年
首尾共二年事實
按《唐書》實史節目
鍾谷子述古風一篇，單揭唐創立之有由：
天下紛紛隋煬帝，中原休呀草離離。
朝堂政事棄不理，唯教酒色行相隨。
築苑經營極奢侈，蒼生費用如崩夷。
動馬興兵好侵侮，構釁招禍惹災虞。

經年卒歲無休息，兵疲民困國空虛。
連郡盜賊如蜂起，繁華宮室一朝隳。
由來氣運本無常，晉陽策馬收隋韁。
審智世民勸父意，驅馳乘亂效剪商。
義旗一鼓而西往，關中豪傑悉來降。
躬詣長安成大業，以恩招撫定邊疆。
位禪其子稱太宗，混平不服爲一宇。
元和文人白居易，《七德舞》中曲意美：
「太宗十八舉義兵，白旄黃鉞定兩京。
擒充戮竇四海清，二十有四功業成。
二十有九即帝位，三十有五致太平。
功成理定何神速，速在推心致人腹。
亡卒遺骸散帛收，饑人賣子分金贖。
魏徵夢見天子泣，張謹哀聞辰日哭。
怨女三千放出宮，死囚四百來歸獄。
剪鬚燒藥賜功臣，李勣嗚咽思殺身。
含血吮瘡撫戰士，思摩奮呼乞效死。」
居易此篇陳王業，王業誠如七德舞。
後人兢謹勿怠荒，國祚綿長安似堵。

第一節　諸將佐具陳智略　李世民倡義起兵

太宗文武大聖大廣孝皇帝，姓李諱世民，高祖次子也。初，唐公李淵娶於神武肅公竇毅，生四男：建成、世民、玄霸、元吉，一女，適臨汾王柴紹。

世民生四歲，有書生謁唐公曰：「公在相法，貴人也。然必有貴子。」及見世民曰：「龍鳳之姿，天日之表，遇年幾冠，必能濟世安民。」書生已辭去，唐公懼其語泄於人，使人追殺之，而不知書生所往。因以爲神，乃采其語，名之曰「世民」。世民聰明勇決，識量過人。見隋朝方亂，私有安天下之志，傾身下士，散財結客，皆得其歡心。娶長孫晟女。晟有族弟長孫順德，時爲右勳衛。因避遼東之役，與右勳侍劉弘基皆亡命走歸晉陽。二人因與世民相知。左親衛竇琮，亦亡命在太原，素與世民有讎，世民嘗加意待之，琮〔一〕意乃安。時晉陽監裴寂與晉陽令劉文靜相與同宿，見城上烽火，寂嘆曰：「貧賤如此，復逢亂離，何以自存？」文靜笑曰：「時世可知。吾二人相得，何憂貧賤？即今唐公之子李世民，此人雖少，有命世才也。我與你當相結納。」寂默然。會李密反，劉文靜與密連婚，被繫獄中。世民私入視之，文靜喜其來，以言挑之曰：「喪亂方

〔一〕「琮」，原爲墨丁，據世德堂刊本補。

盛，非湯、武、高、光，不能定也。」世民曰：「怎知其無？但人自不識耳。我今來相省，非兒女之情，蓋爲世道將改，直欲共籌大計。試爲我言之。」文靜曰：「今主上南巡江淮，李密圍逼東都，群盜殆以萬數。當此之際，有真主驅駕而用之，取天下如反掌耳。太原百姓，皆避盜入城，文靜爲令數年，知其豪傑，一旦收集，可得十萬人。尊公所將之兵，復且數萬，一言出口，誰敢不從？以此乘虛入關，號令天下，不過半年，帝業成矣。」世民笑曰：「君言正合我意。」乃陰署賓客，以待興舉，而父淵未知。世民恐淵不從，久不敢言。又謀於文靜。文靜曰：「晉陽宮監裴寂，是我相知者。此人與唐公至密，在蒲時，嘗飲酒連日夜。然裴寂爲人最喜勝，好博奕。可令龍山縣令高斌廉與寂博，詐不勝。寂得進物多，彼必喜，然後以情告，使寂得通知於唐公，事可成矣。」世民大悦，曰：「此計甚妙！」乃出私錢數百萬，餉龍山令高斌廉，與寂博奕。寂連勝，盡得其錢，大喜。由是日與世民相親，世民以興舉事情告之，曰：「隋政乖亂，天下愁怨日生。我欲乘時東向，以救倒懸之民。然父恐不我從。足下若能以深達其意，久後富貴實當共之。」寂許諾，因選晉陽宮人有美色者，私侍淵。

會突厥領數萬衆來寇馬邑，候騎報入晉陽，李淵大驚，即遣副留守高君雅，將兵一萬前至，與守將王仁恭拒之。數敗不利，折傷士卒極多。淵聞知，恐並得罪，甚憂之。適裴寂令人來請淵赴宴。淵至寂宅，飲酒至半酣，寂乃以世民舉兵情告之，因言：「今主上無道，百姓困窮，晉陽城外，皆爲戰場。大人若守小節，下有寇盜，上有嚴刑，危亡無日。不若順民心，興義兵，轉禍爲福。此天授之時也。」淵大驚曰：「公等欲取滅族之患，以貽我耶？」寂曰：「正爲宮人私侍公者，事發當誅，爲此爾。」世民牖下聞之，因繼進説之甚力。淵怒曰：「汝安得爲此言？吾今執汝以告縣官。」世民徐曰：「世民睹天時、人事如此，故敢發言。大人必欲執我告官，亦不敢辭死。」淵曰：「吾豈忍告汝？汝慎勿再出此言。」酒罷，淵辭歸，數日不出，懷慮此事。人報：「唐儉有事見公。」淵命入。儉進，見淵帶有憂色，以言挑之曰：「二郎建大計，公知否？」淵曰：「實不相瞞，癡兒謀事不臧，懸慮終日，正欲令人請公議之。」儉笑曰：「以我觀公，日角龍廷，姓協圖讖，係天下望久矣。若外哨豪傑，北招戎狄，右收燕趙，濟河而南，以據秦雍，湯武之業也。」淵曰：「湯武之事，豈可期？然喪亂方炎，私當圖存。公欲拯溺者，吾方爲公思之。」儉辭而出。

明日，世民復説淵曰：「人皆傳李氏當應圖讖，故李金才無罪，一朝族滅。大人設能盡賊，則功高無賞，身益危矣。惟昨日之言，可以救禍。此萬全之策也。願大人勿疑。」淵乃嘆曰：「吾一夕思汝言，亦大有理。今日破家亡軀亦由汝，化家爲國亦由汝矣。」裴寂亦曰：「衆情已協，公當從之。」淵曰：「事已如此，當復奈何？正須從之耳。」後人讀史至此，有詩嘆云：

本來倡義救生靈，肯以忠貞一念輕？淫汙掖庭誠可恨，子孫繼世亂名成。

卻説隋帝，以李淵與王仁恭不能禦寇，喪費折兵，遣使執淵詣江都問罪。詔下晉陽，李淵大驚。世民與裴寂復説淵曰：「事已迫矣，宜早定計。且晉陽士馬精強，宮監蓄積巨萬，代王幼沖，關中豪傑並起。公若鼓行而西，撫而有之，如探囊中之物耳。奈何受單使之囚，坐取夷滅乎？」淵然之，即與其下欲定大計。

會帝遣使者馳驛赦淵與仁恭，因是淵謀亦緩。大理司直夏侯端謂淵曰：「今帝座不安，參墟得歲，必有真人起於其分，非公而誰乎？」司馬許世緒進説曰：「天輔德，人與能。乘機不發，後必蹈悔。隋政不綱，天下搖亂。公姓名已著謡錄，今攬五郡之兵，據四戰之衝，苟無奇計，禍不旋踵。若收英俊爲天下倡，帝王之業，一舉可定也。」司鎧武士彠前及勳衛唐憲等，皆勸淵起兵。是時，淵以建成、元吉尚在河東，故淵遷延未發。而所在盜賊益多：

劉武周，起馬邑。林士弘，起豫章。劉元進，起晉安。皆稱皇帝。朱粲，起南陽，號楚帝。李子通，起海陵，號楚王。邵江海，據岐州，號新平王。薛舉，起金城，號西秦霸王。郭子和，起榆林，號永樂王。竇建德，起河間，號長樂王。王須拔，起恒定，號漫天王。汪華，起新安。杜威，起淮南。皆號吳王。李密，起鞏，號魏公。王德仁，起鄴，號太公。左才相，起齊郡，號博山公。羅藝，據幽州。左難當，據涇。馮盎，據高羅。皆號總管。梁師都，據朔方，號大丞相。孟海公，據曹州，號錄事。周文舉，據淮陽，號柳葉軍。高開道，據北平。張長遜，據五原。周挑，據上洛。楊士林，據山南。徐圓朗，據兗州。楊仲達，據豫州。張善相，據伊汝。王要漢，據汴州。時德叡，據尉氏。李義滿，據平陵。暴公順，據青萊。淳于難，據文登。徐師順，據任城。蒔弘度，據東海。王薄，據齊郡。蔣善合，據鄆州。田留安，據章丘。張青，據濟北。臧君相，據海州。殷恭邃，據舒州。周法明，據永安。苗海潮，據永嘉。梅知巖，據宣城。鄧文進，據廣州俚酋。楊世略，據循潮。冉安昌，據巴東。甯長真，據郁林。

其別號諸盜，往往屯聚山澤者，不下數十，各擁兵擾亂東都近屬，庶民愁苦不可勝言。後人有詩爲證：

世亂漂伶獨此身，干戈滿目失親鄰。
因供寨木無桑柘，爲點鄉兵絶子孫。
還似平寧徵賦稅，未聞州縣略溫存。
至今雞犬皆星散，日落西山獨倚門。

第二節　陳孝意拒城死節　高君雅謀泄被誅

卻説景城人劉武周，殺馬邑太守王仁恭，得衆萬餘，襲破樓煩郡，進取汾陽宫，得隋宫女，以賂突厥始畢可汗。始畢以名報之，兵勢益振。武周遂率衆攻陷定襄郡，突厥立武周爲定楊可汗，遺以狼頭纛。武周因僭稱皇帝，以妻沮爲后，建元天興，封衛士楊伏念爲左僕射，妹婿苑君璋爲内史令。

會上谷賊宋金剛有衆萬餘，與歷山賊魏刀兒連和。魏刀兒被竇建德所攻，金剛率衆救之，大敗，領殘衆四千，退保西山。建德遣人招之使降，金剛怒曰：「建德殺魏主，吾義不往。諸君可以吾首取富貴。」乃拔刀將自刎，衆抱之泣，遂與皆歸武周。武周素聞金剛善用兵，得之甚〔一〕喜，封爲宋王，以軍與之統率，分家資一半與之。金剛大悦，亦自結〔二〕納武周，出其先妻，而娶武周妹，説武周取晉陽，南向爭天下。武周從其議，授金剛西南道大行臺，統引兵圍雁門郡。

守雁門郡丞陳孝意，聽的劉武周兵來，悉力拒守。武周兵圍之，一月不下。孝意與郡將王澤議曰：「賊

〔一〕「之」，「甚」，原漫漶不清，此據世德堂刊本。

〔二〕「結」，原漫漶不清，此據世德堂刊本。

兵少怠，今夜開關而出，乘其無備擊之可破。」澤然其計。令校尉張倫守城，自與王澤選驍騎五千餘人，開關出城。約近三更初左側，前離武周營不遠。果是武周連日見關上無人出戰，日夜與美人飲酒，不理軍事。被孝意斬寨而入，人不及甲，馬不及鞍，武周軍各慌而走。隋軍點起火炬，王澤隨後殺來。劉武周左頰中流矢，忍痛不住，幾欲墮馬。宋金剛一軍力戰，保定望後而退，棄了寨柵。走到黑河邊，天色欲明，孝意恐人暗襲了雁門，亦退兵城中，掠得軍器、鞍馬無算。

武周大敗一陣，折傷甚多。次日，與宋金剛復大聚人馬來，圍了雁門。武周深恨被流矢所傷，自立於城下，往來嚴督攻打。孝意亦率民兵，築起土城，以示重壘拒守。遣使從間道詣江都求救，皆不報。城中困迫，孝意與王澤登城，觀武周軍周回圍繞，水泄不通。孝意曰：「誰可再往江都求救？」王澤應聲出曰：「某願一往。」意曰：「但恐透不得重圍矣。」澤曰：「視死如歸，何所不至，郡丞可於城上擂鼓摩旗，以助軍威，我當乘勢殺出。」意即修書與澤。澤帶書於身，綽槍上馬，開東門而出。孝意令二百敢死士隨之，正遇賊將宋金剛阻住，大殺一陣。意在城擂起戰鼓。王澤不敢戀敵，力戰殺透重圍，迎頭一將當住，與澤戰未數合，其將輕舒猿臂，早活捉馬上，降其兵一百餘人。看捉王澤者是誰？其人幼有膽氣，且兼弓馬閑熟，乃朔州善陽人氏，覆姓尉遲，名恭，字敬德。隋大業末，從劉武周，武周以爲偏將。是日捉得王澤，執入軍中，來見武周。武周大悦，即以澤縛示於城下，令人報知孝意。孝意上城，看見王澤執綁城下，計無所出。澤遥謂孝意曰：「君宜堅守此城，勿以我爲累。候天兵一至，此賊不足平矣。」武周曰：「量汝一匹夫，有何武勇？今被擒來，若肯委心歸降，免你一死。」澤曰：「吾受隋之厚恩，未能報效，寧爲國家鬼，不作降賊也。」武周大怒，叱令斬之。王澤引頸受刑。

劉武周斬了王澤，令軍士日夜攻擊。孝意既而外無救援，糧草食盡，誓以必死，旦暮向詔敕庫俯伏流涕，情動三軍，亦爲之悲感。一連困了百餘日，校尉張倫殺孝意，獻雁門郡以降。後人讀史至此，有詩贊云：

賊馬横行戰士殘，鑾輿遊幸阻間關。
守臣誓有輸君志，一死須教輕泰山。

又贊王澤亦盡君命而死一首：

身懷尺牘請王師，力戰轅門未出時。
盡命遭擒甘就戮，張倫有愧見男兒。

卻説劉武周取了雁門郡，以張倫復陳孝意之職。會梁師都、郭子和起兵附突厥始畢，始畢以梁師都爲解事天子，郭子和爲平楊天子，俱以屬武周。因是武周軍威大振，其鋒所向無前。候騎報入太原來，李淵大驚，乃集將佐議之。世民曰：「大人爲留守而盜賊竊據離宫，不早建大計，禍今至矣。」淵謂副留守曰：「武周據汾陽宫，罪當滅族。諸君有何高見？」王威等皆懼，請計於淵。淵曰：「朝廷用兵皆稟節度。今賊在數百里内，江都在三千里外，加以道路險要，復有他賊據之。以嬰城膠柱之兵，當巨滑豕突之勢，必不全矣。進退兩難，實無適從。」王威等皆曰：「公乃貴臣，同國休戚，要在平賊，專之可也，何必稟覆。」淵陽若不得已而從之者，曰：「然則先當集兵。」乃命世民與劉文靜、長孫順德、劉弘基等，各募兵，遠近赴集，旬日間近萬人。仍密遣使召建成、元吉於河東，柴紹於長安。

有王威、高君雅二人見兵大集於太原，乃疑李淵有異志，謂武士彠曰：「長孫順德與劉弘基，皆初仕隋爲三侍職，因出征乃背叛，逃亡人耳，怎得將兵？當收之以按其罪。」士彠曰：「二人皆唐公賓客，若收按之，必大致擾亂。不如捨置，以緩取之。」威等乃止。復議陰圖李淵，君雅曰：「彼[一]爪牙協力，難以動摇。來日唐公禱雨晉祠，可先埋伏壯士廊下，乘其無備而誅之。」王威善其計，準備甲士，伺謀唐公。人泄報於劉文靜，文靜即與司馬劉政會議曰：「唐公事露，君雅等欲陰圖之，此當何如？」政會曰：「先發制人，後發制於人。不如將計就計，先作急書詣留守淵，告二人謀反，先就擒之，以除後患。」文靜曰：「此計妙哉！」

五月甲子，淵及威、君雅視事開陽府。劉文靜進曰：「有密牒言謀反者。」持牒與唐公。唐公令威等視牒。劉政會不肯，曰：「威等乃副留守，所牒唯唐公得觀。」公驚曰：「詎有是乎？」讀畢，淵語威曰：「人告公等潛引突厥入寇，有反情狀，信乎？」君雅大詬曰：「反人欲殺我耶？」即攘袂抽身而起。世民已布兵塞路，文靜以目視弘基、順德。順德搶入就執之，王威亦並擒耳。會突厥領數萬衆來寇晉陽，淵命裴寂等聚兵，四下準備，而盡開諸城門。突厥疑有計，不敢進。兩下相持日久，淵曰：「人以爲威、君雅召突厥，吾未信，今果然。」遂斬威、君雅以徇。突厥懼，大掠而去。裴寂請命追之，淵曰：「窮寇勿追，兵家所忌，任從去矣。」由是淵決意起兵，乃開大將軍府，集諸將佐定議。令記室參軍溫大雅作檄書，號稱義兵。檄云：

大業十三年六月己卯，晉陽留守李，爲招募義兵，共扶王室事。蓋聞亂者保其治，危者保其安。是故先王建國，列之侯封，刑以懲叛，禮以懷來。某叨君上付託之重，夙夜驚惕，懼不克勝。而王世充不道，乘帝王幸江都之後，襲破樓煩，進逼離宫，肆爲暴虐，屠戮良民，守臣見殺，焚蕩室廬。因是太原吏民皆效補報，同建旌旄。謹具檄文，遍會豪傑。果有齊心共事者，而能因勢乘機，運籌制勝，披堅執

〔一〕「彼」，原作「被」，據世德堂刊本改。

銳，親居矢石之間，斬將搴旗，躬致馘俘之獻，功之大者，授之以國土，功之次者，優之以金帛。嗚呼！勸爾爵於衆人之中，流爾芳於千載之下，豈不偉哉！故檄。

唐公以檄書移示州郡，關中豪傑翕然響應。裴寂進米九百萬斛、雜彩五萬匹段、鎧四十萬以資軍費。

第三節　廖元賺取西河郡　世民罪斬高德儒

卻説李密兵寇東都，聞李淵起太原，傳檄諸郡，欲東向取天下，與衆人商議。柴孝和説密曰：「秦地阻山帶河，項羽背之而亡，漢祖得之而王。今公以裴仁基守回洛，翟讓保洛口地名。在河南。隋煬帝聚米置倉於此，號曰「洛口倉」，明公自簡精鋭之兵，西襲長安，然後東向，以平河洛，傳檄而天下定矣。不早爲之，必有先我者，後悔之無及。」密曰：「此誠上策，但昏主尚存，從兵猶衆。我部下皆山東人，今未下洛地，安肯與我向西？且諸將皆群盜，不相統一，一敗則大業掃地矣。」孝和曰：「然則我諸間行觀釁，若淵兵東向得利，則隋軍不暇救應，我以兵倍道趨長安，百姓誰不郊迎？是征而不戰也。此亦一策。」密許之。孝和與數十騎從陝縣去了。密遂按兵不動。

且説柴紹在長安得淵密書，將赴太原，謂其妻李氏曰：「尊公舉兵，欲與你同行則不可，留此則及禍，奈何？」李氏曰：「君宜速行。我一婦人，易以潛匿，當自爲計。」紹遂約河東建成、元吉，離了長安，偕至晉陽見唐公。唐公大悦。紹具説：「今隋政不綱，賊盜蜂起，出兵屢敗，又各處取救者，羽檄交馳於長安道，無一軍可應。明公正宜乘時行事。」淵甚喜。劉文靜勸淵與突厥相結，資其士馬，以益兵勢。淵從之，自爲手啟，卑辭厚禮遺始畢可汗，遣使來見突厥。突厥正在議事，使臣報唐公遣使有書來，突厥命入。使人朝見，呈上唐公啟札。始畢可汗當座拆開視之。啟曰：

世道乖張，群雄竊據，黎民待解倒懸，以日爲歲。欲舉義兵迎主上，復與突厥和親。若能與我俱南，願勿侵暴百姓。若但和親，不與義旗同行，坐受寶貨，亦唯可汗所擇。

始畢得啟，謂其大臣曰：「隋主爲人，我所知也。若迎得他來，必害唐公，而擊我無疑矣。苟唐公自爲天子，我當以兵馬助之。」即命以此意爲復書。使者去七日，回見唐公，進上始畢可汗書。唐公拆開視之。書曰：

夫所謂大丈夫，豈天使爲之哉？以其進爲天下利，退有百世名，顯爲諸侯師，默成高世法而已。乃者隋政乖紊，天下分崩，四方豪傑，據郡以觀釁隙，弗下數十。而執事雄才大略，正宜掃清六合，崢削群雄，尊正主而救黎元。是進爲天下利，顯爲諸侯師也。僕敢以士馬相隨，同應義兵，以伺厥功告成耳。如執小諒而忘大計，進退於持疑之間，吾未見其有濟。不然，使他人得之，則執事那時有數十萬兵，亦未可憑。劉項之勢，所宜深鑒。某再拜。

唐公看畢，以書示將佐。將佐皆言：「請從突厥之言。」淵以爲不可，曰：「諸君更宜思其次。」裴寂等乃請尊天子爲太上皇，立代王爲帝，以安隋室，移檄郡縣，改用旗幟，雜以絳白色。淵曰：「此可謂〔一〕掩耳盜鈴。然逼於時事，不得不爾。」乃許之。即復遣使以告突厥。移檄各處，惟有西河郡不從。李淵聞知大怒，即使建成、世民、將兵二萬討之，令溫大有副其行，淵諭之曰：「士馬單少，須要經略。以君參軍事，事濟否，卜是行也。」

〔一〕「謂」，原作「請」，據世德堂刊本改。

大有領命，與建成、世民即引兵離了晉陽，望西河進發。世民次早與建成議曰：「我軍〔一〕新集〔二〕，皆〔三〕未閱練。今且初然出征，本爲弔民伐罪，若不示之以號令，三軍何以調遣？將士何以用命？正宜先曉諭之，使在路不得攪擾生民，臨敵不許逡巡畏縮。如違令者，立誅弗赦。」建成依其説，即曉諭於軍中。衆人各遵令而行。自是世民與士卒同甘苦，得賞賜必分共之，近道菜果非買不食，所過秋毫無犯。

不一日，兵至西河，離城二十里紮住大營。哨馬軍報入西河守，西河郡丞高德儒聽得唐兵來到城下，就點起人馬，出城迎敵。世民見西河有人出城，即引前部兵，來與德儒軍相迎。兩陣對圓，德儒部將廖元出馬搦戰。世民陣内，殷開山挺槍躍馬，直取廖元。戰不多時，廖元撥回馬走。殷開山引兵掩殺，德儒軍大敗，走入西河城中，堅守不出。世民令軍圍了，日夕攻擊。德儒與廖元謀曰：「唐軍困打城池，如此緊急。薛世雄擁兵燕地，誰可往燕地求救於世雄？」廖元曰：「唐兵勢大，如何殺得出？不如今夜密密偷營暗走，則可矣。」德儒即遣廖元乘夜縋城而下，偷出唐營。廖元從間路未行數里，被唐伏路軍所捉，搜取身上，有求救文書，知是細作，捉送營内，來見世民。世民問曰：「你果是高德儒部下人乎？」廖元曰：「小人委是德儒副將。昨日出兵，被公子殺敗，又見公子圍城緊急，令元往燕地求救於薛世雄，來退唐軍。被公子伏兵捉來，小人情願投降。」世民大悦，即令解其縛，以禮待之，謂曰：「爾今納降，實出本心。然高德儒爲人，性刻讒佞，諂

〔一〕「軍」，原漫漶不清，此據世德堂刊本。
〔二〕「新集」，原漫漶不清，此據世德堂刊本。
〔三〕「皆」，原漫漶不清，此據世德堂刊本。

事人主，本欲即攻拔城池，執誅之，奈百姓何辜？吾所以不忍也。今差汝帶領唐兵，就打隋軍旗號，假作救兵，賺開城門。我卻遣兵一擁而入，則西河唾手可得。此便是將軍降唐一功績也。」廖元曰：「公子將令，敢不從命？緣無薛世雄批文，他如何肯開城？」世民曰：「德儒輕躁之輩，衹於乘夜黑裡點起火炬，城下故作大鬪，我軍且詐退走之狀，你揚説見得薛世雄軍，乘夜來到。彼城上親見你在火光之中殺散唐軍，必信，開門內應。待他出城，自有擒德儒之策。」廖元從其計，領兵一萬，打起隋軍旗幟，從西河僻路，繞向東南而來，直抵西河。世民卻差殷開山部一支軍遠遠埋伏城邊，姜謨領兵五千，隨廖元後哨徐徐而進，待賺開城門，乘機一擁而入。眾將得令去了。

且説廖元第三夜初更左側，從僻路繞到西河城壕邊，點起火炬，如同白日，城下金鼓齊鳴，喊聲大振，城中聽得，城外火光連天，如交兵之狀，德儒領眾兵上城看視，見火光中廖元殺散唐軍，約退五里，後隊大軍併來。廖元城下大叫：「薛世雄救兵至，可速開城。」德儒認得是實，即開了城門，率眾從內殺出。不持防城壕邊一將突出，大叫：「高德儒休走！」德儒回頭，見是唐將，大驚，措手不及，被殷開山一把揪住，活捉過來。後哨軍一擁而入城，降其眾無數。次日早，殷開山綁縛高德儒，入中軍來見世民。德儒低頭無語。世民數之曰：「汝僥倖小人，故違檄示。指野鳥爲鸞，以欺人主，取高官。吾起義兵，正爲誅佞人耳，豈可留之！」遂令牽出轅門，斬首示眾，其餘不戮一人。世民出榜安民，各慰撫，使復業。遠近聞之大悅，建成等下令班師，復還晉陽。眾軍得令，俱各拔寨，離了西河。正是：馬敲金鐙響，人唱凱歌回。

第四節　唐李淵登壇誓衆　宋老生拒邑堅兵

卻説李淵正在晉陽府中與將佐議事，候騎報建成、世民克復西河，得勝回軍。淵命建成、世民入見，具上誅高德儒之由，往回凡九日，取了西河。淵喜曰：「我兒如此行兵，雖橫行天下可也。」遂定入關之計。後人讀史至此，有詩一絶嘆云：

總然仁義可長行，堯舜何曾遠事兵？
以德化人人自服，唐公奚用霸知名？

是時李淵開倉以賑貧民，應募者日益多，選本處並臨近郡縣人馬，共得二十五萬，通作三大隊進發。裴寂等上淵號爲「大將軍」。淵將軍士分爲左右六統。以裴寂爲長史，掌理紀錄，參贊軍務。劉文靜爲司馬，議論軍情，應變幃幄。唐儉、溫大雅爲記室，備修辭命，主行文檄，仍與溫大有共掌機密。武士彠〔一〕爲鎧曹，應募士卒，資給軍餉。劉政會爲司馬參軍〔二〕，隨理機密，以備顧問。崔善爲司户參軍，占候風雲，卜究賊敵。

〔一〕「彠」，原爲墨丁，據世德堂刊本補。
〔二〕「馬」「參」，原爲墨丁，據世德堂刊本補。

張道源爲户曹，掌理軍數，前後持調。姜謨爲司功參軍，審察地勢，排軍佈陣。殷開山爲府掾，逢山開路，遇水搭橋。長孫順德取城略地，攻擊剿殺。劉弘基、竇琮及王長諧、姜寶誼、楊屯爲左右統軍，如有緩急，以便持調。其餘文武，各隨才授任。以世子建成爲隴西公、左領軍大都督，管左三統軍。世民爲敦煌公、右領軍大都督，管右三統軍。各置官僚輔佐，以柴紹爲右領軍府長史諮議。李淵分撥已定，剋日出師。衆將見淵調度〔一〕人馬，隊伍嚴整，旗幟鮮明，前後左右，井井有法，坐作進退，繩然不亂，皆稱羡不已。後史官有詩云：

隋室日淪亡，英雄起晉陽。
讖圖先應李，民志已趨唐。
旗展龍蛇動，鋒開利刃芒。
群徒咸斂手，一掃正封疆。

突厥遣其柱國康鞘利等送馬千匹，來見李淵，言許發兵送淵入關。淵拜受，擇其馬之善者，留下一半，餘者送還。命劉文靜使於突厥致謝，又問借兵。臨行私謂文靜曰：「胡騎入中國，生民之大蠹也。吾所以欲得之者，恐劉武周引之，共爲邊患。又胡馬行牧，不費蒭粟，聊欲借之，以爲聲勢，數百人之外，無所用之。」文靜承命，即辭了唐公，前至突厥，來見始畢可汗。始畢曰：「唐公兵何事而起？」文靜曰：「先帝廢冢嗣以授後主，故大亂。唐公國之近戚，懼毁王室，今起兵黜不當立者。願與突厥共定京師。往者唐公親許，金幣、

〔一〕「度」，原爲墨丁，據世德堂刊本補。

子女盡以歸可汗。」始畢大喜，厚待文靜，即遣二千騎隨文靜入。

文靜辭了始畢可汗，帶領二千騎回至太原，來見唐公，具説：「突厥約入長安之時，民衆、土地與唐公，金玉、子女歸突厥。」淵大喜，曰：「非君何以致之！」遂定進取之策。文靜曰：「今舉大義，甚非等閑，將軍必立丘壇，誓知遠近，使人知所向慕，將佐有憑，方肯用命，則摧鋒破敵，天下指揮可定也。」淵善其言，即命裴寂領軍士，於城西起築高壇一所，遍插五方旗幟，上建白旄黄鉞、兵符將印。次日，淵率諸將佐出西門，兩邊旗旛映日，金鼓震天。文臣峨冠博帶，列左而行。武將頂盔慣甲，隨後而進。一班將佐來到壇下，劉文靜請淵登壇。淵仗白旗，立於壇上。壇下温大雅揚聲讀其誓曰：

大業十三年七月壬子，晉陽留守李，謹以大義佈告於天下：伏以忠節是臣子之大閑，倡舉爲蒼生而立命。大閑不敦，則人道有所虧；蒼生不立，則人心無所統。兹因隋君罔德，國步斯艱，士氣紛披，民弗堪命。欲仗黄鉞，以征不服，用建白旄，謹示推尊。在此誓者，各效厥職，以攄忠貞。如懷異志，神靈共鑒。

温大雅讀誓畢，衆將佐聽罷齊聲相應，奮激踴躍，各懷扶主定安之志，願效勤王補報之忠。李淵誓衆已定。次日，以元吉爲太原太守，留守晉陽宫，自帥甲士三十萬，離晉陽。前後隊伍，依次而行。衹見旌旗蔽野，劍戟如銀。沿道之民，簞食壺漿，以迎王師。迤邐望西河進發。時大業十三年秋七月癸丑旦也。後人有《燕歌行》一篇，單道邊塞軍人愁苦之狀，不能離戍而歸。詞云：

漢家煙塵在東北，漢將辭家破殘賊。
男兒本自重横行，天子非常賜顔色。
摐金伐鼓下榆關，旌旗逶迤碣石間。

校尉羽書飛瀚海，單于獵火照狼山。
山川蕭條極邊土，胡騎憑凌雜風雨。
戰士軍前半死生，美人帳下猶歌舞！
大漠窮秋塞草衰，孤城落日鬥兵稀。
身當恩遇恒輕敵，力盡關山未解圍。
鐵衣遠戍辛勤久，玉筯應啼別離後。
少婦城南欲斷腸，征人薊北空回首。
邊風飄飄那可度，絶域蒼茫何所有！
殺氣三時作陣雲，寒聲一夜傳刁斗。
相看白刃血紛紛，死節從來豈顧勳？
不見沙場征戰苦，至今猶憶李將軍！

且說唐公大軍正行之間，忽前面征塵蔽日，金鼓振天，見一支軍到，乃西突厥阿史那大奈，亦帥其眾五千來從。候騎報入軍中，唐公命召入。史大奈拜伏帳下曰：「遠方臣聽得將軍舉義兵，故率眾得來相助。」唐公見史大奈鐵面剛鬚，身材雄壯，大喜曰：「千軍易得，一將難求。」即授以偏裨之職，使隸殷開山。大軍至西河，西河百姓各扶老挈幼，出城迎接。李淵進了西河，大開幕府，分付甲士毋得驚恐鄉民。有幾個爲首年老的近前説：「隋政以來，百姓日窮，被盜賊侵掠，不能安業者屢年。今將軍兵到，市肆不擾，秋毫無犯，誠我等之主也。」淵各慰勞，遣之。即令有司開倉賑贍貧乏。民年七十以上，皆除散官。其餘有豪傑願從軍者，隨才授任，一日除千餘人。於是城中吏民大悦。淵下令大軍離了西河，前至賈胡堡，去霍邑五十餘里。

却説邊廷聽知消息，飛報入長安。隋主代王侑升殿，近臣奏曰：「邊關飛報，晉陽留守李淵率領大軍三十餘萬，號稱義兵，侵犯境界至急。」代王侑大驚，急問文武：「誰可爲將，以退淵兵？」將軍陰世師出班奏曰：「臣舉二人，可退李淵。」隋主曰：「所舉者何人？」世師曰：「郎將宋老生，大將軍屈突通。此二人勇冠諸軍，足爲淵兵敵也。」隋主即遣宋老生帥精兵二萬，屯霍邑，屈突通將驍果數萬，屯河東，以拒李淵。二人得旨，部兵離了長安。

却説宋老生部兵二萬，來到霍邑屯紮，離淵營不遠。老生深塹高壘，按兵不出。兩下相拒二十餘日。會七月初間，秋霖連日不止，賈胡堡平地水深三尺，旌旗、衣甲盡皆濡濕，李淵兵不能進，軍糧支給將盡。又人報：屈突通選驍果屯紮河東，欲扼李淵之後。因是淵在軍中甚懷憂懼，不出視事。世民與户曹張道源入見淵曰：「大人以新軍初出，自先恐懼，何以能安其下？秋雨久落，必有長霽。軍餉漸少，遣人催運。今屈突通兵屯河東。即目李密擁兵坐觀勝負，大人何不奉咫尺之書，召與連師，許以平分天下，彼必見許。若就此機會，則河東之兵不足患耳。」淵是其言，即令劉文靜往太原催督糧餉及會突厥兵，遣使以書召李密。

話分兩頭，且説李密自取回洛倉之後，威聲大振，每日與將佐議進復之計。忽報：「李淵遣使命，奉書來見將軍。」密令召入，問曰：「唐公兵抵霍邑，近日事勢何如？」使者曰：「近因潦雨不止，唐公恐苦士馬，按軍不動。聽知將軍破東都兵於平樂園，敬遣使者奉書慰訪，欲與將軍共定大計。」即持上淵書。密接書，拆開視之。書曰：

八月十五日，淵頓首，奉書於李將軍足下：將軍抱經世之雄略，樹顯赫之風聲，斂天下英雄，使各盡其才，旗諸東都，鋒刃莫敵。淵區區以隋政分崩，群下不識時務，妄尊舉爲盟主，甚非其任。今將軍擁數十萬之精兵，慨眾億兆之生民，共仗大義，偕尊王室，掃平鼠輩，以清天下。久後分茅胙土，庶成建國之典，豈不偉歟！某再拜。

密自恃兵強，欲爲盟主，見書微有倨傲意。亦命祖君彦作復書，遣人隨使回霍邑，見唐公。唐公正與將佐候使者回音，人報：「李密遣使復書來見。」唐公命入。密使者進見，奉上其書。唐公拆開視之，書曰：

密致書於李將軍大麾下：密聞天命靡常，惟德是歸。隋惟無道，殘虐尤甚，致干戈遍充四野，蒼生填委溝壑，惡貫天日，神人共憤。今將軍倡爲義舉，所向風靡，罔不順服。以書示密，密敢不引領伺命！然而勝負未決，群下懷疑，不無意屬於他人者或寡矣，所望左提右挈，戮力同心，執子嬰於咸陽秦二世兄子公子嬰也。立爲秦王，後沛公入咸陽，子嬰降軹，乃以屬吏，殪商辛於牧野殪，於計反，殺死也。商帝辛天下，謂之紂。周武王伐之，紂距之牧野，武王斬之。快哉此行！時勿失耳。

淵得書，笑謂將佐曰：「密妄自矜大，非折簡可致。吾方有事關中，若遽絶之，乃是更生一敵。不如卑辭推奬，以驕其志，使爲我塞成皋之道，綴東都之兵，我得專意西征。俟關中平定，據險養威，徐觀蚌鷸之勢，以收漁人之功蚌，部項反，蛤也。鷸，兀律反，知天將雨，鳥也。《戰國策》：趙伐燕，苏代为燕谓趙惠文王曰：「今者臣来，过易水。蚌方出曝，而鷸啄其肉，蚌合而拑其喙。鷸謂蚌曰：『今日不雨，明日不雨，即有蚌脯！』蚌亦谓鷸曰：『今日不出，明日不出，必有死鷸！』蚌鷸不肯相舍，渔者得而并擒之。今赵且伐燕，燕赵久相支，以弊大众。臣恐強秦之为渔父也。」，未爲晚也。」眾然之。淵乃使溫大雅復書，回其來使。來使辭了唐公，逕還洛口，奉上唐公回書。密當座拆開視之，書曰：

天生烝民，必有司牧。當今爲牧，非子而誰？老夫年踰知命，願不及此，欣戴大弟，攀鱗附翼。唯望早膺圖籙籙，龍上反，圖讖云李氏當王，故云，以寧兆民。宗盟之長，屬籍見容屬，朱玉反，附也。籍，秦昔反，簿籍也。謂所附宗籍，復附於唐，斯榮足矣。殪商辛於牧野，所不忍言，執子嬰於咸陽，未敢聞命。汾、晉左右，尚須安輯。盟津之會盟津，即孟津也。孟津，河北地名，於其地置津，謂之「孟津」。一說武王伐紂，八百諸侯於此盟，故曰「盟津」，未暇卜期。

密得書甚喜，以示將佐曰：「唐公見推，天下不足定矣！」自是信使往來不絕。畢竟看後來何如？

第五節　嚴道宗謀説薛舉　常仲興兵敗昌松

大業十三年秋七月，雨久不止，淵軍中乏糧，劉文靜催運未返。或傳突厥與劉武周結連，乘虛欲襲晉陽。淵聞此消息，欲領軍北還。裴寂等見雨水連旬，人馬病死，亦以爲隋兵尚強，未易卒下，李密奸謀難測，武周惟利是視，不如還救根本，更圖後舉。李世民曰：「今禾菽被野，何憂乏糧？老生輕躁，一戰可擒。李密顧戀倉粟，未遑遠略。武周與突厥外雖相附，內實相猜，武周雖遠利太原，豈可近忘馬邑？本興大義，奮不顧身以救蒼生，當先入咸陽，號令天下。今遇小敵，遽已班師，恐從義之徒一朝解體。還守太原一城之地，爲賊耳，何以自全？」建成亦以爲然。

淵不聽，促令引發。左軍得令，各治行裝，拔寨離了霍邑。惟世民管領右軍，懼世民之威，尚未敢行。世民將復入諫，遇淵已寢，不得入，曰：「我等若再回晉陽，外有深敵，死無葬身之地！」言罷，踴躍號哭於外，聲聞帳中。淵召問之，世民曰：「今兵以義動，進戰則克，退還則散。衆散於前，敵乘於後，死亡無日，何得不悲？」淵乃悟，曰：「軍已發行矣，奈何？」世民曰：「右軍嚴而未發，左軍去亦不遠，請自往追之。」淵笑曰：「吾之成敗皆在汝，由你所爲。」世民出帳，即與建成分道夜追，未七十里，左軍復還。既而太原運糧亦至。因是軍心始安，聲勢大振。

且説霍邑宋老生，衹是堅守不出戰，欲候唐軍衆乏，乘虛擊之。打探人回報：「唐寨兵精糧足，預備火炮火箭雲梯各項，待雨霽來攻打城郭。」老生聽得甚憂。部將夏侯玄曰：「金城薛舉，雄兵數萬，今自稱帝，據天水郡。其子仁杲，驍勇多力，善騎射，軍中號『萬人敵』。可修書一封，令機密人送去，説之以利害，誘之以合從。彼若見從，使出軍控淵之後，則淵一戰可破也。」老生依其説，即修書，令一能幹者送到天水見薛舉。薛舉得書，問於嚴道宗曰：「宋老生爲隋守霍邑，以書邀説合從之勢，可從否？」道宗曰：「唐公倡舉義兵，三輔豪傑響應。李氏之子，英邁過人，其志不小。若策非萬全，未可輕舉。今若與隋吞併，勢終不解，非一載而可下。莫若從權許之。唐公如勝，則我按兵不出；若敗，則乘虚擊之。是兩利皆我得也。」薛舉大悦，即回書與來人，許以出兵攻淵之後。遣人會集河西軍馬，同應老生。

河西府司李軌，字處則，涼州姑臧人，略知書，有智辨，家富任俠。聽得薛舉令人來召，與同郡曹珍、關謹、梁砍、李贇、安修仁等謀曰：「薛舉今來會兵，欲坐觀勝敗，就中取事。若不從，必致侵暴。郡官庸怯，勢不能禦。吾輩豈可束手，並妻孥爲人所虜耶？不若併力拒之，保守河右，以待天下之變。」衆皆以爲然，欲推一人爲主，各相讓，莫肯當。曹珍曰：「久聞圖讖『李氏當王』，今軌在謀中，乃天命也。」遂相與拜軌，奉以爲主。軌乃令修仁率諸胡兵入内苑城，建旗大呼曰：「隋室分裂，李氏已應讖書。今我等共尊爲主。敢有不從者，先梟首號令！」軌亦集衆助之。修仁踏入河西府來，執虎賁郎將謝統師、郡丞韋士政。遂自稱「河西大涼王」，置官屬，掌理其事。關謹等欲盡殺隋官，分其家貲。軌曰：「不可。諸公既見推尊，當稟吾約。今興義兵，以救生民。隋置官屬，我當撫而用之。若乃殺人取貨，此群盜所爲耳，將何以濟？」關謹等乃止。軌遂以統師爲太僕卿，士政爲大府卿，自結民間豪傑，用防薛舉。

消息報入天水郡來，薛舉知的，大怒曰：「豎子何敢妄自稱號，故違盟好！誓踏平西河，剿戮鼠輩，方快吾志也！」即遣其將常仲興部兵數萬，前攻西河，令子仁杲鎮守天水，自率精兵二萬繼之。當日，常仲興領兵逕從西河進發，前抵昌松，離西河二十里下寨。哨軍報入西河，李軌問曰：「誰出兵迎敵仲興？」一將應聲而出曰：「某願往。」衆視之，乃部屬李贇也。軌即欲遣行。關謹曰：「薛舉勢大，更遣仲興爲前敵，可以智勝，不可以力退。此間離昌松止爭二十里之地，薛舉親軍隨後，宜先遣驍將黄有武領兵五千埋伏昌松左道，修仁領兵五千埋伏西河北岸，候薛軍半渡擊之。先備船隻，伏軍於上河頭相應。曹珍部一支兵，抄攻薛舉之後，多張旗幟、信炮、金鼓之屬，設爲疑兵。李贇離城迎敵，佯輸引仲興入陣。大王與梁矿守城〔一〕。」衆將得令，俱各領計去了。

次日，常仲興率兵將近西河，於平川曠野排下陣勢。李贇部兵來，與仲興軍相近。兩陣對圓，仲興更不打話，衹見副將陳泰驟〔二〕馬挺槍，直取李贇，李贇舞刀來迎。戰不多時，李贇回馬望本陣而走。陳泰引兵掩殺，趕去十五里。忽聞後軍大喊，流星馬報上來：「左道鼓聲大振，不知何處軍？」副將龔廷玉謂仲興曰：「此必有謀。後軍速退！」陳泰急忙回軍，李贇背後殺來，左道黄有武一軍迎頭攔住，被李贇趕上，一刀斬於馬下。薛軍大敗。廷玉與仲興不敢往原路，領殘軍望西河渡而走。常仲興衆人未及半渡，忽岸畔金鼓齊鳴，修仁一支軍殺出，薛兵又敗一陣，大半死於河中。仲興正搶上岸，遇上流頭船隻蕩來，衝墮水中，被修仁一把執之。薛舉哨軍報知仲興全軍陷没，又被曹珍於山後設疑兵，亦不敢進，望後退歸天水。李軌鳴金收軍，斬首二千級，虜其衆無數。修仁綁縛仲興於帳下。軌欲放遣之，贇曰：「力戰獲俘，復縱以資之，將焉用耶？

〔一〕「大王與梁矿」，原作「李軌安修仁」，據藏珠館刊本《唐傳演義》改。
〔二〕「驟」，原作「驄」，據藏珠館刊本《唐傳演義》改。

不如盡坑之。」軌曰：「天若祚我，當擒其主，此屬終爲我有。若其無成，留此何益？」乃縱之。後人讀史至此〔一〕，有詩贊之云：

縱留俘卒〔二〕悉全身，一點仁臺惻隱存。
若使此心無倦政，薛君寧不位稱尊？

未幾，攻擊張掖、敦煌、西平、抱罕，皆克之，盡有河西五郡之地。會隋主詔涿郡薛世雄將燕地精兵二萬討李密，命王世充等諸將皆受世雄節度，所過盜賊，隨便誅剪。李軌恐兵臨河西，日夜持防。忽哨軍回報：「薛世雄被竇建德〔三〕所破，慚恚發病卒。」軌聞此消息，遂按兵不動。

且說李淵軍拒賈胡堡日久，八月雨霽，下令軍中曬曝鎧仗行裝，趣攻霍邑。淵與將佐議曰：「老生堅守不出，焉能進取？」世民曰：「老生勇而無謀，以輕騎挑之，理無不出。倘或固守，則用行間，誣以與我有通約，彼必恐爲左右所奏，安敢不出？」淵然之，乃遣世民率數百騎先至霍邑城東數里埋伏，以待步兵；使建成將數百騎至城下，舉鞭指麾前後，若將圍城之狀；劉弘基領兵一萬城下挑罵，引之出敵。衆將各依令而去，淵自統大軍隨後。畢竟且看何如？

〔一〕「後人讀史至此」，原漫漶不清，此據世德堂刊本。
〔二〕「縱留俘卒」，原漫漶不清，此據世德堂刊本。
〔三〕「德」，原脱，據藏珠館刊本《唐傳演義》補。

第六節　大有義説陳叔達　李密書招徐洪客

卻説劉弘基引兵城下搦戰，宋老生與江志達、伍存良一班將佐多置擂木炮石固守，並不出戰。弘基令軍士在城下百般穢罵。老生大怒曰：「唐軍太欺我耶！」即引兵三萬，分左右翼而出。建成見老生出城，使殷開山召後軍。後軍繼至，淵欲使軍士先食而後戰，李世民曰：「敵已出城，當先挫其鋒，時不可失。」乃使建成陣於城東，自結陣於城南。宋老生擺開陣勢，左翼軍江志達一騎飛出陣前搦戰。對陣中殷開山手揮大斧，直奔志達。志達撚槍來迎。二人戰不數合，右翼伍存良驟馬躍出，夾攻殷開山。開山兵佯輸，撥回馬走。宋老生見唐軍小卻，率軍一掩殺來。世民引數百騎自南原馳下，衝擊老生，陣出其背，老生後軍先亂。劉弘基躍馬持槍直犯隋軍，正遇伍存良，接住弘基交鋒。弘基手起槍到，刺於馬下。隋軍大潰。宋老生見勢頭失利，與江志達領敗兵殺出重圍，望霍邑僻路走。殷開山、劉弘基引兵趕來。

老生正走間，忽山坡後金鼓齊鳴，一少年將領一千騎當頭阻住。江志達向前迎敵，被其將揮起鋼刀，斬爲兩段〔一〕。宋老生前後受敵，知不能脱，即棄馬投於塹下。後軍劉弘基趕到，就而斬之，盡降其衆。與前軍

〔一〕「段」，原作斷，據世德堂刊本改。

合時，殺死隋軍僵屍數里，流血成溝。會日已暮，淵即命登城。將士各攀援而上，遂克之。淵大軍進了霍邑，諸將佐俱上其功。劉弘基進宋老生首級，引得一少年將領來見，乃臨淄人氏，姓段名志賢，少無賴，數犯法。大業末，從父客太原，以驍〔一〕果，諸惡少年畏之。爲世民所識，聞唐公進圍霍邑，故部其衆來從，正遇交鋒，首殺老生部將江志達。唐公見其身材健捷，姿質偉岸，甚悦，即授之右領大都督府軍。就令溫大雅紀錄功册簿行賞。軍吏有言疑奴應募者，不得與良人同。淵曰：「矢石之間，不辨貴賤。論勳之際，何有等差？宜並從本勳授。」引見霍邑吏民，勞賞如西河，選其壯丁使從軍。士欲歸者，並授五品散官遣歸。或諫以官太濫。淵曰：「隋氏吝惜勳賞，此所以失人心也。奈何效之？且牧衆以官，不勝於用兵乎？」衆人皆拜伏其論。

淵下令大軍進略臨汾、絳郡。哨馬軍報入臨汾、絳郡來，通守陳叔達聞得消息，即分遣軍士各門築起土城，以示重壘嚴固，悉力拒守。淵兵到城下，分道攻擊，相拒二十餘日不能進。淵督率諸將，用火箭雲梯各項一齊攻打。溫大有入中軍，見唐公曰：「陳叔達誠實君子，今爲隋臣，安得不效其職？縱攻克其城，百姓損傷者多。來日憑幾句言，於城下説之，彼必來降也。」淵從之，下令緩其攻打。

次日，溫大有匹馬於城下大叫，令人請陳叔達，有機密事説。守城軍報知叔達。叔達登城，見溫大有立於城壕邊，問曰：「閣下召叔達，有何高論？」溫大有曰：「吾聞順天者昌，逆天者亡。唐公倡舉義兵，欲尊王室，德愛及於百姓，威令行於諸侯。又兼世民深得豪傑之心，所向何有不克？知天命者，即當倒戈而降，

〔一〕「驍」，原作「票」，據藏珠館刊本《唐傳演義》改。

乃爲明達。若苟規規於一偏之見，拒守孤城，倘唐軍併力攻擊，圍困延月，內乏糧食，外無救援，一至喪身失守，此謂逆天者亡也。且通守爲當今名士，須先觀時勢，細察興亡。試以爲唐公與隋王政令，二者孰優？」叔達曰：「政令比於隋主，誠大有不似。然唐以義舉，則隋主君也，唐公臣也。以臣侵君之土宇，可謂忠乎？」大有曰：「隋主遠事遊幸，流連忘返。侑王秉國，權柄下移，天下危殆無日。兼群雄竊據以觀時勢者，遍滿州郡。唐公指揮號呼，四海英雄景從。閣下知天命者固如是乎？」叔達被溫大有説到是處，猛省曰：「公言甚有理。我當納降。」大有隨報唐公。次日，叔達開了城門，迎接唐公入城。淵前後大隊人馬進了臨汾、絳郡。淵見叔達言詞慷慨，明敏機警，甚喜，禮而用之。淵安撫吏民。大軍至龍門，有合肥人任瓌謁見。淵與談論，對答如流。淵以爲河東縣户曹。忽報劉文靜、唐鞘利以突厥兵五百人、馬二千匹來至，淵喜其來緩，謂文靜曰：「吾軍西行及河，突厥始至，兵少馬多，皆君昔行將命之功也。」文靜曰：「靜以公命達於始畢可汗，始畢以軍中馬匹乏少，故付靜復帶就軍應用，非敢有辱公命。」唐公深然之。

人馬進次河東境，離城不遠，令人遞戰書，報入河東來。且説拒守河東者，乃隋將屈突通按《唐史》：屈突通徒何人，少好兵法，善撫吏民，遇敵必身先士卒，故人樂爲之用。忽聽候騎報唐兵近河東，與其將桑顯和、堯君素、張允忠商議。桑顯和曰：「淵軍新破宋老生數萬之眾，連下臨汾、絳郡，士卒甚鋭，難與交鋒。將軍可先斷絶其津梁，令一軍前阻飲馬泉地名，堅壁不出。候彼餉運弗繼，士馬疲乏，然後乘其怠而擊之，一鼓可破矣。」屈突通依其計，即斷絶橋梁，整備器械，令桑顯和領數百騎拒飲馬泉堅守。果是一夫當關，萬夫難過。淵謀於將佐，汾陽薛大鼎説淵曰：「請勿攻河東。自龍門直濟河，據永豐倉，傳檄遠近，關中可坐取也。」淵將從之，諸將有請先攻河東，任瓌曰：「今主政殘酷，兵役不止，天下之人思見拯亂，與之息肩。公天付神武，仗順而起，軍令嚴明，所下城邑無秋毫之犯。關中起兵者，跂踵而待，擁義師，迎衆欲，何不濟哉！瓌在馮翊，久悉其人，情願爲一介使，入關宣佈威靈，以收左輔，繇梁山濟河，直趣韓城，逼郃陽，徇朝邑。蕭造文吏，勢當自下。次招諸賊，然後鼓行而前，據永豐積粟。雖未得京師，關中固已定矣。」淵悦曰：「是吾心也。」時關内群盜，惟孫華最強，淵令人以書招之。華來見淵，淵以言慰獎之曰：「觀君材貌，非摽掠暴劫之人，正宜闡效忠貞，以圖顯名，何作穢行偷生，有辱先人乎？」華即傾心拜伏，曰：「華恨未得主人，因以苟免存濟。今遇將軍，雖使肝腦塗地，亦不辭也！」淵又以任瓌爲招慰大使，前往説韓城。任瓌至城下，説：「唐公不以威力協人，府丞自察時勢歸降，免致生民受困。」府丞羅閏即開韓城迎接。李淵下了韓城，秋毫無犯，旁郡皆順風納款。

屈突通自恃兵精糧足，祇是堅守弗出。唐兵進不得河東。淵謂將佐曰：「屈突通精兵不少，相去五十餘里，不敢來戰，足明其衆不爲之用。然通畏罪，不得不出。若會李密一軍進逼其後，我軍進攻其前，河東唾手可得。」世民曰：「大人此計甚妙。」淵即令人持書以會李密，遂按兵不動。卻説李密會武陽郡，郡丞元寶藏以郡降李密，密以爲上柱國。寶藏使其客鉅鹿人魏徵爲書啟謝李密，且請改武陽爲魏州，又請命欲帥所部甲士西取魏郡，南會諸將取黎陽倉。密得書，見詞理婉曲，精捷麗華，問來人曰：「此啟書出於誰人手作？」來人對以魏徵所爲。密大喜，即以寶藏爲魏州總管，且召魏徵來見。寶藏即遣魏徵往謝密。密以爲掌記室。有太山道士徐洪客，令人獻書於密。密展視之，書曰：

愚聞欲興大事者，須審天下之勢。意圖進取者，寧先制服於人。今將軍大衆久聚，恐米盡人散，師老厭戰，難可成功。如乘進取之機，因士馬之鋭，沿流東府，宜向江都執取獨夫，號令天下。

密壯其言，以書招之。洪客竟不出，逃避於他郡，莫知所之。

胡氏曰：洪客之謀，奇而正，非獨李密不及，唐之諸人皆不及也。天下未嘗無才，或隱於屠販，或隱於盜賊。洪客與魏徵者，皆優遊黄冠中人，而抱匡時之略，懷濟世之具，顧人自不能知耳。然李密不足與言，豈當時洪客未知晉陽興師，或無路以自達，而於密獻此書耶？以此一言觀之，洪客胸中奇計固多矣，而即逃遁不自見，豈其不及唐室之興而死歟？抑以黄石公、魯仲連之流歟？嗚呼！其可謂高士矣。

後人有詩一首，評李密不能薦賢、洪客不知事唐云：

見賢難以用書招，李密爲人志自驕。
時有晉陽由義起，黄冠何必侶漁樵？

第七節　李密擁眾寇東都　季珣死節箕山府

大業十三年九月，河南、山東大饑，餓殍滿野。詔開黎陽倉賑之，吏不以時給，死者日數萬人。徐世勣言於李密曰：「天下大亂，本爲饑饉，今更得黎陽倉，大事濟矣。」密善其言，即遣世勣帥麾下五千人濟河，會元寶藏、郝孝德，共襲破黎陽倉，殺官吏據之，開倉恣民就食。浹旬間，得勝兵三十餘萬。竇建德、朱粲之徒，亦遣使附密。密因是威聲及於遠近，每日衹是與將佐議取長安之計。忽報：「唐公遣人來，請兵合攻河東。」密欲遣行，王伯當曰：「某每占天氣，見旺氣在於太原，將必有霸。得失存亡，豈能並求？彼強我弱，我存彼亡，終不能兩立。今若合之以兵，攻破河東，是助彼求霸，勞無功矣。若是得長安之後，乘勢吞我，易如傾瓶水於高屋之上，其可禦哉？」密曰：「然則何以處之？」伯當曰：「如不允命，則失往日之親。大王發書回唐公，言王世充睍覦洛口，軍士難以遠離。許候會於關中。惟黎陽倉糧，可運萬斛以充軍餉。彼得其糧，請兵亦止也。」密然之，即復書，令人送糧一萬斛，回復唐公。

唐公軍士正憂乏糧，得之甚喜。見書意，以爲起軍未便，淵亦不甚催，復令來人回。淵與屈突通相拒六十餘日猶未下，三輔豪傑至者，日以千數。淵欲引兵西趣長安，猶豫未決。裴寂曰：「屈突通擁大眾，憑堅城，吾捨之而去，若進攻長安不克，退爲河東所踵，腹背受敵，此危道也。不若先克河東，然後西上。」李世民曰：「不然。兵貴神速，吾席累勝之威，撫歸附之眾，鼓行而西，長安之人望風震駭，智不及謀，勇不及斷，取之若振稿葉耳。若淹留自弊於堅城之下，彼得成謀，修以待我，坐費日月，衆心離沮，則大事去矣。且關中蜂起之將，未有所屬，不可不早招懷也。屈突通自守虜耳，不足爲慮。」淵兩從之：留諸將圍河東，自引軍西行朝邑古地名。春秋時爲蒲關。戰國魏築城於此。漢爲臨晉縣地。晉爲馮翊郡治。此後魏分置南五泉縣。西魏改爲朝邑縣，以據朝坂，故名。隋因之。唐改爲河西縣，屬河中府。大曆中復歸朝邑，屬同州。五代宋金元仍舊。本朝因之，改屬西安府。法曹靳孝謨以蒲津、中潬二城降，華陰令李孝常以永豐倉降，京兆諸縣亦多遣使請降。淵大軍將至關中，再遣使會李密。使者領命去了。

卻説李密乘兵精糧足，引衆進逼東都。邊廷飛報入東都，越王侗聽的大驚，問於群下曰：「李密之兵屢來侵犯境界，何以禦之？」黄永奏曰：「大王可遣劉長恭、龐玉等帥兵與王世充軍會，共擊李密，可以成功。」越王依奏，遂令劉長恭、龐玉起東都兵二萬，前去與世充同禦李密，又詔諸軍皆受世充節度。劉長恭領命，尅日出師不題。

話分兩頭，且説江都郡丞馮慈明，因探報言李密勢大，難爲抗敵，慈明與府屬商議：「即日越王大軍在東都，我乘夜從間道去請救兵，出密背後，乘虛破之，無不克也。」衆然其計。慈明分調以下守城，自偷出城門，由僻路逕往東都。行未數里之外，被密巡哨軍捉住，搜身上有救急文書，一齊綁縛來見李密。密素聞慈明之名，即下帳喝散軍士，親釋其縛，延坐勞問，禮意甚厚。因謂之曰：「隋祚已盡，天下分崩，未知鹿得誰手。公能與孤共立大功，久後富貴豈敢獨享？」慈明曰：「公家歷事先朝，榮祿兼備，不能善守門閥，乃與玄感舉兵，偶脱羅網，得有今日。唯圖反噬，未諭高旨。昔有漢之王莽、董卓，東晉王敦、桓玄，非不強盛，一朝夷滅，罪及祖宗。僕死而後已，不敢從命。」密大怒曰：「不識時務書生！妄生詞端，以辱我耶！」即命囚之，令席務本防守。慈明夜説務本曰：「今天子建令東都，謀臣猛將不下數十萬。以吾觀於李密，非撥主之人也。你等何必堅事之？倘天兵掩至，那時欲全性命，其可得乎？」席務本曰：「公何不從此走去？」即開了監門，放慈明脫離防邑，亦自逃走。慈明得脫了監禁，乘夜間關跋涉，不辭勞苦，七日得達江都，上表奏知煬帝。煬帝慰遣之。復回東都見越王，說：「李密雖有武陽之地，稟性輕暴，不能用賢任能，加之賞罰不明，號令不行，人心離散。今兵向東都，所統之郡空虛。若遣一軍乘虛襲之，使其前不克進，退無所止，則密之首可致麾下耳。」越王大悅，遂遣慈明持節會世充兵，背襲李密。慈明領令，離了東都，前至雍丘縣界。正行間，忽前面征塵驟起，旌旗展動，一支軍從山坡出，乃密將季公逸。馮慈明欲往徑路逃避，被數十軍人趕上，捉來見公逸。公逸曰：「李將軍待爾不薄，何得走脫？」即令軍人縛了，帶回見李密。密曰：「今番肯降否？」慈明曰：「不降。縱明公不殺我，久後我亦走。」密又義而釋之。慈明昂然而出。至營門，翟讓叱之曰：「抗拒狂徒，留之何益！」言罷，一刀揮下頭來。後人有詩贊云：

慷慨忠貞士，丹心自不移。
盛名爲密識，義氣有天知。
跋涉離軍日，間關見主時。
遭擒言益壯，不負烈男兒。

李密遂大會將佐，圍攻洛口。箕山府郎將張季珣守之，堅壁不下。密督諸軍攻打。城上季珣極口穢罵。密怒，自率軍士，裝起雲梯，堆積砂土，益力攻打。季珣令眾人擂下木石、火炮之具下來，密軍不能近前。時密眾數十萬，季珣所領不過數百人，而執志彌固，誓以必死。久之，糧盡水竭，士卒羸病。季珣撫循之，一無離叛。與密相拒二百餘日，城遂陷。大軍入箕山府，執獲季珣，來見李密。密曰：「量汝一匹夫，欲守孤城以抗天兵！今城陷被俘，若肯委心歸降，即封汝爲箕山郡丞，仍令管領箕山郡事。汝心下如何？」季珣曰：「城破被擒，勢窮力竭，有死而已。豈有屈膝拜賊之理！」密大怒，命左右牽出斬之。季珣引頸受刑，全無懼色。季珣臨死之時，神色不變，衆軍士莫不嗟呀。密亦悔恨，令具棺槨，收其屍而葬之。後人有詩贊云：

孤城獨守力難支，被執臨刑志不移。
隋室守臣甘伏虜，未知那個是男兒？

鍾谷演義至此，亦筆七言四句以輓之云：

喪首轅門血未乾，唯君義氣重如山。
墳前石馬經年立，古木斜陽日色寒。

李密克取洛口，會淵遣使召密合兵入關。密恐日前失約，許關中會集，遣使人回復唐公；自隨整人馬，陸續進發。使人回見李淵，説李密尅日約會關中。淵大喜，即帥諸軍濟河至關中。關中士民歸之者如市。淵以本部軍各分調啟行，遣世子建成並劉文靜帥王長諧等諸軍屯永豐倉，守鎮潼關，以備東方兵，慰撫使竇軌等受其節制。世民帥劉弘基等徇渭北，慰撫使殷開山等受其節制。自帥柴紹、裴寂、陳叔達、薛大鼎、史大奈、任瓌等部兵二十餘萬，進取長安。淵分撥已定，建成等各領命去了。

且説淵軍未及進發，有冠氏長于志寧與安養尉顏師古，及世民婦兄長孫無忌，謁淵於長春宮。淵問及時務事，長孫無忌曰：「明公以天下爲度，以生民爲念，深求乎守之道，則惟擇將擇相，與之共理而已矣。昔漢高之都〔一〕三秦也，有蕭何爲之謀，而後韓信得以盡其策。宣帝之屯金城也，有魏相爲之主，而後趙充國得以定其功。天下之事，未有不由將相戮力而可與有成者。」淵大悦曰：「願得賢輩，與共理邦國。今遇諸公，實契平生也。」志寧、師古皆以文學知名，無忌仍有才略，淵皆禮而用之。由是群賢類進，各薦所知。且看後來如何？

〔一〕「都」，原脱，據藏珠館刊本《唐傳演義》補。

第八節　李世民兵會長安　段志賢單騎破虜

卻說李淵從弟李神通在長安，亡命入鄠縣山中，與長安大俠史萬寶等起兵，眾有數萬，來應淵。（淵女）柴紹之妻亦聚徒於藍田，得萬餘人。聽的淵大軍屯關中，各遣使迎淵。淵即使柴紹將數百騎迎李氏，柴紹領命去了。關中群盜皆請降。淵以書慰勞之，曰：「諸君欲共仗大義，以成美名，富貴久當共之。」眾聞其召，各領所部來見，共有十萬餘人。淵使受世民節制。因是軍聲尤盛，引兵望長安進發。

邊廷消息報入長安來，京兆内史衛文昇年老，聞淵軍至，憂懼成疾。獨將軍陰世師、郡丞骨儀奉代王侑，率將佐乘城拒守。淵軍至永豐倉，賞勞軍士，賑濟饑民。大兵進屯馮翊，遣使召世民軍合。世民所領一支兵，從關中招撫，禁革以下不許侵擾。百姓各簞食壺漿，以迎王師，群盜歸之如流。世民收其豪俊，以備僚屬，有勝兵九萬，紮營於涇陽。

時柴紹軍迎見妻李氏，大悦曰：「自長安别，赴太原，一向音問疏闊。不期今日得遇，實天從所願也。」李氏曰：「吾因歸鄠縣别野，散家貲，聚徒眾，欲赴太原。聽知父兵近關中，故來相約。」二人各訴款曲，將精兵萬餘，會世民於渭北。世民大喜曰：「人所謂『摧鋒破敵，無非父子親兵』，吾今日有之耳！」因與柴紹各置幕府，號「娘子軍」。有隰城尉房玄齡，謁世民於軍門。世民一見如舊識，曰：「使吾成大事者，必此人也。」署記室參軍，引爲謀士。玄齡亦對人曰：「此真吾主也！」罄竭心力，知無不爲。世民即引兵趨司竹，軍令嚴整，所過秋毫無犯。遣使者白告淵，請期日赴長安。

卻說淵命劉弘基、殷開山等分兵西略扶風，有衆六萬，南渡渭水，屯於長安故城。守臣郎將翁霸，聽得淵軍到，即與部屬徐質商議。質曰：「今兵少，不可敵。若分其勢乃可。公引兵背出渭水，淵兵必南應之，然後輕兵襲其寨，可破也。」霸從之，即領精兵四千寇渭水，徐質引兵五千出城。劉弘基以兵分左右翼出戰，與徐質兩下軍器並舉，交鋒未十合，後陣人報長安城軍攻襲後營。弘基即令殷開山一支軍兼行趨渭水。殷開山逆擊之，徐質軍大敗，殺向渭水，與霸合爲一處。淵衆勢大，如何敵得住？二人引殘兵，棄城走歸長安。弘基迎淵入城。淵命建成選倉上精兵，趨長樂宮，遣使迎世民。世民率諸佐入見，淵以其新附諸軍北屯長安故城。延安、上郡、雕陰皆請降，淵遣人招納之。

淵引軍西行，所過離宮、園苑皆罷之，出宮女數百人，令各還其親屬。遠近大悅，爭持羊酒勞王師者，處處皆然。十月至長安，諸軍皆集，合二十餘萬。淵命各依壘壁絫下，毋得入村落侵暴良民。長安城中衛文昇、陰世師等，深溝高壘，悉力拒守。骨儀上言：「宜往河東取救。」代王侑從之，即遣使取屈突通軍來救長安。使者領詔，逕來河東。

且說河東屈突通，與淵將呂紹宗屢日交兵，不分勝負，因是河東久戰不下。忽報：「淵軍進逼行在，遣使來取救兵。」通驚曰：「河東亦是要害之地，若棄之而趨長安，則河東誰可保？」堯君素曰：「今上有燒眉之急，主將不得不持兵救應。我引兵拒蒲，以扼河東，主將〔一〕可自救長安。」通從之，即以君素守蒲，自引兵

〔一〕「主將」，原爲墨丁，據世德堂刊本補。

一萬，由武關趨藍田，以救〔一〕長安。兵至潼關，阻劉文靜兵，不得進。相持二十日，屈突通從高阜處望見文靜與王長諧分爲三壁屯紮，前一壁旗幟不整，軍士怠倦。與桑顯和謀曰：「觀靜軍散亂，易爲攻擊。今夜乘其不備，從關左道掩襲之，無有不破者耳。」顯和曰：「此策甚妙。緣文靜亦善用兵，當分前後攻之。」通即令：「張允忠領一支軍，攻其一壁。我軍隨後至矣。」允忠領計去了。

將近三更左側，允忠悄悄由左道逕出關來，果是王長諧軍無備，被允忠斬壁而入，乘夜不知虛實，諧軍大亂。通兵從後掩至，奪其一壁。關裏火光照天，金鼓不絶。兩下交兵，將近天色欲曙，桑顯和縱兵大出，王長諧不能抵敵，大敗。將逼文靜營，文靜戒令軍中勿驚，自以短兵立於壁外。通軍不敢近，因是文靜一壁獨完。會允忠兵驟至，箭如雨下，文靜軍潰。段志賢率壯騎馳入，殺通衆十餘人，左腿中流矢，忍痛不言，奮衝馳突。文靜亦被矢傷，死者甚衆。顯和以士卒戰疲，乃傳餐於中軍。文靜因得分兵守其二壁，仍集遊軍數百騎，與段志賢等自南山還擊其背。金鼓連天，三壁兵大呼奮而出。顯和衆各慌，遂大敗。志賢乘勝掩殺，正遇張允忠迎戰，被志賢一刀斬之。屈突通與顯和單騎復逃回潼關。文靜盡降其衆，唐軍復振。

而長安代王朝夕望河東救兵到，至是一月不報，城中困急。淵遣溫大雅於城下諭文昇等曰：「蓋聞貞婦不嫁破亡之家，賢臣不佐絶滅之國。今隋主無道，代王幼冲，國已將亡，社稷崩頹。諸軍苦爲守此孤城，一旦身死世絶，爲天下笑。」文昇於城上答曰：「爾曹出兵無名，徒恃其士馬之衆。古人稱利人土地貨寶者，謂之

〔一〕「救」，原爲墨丁，據世德堂刊本補。

貪兵，兵貪者必敗。唐公弗守臣節，圍寇長安，不道之極矣！君上臨行〔一〕，以代王付吾等奉守，今鑾輿未返，即開門歸降，苟圖富貴，不恤大義，上負吾君，下負民望，有忠心以報國者，固於是乎？此頸可斷，此志不可移也。」大雅聞文昇語，知不可屈，即回，以昇言具知唐公淵。淵命諸軍攻城益急。衛文昇因城中糧乏，外無救援，積疾日深，知不能起，因謂其同屬曰：「善事代王。我無能爲矣。」言訖而卒。

十一月，淵攻破長安，約毋得犯七廟及代王宗室，違者移三族。因是淵軍入城，秋毫無犯。百姓各香花燈燭，迎門而接。淵入朝門，代王左右皆奔散，唯侍讀姚思廉侍側。淵軍士將登殿，思廉厲聲訶之曰：「主上在此！唐公既舉義兵匡帝室，卿等毋得無禮！」眾皆愕然，不敢近，布立於庭下。淵稱呼拜畢，迎代王於東宮，遷居大興殿後廳。思廉扶王至閣下，泣拜而去。淵還舍於長樂宮，差官分所各處安民。且看後節如何分解？

〔一〕「行」，原作「川」，據藏珠館刊本《唐傳演義》改。

第九節　李世民深契李靖　王世充大破李密

卻説劉文靜進謂李淵曰：「今民苦隋苛法久矣，主公可約而改之，以寬恤百姓，則隋民皆悦服主公之德，天下可得而安也。」淵曰：「善。」次日，悉召長安父老豪傑至，諭之曰：「今汝父老，苦隋苛法久矣，吾舉義兵而來，正救汝等於水火之中。今約法十二條，務在便順民志，不專刑虐。其餘隋立苛禁，悉除罷之。」又傳令大小三軍：「不許騷擾居民，如違令者，即斬首示衆。」父老百姓等皆大悦而去。淵執陰世師、骨儀等十餘人，責其惑主之罪，斬於朝門外。餘者俱無所問。時馬邑郡丞李靖，素與淵有隙，淵亦將收斬之。靖大呼曰：「公興義兵，欲平暴亂，乃以私怨殺壯士乎！」世民爲之固請，乃捨之。

按《唐史》：李靖字藥師，京兆三源人。姿貌魁秀，通書史。嘗謂所親曰：「丈夫遭遇，要當以功名取富貴，何至作章句儒。」其舅韓擒虎每與論兵，輒嘆曰：「可與語孫吳者，非斯人而誰〔一〕哉！」仕隋，爲殿内直長、吏部尚書。牛弘見之曰：「王佐才也。」大業末爲馬邑丞。靖審唐公有非常志，上急變，傳送江都至長安，道阻不能達，唐公已定京師，故將斬之。

〔一〕「而誰」，原作「尚諸」，據藏珠館刊本《唐傳演義》改。

世民因召至幕府，謂之曰：「大丈夫志氣相投，休以小慊介意。世民久仰足下大名，如雷灌耳，今本仗大義，倡興舉，欲掃清天下，誠不知計從何出，幸直言之無隱。」靖曰：「兵法有言：上將伐謀，其次伐交。爲將無謀，不足以語大計。前人有言，長安者乃天下之咽喉，咽喉一塞，可待而斃。此不知謀者之爲。今長安西有秦關百二之險隘，自古帝王爲建都之所在。若因其地所産，則可以養兵養民。因民可以充實府庫，因兵可以習練成熟，然後出與群雄制敵。人知尊君親上之方，無不以一當百，不半年，天下可定也。」世民曰：「足下之言，深契我意。真天下奇才也！」於是深重禮之，靖亦傾心結納，知無不言，言無不盡。

且説飛騎報入洛口，李密聽得唐公克了長安，大驚，謂將佐曰：「屢約唐公兵會於關中，今失信約，倘唐公加兵責問，何以退之？」徐世勣曰：「如今祇修下書一封，先令一使人前往長安，一以通舊約，一以賀入長安。主公亦部兵出洛口陽，且看他如何回報，又作商量。」密從之，即修下賀書，多備金帛彩緞，遣人進上長安去了。自引眾將，部十萬大軍，出離洛口。王世充聽得密兵出洛口，欲赴長安，令部將以兵五千，營於黑石守禦。自將精兵一萬，陳於洛北，以阻密軍。密聽得世充持兵來阻洛北，大怒，即結束威嚴，耀武揚兵，領一班將佐來到陣前，單搦王世充戰。王世充亦全身披掛，橫槍躍馬，當先罵曰：「背主叛臣，擅作威福，已侵擾東都數大郡矣，尚不知止，仍敢寇逼長安！快早下馬投降，轉禍爲福，免汝一死！」密曰：「汝來送死，爾尚不知，反敢摇唇鼓舌耶！」世充大怒，舉槍直刺李密。密背後一將湧出，眾觀之，乃裴行儼裴仁基子也，最驍勇善戰，挺槍直取世充。二人兵刃並舉，戰到二十餘合，行儼精神越倍。世充詐敗，向東南奔走。行儼驟馬追來。世充按住槍，拈弓搭箭，望行儼面上發矢，正中行儼左腮邊，負痛不住，墜落馬下。世充回馬舉槍，向行儼咽喉刺下。程咬金一騎突出，隔住世充，眾將一齊救得行儼回本陣。世充後軍一掩殺至，密軍敗退五里。

密回營，令軍送行儼歸洛口養疾，與眾將按兵不出。王世充見密兵不出，與副將張焯議曰：「密兵不出，恃從將果敢故也。若分其勢而擊之，李密可擒。」張焯曰：「我請以百騎襲其後，將軍攻其前。密首尾受敵，必不能保全。」世充然之，即引壯兵八千，進逼密營。密軍士皆請戰，密曰：「隋軍勁果，所利在速戰。初鋒勇銳，不可出也。」密言未畢，人報：「寨左一支軍勇不可當，襲了後營。」密軍正慌，欲分遣迎敵，世充兵從洛北殺入，箭如飛蝗。密因不審地勢，又兵多騎與長槊，而北薄山地隘，騎迮不能進。世充多短兵盾穳，因蹙之，被世充大敗一陣，帥精騎度南而出，與餘眾東走月城。後軍報：「柴孝和戰疲，溺死洛水。」密聽說，哭之曰：「我得柴先生所教益多，今日從吾死於非命，誠可惜也！」世充與張焯兵合，所得密軍餉甚多，引兵追至月城圍之，水泄不通。

密因城中糧食又乏，城池不堅，甚憂之。王伯當曰：「世充積聚，皆在黑石，可遣機密卒出城，舉燒烽火，陽言洛口兵襲取黑石，世充必往救之，然後以輕騎〔一〕擊其後，隋軍一鼓可破也。」密從其計，即遣小卒下城，連舉六烽，言洛口兵襲破黑石。世充軍中聞此消息，大驚曰：「黑石有失，吾軍休矣！」即率兵釋月城之圍，前救黑石〔二〕。密聽得，縱兵出月城，尾世充之後。世充軍離月城數里，有氣若城壓其營。近黃昏左側，後面征塵蔽天，密兵乘勢趕來。世充軍尚未傳食，各立陣不住，狼狽自救。程咬金揮斧躍出，世充將牛金雄後

〔一〕「騎」，原脫，據藏珠館刊本《唐傳演義》補。
〔二〕「黑石」，原作「黑河」，據藏珠館刊本《唐傳演義》改。

哨抵敵咬金。戰未數合，被咬金一斧揮於馬前，縱兵掩殺。密眾四下夾攻，世充大敗，斬首三千〔一〕餘級，自相踐踏，死者不計其數。密收兵，屯紮於石子河。

世充被李密所破之後，甲士幾盡，走保河陽，遣人上書，請罪於越王侗，裒集亡散，得萬人，堅壁不出。越王侗遣使以書慰勞，賜金帛安之。世充得賜慚懼，勉勵將士，修整器具，復遣人下書，約與李密誓決雌雄。密得書，謂將佐曰：「世充懼罪，不得不戰。我按兵不動，待彼氣衰，陣久士怠，縱兵攻擊，何有不克？」翟讓曰：「世充兵新敗，怯志未寧，正宜乘其虛而破之，豈可遷延日久，使彼得固壘壁而拒我矣！」王伯當等亦請示兵。密從其議。次日，引兵分作三隊出，與王世充軍來石子河而陣，離世充寨不遠。畢竟看後節交鋒如何？

〔一〕「三千」，原作「三十」，據藏珠館刊本《唐傳演義》改。

第十節　殺翟讓魏公據衆　降李密王慶背隋

卻説李密大兵佈陣十餘里，旌旗蔽日，金鉦連天。世充軍亦整齊擺列。兩陣對圓，王世充當先出馬，單搦李密交鋒。翟讓左翼呂應兆引軍出迎。二人更不打話，軍器並舉。戰未十合，王世充賣個破綻，應兆搶入懷來。世充按住槍，早將應兆活捉馬下，逕回本陣。右騎軍鮑躓見捉去應兆，一馬突出，持槍望世充左脅刺來。世充放下應兆，令後軍縛了，再復馬與鮑躓相敵。祇一合，被世充刺死馬下。翟讓軍因戰不利，望後陣退。世充揮手一指，衆軍齊逐至中軍。密兵將潰，王伯當、裴仁基等選驍勇，從旁横斷其後，兩下殺氣騰空。李密勒中軍兵敵住世充。戰到日晡，衹見世充陣後先自逃走。人報一支軍背寇其營，極是驍勇，未知何處軍。世充大驚，撥回馬，引本部兵殺回後陣來。正遇其將，乃裴行儼。因在洛口養病已痊，引兵前來助陣，挺槍直取世充。世充前後受敵，隋軍不戰自亂，引本部殘兵殺出重圍，走入河陽，堅閉城門不出。

李密收整軍馬，還至洛口，日與將佐復定入京師之計。密有捷才，制勝決策，皆默與衆合，是以人皆伏之。翟讓部將王儒信，心志險僻，常好議論人長短，憚密威望，勸讓自爲大冢宰，總統衆務，以奪密權。又説讓兄翟弘曰〔一〕：「吾等久事主公。密，我之輩也，今權悉歸於彼。又陰結其下，終當不利於主公也。宜早計之。」弘然其言，即語讓曰：「天子汝當自爲，奈何與人？汝若不爲，我當爲之。」讓但大笑，不以爲意。人以報密。密聞而惡之。一日，讓謂房彦藻曰：「君前破汝南，大得寶貨，獨與魏公李密號魏公，全不與我。魏公，我之所立，事未可知。」彦藻懼，謀於鄭頲。鄭頲曰：「翟讓，貪財之輩，不足慮也。」次日會彦藻説密曰：「翟讓爲人，貪愎不仁，宜早圖之，免生後患矣。」密曰：「我知之久。緣此人與共起兵，若一旦誅之，難以服〔二〕衆。」鄭頲曰：「可引至密室而殺之，然後以大義曉示其下，焉有不服者哉？」密從其議，乃置酒，令人召讓赴宴。

讓將行，翟弘曰：「不可去矣。我觀李密心氣怏怏，常有懷恨之色，筵無好筵，弟宜慎之！」讓曰：「禮尚往來，來而不往非其禮也。今日若不赴席，是轉見疑於密矣。」因與裴仁基、郝孝德同往。密接入，各分賓主，仁基、孝德與讓共坐，單雄信等皆帶劍侍立。房彦藻、鄭頲往來檢校筵席。密執杯，起而言曰：「今日薄味，與司徒少敘舊日之情，不須多人以帶利刃，此非鴻門宴乎？宜撤之。」密左右皆引去，翟讓左右猶在。彦藻進白密曰：「今方爲樂，天時甚寒，司徒左右請給酒食。」讓許之。彦藻乃引讓左右盡出。獨密手下壯士蔡建德持刀立侍。食未進，密取出良弓，與讓習射中庭。讓接過弓來，方欲引滿，不持防背後，被蔡建德掣出鋼刀，自後砍之。翟弘、王儒信見事變，即大詬曰：「密反！司徒部下何在？」廊下搶出二百壯軍，並執弘與

〔一〕「又説讓兄翟弘曰」，原作「仁從儒信因説讓見翟弘曰」，據藏珠館刊本《唐傳演義》改。

〔二〕「服」，原爲墨丁，據世德堂刊本補。

儒信，皆殺之。徐世勣見勢頭不利，抽身走出。守者攔住，持刀砍來，傷其頸。王伯當見，遥訶止之曰：「不得無理！」世勣負痛而去。單雄信即拜伏階下，叩頭請命。密釋之曰：「與君無傷，切莫憂懼。」左右皆警擾，莫知所爲，密仍大言曰：「與君等同起義兵，本除暴亂，以安王室。司徒專行貪虐，凌辱群僚。今所誅，止其一家，諸君無預也。」命扶徐世勣至幕下，以言慰之曰：「小卒不知足下，誤傷貴體，密之過也。」即親爲以藥傅其創處。翟讓麾下無統，各欲散去，密復使單雄信前往宣慰。密尋獨騎入其營，歷加撫諭，仍令徐世勣、單雄信、王伯當分領其衆，中外遂定。

評曰：翟讓爲人殘忍，儒信貪縱。故死之日，所部無哀之者。然密之將佐，因是始有自疑之心矣。

李密自殺翟讓之後，盡得其衆，權由己出，群下皆拱手聽令。威振遠近，河南諸郡，盡附李密。唯滎陽太守郇王慶、梁郡太守楊注，尚爲隋守，不降。密令祖君彦作書招王慶，爲陳利害，遣人送到滎陽〔一〕來見王慶，呈上魏公書。王慶拆視之。書曰：

大廈將顛，非一木可支。隋失其德，民叛士散。天下之勢，郡守所知。且王之先世，家住山東，本姓郭氏，初非楊族按：〔二〕慶祖父元孫，隨母郭氏養於舅家，及武元帝從周文帝起兵關中，元孫在鄴，恐爲高氏所誅，冒姓郭氏，故密云。今若固爲坐守，吾軍扼於外，足下迫於内，智窮力竭，轅門請降，誠恐部下有執小忿者，不利於君也。手札到日，更宜察焉。

〔一〕「陽」，原脱，據藏珠館刊本《唐傳演義》補。

〔二〕「按」，原爲墨丁，此據世德堂刊本。

王慶得密手書，即以滎陽郡獻降。密將禮待之，復其原職，領鎮滎陽。復遣使人詣京師，約通唐公。畢竟看下節分解。

新刊參采史鑒唐書志傳通俗演義卷之二

起隋恭帝義寧二年
止隋恭帝皇泰元年
首尾二年事實〔一〕
按《唐書》實史節目

〔一〕此起訖時間，原僅存「起」「止」二字，據世德堂刊本補。

第十一節　李世民大破薛舉　屈突通勢盡歸唐

卻説李淵集諸僚佐於中殿，立代王侑爲皇帝，尊帝爲太上皇。淵自爲大丞相，封唐王。以建成爲唐王世子，封世民爲秦公，元吉爲齊公。追謚其大父爲景王，考爲元王，夫人竇氏爲穆妃。改武德殿爲丞相府，令置丞相府官屬。以裴寂爲長史。遣使賫敕至潼關，以劉文靜爲司馬。時潘仁使李綱朝見，淵愛其文學，即留之以爲丞相府司錄，專掌選任之事。又以竇威爲司錄參軍，使定禮儀。其餘將佐，各隨才授任，皆得允當。淵得長安之後，以甲士勞疲，悉傾府庫之藏，分賜有功者。不一日，藏庫支盡，國用不足。光祿大夫劉世龍獻策曰：「今集聚義兵不下數十萬，並在京師。柴蘇貴而布帛賤，請伐苑中及六街樹木爲柴，以換布帛，可豫備資國用，補繼其乏。」淵從之。果是一月間，府庫所藏得數萬匹。

唐王淵自仗其衆情協從，遂有一匡天下之志。使臣報：「李密奉表自陳，欲引兵會京師，以尋舊盟。阻於王世充之兵，故不能進達。」唐王怒曰：「李密野子狼心，屢失盟約，今日知我已入長安，無辭抵諱，故以尺牘來邀我耶？」即遣世民引大軍二萬攻洛口，責其寇東都罪咎而討之。裴寂諫曰：「李密鎮守洛口，兵精糧足，壁壘深固。近聞新誅翟讓，奪其權柄，號令衆人，悉皆懼伏。部下王伯當、徐世勣等，足智多謀，非一日之兵而能拔也。目下薛舉遣其子仁杲寇扶風，襲破守臣唐弼，悉併其軍，炎勢益張，衆號三十萬，欲窺謀京師之意。主公正宜遣使往旌之，使安其位，我得西向與群雄放對，庶無後憂。不然，捨門庭之寇而征不得利之國，未有能濟者矣。」唐王深然其諫，即遣使命，逕來洛口，旌贈李密，重加賞勞。密得唐王優賜，自以爲無敵於天下，更不圖入長安之盟。

卻說邊廷報入京師，見得薛仁杲引精兵三十萬寇取長安。使臣呈上唐王，唐王淵遣世民領兵十萬，前來征討，以殷開山、史大奈副之。世民辭了唐王，引兵於教場中操演。次日，與諸將拔寨離京師地方。軍馬槍刀整備，盔甲鮮明，迤邐望扶風進發時仁杲兵屯扶風郡。時值秋末冬初，朔風兢起，北雁南飛，動征人遠塞之悲，感閨婦重門之恨。後人錄《征婦怨》一首，單闡征夫之情。其詞云詞言漢軍者，唐儒不敢正斥時君也：

九月匈奴殺邊將，漢軍全没遼水上。
萬里無人受白骨，家家城下招魂葬。
婦人依倚子與夫，同居貧賤心亦舒。
夫死戰場子在腹，妾身雖存如晝（昼）燭！

世民兵屯紫雁坡地名，離扶風不遠。

且說薛舉正與東道行軍元帥羅睺、部將丘志榮、王欽等在軍中商議入京師之計，忽聽得哨軍報：「唐王遣世民領大軍十萬來到。」薛舉聽得，問於部下：「何以迎敵唐軍？」其子仁杲曰：「先發制人，後發制於人。世民大軍遠來，衆必疲乏。若縱兵而擊之，全勝之道也。」王欽曰：「唐王初入長安，號令嚴肅，聽得我有窺京師之舉，彼今挾天子令而來征討，且世民兵馬精盛，其鋒不可當。祇深溝高壘，以挫其鋭。攻守異勢，必獲兩全。」羅睺亦請從王欽所議。薛舉從之，即下令軍中繕守城壘，整備器具，遂按兵不出。人報知世民：「薛舉增築城壕，堅壁固守。」世民聽得，沉思半晌，下令將佐整師直趨天水。殷開山進曰：「今公子大軍至此，離扶風止曾二十里。又不促軍進攻，而下令趨天水，非所以示衆。」世民曰：「這賊堅營高壘，欲以老吾軍也。攻之正墜其計。薛舉大衆在此，其巢穴虛失。我軍直指天水，人懷内懼，必出兵救戰。我將軍馬埋伏前後，舉炮爲號，破之必矣。」開山等深伏其議。扶風薛舉第二日間不見唐兵進圍，令人去打探唐軍消息，人回報：「世民大兵直趨天水郡，止留下個空營。」薛舉大驚曰：「天水有失，我等皆被虜耳！」即縱兵出扶風，倍道追襲世民。薛舉軍未離數里，忽山坡後金鼓齊鳴，旌旗展出，一將横槍躍馬，乃殷開山也，大叫：「薛舉今日中吾之計，尚不下馬納降？」薛舉背後一將湧出，乃其子仁杲也，大罵：「唐將休走！」撚手中槍，直取殷開山。二人鬥上二十合，不分勝負。忽薛舉陣後軍士先散，史大奈引一支軍從背擊之。仁杲不敢戀敵，殺開中陣，望天水而走。王欽、羅睺等各混戰殺出。兩下喊聲連天，唐兵四路夾攻。世民自整後隊掩殺，大破之，直追至隴坻而還，襲了扶風郡，殺死其衆，屍首堆積，得其輜重二十車。世民曰：「薛舉走入天水，若緩其攻，彼得整集而拒我兵。諸君可乘鋭氣而取之，不可失也！」衆人得令，各奮力進兵，圍了天水郡，水泄不通。城下裝起雲梯，火炮之具悉備。

薛舉城中大懼，問其群臣曰：「今唐軍攻城急切，欲戰不可，欲降無辭，自古天子有降事乎？」黄門侍郎褚亮曰：「昔者趙佗以南粤歸漢，劉禪亦仕晉，近世蕭琮，其家得存，轉禍爲福，自古有之。」薛舉默然。衛尉卿郝瑗趨進曰：「陛下失問，褚亮之言又何悖也！昔高祖屢經奔敗，後九里山一戰成功；蜀先主厄於當陽，亟亡妻子，卒就大業。夫戰固有勝負，陛下奈何以一戰不利，遽爲亡國之計乎？」舉亦悔之曰：「聊以此試君等耳。」乃厚賞瑗，引爲謀士。瑗請連師梁師都，遣人厚賂突厥，合從東向。舉從之，即遣使命，以厚禮往突厥。突厥得其貨物，遂許出兵一萬，寇京師之三輔。梁師都亦部兵來救天水之圍。三輔告急文書報入京師，唐王聽得，與裴寂議曰：「突厥兵出三輔，世民征薛舉未回，誰可引兵禦三輔？」寂曰：「薛舉深寇，公子圍之，徒費糧料。不若下敕令撤兵，會潼關劉文靜軍，以扼突厥之後，三輔圍不救自解矣。」唐王依其計，即遣使人賫敕，至天水郡，會知世民。使者領敕，逕至天水，來見世民。世民得敕，與將佐商議。殷開山曰：「天水城堅，一時攻打未下。近聽得梁師都兵來救應。我軍糧食不夠支半月，正宜乘此機退入潼關，養威積鋭，以待時勢。」世民從之，即將大小三軍分作前後隊，緩緩退師。衆軍拔寨，離了天水，直趨潼關。城中聽得世民大軍撤圍而去，報知薛舉。薛舉知得突厥兵出長安之故，世民方且回軍，即下令縱兵襲擊唐軍。郝瑗曰：「世民善能用兵，彼今啟行，必分前後而退，使大軍作後。若追之，正中其計矣。」薛舉即止其兵不追。

且説世民軍退天水，迤邐望河東進發，離蒲阪五十里屯紮。差人持書往潼關，約會劉文靜軍。候騎報入潼關來，文靜與段志賢等曰：「今久禦潼關，屈突通未下。主公手敕出兵會世民。河東堯君素善撫其下，吏民爲之死守，倘軍一離，首尾受敵，可不兩失其利也？」志賢曰：「桑顯和窮促，屈突通勢怯，可以堅兵壓之，彼不戰自亂矣。」文靜然之，即自選精健，與志賢分前後隊，馳趨屈突通寨壁。顯和軍士屢困，皆棄壁而逃。文靜、志賢夾攻而入，顯和大敗，退保潼關。文靜縱兵圍之，通勢益蹙。部下軍士無鬥志者，或説通降。通泣曰：「吾歷事兩主，恩顧甚厚。食人之祿而違其難，吾不爲也！」每自摩其頸曰：「要當爲國家受一刀。」勞勉將士，未嘗不流涕。人亦以此懷之。忽候騎報云：「長安失守，而突厥兵寇三輔，唐王恐將軍尾出河東，結納突厥，將君之妻子盡監下。」通聞知大驚曰：「君上遭虜，妻子被囚，負職極矣！更何面目再見天子乎！」言罷，捶胸而哭。次日，乃留顯和鎮潼關，自引兵東出，將趨洛陽，以會勤王之兵。突通已離潼關，顯和勢不利，與通子壽即以城降文靜。文靜大喜，重用之。顯和曰：「主將去不遠，某當追及，勸彼來降。」文靜即遣竇琮等與顯和追之。二人引精騎五百，趕至稠桑地名，在滎陽西，將及突通。突通見後面追兵來近，即結陣自固。竇琮遣通之子屈突壽前往諭之。壽一馬近前曰：「潼關士卒離心，顯和率衆歸降。今長安破殘，大人孤軍更將何往？不如順唐，可保善後之計。」通罵曰：「此賊背違大義，負失潼關，罪弗容誅！今日反來誘我。昔與汝爲父子，今與汝爲仇讎！」言罷，命左右放箭射之，壽勒馬望後而退。顯和謂突通衆曰：「京城破陷，汝輩皆關中人，家屬盡在長安。唐王寬洪，待之如舊。若等即降，父母妻子猶且可保。突通今已勢促，更復隨之，亡無日矣。」衆人聽説，面面相覷，皆倒戈釋仗而降。通知其不免，下馬望東南再拜，號哭曰：「臣力屈至此，不能爲主固守封疆，非敢負國。」唐軍一齊並上，捉了屈突通，回見劉文靜。文靜令甲士將屈突通收固檻車，遣人解赴長安，來見唐王。

却説唐王每日衹是調遣各部，分徇州郡〔一〕。河池太守蕭瑀以郡降唐。唐王以瑀爲禮部尚書，封宋國公。時榆林、靈武、平涼、安定、漢陽諸郡，相繼來降。李孝恭、張道源招撫山南、山東諸州，皆下之。

〔一〕「州郡」，原漫漶不清，此據世德堂刊本。

第十二節　王世充金墉大戰　李世民東都解圍

卻說潼關劉文靜差使押送屈突通到京師，入見唐王。唐王素知突通名望，下階親攜通手，上府堂賜坐，曰：「何相見晚耶？」通泣曰：「遐荒遠臣，不能盡人臣之節，故至此，實爲本朝羞焉，敢重明公敬慰！」唐王曰：「隋君不辨賢愚，權柄下移，使忠臣義士疲於外。非君不能守職，時勢如此，將軍足知之矣。淵舉義兵，本欲與豪傑共安王室，非有他志。足下何必固辭？」通見唐王恭謙下士，即離坐拜伏曰：「通好勇匹夫，本無智識。今日情願乞降，同扶後主。」唐王大喜，以通爲兵部尚書，賜蔣公，兼秦公長史，欲命之往河東招諭堯君素。通慨然請行。唐王再三曉諭：「若見君素，可以溫言慰之，慎勿挾取，以失其義。」通即辭卻唐王，引本部兵直抵〔一〕河東城下，會見世民。二人握手相歡，侍坐終日，各訴平生。通具言唐尊遣諭君素之事。世民曰：「堯君素，烈士也。恐不見從。」通曰：「吾自有言語勸之。」

次日，突通撤去從人，單騎一馬，立於城下高叫，守城軍報入河東府。堯君素親登城上，看見屈突通，遥問之曰：「將軍臨行，曾道甚來？彼時令我守此城而拒蒲阪，今日自屈膝於唐，以來相見，其顔何厚？」君

〔一〕「抵」，原漫漶不清，此據世德堂刊本。

素言罷，歔欷不自勝。通亦泣下沾衿，因謂君素曰：「本共爲隋臣，今我失職，自知負罪。然事如此，君當早降。」君素曰：「公爲國大臣，主上委公以關中，代王付公以社稷，奈何負國生降，更爲人作説客耶？且公所乘馬，代王所賜也，公何面目乘之？」通曰：「非即遽降，然相持日久，兵散糧竭，勢力已屈耳。」君素曰：「你力屈而降，我力猶未屈，何用多言！」通見君素志堅，不可以説詞動，懷慚而退，見世民曰：「君素誠如公子之言，志難奪也。」遇唐王手敕召劉文靜取弘農，命世民略河東傍縣。世民得令旨，即遣屬官招撫各處，自屯紮河東界。上啟報知唐王：「堯君素不從諭旨，堅守其城。候回音定奪。」使人領書，逕進京師，朝見唐王，具上世民奏啟。唐王看畢，以示僚佐曹。姜謨曰：「君素死守孤城，焉能逃脱？主公可下命公子，緩用攻打，不出一月，城中糧食無繼，必見降矣。」唐王然之，即遣使命來復知世民。

義寧二年春正月，唐王淵自加殊禮，劍履上殿，贊拜不名。既克長安以後，招諭郡縣，於是東自商洛之處，南盡巴蜀之地，郡縣長吏、盜賊、氐羌，爭遣子弟入見請降。唐王命有司復書許納，日以百數。

《綱目》斷曰：唐公以兵取天下，而亦襲近世篡奪之跡，何耶？惟其始焉名義之不正，故其終焉之弊必至。於此書自爲大丞相，自加殊禮，自爲相國、唐公，雖欲曲爲之説，何可得也？惜哉！

卻説東都越王侗，屢被李密所侵，遣大將王慶保與王世充合兵，進擊李密。哨軍報入洛口，密謂裴仁基曰：「越王盛兵出東都，何以迎敵？」仁基曰：「李世民軍屯河東，以制外叛。唐王自加殊禮，欲起內謀。以我所觀，天下莫有其敵。主公正宜乘部下養鋭之兵，進襲東都。越王寡謀懦弱，無能爲者。若一夕據之，挾以號令天下，誰敢不從？然後與唐王坐觀勝敗，各奠土宇，培成霸業，在此一舉。古人所謂機會難再，時不可失也。君其圖之。」李密深然其計，即遣發大小三軍，出離洛口，令裴仁基守城。自領一班將佐，前抵洛北二十里下營。候騎報知王世充，王世充合東都兵，於平川曠野排開陣勢。李密亦引兵出。兩陣對圓，王世充陣中江期出馬，對陣李密部將孟讓一騎出迎。二將更不打話，金鼓齊鳴，戰上二十餘合，不分勝負。王世充自率驍果二千，刺斜擊李密中壁，大將軍王慶保率眾從右夾攻，兩下喊聲大振。密中陣先亂，不能抵敵，望後而退。世充驍騎斬壁奮前，無不以十當百。密兵大潰，程咬金、羅士信等堅陣在後，抵住隋兵，與密走屯鞏北。世充對岸離密陣四十里安營，命諸將各造浮橋渡洛，直抵密營。有造橋成者先進，前後不一。

密軍中知之，大驚曰：「隋兵眾盛，驍勇精銳，今造浮橋逼營，我軍首尾受敵。」即下令眾軍移營離鞏北，退保洛口。徐世勣進曰：「王世充不知兵法，是自送死矣。主公何自驚迫？彼造浮橋，使軍一齊並進，我軍恐寡不足以敵眾。今橋未成一半，而軍先渡，前後不一。若使敢戰死士五千，從旁擊之，大軍繼進，王世充自且不保，何況其眾乎？如先示怯，退保洛口，世充知之，縱兵攻圍，則我輩俱爲守虜。那時使諸葛復生，亦不能爲謀矣。」程咬金曰：「世勣之謀，極審時勢，主公不宜先有退志。」密厲聲曰：「成敗與諸君共之！」即帥敢死士五千餘人，自直抵浮橋，正迎世充兵。密親冒矢石，殺進隋營，五千騎各奮力乘之，隋軍不能當抵，大敗，墜溺洛水死者數萬人。程咬金、孟讓等引兵攻入，隋兵失利，拋戈請降者不計其數。程咬金逕入隋陣，正遇王世充。交馬數合，不防王慶保一箭射來，中咬金馬膛，其馬負痛，將咬金跌落在地。得孟讓一騎近前，救了咬金，殺散隋兵。

世充不敢戀戰，與孟讓領殘軍望洛北而走。又遇密，鏖戰一陣，折軍大半，走屯含嘉城〔一〕。密曰：「世充窮迫，不宜再長寇讎，可進兵攻之。」徐世勣曰：「金墉城壕塹堅固，糧食豐足，宜先取之。世充死虜矣，不

〔一〕「含」，原作「合」，據藏珠館刊本《唐傳演義》改。

足患也。」密從勣言，即乘勝進據金墉城，擁兵二十萬，陳於北邙南上春門。越王侗聽的世充兵敗，密乘勝進逼上春門，使段達、韋津二人部兵四萬拒之。段達、韋津引兵前抵上春門，遠望見密兵旌旗嚴整，士卒驍果，戰具軍器悉備。達不敢近敵，返兵逃走。密縱兵乘之。裴行儼一騎尾其後，韋津勒住馬來抵行儼。二將交鋒數合，被行儼一槍刺死馬下，隋軍大敗。段達走入城中，堅守不出。李密令衆圍繞攻打。城中乏食，越王侗謀於臣下曰：「密兵困城緊急，糧食不繼，奈何？」大將軍蔡昇曰：「長安侑王與唐公擁精兵數十萬，宜差使命求救，彼必有應。救兵一至，密圍自當解矣。」越王從其議，遂遣使出城，連夜詣京奏知侑王。

且說長安侑王升殿，使臣奏：「金墉城李密攻圍東都急切，越王遣使來求救應。」侑王聞奏，與唐王淵商議。唐王曰：「主上在慮，臣調衆將救之，其圍自退。」侑王敕下唐王分救東都。唐王即遣世子建成會秦公世民，帥兵五萬救東都，以姜謨〔一〕副之。建成率大軍離了京師，迤邐望東都進發，遣使會世民兵。世民令屈突通鎮守河東界，自引本部兵來與建成取齊。建成軍正行間，忽前面紅旗映日，征塵兢起，探馬回報乃秦公世民兵到。建成看見世民隊伍分明，號令整齊，部下謀臣、勇士左右相隨，心中甚有不足之意。令人迎接世民入中軍。世民下馬，入見建成畢，世民曰：「奉命退李密之圍，緣彼與大人舊同盟約，先修書一封，令人送去。密若不從，然後縱兵廝殺未遲。」建成從之。遂傳檄三寨，按兵休動，差人賫書以達李密。

卻說李密在中軍，與衆將商議取東都之策，人報：「東都越王求救於京師，唐王遣世子建成引兵來解東都之圍，令人有書到。」密發緘而觀之，則建成之書也。書曰：

〔一〕「姜謨」上原衍「曹」，據藏珠館刊本《唐傳演義》刪。

建成再拜，奉書於叔父李麾下：近日東都受圍，越王書詣長安取救。唐王遣建成、世民來解其困。尊叔以四境爲心，中國耗弱，兵戈苦於蒼生，金帛竭於戰士。雖念舊盟，撤師解圍，拯救黎民，奠安社稷，亦不失同宗之好。如不然，建成職在專兵，寧肯罷退？願尊叔垂察焉。

密看畢，大怒曰：「汝父尚且推尊，建成何等之人，敢以書來勸我，中間寓譏諷之語。可斬來人，先出兵與建成放對，然後攻城。」徐世勣亟進曰：「主公息怒。建成引兵遠來救援，先禮後兵故也。主公亦用回書，以溫慰之，然後撤圍，引回洛口，另作良圖。」密沉聽半晌，祇得依世勣之言，作回書令來人送回以見建成，即下令班師還洛口。建成與世民在軍中探候李密回音，人報差使已回，建成召入。使者呈上書札，言密退兵已還洛口。建成得書大悅曰：「不費張弓隻箭，而退李密十萬之眾，足爲諸侯威望也。」世民遂復遣使入東都，會知越王。越王在城中，聽得建成救兵來到，密軍解圍退去，與眾臣議召建成入會。忽人報：「建成遣使奏知越王，屯兵離城二十里地，以候手敕到方敢入。」越王即命中使章琦出城迎接建成、世民。建成將大兵屯在城下，與世民輕騎入城，來見越王，拜伏於階下。越王親下階獎勞之，賜坐階側。越王視世民龍行虎步，有帝王相，深禮重之。即於便殿設宴款待。酒罷，眾臣各退。

次日，建成入謝，辭越王。越王令臣送出城外。建成下令大小三軍拔寨離了東都，回長安不題。越王退謂其臣曰：「世民英才暢發，值干戈鼎沸之秋，非此人孰能安耶？」蔡昇奏曰：「今隋室陵夷，海宇顛覆，有能建功立業者，足爲霸王。殿下承祖宗正運，攬納英雄，廣儲深蓄，以肇餘光，正在此時，何以他人爲望，自抑其志？且大駕在江都，殿下宜奉表陳奏。見得李密屢有窺侵東都之勢，用詔會天下勤王之兵，俱集東都，候之聖駕。若兵一集，那時移檄傳告，曉以大義，民思隋澤未泯者，一舉而可復也。」越王從其策，即遣使命，詣江都奏知煬帝，以圖後舉。畢竟看下節如何分解？

第十三節　蕭皇后進詞侍宴　隋煬帝寢殿被弒

卻說煬帝駕至江都，荒淫益甚，酒巵不離口，然見天下危亂，亦不自安。退朝則換戴幅巾，身著短衣，與宮女遍遊臺榭樓閣，極其玩樂，汲汲顧戀景致，唯恐不足，是以大駕忘返長安。常與蕭后宴飲淩霄臺，仰視天文，見銀河耿映，帝星不明，謂后曰：「外間有人欲圖我等，然且共樂飲耳。」因命宮娥引滿金鍾，將至沉醉，上親制梨園曲歌唱，命侍從者和焉。詞云：

瓊瑤宮室，金玉人家。珠簾開處碧鈎掛。嘆人生一場夢話，休挫了歲歲桃花。奈中原離黍，霸業堪嗟！干戈滿目，阻斷荒遐。梨園檀板動新雅，深痛恨，無勤王遠將鑾輿迓。須酣飲，顧不得繁華天下！

蕭后亦獻《楚宮行》詞以進，帝復令子弟歌之。詞云：

章華宮中九月時，桂花半落紅橘垂。
江頭騎火照輦道，君王夜從雲夢歸。
霓旌鳳蓋到雙闕，臺上重重歌韻〔一〕發。

〔一〕「韻」，原作「飲」，據藏珠館刊本《唐傳演義》改。

千門萬户開相當，燭籠左右列成行。
下輦更衣入洞房，洞房侍女盡焚香。
玉階羅幕微有霜，齊旨此夕樂未央。
玉酒湛湛盈華觴，絲竹次第鳴中堂。
巴姬起舞向君王，回身垂手結明璫。
願君千年萬年壽，朝出射獵夜飲酒。

蕭后執板壓音，宫女子弟歌和，端的有繞梁裂石之音。上酒已醺，令宫女取鏡自照曰：「好頭頸，誰當斫之？」后驚起，問其故。帝笑曰：「貴賤苦樂，更迭爲之，亦復何傷？」后默然。忽中使奏知：「東都越王有表陳奏，具李密有窺東都之勢，唐王襲取京師之地。」帝見奏，已知中原板蕩，無心北歸，勤王之詔亦不下焉。欲率從臣近保江東。手詔已降，大駕將啟行，門下録事李桐客奏曰：「江東卑濕，土地險狹，内奉萬乘，外給三軍，民不堪命，恐亦將散亂耳。聖駕正宜復返長安，會集勤王之兵，東誅李密，號令天下，復其正位。此萬全策也。」御史陳立劾叱之曰：「朝廷大臣，尚不容議，汝小官何得越職而忤聖意哉？」帝怒，即削其官職，謫居嶺表。於是群臣緘口，公卿皆阿意順旨。陳立復奏：「江東之民，望聖駕臨幸已久。陛下撫而慰之，此大禹之事也。」帝乃命臣下督人工治丹陽宫，將徙都之。御史中丞領旨，遣人工搬運木石，修理宫闕，費用無經。有司督責嚴切，黎民虐極，死者不可勝紀。後人揭七言四韻以嗟之云：

聖主經年事遠行，細民攝口怨恨生。
去年駕往河東路，今歲又徵江都營。
十五離家三十載，弟兄漂散知何在？

淒涼室下更無人，父母近來顏色改。
昨日詔書下江東，千騎萬乘隨玉龍。
足穿指裂顧不得，擔束趨馳恐後從。
官吏嚴催備宮闕，責人遲慢侵宵發。
男兒苦死圖勳名，猶勝無功坐罪殺。

時江東糧盡。從駕驍果將士多關中人，有思歸者，因作《塞上曲》以引其眾。詞云：

樓上晝角哀，即知兵心苦。
試問左右人，無言淚如雨。
何意休明時，終身事鼙鼓！

夜靜悲切之聲聞於遠近，城中士卒無有不動悲念。郎將司馬德戡、元禮、直閣裴虔通等，亦思共謀亡，又作〔一〕《閨〔二〕思》招引，日夜結納於廣坐，明議論叛去之計，無復忌憚。宮人聞知，言於帝，帝怒斬之，自是宮人無復言者。郎將趙行密以眾情告將作少監宇文智及曰：「今隨駕官軍，各欲思歸長安。郎將司馬德戡、元禮及直閣裴虔通等，亦思謀去。足下所見如何？」智及曰：「上雖無道，威令尚行。卿等亡去，徒取死耳。今天實喪隋，英雄並起，盜賊蜂發。我與你等所掌禁兵，已有數萬人，今因其眾有思歸之心，圖行大事，此

〔一〕「又作」，原爲墨丁，據世德堂刊本補。
〔二〕「閨」，原爲墨丁，據世德堂刊本補。

帝王之業也。」德戡等然之，與趙行樞謀曰：「今圖大事，當先推尊一人爲主，斯能以統其下也。」行樞曰：「智及兄許國公宇文化及，素有名望，能服其衆，宜共立之。」德戡即會見化及，欲推爲主。化及聞之，變色流汗曰：「主上大駕在此。玄武門驍健宮奴數百人，倘覺其事，我等皆受誅刑也。」智及曰：「此事極〔一〕容易。帝所親信司宮魏氏者今按司宮魏氏〔二〕乃婦人也，用厚賂結納之，使其矯詔驅宮奴出外，候旨聽給，更何患焉？」許公不得已，乃從之。德戡等悉召驍果，諭之曰：「君上不惜群下，流連忘返，縱宴無度。若更從其巡幸，則爾等老死他鄉，竟不能見親戚也。今許公欲舉大義，指揮復返長安，要與衆人息於勞苦。爾等心下肯從否？」衆皆曰：「唯將軍是命！」德戡乃夜於東城集兵，得數萬人，舉火與城外相應。煬帝在宮中望見火起，又聽的宮外喊聲大振，問曰：「今夜何事，如此喧嚻？」虔通對曰：「草坊裏失火，外人共救之故耳。」帝以其言爲實。次日，天未明，德戡、虔通將數百騎殺入宮來。有屯衛將軍獨孤盛與左右千餘人拒之。虔通衆騎一湧攻入，迎頭正遇獨孤盛，大罵曰：「背君逆賊！何敢無理？」虔通持刀向前，二人戰未數合，被虔通一刀砍下頭來，殺散餘軍。宮中人馬大鬧。千牛官名獨孤開遠見事變，即帥殿内數百人叩閤，請帝自出臨戰，無一人應者，軍士稍散。玄武門驍健宮奴被魏氏驅制，又不得進。德戡引兵自玄武門入。

帝見失利，即更換衣服，逃於西閣。虔通等入至永巷，不見煬帝，問其侍下曰：「陛下安在？」有美人出指之。校尉令狐行達拔刀直進，扶帝下閣，勒兵守之。天已明，以甲騎兵仗迎化及。化及戰慄不能言。既至，

〔一〕「極」，原作「及」，據藏珠館刊本《唐傳演義》改。
〔二〕「魏」，原爲墨丁，據世德堂刊本補。

德戡等迎謁，引入朝堂，號爲丞相。虔通逼煬帝出宮，化及見之曰：「何用持此物出！亟還與手按《綱目》，化及此言蓋欲令虔通「不用持帝來見我」，命急引還，與下口殺之也。」於是引帝還至寢殿，虔通等露刃侍立。帝嘆曰：「我何罪至此？」賊黨馬文舉曰：「陛下違棄宗廟，巡遊不息，外勤征討，内极奢淫，使丁壯盡於矢刃，女弱填於溝壑，四民喪業四民，士農工商也，戎寇並起。專任佞諛，飾非拒諫。何謂無罪？」帝曰：「我實負百姓。待於爾輩，榮祿無極，何乃如是？今日之事，孰爲首邪？」德戡曰：「昔紂行無道，人神共憤。今陛下之暴，不滅於紂，是溥天同怨，何止一人？」化及又使封德彝數帝苦虐庶民之罪。帝曰：「卿乃士人，何亦如是？」德彝赧然而退。時帝愛子趙王杲，年十二，在帝側號慟不已。虔通近前斬之，血濺御服。欲遂弑帝，帝曰：「天子死自有法，何得加以鋒刃？取鴆酒來！」文舉等不許，使令狐行達縊殺之。時義寧二年春三月□□日。帝亡年三十九歲，在位十三年。後賢有詩嘆云：

紫泉宮殿鎖煙霞，欲取蕪城作帝家。
玉璽不緣歸日角，錦帆應是到天涯。
於今腐草無螢火，終古垂楊有暮鴉。
地下若逢陳後主，豈宜重問《後庭花》。

又唐儒劉滄《經煬帝行宮》詩云：

此地曾經翠輦過，浮雲流水竟如何？
香消南國美人盡，怨入東風芳草多。
殘柳宮前空露葉，夕陽江上浩煙波。
行人遥起廣陵思，古渡月明聞棹歌。

初，帝每巡幸，嘗以蜀王秀自隨。化及、德戡等既弑帝，化及欲迎秀立之，眾議不可，遂殺之。及齊王暕，宗戚無少長皆死。唯秦王浩素與智及往來，得以保全。化及又遣人收虞世基、裴蘊、來護兒等。世基臨刑，其弟世南抱世基號泣，請以身代。化及不許，竟令殺之，遂自稱大丞相，總百揆。以皇后令立秦王浩爲帝，居別宮，以重兵守之，惟令發詔書敕而已，其政事皆決於化及。封弟宇文智及爲左僕射，管領內外軍民，封各母弟宇文士及爲右僕射，二子宇文丞基、宇文丞址俱秉軍政。及其心腹之人，各有封賞。初，裴矩知將有亂，雖廝役之人，亦皆厚遇之。又與士及建策，爲驍果甲士娶婦。待士及爲變，眾爲保全，故得免於難。遇化及至，又迎拜於馬首，故化及亦以爲僕射。文武百官，皆集拜賀。時蘇威有重名，聞帝被弑，閉户不出。化及遣人召之，威亦往見。唯給事郎許善心獨不至，每出言：「食君之祿，當死其事。如屈膝而拜弑賊，寧無愧於先人乎？」人報知化及，化及大怒，令人收而殺之。善心〔一〕母范氏年九十二，撫柩不哭。人問其故，曰：「吾有子矣，復何哭焉？」不食而卒。時死王事者，惟給事郎許善心、千牛左右張仲琮，其兄仲琰爲上洛令時，唐王入關已先死之，兄弟皆死國難。是數人甚重時議。

卻説邊廷消息報入長安來，使臣傳知唐王。唐王聞變，慟哭不止。諸將佐皆曰：「煬帝荒淫，不恤其眾，故受弑戮。主公何重其哀？」唐王曰：「吾北面事人，失道不能救，敢忘哀乎？」次日，奏知代王。代王左右亦爲之驚悲，與群臣議追謚曰「煬」，欲以唐王爲相國，總百揆，加九錫。

九錫名：大輅、戎輅各一，玄牝二駟大輅，金輅也。戎輅，兵車也。玄、牝二駟，黄馬八匹，以駕車也。袞冕

〔一〕「心」，原脫，據前文補。

之服，赤舄副焉衮冕，王者之服。赤舄，乃朱綬也。軒轅之樂，六佾之舞軒轅者，堂上之樂也，升降必動殺。六佾之行也，天子八佾，王六佾也。朱户以居，納陛以登朱户，紅門也。陛，階也。虎賁三百人虎賁乃守門之軍也。鈇、鉞各一鉞，大斧也。彤弓一，彤矢百〔一〕彤弓，赤色之弓。旅弓十，旅矢千〔二〕旅者，盧器也。秬鬯二卣〔三〕，珪瓚副焉秬，黑黍。鬯者，陽，乃香酒，降和之用。卣，乃中樽也。珪瓚，家廟社稷禮器，以祀先祖。出《周禮》。

王謂僚屬曰：「此諂諛者所爲耳。孤秉大政，而自加寵錫，可乎？必若循魏晉之跡魏奪漢禪，晉奪魏禪，故唐王引以爲言，彼皆繁文偽飾，欺天罔人。孤竊恥之。」御史程理進言曰：「自古以來，人臣未有如公之功。方之周公、吕望，莫能及也。秉持鈞軸，攝理大政，芟夷群凶，與百姓除害，使隋室僅安，豈可與諸臣宰同列乎？合受相國之任，用加九錫，以彰天下。此歷代所行，亦何可廢？」王曰：「堯、舜、湯、武，各因其時，取與異道，皆推其至誠，以應天順人。未聞夏、商之末，必效唐、虞之禪也。但改丞相爲相國府，其九錫殊禮，皆歸之有司。」衆臣庶幾從其請。唐王復奏遣使詣江都，迎接煬帝之柩，上葬帝陵。代王依奏，即遣使者去訖。畢竟且看如何？

范氏曰：唐高祖可謂不自欺矣。然以兵取而必曰受禪，是未免襲世衰之跡也。

〔一〕「百」，原作「一」，據世德堂刊本改。

〔二〕「旅矢千」，原作「依矢下」，據藏珠館刊本《唐傳演義》改。

〔三〕「秬鬯二卣」，原作「秬營一員」，據世德堂刊本改。

第十四節　隋侑帝南郊讓位　孫伏伽御殿陳言

卻說宇文化及與其黨商議去就之計，德戡曰：「江都從駕軍民思歸久矣，丞相正宜復還京師，以從人望。」化及然之，即擁兵一十餘萬，西還關中，軍民大悦。次日，宇文化及與衆臣兵起，前後擺列，盡用煬帝車輦儀仗。以少主浩付尚書省，令衛士守之。遣吏取其書敕，百官不復朝參。將六宫彩女、各庫珍寶貨物，盡數起行。化及大軍離了江都，望長安進發。在路途間，則令軍士搶人家車牛。遇濟川河，令奪客商船隻。及見後宫嬪妃數多，庫藏寶物沉重，又奪手下將士驢馬車牛，裝載宫娥彩女、珍珠寶貝、金銀段帛。軍士戈甲行裝，使其自負。道路窵遠，軍士疲劇，皆起怨心。至顯福宫，虎賁郎將麥孟才等與折衝郎將沈光謀曰：「吾儕受先帝厚恩，今俛首事讎，何面目視息瞻視喘息也世間哉！吾必欲殺之，死無所恨！」光泣曰：「是所望於將軍也。」乃與孟才糾合恩舊，帥所將數千人，將以晨襲化及。二人準備停當，人報知化及。化及怒曰：「此死不盡人耳。」即令劉汝和率五千軍，圍了孟才、沈光宅。孟才知謀泄，率衆從内殺出，被汝和迎頭一刀斬之。沈光被衆軍亂殺死。麾下皆鬥死，無一降者。時義寧二年四月也。雪航先生讀史至此，有詩贊云：

隋主荒亡酒色迷，公卿緘口欠支持。
堪憐效職雙忠士，顯福宫前血染衣。

宇文化及殺了麥孟才、沈光，遂發大軍前到彭城。司馬德戡謂趙行樞曰：「我等今日皆被足下所誤，明日身家必致慘夷。」行樞曰：「君爲何發此言？」德戡曰：「當時煬帝不仁，天下離亂，英雄並起，故爲下民誅其無道，欲求撥亂之主，必得英賢而立之。今所推宇文化及者，乃愚暗平常人耳，而立之爲主。今臨邊上，盡用小人，六軍扼怨。他日諸侯舉兵討叛，其人必敗。眾軍身何所歸乎？」行樞曰：「諸公勿憂。此事盡在我等。來日聚集眾人定議，廢之何難？」德戡遂與諸將密謀殺化及。人報知化及。化及大驚曰：「賊黨敢自爲亂！」即命心腹驍果數百人，伏兵於軍前，候德戡等入，就而擒之。化及準備停當。次日，趙行樞等方入轅門，未及進見，被伏兵一齊向前，將德戡、趙行樞俱執了，押至化及帳下。化及問曰：「我與你輩共誅無道，以圖天下。如其事成，使若等子孫俱受富貴。今日大位未正，諸軍未及封爵，且在途間，何得起此意欲害我耶？」德戡曰：「本殺昏主，蓋因淫亂無度，苦虐下民，故爲眾而殺之，乃選明主，與眾人造福。今推足下，殘暴尤甚，群下皆怨，並起廢立之議。我等不得已而從之也。」化及大怒，殺之，並其党趙行樞、元禮、裴虔通、令狐行達一十餘人。靜軒讀史至此，有詩嘆云：

謀弑當時志已同，宮中冤苦逐西風。
休言上帝無昭執，血濺彭城滿地紅。

時李密據鞏洛，以拒西路。化及知將士離怨，皆無鬥志，不敢望西行，引兵入東郡，通守王軌以城降之。化及大兵到於魏縣屯紮，與諸將陳智略、張章仁、王鐵佛、劉汝和、張敬、黃安等議，欲殺少帝浩而自立。張敬曰：「主上被弑，未及數月。少主仁愛，且無過惡。主公欲又行殘忍，恐難以服天下也。」化及曰：「古人云：『千日爲臣，不如一日爲君。』今時勢如此，更何惜其名乎？」遂用藥酒與少帝飲。少帝仰天大哭數聲，守備者無不流涕。少帝不得已，接過藥酒飲下，須臾七孔中迸流鮮血而死。化及毒死少帝，即皇帝位於魏縣，國號許。是日百官朝賀，化及各加封贈畢，令御史臣作册文，陳其美政，掩其惡跡，移檄於諸郡。

且説隋恭帝聽的宇文化及毒死少帝於魏縣，自立爲帝，建國稱號，與群臣商議，欲禪位於唐王，恐唐王再辭。御史程理奏曰：「禪位實天下大事，人民社稷所係。昔堯、舜推位，叮嚀告戒，各有訓辭。今陛下欲讓國於唐王，可在南郊築一臺，名曰『受禪臺』。躬領公卿百僚，明白推讓，略仿唐虞之法，則陛下子孫世世必蒙唐恩矣。唐王見陛下致實意，不容不行耳。」恭帝從其議，遣太史卜地築臺於長安城南郊。上列五方旗幟，按九宫星曜，鋪張華麗之物，極其齊備。五月某日，恭帝以臺成，自親率百官，文臣武將，各前後擺列出城，至臺前伺候。遣使命來詔唐王。唐王與衆將議曰：「天下未定，而先受禪位，何以服群下？」裴寂曰：「昔日三皇五帝，互相推讓。無德讓有德，古今盛典。主公勿固辭。」唐王曰：「若竟行之，恐天下不能逃纂逆之名。」劉文靜曰：「國家興廢，自古有之。今隋失德，子孫懦弱，故禪位與主公，以安海宇。主公正宜順天應人。」恭帝復遣使命來催，以下將佐皆以言勸之，唐王難阻衆意，祇得隨命出長安城，至南郊拜見恭帝。恭帝用溫言撫諭，具以讓國之意。唐王曰：「臣在長安，本禦外侮，用盡臣節，非敢有他志。今欲以位推臣，臣置陛下於何地？」恭帝曰：「吾隋氣運止此，值群雄摇攘之秋，卿秉政以來，民心已快。今日寡人禪位與公，爲天下故也，非一人所私。卿勿固辭。」恭帝即令衆官扶唐王登臺。恭帝親捧玉璽，以與唐王。唐王既受命，臺下衆臣跪聽讀詔。唐王記室溫大雅揚聲讀云：

維有隋義寧二年五月乙巳朔二十日甲子，皇帝臣某，敢昭告於昊天上帝：伏以生人以來，樹之司牧，眷命所屬，謂之大寶，曆數弗在，罔或偷安。故舜、禹至公，揖讓而興虞、夏。湯、武兼濟，干戈以定殷、周。事乃殊途，功成一致。後之創業，咸取則焉。臣恭承家慶，世祿降及，曰祖曰考，累功累德。賜履參墟，建侯唐社，地居戚里，門號公宫，丕緒隆基，足爲榮矣。但有隋爽德，屬饜大業，饑饉師旅，民怨咨咨，謫見咎徵，昭於玄鑒，備聞卑聽，所不忍言。臣恭守晉陽，馳心魏闕，被首濡足，拯溺救焚，大舉義兵，式寧區宇。徵要荒之辮髮，輯兆庶之離心。誓以捐軀，救茲人命，指陳喪亂，期之久安。有功繼世，無希九五。惟身與子，竭誠盡力，率先鋒鏑，誓以無貳。載蒙弘誘，克濟艱難，電掃風驅，廓清天邑。傳檄而定岷、峨，拱手而平關、隴。西戎即敘，東夷底定。非啟非贊，孰能茲速？尊位世嫡，翊奉宗隋，戮力輔政，無虧臣節。值鼎祚云革，天祿告移，謳歌獄訟，聿來唐邸。人符神瑞，輻湊微躬，遠近宅心，華夷請命。少帝知期運已去，大命有適，遜位而禪，若隋之初，讓德不嗣，群臣逼請，今六宗乏祀，七政未齊，罪有所歸，恐當天譴。請因吉日，設壇告類，祇畏上帝，惠茲下民。翼子謀孫，罔敢愆德。則小則大，無惑無違。對越鴻休，伏深慚懼。謹遣太尉某，用薦告之禮，瑞册蒼璧，香其明來，嘉蔬禋祀，於皇皇后帝，明靈降享。

溫大雅讀詔已畢。受八般大禮，劉文靜率公卿行大禮罷，仍改義寧爲武德元年，大赦天下，國號大唐。推五運爲土德，色尚黃。程理曰：「天無二日，民無二王。陛下可封隋帝爲公，以示厚德。」唐王遽不忍，群臣皆以爲宜。唐主始從之，廢隋帝侑爲酅國公，而選用其宗室。詔曰：

近世以來，時運遷革，前代親族，莫不誅夷。興亡之效，豈伊人力！其隋恭王智積等子孫，並付所司，量才選用。

范氏曰：商之孫子侯服於周，誅其罪人之身，而立其子，天下公義也。況宗族乎？高祖始即位而錄隋子孫。由漢以來，最爲忠厚。其享國長世，宜哉。

是年五月，隋趙王侗聞煬帝凶問，即稱皇帝於東都，號元曰皇泰元年。

六月，高祖追尊皇高祖熙曰宣簡公，皇曾祖天賜曰懿王，皇祖虔曰景皇帝，廟號太祖，皇考昞曰元皇帝，廟號世祖，妣皆爲后，謚妃竇氏曰穆皇后。每歲祀昊天上帝、皇地祇、神州地祇。以景帝配祀上帝〔一〕，明堂以元帝配。立世子建成爲皇太子，世民爲秦王，仍兼尚書令，元吉爲齊王，裴寂爲右僕射、知政事，劉文靜爲納言，竇威、蕭瑀爲内史令。其餘不能盡示。

《綱目》斷云：觀高祖之得天下，大抵出於秦王也。使無秦王，高祖且不得安其祿位，保其身家，況有天下之大哉？高祖有言：「今日破家滅軀亦由汝，化家爲國亦由汝。」是則唐三百年之基業，肇於秦王。其當有天下，無疑也。高祖於是時，盍召建成，明諭以其基業所由興之故，非世民無以有今日，俾其明白推讓，則建成有讓國之美，世民無推刃之慚。萬一建成不從，則斷以大義，封之遐阻之地，世民苦遜，則質以至誠，察其内衷之言，至再至三，表裏面背，始終無間，然後定儲貳之位，必至於兩全而後已，則父子之道得，兄弟之好終，君臣之分定，而國家安於磐石矣。惜乎計不出此，厥後骨肉相殘，爲古今之大惡，悲夫！

唐主待裴寂特厚，群臣莫及，日賜御膳，所言無不從，稱爲「裴監」而不名。因命與劉文靜等修律令行之。置國子太學四所，門生三百餘員，郡縣學亦置生員。委蕭瑀以庶政，事無大小，莫不關掌。瑀亦孜孜盡力，繩違舉過。人皆憚而毁之，瑀終不自安。唐主知之，用手詔曰：「得公言，社稷所賴。朕既寶之，故賜黄金一函，公其勿辭。」會秦王爲雍州牧，唐主以瑀爲都督。詔嘗下中書省，瑀未即行。唐主責其稽緩，瑀對曰：「大業之世，内史宣敕或前後相違，有司不知所從。今王業經始，事繫安危，故臣每受一敕，必勘審使

〔一〕「祀上帝」，原作「感生帝」，據世德堂刊本改。

與前敕不違，始敢宣行。稽緩之愆，實由於此。」唐主曰：「卿用心如此，吾復何憂！」唐主每視事，自稱名，引貴臣同榻而坐。劉文靜諫曰：「貴賤失位，非常久之道。」唐主曰：「諸公皆名德舊齒，平生親友，宿昔之歡，何可忘也？」自是唐主略近狎慢，召百戲、散樂萃於宮中。每詔擬五月五日於玄武門遊戲。萬年縣法曹孫伏伽上表曰：

隋以惡聞其過亡天下，故陛下得之。然陛下徒知得之之易，而未知隋失之之不難也。謂宜易其覆轍，務盡下情。凡人君言動，不可不慎。陛下今日即位，而明日有獻鷂雛者，此乃少年之事，豈聖主所須哉！又百戲、散樂，亡國淫聲，近太常於民間借婦女裙襦，以充妓衣，擬五月五日玄武門遊戲。此亦非所以爲子孫法也。夫善惡之習，漸染易移。太子諸王參僚左右，宜謹擇其人。有門風不睦，素無行義，專好奢靡，以聲色遊獵爲事者，皆不可近。自古骨肉乖離，以至敗亡，未有不因左右離間而然也。

唐主覽表大悦，下詔褒稱，擢爲治書侍御史，賜帛三百匹，仍頒示遠近。遣使體探宇文化及消息，且聽下節分解。

范氏曰：天下之勢，如人一身，必氣血周流無壅，而後能存。諫者使下情上通，上意下達，如血氣之周流於一身也。故言路開則治，言路塞則亂。高祖鑒隋之所以亡，首闢言路，可謂知先務矣。是以民知上之憂，已而疾痛將有所赴愬也。唐室之興，不亦宜乎！

第十五節　徐世勣黎陽戰敗　王世充東都秉權

卻説近屬諸侯馳奏宇文化及殘虐百姓，大兵將近長安。唐主早朝，使臣具表奏上。唐主因與群臣議曰：「逆賊宇文化及先弑其君於江都，又毒死少帝於魏縣，稱孤改號，淫亂後宮，卻又領兵西入關中，侵朕境界。若不問罪致討，後世難爲臣子之戒。」特命秦王李世民帥精兵十萬往征之，令弟淮安王李神通副之。秦王領了上命，出於教場，選點人馬，關給器具，號令三軍：「如臨戰退縮，及聞鼓不進、聞金不止者，俱斬。」秦王號令已畢，李靖進策曰：「逆臣宇文化及領著煬帝部下一十萬精兵，未可輕迎。莫若遣人傳檄諸郡，令魏公李密攻其右，夏主建德襲其左，鄭主世充躡其後，我之大兵拒其前。賊人勢逼，不戰而疲矣。」秦王大喜，即遣使者賫書前往諸郡，會知衆諸侯，共誅逆賊。使者領命去訖。秦王下令將佐，拔寨離了長安，前抵關中，與衆諸侯相會。有詩爲證：

千里霜威金鉞重，三秋風色馬蹄輕。
誰人共挽天河水，一洗中原戰血腥！

卻説東都聞宇文化及大兵西來，上下震懼。及會秦王世民檄書，集衆諸侯於關中，共討化及，越王侗與眾計議。有蓋琮者上疏，請説李密與之合勢，以拒化及。越王〔一〕問其群下可否，元文都、盧楚以爲此策極善。越王即使琮賫敕書賜密，赦其前罪。琮領命，辭越王，逕往鞏洛來見李密。李密正會眾將，程咬金、裴弘基、羅士信、孟讓、賈閏甫等，繕甲兵，修軍器，以備宇文化及之兵。忽報東都越王遣使命來，密召入。蓋琮賫上詔書，赦除密罪，復加封密爲太尉、尚書令、東南道行臺大元帥，率軍前討宇文化及。密接詔大喜，重待蓋琮，即上表乞降，請滅化及，以贖罪謝過。乃領大兵，出拒西路，以遏化及。

哨騎報入魏國，宇文化及眾黨聞知，皆懼李密兵鋭，不敢西向，勸化及北趨黎陽。化及從之，引大小三軍，離卻魏地，前抵黎陽界。守鎮黎陽縣者，乃密將徐世勣，聽得化及兵近，引眾迎敵。化及大軍於平川擺開陣勢，自親出馬，身穿袞龍袍、黃金鎧甲，兩邊打起龍鳳日月旗，一班將佐齊齊布列左右。對陣中徐世勣一騎當先，大罵曰：「弑君逆賊，盜竊名器，罪弗容誅！今日不受快刀，尚自敢耀武揚威。一朝事敗，加之極刑，亦難平其恨也！」化及大怒，顧謂諸將曰：「誰敢出馬，先擒此輩？」言未畢，一騎飛出，眾視之，乃化及愛將王鐵佛，驟馬撚槍，直取世勣。世勣綽槍來迎。兩下金鼓齊鳴，二人鏖戰十餘合，化及陣中劉汝和出助戰，夾功世勣。世勣軍士單少，化及人馬眾盛，世勣抵敵不住，撥回馬望本陣而走。王鐵佛〔二〕、劉汝和二支兵掩殺過來，世勣大敗，不敢復回黎陽，引殘兵望西走保倉城。化及大軍渡河，襲了黎陽，縱兵圍倉城，水泄不通。世勣率眾軍悉力拒守，差人取救於李密。

〔一〕「越王」，原作「恭帝」，據藏珠館刊本《唐傳演義》改。

〔二〕「王」，原爲墨丁，據世德堂刊本補。

李密聽得黎陽受圍，自部兵救之。密軍壁於清淇水名，差人入倉城知會世勣，以烽火相應。密與眾議曰：「此賊不必與戰。即目東有江都之兵躡其後，西有唐主之眾控其前，北有竇建德邀其中，旁有我挫其鋒。如今之計，莫若深溝高壘，堅壁不出，牽之數月，彼野無所掠，退無積聚，其眾自疲。然後乘虛擊之，化及首級可致麾下矣。」眾然其計，遂按兵不出。化及督軍攻打，會李密巡營至河，與化及隔水而語，數之曰：「你本匈奴皂隸，世承受隋恩，煬帝弒父弒兄，實爾父宇文述畫策爲之。爾父子受帝厚惠，恩無以加。今煬帝失德於天下，君之昆仲，幃幄寵臣，不能捨死而諫，反起弒逆之謀，禍延其子，淫亂宮闈，暴虐下民。此天地人神共怒，無所不容，將欲何往！」化及默然良久，瞋目大言曰：「今日與爾論相殺事，何須作書語耶？」密顧左右曰：「此庸夫圖爲帝，吾當折箠驅之！」乃以輕騎五百，焚其攻具，火終夜不滅。令人探化及糧盡，仍遣人偽與化及連和，許贈糧。化及大喜曰：「李密見約，吾無患矣。」既而密饋不至，化及將黃安曰：「密爲人奸詐百出，不可憑信而餌其計。可出兵示戰。」化及然之，遂盛修攻具，進逼倉城。

秋七月，密見化及軍連圍城數月不退，令人舉烽火，自率眾馳入化及中軍。化及兩壁箭如雨至，密左股中流矢逃回。黃昏時，徐世勣於倉城見烽火起，率〔一〕健騎五千，從化及營背殺來。裴行儼引驍果數千，渡河攻其前。兩下俱出，與化及軍大戰童山下。化及前後受敵，將士死者大半，走保汲縣。密復縱兵追之，化及勢窮，糧食殆盡，差人入汲都求軍糧，又遣使拷掠東都吏民，以責米粟。其通守王軌等被之逼迫，不堪其弊，乃同官吏將東郡詣密請降。化及聞知大驚，部下軍士離心，祇得引餘眾復北趨魏縣。人報李密，密曰：「化及

〔一〕「率」，原爲墨丁，據世德堂刊本補。

無能爲也。」其將陳智略、張章仁等，率所部歸密，前後接〔一〕踵言降者多也。密亦還兵鞏洛，留世勣以備化及。具表遣使往東都奏知，並將執得化及逆黨于弘達以獻。隋帝侗〔二〕大悦，引見其使，册拜密太尉、尚書令，實封魏公，俟平化及，入朝輔政，表徐世勣爲右武侯大將軍。使者賫詔回見李密。李密與衆接了詔書，受封已畢，遣人招撫東都。化及餘黨蘇威聞此消息，即領其衆來降李密。密素識其人，虚心禮之。威初不言帝室艱難，惟再三蹈舞，稱不圖今日復睹聖明。時人鄙之。密會集諸將佐，欲候入東都朝見隋主。

且説東都元文都奏隋主，欲遣使迎密。隋人皆喜，世充獨曰：「文都輩刀筆吏耳。吾觀其勢，久必爲李密所擒。且吾軍士屢與密戰，殺其父兄子弟前後已多。若入朝見隋主，必授之以大任。一旦爲之下，吾屬無類矣！」世充此言欲以激怒其衆，使之不從文都議。文都知之憂懼，與心腹人盧楚商議。盧楚曰：「衆人之中，惟世充勇敢，來日入朝，可伏甲士於午門誅之。其下不足慮矣。」文都喜從其謀，準備甲士數百，俟謀世充。段達知其事，以告世充。世充怒曰：「逆黨反欲害我耶？」即率精壯一千人，夜襲含嘉門。文都入奉隋主，御殿聽的外面喊聲不絶，人報世充勒兵殺進來。文都大驚，閉門拒守。世充引兵攻破太陽門得入，殺侍官盧楚。隋主使人問世充：「稱兵攻刦，欲何爲？」世充下馬謝曰：「元文都與盧楚横見規圖，欲謀陷害。請誅文都，臣甘從刑典。」帝默然。段達在旁，不由上意，即令人執文都。文都見帝哭曰：「臣本無大罪，世充何得妄殺人？」帝曰：「卿如不往自理，寡人亦難保矣。」段達曰：「汝起謀欲害世充，何謂無罪？」叱左右送世充。

〔一〕「接」，原作「折」，據世德堂刊本改。

〔二〕「隋帝侗」，原作「恭帝」，據藏珠館刊本《唐傳演義》改。

隋主慟哭遣之。世充罵曰：「逆賊亦來見我！」自下手殺之，及其諸子。段達開門納世充。世充恐其有謀，悉遣人更代宿衛者，然後入見帝，謝曰：「文都等欲召李密，以危社稷。疾臣與他志不合，深積猜嫌，迫於救死。不暇聞奏，臣不得已爲之，有驚陛下，罪該萬死！」時世充被髮爲誓，詞淚俱發，隋主以爲誠，亦用溫言慰之，以世充爲左僕射，總督内外諸軍事。世充權傾朝廷，移居尚書省，使兄世惲入居禁中，子弟咸典兵馬，隋主拱手而已。

第十六節　王伯當勸諭魏公　唐高祖使迎李密

卻説李密將入朝，大兵至溫地名，聞變，復還鞏洛。密因失望，怒拘隋使不遣。復與衆議興舉之計。東都國子祭酒徐文遠曰：「將軍之志，欲爲伊、霍謂伊尹、霍光，以繼絶扶傾，則老夫雖遲暮，猶願盡力。若爲莽、卓謂王莽、董卓，乘危邀利，則無所用老夫矣。」密頓首曰密以故嘗受業於文遠，備弟子之禮，故拜之：「願竭庸虛，康濟國難，此密之本心也。」文遠曰：「將軍名臣之子，失塗至此，若不遠而復言密爲悲，非其本心，□□□失其正途而全於此，若今改去，前□□□□善心之謂也，猶不失爲忠義之臣。」密頓首受教。至是密復問入朝之計，文遠曰：「世充亦門人也。其人殘忍，必有異圖。將軍前計爲不諧矣，非破世充不可入朝也。」密大悦，即下令以大小三軍，合二十萬，分作四隊啟行。遣人往黎陽會徐世勣。世勣以化及在後，不報。先是，李密驕矜，不恤士衆，世勣嘗譏其短。密不悦，使出鎮黎陽，以疏之。因致洛口倉無人防守，憑文券取米者，隨意委棄衢路，米厚數寸，群盜來就食者近百萬口。

東都聽的密大軍將至，城中軍民又聞密糧食充足，降者日以百數。淘米於洛水，兩岸十里，粲如白沙。密喜謂賈閏甫曰：「此可謂足食矣。」閏甫曰：「國以民爲本，民以食爲天。今民強負而至者，以所天在此故也。而有司不吝屑越如此，一旦米盡民散，孰與成大業哉？」王世充已知密舉兵來，時城中乏食，令人打探密軍中所闕何物。探人回報，言密軍少衣帛。王世充與下計議，將庫中積久布帛遣人送與密，交易糧食。密以爲應軍之乏，許然。因是東都降者遂少。段達曰：「兵有先聲而後動者，今密軍遠疲，正宜可攻。當此不擊，後已難圖。」世充然之，即簡精兵二萬擊密。候騎報知，密留王伯當守金墉，邴元真守洛口，自引精兵出偃師縣名，北阻邙山，以待之。召諸將會議，裴仁基曰：「世充悉眾而至。洛下必虛，可選壯騎三萬，傍河西以逼東都。出其不意，至必驚擾。世充若還，我且按甲頓兵堅城。如此則我有餘力，彼勞奔命，破之必矣。」密曰：「公言甚善。」程咬金曰：「世充所統，馬不滿三千，步不滿三萬。今若夾山而陣，連牛驢以塞歸路，彼眾皆爲必死，何用多計較也？」密又惑而從之。仁基苦爭不得，擊地嘆曰：「公後必悔。」魏征亦言於長史鄭頲曰：「公雖驟勝，而驍將銳卒多死，戰士心怠，難以應敵。且世充乏食，志在死戰。未若深溝高壘，以拒之。不過旬月，世充必退。追而擊之，無不勝矣。」頲曰：「此老生之常談耳。」密欺世充眾寡，不設壁壘。世充知之，陰索貌類李密者，使縛之。夜遣騎潛入北山，伏溪谷中。命軍士皆抹馬蓐食。

遲明天，待欲雨，埃霧囂塞，對陣皆不相見，世充兵薄近之，欲與戰也密營。密兵未及成列，世充縱兵擊之。世充士卒皆江淮剽勇，出入如飛，衹五千人馬，殺入密陣，如十萬甲兵。世充左衝右突，如入無人之境。迎頭正遇密將雷騰，交馬衹一合，被世充一槍刺於馬下。二處鏖戰方酣，世充放起信炮，伏兵乘高馳入，密眾崩潰，死者無數。程咬金、裴行儼等盡力抵敵，保密走回洛。世充令牽過類密者，眾軍大譟曰：「已獲密矣！」軍士皆呼萬歲。密眾不知虛實，皆驚竄。程咬金、裴行儼等死戰得脫，與密望偃師奔走。世充大敗密兵，擒其將裴仁基、祖君彥等，得軍餉四十車，盔甲器具積如丘壑。復引兵追李密。既而偃師吏民劫鄭頲，叛歸世充。密不敢向偃師，提眾萬餘馳洛口。會集眾將籌議，見失了裴仁基、祖君彥，慟哭不已，謂其下曰：「仁基智識弘遠，孤不能用其計以致是，吾之過也。祖君彥文才健捷，我得其指引多矣。今俱被囚俘，使吾情傷於衷，不由不悲！」眾將聞之，亦皆淚下。時守洛口邴元真已納款世充，遣人潛引世充：「我當内應。」

密知，秘而不發，欲俟世充渡兵半洛水，掩擊之。候騎不時覺察，密兵比出，世充絶河矣。

密自度不能支，即引騎遁武牢。將趨黎陽，其下或曰：「昔主公殺翟讓時，世勣致傷幾死，瘡猶未平。如投之，可必保乎？王伯當爲人義重，向棄金墉屯河陽，宜歸之。」李密即率輕騎就之。伯當迎李密入河陽，各有慘容。密曰：「勢已敗矣。久苦諸君，我今自刎以謝衆。」伯當抱密慟絶，衆皆泣，莫能仰視。密復曰：「幸不相棄，當共歸關中。密雖無功，諸君必富貴。」屬掾柳爕曰：「昔盆子歸漢，尚食均輸。公與唐同族，雖不共起，然遏隋歸路，使無西，故唐不戰而據京師，亦公功也。」密又謂伯當曰：「將軍族重，豈復與孤俱行哉！」伯當曰：「昔蕭何舉宗從漢，今不昆季盡行以爲魏，豈公一失利，輕去就哉！雖隕首穴胸，所甘已。」左右感動，遂來歸。時從密入關者，王伯當、程咬金、房彦藻、羅士信、趙仁基、柴孝和、賈閏甫，共二萬人。邴元真、單雄信等，率衆歸王世充。其餘將佐多降於隋。元真本縣吏，坐贓亡命從翟讓，讓以爲書記，及密開幕府，薦以爲長史。密不得已用之。未嘗使預謀畫。元真爲人貪鄙，宇文溫勸密殺之。密未得機會，不發。元真知之，故叛降世充。世充以爲行臺僕射，鎮領滑州。密舊將杜才幹恨其背密，詐以兵歸元真，後斬取其首，祭密塚而去。雄信驍捷，善馬槊，軍中號爲「飛將」，與徐世勣深相結契。房彦藻以雄信輕於去就，嘗勸密除之。世勣力爲之保，密又愛其材，竟不忍。至是果叛。

話分兩頭。卻説唐主在長安，聽得邊廷奏説：「李密戰敗於王世充，勢窮力竭，率衆歸關中。」唐主問於群臣曰：「李密來歸，當何待之？」尚書右僕射裴寂曰：「魏公實陛下舊所知，今若歸納，當先示之以優禮。

待進京師，察其志向，然後加封。」高祖然之，即遣親臣二十人，壯軍二萬，安車盛服，俱選奇駿華麗者〔一〕，出關〔二〕四十里迎候李密。使命與眾臣離長安，逕出關中。且說李密眾將，迤邐望關中進發，正行間，忽前面鼓樂喧天，紅旗烱映，不知何處軍馬。密令打探，回報言：「唐主大軍逕出關外來。」不移時，唐軍有人先到稟覆：「唐主聽的將軍率眾入關，特遣親臣二十人，備安車駿騎，敬來迎候。」李密眾停住兵馬，遙見冠蓋相望，甲士雄壯，盡是金盔錦袍，擺列兩邊。密見之大喜，謂其徒曰：「吾所舉雖不就，而恩結百姓。山東連城數百，以吾故盡歸國。比於竇融更始時竇融行西河大將軍事。後歸漢，光武授以涼州牧，又賜以外屬國。後平隴、蜀，拜大司空，恩寵在功臣之右，功亦不細。豈不以臺、司見處乎臺司，臺宿鼎司，三公之位也。蓋三公者，上應三臺。三司者，司分鼎□。」眾以爲然。唐主使臣眾官甲士，各拜迎，請密登車換服，進京師朝會。密從其請，即登車易服，與眾將佐俱赴京師。使臣報入長安，高祖聽的，即下敕宣詔李密進長安，舍長樂宮前殿，次日朝見。密以眾屯紮長安城西，自與親隨臣數人入止長樂宮。

次日，高祖以黃麻詔遣使召密。密即盛具冠服，隨使入朝。怎見的：香風靄靄，響韻鏘鏘。左列著峨冠博帶，各秉忠正之賢臣；右列著紅英鎧甲，咸懷匡國之武將。政令嚴齊，傳宣整肅。前後不越乎位，上下皆有定止。李密看見，心中凜然，不敢以目正視。隨使進丹墀下，行君臣禮。高祖命上殿賜坐，與密論及往事，因謂之曰：「昔會足下，以族連宗。因欲共籌大計，奠安隋室。不意於關中違顏，一向西入長安，未卜會期。

〔一〕「者」，原漫漶不清，此據世德堂刊本。
〔二〕「出關」，原漫漶不清，此據世德堂刊本。

雖翰簡往來煩數，亦難悉情。大丈夫創業垂統，庶理萬邦，本自天命，出於機偶，誠難以妄意圖也。大弟久寓邊廷，親冒矢石，英雄冠乎天下，誰不畏威。然而深機莫測，所慮未周，而挫小敵，功棄業亡。霜鬢蒼浪，老景至矣。寡人欲推富貴，坐受榮享，以示朝廷崇恩報爵之典，大弟其毋辭焉。」密曰：「自違盛顏，已逼三霜。陛下驅馳甲士，西詣長安，群雄拱手，威行諸候，遂登大寶。臣不知天命，妄意圖霸，上負天子，下疲諸將。今失利無奔，故衆情咸欲寄命於陛下，使臣得存微喘，以終餘年，是陛下恩之極矣。至於富貴榮祿，不敢望也。」言罷泣下沾衿。高祖復慰勞之，即拜密爲光祿卿，封邢國公，將表妹獨孤氏妻之。朝見高祖，高祖不表其名，以弟呼之。且看後來何如。

第十七節　竇建德樂城建號　薛仁杲涇州交兵

皇泰元年八月，唐主以密新降，復遣使招撫李軌，與欲共圖秦、隴，謂之從弟。軌得唐主命大喜，遣弟入貢，唐遂册拜軌爲涼王。密知之，心甚不快，自謂：「吾之功勳不減於李軌，何獨以公位處我，而封王他人？」因大失望，遂有叛唐意矣。

次日唐主升殿，大小官僚朝罷，裴寂出班奏曰：「煬帝失德，已今弑戮。陛下初登大位，四方所係。隋祚未滅者郡屬皆然，正可再遣使迎問煬帝之柩，敕在近之臣以禮葬之，則諸侯懷義者，知隋運息，引領慕望陛下仁厚澤渥，而皆願爲王之臣矣。欲治天下，何難之有？」唐主依其奏，遂遣使詣江都近屬，命卜葬煬帝喪柩，更會知各處諸侯。使者賫命出了長安，逕往江都路來傳宣唐主敕命，通知天下。不半月間，隋江都太守陳稜求得煬帝之柩，率郡屬官員，略備儀衛，葬於江都之雷塘。具表遣使入長安，奏知唐主。唐主大喜，重封陳稜。於是四海豪傑、州郡守臣，爭遣使者請降。

卻說隋河間府郡丞王琮，守都城，拒竇建德。建德攻之，歲餘不下。因是道路阻絶，一時未知煬帝凶問。及得唐主遣使通會各處，命葬帝柩，方始知覺二帝（煬帝、浩王）被宇文化及所弑，帥郡中吏民與二帝發哀，長幼咸穿素服，放聲大哭，如喪考妣。悲痛之聲，聞於城外。竇建德軍中聽的，眾人亦爲之感動。建德乃遣祭酒淩敬入城弔問，因謂之曰：「君上夷滅，跡息澤亡。君任臣職已盡矣，更猶拒孤城，欲爲誰守？且建德禮賢愛士，足下如肯歸降，以事隋之忠事之，則富貴遺於子孫，豈不勝於死乎？」琮曰：「拜上將軍，我當救一郡生靈，來日詣軍中納降。」凌敬辭琮出城，回至營中，備陳王琮歸降之事。建德大喜，即傳令大兵退去三十餘里屯紮，預備盛禮以候王琮。建德恐麾下有傷王琮，使監軍宋正本領五百壯騎往迎之。

琮次日開了城門，率吏民眾軍逕至建德營中，拜於帳下。建德出帳扶起王琮，令左右持過繡褥花裀，賜琮坐。琮曰：「遐僻孤臣，不能盡忠。所事君上被弒，又未能爲之報讎，冒罪深重，敢勞將軍禮敬！」建德曰：「足下僅盡臣節，遠近悉聞。今慨生靈而降，此仁人君子之事。宇文化及有失民心，左右抱怨，遽稱尊號，必不能有成矣。竟與足下共仗大義，明正其罪，發兵討之，與煬帝雪冤於地下，代府丞顯忠於當時，豈不美哉！」琮下席拜曰：「果如將軍所言，琮肝腦塗地，亦無惜也！」言罷，捶胸跌足，俯伏流涕，誓以雪讎爲念。建德亦爲之動容。邊將劉黑闥等謂建德曰：「王琮久困我軍，將有一年，傷損士卒不計其數，因糧竭力盡纔來投降。請烹之以快眾憤。」建德曰：「琮忠臣也。吾當旌賞，以勸爲人臣事君之道。奈何殺之？吾往日在高雞泊地名，在大名府界，建德初在此處劫掠〔一〕爲盜爲盜，則可胡亂殺人。今欲安定天下，豈得害忠良乎？」乃即下令軍中：「如有與王琮懷宿怨而妄傷之者，夷三族。」自此再不敢有言者，建德以琮爲瀛州刺史，於是，河北郡縣聞之爭附於建德。建德以張玄素爲黃門侍郎。先是玄素爲隋景城唐改爲滄州户曹，節儉愛民，深得士心。竇建德攻陷景城，執玄素，將殺之。縣民千餘號泣，請代其死，曰：「户曹清慎無比，殺之何以勸善？」建德釋之，以爲治書御史，固辭不受。及聞江都敗，至是乃起就職。

建德欲定興復計，與眾將商議。饒陽縣名令宋正本，其人資質清美，博學有才氣，進策曰：「自古帝王得天下而守之者，必有繼天立極之君，以開其統於上。故湯之放桀，所以纘禹之舊服也。雖南巢肇跡，而天下

〔一〕「掠」，原作「剠」，據世德堂刊本改。

不以爲悖。武之伐紂，所以反商之舊政也，雖牧野造改，而天下不以爲非。今隋運已去，兆民無籍，迎候義王者，如天旱之望雲霓也。將軍驅駕，北收燕趙，西定河北，然後徇撫而東，民歸士慕，帝業反掌而成也。」建德深然其計，引爲謀士。

評曰：宋正本之策，出於大義，使建德依其所行，五帝之業，非伯而已哉。惜乎建德盜剠之徒，不足以語此。

皇泰元年冬十月，有大鳥五集於樂壽漢樂成縣，地名，屬河間府，後有群鳥數萬從之按《唐書》小説，其大鳥身高八九尺。前節似鴻，後節似麐。其頭如蛇，其尾如魚。其顙似鶴，其腮似鴛。其文似龍，其背似龜。其額似燕，其啄似鷄。其翼猶如干盾，其聲猶如簫鳴。五色俱備。不啄生蟲，不折生草。不與群鳥同棲，不遭羅網之罹。不是梧桐不宿，不是竹實不食，不是醴泉不飲。此禽乃鳳鳥也，一名神鳥，一名鳥王，爲羽蟲三百六十之長，飛則乘風。生東方君子之國，翱翔四海之外。飛過昆侖之山，飲水於月桂之下，洗羽於溺水之洋。非太平，則此禽不至。

建德見之，以爲己之祥瑞。又崇城民掘得玄玉圭以獻，會稽孔德紹等皆進賀曰：「此玄圭者，原上天賜之夏禹。今我主又得之，此亦上天賜命也。今隋主被弑，天下倥傯。我主當順天應人，用正大位。」建德曰：「群雄擁衆，侵亂隋室，四海未得安寧。豈可即稱號以自貽禍？」德紹曰：「天運無常，民懷有德。主公如以德安天下，何禍之有？」宋正本亦曰：「主公祥瑞已兆，承天之命，以安隋民，正宜削平四方之僭亂，圖成一時之創業矣。更何疑焉？」於是建德始從衆議，建天子旌旗，起造宮殿，設置官僚，出警入蹕。因天賜夏禹玄圭之應，國號大夏。因鳳鳥之瑞，改元爲五鳳元年。立妻曹氏爲后，封隋齊王暕遺腹子楊政道爲勛國公，齊善行爲僕射，裴矩、宋正本爲納言，孔德紹爲内史侍郎，凌敬爲祭酒，劉黑闥、高雅賢及妻弟曹旦爲將軍。設宴禮待衆臣，移檄諸郡，欲爲煬帝誅討宇文化及，令有司募軍聚餉，備具器械，以候出征。

話分兩頭。卻說秦王薛舉卒，其子仁杲立，居折墌城，擁精兵二十萬，欲進與唐主爭天下，謀於郝瑗曰：「吾今欲乘養鋭之衆，西向關中，圖取京師。其計何出？」瑗曰：「唐主新立，藩外之臣悉皆順命，文武協力，共承底績。此仁深澤至而能致是。今主公欲兢一時之武功，驅兵西向，欲爭天下，誠非一日可動摇其不拔之基乎。古人用兵，不攻其腹心，先離其手足，此知勢漸至於危矣。主公如果有是舉，亦宜先取涇州。涇州一下，乘席捲之勢，襲逼關中，京師震駭，外援阻絶，庶幾進有所據，退有所止，天下或可圖也。」仁杲深然之，即統領大軍一十五萬，出離折墌，直趨涇州。守鎮涇州者，乃唐將軍劉感，聽的哨軍報：「薛仁杲引十五萬精兵，來取涇州。」劉感堅閉城門，悉力拒守。仁杲兵至圍之，督令衆軍攻擊。劉感於城上擂下木石火箭火炮之類，仁杲軍傷損頗甚，不敢近前，祇在壕外困守。劉感城中緊急，差機密軍人偷出城，往長平縣名取救。軍人帶了取救文書，夜静密密縋城而下，偷出軍營。未敢停留，直抵長平，來見王叔良。呈上取救文書，言：「薛仁杲圍困城池，水泄不通。作急持兵救應。」叔良知的，次日點起人馬，親自來救涇州之圍。

不説王叔良部兵來救涇州，仁杲打探軍報知，具言：「劉感取得長平救兵來到，王叔良大兵祇曾三十里遠。」仁杲謀於衆將曰：「何以退王叔良兵？」郝瑗曰：「乘此機會，可以擒劉感矣。」仁杲曰：「有甚良策？」瑗附口於仁杲耳邊云如此如此。仁杲大悦，即密令衆軍依計而行。時王叔良兵屯㮃虎丘地名，令人將文書入涇州城中知會。忽報：「外有數軍走得慌慌忙忙，直奔轅門，言有機密事告將軍。」叔良召入，問軍卒何來。軍人拜哭於帳下曰：「吾等高墌人氏，本爲唐民，被薛仁杲威力所逼，不得已而降之。今大兵盡出，涇州城中空虚無主。我等正欲投往關中，不想在此遇見將軍，情願將城獻降，然後將軍大兵襲其後，仁杲可擒矣。」軍人言畢，若有不勝情之狀。叔良曰：「此事果實否？」軍人曰：「我輩傾心投降，安得不實？將軍可速行之。若使知覺，我衆人無餘類矣。」叔良信之，即令人以密書通知劉感，令帥衆赴應。自引本部軍直趨折墌城。劉感城中得知叔良密書，令出兵合攻仁杲，劉感疑狐未決，忽軍人來報：「仁杲兵各慌亂撤圍而去，不知何緣故。」劉感知此事是實，必有人襲破折墌，故仁杲連夜退歸。令刺史李邦仁守城，自引精騎，開了城門，從後趕去。將近四十餘里，令人體探虛實，並無動靜。

劉感恐中其計，引兵復還。忽山坡後金鼓齊鳴，伏兵盡起，將劉感圍在垓心。劉感大驚，刺斜盡力殺出，望長平而走。四下喊聲大作，劉感殺出重圍，正遇王叔良敗兵。劉感慌問：「主將何在？」敗兵言：「主將被降軍所惑，引兵近出折墌城，壕邊埋伏有軍馬，主將正欲殺進，被城上亂箭射下，中矢而死。我等殺敗，逃走至此。」劉感聽説，不敢往長平，復與衆軍殺奔涇州來。迎頭一將，身著絳袍，襟連鎧甲，坐跨紫騮高駿馬，手持芒射利鋒槍，面方口闊，碧眼紫鬚，勇健絶人，乃薛仁杲也。一匹馬攔住，大叫曰：「劉感至此，還不納降，更欲何之？」劉感大怒，挺槍躍馬，直取仁杲。仁杲略施輕敵，二人戰未數合，仁杲放落鋒槍，撥於馬下。衆軍一齊搶上，捉了劉感，降其軍無數。仁杲將劉感綁縛於軍中，謂之曰：「將軍若降，免你一死。」感曰：「我縱歸降，城中糧食充足，吏民爲我固守。不日唐主兵至，爾軍焉能免乎？」仁杲曰：「我軍糧食未充，將軍如肯臨城下，語城中，云援兵已敗，不如早降，使我得就其食，復爾原職。」感聞仁杲軍乏食，暗喜曰：「此賊好無機關。」即僞許之。仁杲將劉感推至城下，令人報入城中來。李邦仁在敵樓上，看見劉感被執，衆軍面面相覷。劉感大呼曰：「逆賊饑餒，亡在朝夕。秦王帥數十萬衆，四面俱集。城中勉之！」仁杲大怒曰：「殺不盡狂徒！任敢如此！」令軍士於場中開一土窟，將劉感埋至膝緣。仁杲好騎射，自馳騎射之。劉感被鏃所傷，體無完膚，至死聲色逾厲。

《綱目》斷云：隋氏負不義之名，故雖有致命效死之臣，皆不得書。今唐德方新，是以劉感首以死節，特書於册。《綱目》之去取如此，一以孤逆賊之黨，一以褒忠義之士，皆所以垂世勸戒也。

第十八節　唐秦王戰敗高墌　殷開山奮請從戎

卻說仁杲既已射死劉感，縱兵圍攻涇州，日夜不息。城中失計，邦仁曰：「鄧州刺史呂子臧、撫慰使馬元規密邇郡鄰，可差人往求。此一路救兵至，可退仁杲。」衆從其言，即遣人往鄧州來會。

朱粲自稱楚帝，進攻鄧州。刺史呂子臧與馬元規拒守。元規屢出兵破之，朱粲衆疲。子臧曰：「粲軍屢敗危懼，如併力擊之，一舉可滅。若復遷延，使其徒稍集，則爲患深矣。」元規不從，而粲果收集餘衆，兵復大振，困打鄧州愈急。子臧料不能免，撫膺謂元規曰：「老夫今日坐公死矣。」遇霖雨浹旬，城壕崩壞，所親勸子臧降。子臧曰：「安有天子方伯降賊者乎？」帥麾下赴敵，朱粲堅陣待之，子臧力不能支而死。俄而城陷，元規亦死。因是取救軍人見鄧州被朱粲攻取了，不敢入城，連夜逕投長安來，奏知唐主。

使臣具上表文，唐主聞知仁杲圍困涇州，守將劉感死之，朱粲襲破鄧州，刺史呂子臧遇害，即遣秦王世民出兵救之。詔令已下，秦王部領十萬大兵離長安，與殷開山、劉文靜、劉弘基、李安遠一班戰將，望涇州進發。秦王曰：「賊圍涇州，日久不下，足知其無能爲也。我軍且莫趨涇州，可直擣高墌。乘其虛而襲之。仁杲知我軍到，必退圍而保高墌。從旁擊之，無不克矣。」衆然之，即引兵進高墌。

卻說仁杲知城中差人往京師求救，連路令哨馬聽候消息。候騎報知仁杲：「秦王大兵十餘萬，擣襲高墌，將近地界矣。」仁杲大驚曰：「折墌有失，吾何依焉？」即率大小三軍拔寨，連夜退保折墌。二日，秦王軍進次高墌地界，離城三十里。仁杲整飾軍器，秣馬蓐食，出兵與秦王請戰。秦王下令軍中曰：「賊內實空虛，意在速戰。我當固營待此，以老其兵。若彼退走，密遣奇兵邀其歸路，破之必矣。」於是軍中得令，堅壁不出。而仁杲數引兵挑戰，會秦王疾臥中軍，不出視事。眾軍又不敢進說。

次日，劉文靜入看秦王疾曰：「大王貴體未痊，仁杲屢日欲請交兵。眾將未得令，不敢出。乞下令示兵，勿長敵人之志。」秦王曰：「賊方熾，邀速戰，彼得其利。公等毋與爭。伺糧盡眾枵，乃可圖。」文靜出。殷開山銳立爭說文靜曰：「王屬疾，憂公弗能濟，故不欲戰。令宜逗機制敵，無專以賊遺王也。請動兵以怖之！」文靜然之，即與殷開山等觀兵於高墌，恃眾不設備，軍伍錯亂。秦王知之，眾兵已離營矣。仁杲與宗羅睺、岑詰、劉懷仁、牟君才、翟長愻等，分左右翼而出，諸將奮力向前。殷開山見仁杲將四圍來攻，躍馬揮斧，搶出陣前。宗羅睺一騎迎住交鋒。兩下戰不三合，薛仁杲一軍從右翼夾攻。殷開山立腳不住，望後而退。劉懷仁引健卒馳入，唐兵大敗。仁杲一騎突入秦王壁，勇不可當。唐兵皆棄壁逃走。劉文靜、龐玉、梁實等，恐有失秦王，力戰保定，退走墌野地名。仁杲引兵掩殺，鬥喊不絕，金鼓之聲，喧動天地。李安遠見唐兵失利，不敢戀敵，與劉弘基衝圍殺出，正遇岑詰一支生力軍到，阻住安遠，大殺一陣。安遠措手不及，被岑詰一刀斬於馬下。劉弘基一軍刺斜而走，迎頭又遇仁杲。弘基再復殺回，岑詰後兵追及。弘基力乏矢盡被擒。殺到黃昏左側，大霧垂空，仁杲方且收兵。劉弘基不屈，仁杲拘囚之。秦王是役也，損其大將十一人，名目不錄。被虜二人：慕容羅睺、劉弘基，折軍四萬，衣甲輜重不可勝計。

秦王引敗兵回長安，入見唐主，上表自陳請退職。唐主下敕與群臣議之。裴寂曰：「秦王功高，不可廢職。夫戰，勝敗乃兵家之常。今據一失，即從其請，何以勸後？陛下正宜重加慰遣，秦王必努力而破仁杲也。」唐主允其奏，居其舊職，復加賞勞。唐主以劉文靜不遵軍令，坐除名，仍與秦王復討仁杲。劉弘基臨難不屈，優護其家。惟殷開山恃衆失機，致被傷折，下吏當死。裴寂力爲之請，詔貸之，削落官職，廢爲庶民。郤説薛仁杲新破唐軍十萬於高墌，虜俘得食，軍聲大震，聞知遠近。郝瑗謀曰：「今唐兵新破，將卒擒俘，人心摇矣。可乘勝直趨長安，秦王不暇爲計矣。」仁杲然之，點集諸將佐，練閲士卒，剋日出師。邊廷消息飛報入長安來。使臣奏知唐主，唐主謀於諸臣。秦王出奏曰：「臣往日失利於仁杲，有重陛下宵旰。今養威積鋭，士有鬥心。臣復引兵出討仁杲，務使奏凱而還。」唐主允其奏，即下詔，令秦王復領大軍十萬，征剋仁杲。秦王領命出朝。次日，在教場中操演甲士，下其令：「以後仍有不遵軍令而先動者，立誅。」秦王正在軍中持調各部人馬，忽帳外一人，怒氣衝逼，直入轅門，來見秦王，拜哭於帳下。衆視之，乃殷開山也。殷開山訴秦王曰：「臣自歸君上，從攻西河，破衛文昇，身經數百戰，親冒矢石，非一死而到於今。不度失機於高墌，有辱君命，罪當誅刑。蒙主寬宥，廢職爲民，恩德莫報，深爲同列羞恥。臣今願再隨主公征討仁杲，捨命而進，庶報主上昔日知遇之恩也。」言罷，目眥皆裂，咬牙嚙齒，誓以死鬥。秦王壯其言，具表奏知唐主，乞與從軍。唐主敕下，准其請。秦王大小三軍各分撥停當，離長安逕望折墌進兵。怎見得：隊伍分明，紅旗炯灼〔一〕，劍戟如銀。人雄馬壯，慣知出塞之行藏；戰勝攻取，儘有擒王之武藝。秦王大軍近折墌城，祇曾四十里屯紮。早有人報於仁杲。仁杲使宗羅睺將兵一萬拒之。羅睺士卒精鋭，欲與唐軍放敵，遣人以戰書進呈秦王。秦王看畢，發遣下書人回，號令軍中：「諸壁各宜堅守營壘，不許出戰。」宗羅睺、劉懷仁分前後出襲秦王寨柵，唐軍並不出。劉懷仁令能言者於軍前挑駡，欲激其怒。羅睺衆人在軍前耀武揚威，百般辱詈秦王。

〔一〕「灼」，原作「電」，據藏珠館刊本《唐傳演義》改。

秦王諸將發憤，皆請出兵。世民曰：「我軍新衄，士氣沮喪。賊恃勝而驕，有輕我心。宜閉壘以待之，彼驕我奮，可一戰而克也。」因令軍中曰：「敢有再言出戰者，斬首示眾。」於是諸將復不敢稟出兵矣。

與宗羅睺相持六十餘日，仁杲軍中糧食不繼。其將牟君才、内史令翟長愻，率所部以降世民。世民察仁杲眾心離潰，知其可擊，乃命梁實領一支兵，營於淺水原地名，將布囊盡載硫黄、焰硝及乾柴、燥蘆引火之物，裝作糧食，堆於營中，以誘羅睺之眾。令殷開山領一支軍，埋伏於密林近側，遇信炮起，軍方可出。先遣驍將李長盛出軍二十里，與羅睺交戰，衹宜示敗，以誘其敵。世民分撥已定。李長盛即引本部軍逕出陣前，與宗羅睺交戰。羅睺見秦王出軍，大喜，引精鋭甲士馳攻長盛。長盛不敢力敵，引眾落荒逃走。劉懷仁、岑誥二騎馬從後掩殺來，唐兵衹顧退回。兩下金鼓連天，征塵兢起。將近淺水原，梁實引軍棄營而出。羅睺眾見營中大小囊車，裝載堆積，知是糧食，爭入取之。梁實伏軍從寨後放起火來，引著寨内乾柴、蘆榆之物，延及車裝布囊中硫黄、焰硝，一齊併發，火光迸於内外。時正值夏末秋初，西風透谷，火趁風威，風隨火勢，炎氣騰於雲霄。羅睺眾恰慌，世民對陣中看見淺水原滿天通紅，知宗羅睺中誘引之計，謂諸將曰：「可以戰矣。」使大將龐玉從原南殺進。羅睺軍從淺水原併力殺出，死者無數。羅睺引兵復奔南陣，正遇龐玉，兩下交鋒。岑誥一支軍從斜夾攻，龐玉幾不能支。世民乃引大軍，自原北出其不意，帥驍騎陷陣。殷開山拚死馳入羅睺中陣，左衝右突，人不敢當。岑誥挺槍勒回馬，直奔殷開山。殷開山揮起大斧，與岑誥交馬，衹兩合，劈於馬下。開山乘勢掩殺，唐軍漫山塞野而進，羅睺眾大潰，單馬望折墌奔走。世民帥輕騎追之。竇軌叩馬諫曰：「窮寇勿追，歸師勿遏。君當自審時勢而後動。」世民曰：「羅睺眾疲而遁。破竹之勢，不可失也。」遂進圍之，世民親督諸軍，裝起攻城之具，併力困打，不停晝夜。

仁杲城中聽得羅睺挫刃，唐兵圍困折墌，攻擊連晝夜，勢力窮促，將士多投誠歸降。仁杲益懼，計無所出。其下亦勸之降，曰：「將軍可早爲計。庇衆人，更莫犯鋒鏑之苦。」仁杲曰：「勢已離矣，更復何如哉？由爾衆人請降，免致生内患也。」次日，即開門詣秦王軍中乞降。世民大喜，得其精兵萬餘人。世民以軍士破仁杲取折墌，多苦矢石，令開設筵席於城中，大享諸將。是日，歡聲鬨耳，鼓樂喧筵，衆將極受其待，各至沉醉。次日早，秦王升帳，諸將皆進謝賀。因問曰：「大王一戰而勝，遽捨步兵，直造城下。衆皆以爲不克，而卒取之，何也？」世民曰：「羅睺所部皆隴外驍將悍卒，吾特出其不意而破之，斬獲不多。若緩之，則皆入城，仁杲撫而用之，未易克也。吾今令軍士急攻之，則羅睺不敢再復入城，必散歸於隴外。折墌虚弱，仁杲破膽，不暇爲謀。此吾所以克也。」衆皆悦服。世民所得降卒，悉使仁杲兄弟及羅睺等統之。世民聞仁杲善騎射，引衆將與仁杲出原南射獵，往來較矢，無所疑間。初，賊新降，聞秦王引衆出獵，各懷憂懼。至是，見世民寬仁大量，各畏威銜恩，皆願效死。

世民求訪彼處有賢達之士，令人薦拔。仁杲衆有以褚亮薦於秦王，世民曰：「既有此人，吾當見之。」即遣使者持節來迎褚亮。褚亮字希門，杭州錢塘人，少警敏，博覽書史，一經目輒誌於心。年十八，詣陳僕射徐陵。陵與語，異之。後主召見，使賦詩。江總諸詞人在席者，皆服其工。累遷爲尚書殿中侍郎，入隋爲東宮學士，遷太常博士。後爲薛舉黄門侍郎。舉滅，杜門屏跡，不求聞達。及秦王遣使迎之，乃起，隨使來見秦王。王下階候之，因謂曰：「世民受命而來，嘉於遇賢公。閣下久事無道君，得無勞乎？」亮頓首曰：「舉不知天命，抗王師，令十萬衆兵加其頸。大王釋不誅，豈獨亮蒙更生耶？」世民大悦，引爲文學。下令軍中班師回長安，先遣使人奏知高祖。且看下節分解。

第十九節　唐高祖徵徐世勣　尧君素射李氏妻

卻説唐高祖升殿，文武百官朝罷，使臣奏上秦王平復折摭、收降仁杲表章。高祖得秦王捷音大悦，與群臣會議，使邢國公李密往迎世民。敕下李密府中，密即領命，與王伯當等離了京師，逕至涇州〔一〕地界。前面人報：「秦王大軍已到。」密即停驂道旁，遣人將高祖敕書賫與秦王。使人去不多時，祇見金鼓齊鳴，旌旗展揚，密遥見人馬隊伍嚴整，繩然不亂，秦王自坐車中，左右親隨將佐不計其數。密往昔自恃其智略功名，見唐主猶有傲色，及見世民，不覺驚服，私謂王伯當曰：「真英主也！不如是，何以定禍亂乎！」秦王車駕已近，密下車迎候。人報知秦王，秦王亦出車相見驛道，二人握手極歡。世民曰：「有勞叔父車駕至此，姪之過也。」密曰：「君命召，有不俟駕！英姪有如此威風，寧以候迎爲勞哉！」世民請密登車，大小三軍依次望京師回，衆軍屯紮城外。

次日，秦王入朝見高祖，具上獻俘之表，高祖大喜，慰勞曰：「往者罪討仁杲，新軍挫衄。孤以遠方悍逆，難即克復。卿言務使奏凱而還，寡人以此言難合。未度今已獻俘，叛黨膽落。有志者事竟成也。」秦王拜

〔一〕「涇州」，原作「豳州」，據世德堂刊本改。

賀曰：「仁杲播亂，乘天厭人怒之時，干戈一出，逆党計窮。使臣獲建奇功，皆仗陛下之洪福也。」高祖召仁杲來見，仁杲拜伏階下，高祖曰：「聞卿嘗磔人於火，割以啖之，又取人倒懸，以酢注鼻。此何等刑也？」仁杲曰：「逆叛不服，有違號令者，以此刑處之。」高祖怒曰：「爾拒違君命，暴師經年，豈不是逆叛者耶？」下旨以仁杲及酋黨皆棄市。不移時，金瓜武士將仁杲推出午門，監斬官俱戮之於長安市，取首級回報。

《綱目》斷云：光武待劉盆子以不死，蓋以既受其降，則不可得而殺之也。薛仁杲以盜賊竊據土宇，罪固當誅，然上書仁杲出降，下書斬仁杲於市，則唐人未免爲殺降，而仁杲之罪否，則有所未暇問也。

卻説高祖已斬了薛仁杲，將首級號令示眾。復劉文靜爵邑，授民部尚書、陝東道行臺、左僕射。又復殷開山官爵。設筵宴，重享勞將士，謂群臣曰：「諸公共相翊載，以成帝業。若天下承平，可共保富貴。使王世充得志，公輩豈有種乎？如仁杲君臣，豈不可以爲鑒乎！」眾皆曰：「誠如聖諭。」高祖又曰：「天下諸侯，有鯁王命未服者，諸君宜條陳開奏。」李密曰：「臣舊將徐世勣，據臣舊境，未有所屬。陛下宜遣使召之。」高祖曰：「孤聞世勣爲公守領舊地，未得公命，恐其不來也。」密曰：「與臣同歸關中者魏徵，此人如往，世勣必承命。縱自不至，亦有書致陛下。」高祖大悦，即封魏徵爲秘書丞，往召世勣，仍令安集山東諸路。

魏徵受了官職，領敕書，離長安，逕從山東路來，安撫諸州，皆下之。乘傳至黎陽，遣人報入城中。世勣聞知，即出城迎接魏徵。入府中坐定，魏徵因言：「久違足下，一向入關，與舊主歸命唐主。那時公爲守臣，徵爲降臣。一守一降，公論難滅。然而唐主、秦王平昔豁達大量，終爲太平天子也。吾等所依，亦不失人。今唐主特遣徵來召足下，共扶唐室，公肯從命乎？」世勣曰：「舊主既歸，吾將何往？亦當詣降矣。」遂款留魏徵於府中。次日，世勣與長史郭孝恪議曰：「此民眾、土地，皆魏公有也。今魏徵承詔來召，吾若獻之，是利主之敗，自爲功以邀富貴也。吾實恥之。今宜籍郡縣户口、士馬之數，以啟魏公，使自獻於唐主。」

孝恪然之。因曰：「誰可以往？」世勣曰：「此行非公不可。」孝恪慨然許諾。世勣乃取庫中圖籍付與孝恪。孝恪離了黎陽，逕詣長安，來見唐主。唐主設朝，使臣奏知郭孝恪爲徐世勣來復命。唐主怪世勣無表，問於孝恪。孝恪曰：「舊主李密已歸陛下，守臣徐世勣不敢自專，付臣以圖籍、户口、士馬，獻與舊主，以呈陛下。」唐主既而聞之，嘆曰：「世勣不背德，不邀功，真純臣也！」賜姓李氏，復使孝恪賫詔，封黎州總管。授孝恪爲宋州刺史，仍與世勣經營虎牢關名。孝恪領詔，回至黎陽，見世勣，具説唐主盛德及授封之事。世勣大喜，遂與孝恪等決計西向。

卻説李密將世勣獻來黎陽等處户口、士馬之數，獻與唐主。遇京師當大朝會集天下官員，唐主以李密爲諸侯最，命其典同進食，居光祿職。密甚不悦。及進見百僚，密深恥之。朝罷，密退以告王伯當曰：「往在洛口，嘗欲以崔君賢爲光祿，不意身今爲此。且自與翟讓起兵以來，部領精騎四十萬，橫行天下，誰不畏威？未度少屈，歸命關中，意欲得國士榮封，顯著諸侯，今又不然。焉得以卑職辱我於朝廷！此恨實難忘也。」伯當曰：「天下事，在公度内耳。倘有所爲，伯當唯命是從。」密曰：「若在京師，事終難成。須求出外，方可以遠圖。」衆皆然之。次日，李密奏於唐主曰：「臣蒙榮寵，曾無報效。山東之衆，皆臣故時麾下，請往收之。憑藉國威，取世充如拾草芥耳。」唐主允其奏。裴寂曰：「李密爲人反復無常，自歸陛下，朝會嘗有不足意。祇宜拘留京師，授以散職則可。陛下若遣之將兵於外，正如縱虎歸山，放鳥入林，悔之莫能及矣。」唐主曰：「孤以誠心待人，密寧背我哉？」不聽。密又請賈閏甫偕行，唐主許之。又引陞御榻，飲勞甚厚。以王伯當爲副而遣之。李密辭唐主，與王伯當、賈閏甫等出離長安，往山東去訖。秦王聽得李密離了京師，入見唐主曰：「陛下遣李密收撫山東，正中其計矣。密狡猾好反，若縱之去，必生後患。陛下可急遣人召回。」唐主曰：「詔令已下，復遣追返，何以示信於天下？」不允其請，仍令諸臣進隋守職者以聞，備例旌表。

近臣奏河東守將堯君素，拒城不下。唐主聞奏，即以秦王爲陝東大行臺，蒲州及河北兵馬，並受節制，前往招撫堯君素。臨行，唐主手敕曰：「若軍到日，不許乘人之厄而失其義，候從容待之。」秦王得旨，離了京師，引兵直趨河東。卻説堯君素守河東，又聽的唐軍來到。一邊遣人求救鄰郡，一邊率眾上城拒守。秦王遣獨孤懷恩領兵攻之，不下。使人招之，又不肯降。相持日久。秦王領大兵到，圍其城，猶似冰山鐵壁，內外音信不通。君素於軍中造木鵝，繫上表文於鵝頷，內封固堅漆，外面妝點宛然，與鵝無異，放在黃河，順水浮流，至河陽。有守卒得之，奏達東都。時東都事迫，不得遣兵來救。君素屢望不報，城中危殆。秦王度君素勢力已窮，令人取其妻李氏招之。李氏領命，於城下語其夫曰：「秦王遣妾來諭夫主：今隋國祚已絶，天命屬唐，四海歸心。夫君何自苦如此？若實秉忠誠，不肯納降，妾死於夫主之前足矣。」君素曰：「天下名義，非爾婦人所知。」言畢，哽咽流涕，引滿雕弓，祗一箭，李氏應弦而倒。後人有詩贊曰：

拒守孤城志節堅，每觀遺史淚潸然。
堯君未畫麒麟閣，李氏花顔委九泉。

人報知秦王，秦王嗟呀不已。因下令軍中，用緩攻之。君素志在守死，每言及國家，未嘗不歔欷流涕貌，謂將士曰：「吾大義不得不死。必若隋祚永終，天命有屬，自當斷頭以付諸君，持取富貴。今城池甚固，倉儲豐備，大事猶未可知。爾眾不可有生異心也。」王行本曰：「將軍守職堅固，我等願共死王事，以成將軍志耳。豈有横生心耶?」秦王圍困日久，既而城中食盡，左右密謀殺君素以降。别將王行本知之，即誅作亂者，復乘城拒守。懷恩以君素已死報知秦王，秦王謂將佐曰：「君素之忠義，與河海以爭流，共竹松而俱茂。實可欽也。」眾將亦可稱羨。秦王遣使奏上唐主。高祖頒詔旌之，曰：「桀犬吠堯，有乖倒戈之志；疾風勁草，實表歲寒之心。」仍敕秦王班師，徇撫幽州等郡，獨孤懷恩守圍蒲阪。秦王得旨，下令大小三軍拔寨，離了河東，迤邐從幽州路回。將近幽州地界，屯紮大營。秦王遣人持招安詔書，進入幽州城來。

守鎮幽州者，乃隋臣羅藝。初，宇文化及弑帝篡位，知其雄略，差使命召羅藝。羅藝怒曰：「我爲隋臣，寧有從賊而爲叛逆乎？」乃斬其使，爲煬帝發喪，哭臨三日。時夏主竇建德、北主高開道，各遣使招之。羅藝與部下司馬溫彦博、薛萬徹、其弟萬均按，萬均，涿郡留守，薛世雄子。隋大業十三年，命世雄征討竇建德夏兵，勢敗。世雄不聽其子萬均之言，將萬均趕回，奔投北郡總管羅藝。後世雄果被建德所敗，走回涿郡，羞見其子，發病而死。長子薛萬徹從其弟萬均皆奔投羅藝，因羅藝獨霸北方等議曰：「二子建德與高開道皆劇賊耳，不足與共功名。爾眾人有何高見？」彦博曰：「吾聞唐主李淵，其子秦王世民，有堯舜之仁，禹湯之德，溫恭而履度，寬裕而養冲。如玉韞石，虹霓隱乎山川。及雲昇天，龍澤沛乎宇宙。神民悦豫，内外服寧，誠治世撥亂之主也。依我等所度，莫若歸唐，可保善後計矣。」羅藝大悦曰：「唐之秦王，真吾主也。」遂與漁陽、上谷諸郡，皆納款於秦王。人報知秦王：「羅藝遣人獻降書。」秦王甚喜，即具表上奏高祖。高祖聞奏，龍顔大悦，遣使命賚璽書、印綬，詣秦王軍中，拜封羅藝爲本州總管，封溫彦博爲中書侍郎，其兄溫大雅爲黃門侍郎此封溫大雅爲侍郎，實唐主以報其弟溫彦博勸羅藝歸唐之功，故耳，其將薛萬徹、萬均皆授以官爵。秦王領高祖詔書，報入幽州，授封羅藝。羅藝引吏民出郭迎接。秦王入進府中，羅藝等拜伏階下。世民以溫言撫慰，宣佈高祖授封之意。羅藝眾人受了官職。秦王招安已畢，次日帥大軍離幽州，逕回長安，不在話下。

第二十節　劉黑闥幽州救主　楊義臣魏縣全朋

卻説夏主竇建德既取深、冀、易、定等州，每日作樂，犒勞功臣，自謂天下英雄皆不及也，以書回報妻曹氏《唐書》小説：曹氏頗賢，通書史，有識見，每勸建德禮〔一〕賢下士、節儉愛民。建德甚愛之，每有事必資訪，而行多得其宜。曹氏見書，知建德矜誇自伐，乃仰天嘆曰：「吾聞老子有言：我有三寶，一曰慈，二曰儉，三曰不敢爲天下先。慈故能勇，儉故能廣，不敢爲天下先故成器長。今建德捨慈且勇，捨儉且廣，用兵初勝而矜伐自大，捨後爲天下先，其敗在於目下矣。」復書令人回見建德不題。

時建德正在軍中議事，人報：「羅藝從溫彦博之請，已順唐朝。」建德大怒，即起十萬大兵，來攻幽州。遊兵飛報入幽州來：「有夏主竇建德，領雄兵十萬，來寇幽州。」羅藝曰：「軍來將對，水來土掩。何懼哉？」便欲領兵迎戰。其將薛萬均曰：「夏兵有一十餘萬，吾衆不滿三千。彼盛我寡，出戰必敗。吾觀建德新取深、冀、易、定等州，終日與群臣作樂，欲誇兵勢，故此一來，其鋒不可當。何不〔二〕因彼驕志而示弱形以誘之，建德一戰可擒

〔一〕「禮」，原爲墨丁，據世德堂刊本補。

〔二〕「何不」，原爲墨丁，據世德堂刊本補。

也。」羅藝曰：「將軍有何高策，能退建德〔一〕？」萬均曰：「先使羸兵阻水爲陣，彼必渡水擊我。萬均請以百騎伏於城旁，俟其半渡而擊之，蔑不勝矣。」藝大喜，即分撥已定。次日，以老弱衆阻水迎戰。夏主擺開陣勢，衆長槍畫戟，齊齊布列。遥見羅藝對陣中，旌旗不整，盡是羸弱之兵，建德喜謂其衆曰：「羅藝不足爲念，但當奮力爭先，逕取其城。」衆軍恃鋭氣正盛，爭先殺過河來。羅藝見夏兵爭馳渡河，全無節制，心中暗喜，令衆軍望後退走。建德兵見羅藝陣脚一動，奔逐過河。將近半渡，正值黄昏左側，忽見羅藝中軍一條煙起，迸上九霄，兩下數聲炮響，左岸邊閃出一隊人馬，好似離山虎豹，出水蛟龍，乃幽州挺將薛萬徹，挺槍躍馬，從岸旁殺來。建德正慌，右岸中金鼓齊鳴，一將截住，乃萬徹之弟薛萬均也。夏兵渡河，隊伍不整，三軍未齊，被兩下兵衝出，殺得夏兵屍首遍野，驢馬填河。夏王勒馬奔回本陣，薛萬均二支兵從後趕來，建德部將鄧遷抵住萬均。二將交鋒，祇兩合，被萬均一槍刺落馬下。弟鄧建見殺了其兄，躍馬持刀出曰：「兄弟之讎，不可不報！」舞刀直奔萬均。萬均賣個破綻，鄧建不捨搶進。萬均見來得近，按下金槍，持起竹節鋼鞭，望鄧建腦後，一聲震響，鄧建血髓迸流，已死於馬下。夏兵大敗，建德單馬繞河而走。背後羅藝坐跨駿騎，手持長槊，引驍果追至。

正在危急之間，忽見岸旁一馬來到，大叫：「勿傷吾主！」衆見其將，征袍日照扶疏綠，抹額風飄瑣碎紅，身材雄壯，鐵面圓睛，使一柄大斧，入陣有萬夫不當之勇，乃是夏主部下大將劉黑闥也。黑闥獨戰羅藝，抵住追兵，由是〔二〕夏主得脱，從屍堆上爬過河去。夏兵力鬥間，祇見正北又一彪軍來，乃薛萬徹、萬均之兵，

〔一〕「德」，原爲墨丁，據世德堂刊本補。
〔二〕「由是」，原爲墨丁，據世德堂刊本補。

將黑闥圍在中軍。黑闥不敢戀戰，乘力殺出重圍。羅藝亦不追趕，合兵一處，鼓噪入城。

且説夏主得脱，來到河南，收集敗兵，折了大半，又不知劉黑闥交戰如何。正在悶間，忽見劉黑闥引得敗兵五千而回，入見建德。建德曰：「今日非君之力，孤性命亦難保也。」黑闥曰：「是皆陛下輕敵故也。後當以此爲鑒，慎勿自恃其強。」建德深然之，解所繫玉帶賜黑闥。兩下相持日久，幽州不能下。建德因衆無門志，下令引兵還樂壽城。

是時竇建德大兵被羅藝所敗，引兵回還長洛，衆臣俱各候問起居畢，建德入宫見后曹氏。曹氏已知其戰敗，因謂之曰：「主人平日用兵，皆能以弱爲強，人皆稱之豪傑。因稍得一勝，便生矜驕之志，故致三軍損折，暴屍原野。今若復不以此爲戒，妾等實無所託矣。」夏主謝曰：「賢后之言是也。」曹氏復請曰：「主人速宜下詔自責，去尊號，減御膳，素袍白馬，與死者發〔一〕喪，出錢周給其家屬。遇有功者，重加陞賞，激勸三軍。誠如是，然後用兵，無有不勝矣。」夏主從其請，即下詔，將出征之家死難之人，令有司給錢周濟，仍收葬之。夏主乘間復問之曰：「吾今欲削平群黨，西向以爭天下，不知計從何出。賢后爲我籌之。」曹氏曰：「妾聞欲定天下，必先以得人爲急。蓋以一人之耳目，難以遍天下事也。昔漢之高祖，不事詩書，於蕭何、韓信、張良，自言：『是三人乃人中之傑，吾能用之而得天下。』周武王曰：『予有亂臣十人而天下治。』由此觀之，則人君不可一日而無賢臣也。妾常嘆人祇知爲君之難，不知用人爲尤難也。故項羽自恃有拔山之力，得一范增亦不能用，天下國家竟被他人有。此不用人之明驗。況今四海鼎沸，八表紛然，而不廣搜山谷之英才，共

〔一〕「發」，原作「法」，據世德堂刊本改。

理大計，安欲與人爭天下，其可得乎？」夏主聽曹氏之言，切中時務，大悦。

次日出朝，告諭群臣曰：「孤本無才，爲衆所推，以至今日。卿等務要竭心爲國，拔用賢能，各舉所知。」宣喻未畢，祭酒凌敬出奏曰：「今有一賢人，若伊尹之才，王佐之傑，用之而霸必成矣。」夏主曰：「其賢何人？」凌敬曰：「隋太僕楊義臣也。此人因奸臣所譖，棄官隱歸，與臣平日相識，實有將相略也。」夏主喜謂凌敬曰：「既有此人，卿當持節賫金幣、車馬，自往聘之。」凌敬曰：「受君之命，臣安敢辭？」即領金幣、安車，出離樂壽，前往濮州，來聘楊義臣。且看如何？

卻説楊義臣自歸鄉里後，每觀分野，見旺氣現於西北，已知秦王當有天下，隋祚將絶。遂改姓名，隱居雷夏澤，垂釣自適，不與外接。時博采古今，敦慕前人。因看《春秋·楚昭王》一節：昔者楚昭王與吳國交兵，楚王戰敗，失去踦屨。已行三十步矣，昭王復回，尋所失之屨。其隨王左右謂之曰：「後有追兵，王何故獨回？」昭王曰：「因失一屨，故復回尋之。」左右曰：「此屨微物也，既失，何必深惜之？」昭王曰：「楚國雖貧，豈無一屨？祇念與我同在患難，今已失之，吾不忍也。」義臣看畢，嗟嘆不已，因曰：「我與宇文士及有生死之交，况士及與化及本非一母所生。今其兄自行弑逆，僭稱帝號，實非士及爲之。且化及天姿庸暗，豈定太平主哉？如天下諸侯連兵討之，其亡無日矣。禍及吾友而不之救，正猶楚昭王棄屨再尋，吾不及也。」即掩卷，終夜不寢，思救士及之策。楊義臣觸目半晌，計上心來。次日，遣人送一瓦罐，親筆封記，著人往魏縣，尋見士及。士及接過，認得筆跡，乃故友楊義臣所送。士及喜曰：「自別其兄，常懷肺腑。今得見來物，猶如面會也。」即引來人於書齋，屏去左右，問之曰：「楊太僕今在何處？」來人對曰：「今在濮州雷夏澤中，漁耕爲業。」又問曰：「更有書否？」答曰：「無書。止有此物爲信。」士及即揭開内封，中有二棗，並糖印龜子一個。士及沉吟轉思，不解其意。安頓來人出外，自祇在齋内細玩來物。正籌度之間，忽廳前轉過一佳人：雲水輕挑蟬鬢，蛾眉淡掃春山。朱唇掇一顆櫻桃，皓齒排兩行辟玉。緩緩移蓮步，盈盈點絳唇。動衣香滿袖，展履襪生塵。生的十分美麗。這女子是誰？乃士及同母親妹宇文淑姬也，生來聰明穎秀，略通書史，年方一十七歲，猶未適人。向前問曰：「此物何人所送？」士及曰：「吾故友前太僕楊義臣令人送來。吾拆封觀取內物，止有棗二枚，糖印龜一隻。吾審其情，不爲送果，必寓他意。我今正在猶預。」淑姬曰：「此眼前事耳，有何難省乎？來物無別意，衹勸兄早早歸唐，庶脫弒逆之禍也。」士及大喜曰：「吾意決矣。你即宜與嫂收拾衣資，俱作男子妝束。晚間先出城外等候，不可令人知覺。」士及復書與來人，漏夜回覆：「楊兄拜達，謹當受教。」來人去訖。次日早朝，士及奏曰：「今聞唐主命其子秦王領兵會各處人馬，來征我國。未審諸侯從其計否？臣欲帶一二從人，裝作避兵之民，前去打探虛實。數日便回。」許帝允其請，下命令其機密從事。士及辭帝出朝，與妻、妹帶領三四從人，出離魏國，西奔長安。於路上饑餐渴飲，夜住曉行，二十日已到長安。士及不敢遂達唐主，與妻、妹人等寓居民間，以待時進。

新刊參采史鑒唐書志傳通俗演義卷之三

起隋泰帝皇恭二年己卯歲

止唐高祖武德三年庚辰歲

首尾凡二年事實

按《唐書》實史節目

一幅丹書下海邊，謾勞夏主急求賢。

張良本爲韓讎出，諸葛安知漢鼎遷？

烽火滿城猶播亂，干戈遍野正騷然。

謀臣期效忠貞志，共挽天河洗太平。

第廿一節　凌敬智説楊義臣　范願受圍劉黑闥

卻説凌敬辭了夏主，欲往迎聘楊義臣，自意楊太僕秉性忠貞，難以利祿動，即將所聘車馬、金幣留於家中，裝作行旅，帶一二從人，迤邐望濮州路來。行了數日，近濮州地界。謁問本處居民，求楊義臣所在，皆言於雷夏澤中釣魚爲業。凌敬與從人遥到雷夏澤來，未數里，遥見蘆林裏撑出一漁舟，其人來往煙波，坐卧月浦，手執一竿絲竹，於舟上唱吟下來。且聽吟出甚麼：

山雨溪風捲釣絲，瓦甌篷下獨斟時。
醉來睡著無人喚，流下前灘也不知。

凌敬在澤畔正疑思之間，其舟一直進港中去了。凌敬與一行人近前，立於澤畔，候問往來人，等多時，並不見人來。忽見漁舟又轉過前澤，復放下來，優遊自吟。凌敬側耳聽之：

大智思濟物，道行心始休。
垂綸自消息，歲月任春秋。
紂虐武既賢，風雲固可求。
順天行殺機，所向協良謀。
況以丈人師，將濟安川流。

何勞問枯骨，再取陰陽籌。
霸國不務人，兵戈恣相酬。
空令渭水跡，千古獨悠悠。

凌敬聽罷，顧謂從者曰：「此必楊義臣也。」凌敬連叫幾聲：「買魚！」那老叟睜開醉眼，見岸上一儒者，不官不俗，好似山中宰相陶弘景，洞裏真人葛稚川。即將漁船撐至澤畔，逕上岸來接見。凌敬認得不是別人，正是舊交楊義臣也。大喜，攜手坐定於柳陰樹下。義臣曰：「足下今在何處？」凌敬曰：「自別後，身無所託，因見竇公建德，蒙重禮納，故小弟歸之。官封祭酒，甚非其任。仰慕老兄，特來相訪。」義臣喜不自勝，遂引凌敬至家，致酒相待。

義臣與凌敬分賓主坐定，酒至半酣，凌敬自思：「義臣絕跡衡門，必不以功名爲意。吾當以言試之。」因問義臣曰：「何者名爲賢？」義臣曰：「舉善能曰賢。」凌敬曰：「何者爲良友？」義臣曰：「生身者父母，成名者朋友。」凌敬探知其志，微笑而不言。義臣自度：「凌敬必爲夏主來作說客，且看他將何動我。」因謂曰：「足下莞爾而笑，意在何如？」凌敬曰：「隋君失德，被臣所弑。四海騷然，群雄並起。尊兄抱命世之才，正宜任用，輔佐明主，援生民於塗炭之中，致人君於堯舜之上。名垂竹帛，富貴遺於子孫。豈不強爲林巖野叟，懷寶迷邦，貽後世笑耶？」義臣曰：「我以足下所教，必重仁義，何爲代人作命哉？況我爲隋大臣，君志不仁，無以匡救其惡，致被逆弑，又弗能以雪其冤。我之深罪，莫容於天下。如此一旦復爲他人之臣，則何面目立於世間乎？且爲人之婦，夫死而不嫁者，蓋守其夫之節也。人欲就大丈夫名，反不及於一女子？」凌敬曰：「當今英雄各霸一方，隋之國祚已自絕矣。今夏主寬仁愛眾，尊賢任能，擁精兵二十餘萬，其鋒所向，戎馬奔塵。尊兄有文武雄略，如往事之，必見重用。吾當代奏，令起傾國之兵，誅取叛臣逆黨之首，懸謝天下。然後納職退居，則上可報舊君之深恨，下成尊兄之美名，豈不快哉！」義臣曰：「人生世間而與禽獸異者，以其有仁義也。是故仁人不因國勢盛衰而改節，義者不以君位存亡而變志。隋主雖滅，國祚未終，豈有更事他人之理？公言不敢當也。」凌敬曰：「煬帝罪尤深積，是爲獨夫，豈得爲民之父母哉！若使可爲人君，則武王不誅商紂於牧野，伊尹不放太甲於南巢。尊兄通識古今，曉達事體，昔漢之張良，爲其主韓王之讎，若不跋涉間關，景從高皇，終不能報也。君莫若歸附夏主，以成其志。」義臣喟然嘆曰：「若爲建德臣，難逃公議誅吾心於萬世之下。度觀建德，雖非真命，亦能下士愛民，庶幾可親。然肯依吾三件，則往從之。使不允，寧居隴畝，誓無復出。」凌敬曰：「有何三事，幸請一言。」義臣曰：「第一件，借其大兵，征討逆賊，不願稱臣於夏主。第二件，寄居朝闕，不願顯名於諸侯。第三件，擒化及以報先君讎後，即許放歸田里。」凌敬曰：「夏主寬仁碩量，無不容納。我當復奔，再來迎候。」即辭卻義臣。義臣送出莊外，謂凌敬曰：「前面一座高山，蒼松茂竹，路徑險絶，乃曹濮山。內有范願，集聚強徒數千，皆山東驍果之士，倚太行肩脊爲巢穴。歸見夏主，令人收伏此輩，足爲良將用也。」義臣以口附凌敬耳邊道如此如此。凌敬大悦，密記在心，與義臣分別，自回樂壽去了。

卻説夏主早朝，閤門大使奏：「有國子祭酒公幹已回。」夏主命宣至。凌敬朝見，拜伏階下。夏主曰：「卿遠路風塵不易。聘賢之事若何？」凌敬奏曰：「義臣實忠節之士，難以利祿動。祇願主人肯從三件事，則便來見。」夏主曰：「何三件事？」凌敬曰：「一者此人不願於我主處稱臣，二者不願顯其名姓，三者擒戮化及，願我主放歸田里。」夏主曰：「若能與孤平伏化及，廓清天下，無所不從矣。」即復遣凌敬仍備安車、厚幣，往聘楊義臣。凌敬將行，以義臣取曹濮山強賊范願之計，密告夏主。夏主嘆曰：「此人智識，可比戰國之孫武，前漢之張良，真能輔世治民也。」即下命，以軍餉糧儲，送至大唐交割，仍令凌敬部壯兵五千，順帶大將劉黑闥副之，便宜行事，勿致有誤。凌敬與黑闥領了王命，出離朝門，分付軍士，以糧車二百輛，盡裝載，皆用蘆席盛蓋，每車用人一十名，共有二千人押送。凌敬因諭之曰：「即今路上賊寇生發，若知我等運糧到，恐防不測。爾眾人將軍器密藏，不許呈露。若有違誤失令者，按之以軍法。」凌敬號令已畢，眾軍押送糧車，迤邐望濮州進發。

車行數日，將近曹濮州地界。哨騎飛報入太行山〔一〕來，具言：「中途大車小乘，裝載糧食不計其數，訪得乃夏主建德送與大唐的軍糧。若奪得到，可應一年支用。」賊首范願，寨中正缺糧食，日與眾徒剽掠村落，聽得此消息，大喜曰：「實乃上天所賜也。」即令眾人：「今夜乘月黑下山劫奪。」范願準備已定。將近二更左側，范願帶領二千餘人，悄悄下山，逕出中路。遥望見運糧車輛連成營壘，其甲士皆在中軍穩睡，並無動靜。范願暗喜，分付眾人不許揚聲，直奔至車營邊，即令眾人拆開車外蘆席視之，盡是空車，營中所宿甲士，皆是衣服氈衫。范願大驚，已知中計，撥馬引眾逃走。不移時，兩下炮響連天，鼙鼓揭地，四處伏兵齊起，將范願圍在垓心。天色黎明，范願死戰，殺出重圍來。迎頭一將攔住，喊聲如雷，乃大將劉黑闥也，高叫：「范願草賊！下馬歸降，庶免一死！」范願大怒，輪刀躍馬，直取黑闥，黑闥舞斧來迎。二馬相交，戰上五十餘合，不分勝負。凌敬背後看見，暗暗稱奇，一匹馬直奔前來，大叫：「范將軍暫歇，容有見議。」范願挽住手中刀，馬上問：「來者何人？」凌敬曰：「吾乃夏主國子祭酒凌敬也，觀將軍貌質魁梧，甚非草野剽劫之徒，部下相隨，皆豪傑之客。值干戈擾攘，烽火夜警，正英雄取侯封之秋。今被夏兵圍逼，如虎陷於檻穽之中，必不得出，枉自勞苦，屈傷人命。不如棄邪就正，隨歸夏主，建立功名，居官食祿，清節垂於竹帛，子孫圖

〔一〕「行」，原脫，據世德堂刊本補。

於久遠，豈不強爲劇盜者乎？」范願見説，即下馬乞降。其二千強徒，皆棄甲倒戈順命。范願特請二公同歸寨內，招集餘眾，一齊起行。凌敬曰：「劉將軍可與足下回山寨。我帶領數人，前去濮州雷夏澤中，迎請故人，同來相會。」范、劉二將領眾軍回寨，凌敬與二三從人逕趨濮州來。

卻説楊義臣自凌敬別後，每日在莊裏焚香彈琴，滌洗俗慮。一夜出於莊門，看見西北上有兵勝之氣。次日，謂家僮曰：「當有客來，謹宜門首伺候。」家僮承命出外，不移時，入報義臣：「前日凌祭酒至。」義臣出，接入莊，分賓主坐定。茶畢，凌敬起曰：「今奉夏主徵書、厚幣，特來邀請足下。昔日老兄所言，敬爲轉奏，夏主無不從順。」義臣因問曰：「收伏強寇范願之事若何？」凌敬曰：「仗老兄神機，范願已亦歸降矣。」義臣甚喜，備酒禮款待凌敬。次日，義臣叮嚀家下：「謹慎桑農，毋致失業。待我王事成就，逆賊誅滅，即須復回。」分付已畢，與凌敬帶一行從人，來到曹濮山。端的這座山：

數峰回抱隔煙林，連峪崎嶇十里深。
祇可步行尋石徑，不堪隨馬入山陰。

二人行至山下，衹見大將劉黑闥與范願領一支人馬，接至寨中，相見已畢，范願大排筵宴，款待三人。酒至半酣，凌敬因謂范願曰：「曾知詐運糧儲，暗取將軍之事否？」范願曰：「實不知耳。」凌敬曰：「此皆出於楊太僕之計。太僕深知將軍之勇，士卒精鋭。欲得將軍同去征宇文化及，以報君讎。恐將軍不從，預度將軍已乏糧食，故裝下此計較也。」范願近前拜曰：「我等菲才，惟恐不堪以任戰鬥。如弗棄，願隨太僕征討。」義臣大悦，仍令范願將劫得人家婦〔一〕女各放回寧家，與其路費，勿致失所。范願一從其言，即將山寨燒毁，帶領七千人馬，一齊起離曹州，逕投樂壽，去見夏主。且看下節分解。

〔一〕「婦」，原爲墨丁，據藏珠館刊本《唐傳演義》補。

第廿二節 賈閏甫忠勸魏公 盛彦師計斬李密

卻説楊太僕、劉黑闥、凌敬、范願來到樂壽城，留楊太僕在館驛中停止。次日，凌敬、劉黑闥引范願入朝拜見夏主。凌敬等備奏：「臣仗主公妙〔一〕算，已收復飛虎大王范願，得精兵三千，隨臣同歸主公。」夏主大悦，重加賞勞。因問：「徵聘楊太僕何如？」凌敬曰：「已隨恩命，止在城外館驛中。臣度楊太僕昔曾與我主鋒刃相接，多有不讓，今主公若不親自迎候，加重厚禮，推佈誠心，恐不自安而不能盡其才也。」夏主從其議，命備法駕，率領百官出城，於館驛中迎候楊太僕。人報楊義臣：「夏主親來迎謁。」義臣出驛遠迓夏主，進入館驛中。夏主入見義臣，以故舊之禮，各相慰問。語及隋君往事，義臣起而泣曰：「區區亡國之臣，失職冒罪，無容天下。今聞明公素秉赤心，故臣特來假國君一旅之師，雪吾君、少主之恥。就使身膏草莽，首喪沙場，亦無憾也。」言罷淚下，夏主君臣亦爲慘然。夏主曰：「太僕放心。吾當起兵，與足下同行。特請太僕入朝，寡人願安承教。」義臣曰：「吾今老矣，不堪預理國政。祇在故人凌敬安止，庶不有勞明公盛禮。」夏主曰：「敬從足下之命。今日專請太僕同往祭酒家，少敘款曲。」義臣許諾。是日夏主大駕起行，衆臣班列隨從。

〔一〕「妙」，原作「廟」，據藏珠館刊本《唐傳演義》改。

夏主已到凌敬宅外，即下龍車。凌敬接入府中，設宴相待。夏主升敬義臣之禮，極竭其誠。義臣起謝曰：「吾當盡一腔之血，與王平許，以報今日厚德。近聞大唐秦王帥兵會各郡諸侯，明公正宜繕戢軍具，聚眾屯糧，以伺尅日出師。若功成，獻俘之後，容臣歸養田里，庶不有負初言。」夏主曰：「若得平了魏縣，自當遣人送足下回，以成所志。必不相負。」宴罷，夏主辭別回朝，以劉黑闥爲大將軍，掛元帥印。范願爲副將，高雅賢爲前軍，曹旦爲後軍，凌敬爲參軍，納言裴矩趲運糧儲，納言宋正本監軍，僕射齊善行等留守樂壽城，曹后監國。選定精兵十萬，御駕親征。前太僕楊義臣隨從幃幄，畫策定謀。預遣使命，賫表入京師，奏於唐主，合會秦王軍馬。次日，夏主大兵起發，正值初雷發電之時，蟄蟲啟户之節，看他十萬雄兵，逕出武關，使臣已入京師。

話分兩頭。卻説唐高祖以秦王招撫諸侯，俱來請降。邊臣奏：「羅藝已殺敗竇建德。建德走歸樂壽，恭謙下士，廣納賢良，欲起傾國兵，征討宇文化及。因遣使臣，賫表來會。請聖意定奪。」表曰：

樂壽諸侯竇，謹言：伏以王師無適，式昭秋殺之威；逆臣有叛，當加莫赦之誅。內寇不除，何以攘外；近郊多壘，焉能服遠。比年宇文化及弑奪君位，竊攝大政，四海抱切齒之恨，天下積碎首之讎。彼尚昏迷不恭，肆侮大邦，誘逋逃之臣，率烏合之眾，搔擾疆埸，虔劉境界。值神人怒憤之時，仗陛下威行之會，我亦振厲士氣，共宜六月兵戎。奮張軍容，敢惜三年師旅。使戰必勝，攻必取，日百里以辟國；兵則利，甲則堅，月三捷以奏功。肅清許國，掃蕩奸黨。流沙瀚海，復歸輿地之版圖；元惡大憝，以正藁街之剪戮。用攄宿憤，大震天聲，庶使後來爲人臣而有所懲；垂法當代，作之君以存其典。今荒遐命臣，謹奉表以聞，整鞭竚立，恭候玉旨。皇泰二年某月某日表。

高祖聞表奏，與群臣議曰：「建德雖經暴亂，其亦有志忠於隋，寡人可遣將助之。」裴寂曰：「陛下正宜乘此機會，誅除叛逆，使天下諸侯知陛下爲隋君報讎，無不悦服者矣。」高祖意決。忽并州文書報入：「今有定楊可汗劉武周，擊唐并州，襲破榆次時劉武周引突厥兵寇并州，兵鋒甚盛。齊王元吉遣將軍張達以步卒百人當之，達以兵少辭齊王。強遣之。張達至，與武周戰，全軍俱没。達忿恨，引武周襲榆次，陷之。梁王蕭銑侵峽州，聲息甚緊。」高祖即遣秦王部十萬大軍，前往救應諸路。淮安王李神通領軍五萬，會建德平宇文化及，李靖副之。仍令劉文靜賚詔，各道知會，遞相馳報。秦王等領旨，各引兵離京師，出關外，得專節制。

高祖以外郡多故，仍下敕，遣使命宣召李密回京師受節度，不報。高祖轉疑，問於群下，長史張寶德曰：「李密言弗掩行，常懷不矩。今出外而違聖旨，其必有叛。陛下宜早圖之。」高祖猶豫，復遣使催召。使者領詔，逕出關中，來見李密，宣讀高祖詔敕，催密回京師。密又得詔，與賈閏甫議曰：「上無故急遣使召還，恐無生理。不若與諸君破桃林縣，收兵渡河。苟得至黎陽，會集舊知，大事必成。」閏甫曰：「明公既委質爲臣，唐主待公不薄，妻之以表妹，榮之以爵禄。今纔出關，未與唐主立得些須功績，復生異圖。雖破桃林，兵豈暇集？一稱叛逆，誰復容人？爲明公計，不若且應朝命，以明公初無異心。」密怒曰：「唐使吾與絳、灌同列絳、灌：謂絳使周勃，初以織薄曲爲生，吹簫給喪事。灌謂昌文侯灌嬰，初以販繒爲生。故李密皆賤之，吾得以堪之！」閏甫曰：「自翟讓受戮之後，人皆謂明公棄恩忘本，今日誰肯復以兵委公者？勢去難振，大福不再。願熟思之。」密大怒，揮刃欲擊之，王伯當急止之。閏甫得免，乘夜間奔投熊州熊州，郡名去了。李密決意欲叛，伯當徐勸之，不從，乃曰：「明公初起，豪傑響應，見公霸業隳墜，因各亡散。吾嘗以爲，士之立義，不以存亡易慮。公顧伯當實厚，願畢命以報，今可同往死生，如復背公他去，竟無益也。」密遂斬高祖使命，簡驍勇數十人，盡穿婦人衣服，所戴羃離，藏利刃於裙下，作爲富家婢妾者。入桃林縣，傳舍其中。須臾變其衣服，各掣出短刀，殺死官吏，據其城，掠畜産，驅徒眾，直趨山南，乘險而東。使人馳告故將伊州刺史張善相，令以兵應接。而下令聲言大兵向洛。

宜陽史萬寶聞李密出山南，大懼，謂行軍總管盛彥師曰：「密驍賊也，以王伯當輔之，挾思叛歸之士，非計出萬全，必不爲也。今來殆不可當。」彥師笑曰：「請以數千兵，爲公梟其首，使密數千之衆盡死於山南。」萬寶問計，彥師曰：「兵詭道，難以預言。」即引衆踰洛水，入熊耳山，令軍士持蒲夾道，埋伏短兵於溪谷間，下令曰：「候密軍半夜，信炮起，乃許殺出。」所部皆笑曰：「賊衆趨洛口，何爲埋伏備此？」彥師曰：「密聲言入洛，其實走襄城，就其舊將張善相。我以兵據其要，必擒之。」衆人領計去了。密果引兵至，山路隘僻，密初不知地利，行未二里間，近黃昏左側，忽山坡後一聲炮響，金鼓齊鳴。密大驚，令衆軍速退。溪谷中五千驍果殺出，密撥回馬便走。王伯當、徐任大等叫：「主公不可往僻路，速宜往原處走，我當抵住後軍。」盛彥師衆軍從後追來，箭如雨落。徐任大殺出山谷，一將當頭阻住，乃盛彥師，罵曰：「死賊尚不納降，更欲走於何地！」徐任大奮怒挺槍，直刺彥師。彥師舞刀來迎。二將交鋒，戰未三合，任大力怯，刺斜望溪谷奔走。彥師不捨，一直趕至谷中。任大弗省地勢，連人帶馬陷在溪澤，被彥師衆軍一齊捉住，擒出熊耳山。李密首尾不能相救，路狹馬遲，被彥師追及，斬於熊耳山前。可憐王伯當與衆軍俱著亂箭射死，無一得脫者。後人有詩嘆云：

社稷歸真主，關中入致臣。
惑謀難達變，失智竟亡身。
補報有平昔，艱危見僞真。
堪憐隨義客，捨死盡人倫。

卻說盛彥師斬了李密，即將密與伯當首級盛貯，遣使馳詣京師。京師高祖已知李密叛唐，遣使於各處通會邀擊。使者去後，回奏高祖：「李密提兵趨南山，以進黎陽。衆至熊耳山，遇行軍總管盛彥師，横出擊之，大破其衆，斬密首，遣使傳詣京師。」高祖聞奏，半悲半喜。自傷李密不安其位，妄意圖舉，以致喪首刀下。復想昔日獨霸一方，兵刃所向無敵，豈料至於今日，感悼不已。密無子，下詔收養表妹獨孤氏於宫中。以盛彥師誅李密功，封葛國公，授武衛將軍，領熊州。仍遣使將李密首級，前詣黎陽，招諭徐世勣。使臣領命，離京師，馳詣黎陽，以密首級進示徐世勣。世勣見之，抱而號痛，謂其下曰：「魏公與吾起自雍丘，經營天下十有二年。今歸關中，未成所志，而身首隨隕，深可傷也。」左右聞之亦哭，情盛者多至毆血緣密素得士心，故也。世勣即復表，對使者言：「回奏唐主，請收舊主屍歸葬，然後舉所部朝見。」使命就領奏牘，逕回京師，以世勣請收密屍歸葬情狀呈上。高祖見表，盛加褒獎，即下詔，令歸密屍，遣人送至黎陽。世勣既得密屍首，與三軍乃發喪，具威儀縞素，以君禮葬於黎陽山西南五里，墳高七仞。後人經此，有詩云：

將軍智略重乾坤，戮力封疆欲併吞。
百戰功勳塗草莽，半生豪邁祇風塵。
圖居關外終淹志，罔意桃林竟殺身。
七仞高墳誰是主，寒鴉古木幾黄昏。

按《唐史》：李密，字玄邃，其先遼東襄平人。曾祖弼，魏司徒，賜姓徒何氏。入周爲太師、魏國公。祖曜，邢國公。父寬，隋上柱國、蒲山郡公，遂家長安。密趣解雄遠，多策略。散家貲養客禮賢，不愛藉以蔭。爲左親衛府大都督、東宫千牛，備身額鋭角方，瞳子黑白明徹。煬帝見之，謂宇文述曰：「左杖下黑色小兒爲誰？」曰：「蒲山公李寬子密。」帝曰：「此兒顧盼不常，無入衛。」他日述諭密曰：「君世素貴，當以才學顯。何事三衛間哉！」密大喜，謝病去，感厲讀書，聞包愷在緱山，往從之。以蒲韉乘牛，掛《漢書》一帙角上，行且讀。越國公楊素適見於道，按轡躡其後曰：「何書生勤如此？」密識素，下拜。問所讀，曰：「《項羽傳》。」因與語，奇之。歸謂子玄感曰：「吾觀密識度非若等輩。」玄感遂傾心結納，嘗私密曰：「上多忌，隋曆且不長。中原有一日警，公與我孰後先？」密曰：「決兩陣之勝，噫嗚咄嗟，足以讋敵，我不如公；攬天下英雄馭之，使遠近歸屬，公不如我。」大業九年，玄感舉兵黎陽，密乃起應之。經略四方十有二載〔一〕，亡年〔二〕三十七〔三〕歲。

伊州刺史張善相聞密已死，亦請降於唐，高祖以爲伊州總管後鄭主王世充取唐伊州，張善相悉力拒之，城陷遇害。

高祖下詔，令司衡職者銓定人材以官之。時李素立素秉忠直，爲監察御史，有犯法不至死者，唐主特命殺之，素立諫曰：「三尺法，王者所與天下共也。法一動搖，人無所措手足。陛下甫創鴻業，奈何棄法？臣不敢奉詔。」唐主從之，命所司授以七品清要官。秉衡者擬雍州司户，唐主曰：「此職要而不清。」又擬秘書郎，唐主曰：「斯任清而不要。」遂擢授侍御史。又以舞胡安叱奴爲散騎侍郎。禮部尚書李綱諫曰：「古者樂工不與士齒。今天下新定，建義功臣行賞未遍，高才碩學猶滯草萊，而先擢舞胡爲五品，使鳴玉曳組，趨翻廊廟，非所以規模後世也。」唐主曰：「吾業已授之，不可追也。」弗允其諫。會涼王李軌已稱帝，高祖因遣鴻臚少卿張俟德問之高祖初拜軌爲涼王，今聞其已稱帝，故問之。俟德領命出朝，逕從河右來。且聽下節分解。

〔一〕「載」，原漫漶不清，此據世德堂刊本。
〔二〕「亡年」，原漫漶不清，此據世德堂刊本。
〔三〕「三」，原漫漶不清，此據世德堂刊本。

第廿三節　興貴河右困李軌　世充東都僭帝位

卻説李軌僭稱帝號，建元安樂，以其子伯玉爲太子，長史曹珍爲尚書左僕射。值唐主遣張俟德至，軌召其下議之曰：「李氏有天下，曆運所屬，已宅亨邑。一姓不可二王，今欲去帝號，東向受制〔一〕，可乎？」曹珍曰：「隋失其鹿，天下共逐之。今英雄猋起，號帝王者，瓜分鼎峙。唐自保關、雍，大涼，奄有河右，固不相妨。已爲天子，奈何受人官？必欲以小事大，請行蕭詧故事詧，音察。蕭詧，魏立之，是爲後梁，稱梁帝而臣於周。」軌從之，仍遣僞尚書左丞鄧曉隨張俟德來朝，奉表復命，請稱從弟大梁皇帝。奏上，高祖怒曰：「軌謂朕爲兄，既有此請，是欲不臣也。」因囚鄧曉不遣，使吐谷渾西域種名出兵討之初，隋煬帝征吐谷渾，可汗伏允奔党項，煬帝立其質子順爲主，不果入。會中國喪亂，伏允還收其故地。唐主即位，遣使與伏允連和，使擊李軌，許以順還之。伏允喜，起兵擊軌，數遣使入貢請順，唐主遣之。消息傳入河右來，李軌聽的大懼，弗知所爲，唯取龜筮自卜休咎而已。有胡巫妄謂軌曰：「上帝將遣玉女從天來，以輔將軍。須用極高處，不沾俗塵所在，方可相見。」李軌大悦，自念曰：「此上天以我姓字已符圖讖，當爲天子，特令仙女來助吾也。」即發民兵於城東潔淨之地，築起高臺，

〔一〕「制」，原作「開」，據世德堂刊本改。

尅日要成，就令有司督責其工，因是軍民勞費甚廣。河右饑荒，人亦相食，軌傾家財賑之，不足給。議發倉粟，曹珍亦勸之。謝統師等皆隋舊官，心不欲附軌，每引結群胡，排其用事，欲離沮其衆，乃廷詰珍曰：「百姓餓死，皆羸弱無所用者。壯勇之士，終不肯自困耳。且儲廪以備不虞，豈可散之以飼羸弱。僕射苟附其議，下非國計，主公幸自度焉。」軌然之，乃閉粟不發。下益怨恨，多致叛去者。軌聞知將士怨離，唐主見伐，愈至憂戚，謀於安修仁。修仁曰：「親兄興貴，本在長安，臣修書一封，令人送去，體問唐主出兵虛實，又作計議。」軌因恐彼各爲其主，豈有實來告。修仁曰：「兄弟之義，安得不盡誠意？主公勿慮。」軌即令修仁〔一〕修下書，遣的當人逕入京師，送與安興貴。差人領書去訖。

卻說安興貴在長安，接得弟修仁書，拆觀其意。書曰：

弟修仁奉書於兄某座右：弟以朝廷之事，事無大小，一切言之，言之輒從，從乃中變。故君子言有進退之心，誤矣。昔伊尹負鼎俎，五説於湯，其道乃行，天爲之時也。商鞅以强國三説孝公，其功乃立，人爲之時也。今弟忝事於軌，既而無言，言亦不從，致彼有竊僭之非，實貽天下大患也。兄涼州人矣，班列於諫議之下，何不以軌所志言於高祖，使軌明禍福而順唐，獲安於位，此亦兄天爲、人爲之時也。非專體兄唐兵出境之虛實也哉。弟再拜。

興貴看書已畢，著令來人先回，自意：「李軌妄圖大位，未度奇禍隨至，久之吾弟亦不免也。」次日，表

〔一〕「修仁」下原衍「己」，據藏珠館刊本《唐傳演義》刪。

請唐主，往諭李軌。唐主曰：「軌阻兵恃險〔一〕，豈〔二〕口舌〔三〕所能下？」興貴曰：「軌果實強盛，若曉以逆順禍福，宜聽。如〔四〕憑〔五〕固不受，臣世家涼州豪望，多識其士民，而修仁爲軌信任，主事機者數十人，若候隙圖之，無不濟矣。」唐主乃遣之。興貴即辭了唐主，逕至涼州，來見李軌。軌喜其來〔六〕，授〔七〕以左右衛大將軍，興貴辭不就職。軌曰：「卿吾地人也，何專於唐仕乎？」興貴曰：「蒙唐主厚恩，臣安敢背之？」軌默然。因間訪以自安之策〔八〕。興貴〔九〕對曰：「涼地不過千里，土薄民貧。今唐起太原，逕取函秦，宰制中原。以戰則勝，以攻必取。此殆天啟，非人力也。明公若往歸之，非惟可保無患，則竇融之功復見於今日矣竇融之功，事在漢光武建武十二年。」軌曰：「吾據山河之固，彼若何我哉？汝自唐來，而爲唐作説客耶？」遂拂衣而起。興貴退出，與修仁議曰：「唐主寬仁大德，納諫如流，實帝王器。弟何不棄暗投明，以圖善後計？」修仁曰：「既

〔一〕「恃險」，原漫漶不清，此據世德堂刊本。
〔二〕「豈」，原漫漶不清，此據世德堂刊本。
〔三〕「口舌」，原漫漶不清，此據世德堂刊本。
〔四〕「如」，原漫漶不清，此據世德堂刊本。
〔五〕「憑」，原漫漶不清，此據世德堂刊本。
〔六〕「來」，原漫漶不清，此據世德堂刊本。
〔七〕「授」，原漫漶不清，此據世德堂刊本。
〔八〕「之策」，原爲墨丁，據世德堂刊本補。
〔九〕「興」，原脱，據世德堂刊本補。

事其主，而又棄之，大不義也。吾當思之。」興貴曰：「良禽擇木而棲，賢者擇主而事。弟從吾同歸唐主，創立功業，顯親榮宗，此正大義也，尚復何疑！」修仁意許之，因與謝統師等陰結諸胡，起兵擊軌。軌知之，即率吏民嬰城自守。興貴徇諭軌眾曰：「大唐遣我來誅李軌，敢助之者夷三族。」城中吏民，爭出納降。李軌大懼，計無所出。興貴率諸胡兵連困之，城陷，入執李軌，關謹、梁碩死之，降其將李贇、黄有武等，及眾二萬餘人。興貴按視府庫，安撫軍民，下令班師，監囚李軌回長安，河西悉平。鄧曉時被囚長安，聞已擒李軌，克復河西，舞蹈稱慶。唐主曰：「汝爲人使臣，聞國亡而不戚，既不忠於李軌，其肯爲朕用乎？」遂廢之終身。李軌既至長安，伏誅。唐主以興貴、修仁之功，封興貴爲左武侯大將軍，封修仁爲右武侯大將軍。

唐武德二年二月，高祖下敕，令群臣議定租庸調法，以頒民間。有田則有租，有身則有庸，有户則有調，每丁租二石，絹二匹，綿三兩。自兹以外，不得横斂。天下便之，由是黎元安業，近夷封界之民，爭來歸附。高祖因謂諸臣曰：「孤承大寶以來，戰兢其業，凡以惠恤計安乎斯民者，未嘗須臾少懈。何則諸侯不靖，治化未孚，豈寡人誠意有未盡者？諸君自關中相隨，其亦久矣，當詳究以聞，孤將擇焉。」長孫無忌曰：「帝王之致治也，有敬畏之誠，有當務之智。今政令未孚，民有未盡歸命者。蓋因隋祚未竟，舊主尚在東都故耳。陛下酌民之宜，務在遣使詣東都，不時詢問隋主起居消息，積於誠意。待彼天禄允終，運數已革，諸侯志無他適，天下引領而歸王者，猶水之就下，孰能禦之〔一〕？昔者明王興滅國，繼絶世，此五帝之事功，陛下宜以爲法。」唐主聞奏大悦，曰：「卿言正合孤意。」即遣使命逕達東都，具問安之表。使者辭於唐主，領命離京師

〔一〕「之」，原爲墨丁，據世德堂刊本補。

去了〔一〕。

卻說東都隋帝侗升殿，百官咸集。閤門大使奏：「長安唐主遣使命賚表至東都，未得旨，停於午門。」隋帝聞奏，即令宣入。張俟德朝見，拜伏殿前，呈上唐主表章。表曰：

皇泰二年某月某日，大唐李，伏以乾旋坤轉，共知天意之回，雷動風行，頓覺皇威之暢。御六龍以於（于）邁，屯萬乘於要區。伏自皇帝嗣位以來，動遵去年內禪手語，既推讓乎南郊，實兢惕於東都。百司共守，四海咸知。一旦變更，群疑紛起，諸侯持貳。臣聞天無二日，國無二王。治生於一，亂生於二。治則宗廟、社稷安存；亂則宗廟、社稷危亡。故定帝王之一，以尊臨四海者，非私己也，所以尊宗廟而重社稷。使天下而不正夫一，非帝王所以爲治也。大臣之義，以道事君，苟利宗社，死生以之，而況人君，可不謹夫！家人之情，則有母子之私恩；朝廷之法，必有君臣之大義。以義制恩，則恩義可全。以恩廢義，則恩義更失。是以先王爲國，必以禮也，惡可以忽！臣自南面稱孤，長安登寶，於舊主每盡其誠，安神器敢有差移？況臣昔備近司，最蒙殊獎，守藩條於外服，莫陪羈靮之餘，望日御乎所臨，徒深葵藿之志。臣無任瞻天望帝，激切屏營之至。謹遣鴻臚少卿張俟德，請詣行在所，奉表起居以聞。

隋帝看表大〔二〕悅，重禮來使，仍以表示太尉王世充。世充曰：「此唐主鎖諸侯計也。君上亦宜奉表以慰其情。」隋主允其奏，即復表，遣使送呈唐主。使者領詔去訖。

〔一〕「了」，原爲墨丁，據世德堂刊本補。

〔二〕「大」，原爲墨丁，據世德堂刊本補。

時東都之政悉歸於王世充，隋主有所爲，必先頒示世充，遇世充許，然後行之。世充遂矯隋帝詔，假黄鉞，相國，總百揆，封鄭王，授九錫注：見唐高祖事，冕十有二旒冕之言俛也。後仰前俯，主於恭也。黄帝作冕垂旒，目不斜視也。宋更名「平天冠」。旒，天子十二旒至地，諸侯九旒至軫，大夫七旒至轂，士三旒至肩，建天子旌旗，置設宫縣，出入警蹕。術士桓法嗣，自言能決圖讖，乃上孔子閉房記，書男子持一竿〔一〕驅羊狀，因説世充曰：「隋，楊姓也。今文有干一，是干字加一畫爲『王』字，言王處在羊後，兆大王代隋之符也。」又陳説莊周《人間世》、《德充符》二篇曰：「上下篇，此亦與大王名協，正應大王明受符命，德被人間，爲天子也。」世充喜曰：「天命也。」即封法嗣爲諫議大夫。又令人羅取飛鳥，書寫符命於帛，繫鳥頸放之。有彈捕得其鳥而獻者，世充亦詐而受之官。遂召集文武至府中，定議受禪。李世英深以爲不可，因曰：「四方所以歸附東都者，以公能中興隋室故也。今九州之地未清其一，而遽正位號，恐遠人皆思叛去矣。」戴冒亦曰：「君臣猶父子也，休戚同之。明公若能竭忠徇國，則與家國俱世矣。」世充見眾情未協，乃詭辭曰：「諸公所見甚善。」即遣歸之。

世充欲圖禪位意切，又諷百官勸進，仍令長史韋節等預造禪代禮儀。時納言蘇威養老在第，世充〔二〕以威乃隋大臣，素有名望，每表進隋帝，必署威名，使段達等言於〔三〕侗曰：「天命不常，惟德是歸。今鄭王功德

〔一〕「竿」，原作「干」，據藏珠館刊本《唐傳演義》改。
〔二〕「充」，原爲墨丁，據世德堂刊本補。
〔三〕「言於」，原爲墨丁，據世德堂刊本補。

甚盛，請陛下揖讓，用堯〔一〕舜故事，以安隋室。」帝怒曰：「天下者，高祖天下。若隋祚未亡，此言不可發。必天命遂改，何煩禪讓？況〔二〕鄭公近乎李密，已拜太尉，自是以來，未有殊績。俟天下稍平，議之未晚。」達曰：「陛下所言極然。奈太尉欲之，臣等無詞以復。」帝曰：「公等或祖禰舊臣，或臺鼎高位，尚有斯言，朕復何賴？」達等流涕，既而復議曰：「天下未定，須錯以長君，待天下安寧，則復明禪其位。」隋主熟視曰：「任公主意，我今無能爲矣。」達等遂稱詔，矯稱隋主命禪位於鄭。幽置隋主於含涼殿，遣使詔世充。世充猶奉表三讓。達等復賫帝符命請授。世充乃遣諸將以兵衛至清宮，用戎服法駕，導鼓樂〔三〕入宮。世充欲以眩耀士民，每歷一門，從者必呼。至東上閣，更易袞冕，即正殿南面坐，受之僭位。建元開明元年，國號鄭。乃封兄世衡爲秦王，世偉爲楚王，世惲爲齊王。諸族屬以次封拜。以子玄應爲皇太子，玄恕爲漢王。奉隋主爲潞國公，封蘇威爲太師，徐文遠爲國師初，文遠復入東都見世充，必先拜。或問曰：「君倨見李密而敬王公，何也？」文遠曰：「魏公君子也，能容賢士。王公小人也，能殺故人，吾何敢不拜？」。以陸德明爲漢王師，令玄恕就其家，行束修禮。德明恥之，故服巴豆散，對之遺利，竟不與語。

〔一〕「堯」，原爲墨丁，據世德堂刊本補。
〔二〕「況」，原爲墨丁，據世德堂刊本補。
〔三〕「樂」，原爲墨丁，據世德堂刊本補。

第廿四節　鄭王縊死隋侗帝　朱粲兵敗奔菊潭

卻說世充自僭位以後，每聽朝決政，誨諭言語，諄復百緒，以示勤篤。遇百司奏事者，聽受厭疲。御史大夫蘇良諫曰：「陛下語太多，而無領要。計云爾即可《集覽》言：計度祇如此說亦可矣，何煩許多辭。」世充不能改。出則輕騎，無警蹕，遊歷衢肆，遇行者但止立不稱呼，徐謂百姓曰：「故時天子，深居九重，故下情不得上達。世充非貪位者，本救時耳。正若一州刺史，政事皆親覽，當與士人共議之。」恐門衛有禁，下民有事難以盡通，令順天門外置座聽事。又詔西朝堂聽冤訴，東朝堂延諫者。由是章牘填委，覩不暇。自後亦不能復出。

時馬軍總管獨孤武都爲世充所親任。步兵總管劉孝元等因見世充詐行殷勤，而實無施恩，欲謀召唐兵，使崔孝仁說武都曰：「王公徒爲兒女之態以說下，愚而鄙，貪忍不顧親舊，豈能成大業者哉？唐起自晉陽，奄有關內，兵不留行，英雄景附。且坦懷待物，舉善任功，不念舊惡。據勝勢以爭天下，誰能敵之？今其兵近在新安，若遣使召之，吾曹爲內應，事無不集矣。」武都曰〔一〕：「此計雖善，然我內無相助之人，亦難成〔二〕

〔一〕「曰」，原作「成」，據世德堂刊本改。
〔二〕「成」，原脫，據世德堂刊本補。

功。」孝仁曰：「李密故將裴仁基，與其子行儼，及我知己數人。尚書左丞宇文儒童、崔德等，每恨世充，未得機偶。今若結納，使之來護，事必克諧矣。」武都從之，即遣人召仁基到府商議。不移時，仁基已至。武都邀以合從之利，欲謀世充，復立隋君。仁基曰：「自歸東都，舊主既亡，我以爲世充秉國政，能以安隋室，故吾父子委心歸降。豈度其詐以仁義，竊盜神器，幽禁隋主於含涼殿。吾實不平，嘗懷報復。非無此心，力不及耳。既將軍誠有所舉，仁基願捨命相從也。」武都大喜，即令置酒相待，與孝元、孝仁〔一〕等正議間，適宇文儒童亦至。武都迎入，與衆人相見，推就坐席共飲。宇文儒童因議及國事，酒至半酣而言曰：「我以爲段達久事隋君，能安其位。不期黨附世充，共成僭逆。使吾痛心切齒，誓誅反賊之首以謝天下。未度今被反賊所制，實不忍也。」孝仁即出席，附口於儒童耳邊，密道其事。宇文儒童厲聲曰：「當以死報隋君！」乃嚙指流血爲誓。衆人商議，約誓已定。武都即密遣人送文書，逕至新安，通知唐主帥：「今遣將領精兵抄小路攻東都，我衆人從中起，莫致有誤。」差人領文書去了。衆人亦散去，各密地聚集人馬，伺候內應。

卻說送書人離東都，直趨新安路來。未數里，偶遇東鄉人陳善走，乃往日爲世充御馬者，世充愛其忠直，極善遇之。陳善走認得乃武都府中人，因問之曰：「足下何來？」差人曰：「欲住新安公幹。」善走自思：「新安唐兵屯紮彼處，目下正要來侵我境界，如何得有人與他公幹？必有緣故。」因曰：「難遇足下，路旁有酒舍，聊沽數酌，與足下少敘一時，庶表舊日相識。」來人曰：「唯有勞擾。」善走曰：「有何擾哉？」即邀入酒舍，令酒家備過飲具，二人對酌。善走殷勤奉勸，來人推辭不得，盡意飲了數十鍾，不覺大醉，臥伏在席上。善

〔一〕「仁」，原作「元」，據藏珠館刊本《唐傳演義》改。

走見醉倒，即搜檢身上，皮袋中果有文書一封，封皮上寫「機密事」，下具衆人姓名。善走看其姓名，内有平日與王世充有憤者。善走即將文書帶在身上，還了酒錢，走入城中去了。來人酒醒，不見善走，大驚。看身上文書失落，不敢回去，逕從僻路走往他處去訖。

且說陳善走〔一〕既〔二〕搜〔三〕得文書，逕入朝來，進上與世充。世充拆開觀之，乃獨孤武都等欲謀通唐兵，令遣將領精兵抄小路來取東都，衆人從中起以爲内應。世充看畢大怒，罵曰：「武都逆賊！吾待汝亦不薄，何得與衆人圖害我耶？」即下令監軍張儀，部領禁軍五萬，將武都等府圍了，捉送東都市斬首號令。張儀得旨，即部兵將武都等捉送。不移時，城中大鬧，武都等已知事泄，部家僮殺出府外。欲走出城，被禁軍四下阻絶，不能得脱。衆人一時未知持防，俱被捉獲，不曾走得一個。世充下敕，將武都等良賤不分，老幼皆斬於市。

自是，世充部下多背己，乃峻誅暴禁以威之，户有一人逃者，家無少長皆坐，父子、兄弟、夫婦許相告免罪。令伍伍相保，一家叛，舉伍誅戮。城中樵牧者，皆有限期，限期外不許出入。公私皆不聊生。齊王世惲言於世充曰：「儒童等謀反，正爲隋主尚在故也。不如早圖之，以絶衆望。」世充然之，即遣張儀帶武士十餘人，送酖酒與隋主飲之。張儀領命，至含涼殿宫中，來見隋主，進上酖酒。隋主曰：「我得何罪，太尉苦苦相逼？」儀曰：「此出鄭王意，陛下可速飲之，以候回報。」隋主請與太后訣，張儀以未奉詔命不許。帝乃布

〔一〕「走」，原爲墨丁，據世德堂刊本補。
〔二〕「既」，原爲墨丁，據世德堂刊本補。
〔三〕「搜」，原爲墨丁，據世德堂刊本補。

席禮佛曰：「願自今已往，不復生帝王家。」言罷大哭，接過酒飲，不能絶，以帛縊殺之。時皇泰二年五月也。

世充既縊殺隋主後，頒詔傳示州郡諸侯，欲其各知隋運滅亡，以來趨附。

消息傳入京師，高祖聞之，與群臣議曰：「世充何等人，敢妄僭帝號，竊居寶位！寡人尚以起居消息候問，彼焉得自專刑辟，弑毒君上？罪弗容誅！朕當帥衆討之，明正其罪，庶爲後臣子之鑒。」裴寂曰：「王世充強據東都，民心未服。今既弑其君，藩鎮諸侯必抱不平。陛下可乘機圖之，易如反掌。」高祖即下手詔，敕秦王世民監新安軍，征討世充。使者領詔，賫至關外，以達秦王時秦王承旨，部兵救應諸路。秦王得旨，即會集諸佐商議，仍遣使催新安主帥任瓌，令進兵東都。使者未及行，忽哨軍報：「南陽朱粲自取鄧州，擁衆二十餘萬，乘勝進掠淮安。唐之近屬州郡日夜驚惶。今聞秦王提兵救應諸路，百姓望其至者，以日爲歲。」世民謀於諸將佐，馬三寶曰：「君上委公子以重任，監軍進征世充。世充占據〔一〕東都，無志於四方，猶守虜耳。天兵一至，正如屈首而拾草芥，朱粲擁衆剽劫漢淮間，因其烏合之徒，先往擒之，降其餘黨。因席捲之勢，會合新安軍，進逼東都，世充束手不能爲計，則東都唾手可得按《唐史》：馬三寶不知何許人氏，性敏狡獪，初事柴紹，爲家僮。高祖起兵晉陽，因往從之，與李安遠屢從秦王出征，多建奇功，秦王甚愛重之。」李安遠進策曰：「世充得位，驕志弛怠，於〔二〕此不進兵圖之，後彼悔心已萌，固結士民，非勞師經年不易拔也。朱粲盜劫之徒，祇消一介〔三〕

〔一〕「據」，原作「愜」，據藏珠館刊本《唐傳演義》改。

〔二〕「於」，原作「稱」，據世德堂刊本改。

〔三〕「介」，原作「間」，據世德堂刊本改。

使，移檄漢淮豪傑，必有能誅粲者。何必親勞大軍，以討不急之寇哉。」秦王以二人策皆可行，因兩從之。預遣人移檄漢淮，令有能戮擒朱粲者，重加封職，一面遣使知會任瓌。

話分兩頭。卻說朱粲縱兵剽掠漢淮間，每破州縣，食其積粟，將去悉焚其舍。軍中乏食，乃教士卒烹婦人、嬰兒啖之，謂其下曰：「肉之美者，無過於人。但使他國有人，何憂於餒？」初以隋著作佐郎陸從典、通事舍人顏愍楚皆爲賓客，其後闔家皆爲所啖。又稅諸城各堡細弱無用民，以供軍食。有淮安土豪楊士林，聽得秦王移檄諸州，許剪除朱粲者榮之以高爵，又聞朱粲擁眾將至其境，士林集諸英果議曰：「朱粲暴悍，不恤人命，所至一空。今秦王有令，我等通約險要之地，各出兵攔截其歸路。諸公戮力相助，不患無富貴也。」眾皆允諾。即會知各處津要所在，用防朱粲。諸州聞此消息，皆爭應之。

卻說朱粲部眾將近淮安地界，軍士乏食，又無統束，被士林引勇健數千，從後截出。諸人奮力向前，朱粲士卒不戰自亂，大敗。殺的屍橫草野，血流成渠。朱粲領敗兵奔走南郊地名，屬淮安，又遇諸州兵掩殺一陣。朱粲計窮，逃入菊潭菊潭，本漢酈縣也。漢地志：南陽有酈縣。今屬鄧州。《荊州記》：菊水出穰縣南，芳菊被崖水，極甘香，谷中人飲此水者多壽。士林以眾皆集，謂之曰：「諸君值此離亂之際，正取功名之時也。今秦王兵屯關外，招攬英雄。我等當乘此機會，往從之。爾眾意如何？」諸人皆曰：「唯聽將軍所命。」士林即帥漢東西四郡，請人報知秦王。秦王大喜曰：「假他人手以除朱粲，不出諸君之料也。」遂具表，奏上高祖。高祖下詔，以士林爲顯州道行臺。

卻說朱粲被四處阻絕，困於糧食。士卒稍離叛去，因遣使奉表詣京師乞降。高祖與眾臣議曰：「朱粲乞降，可允否？」李綱曰：「外郡多事，且朱粲悍賊也，虐民經久。陛下允其請，亦除一害矣。」高祖依李綱奏，宥其前罪，遣散騎常侍段確奉詔，封爲楚王，慰勞之。

段確領詔出朝，逕至淮安，來見朱粲。使者報知，朱粲即引衆出迎，拜受王職，設宴禮待段確。段確酒至半酣，乘醉侮戲粲曰：「聞君好啖人，人作何味？」粲曰：「啖醉人正如糟彘肉。」確怒曰：「狂暴賊！入朝爲一頭奴耳，復敢〔一〕啖人乎！」粲懼其聞於唐主，坐上執段確並從者數十，悉烹之，以饗左右。遂屠菊潭，奔投王世充。世充署爲龍驤大將軍。高祖聞知益怒，下敕秦王，督軍進東都，併討朱粲。秦王得敕，與將佐定議。軍外報：「納言劉文靜賫詔各鎮，回至關内。」秦王大喜，命至帳前。文靜入見秦王，拜畢，因備言：「竇建德鋭意欲討宇文化及，乞主公速遣大將相助。」秦王曰：「王世充新篡君位，唐主敕命征討。淮安王李神通久師在外，爾衆人有何高議？」文靜曰：「君上委公戎任，專之可也。建德進兵魏縣，主公若不遣將同行，使建德征伏〔二〕宇文化及，功爲彼就也，恐有負上托。」秦王然之，復遣文靜以命調發李神通，進兵征宇文化及，毋得延緩，有誤軍情。使者領命去訖。話分兩頭，看後來如何分解？

〔一〕「敢」，原作「復」，據世德堂刊本改。
〔二〕「伏」，原作「復」，據世德堂刊本改。

第廿五節　范願聊城破強敵　李靖軍中用火計

卻說許帝宇文化及在於魏縣，招募軍馬，半月之間，得有八萬餘人。東海賊殷大用亦部領賊眾三千來降殷大用，賊之最勇者。許帝見大用身長九尺，濃眉大眼，心中甚喜，以爲前殿都虞侯。以下眾黨，皆有重賞。衹聽得飛報，具言：「見有唐淮安王李神通，部領一十萬精兵來侵魏國。」許帝聞報，即點集眾軍，共有二十餘萬，以弟宇文智及爲大元帥，統率諸軍，楊士覽爲先鋒，長子宇文承基爲左參將，次子承址爲右參將，殷大用爲合後，王鐵佛、劉汝和、張敬、黃安、陳智略、張章仁等隨駕留守魏國。先遣楊士覽領精兵三萬，迎敵唐將，宇文智及領兵二萬策應。宇文智及引軍出城，於平川曠野排開陣勢。遥望見唐軍對陣中紅旗展動，一將當頭，金盔銀甲，手執鋼刀，乃淮安王李神通也，馬上大罵曰：「爾背附逆賊，弑君奪位，今天兵降臨，尚不倒戈獻城，誅戮賊首，以來請功，反敢出兵拒敵哉！」楊士覽曰：「你大唐得正國而君，尚自貪心不足，來侵我境界。可速退兵，免受快刀。」李神通大怒，勒馬舞刀，直奔士覽。士覽舉槍來迎。二將戰上二十餘合，李神通佯輸而退，士覽從後趕來。人馬將近，神通按住鋼刀，綽起銅鎚，一道寒光迸過，將楊士覽打落馬下。眾軍向前，捉歸本陣。許兵大敗，各抛戈棄甲，走回魏城。淮安王未知敵人虛實，不敢遠追，鳴金收軍。

楊士覽敗眾走回，報知許帝宇文化及，備言士覽已被唐淮安王李神通捉歸本陣。許帝大驚，聚集眾官商議，曰：「楊士覽初出戰即被擒捉，損傷許多人馬。爾眾臣有何高見，能退唐兵？」張章仁奏曰：「今者魏縣，城郭不堅，倉庫不實。惟有聊城壕塹深廣，附郭軍民精壯，且兼糧食充足。陛下莫若遷都彼地，庶可以觀敵之進止。勝則西還，敗則可守。」許帝准其奏，下命百官軍民人等，盡數起行。以煬帝之后蕭氏及宮嬪彩女，並將府庫奇珍異寶之物，裝載已備。許帝坐法駕，御從軍官一齊離卻魏縣，逕至聊城來。聊城官屬軍民，俱各離城四十里迎接。許帝車駕進入聊城府中，以府改爲正殿，所屬衙門分隸眾官坐守。府後新創宮室，以居妃嬪。即令四門增起樓櫓，預修器具，專俟禦抵唐軍。

且說淮安王李神通戰敗許兵，軍中犒勞將士。忽遊騎報：「許帝將魏國軍民百官俱遷於聊城。城上築修高壘，布列干盾，甚是堅整。」李神通聽的，謀於李靖。李靖曰：「日前夜靜間，吾立於轅門，仰觀天文，見殺氣近臨西北，果應在許帝遷都之事。若有陰陽，此賊敗在旦夕矣。大王不必過慮。然兵乃兇器，戰危事。昨日交鋒雖小勝，未見其全利。如今之計，莫若堅壁固守，差遊兵審彼虛實，見機而動，則功可就矣。」李神通然之，遂下令諸軍，堅守勿出。遊騎軍體探數日回報：「今有夏主竇建德，親領精兵十萬，屯紮聊城三十里下營。」李神通與諸將議曰：「竇建德預有章奏，合兵討宇文化及。今我軍先至，彼眾纔到，莫若絶之，以責其違失信誓。」李靖曰：「不可。敵人未滅，而先自疑忌，恐難成績。以我所料，他日破賊雪讎，必在此人也。王當遣人備羊酒禮物往勞之，以慰其望。」神通從其議。即令納言劉文靜賚禮往見夏主。

卻說夏主兵到聊城，每與太僕楊義臣軍中議出兵之策，忽轅門外軍人報：「大唐淮安王遣劉文靜至。」夏主接入帳中，相見畢，文靜曰：「奉淮安王之命，送微物與明公，以表拂塵之意。幸冀領納。」夏主喜曰：「既已預奏聖上，兵又稽遲，何敢勞淮安王[一]重賜。孤實無以報之。」文靜曰：「淮安王知公遠涉風塵，故來慰勞。何謂報耶？」即以表禮呈上，遂辭夏主而回。夏主送至帳外，謂文靜曰：「足下多多拜覆淮安王，不必費淮安王[二]軍馬，此賊待孤擒滅，以雪先君之讎。」文靜應命去訖。夏主回至中軍，問義臣破敵之策。義臣曰：「且遣范願領本部三千人馬，哨日出戰，探敵人虛實。然後計可保全。」夏主依其言，即遣范願領兵前去迎敵，不許取勝，祇宜緩撓其勢。范願領計，率衆綽刀上馬，於聊城平川曠野列開陣勢，以待彼來。祇見許陣上紅旗展處，一將出馬，身長七尺，眉目清朗，手執方天戟，乃許帝長子宇文承基也，對陣上高聲問：「來將何人？」夏陣中范願躍馬向前曰：「吾乃夏主駕下副元帥范願是也。今奉主命，率領大兵來擒亂臣賊子，以祭先君。」宇文承基聽的，大怒曰：「爾夏主各據一方，尚自不道，仍敢持兵自來送死！」挺方天戟直奔范願。范願輪起三停刀，抵住交鋒。二人戰上五十餘合，不分[三]勝負。日已沉西，兩下各鳴金收軍。

且說宇文承基引兵入聊城，見許帝。許帝問：「交兵勝負若何？」承基奏曰：「夏兵精銳，又況范願勇不可當。兩下交兵半日，未分勝敗。臣來日再整人馬，與夏兵誓決雌雄。」有左僕射宇文智及奏曰：「臣觀夏國之兵出吾之北，唐國之衆出吾之右，魏地之兵在吾之後。今稍能卻其精銳之衆，誠恐其用誘敵計也。嘗聞寡固不可以敵衆，弱固不可以敵強。吾主宜熟籌慮。倘或有失，吾之一族不得其死矣。」許帝聞奏大懼，欲復議西

〔一〕「安」，原脫，據藏珠館刊本《唐傳演義》補。

〔二〕「安」，原脫，據藏珠館刊本《唐傳演義》補。

〔三〕「分」，原脫，據世德堂刊本補。

還之計。宇文承基曰：「今唐、夏之衆新集，驅馳遠來，體疲食竭，正宜因山爲營，審勢攻擊，無不剋矣。若即棄而去，是示之以弱。所在之民，誰非寇讎？縱吾欲歸，其得至乎？此未戰先自敗也。」許帝未決。宇文智及曰：「今彼衆多，且兼建德士馬皆北方驍果，便於騎射，利在野戰。臣請得精兵十萬，與太子承基、大將王鐵佛、副將劉汝和、先鋒張敬、民部尚書鄭善果等，設虛形以分其勢，按甲休兵，用逸待勞。彼不得不分衆而備我。敵勢既分，其兵必寡，我見機而動，以衆擊寡，無有不勝者也。」許帝從其議：「以留守殷大用與孤共守聊城，餘外軍官，俱由宇文智及節度。」次日，宇文智及部領十萬大兵，出聊城五十里紮下營壘，按兵不出。

卻説淮安王遣人體探夏、許交兵勝負，遊騎回報，具言兩下連日交戰，未見輸贏。李神通正在中軍與李靖、劉文靜、屈突壽衆將在議破敵之計，忽人報：「聊城留守殷大用有密書來見大王。」李神通召入，差人進見，呈上殷大用之書。李神通拆開視之。書曰：

殷大用手書拜覆淮安王李麾下：許帝近日憂迫夏兵，甲士勞疲，厭於戰鬥。聊城積聚，陳腐經年，因是軍民有所憑恃。大王可急示兵攻擊，吾當內應。書弗悉言，謹此申達。

李神通看書畢，以示李靖。李靖觀罷，喜曰：「此天賜吾破賊成功也。」附口於神通耳邊道，如此如此。神通即復書與來人回，分付：「拜上留守，依回書所行，勿致失誤。久後必當重報。」差人帶書去訖。李靖令屈突壽帶五百軍人，各攜弓弩、羅網之具，張設郊外，但遇聊城有飛出禽鳥，隨而捕之，捉得活者，照數給賞。屈突壽即領衆人去。二日間，各捕得鳥雀無數，逕回營中來請賞。淮安王大喜，照數關給賞物。衆人得賞，各拜謝而出。李靖令軍中將桃杏核去其穰，俱裝納艾火於內，用線拴繫飛禽，大者帶上桃核，小者帶杏核。裝納已畢，依前放入聊城此蓋李靖用火計也。

話分兩頭。卻說許帝自宇文智及出兵以後，退居宮苑，日與蕭后、宮嬪飲酒取樂，至夜深不止。許帝偶困倦於行宮，自覺神思昏沉，見蕭后來奏：「特請陛下同遊花園。」許帝披衣而起，與蕭后、妃嬪、侍從一同遊玩。所經皆昔日煬帝宮苑，景致華麗，世間無比。許帝喜不自勝，同蕭后登玩花臺。恰纔坐下，衹聽得一陣狂風，穿林摧古木，卷石下高林，塵沙迷眼目，冷氣透胸〔一〕襟。眼前忽不見蕭后、宮嬪、侍從人等，遇一少年，頭戴通天冠，腰繫龍蟠帶，身穿絳紅袍，手執碧玉圭，連聲叫屈，涕淚交流，向前扯住化及罵曰：「吾乃隋煬帝之子秦王浩是也。爾祖父受我隋之厚恩，不思補報，爲國重臣，弗能匡救，卻行弒奪悖逆。我本無心復任社稷，爾衆人既廢我位之後，因有何過，以逼飲酖而死，致使屍骸莫收，神魂漂散。我訴於皇天后土，得來取索性命！」言罷，臺下一夥人各執刀槍進臺上，將化及刺倒在地。化及矚目視之，乃隋郎將趙行樞、司馬德戡、元禮、直閣裴文通、令狐行達等。趙行樞一把揪住，數之曰：「昔誅無道君者，因其酷毒天下，積惡深重，不得已而爲之。選立其子，與萬民造福。爾自立爲大丞相，篡奪國柄，淫亂宮嬪，酖殺幼主，比於煬帝罪愆尤甚。下民怨及，因欲廢暗立明，以從衆望。我等得何罪，盡將誅戮無餘！今日實來乞命也！」化及無言可對，被行樞衆人用刀亂砍，分解其屍首。一時間血淋滿地，魂魄渺然。許帝大叫一聲，展轉覺來，卻是南柯一夢，驚出一身冷汗浹背，時漏下三更矣。

許帝正在憂惕間，衹聽得宮外喊聲不絕，火焰連天，聊城南北通紅，倉廒俱被烈火焚毀。宮嬪報入內苑來，

〔一〕「胸」，原作「衲」，據世德堂刊本改。

許帝大驚，即分付都虞侯殷大用領兵五萬救滅倉廒中火。殷大用得旨，故意遲緩，不十分防救。天色黎明，倉場庫務爲之一空。許帝出宮，聞燒盡倉庫，集群臣謂之曰：「此非近火，實乃上天震怒，欲滅寡人。故致倉庫被災。卿等各當省心謝過，以禳天譴。」衆臣領命退去。候騎報入宇文智及營中，承基等聽得城中積聚俱被天火燒毁，無不驚懼，各有離心。智及〔一〕謂之曰：「今事已近矣，衆人各當盡命，進生退死。」即留大將王鐵佛領三萬人守營，自與太子承基、尚書鄭善果等率兵一十萬，北拒夏兵。衆將分撥已定起行。且聽下節分解。

〔一〕「智及」，原作「承基」，據藏珠館刊本《唐傳演義》改。

第廿六節　范願大戰司馬雄　義臣〔一〕尅〔二〕日擒化及

卻說夏主與楊義臣議曰：「孤聞宇文智及率領大兵在外，化及固守聊城。體探軍回報城中積聚盡被火焚，朕欲乘其弊，舉兵先尅聊城。智及人馬在外，不戰自敗也。特問太僕，其計可否？」義臣曰：「兵法云多算勝，少算不勝，而況其無算乎？今聊城之南，魏公李密故將徐世勣擁兵據阻，西有唐主李靖之兵。今二國按兵不動，豈無滅賊之心？想此聊城之災必非天意，實乃智者爲計也。明公不必重憂，管取聊城唾手可得，宇文智及亦在吾術中耳。」夏主曰：「計將安出？」義臣曰：「予觀智及大營東北三十里外，殺氣衝逼，當有敵人至矣。可令范願領敢死步兵五千餘人，盡著許兵衣甲，是夜捲旗息鼓，悄悄於僻路潛行，過智及大營三十五里外埋伏，待許兵至則發。用命者重賞，失機誤事全軍皆斬。」范願引衆領計去了。復命劉黑闥、曹旦、王琮率兵一十萬，前去與智及兵對敵，謂黑闥曰：「若許兵一敗，你當疾追。留兵三萬與凌敬等守營。夏主自領鐵甲五萬，專取聊城。」義臣分撥已定。

劉黑闥部十萬大兵，出山南擺開陣勢，智及對陣中鄭善果當先迎敵。夏陣上刺史王琮挺槍勒馬而出，問

〔一〕「臣」，原漫漶不清，據世德堂刊本。
〔二〕「尅」，原漫漶不清，據世德堂刊本。

曰：「來者何人？」善果曰：「吾乃許帝駕下民部尚書鄭善果也。」王琮責之曰：「公名臣之家，隋室大臣，奈何爲弑君賊效命拒戰乎？」善果更不打話，撚槍驟馬，直奔王琮，王琮舉刀來迎。二馬相交，二十餘合，王琮撥馬望本陣而退，善果一匹馬從後追入中軍。王琮按住槍，拈弓搭箭，覷定善果腦門邊射來，正中胸膛，善果墜於馬下，被王琮衆軍捉入本陣。王琮勒駿復殺入許陣，迎頭一將，紅袍鎧甲，手執鋼刀，乃劉汝和，抵住王琮交鋒。戰不兩合，被王琮一槍刺死。許軍大敗，夏兵漫山塞野而進。建德親兵至聊城下，見許陣將陷，戒厲其衆曰：「隋爲吾君，吾爲民。化及弑逆，不可不討。大丈夫欲取封侯之品，無過於今日也！」諸將得令，各奮勇爭先，無不以一當百。宇文承基與智及、張敬等分左右翼殺出，大呼曰：「若不決死，必爲所擒！」盡力衝突，得透重圍。劉黑闥一支軍從山南馳下，追趕宇文智及，走上二十餘里，祇聽得山坡後伏兵齊起，喊聲動地，智及看見盡打許軍旗號，祇説是王鐵佛之兵來此救應。智及衆人復抵住黑闥交鋒，未度此乃范願伏兵也。兩下截出，箭如飛蝗，宇文智及措手不及，被范願捉於馬上。張敬中亂箭矢死。殺的許兵七斷八續，各自逃生，降其衆不計其數。宇文承基單騎拚死殺出垓心，走入聊城，堅閉不出。王鐵佛知許兵已敗，率衆軍棄營而走。

夏主收軍，衆人各上其功。夏主將宇文智及用檻車陷囚，候捉化及一齊就刑。督令諸軍攻打聊城。許帝與黄安、陳智略等計無所出，又聽得楊義臣在城下招諭其衆。城裏張章仁等皆關中人，連日見聊城無糧，饑餓難忍，又見夏兵勢重，恐難逃生，謂其下曰：「今淮安王屯兵在外，不若今夜偷出西門，前往歸降，必不害我等性命。若同許帝一時受死，生既無益於國家，死亦與草木同朽腐〔一〕，豈非愚之甚耶？」衆人曰：「將軍之言幸當。」即棄馬，各束行裝，偷出聊城，不在話下。次日，人報知許帝。許帝大驚曰：「吾死無日矣！」衆

〔一〕「朽腐」，原作「休戚」，據世德堂刊本改。

臣亦勸之乞降淮安王，庶可保不死。許帝從之，即奉表遣人馳詣淮安王乞降。使命密出，離聊城西門，逕入中軍，來見淮安王，呈上許帝乞降表章。淮安王以示李靖等。李靖曰：「不可允其降。夏主百戰疲勞，困逼聊城，賊擒在目下矣。大王如許所請，是欲邀功也。」淮安王然之，即發使人回。仍遣劉文靜賫禮物，往夏主軍中賞勞衆將，約其會兵取聊城日期。文靜領命，賫禮物去訖。

卻説夏主與楊義臣商議：「但有聊城願歸之卒，許衆人開圍放出，不得阻攔。」忽報：「轅門外有唐納言劉文靜至。」夏主宣入幃幄之前，問曰：「納言此來何爲？」文靜曰：「今聊城倉庫皆被李靖用火計燒之，今内無積聚，外有重兵。日前許帝奉表乞降淮安王，我主以賊亡在旦夕，不允其降。特遣區區賫來禮物，賞勞諸將，仍約何日期會兵破敵。」夏主曰：「重勞淮安王賞物，將何報答？拜上淮安王，不必費王之師，待孤擒之，以謝天下。」劉文靜辭夏主回唐營去訖。夏主問義臣破敵之策，義臣曰：「可遣内史麴稜分領二萬人，從聊城西北逕至東南角上會兵。主公帥精兵三萬，自聊城北往南行，亦聊城東南取齊。」衆將得令，各自準備行事。

卻説使命回聊城，奏淮安王不允納降。許帝愈懼，莫知所爲。宇文承基奏：「臣捨死出退夏兵，復還魏縣，又作良圖。」許帝即與兵五萬，承基披掛出城，將五萬人分爲上下中軍，以司馬雄領左軍當其左，甯虎領右軍當其右，自領軍當其中，擺開陣勢。對陣麴稜部王琮、范願等一齊出戰。許陣中宇文承基手執方天戟，出馬請戰。夏陣中王琮勒馬向前。二將軍器並舉，金鼓齊鳴，戰上三十餘合，未分勝敗。范願一支軍從左殺進，兩下夾攻。許陣上閃出一員猛將，身長七尺，濃眉大眼，手執長槍，乃副將司馬雄也，直取范願，戰十餘合，范願勒馬繞陣而走。司馬雄隨後追來，范願按住三停刀，綽起銅鎚，望司馬雄當門打落，腦髓迸流，死於馬下。宇文承基見司馬雄戰死，撥回馬逃入本陣。只見東南上一支大兵馳下，乃夏主親兵也。兩下截殺，承基首尾受敵，與甯虎、陳智略奮力衝透重圍。楊義臣統大兵分頭追襲。曹旦一匹馬追及，甯虎抵住，持起狼牙棍，與曹旦交鋒數合。後軍麴稜拈弓在手，搭箭當弦，弦響箭到，甯虎中流矢而死。許兵大敗，殺死者如蘆葦相似，僵屍數十里。宇文承基知不能脫，仰天嘆曰：「臣力至此，不能支也！」欲引刀自殺。麴稜後兵追及，擒承基，捉回中軍。夏主令以陷車牢固，與宇文智及並餘黨俱監在一處。宇文化及見將士殺盡，無軍可應，復誘海曲漢之縣名諸賊帥共守聊城。

楊義臣曰：「臣昨觀天文，見賊星暗墜，兆在丙子日得俘也。明公可急攻之。」夏主聽說大悅，即縱兵圍擊聊城，裝起雲梯、瞰車、火炮之具，日夕困打。未三日，城中已報：「捉了宇文化及並其餘黨。今開聊城，既欲獻中軍，來見夏主。」夏主令宣入，其將拜於帳下曰：「臣是魏公李密故將徐世勣，因宇文化及誘諸海賊禦守聊城，故領三千精兵詐爲海賊。今臣洞開四門，已將化及並其黨俱監下，請大王入城安民。吾於此辭去。」夏主曰：「破聊城擒逆賊者，將軍之功也。未及旌賞，何以遽欲辭去？」世勣曰：「臣以故主舊城無將統理，得欲歸之，以安其衆。」夏主曰：「徐公真丈夫也！」世勣已去訖。

夏主督令諸軍，守聊城四門，以備宫闕府庫。宇文化及等，皆以兵甲監之，乃給榜文，曉諭六軍。榜云：

將士若無符節，毋得擅入城中，不許妄殺無辜，搶掠百姓，燒毀神廟，拆壞民居，砍伐樹木，翻掘墳塚，姦淫婦女。若有違此軍令者，一人犯罪，全軍皆誅。右榜曉諭通知。

卻説夏主次日會集各部人馬，進入聊城，所得資財，悉以分將士。止不見了太僕楊義臣。衹見小校來報夏主：「昨夜太僕乘月黑出營，竟弗知從何處去。惟睡榻上遺書一封。」夏主令拆開視之，内有七言四句二首。詩云：

自古高官必險危，武昌門外柳花飛。

韓侯苦戀淮陰職，狗死弓藏悔已遲。

又詩云：

掛冠玄武便休休，一別王侯竟莫求。
獨泛扁舟無限景，波濤西接洞庭秋。

夏主欲遣人四下追尋，凌敬奏曰：「楊太僕忠直之士，今借夏國之兵，已報舊主冤讎，其志足矣。望主公勿再追尋，仍其去矣。」夏主從之。即先令隋蕭后稱臣，素服哭煬帝盡哀，收傳國玉璽。就〔一〕執過宇文化及父子等，集隋官數其罪曰：「爾之祖宗本是白奴皂隸，累世承受隋厚恩，爲煬帝畫策，謀奪正位，實汝父宇文述所爲也。位居國公，任理大政。當煬帝行無道，苦虐生靈，爾昆仲帝幃之寵臣，無一言諫止，共成其患。及君被弒，禍並於子。即奪大寶，淫亂宮闈。今神人共憤，仗天行討。三軍勉勵〔二〕，旌旗齊指，已擒獲賊黨，執列市曹，用正大辟，以謝上帝。復何言哉！」化及低首無語。夏主命刀斧手剮其心而祭二帝。夏主已誅卻宇文化及，以裴矩爲左僕射，其餘各隨才授職。有欲詣關中及東都者聽之。遣使將宇文化及首級〔三〕用匣盛貯，馳送東都，奉表結好王世充。世充仍遣使表建德爲夏王。裴矩爲夏主定儀制、律令。建德甚悅，欲乘席捲之勢，取唐之邢、滄等州。

胡氏曰：商紂既亡，子孫皆臣服於周，惟妹土頑民，乃有哀號呼天欲紀其緒，未聞殷之賢臣爲紂斬哀躃踴，敬事妲己者也。隋煬之罪，視紂爲浮。竇建德於是焉，數宇文化及以世受國恩，不能匡諫，親行弒逆，輒自稱尊，討而殺之可也，而爲昏煬發哀，拜謁蕭后，則施之不當，何足以感動人心。其與漢祖爲義帝之節，異矣。

〔一〕「就」，原爲墨丁，據世德堂刊本補。
〔二〕「勵」，原作「厲」，據世德堂刊本改。
〔三〕「首級」，原脫，據藏珠館刊本《唐傳演義》補。

第廿七節　竇建德大勝唐兵　秦叔寶鐧打潘林

卻説淮安王李神通已知夏主平復了宇文化及，下令班師。大軍正欲起行，轅門外一將威風勇〔一〕猛，領二千餘人入中軍乞降。淮安王問：「將軍何來？」其將曰：「臣乃聊城殷大用。今城破主滅，特來相從。」李神通大喜，即署爲左軍職。拔寨回京師，具平宇文化及表奏上唐主。唐主大悦，仍下詔，令秦王世民、齊王元吉各隨在招撫。京師宇文士及聞化及既死，遣人奉表高祖。高祖手詔召之，士及與封德彝來降，以妹淑姬爲高祖后昭儀，由是授上儀同。唐主以德彝諂巧，罷遣就舍。德彝以秘策干唐主，唐主悦，拜内史舍人，俄遷侍郎。

胡氏曰：禍亂之臣於興國無怨惡也，而不可不戮者，天下之惡一也。既以謝塗炭之人，又以訓吾之臣子也。德彝、士及，身爲大臣，産禍召亂，又與叛逆詬詈其君，此而不誅，反寵秩之，唐之官賞爲不足貴矣。

卻説夏主竇建德討誅宇文化及以後，威聲大振，欲乘精鋭之衆十餘萬，取唐邢、滄、洺、相四州。聲息傳入京師，唐主與衆臣議曰：「建德纔得志，便欲侵寡人封疆。朕當起傾國之兵，與此賊誓不兩立。」李綱奏

〔一〕「勇」，原爲墨丁，據世德堂刊本補。

曰：「邊鄙之事，自古有之，惟在守備嚴固而已。今者謀臣猛將，堅甲利兵，隨處備禦，申明號令，俾堅壁清野，按兵蓄鋭。彼前不得戰，退無所掠，人馬疲困，自當遠遁。何必親御六龍，遠臨榆塞哉。」唐主意猶未決。李神通奏曰：「臣自居陛下，未有寸績。今日願部兵前退夏兵。」唐主允其請，即付兵五萬，與之前往迎敵建德。李神通辭唐主，次日於教場中操演三軍，離京師，望邢、滄進發。哨路軍來報：「建德已陷邢、滄，即日軍屯洺、相。」神通率衆直趨洺、相，離二十里屯紮。夏主建德聽知李神通引軍來到，與凌敬議曰：「李神通往日相親，意已備矣。今日來拒我衆，何以禦之？」凌敬曰：「神通此來，君命也，安肯私於明公哉？既稱兵侵唐之封疆，勿以此爲念。正可乘其遠來〔一〕疲竭〔二〕，今夜〔三〕俟彼營柵未堅，一鼓可破矣。」建德然之，即分付劉黑闥、范願、曹旦等四路抄入，不得有誤。衆人領計去了。

卻說李神通大軍初到，俱各困倦，未知持防。將近三更時分，巡哨軍亦自安息，被夏兵掩旗息鼓，人馬銜枚，悄悄將近唐營。一聲炮響，劉黑闥衆將四下抄進，唐兵人不及甲，馬不及鞍，各抛戈棄甲而走，自相踐踏，死者不計其數。李神通未知敵人虛實，不敢戀戰，引殘兵殺出重圍，望黎陽逃走。比及天明，建德鳴金收軍，殺得唐兵僵屍數里，旌旗金鼓委棄於野無算，掠其輜重二十輛。建德下令軍中曰：「破竹之勢不可失也。」復引兵進逼黎陽。

〔一〕「來」，原漫漶不清，此據世德堂刊本。
〔二〕「疲竭」，原漫漶不清，此據世德堂刊本。
〔三〕「今夜」，原漫漶不清，此據世德堂刊本。

卻說李神通走入黎陽，就李世勣，以拒建德。世勣見夏兵勢大，圍困城郭，在敵樓瞰望夏兵，見建德營寨爲三壘，攻擊大兵俱聚於城下。建德營中皆羸弱士卒。世勣遣騎將丘孝剛引精兵從城南擊之。孝剛領精卒七千餘人，開南門徑襲建德營壘。唐兵一湧而進，夏兵大亂逃走。孝剛勒馬挺槍，奔中軍來捉建德。建德心慌，一匹馬望城西奔走。孝剛引衆後追，喊聲大振。建德軍報入二壁知道，范願綽刀上馬，引一支兵從孝剛馬後趕上，大叫：「唐軍不得有傷吾主！」孝剛見後有救兵至，勒住馬，挺槍迎戰范願。二馬相交，未經數合，范願手起刀落，將孝剛斬於馬下，殺散唐兵，救了建德，復回本陣。建德深恨唐將，自立於城下，督軍攻打，限三日不拔者，全軍誅戮。果然二日間，夏兵奮力攻擊，將黎陽鹿角攻崩。夏兵入城，虜執淮安王李神通及世勣父徐蓋、魏徵等。唯李世勣引敢死士五個人殺出南門，走往衛州。建德下令將李神通送於館驛中，以五千兵守之，供給飲食，極其齊備。遣人持書往衛州招安李世勣。

卻說世勣走入衛州，居數日，聽得夏主遣人持書來招安，自思：「父子相依，安忍抛棄。莫若姑順之，以救吾父。他日欲歸唐主，亦未晚矣。」即隨來人至黎陽見建德。建德大喜，謂之曰：「黎陽吏民得君鎮撫，如一座連城。孤欲用足下，足下何故堅辭？」世勣曰：「臣乃舊主棄人，焉能輔治？蒙明公厚愛，不能不從矣。」建德授以右武衛大將軍，以魏徵爲起居舍人。時滑州刺史王軌被奴殺之，攜首級詣建德請降。建德怒曰：「奴殺主，大逆也，豈宜留之！」立命左右斬其奴以號令，將王軌屍首遣人送回滑州。滑州吏民感悦，即日舉城降。於是其旁州縣及徐圓朗等，皆望風歸附，唯趙州未下。建德使世勣守黎陽，而以其父爲質，引衆進取趙州。令高士興侵易水，高雅賢副之。

且說高士興率兵二萬，前抵易水，唐將羅藝與薛萬均部驍壯邀之於衡水縣名，依岸爲陣，藏甲士於密林中。高士興引衆前抵衡水，未及半渡，忽蘆葦中鼓噪而出，羅藝、薛萬均兩下兵前後截住，夏兵各慌。高雅賢一匹馬繞岸而走，被薛萬均趕上，一刀斬落水中，眾軍大潰，一半死於衡水。高士興料不能脫，下馬乞降。羅藝大勝一陣，遣使馳奏唐主，下命賜姓李氏。是時建德聽知高士興被羅藝邀擊，士興投降，恐幽州兵連趙州，難以克復，督令眾軍悉力攻打。城陷，執總管張志昂、慰撫使張道源。建德以其不早下，欲殺之。凌敬曰：「人臣各爲其主用，彼堅守不下，乃忠臣也。大王殺之，何以勵群下乎？」建德怒不解，敬曰：「大王使高士興侵易水，羅藝纔至，士興即降。大王以爲何如哉？」建德乃悟，釋之。大軍還洺州，下命有司，令築造宮室，徙都之。建德深恨羅藝敗其兵於衡水，日與眾人商議，欲起兵雪恥。曹旦曰：「羅藝善能用兵，兼部下薛萬均兄弟有萬夫不當之勇，大王欲要起兵復讎，非計出萬全不可也。」夏主即遣大將王伏寶率精兵一萬，前寇幽州，乃令李世勣擊新鄉。伏寶引兵進逼幽州，被羅藝設疑兵計復擊破之。王伏寶敗軍回洺州，諸將以其勇冠軍中，皆妬嫉之，言其與羅藝欲謀反。建德將殺之，伏寶曰：「大王欲興大業，奈何聽讒，自斬左右手乎？」建德乃赦之。自是夏兵再不敢正視幽州矣。

卻說李世勣意欲歸唐，恐禍及其父，謀於郭孝恪。孝恪曰：「吾新事竇氏，動則見疑。宜先立效以取信，然後乃可圖也。」世勣從之，引眾擊破新鄉，得其積聚，遣人悉以送歸建德。建德大喜，愈加親信，下命召入洺州，有機密事商議。世勣輕騎至，見建德，説之曰：「曹、戴二州，户口完實，孟海公竊有其地。今以大軍取之而臨徐、兗，則河南可不戰而定矣。」建德然之，欲自將以徇河南，先遣其行臺曹旦等將兵五萬濟河，令世勣引兵三千會之。曹旦等引兵去了。

卻説李世勣引兵三千出洺州，與郭孝恪議曰：「建德自將兵趨河南，吾以精壯衛彼前後，俟其至，掩襲營壘而殺之。君以爲此計可行否？」孝恪曰：「建德之眾皆驍果人矣，倘謀事不密，我與足下之父皆難保矣。莫若乘其遠出，因彼無備，暗擕君之父，抄從別路歸唐，此爲上策也。」世勣然其計。

卻說建德催集諸路人馬未齊，遲延在洺州，尚未起行。曹旦先引兵五萬，迤邐望河南進發。甲士皆無統束，於路多侵擾居民，諸賊羈屬者盡怨之，多降世勣。世勣欲乘其機，先襲曹旦以孤建德之勢。即遣人密告中潬城名賊帥李商胡之母霍氏霍氏亦善騎射，號總管，令謀曹旦共歸關中，必得重用。霍氏與其下議曰：「世勣所言，極合我志。緣曹旦部下爪牙雄壯，如何可以動手？」賊黨鄧留曰：「今曹旦將佐惟利是貪，來日設一筵席，以其褊裨皆請至，伏甲士於密室，舉盞爲號，盡將殺之，然後會知世勣，內外夾攻，擒捉曹旦有何難哉。」霍氏然其計，遂預備甲士，埋伏西廊下，令人請曹旦諸將佐，齊來赴席。時林稠、徐鑒、霍超等十二人皆至，各依次即坐。鄧留奉眾人酒至五巡，霍氏更衣起身。鄧留舉杯爲號，一時間廊下搶出五百壯士，就席上捉住林稠。徐鑒見勢頭不好，抽身走出，被鄧留掣出短刀，斬於門下。其餘十一人盡皆殺死。霍氏乃遣人告知世勣。世勣即率部下二千餘眾，欲襲曹旦營寨。已先有人報知曹旦〔一〕。曹旦點集部下，圍住霍氏、鄧留等。有徐鑒甥蒙諫欲與舅報讎〔二〕，首〔三〕先殺入霍氏營壁。霍氏抵敵不住，引數千騎殺開血路，棄營逃走〔四〕。鄧留〔五〕被徐鑒眾兵亂箭矢死。李世勣聞知曹旦有備，不敢停留，與郭孝恪帥數十騎奔唐去了。次日建德帥大眾始到，與曹旦會合。曹旦迎入中軍，具說：「中潬賊霍氏通同世勣，圖謀林稠等，今世勣已走歸於唐。」群臣請誅世

〔一〕「曹」，原漫漶不清，此據世德堂刊本。
〔二〕「讎」，原漫漶不清，此據世德堂刊本。
〔三〕「首」，原漫漶不清，此據世德堂刊本。
〔四〕「走」，原漫漶不清，此據世德堂刊本。
〔五〕「鄧」，原漫漶不清，此據世德堂刊本。

勣父李蓋，以雪此〔一〕憤。建德曰：「世勣唐臣，爲我所虜。既復歸於唐，是不忘本朝，乃忠臣也。其父何罪而欲誅之乎？」遂赦之，遣使往東都，求鄭王合兵取濟、谷二州，欲乘勢襲徐、兗而向河南，遂按甲不出。

話分兩頭。卻說鄭王世充與建德結納以後，自恃兵精糧足，每欲有取唐之州郡。忽得夏主會兵之書，同取濟、谷二州，候入關中，共分天下。鄭王大喜，遂允其請，以朱粲、單雄信爲西道行臺，率精兵五萬，侵唐谷州，自統大軍至濟州，與建德相會，以秦叔寶爲行軍總管，程知節即咬金也副之，蘇威爲謀主，羅士信爲統軍，共十萬大兵，從法駕征進。留世惲、世偉、玄應等監國。世充分撥已定，次日，大軍望濟州進發。時濟州刺史周望聽知世充來寇濟州〔二〕，一面遣使詣關中取救，自督諸軍，悉力拒守。邊廷消息傳入京師，閣門大使奏知唐主。唐主問於群臣，李綱奏曰：「王世充精果之眾，非秦王不可迎敵。陛下宜詔之以救濟州。」唐王依奏，即下詔，命世民率兵前救濟州，勿致有誤。使臣領詔逕出關外，宣知唐主詔書。世民與將佐接旨已畢，打發使臣回朝，下令軍中公孫武達、樊興等共七萬人馬，離關外直抵濟州。是日大軍起發，但見旌旗蔽日，盔甲鮮明，端的是人如流水急，馬似疾風吹，將近濟州四十里九曲地名，屬鄭州屯紮。

卻說王世充哨軍報知：「秦王部領雄兵七萬，前來救應濟州。」王世充下令，部領三軍，出平川曠野，擺開陣勢，與唐軍放對。秦王對陣鼓噪而出，秦王身穿絳紅袍，襟連猊環甲，掛一壺鑿山狼牙箭，繫一張彎月寶雕弓，頭戴金盔，手執英槍。左騎下公孫武達，右騎下樊興，背後盡是關中健卒，密排陣腳。王世充自親

〔一〕「此」，原作「乎」，據世德堂刊本改。
〔二〕「州」，原爲墨丁，據世德堂刊本補。

出陣，在大黃纛下，上首秦叔寶，下首程知節，在馬上謂世民曰：「爾唐主自立關中，已得正國。夫天下非一人天下。隋失其鹿〔一〕，群雄共逐。今欲與夏主三分封疆，自河而南當屬於我，自陝而西以與唐主，因是夏主約孤襲取濟、谷二州，兩下大兵集此。而君持孤衆，深入險地，恐無生理矣。」世民馬上指世充而罵曰：「爾受隋恩，竊秉大政，酖縊君上於幽宫，殘虐下民，淫惡不悛，天下欲啖爾之肉，尚弗平其恨。今大兵來到，正欲誅亂臣賊子，而與隋帝雪冤。吾唐主南郊受禪，猶不忘君德，每盡誠意，三時奉慰。今行天討，以正叛逆之罪。不即受擒，尚自敢陣前鼓唇摇舌哉！」言畢，顧諸將曰：「誰出馬先誅此賊？」一將湧身而出，衆視之，乃樊興副將潘林，手挺長槍，坐騎駿馬，跑出陣前。世充陣内秦叔寶手執兩鐧，躍馬逕來迎敵。兩下軍器並舉，戰不到數合，秦叔寶賣陣而走。潘林趕去，望後直刺。被叔寶夾其槍〔二〕於脅下，側身綽起鐵鐧，一道寒光迸過，潘林打落馬下。唐陣中歐陽武見打死潘林，一騎馬搶出陣來。秦叔寶抖擻威風，獨戰歐陽武。二將交鋒祇兩合，叔寶輕舒猿臂，早將歐陽武挾過陣去。王世充見叔寶初陣得勝，令大小三軍一齊殺過唐壁。秦王左右翼公孫武達、樊興各出陣前混戰。近黄昏，兩下始鳴金收軍。王世充回營，重賞叔寶。叔寶曰：「來日交戰，誓捉世民，以報明公知録之恩。」世充大喜。且聽下節分解。

〔一〕「鹿」，原爲墨丁，據世德堂刊本補。

〔二〕「槍」，原爲墨丁，據世德堂刊本補。

第廿八節　程知節用反間計　秦叔寶棄鄭歸唐

卻說秦王收軍，見折了戰將潘林、歐陽武二人，悶悶不悅，下令軍中堅壁而守。王世充每令人下書請戰，秦王重勞遣之。公孫武達等稟秦王示兵，世民曰：「我軍新挫，世充鋭氣正盛而欺吾怯，衹宜堅壁固守，伺其怠而戰，敵人可破也。」忽人報：「轅門外二匹馬引數十騎，飛跑而來，欲見大王，不敢擅進。」秦王令召入，二人至帳前，秦王早已認得，即出座相迎。此二人是誰？一個興唐社稷徐懋公世勣表字也，一個定李江山郭孝恪。秦王大喜，問曰：「聞君近守黎陽，每欲遣騎迎候，值關中戎馬倥傯，以致不果。今二位遠來，吾事濟矣。」世勣曰：「自舊主死後，黎陽無人總理，今臣未盡其職，又致陷失於建德。實有負陛下招撫恩也。」秦王曰：「失黎陽小患。今濟州被王世充所困，唐主命臣部兵來救應。日前與世充交兵，吾軍被其將秦叔寶一陣挫衄，折了大將二員，甚是喪志。每日令人下戰書請示兵，吾正在憂慮之間。懋公今來，必有高議。」世勣曰：「主公勿憂。吾與秦叔寶、程知節共事故主李密，足知其爲人勇冠諸軍，故主不知重用之。自北山敗績，眾人散歸東都者，惟此二人可惜。某憑三寸不爛之舌，説叔寶、知節拱手來降主公，可乎？」秦王曰：「若公勸説叔寶來降，何慮天下哉！」問懋公：「此去以何而進？」世勣曰：「吾聞世充次子玄恕甚得世充寵愛，封爲漢王〔一〕，受業於太師陸德明，此人與知節最是相善。況有世充幸臣蘇威，極貪賄賂。主公須費黄金數斤，結好蘇威，用反間之計，叔寶在鄭立腳不定，必背世充來投主公也。」秦王欣然與之。

世勣帶領從人，將黄金數斤，辭秦王，出轅門，逕至世充營。正行至中途，忽人報：「前面一簇人馬來，旗上書程知節名字，爲世充催趲軍糧到此。」世勣聞之，大喜曰：「此天賜吾成功也。」即勒馬向前，叫聲：「賢弟，久不相見！」知節認得是徐世勣，滚鞍下馬，於路旁攜住手，謂曰：「尊兄久違盛顔，今日何如至此？」世勣曰：「有機密事告公。」知節即叱開左右，與世勣歇於林間。世勣備言：「棄建德歸唐，欲來請閣下與秦叔寶一同入關中，建立功名。」知節曰：「吾有心多時。尊兄勿慮，此事俱在我身上。來日將賄賂之物密送與太師蘇威，更託陸德明同譖之，必成事矣。」世勣大喜，即付黄金與知節支用。知節曰：「老兄回啟秦王，若是叔寶領兵出戰，切須堅壁固守，按甲休兵。將半月之間，吾當用反間之計。老兄打探吾軍中有相疑，公宜疾來叔寶處相會。」世勣即辭别知節回營，以達秦王，不在話下。

卻説知節回至營中，密見叔寶曰：「自故主敗後，餘人皆歸關中，獨我與老兄來投鄭主。今世充弑君奪位，天下皆爲讎敵。尚又聽信讒言，棄逐忠良，多用浮詞，以惑其衆，實非帝王氣象也。久聞秦王世民仁慈大度，下士推誠，此乃撥亂之主矣。即目唐、鄭交兵，尊兄若不早定大計，異日與草木同朽〔二〕，悔之晚矣。」叔寶曰：「爲人臣止於忠。今既委質爲鄭，復生異圖，是導後世爲人臣而懷二心者也。」知節曰：「良禽相木

〔一〕「王」，原爲墨丁，據世德堂刊本補。
〔二〕「朽」，原作「休戚」，據世德堂刊本改。

而棲，賢臣擇主而佐。尊兄有擎天駕海之才，四方誰不懼仰？今若棄暗投明，取功名富貴如探囊取物，何必區區而在人之下乎？」叔寶叱之曰：「賢弟再不許出此言。如復來說，恐叔寶心性激烈，不利於君也。」知節惶愧而退，來見陸德明，備言：「世充非賢明之主。今我欲棄暗投明，歸降秦王。不然上下離心，事有不測，那時身填溝壑，有何益於世間？未知尊兄以爲可否？」德明曰：「我亦有心久矣。衹鄭主待我盡厚，吾是以不忍遽背之。」知節笑曰：「鄭主陞公爲漢王之師，則苟令玄恕來執弟子儀，斯爲崇道矣。今反使尊兄就其家，行束修禮，是疲於往來，起居弗寧。如此輕賢薄德，何謂厚乎？」陸德明深然之。遂約定知節，與一同投唐。知節曰：「衹有叔寶立心堅固。尊兄當在漢王前疏之，譖其無心事鄭，致彼上下猜忌，不由他不從也。」德明曰：「此吾自有主張，管取叔寶棄鄭投唐矣。」知節辭陸德明而出，將黃金數斤送與太師蘇威，因說：「叔寶每出兵與唐將交戰，唐兵堅壁固守，恐有內變。公當度之。」蘇威受其黃金，次日言於鄭王：「叔寶英雄無敵，今出兵與唐將迎敵，皆不戰而退，恐有二心。大王不可深信之。」漢王玄恕亦譖言：「叔寶乃李密故將，非有真心爲吾用乎。陛下宜早遣之。」自是世充見疑於叔寶。遇叔寶欲請兵出戰，世充皆不許。叔寶亦不自安。正在中軍猶豫之間，遇夜靜，徐世勣密投其寨來，令人報有故人特來相見。軍士報入帳中，叔寶教喚入。世勣進見叔寶曰：「賢弟別來無恙？」叔寶燈下認得聲音乃徐世勣，遂出座握手，請上正坐，謂之曰：「尊兄乘夜來此，有何見議？」世勣於袖中取出密書一封，度與叔寶曰：「此書秦王敬遣某付來見賢弟。」叔寶接過，拆開視之。書曰：

武德二年某月日，大唐秦王世民，端肅奉書秦將軍足下：愚聞明鏡所以鑒形，往事可以知今。昔微子去殷而入周，項伯叛楚而歸漢，周勃近代王以黜少帝，霍光尊孝宣而廢昌邑。彼皆畏天知命，觀存亡之符，見廢興之跡，故能成功於一時，垂業於萬世也。今世充弒君奪位，天下共怒，況此賊詭詐，器度淺狹，多妄語咒誓，乃老巫嫗耳，非撥亂之主乎。今上下多致猜忌，將軍之所共知。茲值洛陽内亂，梁、楚臨郊，王侯同逐，四境分崩。况我父皇自歷戰陣，親冒矢石，與士卒同其甘苦，並將帥湊於事功。先定長安，經營河北，近來英雄雲集，百姓風靡，雖函岐慕周，不足以喻。將軍誠能預度成敗，亟定大計，尚可轉禍爲福，庶免後日之悔矣。吾總戎任，嚴令諸軍，堅壁不與示兵，鄭王必致疑忌。那時將軍果能建立功名，使上下相安乎？於吾相從，秉心塞淵，俱登職位，而無棄才，皆將軍故舊，當以問之。蓋王者迭興，千載一會。今若歸唐，必居重任，豎勳名於史册，畫圖像於麒麟，豈不美哉！如仍迷途不復，吾於將軍未見其利也。某謹書。

叔寶看書已畢，沉吟半晌，謂世勣曰：「若今背鄭主而歸秦王，是不忠也。吾以真心事人，彼寧肯負於我哉？」世勣笑曰：「將軍曾聞徐文遠至東都見世充拜之，或問之曰：『君見李密而倨傲，今見世充即拜之，何也？』文遠曰：『魏公君子，能容賢士。鄭主小人，能殺故人。我何如不拜？』以此觀之，足知鄭主難與同事功人矣。今秦王盼將軍，猶先主之候孔明也。何必執小諒而忘大計哉？」叔寶意猶未決。適人報漢王之師陸德明至。世勣聞德明來，遂躲於帳後。叔寶出迎，至帳中坐定。德明謂之曰：「即今李子通率衆侵鄭，一日二次來報，軍情甚緊。鄭王正欲回軍以待之，爭奈唐兵堅壁不戰，恐大軍起行，秦王有躡後之患。深疑將軍與唐通好，別懷二心，陰有拘執爾之意。我與足下往日相善，乘夜特來報知將軍，宜早爲計。」德明言畢，即辭叔寶而出。叔寶正在憂懼，適李君實、田留安二人來見，亦言此事。程知節繼至，因謂之曰：「老兄不聽小弟之言，今日果做出來，當如之何？」叔寶曰：「爾衆人皆有此意，我請懋公出來，一同會議。」懋公出見衆人，即將秦王書以視李君實等，衆人皆勸叔寶棄鄭歸唐。叔寶見諸人意齊，願降秦王。因謂懋公曰：「你先回，拜上秦王。叔寶來明白，去亦明白。來日我辭見鄭王，自當歸唐矣。」世勣遂辭別叔寶自回。叔寶密分付李君實、田留安：「你二人逕往洛陽，搬取親眷，先投秦王處。我隨後即至。」二人領命而出。程知節出帳外，附口於李君實耳邊云：「可將陸德明家小一同帶來。」君實應諾，逕往洛陽去了，不在話下。

次日，叔寶與程知節正在議事之際，轅門外報：「有秦王出兵，列陣索戰。」傳入中軍，鄭王曰：「仍命秦叔寶與眾將領兵出戰。」太師蘇威曰：「叔寶面善心非，恐有不測。主公宜親行以馭諸將，勝負在此一舉。目下李子通侵擾邊疆，擬須回兵。若我戰勝，則與議和。如軍戰敗，分兵設疑而旋師矣。」鄭王大悅，傳軍令曰：「寡人親經戰陣，有用命者重加陞賞，躲縮者全隊刑罰。」眾軍得令，各秣馬蓐食，俟候交鋒。鄭王使秦叔寶、程知節引兵前拒，自帥大軍列陣於九曲，與唐兵兩陣對圓。衹見叔寶、知節領本部人馬往西奔走，將離鄭陣百步許遠，二將下馬，遥望世充拜曰：「僕感公厚禮，深思報效。見公多猜忌，信讒言，非可〔一〕託身之所。請從此辭。」言罷，二人翻身上馬，投奔唐陣。世充大怒曰：「人言此賊有二心，吾未深信。今日果然。」下令勒兵追之。鄭陣中李光儀、何惠二支兵搶出陣來。秦王陣中見鄭兵後追，麾動紅旗，公孫武達一匹馬跑出，抵住李光儀。兩下金鼓齊鳴，光儀獨戰二將。樊興拍坐下馬，挺槍刺斜殺進。何惠撥回馬，接住交鋒。戰至半酣，鄭陣稍動，秦王欲使精兵襲其後，世勣近前曰：「叔寶新降，世充怒恨未息。可收兵回營，以挫其志。彼眾不戰自敗矣。」秦王然之，即鳴金收軍。鄭兵見秦王勢大，亦不敢復追。畢竟看下節如何分解？

〔一〕「可」，原爲墨丁，據世德堂刊本補。

第廿九節　李世民結納叔寶　宋金剛寇打并州

卻說秦王回軍升帳，與世勣議：「叔寶今來歸唐，當何以處之？」世勣曰：「叔寶英雄出眾，大王當效漢高祖拜韓元帥之禮待之，則此人必竭忠盡命，以報主公。」秦王曰：「吾驟待叔寶如此，恐難伏其眾也。」世勣曰：「當今戎馬橫行，賊盜未息。若用叔寶廓清天下，而以眾人禮待之，恐彼不留心矣。主公位居王列，如黃帝之拜風后，武王之拜呂望，惟王處置，其下安有不伏者哉。」世民曰：「謹受教。」即與世勣出，接叔寶入帳中。諸將佐各依次序而立。世民推叔寶坐上位，叔寶堅辭曰：「臣乃不忠之人，匹夫之勇，如何敢重大王甚禮？」秦王曰：「世民今得見將軍，如槁苗而得甘雨也。」遂令左右捧過印綬，秦王親拜叔寶爲總管。叔寶見秦王意厚，祇得受之。秦王封叔寶已畢，叔寶下階拜曰：「臣幼學武藝，經歷四方，未遇賢主，以致失節於他人。今日得覩明公，願罄平生，以圖補報也。」秦王大喜，仍以程知節爲統軍，其餘來降將校，各有賞贈。令軍中大設筵席，以待諸將。秦王舉盞，持與叔寶曰：「將軍年有幾何？」叔寶起而對曰：「不才新年三十有七。」秦王曰：「然則長我二歲。」以目屬懋公，謂：「我欲拜叔寶爲兄，可乎？」世勣曰：「古者有君臣之義而盡兄弟之愛，劉先主與關、張是也。主公今日行之，有何不可？」秦王持酒離席，度叔寶。叔寶驚曰：「臣無寸箭之功，適勞大王屈駕，拜爲大將，今又欲結爲兄弟。緣臣起自貧賤，遐荒武夫，甚非其偶，何敢受此？」秦王曰：「吾拜兄爲社稷故也，豈以門户相上下乎？」世勣納叔寶於坐，秦王下拜了四拜。叔寶不得已受之，即下階叩首謝罪。眾人看見，無不悚然。忽報：「轅門外有二將軍，帶數輛車來到，未知甚人。」秦王喚入，卻是李君實、田留安，載得叔寶家小至。秦王甚喜。叔寶曰：「陸德明家小如何亦至此？」程知節備述其事，叔寶亦歡悅。

正議論間，陸德明引數騎跑馬來到，進見世民。世民看見其人衣冠濟楚，材貌出衆，正欲問之，叔寶曰：「此世充次子玄恕師陸德明也。」秦王即下拜曰：「素聞盛名，如雷灌耳。今日得覩，實稱平生也。」德明曰：「某孤陋寡聞之士，何錯重於明公？」秦王就請爲秦府長史之職，與李世勣定破世充之策。候騎回報：「王世充見叔寶、知節投唐以後，每日與衆將欲來雪恨。近有江都吳子通聲息甚緊，諸將各勸班師退保東都。昨日大兵分作前後三隊退去，止留一個空營在九曲之北。」秦王聽知，欲分兵追之，世勣曰：「不可。窮寇勿追，歸師莫遏。世充此去，必命大將斷後，追之無益也。」秦王從其言，令人通會濟州刺史周望，自班師復回關中，惟留總管鄭善果領兵三萬，以禦世充善果初爲宇文化及民部尚書，被王琮所捉，後化及平息走歸，唐高祖優禮之，以爲内史侍郎。

秦王拔寨離了濟州，直趨長安，大軍屯紮霸陵橋。次日秦王親自朝見，具上退王世充、解濟州圍之表。唐主龍顔大悅，重加宣慰，因謂之曰：「天下雄盜，惟建德、世充二人，爾當努力平之。」秦王曰：「陛下不必重慮。臣籌度胸中久矣。即日令鄭善果以遏世充之後。竇建德合朱粲侵擾徐、兗、河南邊境，止用遣一二大將討之足矣。臣仍以重兵屯紮關外，前後救應。不出一年，管取此賊之首致於金階下也。」唐主曰：「卿有如此制度，朕復何憂。」即下詔，命秦王部領精兵十萬，出鎮關外，所有部下皆由節度。秦王領旨，辭唐主回至秦府。諸將佐齊擺列，秦王下令整飭人馬起行。殷開山進曰：「大王勞衆，恰纔回轉京師，即欲征進，恐非養威蓄鋭之計。」秦王曰：「主上重宵旰之憂，豈臣子安逸之時乎？爾等勿多言，以惑軍心。」於是再不敢有說之者。次日，秦王部領大小三軍離長安。是時，唐主以世民出師屢捷，欲施恩於同族，詔諸宗姓居官者，在同姓〔一〕之上，未仕者免傜役。每州置宗師一人以攝總，別爲團伍。隋東海、北海、東平、須昌、淮南諸郡，皆降於唐。西突厥、高昌亦遣使入貢初，西突厥曷娑那可汗入朝於隋，隋人留之，國人立其叔父，號射匱可汗。射匱者，達頭可汗之孫也。既立，拓地東至金山，西至海，遂與北突厥爲敵，建庭於龜茲北三彌山。射匱卒，弟統葉護可汗立。統葉護勇而有謀，北併鐵勒，控數十萬，據烏孫故地，又移庭於石國北泉。泉西域諸國皆臣之，葉護各遣兵〔二〕屯監之，督其征賦，自是入貢於唐。

會朱粲寇谷州，建德寇徐、兗，李子通窺江表，守臣不能拒敵，皆至陷没。高祖嘗以爲守者未得其人，詔下復選才官，以任外藩。李綱奏曰：「外藩之任，非智略過人者不足以當之。陛下至親，并州總管齊王，近日守臣具奏，言其不務軍政，惟好畋獵，嘗載網罟三十餘車，與殿内監竇誕蹂踐人禾稼，縱左右掠奪民物，當衢射人，觀其避箭。此等事，非聖朝所宜有。陛下可令人助之，前後規諫，以止其暴。」高祖驚曰：「如此，誰可以往？」李綱曰：「右衛將軍宇文歆，爲人正直，雄略〔三〕有識，可往輔助齊王。」高祖即手敕，令宇文歆前往并州，復以詔命得專制齊王。宇文歆領命，徑至并州城，入見了齊王，具知以上命，出令嚴禁其下，條陳有道。因是齊王少止出遊，日與宇文歆等議論政事，不在話下。

卻説劉武周自取樓煩、定襄、雁門諸郡以後，與定楊將宋金剛招募山東、河北豪傑，部下有尉遲敬德、羅孔陽、陳煥章等，將精兵一十五萬，所向其鋒莫敵。金剛説武周曰：「唐主既定關中，齊王元吉鎮領并州，未經戰陣。明公可乘養鋭之衆，先襲并州，擒捉齊王，然後就席捲之勢，西向以爭天下，大事可圖也。」武周

〔一〕「姓」，原作「死」，據世德堂刊本改。
〔二〕「兵」，原爲墨丁，據世德堂刊本補。
〔三〕「略」，原爲墨丁，據世德堂刊本補。

深然之，即以精兵五萬，令金剛寇并州。金剛領兵，望并州進發。候騎報入并州來，齊王元吉大驚，與衆人商議。宇文歆曰：「并州吏民未諳軍旅，宋金剛此來，皆是山東、河北精壯之衆，其鋒難以抵當。我王可遣人往京師求救，我輩衹宜深渠高壘，堅守城郭，以待救兵來。」齊王依其議，即修報急文書，令人漏夜徑奔長安來。齊王一面點集軍民，上城守護。金剛大衆將并州圍困，水泄不通，日夕督令軍士攻擊。

卻説使人至京師，將表文奏入朝中。高祖聽的，聚集衆臣議曰：「今劉武周寇打并州甚〔一〕緊，誰人可往救之？」裴寂出班奏曰：「臣蒙陛下采錄，未有寸功。今日〔二〕臣願領兵以解并州之圍。」高祖悦，即下詔，令裴寂部大軍一十萬，前往并州，許以便宜從事。裴寂辭唐主出朝，次日點集大小三軍，離京師徑往并州進發。後人有《從戎曲》一章，單道軍人出塞立功之事：

少年苦志講孫吳，長大從戎學文夫。
塞草已經來去路，城邊那問骨髏枯。
旌旗舒捲驊騮急，霜雪飛飄堠火迷。
君不見，關中時，控弦盡用陰山兒。
何如一戰平胡虜，吾人早寄仲宣詩。

卻説裴寂領了大軍，出離長安，迤邐望并州而進。至介休縣名地界度索原地名屯紮，與右武衛大將軍姜寶誼謀曰：「宋金剛甲士驍果，近知救兵至，必度我遠來疲竭，有乘我虛之意。可將衆分爲二壁，以防攻擊。」姜

〔一〕「甚」，原作「任」，據世德堂刊本改。
〔二〕「日」，原爲墨丁，據世德堂刊本補。

寶誼從其計，將衆軍作前後壁屯紮。卻說宋金剛聽的長安兵來救并州，羅孔陽曰：「唐軍遠來，利在速戰。今夜乘其虛而攻之，無不剋也。」金剛將從之，尉遲敬德曰：「不可。主帥裴寂善知兵者，姜寶誼勇冠諸軍。彼知我欲乘其虛，首尾連營。此去正墜其計矣。且彼衆我寡，不宜平地置陣。此東十里上流，可先據以待之。」金剛大喜，留尉遲敬德圍并州，自引兵三萬進至上流，背水爲陣。羅孔陽爲左拒，陳煥章爲右拒，命將士皆偃戈於葭蘆中。裴寂軍中已知賊在上流，寂引衆將出平原，欲與金剛對敵。姜寶誼曰：「賊將以衆寡不敵，欲依水爲陣，以拒我師。莫若分兵前後，擊其首尾，則賊可破也。」寂以爲不然，悉衆而出。裴寂軍望見賊兵稀少，一齊奔進，左軍亂不成列。羅孔陽鳴金爲號，葭蘆中伏兵並起。錢九隴挺槍躍馬，直進上流。宋金剛一騎飛出，兩下相交二十合，不分勝負。右拒陳煥章率鐵騎從橫擊之，絶其軍於二隊，唐兵大敗。裴寂前後不能相顧，勒馬望本陣而走。陳煥章一匹馬從後追來。鐵九隴因勢失利，不敢戀戰，率衆殺回本陣。看見煥章追及裴寂，九隴拈弓搭箭，指定煥章面門矢來，煥章應弦而倒《唐史》言錢九隴善騎射。裴寂得脱，棄了度索原，望晉州奔走。姜寶誼率衆爲後殿，不知路徑，被金剛兩岸伏兵用長鈎套竿一齊截出，把寶誼坐下馬絆倒，已被金剛衆所獲。殺死唐軍於上流，水爲之紅。卻說裴寂走至晉州，前後敗兵陸續走到，報：「姜寶誼被金剛伏兵所捉，折傷軍士無算。」裴寂聽得失卻姜寶誼，不勝悲惶，即遣使賫表，詣京師謝罪。表至，唐主聞寶誼被擒，泣下曰：「彼烈士，必不肯屈，定遭賊死矣。」賜其家物千段，米三百斛，下詔慰諭裴寂，復使鎮撫河東。

時劉武周破唐軍十萬於上流，乘勝進逼并州。元吉窮迫，衆將心慌。竇誕進言：「今日之危，非力可敵。莫若棄城，走歸關中。復起大兵來與金剛定奪。」齊王從其言，便欲帶衆人殺出并州。一人聞之，忙諫曰：「不可。」乃宇文歆。齊王曰：「城已將破，焉能久守乎？」宇文歆曰：「賊衆雖勝，城中糧食充足，壕塹深固。

點集精壯拒守，豈能遽陷哉？關中若知裴寂新敗，必有救應兵來〔一〕。賊亦不敢輕進，單慮唐軍襲其後也。今若棄此〔二〕，晉州〔三〕以北非復國家有也。願大王嚴守，爲國家之保障。」劉政會亦勸請〔四〕從宇文歆計。齊王無決斷人，隨時許之。次日，給其參佐詐脫部下官屬〔五〕，乘〔六〕夜攜其妻妾，開西門奔還長安。衆人知覺無主，各乘勢殺出。劉武周遂取并州，擒少卿留守劉政會。自晉州以北，城鎮俱没於賊。卻説元吉走入長安，來見唐主，具説：「劉武周勢不可當，臣祇得棄城走歸。願再乞兵前去取復并州。如仍有疏失，情受軍法。」唐主大怒，謂李綱曰：「元吉未習時事，故遣竇誕、宇文歆輔之。晉陽強兵數萬，糧食可支十年。興王之基，一旦棄之。宇文歆不爲嚴守，我當斬之。」綱曰：「王年少驕逸，誕曾無規諫，又爲之掩覆。今日之敗，誕之罪也。歆曾諫王，王自不改，每具表奏聞，乃忠臣也，豈可殺哉。」唐主始悟，引綱升御坐，曰：「我得公前後規諫，遂無濫刑。元吉自爲不善，非二人所能禁也。」遂赦竇誕、宇文歆，以元吉有失藩鎮，坐免官職。既而諷諸憲官，下詔復其原職。

八月，唐酇公薨，謚曰隋恭帝。

《綱目》斷云：書薨何廢帝也？自《晉書》陳留王曹奂卒，是後代興之際廢主皆弒，無有以卒書者。於是復見。若唐者，可謂近厚矣。其永世也宜哉。

〔一〕「來」，原漫漶不清，此據世德堂刊本。
〔二〕「此」，原漫漶不清，此據世德堂刊本。
〔三〕「晉州」，原漫漶不清，此據世德堂刊本。
〔四〕「勸請」，原漫漶不清，此據世德堂刊本。
〔五〕「詐脫部下官屬」，原漫漶不清，此據藏珠館刊本《唐傳演義》。
〔六〕「乘」，原漫漶不清，此據世德堂刊本。

第三十節　尉遲恭大戰唐兵　劉武周威震關中

卻說劉武周據并州、太原府，復欲使姜寶誼歸順。寶誼曰：「忠臣不事二君，烈女不更二夫。願受快刀，誓不順賊也。」劉武周怒，令軍人推出斬之。寶誼臨刑，西向大哭曰：「臣無狀，負陛下矣！」不移時，軍士斬首回報。劉武周既斬了姜寶誼，復遣宋金剛部眾五萬陷晉州，執守將右驍衛將軍劉弘基弘基初從討仁杲被擒，後仁杲平，弘基復歸，高祖命守晉州。武周欲殺之，羅孔陽曰：「弘基忠士也，可赦之爲將。」武周從其請，復令領其本軍。遂進逼絳州，陷龍門縣，軍勢甚鋭，所向望風而逃。邊廷報急文書交馳於關中。高祖與其下議曰：「劉武周聲勢如此緊急，秦王總戎在外，亦是關要，誰可以退武周？」言未畢，齊王元吉出奏曰：「臣往日既失并州，又被宋金剛折卻許多人馬。今願爲國家出力，仍報舊讎，萬死無恨也。」唐主即命元吉爲大總管，調關中諸路軍馬，前去迎敵。李綱出班奏曰：「公子齊王素不會習戰，以致前日有失并州。今付以大任，非其宜也。更兼武周士卒精果，尉遲敬德勇冠諸軍。非久熟韜略者，不可與敵之。」元吉叱之曰：「爾何長敵人志氣，滅自己威風！吾若不生擒武周，剪除敬德，誓不復回關中！」即辭帝，星夜出關中，集諸路軍馬，來與劉武周決取勝負。

卻說劉武周聽知齊王元吉引兵來到，遂下令軍中，於平川曠野排開陣勢。齊王大軍列於對面。齊王坐跨駿馬，手執長槊，立於門旗下，指宋金剛而罵曰：「不知天命草賊！日前誤失計較，致陷并州，尚復侵擾邊境。今日與你定〔一〕個輸贏。」金剛曰：「嗅乳匹夫！被吾殺得片甲不回，今日又敢無禮〔二〕！」顧謂諸將：「誰可出馬擒之？」言未畢，一將湧身而出，面如鐵色，虎鬚環眼，身穿皂色袍，頭戴三山盔，坐跨烏騅駿馬，手執竹節鋼鞭，端的入陣有萬夫不當之勇。眾視之，乃朔州人氏，覆姓尉遲，名恭，字敬德史稱其爲人幼有膽氣，且兼弓馬閑熟。金剛大喜。唐陣中編將軍張達一騎迎敵。二將交馬，戰不三合，尉遲敬德逼開唐陣，提起鋼鞭，將張達打落馬下。齊王見折了張達，勒馬挺槊，直奔敬德。敬德舉鞭還戰。交鋒纔兩合，敬德佯輸，繞陣而走。元吉驟馬追來。敬德舉鋼鞭在手，看的元吉較近，分頭一鞭打來。元吉眼明，側身一躲，肩背上早稍了一鞭。元吉伏在馬上，口吐鮮血，逃回本陣。金剛見唐陣稍敗，摩動旌旗，左翼羅孔陽、右翼陳煥章，各引兵殺出。尉遲敬德欲展本事，在陣前抖擻精神，兩條鞭逕追中軍，左衝右突，如入無人之境，迎頭正遇淳州總管劉世讓、工部尚書獨孤懷恩初，秦王令攻蒲坂，戰不下，高祖召還關中，以益元吉出征、兵部尚書唐儉，齊來迎攻。敬德〔三〕獨敵三將，並無懼怯。獨孤懷恩一條槍望敬德後脅刺來，被敬德接過槍柄，撥下馬來，從騎進前捉了。唐儉見懷恩失利，引兵刺斜逃走，敬德拍馬追去。比及相接，敬德綽起鋼鞭，在臂上打中，唐儉負痛，墜於馬前。劉世讓看見，一匹馬飛跑來救。敬德故意賣弄，返騎誘之。世讓挺槍從後追趕，大叫：「敬德休走！」敬德勒回馬，交鋒祇三合，閃開火尖槍，劉世讓措手不及，早被捉在馬上。緩緩而退，人不敢近。此一

〔一〕「定」，原爲墨丁，據世德堂刊本補。
〔二〕「無禮」，原爲墨丁，據世德堂刊本補。
〔三〕「敬」，原脫，據世德堂刊本補。

回，尉遲敬德獨戰唐將八人，擒其三將：唐儉、劉世讓、獨孤懷恩，打死張達，元吉中傷，餘三人小將不錄。後人有詩贊云：

劍戟凌空殺氣高，唐兵百萬望風逃。
功勳未上麒麟閣，先向并州識俊豪。

又詩云：

褰旗斬將逞威風，刃帶徵兵染血紅。
英武非惟平六合，將軍真可倚崆峒。

卻説劉武周見唐軍喪氣，揮動衆兵，盡力四邊追殺。殺的唐軍屍橫遍野，血流成渠。元吉被傷，引敗兵連夜走回長安去了。武周鳴金收軍。自是風聲所至，人懷憂懼。并州以西，晉州以南及長子縣名、壺關縣名，但聞敬德形影來，亦皆驚怕。消息傳入京師，閤門大使奏知唐主。唐主大驚曰：「敬德何等人，有如此英雄！且莫問他與唐軍迎敵勝負，手敕令邊廷諸侯：「畫得尉遲敬德形像來與寡人觀看。」詔下二日間，遠近諸〔一〕臣，俱進上敬德表儀。唐主命掛於殿前東壁，以示群臣曰：「敬德生的如此雄壯，真乃煞神出世也。若不降伏此人，劉武周焉能平剋？」李綱奏曰：「秦王世民部下戰士如雲，豈無一人能敵敬德者乎？陛下可調之征討武周，必能成功。」高祖允其奏，即遣使詔秦王回，一面差人令裴寂守把澮州，以塞武周要衝。裴寂素性怯，無將略，及聞詔，憂懼無措，惟趣令軍民，入爲堡伍，自相守護，遇有積聚悉焚之。民驚擾愁怨，皆起爲盜。夏

〔一〕「諸」，原作「滿」，據世德堂刊本改。

人呂崇茂殺其縣令，率衆攻裴寂。裴寂甲士各無鬥志，大敗，走歸長安。入訴，唐主責之曰：「卿任戎事，不審地利，致折兵損將於并州。朕寬宥爾罪，當效職補過，庶不負朕重託。今弗重民命，所有積聚悉焚之，此爲何策？又攪亂一方，而來見朕。恐執法者難再容卿也。」裴寂無言可復，唯叩首丹墀而已。唐主下詔，與趙文恪俱屬法吏趙文恪，并州人。時李仲文守浩州，兵力孤絶，齊王使文恪率步千餘騎助守，會太原陷，遂棄城遁，故詔下獄死，敕永安王孝基討呂崇茂。

時劉武周結連蒲阪王行本，相應關中，精兵二十萬，所向震駭。唐主與衆臣議曰：「孤素知劉武周景城悍賊，輔之以宋金剛，如虎生翼。今據并州，新破裴寂十萬衆於上流，已斬姜寶誼，吾兵鋭氣頻挫。近日兵部尚書唐儉、工部尚書獨孤懷恩、總管劉世讓俱被虜囚。張達已死，元吉負傷。若一旦兵到長安，何以當之？莫若棄大河以東，謹守關西，暫避其鋭而已。爾衆人以爲如何？」高祖宣諭畢，群臣莫對。正在未決之際，適秦王世民至，聞唐主有此舉，進説曰：「齊王不能固守，致失并州。裴寂未得地利，因折甲士。近日衆人被虜傷者，皆輕敵故也。於國家大計，未足有損。今太原王業所基，國之根本。河東殷實，京邑所資。若舉而棄之，臣竊憤恨。願假臣精兵三萬，必平殄武周，剋復汾、晉。陛下勿憂。」高祖曰：「武周部下有一員猛將，覆姓尉遲名恭，表字敬德，英雄無敵。近日破我軍，皆此人力也。藩外諸侯進得其形像在此，端的容貌絶異，真天人矣。」世民曰：「臣亦知敬德英武，臨敵之際自有牢籠他的計策。」

高祖正與世民議論間，值劉政會密表具劉武周可平之狀。於是高祖意決，更發關中精兵二萬以益世民，使擊武周。世民辭帝出朝，退居秦府中，諸將佐各參已畢。秦王將敬德儀形掛於堂上。衆將觀其人生得惡慄，皆有驚懼，惟秦叔寶端立不視。世民問曰：「秦兄亦懼否？」叔寶咬牙踏步而進曰：「若見此匹夫，誓生致之，以報主公知遇厚恩。」秦王喜而壯之。遂率領精兵五萬，出教場練閱，問於世勣曰：「此去征剋武周，試謂計從何出？」世勣曰：「可將京師關中人馬分爲十二軍，一人總管，一將副之，遇敵則督之以戰，閑暇則教之以耕。今武周深入晉州，其軍利在速戰。我衆且耕且守，以老其師。此雖非一時之利，實能使武周不戰而自困矣。」世民大喜，遂依其計，分十二軍，統關内諸府，皆取天星爲名，每軍將、副各一人，督以耕戰之務：

萬年道按參旗星爲名號，參旗軍總管秦叔寶領之；

長安道按鼓旗星爲名號，鼓旗軍總管程知節領之；

富州道按玄戈星爲名號，玄戈軍總管侯君集領之；

醴泉道按井錢星爲名號，井錢軍總管馬三寶領之；

同州道按羽林星爲名號，羽林軍總管李靖領之；

華州道按騎官星爲名號，騎官軍總管劉政道領之；

寧州道按析〔一〕威星爲名號，析威軍總管段志賢領之；

岐州道按平道星爲名號，平道軍總管錢九隴領之；

幽州道按招摇星爲名號，招摇軍總管李安遠領之；

西麟道按苑遊星爲名號，苑游軍總管陸德明領之；

懌州道按天紀星爲名號，天紀軍總管殷開山領之；

宜州道按天節星爲名號，天節軍總管屈突通領之。

〔一〕「析」，原作「威」，據世德堂刊本改。

秦王分撥已定，下令軍中曰：「此回出兵，非往日之比。爾眾甲士各宜奮厲，聞鼓以進，聞金則止，前後俱依隊伍，臨敵不許越節，以亂行伍，致誤軍情。如得賊人首級者，照數關賞。仍有弗遵約束之人，定以軍法按之。」眾將得令，各依號令而行。怎見的：旌旗閃耀，盔甲鮮明；正值暮秋九月，路上紅塵隨馬足，塞邊白草點征衫。秦王大軍征進，以李世勣爲大元帥，受麾節，掛大元帥印，總督諸軍。自龍門縣度河，離絳州二十里柏壁城名，一云關名屯紮。時介休軍民聞世民來，莫不歸附，至者日多。世民漸收其糧，軍食以充。乃下令休兵秣馬，唯令錢九隴、李安遠等乘間抄掠猶略取也，自領大軍堅壁不出。

新刊參采史鑒唐書志傳通俗演義卷之四

起唐高祖武德三年庚辰歲
止唐高祖武德三年庚辰歲
首尾共本年實事
按《唐書》實史節目

隋堤風物已淒涼，堤下仍多舊戰場。
金鏃有苔人拾得，蘆衣無土鳥銜將。
秋聲暗促河聲急，野色遥連日色黄。
獨上寒城更愁絶，戍鼙驚起雁行行。

第卅一節　敬德大戰美良川　世民遣將攻蒲坂

卻說永安王孝基得唐主旨，引二萬人馬攻賊党呂崇茂。崇茂亦部餘黨於夏縣平原地名，與唐兵對陣。李孝基挺槍躍馬，出陣前大罵：「誅不盡鼠輩，今日早早拜降，庶留性命！」呂崇茂曰：「裴寂數萬之眾，被吾殺得片甲不留，今爾亦來送死！」言罷，舞刀直奔孝基。孝基背後一將飛出，眾視之，乃大將張琦也，手執開山鉞斧，抵住崇茂，二人戰上二十餘合。李孝基一匹馬引軍夾攻，崇茂烏合之眾，陣不成列，先自慌亂。崇茂力怯，撥回馬便走。李孝基以鞭一指，唐軍從後掩殺，崇茂大敗，餘黨降者不計其數。孝基直追至介休，賊走入溪峪中，據險不出。李孝基令眾軍圍住山口，絕其飲道。崇茂在峪中困迫無計，與眾人商議曰：「唐兵勢大，今重圍守峪口，如何得出？莫若遣人往并州，求救於劉武周，同擊唐軍，方能脫此厄也。」眾人然其計。崇茂即遣機密人，越樵路，偷出唐營，直至并州，來見劉武周。

武周聽得秦王領大軍五萬屯柏壁，正與尉遲恭、苑君璋在軍中議退敵之策。忽轅門外人報：「呂崇茂遣人求救於將軍，借兵同破唐軍。」武周謀於諸將佐，苑君璋曰：「唐主舉一州之眾，直取長安，所向無敵。此乃天授，非人力也。今秦王世民精果之眾屯於柏壁，軍民爭應者日以百數，難與交鋒。況太原而南，盡巖阻崎嶇之地，大王束甲深入，後無踵軍，一有疏失，不可復償。不如北連突厥，南結唐朝，南〔一〕面稱孤，足爲長策。奚用助他人而危甲士哉！」武周不聽，遣宋金剛督尉遲敬德、尋相將兵救之。敬德領命，引二千人馬逕至介休地界。李孝基軍皆依山爲營，不知持備劉武周軍。被敬德率精鋭步軍，從山原馳下，孝基兵慌，敬德一騎突入唐壁，勇不可當，迎頭正遇大將張琦舞斧來敵，交馬衹二合，敬德綽起鋼鞭，將張琦打落馬下。呂崇茂在峪中，聽得武周救兵至，鼓噪而出，唐兵大敗，死者無算。李孝基被兩下前後截出，圍在中軍，引數千衆殺開血路逃走。敬德勒動烏騅駿馬，尾其後來。孝基走未數里，尋相一支兵從中路截出。孝基復欲殺回，措手不及，被敬德捉於馬上。唐兵皆抛戈棄甲乞降。尉遲敬德既捉了李孝基，與呂崇茂衆合爲一處，分作前後二隊，乘勝進逼柏壁。遊騎報入秦王中軍來。秦王聞知李孝基被虜，折盡唐兵，大驚，謂其將佐曰：「孝基失算，致賊人得成戰功。今又折許多人馬，他日吾何以見唐主?」即遣兵部尚書殷開山，帶領公孫武達、樊興等，共兵一萬，邀擊敬德於美良川在尉州廣陵縣南。殷開山領命，引兵前抵美良川二十里。次日，殷開山令公孫武達、樊興分作兩翼，埋伏於美良川左右，道：「待武周殺過，兩下截出，吾自引兵擊之。」公孫武達與樊興二人自去點軍埋伏。

卻説尉遲敬德與尋相至美良川界，傳令曰：「兵貴神速，莫失機會。」敬德、賊將呂崇茂當先便進，與殷開山軍相迎。崇茂出，與殷開山交鋒。戰不數合，殷開山詐敗而走，崇茂招敬德引兵趕上。尋相聽得前軍得勝，提兵行至美良川。忽聞兩岸連珠炮響，左邊公孫武達、右邊樊興，二支兵兩下截出，驚得尋相手足無措，

〔一〕「南」，原漫漶不清，此據世德堂刊本。

急令人喚呂崇茂、尉遲敬德回救之時，殷開山引鐵騎抄出北山後，勢如狼虎，大呼曰：「呂崇茂休走！」崇茂勒回馬，與殷開山交戰。未及數合，唐軍四塞而進，崇茂力怯，走上北岸，被殷開山拍馬趕到，斬於馬下。尉遲敬德正與公孫武達、樊興鏖戰，見兵勢崩潰，殺出重圍。唐軍兩岸箭如雨到，尋相死戰，身被數槍，棄馬赴河而逃，所領一千餘人，盡被殺死。走至前面，遇敬德一支兵，合爲一處，奔回并州，來見劉武周，具說：「秦王勢大，殺死夏人呂崇茂，折兵大半。」武周怒曰：「誓與世民決一雌雄！」苑君璋諫曰：「我軍初挫鋭氣，祇宜堅壁而守。秦王之眾深入，待其糧食不繼，野無所掠，然後遣輕騎襲之，無不勝矣。」武周不從，令羅孔陽守并州，自領大眾前至柏壁，與秦王對營而陣。世民聽得劉武周自引兵來索戰，即親自出馬，左有秦叔寶，右有殷開山，三匹馬齊在門旗下。對陣劉武周左有尉遲敬德，右有宋金剛。殷開山縱馬提斧，以出搦戰。對陣尉遲敬德跑馬揮鞭，與殷開山戰到二十合，殷開山力怯，撥回馬望本陣而走。敬德驟馬從後趕來。程知節一匹馬挺槍搶出，抵住交鋒。二人戰了數合，敬德左手撥過尖槍，右手綽起鐵鞭，望知節當門打落。知節眼快，側身躲過，左臂稍了一鞭，墜落英槍，負痛而走。秦王馬上看得癡了，不覺失口曰：「人言尉遲敬德英雄無比，果不虛也！」秦叔寶在右翼聽的秦王如此説，恨不得平吞敬德，拍動坐下馬，手提兩鐧，衝出陣前，大叫：「認得秦瓊叔寶麽？」敬德曰：「殺盡英雄，豈識村野匹夫乎？」叔寶大怒，兩馬齊交，軍器並舉，約戰百餘合，不分勝敗。秦王觀之，嘆曰：「真丈夫也！」唐軍見叔寶戰住敬德，結了陣勢，看兩員將鏖戰：一使四稜利鐧，一用竹節鋼鞭，馬踏征塵，二將滚作一團。兩下鉦鼓之聲，喧動天地。又戰五十餘合，各不肯收兵。徐世勣進前謂秦王曰：「敬德世之虎將，若與叔寶死鬥，必有一傷。主公可鳴金收軍。」世民依其説，即鳴金收軍。兩馬並回，劉武周亦歸本陣。

卻説秦王收兵回營，重賞叔寶曰：「今日非兄，唐兵又挫鋭氣也。」叔寶曰：「未勝其敵，何足爲勇？

來日交鋒，誓與敬德勢不兩立！」世民大喜，謂諸將曰：「彼有敬德，吾有叔寶，足以相敵也。」次日，轅門外人報宋金剛引兵搦戰，叔寶請出迎敵。李靖進策曰：「劉武周大衆集此，并州空虚。主公可假臣精兵一萬，從傍道抄進，乘其無備，舉手可復矣。然後大王以重兵壓之，武周進退無計，不戰而敗也。」錢九隴曰：「不然。劉武周景城智將，且苑君璋輔之，豈有并州無人守領，悉兵而出乎？此去恐費師無益。莫若示兵，離其心腹，乘破竹之勢，襲取并州，不勞聲息而定也。」世民曰：「二公之計雖善，皆未見乎全利。即目金剛懸軍深入，兵精將猛，虜掠爲資，利在速戰。我閉營養鋭，以挫其鋒，分兵汾隰州名，衝其心腹，彼糧盡計窮，自當遁走。當待此機，未宜〔一〕即戰。」李世勣等盡以爲然。世民遂按兵不出。

卻説劉武周見秦王〔二〕堅守不戰，謀於苑君璋。君璋曰：「秦王謀臣勇士不下數十，其必有欲密襲并州者。今堅壁固守，實欲老吾軍之故。大王宜退守并州，使金剛拒住唐兵，則吾首尾不孤，警有救援，庶幾可保全也。」劉武周依其計，遂留金剛屯柏壁，以苑君璋副之，自引大衆復回并州。

卻説劉弘基與李孝基見唐軍勢勝，武周已回并州，私相謀曰：「我等被虜，欲復歸唐，未得機偶。今秦王大兵屯柏壁，屢勝金剛之衆。今夜可舉火爲號，帶領舊隨衆人，殺入營中，梟取金剛首級，投歸秦王。此我等之功也。」孝基曰：「此計雖妙，尉遲敬德驍勇侍衛，恐此計難成，反受其禍也。」弘基曰：「先密遣人報知秦王，約定今夜來劫金剛營塞，吾等爲内起，彼必來接應，何懼敬德哉！」二人準備停當，令人來報秦王。

〔一〕「未宜」，原漫漶不清，此據世德堂刊本。

〔二〕「王」，原漫漶不清，此據世德堂刊本。

秦王大喜，隨遣殷開山、程知節二支兵前後接應。殷開山、程知節各點兵去了。將近二更時候，宋金剛與苑君璋、尋相、敬德等尚在軍中議事，忽人報後槽火起，寨外喊聲震天。苑君璋曰：「此必内營有人謀反。諸軍亂動者先斬之！」即遣敬德引鐵騎五千出營外以防唐軍，尋相引兵五千内營巡哨。宋金剛自引一支兵出於寨外，見唐軍兩翼抄進，尉遲敬德令鐵騎發矢，箭如飛蝗，唐軍傷折者無數。殷開山已知有備，不敢近前。祇見劉弘基帶五百人首先殺出，被敬德截住衆軍，弘基死戰得脫。殷開山、程知節兩下接應，引衆回營。宋金剛寨内，尋相已捉住李孝基，救滅後槽火。金剛鞫問其情，立斬於馬前。自是有先捉得唐將在軍中者，令人監候之，不與預事。

次日，秦王升帳，劉弘基、殷開山、程知節入見，俱說：「夜來交兵，宋金剛知謀發露，整兵持防，殺傷唐兵頗多，祇脱得劉弘基。人傳李孝基已斬於軍中。」弘基拜伏於帳下曰：「臣失職遭俘，甚辱君命，罪不容於誅。近知大兵來到，恐惹不測，未得即來見殿下。今致孝基被刑，實又吾累之也。」世民宣慰久之，仍署爲總管。因李孝基死於非命，悼之不已。陸德明進曰：「李孝基死在賊手，皆慮事未週故也。若能斬將搴旗，威鎮敵場，此在編將之任，主公何必過傷？目今宋金剛大衆拒視我師，實倚北有劉武周爲援應，南恃王行本爲唇齒，致敢坐據柏壁，竟觀時勢。若得材智勇敢者，逕出蒲坂，圍困王行本，使不得救援。再令殷開山、公孫武達更換出入，撓誘敵人，以勞其兵。待彼困迫，有離散之意，王則舉大兵前截後邀，金剛一鼓可破也。」世民曰：「此策極善。祇是無此人去取蒲坂，使吾計不成也。」世民言未畢，一將應聲而出曰：「某雖不才，願引兵去取蒲坂。」衆視之，乃李靖也。秦王大喜曰：「今得李靖此去，吾無憂矣！」即付兵二萬與之。

李靖辭卻秦王，引兵二萬，直趨蒲坂。大軍離城二十里屯紮。次日，哨馬報王行本。王行本引兵出迎。

兩邊各布成陣勢，李靖身穿紅袍鎧甲，手執三停刀出馬，跑出陣前搦戰，王行本舞刀來迎。二將戰上二十合，王行本力怯，撥回馬望本陣逃回蒲坂。唐兵一齊掩殺，殺的行本敗兵屍横遍野，流血成溝。王行本走入城〔一〕，堅閉城門不出。李靖督甲士悉力攻擊，王行本受困急迫，遣人詣柏壁求救。且看下節如何分解？

〔一〕「城」，原脱，據藏珠館刊本《唐傳演義》補。

第卅二節　秦王乘夜窺柏壁　敬德部兵救并州〔一〕

卻説宋金剛預先哨馬軍報秦王遣將攻取蒲坂，正在軍中與眾將商議，忽報王行本遣人來求救應。金剛曰：「車破則輔摧，唇亡齒必寒，不得不救之矣。」即令尉遲敬德與尋相部兵一萬救之。敬德引兵離了柏壁，早有人傳與秦王。秦王曰：「賊人知我攻蒲坂，特遣敬德救之。我當自往，邀之於中路，必擒此賊矣。」即率精兵五千，令樊興伏於左道，秦叔寶伏於右道，俟其半度出擊。二將領計，各點兵去了。

且説敬德、尋相催動人馬，正行之間，望見前面一聲鼓響，山坡後一隊軍殺出，爲首一員大將，金盔金甲，手挺紅英槍，大叫：「世民在此等候多時，將軍何不下馬受降，以圖重用？更欲助賊敵而救蒲坂，是明珠污於沙泥也。」敬德怒曰：「吾正没捉你處，今日到自來送死！」言罷，拍坐下烏騅馬，手綽鐵鞭，刺斜逕取世民。世民撥回馬望山後走了。敬德勒馬追去，忽連珠炮響，左手撞出樊興，右手撞出秦叔寶。尋相知有埋伏，引軍望後便走，自相踐踏，死者不可勝數。秦叔寶馳騎進前，大叫：「黑胡漢！勿得有傷吾主！」敬德見後追兵趕至，抛了秦王，揮鞭回敵叔寶。二人在山坡下鏖戰三十餘合，不分勝負。秦王駐馬在高岡觀望，

〔一〕原作「世民遣將攻蒲坂　敬德救應戰唐兵」，據藏珠館刊本《唐傳演義》改。

招動紅旗，部下五千精壯從高馳下，助攻敬德。敬德恐後軍有失，不敢戀戰，勒轉馬殺出重圍，走上二十里，與尋相合兵一處，奔回柏壁。世民見敵人去遠，亦收軍回營。

王行本屢日望救兵不來，城中糧盡，眾兵稍有離散，自知不能固守，引眾出降。李靖令軍中監囚之，平復蒲坂，下令班師，回柏壁來見秦王。秦王正在帳中與諸將議攻金剛之策，忽報李靖已回。秦王喚入，李靖進見王曰：「仗主公風聲所至，祇二十日間克復蒲坂。王行本計窮力竭出降，臣監囚在轅門。收其餘眾五千。」世民大喜，謂諸將曰：「行本擒俘，宋金剛折一臂也。」即下令軍中，以王行本勞師經年，依附賊黨，推出轅門梟首號令。不移時，左右將王行本斬訖，將首級掛於高竿。李世勣曰：「王行本雖克復，金剛集突厥始畢可汗之兵尤盛，且兼北方士馬精強，主公可遣郭孝恪以金寶之物結好處羅可汗乃始畢可汗弟也，預承陛下之敕，加封彼爲歸義王，令遣軍來相助，以分金剛之勢。此上策也。」世民然之，即遣郭孝恪多備珍寶幣帛以往。郭孝恪領了珍寶幣帛之物，帶數十軍人，辭秦王，逕往西突厥，來見處羅可汗。

卻說處羅可汗自始畢可汗死後，襲其位而爲西突厥，兵馬雄壯，近日北突厥借兵與宋金剛助拒秦王，正在軍中與右副元帥撻嘿忽議曰：「唐主禪位關中，天下所協，乃真命也。劉武周何得強據并州，妄圖興舉？吾欲興兵以助秦王，爾意以爲可從否？」撻嘿忽曰：「大王此行，正謂順天者存，逆天者亡，有何不可？」正議論間，人報：「大唐遣使命來見大王。」處羅可汗喚入，郭孝恪進見，具上珍寶幣帛之禮，又捧過璽綬，宣讀高祖敕書，封西突厥爲歸義王，令遣人馬助秦王以擊劉武周。處羅可汗得此大悅，望西南稽顙，拜受璽封，請郭孝恪入帳坐定，設筵席待之。處羅可汗問曰：「唐主借兵，合用多少？」郭孝恪曰：「止用精兵五百騎，戰將一員，可成功矣。」處羅可汗就差副元帥撻嘿忽率領五百驍騎，即日便行。孝恪辭卻處羅可汗，與撻嘿忽離西突厥，逕回柏壁。郭孝恪心生一計，與撻嘿忽曰：「今北突厥以兵助劉武周，拒戰秦王。我軍路經此過，恐知之必來追襲。可使人馬俱著彼軍衣甲粧扮，或五十人爲一隊，一百人爲一隊，各使首將領之，亂出射獵。遇北突厥人馬，則不相害。令其各人頭上插一白毛，乘夜若近北突厥營寨，互相出入抄掠。軍中舉號，聞雁聲當用命吶喊殺入，聽鹿鳴則收軍，悄悄認自軍一處潛躲，使北突厥之衆不戰自亂也。」撻嘿忽曰：「此計甚妙。」即分付衆軍，依郭孝恪所行。是夜近三更時候，已離北突厥寨柵不遠。撻嘿忽引衆前後抄襲，放著野火，光照山峪。北突厥認不得何處軍馬，各先驚亂混殺。至五更左節，西突厥軍中打動鹿聲，其衆有白毛者聚於一處，逕從南山去了。北突厥殺至天明，收點人馬，三停折去一停。慌聚大臣計議，分人馬四下巡哨聲息，並無動靜。赤嘿哈奏曰：「此莫非唐軍有人暗襲？主公可差使臣，前往定楊可汗劉武周處取回人馬，防禦不測。」北突厥允其奏，即遣使往并州去訖。

且説郭孝恪與撻嘿忽晝夜引兵隱入南山，使人探聽消息，回報：「北突厥夜來交戰，不知兵從何至，疑恐唐兵暗來攻襲，即今遣人往并州取回劉武周之兵。」孝恪喜曰：「略展小智，抽回劉武周五萬大軍，足能孤其勢也。」即與撻嘿忽議：「爾乘此機會，領兵前至柏壁，去投宋金剛，詐稱北突厥將兵以來相助，金剛定不疑。君就中用事立功，秦王知之，自有重賞。切不可與北突厥相交結，致讎恨於中原，我主秦王英雄神武，恐後不利於君，那時悔之晚矣。」撻嘿忽欣然領計而去。郭孝恪引數十騎自回唐營，不在話下。

卻説秦王自平王行本後，郭孝恪又往西突厥借取人馬，劉武周外援已絶，糧料不通，知其衆有歸心，欲整點人馬與宋金剛決戰，在軍中調度諸部。至夜靜間，星月交輝，惟聞刁〔一〕斗之聲。秦王立於寨外，見對

〔一〕「刁」，原爲墨丁，據藏珠館刊本《唐傳演義》補。

面宋金剛營寨分爲二壁，布列齊整。世民不使衆將知覺，與侍衛將公孫武達、樊興、馬三寶、史大奈四人引五百精騎，悄悄出營，欲看柏壁關道險隘攻取之勢。公孫武達曰：「柏壁關左正近宋金剛營壘，主公又不帶人馬去，倘巡哨軍知的，報入金剛營中，以兵追來，四下圍定，那時〔一〕我衆不知主公被困，一有疏失，唐主倚仗誰耶？」世民曰：「我有諸君相隨，更兼五百精騎同往，何懼金剛哉！」留下馬三寶、史大奈在十里之外等候，以防伏兵，自與公孫武達、樊興等隨至柏壁關，週迴看了一遍。見金剛連營十里，烽火夜明，前後有警。顧謂諸將曰：「此賊亦善調度。」樊興曰：「軍中有苑君璋，此人見識深遠，安得不堅固其壘。主公可速回，恐敵人知之不便。」秦王勒馬，與衆人乘月明而回。早有巡哨軍報知尉遲敬德，即率鐵騎五千，從關下抄進。祗見他鐵幞頭中生冷焰，鋼鞭手裡起寒光，大叫一聲如山崩地裂：「秦王休走！」一匹馬搶上關來。樊興見敬德引兵來到，高叫：「主公速走！我當抵住其軍！」樊興在月光之下與敬德戰未及數合，氣力不加，撥回馬保秦王而走。公孫武達又抵住一陣，亦被殺敗。敬德單要捉秦王，那裡顧諸將廝殺，勒動坐下馬，一直趕上。遥見二支軍來到，大叫：「勿傷吾主！」乃馬三寶、史大奈，軍器並舉，抵住敬德。敬德獨戰二將。公孫武達、樊興力保秦王，三騎馬刺斜走出柏壁。二將不能當敵，撥馬走回將二十里遠。敬德見秦王走脱，又在夜間，引兵自回營去，不來追趕。

卻説秦王與四將回至營中，將近三更，諸將佐卸甲休息，各自守壘壁，並無知者。世民分付公孫武達等：「休露今夜被敬德追逼之事與衆將知之。」武達等遵命，亦各回營。次日，秦王升帳，聚集諸部人馬，議

〔一〕「時」，原脱，據藏珠館刊本《唐傳演義》補。

主公取柏壁之計。程知節曰：「劉武周回兵保守太原，柏壁宋金剛、尉遲敬德相拒。關左有小路，逕接太原。主公可假臣精兵一萬，出其不意，攻擊太原。金剛知太原受圍，定撤兵而救之。金剛一離，柏壁空虛，不消半萬之眾，唾手可取。既取柏關，乘席捲之勢，併取太原。劉武周不暇爲計矣。」世民大喜曰：「此計正合吾意。」即下令，以徐世勣、錢九隴屯柏壁，自與李靖、秦叔寶、程知節、馬三寶、史大奈、殷開山、屈突通一十員大將，從小路抄出，以取太原。眾人得令，各點軍分撥起行。

且說尉遲敬德正與宋金剛在軍中說：「昨夜秦王單騎來視營壁，被吾引鐵騎五千追捉，部下眾將混戰一夜，秦王走脫回去。」金剛聞知，下令軍中：「自今以後，諸將各周謹守寨柵，用防不測。」言猶未了，忽探聽軍來報：「秦王領六萬之眾，戰將十員，從柏壁關左路抄出，逕取太原。」金剛大驚，謂其下曰：「秦王乘我無備，進襲并州。若出救應，則柏壁難保。若不出兵救之，倘并州有失，是吾腹心先喪也。爾眾人有何高見？」苑君璋曰：「既知此事，當將計就計，令尉遲敬德與尋相帶領一萬驍勇，前往山險處埋伏。山後多張旗幟，以爲疑兵。待彼眾半度，舉炮爲號，兩下殺出。彼不知虛實，必返騎退出。然後盡力追之，秦王可擒也。」金剛然其計，傳下軍令，敬德與尋相點兵出了，自與苑君璋、陳煥章等拒守柏壁關。畢竟看下節分解。

第卅三節　美良川鐧鞭逞戰　三跳澗勒馬飛度

卻說秦王大衆離柏壁，出左關道中，李靖進前曰：「山溪險僻，主公可將人馬分作四隊而行，以防伏兵。」世民然之，卻令〔一〕程知節爲前隊，帶領五千健卒候探虛實；馬三寶、史大奈領兵二萬爲二哨；秦王自領大衆與殷開山、李靖等爲中軍；秦叔寶、公孫武達、樊興爲後應。令軍士頭裹赤幘，各帶鮮明器械，扣備鞍馬緊束，人各銜枚，悄悄而進。衆軍得令，俱從關左小路行去，山嶺崎嶇，盡是巖崖樵徑，人馬不堪並行。衆軍皆攀藤附葛，魚貫而進。秦王此時已有悔心，不想宋金剛已先埋伏驍勇，守其不攻之地也。秦王正行之際，衹聽的前隊連珠炮響，金鼓喧天，兩脅下伏兵已出，秦王恰慌，衹見旁邊閃出一員大將，高聲叫曰：「尉遲敬德在此，秦王下馬受擒！」唬得秦王舉手無措，勒馬向高坡落荒便走。敬德單馬直追，衆將恐失秦王，四下抵住賊軍。馬三寶正與尋相交戰之間，正值險地，馬足靠立不穩，人報敬德追秦王去緊，三寶不敢戀戰，勒馬至後隊大叫：「叔寶！主公有難，可速救應！」叔寶聞此消息大驚，慌問：「主公今在何處？」三寶曰：「被敬德追緊，跑馬從關右大路走去。」叔寶聽罷，不顧三軍，跨一匹呼雷豹，綽兩條八稜鐧，一匹馬如飛殺入賊

〔一〕「卻令」，原爲墨丁，據世德堂刊本補。

陣，迎頭正遇賊將魏刀兒挺槍躍馬，阻住叔寶。叔寶更不打話，祇一合，將魏刀兒打落馬下。問之曰：「好説秦王在何處，饒爾性命！」魏刀兒用手望西北一指，叔寶逼開軍陣，直奔西北上來，並不見一人行走。叔寶心下大驚，不知秦王何在，又加鞭勒馬，尋出山外來。

不到三里之地，遥見敬德單馬揮鞭，趕得秦王上下無路。叔寶飛騎大叫：「勿傷吾主！」敬德見後面唐軍來到，撥回馬與叔寶交戰。二將在山坡下軍器並舉，戰上五十餘合，不分勝負。秦王駐馬立於高埠上看，巴不得唐軍急來接應。敬德在場中喊聲如雷，要與叔寶拼個生死。叔寶見敬德氣激，祇待要挽住交鋒，等唐軍來保護秦王，亦罄盡平生敵對敬德。二人又鬥二十合，祇是平折。敬德戰得性烈，揮起二條龍尾，指叔寶而言曰：「爾我交戰，較不得吾二人許多氣力。此鋼鞭共重八十斤，每經陣戰，打死幾多英雄。爾有兩鐧，大約亦有六七十斤。今日去了盔甲，單跨戰馬，使鞭鐧著處，看那個任得否？方顯征場豪傑、干城武夫也。」叔寶曰：「此鬥力矣，非鬥智哉！吾若不允，爾則道吾怯。」即先脱盔甲，惟著貼身裹肚，在坡前單搦敬德交戰。敬德亦卸去盔甲，勒馬舞鞭，與叔寶兩下鏖戰。鞭來鐧抵，人鬨音哄，鬥聲也馬嘶。那尉遲恭在馬上，看秦叔寶使一對劈稜鐧，端的是：

鐧如大蟒摇山嶽，鐵氣寒芒光閃爍。
無鋒刃，有稜角，水流澗下百工磨，火龍洞中千日琢。
獸逢鐧尾避其形，精遇鐧稍須脱殼。
天下英雄避鐧稜，征場勇敢防其惡。
三尺剛鑌腰下懸，四稜鐵鐧手中捉。
使來使去電飛揚，一往一回星錯落。

饒君渾是鐵粧成，遇著彼時皆喪剝。

那秦叔寶在馬上，看尉遲敬德使兩條鞭，怎見得：

鞭如北〔一〕海龍離穴，舞動錚錚芒射結。

九十斤〔二〕，長九節，千年鐵氣始融成，百煉真鑌方打徹。

陣中入敵敵亡身，塞上誅戎戎腦裂。

鞭〔三〕稍飛出將心驚，一道寒光人膽折。

九股紅絨腕下懸，兩條龍尾倒垂掣。

金鈌物裏最無倫，兵器叢中分外別。

饒君任是遍銅身，如中其鋒須吐血。

秦王在高坡看著二人交戰，又恐叔寶有失，遂忘逃走之意。叔寶與敬德又鬥二百餘合，敬德謂叔寶曰：「人尚可戰，馬力乏矣。且於坡下略將戰馬控歇片時，再與你戰。」叔寶勒馬退於坡下，敬德自謂：「秦王立在坡上，不知走去，莫若抛卻叔寶，去捉秦王請功。」勒馬稍鞭，望秦王背後趕來。秦王跑騎便走。叔寶在坡下控馬，不見敬德，聽得坡上人馬嘶鬧，自意：「鬍漢莫非賺我在此，他去追捉我主公？」即上馬直奔山坡來，

〔一〕「北」，原作「海」，據世德堂刊本改。
〔二〕「九十斤」，原作「重千斤」，據世德堂刊本改。
〔三〕「鞭」，原作「鋼」，據世德堂刊本改。

果見敬德單馬緊追秦王，向西北邊走，約離四百步路。叔寶大驚，叫曰：「休得有傷吾主！」拍馬從後趕來。

卻說世民被敬德急追，走不到二里餘，前至美良川，有虹蜺澗，可闊數丈，水通蔚州，波浪甚急。世民走到此，無船可渡，欲勒馬復回，敬德單騎將近。世民驚慌無措，仰天呼曰：「前有深澗阻攔，後有鐵騎急追，世民若是有天子之分，此玉鬃馬一跳而過。若無其分，連人帶馬落澗而亡。」禱畢，水勢越緊，馬前蹄忽陷，浸到衣襟。世民盡力著鞭，那馬一躍飛過虹蜺澗。世民大喜，勒馬立於澗西，回顧本岸，敬德後追已到，叫曰：「敬德何不早歸降？若無天意，此澗安能得渡？」敬德怒曰：「祇爾有馬，偏我無馬？」即將烏騅勒轡，退二丈餘，加上三鞭，那馬一跳而過。世民撥馬復走，敬德後追。秦叔寶趕到澗邊，見水勢深闊，其波隱隱，叔寶連叫數聲：「神明可助秦瓊去救主公！」勒動呼雷豹，一湧而過，直尾敬德駿後。敬德那裡肯放，追及秦王，提起鋼鞭望秦王腦後打來。未知秦王性命如何？

敬德鞭稍已落，忽聽頭頂震響一聲，其戴鐵盔磕遮過二寸，敬德猛省，抽過鞭稍，自思：「昔日送我之人，曾道此盔出於異製，久遇聖君，必有剝落之應。吾未深信。今日恰好誠如彼言，莫非此人後當有天子福分，爲吾真主乎？」遂睜開環眼，見秦王背上紫霧騰騰，紅光閃爍，火雲中不見秦王，卻現一條怪物，牛頭蛇體，蟹眼蝦鬚，魚鱗獸角，八爪拏雲，曾在滄溟戲浪，卻來坡上噴煙。敬德正在驚疑間，忽後頭一騎馬飛來，高聲叫曰：「敬德不得無理！」敬德勒回馬韁，與叔寶交戰。二將又鬥上數十合，忽見正北一隊軍來，卻是唐將程知節引兵來救。敬德曰：「將近黃昏，明日又戰。」言畢，按轡緩緩而退，秦王亦自收兵歸寨。後人有古風一篇，單贊三跳澗之事云：

隋政不綱君弱懦，天下蒼生罹慘禍。
顛危四海賊寇多，城廓人民半凋落。

山後獨夫劉武周，梟雄屹起駭諸侯。
高皇震怒旌旗出，白日交兵天地愁。
美良川上玉龍飛，豪傑揮鞭緊急追。
殺氣撼摇山嶽動，兩併輸贏鼙鼓催。
今來川畔良嘆息，水面洪波無馬跡。
當時事業已成空，綠楊枝上有寒日。

卻說秦王回軍，次日升帳，會集諸將佐，謂叔寶曰：「昨日之難，非足下相救，險些性命不保矣。」叔寶曰：「非主公之洪福，叔寶不能過虹蜺澗也。」世民曰：「敬德英雄，果的不虛。爾眾將但遇交鋒之際，更宜謹慎。」諸將應諾，皆密志之。美良川之戰也，秦王以叔寶功多，賜以黄金瓶一副，子女各一人。聞其用力過傷，吐衄血數升，親爲調藥散與飲之。叔寶感泣曰：「臣不能與殿下平復敬德，今與臣重賞，又勞親御藥散，當效必死以報。」世民曰：「卿不卹妻子而來歸我初，叔寶將歸秦王，妻子皆在鄭。或謂之曰：『君歸於唐，其如妻子乎？』叔寶曰：『大丈夫欲立功名，豈以妻子爲念？』遂歸。《唐前演義》中以爲李君實後帶歸唐，且又立功。使我肉可食，當割以啖汝，况女子玉帛哉？」尋授右三統軍。又以其餘金銀，各勞賞隨進美良川之眾。於是軍中踴躍歡呼，皆願死鬥。

秦王正在賞勞，忽報郭孝恪往西突厥處羅可汗公幹回。秦王令召入，郭孝恪進見秦王，具說：「西突厥人雄馬壯，可以結納，用資兵勢。今令副元帥撻嘿忽領兵五百，與臣同赴軍中。過北突厥處，被臣設疑兵計，殺敗北突厥之眾。即今北突厥主遣人調回劉武周軍。因遣撻嘿忽詐裝爲北軍完顔百達，往歸武周，就中立功。此人必盡心爲主公行事，柏壁關定可奪取。」秦王喜不自勝，謂李靖曰：「若取得柏壁，金剛巢穴已失，不憂敬德不降也。」李靖曰：「主公可就此機會，遣敢死士五百，於左關山谷中，多張旗幟，設爲疑兵，令人陽言唐兵大眾暗襲太原府，使金剛知之，必撤兵回救武周。那時敬德孤軍在此，縱兵圍之，彼野無所掠，欲戰不得，勢迫眾離，自當來降矣。」秦王從其計。史大奈曰：「小將願往，俟邀截其眾，可得全勝。」秦王即付壯軍五百與之，整備去了。

且說敬德與尋相帶領眾軍回柏壁見宋金剛。宋金剛問：「埋伏攻唐軍，勝負如何？」敬德曰：「雖得小勝，秦王部下秦叔寶英雄善戰，某連與交鋒數日，不分勝負。」時金剛已知折了魏刀兒，心下激惱，又聞敬德不能勝唐軍，實怒恨之。魏刀兒眾又譖金剛：「敬德與唐軍對敵，全是賣弄，不肯力鬥。」金剛信其言，謂敬德曰：「來日與唐將對敵，依還不勝，定以軍法按之！」敬德徐徐而出。忽報：「轅門外一彪人來到，欲見元帥。」金剛令召入。其將扎槍下馬，逕入中軍，來見金剛，曰：「小將北突厥處羅可汗部下首將完顏百達，今奉王命，差領五百精兵，來助將軍共守柏壁關。」金剛大喜曰：「正在用人之際，又添北突厥人馬來到，實天助吾破唐軍也。」遂令宰殺牛馬，犒賞大小三軍。敬德退歸本營，下令軍中秣馬整具，來日與唐軍誓決死戰。且看下節如何分解？

第卅四節　世民計襲柏壁關　唐主竟誅劉文静

卻説敬德次日引衆軍出陣前，單搦唐將出馬。對陣中鑾鈴響處，一將飛騎而出，乃唐將程咬金。敬德曰：「汝非吾敵手，衹教秦叔寶來。」咬金大怒，驟馬揮斧，直取敬德。兩馬相交十餘合，咬金舞斧當頭劈來，敬德躲過，衹一鞭，正中咬金脊背，負痛而走。叔寶見咬金中傷，勒馬向前，與敬德交戰。正鬥之間，金剛鳴金收軍。敬德回至關内曰：「我正欲收賊將，何故收兵？」金剛曰：「人報秦王已引軍襲取太原，恐吾基寨有失，不可久留。今令尋相、完顔百達守關，爾領兵外拒唐兵，截其後援，我還往太原。」苑君璋曰：「此莫非唐將用誘敵之計？日前秦王自引大軍從小路抄襲并州，山路崎嶇已回，安有復取之意？主將不可輕離，恐墜其計矣。」金剛曰〔一〕：「君可與吾同往，以防不測。」君璋再不敢諫，遂跟著金剛退軍。

敬德、尋相、完顔百達三將正坐之次，候騎來報：「元帥軍行至峪中，被唐伏兵殺出，戰之不及，走出中路。將軍可速救應。」敬德大驚，不顧衆人，綽鞭上馬，引大部五千軍逕出關來。未及數里，衹見守關小軍殺得血淋淋，跑走叫曰：「唐將奪卻關也！」敬德慌問其故，小軍曰：「北突厥完顔百達與唐兵相約，將軍纔

〔一〕「曰」，原作「與」，據世德堂刊本改。

離柏壁，即引唐兵入關，尋相抵敵不住，殺出走往莒州，以致被他奪了。我等逃命至此。」敬德聞之曰：「中唐軍圈套也！」道猶未了，山坡後湧出一隊軍，爲首大將程知節大罵曰：「敬德！今日與你定個輸贏，以報一鞭之恨！」敬德大怒，舞鞭直取知節。知節舉斧來迎，戰未三合，知節勒馬便走。敬德曰：「不擒此賊，難平吾憤！」盡力追之。知節回馬又戰二合，復轉入峪口去了。敬德疑是計，乃勒馬急回。忽聽得金鼓齊鳴，刀槍簇簇，兩道邊伏兵齊出。左有馬三寶，右有樊興。敬德深入重地，被唐軍圍在垓心，東衝西撞，軍馬越厚。時敬德手下祇剩四千餘人，獨戰馬三寶、樊興，全無懼怯。祇兩條鞭，陣中用無虛落，人不敢十分近逼。李靖於高埠上，手持紅旗指引三軍：如敬德投東，則望東指；投西，則西指。眾軍隨旗指揮圍困，因此攻打不透。敬德帶領人馬，且戰且走。秦王自於高處觀之，見敬德左衝右突，如入無人之境，嘆曰：「若得此人來降，天下不足定矣！」下令諸將，不許以冷箭傷之。敬德殺透重圍，暗思：「柏壁城已失，若往前行，又怕金剛見罪。」自奮曰：「忠臣不怕死，怕死豈忠臣！今日當捨命報主。」盡力殺出前面，來往追尋金剛，轉過坡來，見血流滿地，人馬堆疊，抛下金鼓旗幟，盡是武周字號。敬德大懼，不知金剛所在。忽人指東面：「圍繞甚緊，必有廝戰。」敬德殺向東來，正見金剛被唐軍困在危急之間，敬德殺退史大奈，救出金剛、苑君璋，望太原而走。秦王見金剛去遠，亦不追趕，收軍退入柏壁屯紮。時兵部尚書唐儉與元君寶、總管劉世讓皆得脫，來見秦王。秦王責之曰：「爾等不死王事，屈膝降賊。李孝基之死，吾尚慊於心。久後回朝，罪能逭哉！爾等當立功以贖前職。」唐儉等各叩頭出血，願效職補過。後人有詩，單贊敬德英雄云：

俊傑生朔州，將星連夜朗。
突陣顯英雄，衝圍持勇敢。
鬼哭與神號，天驚地亦慘。

憶昔美良川，聞風驚破膽。
駿馬勒烏騅，鋼鞭雙手捺。
壯哉動秦王，怒矣山摇喊。
猛將一交擒，驍騎笑談斬。
膂力絶常人，霸王應不減。

卻説宋金剛與敬德引敗殘軍馬投太原，見劉武周，具説：「秦王借得西突厥精兵，詐作北突厥軍來相助，因被用疑兵計，賺我軍出救太原，暗引唐兵襲了柏壁。不是敬德一力殺退，小將性命難保。」武周怒曰：「吾初起雁門，兵連突厥，其鋒所向無前，破榆次，拔介休，又得太原。以爾爲西南道大行臺，屯守柏壁。今被唐軍奪取要地，折卻許多人馬。倘明日乘勢進圍并州，由爾失機以致也。」遂命將金剛、敬德推出斬之。金剛攀案告曰：「非臣有誤軍情，故失柏壁。秦王大軍欲襲太原，臣正恐根基有失，不待文書來到，逕引衆趨應。今失柏壁關，敬德罪也，與吾何預？」武周以其妹面上，饒了金剛，止教斬敬德號令。衆軍簇下敬德，正欲下手，一人慌曰：「且留人！」來見敬德，與説曰：「保汝往介休守護糧草，以控唐軍之後，將功贖罪，若何？」敬德應：「願往。」此人乃苑君璋也，直入見劉武周曰：「三軍易得，一將難求。敬德雖然有罪，乃一員勇將，不可誅之。再與五千軍，令往介休守護糧草，以防唐軍，太原自安矣。如不成功，二罪俱罰。」武周從君璋之言，再與兵五千，交敬德去守介休。敬德努力而去。君璋曰：「太原前阻莒州，實吾咽喉之地。近有尋相守把其地，可再遣宋金剛屯於中壘，以禦唐兵，庶爲太原保障也。」武周依其計，即遣宋金剛引兵一萬去了。

卻説敬德引人馬逕往介休，行未十里路，忽小軍來報：「前西南上有一塊火，滚來滚去，不知是何物？」敬德未信，自勒馬往觀之，果然。敬德看了半晌，與衆人言：「好怪異！」即取過弓箭矢去，不見了火，卻是一塊頑石。敬德與衆人近前看之，見石上有「困避守時」四字，不解其意。引衆上馬，來到介休城。查究軍糧有一千石，草料二千束。敬德分付衆軍，按壁守保。未半月間，劉武周遣人來報：「秦王大衆乘勝攻取莒州緊急，屢日交戰，未分勝敗。軍中缺少糧草，將軍可速令人護送到，不許有誤。」敬德接了文書，打發來人先回。次日，令大將黄子英護送糧草至并州交納，分付路上謹防劫掠。黄子英領命，帶糧草與二千人馬，送上并州。至晚間，軍士各暫安息。二更左側，忽山坡下金鼓齊鳴，火光照耀，殺上坡來。黄子英大驚，綽槍來迎，正遇其將，交馬衹一合，將子英斬落馬下，悉虜其衆，將糧草車輛連夜送至莒州界口，來見秦王。

秦王巡哨軍報入帳中。秦王起集諸將，令召入，其將拜伏帳前。秦王燈下視之，見其人身長八尺，黄面赤睛，形貌魁梧。問曰：「將軍何處人氏？」其將曰：「某并州人也，姓張名德政，隋末聚衆山林，劫掠爲生。今聞殿下行兵至此，欲來投降，無進見之功。默知介休運糧上并州，被吾殺死黄子英，劫得糧草二十車，來見殿下。」世民正在乏糧，聽的此事，大喜，謂李靖曰：「今得大將張德政，又有糧草二十車，吾寧有此願乎！」李靖曰：「此出主公默契天道，遇此機會，非人力所能爲。」世民然之，表張德政爲驃騎大將軍。次日，人報敬德：「昨夜黄子英被殺，糧草盡皆劫奪去訖。」敬德聞之，仰天長嘆：「今定楊王不用忠臣，終爲秦王所滅。吾憶石上四字，非天意乎！」遂喚左右多造守城器械，增築壕塹，以俟天意也。

且説秦王每日與諸將決策進攻武周，轅門外報：「軍〔一〕師民部尚書劉文靜來到。」世民聽報，即出軍前迎接文靜，入帳中坐定，問曰：「肇仁文靜之字也此來，有何見議？」文靜曰：「唐主以殿下久師在外，未知邊廷

〔一〕「軍」，原爲墨丁，據世德堂刊本補。

消息如何。特遣臣賫賞勞之物，來見殿下。」世民曰：「近日始破金剛之衆。戎事倥傯，捷音未到闕下，有重聖上宵旰，又勞足下遠涉風塵。」文靜曰：「君命召，不俟駕而行。臣當此辭，回復聖上。」世民與衆將送離轅門，文靜自回至關中，入見唐主：「殿下屢來得勝，破劉武周祇在目下矣。」高祖聞奏大悅，重賜文靜。文靜已退。

會唐主追念裴寂往昔之功，寬宥其罪，詔復居原職，恩寵日隆。因是文靜自以材能過裴寂遠甚，又屢有軍勛，而位居其下，意有不平，每在朝論政，多與寂違，遂有隙。寂每欲發文靜過失而誣之，未得機會。值文靜家數有妖怪，家人恐懼，其弟文起時爲散騎常侍，與文靜説曰：「家有妖怪，當召巫者禳之。」文靜不聽。文起見兄弗從，夜自召巫者來家祈禳。巫者披髮銜刀，以爲禳厭之術，文靜怒曰：「弟讀書人，何如此耶？」叱令左右驅逐而出。文起甚恨，忍而不言，知其與裴寂不睦，常欲拾〔一〕其過愆以告。文靜有妾潘氏失愛，密告文起曰：「爾兄日前飲酒至酣半醉也，有怨言，拔刀擊柱曰：『當斬取裴寂頭矣。』」文起得此言，即告於裴寂。裴寂憤怒，入奏唐主曰：「文靜自恃其功，常出怨言，欲有反陛下之意。」高祖聞奏怒曰：「朕有何負彼處，得起異圖，有背寡人？」遂以文靜屬法吏，遣裴寂、蕭瑀鞫問其情。蕭瑀領令，至開府訊文靜反狀。文靜曰：「昔在大將軍府，司馬與長史位望略同。今寂爲僕射，據甲第顯官所居之宅也，臣官賞不異衆人。吾東征西討，老母留京師，風雨無所庇言彼住居第宅淺陋也，實有觖望之心。有言背叛，臣安有此意？」

蕭瑀以文靜詞具奏唐主，唐主曰：「觀此言，文靜反明白矣。」李綱曰：「文靜與陛下初起晉陽之時，未

〔一〕「拾」，原作「默」，據藏珠館刊本《唐傳演義》改。

有此意。今陛下已正大位，即有反乎？鞠彼之情可原。陛下當寬貸之。」蕭瑀等皆明其不反。唐主意未決，竟欲誅之。李綱、蕭瑀退出議曰：「此非秦王來，聖意必不可回。文靜終難免刑矣。」李綱密差飛騎詣秦王，言知此事。飛騎漏夜來到軍中見秦王，呈李綱、蕭瑀之書。世民拆開觀看，驚曰：「文靜與吾自幼相識，豈得有此心乎！」即以戎事付李靖，自輕騎謁行，來見高祖。高祖曰：「卿征討在外，因何輕身來見？」秦王曰：「臣總戎在外，軍中聞陛下欲誅劉文靜。臣未審其誅文靜〔一〕之〔二〕由，故輕身來見陛下。」高祖曰：「近日文靜有怨寡人，起謀欲反。朕知之，因欲加刑，以正其罪。」世民爲之固請曰：「昔在晉陽，文靜先建非常之策，始告寂知。及剋京城，任遇懸隔。今文靜怨望則有之，非敢謀反。陛下如無故而殺之，何以勸示後臣。文靜必無此意，宜賜全宥。」寂在旁，固諍曰：「文靜材略過人，性復麤險，忿不顧難，醜言怪節，已暴驗矣。今天下未定，留之必爲後患。」唐主素親信寂，低回久之（低回，沉思之貌。）世民曰：「以長史之言，朝廷須用具臣矣。有材略者竟忌之，將何以輔治乎？」唐主以謂秦王在京師，文靜必賴其庇，即命離京師，出外督理軍情。一日三敕，下秦府中，世民衹得仍離關中，不敢停留。唐主卒用寂言，殺文靜於南市。文靜臨刑，撫膺而呼曰：「飛鳥盡，良弓藏。果不妄耳！」死年三十二歲。唐主既殺文靜，並誅其弟文起。文起悔恨無及，籍沒其宗。

胡氏曰：文靜首唱大謀，賞不酬勳，又以譏死。而太宗不能力救，何也？曰：非不能也，不敢也。文靜晉陽引寂見世民之時，有漢高、魏武之比，而未嘗歸心高祖。寂則高祖所厚，而世民所薄也。其不

〔一〕「文靜」，原漫漶不清，此據世德堂刊本。
〔二〕「之」，原漫漶不清，此據世德堂刊本。

敢力諫，爲是也歟。在世民則當然，而李綱、蕭瑀不能數批逆鱗，使勳舊冤死，其責大矣。爲文靜者，功名已著，退以全身，何善如之。而乃芥蒂，自取積毒，其材智雖高，而識量淺矣。

後人有詩嘆云：

首建興王畫策時，丹心期許晉陽知。
北通可汗資雄馬，西定關中議義旗。
自謂功名爲己有，未知材略眾人疑。
韓、彭事業曾如是，鳥盡弓藏悔亦遲。

時李綱以尚書領太子詹事，爲建成師。建成忌秦王世民功高，每於唐主前短之。綱屢諫不聽，及見文靜被誣以死，乃上表乞骸骨。

表曰：

臣李綱輒瀝誠懇，仰干天聽：載惟冒瀆，良積兢惶。伏念臣學識迂疏，材術短淺，幸遭陛下龍飛之初，誤蒙識擢，獲參大政。比者奉命以臣領太子詹事，臣懼隈陋之質，近侍東君，非愚臣所能克堪。伏望陛下選擇老成淵才碩德，以代臣職任，許歸田里，終始保全，使臣得退休養疾，僅盡餘年，豈勝感戴激切之至！

唐主觀表，擲於階下，罵曰：「卿爲何潘仁長史何潘仁，西域商胡也。初入司竹園爲盜，李綱〔一〕曾爲其長史，故〔二〕唐主云耳，乃恥爲朕尚書耶！」綱曰：「潘仁賊也，每欲妄殺人，臣諫之則止，爲其長史可以無愧。陛下創業明主，臣所言如水投石，於太子亦然。臣何敢久污天臺，辱東朝乎？」唐主曰：「知公直士，留輔吾兒。」以爲太子少保、尚書詹事如故。綱退朝，上書謂太子曰：「綱老矣。幸未就木言未就棺木而死也，備位保傅太保太傅之職，冀得效愚鄙。今殿下飲酒過量，非養生之道。凡爲人子，務孝謹以慰上心，不宜聽受邪説，與朝廷生惎文忌同間去聲。」太子覽書不悦，所爲益縱。李〔三〕綱悒悒不自賴，固稱老病辭職。唐主優詔解尚書，仍爲少保。唐主考第群臣考第，分别等第也，以綱及孫伏伽爲第一，謂裴寂曰：「隋因主諂臣驕亡天下，朕即位以來，每虚心求諫，唯綱盡忠款，伏伽誠直，餘人皆踵弊風俯首而已，豈朕所望哉！朕視卿如愛子，卿當視朕如慈父，有懷必盡，勿自隱也。」裴寂承旨，退修其職。話分兩頭。

〔一〕「綱」，原爲墨丁，據世德堂刊本補。
〔二〕「故」，原爲墨丁，據世德堂刊本補。
〔三〕「李」，原作「於」，據世德堂刊本改。

第卅五節　李世民剋復并州　唐儉單騎説敬德〔一〕

秦王軍中令人京師打探劉文静消息，回報文静已被殺於長安東市，籍没其家。世民聞之泣下，謂其將佐曰：「文静與吾初起晉陽，首建大義，西出關中，北使突厥，功勛居多。今未遇太平，被誣見殺，使吾追思往事，不由不悲痛也！」言罷淚揮滿面。李靖亦爲之痛哭。軍中聞之，無不傷悼者。即具表奏上唐主，用收其屍而葬之，庶報起義功勳。表進京師，唐主亦悔，下詔令有司具禮儀葬文静於彭城，追復官爵，以子劉樹義襲魯國公，詔尚主，然怨上故殺其父，因謀反伏誅此貞觀三年後事，先録於此，以揭文静終傳。仍遣使慰勞秦王，使之進兵。

且説秦王得高祖旨，已知葬訖文静，復官其子，即令公孫武達、樊興、殷開山引兵一萬，進攻莒州，自領衆爲後應。公孫武達等得令，各引兵去訖。武周將尋相正在莒州城中修飾軍器，强弓硬弩、槍刀之類悉備，欲待唐將交鋒。哨馬報入城中，尋相聽得，與副將張萬歲引兵出敵唐軍。兩兵相逼，尋、張二人出馬。公孫武達大罵：「吾今到此，何不早降！」尋相背後一將挺槍直出，乃張萬歲也。武達舞刀去迎，交馬鬥不數合，

〔一〕此節次及節目原爲墨丁，據世德堂刊本補。

已將張萬歲活挾馬上，撥馬回陣。尋相見捉了副將，挺一條鐵槊從後追來。樊興一匹馬跑出陣前，舉槍直奔尋相。兩下軍器並舉，戰上十合，秦王大隊軍馬來到。尋相見唐軍勢大，勒回馬棄莒城而走，其軍大敗。唐兵漫山塞野追來，殺的尋相軍人分馬散，劍亂戟横，遺下旌旗、弓弩無數。世民率諸軍乘勝追趕，一晝夜行二百餘里，近宋金剛寨柵。金剛引精兵，於要道列堅陣待之。秦王軍中程知節舞斧出馬。金剛左翼一將挺槍而出，乃陳煥章也，與程知節交馬，祇二合，金剛後陣已亂。人報：「殷開山、公孫武達從東路抄襲後寨。」陳煥章聞知，不敢戀戰，回馬來救後寨。唐兵掩殺上來，金剛前後受敵，引衆殺開血路，望太原逃走。秦王悉衆追之。總管劉弘基諫曰：「大王逐北，深入不已，不愛身乎？且士卒饑疲，宜留壁於此，俟兵糧畢集，復進未晚也。」世民曰：「金剛計窮而走，衆心離沮。功難成而易敗，機難得而易失。不〔一〕乘此勢取之，若更淹留，使之計立備成，不可復攻矣。吾竭忠殉國，豈顧身乎！」遂策馬而進，追及金剛於雀鼠谷地名。將士見秦王自先勇擊，不復敢言饑，各奮力向前。程知節飛馬當先，斬十數將。金剛衆大亂，唐兵背後趕來。金剛與羅孔陽、陳煥章衝開血路而走。一日八戰，大破之，俘斬數萬人。世民不食二日，不解甲三日矣。時糧食未繼，軍止有一羊，與將士分食之。引兵趣介休。

且説金剛會集尋相諸軍於介休西門，背城佈陣，南北七里，欲與唐軍決一死戰。唐陣中李世勣曰：「我軍糧食不敷，金剛以必死之衆列陣抵我。勝敗在此一舉，可用十面埋伏計而破之。以吾軍各分五隊，左右一隊公孫武達、樊興，左右二隊秦叔寶、程知節，左右三隊殷開山、段志賢，左右四隊馬三寶、史大奈，左右五隊劉弘基、張德政，主公自與屈突通等出其陣後。」世民下令諸將各遠遠埋伏，分撥已定，旗鼓相迎。羅孔

〔一〕「不」，原爲墨丁，據世德堂刊本補。

陽挺槍躍馬出戰，錢九隴一馬當先。二將鬥未數合，錢九隴回軍便走，金剛引衆奮激趕來，喊聲不絕。趕至中軍，四下連珠炮響，羅孔陽知中計，勒馬望本陣而退。錢九隴搭箭當弦，望後矢來，正中孔陽腦後，墜於馬下。唐軍一齊掩殺，衆皆大亂。金剛正行之間，一聲鼓響，左邊公孫武達、右邊樊興，兩軍衝出，大殺一陣。金剛聚陳煥章、尋相，殺開血路走。又行不到十里，右邊秦叔寶、左邊程知節，脅下殺出，一陣殺得金剛屍横郊野，血流成溝。走不數里，被殷開山、段志賢兩下截出，又殺一陣。金剛止剩五千餘人，膽喪心驚，始離重圍。鼓聲漸遠，教三軍造飯，方欲待食，陣後世民與屈突通一支生力軍殺來。金剛大呼曰：「若不決死戰，必爲所擒！」陳煥章奮力衝突，屈突通一馬當頭，戰未數合，手起刀落，斬煥章於馬下。金剛、尋相棄馬望山路逃走。降其衆無數。世民前軍已集，謂之曰：「破竹之勢，不可失也。取并州止在目下。諸軍可就城中而食。」衆將得令，乘勝進逼并州。劉武周聞金剛戰敗，大懼，謂君璋曰：「不用公言，以至於此。」遂引家小，帶數十騎，與苑君璋棄并州，走投突厥去了。

宋金剛引敗兵至并州，聞武周已走，欲復收兵再戰，衆莫肯從，亦走突厥。尋相率衆自投李世勣部下。世民與諸軍入并州，按視府庫，出榜安民。武周所得州縣，皆入於唐。即遣使馳捷音詣京師。世民點集各部皆齊，與議曰：「武周奔投突厥，尚有介休尉遲敬德拒守未下。我實愛其才，爾衆人有何計策得他來降？」李世勣曰：「主公可遣人入介休招諭之，彼知武周喪敗，自當來降。」世民曰：「誰可以往？」世勣曰：「日前尋相歸我部下，遣此人去，敬德必信。」世民喚過尋相曰：「爾今順唐，肯往介休招諭敬德否？」尋相曰：「臣歸殿下，未立寸箭之功。雖赴湯蹈火，亦所不辭。何况招敬德乎！」遂慨然請行。尋相至介休城下，令人報知敬德。敬德引軍上城，見尋相匹馬立於城下。敬德問曰：「主公何在？爾今來見我，有何計議？」尋相曰：「主公與宋金剛戰敗，已棄并州奔突厥去了。即目州縣皆屬於唐，獨將軍守介休未下，特遣某來招諭足下，同歸關中，庶救一城生靈。」敬德怒曰：「爾從主公出征，又不盡人臣之職。既歸降於唐，反爲他人作説客耶？」

彎弓在手，指謂尋相：「君不早退，此弓不相識也！」

尋相見敬德不從招諭，回入并州，具其言於秦王。諸將欲督兵圍之，秦王曰：「不可。敬德爲主守其地，不變乎志，忠義士也。豈宜逼之？祇可徐令人招撫來降。」唐儉進曰：「臣與敬德在武周時有一面之交，願往介休説敬德降唐。」秦王大喜，即遣唐儉前行。唐儉辭秦王，逕至介休，報知敬德。敬德開門召進，唐儉入見敬德。敬德曰：「足下莫非欲説敬德也？」唐儉曰：「不然。想在金剛部下日，得將軍相救，今日唐某安得不救將軍耶？」敬德曰：「足下欲來相助守介休乎？」儉曰：「亦非也。」敬德曰：「既而不然。足下來此何幹？」儉曰：「武周不知存亡，金剛未知生死，衆已散失，近日秦王已復并州，惟將軍守介休未下。諸軍皆欲攻圍此城，秦王見將軍忠義，不忍進逼。如此相待，儉特來報知。」敬德怒曰：「如此言，特説吾也。吾今雖極地，視死如歸，汝當速去。吾整兵出城血戰，以爲故主報讎矣。」儉大笑曰：「此言豈不爲萬世之恥乎？」敬德曰：「吾盡其職而死，安得爲萬世恥耶？」儉曰：「將軍今日盡死，亦不得爲忠，安得不爲萬世笑？當初將軍相從武周，雖歷戰功，武周待公儘亦厚矣。今主亡勢去，尚拒孤城，坐以待斃。且唐以一州兵掇取三輔，入定關中，四方郡縣響應，不兩月得天下三分之二，諸侯仰德，四海歸心。此天命，非人謀所能至。將軍不知強弱，不曉時勢，而擁羸衆孤立於此。倘秦王督令諸將，轉兵圍守，將軍能禦之乎？那時身膏原野，與草木同於朽腐，既不能從主於患難，又不能守城而喪失。此非萬世恥而何？」敬德沉吟半晌，謂唐儉曰：「我若一見主公下落，必當降矣。如不然，寧死戰沙場，見故主於地下，誓不降矣。」儉曰：「此事容易。來日令人送武周首級來與將軍。」敬德曰：「得見一面，我志足矣。」儉即辭敬德，回至軍中，見秦王，具言：「得見武周首級，即便歸降。」世民曰：「武周已走突厥，祇有劉文靜去得，今已亡矣。郭孝恪不在軍中，誰人再可往？」劉世讓入曰：「臣不才，願往突厥通好，幹此功而回。」世民喜曰：「得公爲使，事可諧矣。」即將金珠緞匹、美貌女子十人，遣世讓前詣突厥。世讓辭卻秦王，領金玉女子從人，逕往突厥。且看如何？

第卅六節　秦王誓納尉遲恭　世充怒斬李公逸

卻說北突厥處羅可汗自郭孝恪借兵已破宋金剛後，每日與部下康鞘利、撻嘿忽等議論軍政。忽報大唐遣使來，處羅可汗宣入。劉世讓進見突厥主，可汗賜坐，問曰：「大使來此，有何見議？」世讓曰：「秦王殿下蒙北主借軍，已破劉武周。無可報謝，特遣臣來，具上金寶女子，以表往日通好之意。」突厥聞的，大悅曰：「人言秦王善撫遠夷，果不虛矣。」即令收起來物，重待世讓。世讓復說曰：「秦王多拜覆北主：今劉武周勢窮力竭，投奔西突厥，恐後爲北主禍患，令臣會知，可絕其根跡，庶不失與唐永遠之好。」突厥笑曰：「此何難哉！吾來日令人召來，席上執而殺之。」次日，突厥修書，著人往西突厥請劉武周來相會。西突厥遂遣武周赴約。武周無疑，徑至北突厥。處羅可汗令世讓避於帳中，與劉武周分賓主坐定。武周曰：「窮敗之臣，何勞敬賞？」可汗曰：「聞足下久到遐荒，特請一會。」衆番將各執利刃，列於兩邊。武周自意：「北方殺伐之地，常性如此。」亦不顧忌，衹開懷暢飲。酒至半酣，可汗令劉世讓出，武周大驚，莫知所措。正欲抽身走出，被帳前甲士攔住，一刀梟下首級，進入帳中。處羅可汗即將首級付與世讓曰：「將此以答金寶美女之賜。」世讓大喜，即拜突厥，逕離其地，跑馬回轉并州。

且說武周從人走回，報知宋金剛。金剛恐禍及己，引衆走離突厥。處羅可汗知之，遣康鞘利率五千驍騎追殺。康鞘利引軍飛馬趕宋金剛。金剛欲走山谷，見後面征塵蔽天，喊聲不絶，知有追兵〔一〕來到，勒騎待之。康鞘利一馬迎頭，大叫：「金剛休走！」金剛大怒，挺槍直刺。康鞘利舞刀交戰，衹數合，鞘利英勇，手起刀落，將金剛攔腰斬於馬下，擒其餘衆而回，不在話下。

卻説劉世讓帶得劉武周首級，回見秦王。秦王見之，與將佐曰：「武周不知天命，妄意圖霸，今日身首異處，足爲後來鑒也。」衆將然之。即復遣唐儉以首級送入介休，與敬德看視。唐儉仍將首級盛貯，送至城中，來見敬德。敬德聞知，即出帳迎接，入座開視，見鼻上有三竅，腦後有肉雞冠，的是其主。放聲大哭，欲拔刀自刎。唐儉向前抱住曰：「將軍武藝超群，秦王秉性仁慈，如若歸之，匡扶唐室，樹立功勳，此不失信於人也。何徒欲自殘其軀，以成匹夫之勇，上負祖宗，下辱乎主，安得爲忠義哉？」敬德低頭不語，見主人已死，乃仰天嘆曰：「非臣不忠，乃主自取敗矣。」敬德寫降書與唐儉：「先回覆秦王，我明日出降。」唐儉接過降書，回見秦王，備言敬德投降之事。秦王與李世勣議曰：「此事的否？」世勣曰：「此子計窮來降，誠非詐矣。王當單馬輕袍，親往受其降，庶無疑心。」秦王然之。

卻説敬德領五千騎，盔甲鮮明，槍刀耀日，出城納降。秦王單馬去迎，屈突通諫曰：「彼則嚴裝軍伍而出，主公未可輕進。臣聞受降如受敵，亦宜整兵以往，恐防不測。」世民曰：「非爾等所知。」即策馬近前。敬德見秦王全不披掛，又無從軍，遂滾鞍下馬，立於陣前。秦王馬上問曰：「將軍既已順唐，何以嚴整軍伍，其意何在？」敬德曰：「臣與殿下將士多有戰鬥之讎，恐傷吾命，不得不持備也。」秦王使叔寶曉諭衆將：「今欲敬德

〔一〕「兵」，原脱，據世德堂刊本補。

來降，爲社稷故矣，如有復舊恨而傷之者，按軍法處斬！」秦王又恐敬德反覆，下馬執其手，對天作誓〔一〕。

書曰：

隋王失政，社稷分崩，四海鼎沸，煙塵併起，致生靈有塗炭之憂，軍士冒鋒鏑之苦。世民代天行事，救黎元於艱危，致神明於享祭。今敬德被譖，困守小邑。其主已死，猶存堅節之誠；土宇雖亡，尚有嬰城之志。今知天命所歸，始肯投降。據其忠義，實可奬欽。故書誓文以告天地，願得君臣永保天祿，襲蔭子孫。稍有虧損，神明照鑒！

世民囑罷，折箭爲誓。敬德見秦王意誠，去其兵甲，跪於馬前曰：「臣當必死以報殿下。」世民大喜，攜起與之並轡入城。後人有詩贊曰：

烽火連營幾出兵，天教於此得奇英。
唐朝已有山河固，因賴將軍兩手擎。

卻説秦王已入介休，檢點倉庫，回至并州。李世勣謂秦王曰：「西河之地已平，可將太原庫内金銀給賞諸將。」世民依其議，聚集各部將士，照功關賞。敬德甲士，重加賞勞，使其舊衆八千，與諸營相參。時屈突通慮其爲變，驟以爲言，世民不聽。次日，下令班師還京師。大小三軍得令，各拔寨離了并州。果然鞭敲金鐙響，人唱凱歌聲。回到長安，秦王具上平西河之表。高祖大悦，設平戎筵宴，重賞三軍。以敬德爲領軍總管，隸秦王府，唐儉爲并州道安撫大使，劉世讓爲并州總管。其餘將士，皆依資次陞賞。

〔一〕「誓」下原衍「書云」，據藏珠館刊本《唐傳演義》删。

却説鄭主王世充聞秦王克復西河，天下聞風而順，與蘇威、段達等議曰：「李子通稱吳帝於江都，每有窺江表之心。近日我軍徇地至河臺地名，已取唐汴、亳二州。倘唐主知之，一旦兵到，東都前阻唐軍，後有吳師，何以當之？爾衆人有何良策，可敵唐、吳二處軍馬？」蘇威曰：「英雄屹起，得地者昌。我鄭據有東都，民殷國富，沃野千里，進可與群雄爭敵，退可以嬰城而守。主公何不差使陳説利害，令夏主建德起兵躡唐軍之後，許割淮左之地以封建德，彼必起傾國之衆而出。我主堅其城郭，利其甲兵，以待彼來，何足懼哉？」鄭主然其計，即遣使往樂壽去訖。

時唐主遣大理寺卿郎楚之安撫山東，以秘書監夏侯端安撫淮左諸路。夏侯端自澶淵濟河，傳檄州縣，東至於海，南至於淮，二十餘州，皆遣使來降。端行至譙州，聞世充已取汴、亳二州。欲復還京師，道路阻絶，所從二千人，遇糧食盡，不忍棄去。端謂之曰：「君等鄉里皆已從賊矣。爾衆人可斬吾首級歸賊，必得富貴。」衆皆曰：「公於唐室非有親屬，直以忠義，志不圖存。某等雖賤，心亦人也。寧肯害公以求利乎？」乃復與相隨。夜裡潛行密出，將五日，至戚田地名，衆人餓死及遇賊奔潰者殆盡，唯存五十二人，餒甚，不能復起。有客曰：「此去杞州不遠，刺史李公逸爲唐堅守，公可以書知之，必見濟矣。」端即扯衣瀝血修書，令人送至杞州。刺史李公逸得夏侯端之書，拆開看畢，問來人曰：「端秘書近日無恙乎？」來人曰：「端公顛沛已甚，幾不能出門户矣。」公逸即遣兵往迎端，館給飲食，因是端與從人始得濟。時淮南之地已屬世充，及聞端路阻不得歸，欲召之爲臣。遣使至杞州，召端爲淮南郡公，解衣賜之。使者徑至，見夏侯端。端正在館驛中駐節，忽報鄭主遣使來見秘書。端召入，使者呈上鄭主所賜緋衣，及除端爲淮南郡公書。端拆書觀之，大怒，對使者焚其書，扯裂緋衣，揚聲曰：「夏侯端天子大使，豈受王世充官乎！汝欲吾往，惟取吾首耳！」使者見端不可屈，自回報知鄭主。端恐世充復來，必見害，自念曰：「吾爲天子之使，未返節而死，豈不有辱君命哉？」

因解節旄，致納懷中，置刃於竿上，與衆從人自山中西走，盡是僻徑，冒踐荊棘，晝夜兼行，纔得達宜陽縣名。從者墜崖溺水，爲虎狼所食，人喪其半。端已詣京師，入見唐主，但謝無功，初不自言艱苦，惟奏曰：「爲陛下保守社稷，不肯降賊者，唯杞州刺史李公逸一人而已。」唐主曰：「卿之功勛，朕自知之。」復以端爲秘書監。郎楚之至山東，亦爲竇建德所執。楚之不屈，竟得還。唐主仍以爲大理卿。

話分兩頭。卻説鄭主世充因夏侯端焚書毁衣，即遣大將羅士信、副將楊振興、鄭昊，部領一萬精兵，來攻雍丘。羅士信得命，引軍至雍丘，困了城郭。李公逸與其屬李善行議曰：「鄭兵勢大，宜遣使星夜往京師求取救兵來，方可與他交鋒。」善行然之，即將文書遣使馳往京師，一邊點閘人馬，上城防護。鄭兵知的李公逸遣人往長安取救，日夜攻擊。城中軍民糧食已盡，都有歸附之心。公逸求救文字，雖連發前去，唐主以隔賊境不能救，故無兵來。城中緊急，公逸曰：「今賊勢猖獗，吾輩去天萬里之遥。此非有親詣行在，難解雍丘圍也。」善行曰：「今道路阻於劇賊。城中才智韜略者，皆無出於足下右者。如若取，非足下不可也。」公逸慨然應命，乃留善行等守雍丘〔一〕，單〔二〕身率輕騎入朝。且看下節如何分解？

〔一〕「丘」，原作「守」，據世德堂刊本改。

〔二〕「單」，原脱，據世德堂刊本補。

第卅七節　楊振興定計拒秦王　丘行恭揚陣戰鄭昊

是時公逸出城二百餘里，至襄城縣名，爲世充伏兵所執。搜檢其衣，乃得請救兵奏章，縛之以歸。卻說鄭主正在與衆臣議取雍丘之策，忽報伏兵捉得李公逸來到。鄭主喜曰：「此李公刺史，我聞其名久矣。」命召入，謂之曰：「卿越鄭臣唐，其説安在？公能相我，當與同享富貴。」公逸曰：「我於天下，唯知有唐，不知有鄭。今日是臣死所，何用多言！」世充大怒，推出斬之，以首級持至雍丘，招降其部屬。卻説李善行在雍丘專候公逸消息，人報：「鄭兵在城下，將刺史李公逸首級招安。」李善行大驚，與孫賢登城觀之，果是，李善行乃墜城而死，孫賢被軍民執之而降。於是杞州、雍丘盡屬於鄭。

卻説唐主連得李公逸告急文書，正議論起兵去救雍丘之急，邊廷消息報入京師：「李公逸輕騎入朝，至襄城被伏兵所執，見世充不屈而亡，其僚屬俱没，雍丘、杞州俱入於鄭。」唐主聞知公逸已死，謂諸臣曰：「雍丘雖失，不足惜，可傷公逸遠方之臣，爲朕死王事，誠難得也。」即議起關中青、幽、并州郡軍馬五十餘萬，征討世充。蕭瑀出班奏曰：「不可。臣聞兵者兇器，戰者逆德。秦王克復西河，纔回關中，軍士息戈解甲，傷痕未痊〔一〕，而陛下又議征伐，非順天之道。夫好兵黷武者必亡，弑身於微末，上帝禁之。王用之未見其

〔一〕「痊」，原作「病」，據世德堂刊本改。

利也。」唐主曰：「都督之言，乃怯敵也。朕因阻兵不進，致誤公逸。今已決行，卿等勿言。」遂命秦王監督諸軍，以屈突通爲前鋒。唐主命已下，忽右武衛將軍錢九隴奏曰：「陛下調度征世充，意在必勝。今用屈突通爲前鋒，幾不有誤大事？」唐主大驚，忙問其故。九隴曰：「屈突通原係隋侗帝大將，深與世充相善，不得已而降唐也。今其二子輔佐世充，職居上將，今使爲前鋒而領大軍，倘有不測，誰復更制之哉？」唐主召通入，謂之曰：「今欲使卿東征，卿二兒皆在鄭爲將，孤縱不疑，眾口皆慮君有私王事，卿意如何？」通聞之，泣拜於階下，頓首流血而言曰：「臣昔爲俘囚，分當就死，陛下釋縛，加以恩禮。當是時，臣心口相期，以更生餘年，爲陛下盡節，但恐不獲死所耳。今得備先驅猶言先鋒也，臨陣先斬二子，以明臣無異志，弗顧私恩也。」唐主嘆曰：「循義之士，一至此乎！」下詔慰之曰：「卿勿忌憚，努力向前，朕誓不負〔一〕卿也。」

且說秦王得旨，出離朝門，次日於秦府中持調大小三軍。時有史萬寶、劉德威、王君廓、黃君漢、錢九隴、屈突通、尉遲恭、秦叔寶、段志賢、殷開山、丘行恭、李靖、李世勣、李君羨、竇琮、竇德玄、劉弘基、房玄齡一班兒謀士戰將，整整齊齊，俱在府前俟候。秦王申令已畢，因召進諸將謂之曰：「此一回前往征討王世充，不比尋常出戰。緣世充洛陽劇賊，部下兵精糧足，倚恃城郭堅固，非一朝之計而能降服。諸君祇在緩其攻守，見機而動，斯爲上策矣。」諸軍皆應諾。秦王分付已畢，即日催動人馬，離了京師，怎見的：旌旗蔽日，劍戟凌空，人如流水急，馬似疾風吹。一日，大兵來到洛陽地界，秦王分付：「安下營壘，且未可輕動，待著細作軍探看鄭兵虛實，然後進兵。」諸將得令，各紮住營寨，遂按兵不出。此時聲息已先有人報入洛陽

〔一〕「負」，原脫，據藏珠館刊本《唐傳演義》補。

來，奏與鄭主得知。鄭主聚集衆文武，商議迎敵唐兵之計。都督楊振興奏曰：「秦王此來，本欲救雍丘之圍，今雍丘已破，所屬盡併於鄭，唐主必深加怒恨，以重任付之秦王。秦王因努力而征討鄭國，是其來則有詞也。且秦王深得士心，部下謀臣勇將不下數千，但是征討之處，無不剋服，亦其平昔善能用人故矣。今其運區洛陽，比他往常戰鬥大不相同。必是尤深思遠慮，整飾軍旅，而與我爲攻守之計。非在一戰而分成敗者耶。爲今之計，莫若各將軍民牛馬雜糧等項，盡數搬入城內，不許留貯少許在外，以資寇糧。一面差人往夏主求取救兵，許以退了唐軍，以重鎮謝之。慎勿與戰，祇在嬰城固守，候在夏兵既集，唐軍有隙可投，即内外夾攻，復犄角其前後，彼進戰不能，退還不得，絶其糧道，據其水草，野無所掠，自然饑疲，則唐軍不難破也。」鄭主欲從其議，副將鄭昊曰：「楊都督之言非也。目今唐軍臨城，豈暇有許多計較？且秦王部下足智多謀者，終日侍立左右，凡事見機而動。豈有受吾如此之牽制者哉！今日正好乘其遠來疲勞，營壁未定，軍情未知我虚實，點起我國養鋭之衆，斬寨而入，秦王一旅之師不足破矣。更復何疑？」鄭主曰：「二公之言，似皆有理。楊都督之策雖緩，誠爲長久之計。今公意在示兵，恐衆寡不敵，強弱攸分矣。」昊曰：「兵貴精，不貴多。是一萬之多，不足以當一千之精。昔馬援以三千步卒，破五溪蠻數萬之衆，雖其爲將智勇過人，亦以其兵精故也。今鄭國之精兵，比馬援之用，何止數千倍！臣乞主公假臣軍馬數萬，如退不得唐軍，甘受罪戮。」鄭主允其請，即發精兵十萬，著大將郭士衡爲先鋒，同鄭昊迎敵唐軍，遂不用楊振興之謀矣。

鄭昊辭了鄭主，即部領人馬，與士衡出教場操演，離洛陽，前抵羊角城屯紮。將人馬分作四大營，每營列精兵二〔一〕萬人。離城五里，另立一老營，分人馬一〔二〕萬守把〔三〕。沿四營之外，著〔四〕騎兵一〔五〕萬巡哨，以防唐軍前後夾攻。騎將羅質曰：「公今設四營，絡繹遼遠，兵不相屬。倘唐軍四散攻之，何以知救？又值初秋間，金風或〔六〕起，若有人教之用火計，莫道我要退敵，反被敵人所擊矣。公宜熟思之。」昊曰：「公言雖善，吾亦有制度。今以遊兵一萬往來巡哨，唐軍必不敢來劫寨。又所設四大營，皆依土城而立，四邊又無樹木，縱有火計，我何懼哉？」質再不言。

卻説細作軍人去數日，回覆秦王，將鄭主不用楊振興之計，及鄭昊行軍之故，一一報知。秦王喜曰：「若使世充從振興之謀，吾軍誠徒費歲月矣。今使鄭昊行軍，聞其調度，斗筲之見，何足算哉！」即與李靖議曰：「鄭兵勢重，鄭昊一勇之夫，不須力敵，當以智取。先破了鄭昊，以挫世充鋭氣，使洛陽軍民膽落，彼自不暇爲謀矣。」靖曰：「主公計將安出？」秦王曰：「近日因秋霖彌旬，山水驟溢。吾前日審視地理，有個所在如此，乃鄭兵必由之地。今畫下一圖，試與公辦議可用否。」因度與李靖觀視。靖看了半晌，曰：「鄭軍入主公之智囊矣。但行之，必勝。」秦王乃喚過殷開山、段志賢、錢九隴、丘行恭等，密囑之曰：「爾諸將當如此如此而

〔一〕「二」，原作「五」，據藏珠館刊本《唐傳演義》改。
〔二〕「一」，原作「三」，據藏珠館刊本《唐傳演義》改。
〔三〕「守把」，原脱，據藏珠館刊本《唐傳演義》補。
〔四〕「著」上原衍「俱」，據藏珠館刊本《唐傳演義》刪。
〔五〕「一」，原作「二」，據藏珠館刊本《唐傳演義》改。
〔六〕「或」，原爲墨丁，據世德堂刊本補。

行。」諸將得令，各領兵去了。

次日，秦王與一班戰將，出平川曠野排下陣勢，搦鄭兵交戰。鄭昊聽的秦王出兵，留羅質守羊角城，即整兵馬出老營，與秦王答話。王曰：「爾鄭主弒新君而自立，據洛陽以稱孤。惑愚黎庶，專亂社稷，罪已不容於誅，何又貪婪無厭，戮我守臣，侵奪疆土？今皇上著吾聲罪致討，爾主尚不束手歸降，獻納城郭，猶敢遣爾無名小將，阻抗天兵。若不清道迎候，今日先誅此匹夫，然後問罪於爾主也！」鄭昊大怒，更不答話，舉刀直取秦王。秦王背後轉出一員將，濃眉大眼，面如棗色，姓丘名行恭，洛陽人氏，善騎射，舉斧徑出陣前，與鄭昊交戰。且看勝負如何？

第卅八節　李靖議守高平隘　世充兵救羊角城

是時丘行恭與鄭昊二馬相交，兵器並舉，一往一來，一衝一撞，戰上二十餘合。行恭虛掩一斧，往南落荒而走。秦王陣前見行恭佯輸，即勒馬望後而退。鄭昊不知是計，拍馬隨後追趕，要捉行恭。趕走十里遠，衹見前面一座高山，中一道大溪。行恭見後頭鄭兵趕來，知其中了計，即策馬過溪。鄭昊催動人馬，陸續亦追趕過溪。初時溪水甚淺，鄭兵過後，不覺溪水洶湧，頃間水勢泛漲，阻其歸路。鄭昊急欲勒兵退時，前面高山，後邊溪水，遂將人馬夾在中間。行恭在高坡處放起號炮，山谷兩邊閃出兩枝精兵，左有殷開山，右有段志賢，鼓躁近前，箭如飛蝗。昊大驚，即呼：「後軍慢來！」徑策馬走上山頂。段志賢一匹馬已趕在後，大叫一聲：「匹夫休走！」一槍刺透脅下，鄭昊墜馬身死。山上木石亂滾下來，鄭兵死於溪中者不計其數。先鋒郭士衡領兵策應，來到溪邊，見水勢甚大，遠望鄭兵在山上，被唐軍追殺，降者無算，衹在溪邊叫苦。纔然未了，後來鄭兵報道：「唐軍等將軍領兵前來策應，隨有一枝人馬將老營攻破，把糧草盡數燒毀。比及遊兵報知羊角城守將羅質，四營人馬見老營火起，正要來救，被那員將一衝，首尾不能相顧，殺得我軍七斷八截，拚死走入羊角城。」士衡聽説，不敢戀戰，領本部人馬復投洛陽。

行恭與諸將已獲全勝，旋師入見秦王獻功。秦王大喜，重賞諸將，復勒兵羊角城，圍得水泄不通。城裏羅質與眾人黃鉞、趙勝等，築起土濠，日夜持防，一面差人告急於洛陽。唐軍連攻了數日，雖是土城，城上守把軍人齊力，擂下木〔一〕石火炮之類，傷損軍馬亦多。李靖入見秦王曰：「吾之患不在山城之取否。世充大軍屯紮洛陽未動，倘知吾專覓於此，背地出軍，約夏國勁兵襲吾之後，使我軍困其中，前有阻兵，後有勁敵，進退無路，非長計也。莫如撤兵守高平地名，前可以控鄭國之衆，後可以防夏兵之集，首尾有禁，誠爲上策也。」秦王深然之，即下令著三軍撤圍，退紮高平，不在話下。

卻說郭士衡引敗兵入得洛陽，見鄭主，將鄭昊敗兵之事，一一奏知。鄭主驚嘆曰：「悔不用楊都督之言，果有今日之敗。鄭昊戰死，是其分也。所可惜者，十萬精兵，未全一半。」言猶未了，又報：「唐軍大勢人馬進攻羊角城，守將羅質告急文書，屢屢來取救兵。」鄭主即聚群臣，復議迎敵唐軍之策。總管何惠奏曰：「秦王此來，士馬精強，部下謀臣猛將皆有伊尹之才、臧馬之勇。今主上且暫命楚王守國，親統大兵，以李光儀、張老虎爲先鋒，羅士信、單雄信爲左右翼，以劉師立、楊振興爲救應，一面遣人往夏國，著彼出軍擊其後。是使天威下臨，唐軍不敢深入，方能取勝。不然，徒廢兵馬，豈能以致勝乎？」鄭主曰：「卿此論甚高。」於是點二十萬大兵，命楚王監國，著留蘇威、段達副之，其下將佐臣僚俱隨駕出征。鄭主號令已出，先命李光儀、張老虎領兵〔二〕十萬先發行，著王玄應出虎牢，運送糧草入洛陽支給。鄭主分撥已定，次日，大小三軍一齊啟行，出離了洛陽。大兵至羊角城下營，鄭主坐在中軍，諸將列於左右。羅質哭拜見於前曰：「臣之失機，特來請罪。」鄭主曰：「非卿之罪，鄭昊料敵之過矣。」因問秦王見今屯兵何處，有多少人馬，爲將佐者幾人。

〔一〕「木」，原作「於」，據藏珠館刊本《唐傳演義》改。

〔二〕「兵」，原作「精」，據世德堂刊本改。

質奏曰：「秦王屯兵高平，本部人馬大約二十餘萬，爲將佐者李靖、徐世勣、殷開山、段志賢、秦叔寶、房玄齡等二十餘人，皆足智多謀之士，其下摧鋒破敵、慣戰能征者不可勝數。日前攻圍羊角城甚緊，今其退去高平，已五日矣。臣聞主公車駕親到，急來朝見，如大旱之望雲霓也。」鄭主大喜，謂楊振興曰：「此高平乃洛陽夾路，秦王不據羊角而阻青城宮，卻乃屯兵高平，可見其智識淺近，終無能爲也。吾可以策而破之。」振興曰：「秦王軍中有見識者〔一〕多。此屯兵於高平，正其慮之長也。今主上大兵集於洛陽，倘出軍〔二〕越漳河而尾其後，彼軍必受其困。又恐吾結連夏主，上下夾攻。故移屯高平，使吾此計行不得矣。彼攻此山城何益？主公誠勿欺〔三〕秦王無智，須用十分防備他行兵也。」鄭主默然。遂按下大兵，著人探唐軍虛實。

飛騎已先報入高平，備説鄭國王世充親率二十萬〔四〕大軍前抵羊角城，要來與唐軍交鋒。秦王聽得此消息，即聚集眾將佐商議。一班戰將皆請秦王示兵，欲決勝負。秦王因問李靖曰：「世充親兵來到，有何策破之？」靖曰：「洛陽之眾，大半隨世充出征，守國者必老羸之卒，此不足慮矣。惟世充所轄地方，尚有精兵資糧所在。今世充所恃，亦以附近城郭，有必援之勢，有糧草之應，不在十分疑慮，誠非一戰而可成功。今日若與放對，此最策之下也。莫若持調諸軍，分攻各處，使諸郡先受其困。吾以精兵逼於世充營壁，俟彼及

〔一〕「者」，原脱，據藏珠館刊本《唐傳演義》補。
〔二〕「出軍」，原漫漶不清，此據世德堂刊本。
〔三〕「勿欺」，原漫漶不清，此據世德堂刊本。
〔四〕「十萬」，原漫漶不清，此據世德堂刊本。

知各郡有警，不能相援，那時他不知我軍從何而來，先自摇動，無所倚恃，必奔還洛陽。然後主公傳檄各處，諸軍響應，會於洛陽，是使世充糧草不得入，援兵不及救，猶如網中之魚矣，更成何濟！此乃孤其黨勢，剪其羽翼之良謀矣。何〔一〕必恃血氣之勇，而使吾衆冒鋒鏑之苦哉！」秦王曰：「公之計甚善。」於是遣行軍總管史萬寶部兵一萬，自宜陽南據龍門；劉德威部兵一萬，自太行東圍河内；王君廓部兵一萬五千，自洛口斷其餉道；黄君漢部兵二萬，攻迴洛城；秦王自與李靖等屯於北邙，連營二十里，以逼世充之陣。令殷開山、段志賢爲先鋒，自總中軍，續後而進。

卻説鄭主王世充屯紮於羊角城，細作探聽秦王人馬來否，差人回報：「唐軍連營二十餘里，旌旗迷空，金鼓之聲振動山嶽，秦王自率大軍，前來與我主對陣。」鄭主聽得，即下令著大小三軍分作三隊出戰，第一隊李光儀、張老虎打初陣，第二隊黄越、趙勝、羅質，自總大軍隨後援應。衆將得令，各依次序而行。次日，王世充嚴整隊伍，多張旗幟，金鼓大作，前臨青城宫，與秦王對面列陣。秦王亦領諸將出陣，與世充隔一條溪，遥見世充中軍打起龍鳳日月旗，知是世充自己總後。前哨先鋒李光儀、張老虎一字兒擺開。秦王隔岸謂之曰：「請世充出馬答話。」對岸李光儀見秦王親自出馬，要請鄭主答話，即報入中軍。中軍王世充一馬當先，立於門旗之下，左有羅士信，右有單雄信，背後戰將數十員靠緊相隨。世充隔水謂世民曰：「今當隋末，疆土分崩，得人者昌，失人者亡。吾與乃父同於事功，各有定業，今汝父兵向關中，自立而王，吾得河南。世充自守本境，未嘗有意西侵王之郡邑。今王無故忽舉兵東來，有何意也？」世民使房玄齡應之曰：「吾唐主以義

〔一〕「何」，原脱，據藏珠館刊本《唐傳演義》補。

興師，初入關中，百姓簞食壺漿以迎王師，如赤子之望於父母。隋君知天命有歸，首讓乎國。及登九五，佈告天下，海內群雄攝服，無不來庭。獨君自專其柄，播亂隋室，有阻聲教。近日殺吾國之守臣，侵奪所轄郡土。因是唐主赫然震怒，命秦王部領天軍，征討不服。爲此而來，安得以無罪抵辭耶？」世充曰：「二國相爭，未見其利。今日相與，息兵講和，不亦善乎？」玄齡又應之曰：「秦王奉詔來取東郡，要在誅戮亂臣賊子，不令講和也。」世充大怒曰：「豎子安敢以言辱吾！」顧光儀曰：「誰先渡水，斬此賊以雪吾憤？」言未畢，一將應聲而出，乃山東人氏張老虎，因隋末聚眾摽掠江淮間，世充遣人召之，老虎遂降，世充以爲偏將軍。曰：「臣願出馬以擒之。」世充正欲令其越溪而鬥。單雄信曰：「主公且停。今日此會，非〔一〕交兵之處。來日於平川曠野，以定輸贏未遲。」世充怒猶未息，遙謂秦王曰：「再日誓與爾決一雌雄！」遂引兵而退。日已銜山，秦王亦領回人馬。且看下節如何？

〔一〕「非」，原作「亦」，據世德堂刊本改。

第卅九節　王君廓攻拔轘轅　李世民大戰長堤

次日世充升帳，正要整點人馬與世民交鋒，忽轘轅縣名守將張得告急文書來到。世充驚曰：「轘轅東都之咽喉，糧餉聚處，倘有疏失，吾軍無所依矣。」一面遣大將郭士衡部兵一萬，前救轘轅，一面發文書各處起兵相應。楊振興曰：「唐軍知的主公昨日激怒，必俟候我來交戰。彼今人馬鋒芒正盛，未可交兵。少待數日，看聲勢如何，那時出戰未遲。此乃挫其鋭氣之策也。」世充曰：「公所見甚當。」且多設鹿角，嚴立烽火，差人四面巡哨，遂按兵不動。

話分兩頭。卻説王君廓部領人馬，與副將廖平、尋相，幾日與張得交鋒，未見輸贏。因謀於廖平曰：「賊將堅守轘轅，當用何策破之？」平曰：「轘轅城郭堅完，又有精兵數萬，世充以此處爲東都之保障，不久必救應人馬來到。我今與公將人馬分作兩處屯紮，以防不測〔一〕。」君廓從之〔二〕，著〔三〕廖平屯東壁，自屯西崗，一連數日不出戰。守將張得在城中與謀士賀蘭商議曰：「日前唐軍日日在城下會戰，今卻分作二屯，又堅閉不

〔一〕「以防不測」，原脱，據藏珠館刊本《唐傳演義》補。
〔二〕「君廓從之」，原脱，據藏珠館刊本《唐傳演義》補。
〔三〕「著」，原脱，據藏珠館刊本《唐傳演義》補。

出，何也？」蘭曰：「此必知東郡有消息，故作疑兵之計。近聽得鄭主目下要與唐軍比對，今君廓住紮於此，利在觀望，故此遲延。將軍明日當鼓譟與唐軍交兵，不可任彼遷延。」張得曰：「先生之言是也。」次日，張得部領二萬鐵騎，各帶長弓短弩，平明之際，金鼓大震，殺奔唐營。王君廓此時守營者止有數十騎，知此消息，即遣人約定廖平出兵相應。廖平亦作準備，寨外豎起鹿角寨，不著人守把，寨裏面張弓弩旗幟，自部領人馬七千，立於高阜處觀望。君廓先遣驍將徐翼引壯騎一千迎敵，正遇鄭將張著，跨馬持槍，直犯唐軍。徐翼驟馬舞大刀，直取張著。二人兵器並舉，戰上十數合。張得一騎殺來，徐翼抵敵不住，撥回馬便走。鄭兵一齊掩殺，唐軍小卻。徐翼走到大營，謂君廓曰：「鄭軍勢猛，將軍可閉上寨門。」君廓曰：「爾可先入，吾自抵住鄭兵。」徐翼引眾皆上敵樓防護。君廓望見前面征塵滿天，知是鄭兵趕到，交盡撥弓弩手，出於寨外壕中埋伏，將寨內應有旗幟盡皆倒偃，金鼓不鳴。君廓獨乘匹馬，手拈長槍，立〔一〕於寨門之外。張得軍趕到君廓寨前，將及日中，前軍張著見君廓偃旗息鼓，又見君廓匹馬單槍獨立，寨門大開，張著疑惑之間，張得後軍亦到。見寨中如此模樣〔二〕，得曰：「此必有謀。大進而急攻，如寨中驚動，乘勢殺入，不動便急回。」前軍得令，大發喊聲，欲殺進，君廓全然不動。張著曰：「君廓平素調兵甚有法度，今東壁之兵未動，想必有謀。主將可急退。」得曰：「公言是也。」即招軍翻身便回。君廓把手中槍一招，壕內弓弩齊發，正不知多少軍兵。張得曰：「後軍速走，免受其擒。」即先回馬走。喊聲大振，鼓角齊鳴，君廓抖擻英雄，部半萬精兵隨後趕來。鄭

〔一〕「立」，原爲墨丁，據世德堂刊本補。

〔二〕「樣」，原脫，據藏珠館刊本《唐傳演義》補。

兵自相踏踐，死者不計其數。東壁廖平遠望征塵蕩起，約眾曰：「今可以出兵矣。」亦揮動本部人馬抄進，張著一軍，獨抵住君廓人馬，被君廓奮勇當先，一槍刺落馬下，餘眾散亂逃走。張得見折了大將張著，祇望轘轅而走，不持防已被廖平一枝軍抄出，乘黃昏之際，一擁攻入。謀士賀蘭抵敵不住，棄城而走。城外草營被尋相放起火來，盡皆燒了。張得見城郭被唐軍占了，大驚，引敗殘人馬殺出重圍，望一小山[一]而走。正走間，山坡下一聲炮響，四下火鼓齊出。得曰：「吾軍合休矣！」拚死殺近前，乃鄭救兵郭士衡也，張得心始安。二人合兵一處，備言被唐軍暗計襲了轘轅，殺了許多人馬。士衡曰：「唐軍在前，難以久留。暫且退洛陽見主公，又作商議。」張得收拾餘眾，止剩得六七千人，糧草輜重俱被唐軍所掠。二人連夜奔回洛陽去訖。

卻說廖平開了城門，迎接君廓入城。君廓曰：「今日占得此一個關緊城池，又得許多糧草，皆公之績也。」平曰：「此出將軍之妙算也，以數十之眾，獨退鄭兵五萬，使小將得以拔此城，誠公之能，平何功焉？」二人大喜，即日遣人徑至高平，來見秦王，報知王君廓拔了轘轅之事。秦王問來人：「君廓取此城郭，何策取得如此速？」來人將君廓交兵，獨退鄭軍事，一一說知。秦王以手加額曰：「世充劇賊，恃此以爲固巢，今已得之，餘郡不足慮矣！」又曰：「君廓以十三人破賊數萬，自古以少制眾，未之有也。」於是秦王遣人勞賚其師。後人有詩贊王君廓之力云：

將軍威勢動華夷，略地下城指義旗。
寡敵眾傾成妙算，至今青史姓名題。

[一]「一小山」，原作「小壹山」，據藏珠館刊本《唐傳演義》改。

卻説張得奔回羊角城，入見鄭主，將唐軍暗拔了轘轅事奏知。世充聞奏大怒曰：「吾付君以重任，鎮守轘轅，乃爲吾洛陽衝要也。今不用心持防，卻被唐軍得之，損了許多錢糧，又失了一座堅城郭。更有何面目來見我！」即令推出斬之，以正軍法。言未畢，衆人簇下張得，正待開刀，楊振興奏曰：「主公斬張得，罪所不容。奈目下正要與唐軍交鋒，若先斬一大將，恐軍中不利。主公且饒過他，候在殺得唐軍，將功贖罪。如再不勝，二罪俱發，斬之未遲。」世充依其議，赦之，張得仍著爲前鋒，迎敵唐軍。張得拜謝，奮然領兵而行。世充曰：「深恨秦王預遣人攻吾旁郡，寡人今欲移大軍，向虎牢會玄應之軍，先擒李世勣時世勣以兵攻虎牢，乘勝兵以破秦王。」振興曰：「世勣乃疥癬之疾，何足爲慮。秦王乃心腹大患，陛下當急早發兵征進，豈可自緩？」世充從振興之言，整點三軍，拔寨離了羊角城，出平川曠野搦戰。秦王知的，亦引一班戰將，親自出高平對陣。左有殷開山，右有錢九隴。王世充出馬，左有單雄信，右有羅士信。世充曰：「誰出戰擒此豎子，以報轘轅之恥？」言〔一〕未畢，前鋒李光儀縱馬持刀而出。唐陣中錢九隴一騎飛向陣前，提刀與光儀交鋒。二將兵器並舉，戰上二十餘合，勝敗不分。世充見光儀贏不得九隴，交騎將黄鉞助戰。鉞挺槍躍馬，夾攻九隴。九隴賣個破綻，勒回馬繞陣而走。黄鉞不捨，策轡從後緊追。九隴見其來得近，按了金槍，拈弓搭箭，望黄鉞對面矢來。祇聽得一聲弓弦響，一箭射中黄鉞面門，翻身落馬。張老虎見黄鉞中箭，一匹馬跑出陣前曰：「此間不捉秦王獻功，更待何時？」舞手中長斧，劈入唐陣。殷開山接住交鋒。兩下金鼓震天，混戰作一團。秦王見鄭兵勢大，又恐不知地理，祇令左右翼放冷箭，射住陣腳。王世充人馬漫山塞野而進，秦王衆將祇顧

〔一〕「言」，原脱，據藏珠館刊本《唐傳演義》補。

得抵敵，那裡看保得秦王？將近日中，飛沙走石，征塵蕩起，對面皆不能相見。羅士信、劉師立兩枝軍把秦王圍在垓心。世充遥見鄭軍各奮力向前，聽的圍住秦王，自催動後軍助戰。張老虎丢了别將，驟馬持斧，殺入中陣，把唐軍衝做兩斷，直奔秦王。秦王持槍與老虎戰了數合，氣力不加，撥回馬繞長堤而走。老虎見其紫袍金帶，自思：「必秦王也。若得此人，勝殺唐軍數萬。」不捨追來。秦王見後軍追來，連放幾箭不中，追兵將近，驚得馬鞭墜地，從軍不滿數千。先説丘行恭從軍中殺出，到陣前不見了秦王，再復回馬，從陣前又殺入來，問本部軍曰：「主公在何處？」軍指曰：「適見殿下與一鄭軍交鋒，殿下往長堤而走。想必前面兵馬厚處，是主公走地也。」行恭挺身殺入，正見鄭將張老虎一匹馬背後趕去，看看趕上，一箭射中秦王坐下馬，將秦王掀在草坡上。步軍正待向前擒捉，行恭大叫：「勿傷我主！行恭在此！」輪刀縱馬，直取老虎。老虎拋了秦王，來鬥行恭。未知二將勝負如何？

第四十節　丘行恭單騎救主　段志賢匹馬鏖兵

是時二人在草坡前戰上二十餘合，連斬步騎數十人，賊將亦不敢甚近之，惟遠遠圍定。秦王合有天子洪福，卻好這裡得遇行恭來到。行恭曰：「主公可即乘臣之馬，隨某出陣。」秦王跟行恭衝圍，殺出長堤，回頭又不見秦王，行恭復殺入尋秦王。秦王言弓箭多，不能出。行恭曰：「主公在前，某在後，可以出重圍。」行恭橫身左右遮護，身被數箭，箭透重鎧。迎頭一陣兵攔住去路，乃羅質副將武雄，驟馬舞刀，直取行恭。祇一合，被行恭斬於馬下，衝散餘騎。此時鄭兵四下並集，越殺越厚，行恭透不得重圍。正在危急之際，遥見陣前一人飛轉而來，乃段志賢也。行恭曰：「主公在此，可以力戰！」志賢曰：「爾保主公出羊角山，吾自抵住鄭軍！」行恭刺斜保定秦王，殺出鄭陣中。雖是步走，賊將皆不敢當。追兵若近，回矢射之，發無虚鏃言皆中也，出《史傳》。

不說行恭保護秦王殺透重圍，且說段志賢截住追兵，見東南殺氣連天，知必有唐兵，不歸本寨，即率所部三千餘人，殺奔東南上來，接著竇德玄，問曰：「主公何在？」志賢曰：「已與行恭出了重圍，爾可乘吾軍先殺出。」德玄在前，志賢在後，且戰且走，所到之處，無敢迎敵。志賢正走之間，山坡下兩路兵截出，斷其去路。旗號分明，乃是東都人氏劉師立手下副將，一個晏明，一個洪彪。兩枝兵器齊舉，來戰志賢。約鬥十餘合，志賢料不能勝，奪路而走，晏明、洪彪背後趕來。志賢連人和馬跌下土坑。晏、洪二賊見志賢墜於坑中，兩條槍直刺下來，正夾持了志賢之髻。志賢忽湧騰而上，大叫一聲：「賊將休走！」先劈晏明於坑中。鄭軍驚駭不迭，志賢即乘晏明之馬，衝路便走。洪彪復率餘騎後追，志賢大怒，復勒回馬，徑取洪彪。二人戰不三合，被志賢一刀斬於馬下，殺散餘軍，直奔高平而回。後人有詩贊段志賢之勇云：

大將英雄〔一〕膽氣豪，腰橫秋水雁翎刀。

折衝陷陣功勞著，斬獲歸營血染袍。

又贈丘行恭救秦王之難一首：

匹馬驅馳劍戟叢，千軍隊裡見英雄。

秦王自是君人福，致使當時救護功。

秦王回高平，在軍中計點戰將，止不見段志賢。正在憂慮，忽報志賢引數千軍，血染袍鎧來到。入軍中拜見秦王，俱訴以交鋒斬將之事。秦王曰：「卿真將軍也！」秦王賞行恭解救之功，作宴重待諸將，因謂曰：「今日之厄，非行恭不惜性命，被數十槍，自步行，以馬與吾乘，保出重圍，幾不見公等也。」言罷，親解所服紅袍一領賜之。行恭頓首拜曰：「殿下一者仗唐主之洪福，二者眾將齊力，致能脫離虎口也。行恭何功焉。」

秦王在高平與世充相拒數日，時劉武周舊將尋相，日前因唐鄭交兵，引所部叛去降世充。其舊眾與諸營相參爲用者，亦與諸將多不相合。至是往往逃去，殆無虛日。小校報於殷開山、屈突通等。屈突通謀於殷開山曰：「尋相與敬德皆劉武周故將，今其主亡降唐，審其動靜，常有不平意。今尋相見唐鄭交兵，未分成敗，

〔一〕「雄」，原作「英」，據世德堂刊本改。

即以所部叛去。尚有敬德留在軍中，倘亦有不測，從中應於世充，誰人可制？不如乘其未及，縛因之以告秦王，再勸秦王誅之。除此大患，亦吾等之功也。」殷開山曰：「公言正合吾意。事不宜遲，恐走透消息不便。」衆人即將敬德因監於偏營，所部人馬，各營分掌之。次日，屈突通、殷開山入見秦王曰：「敬德本劉武周之將，不得已而降。自居軍中，常有不足。且其人驍勇無敵，今吾等見尋相叛去，恐敬德復生異志，著人因縛軍中。若留之，必生後患，不如殺之，以絶禍根。」秦王曰：「不然。敬德若叛，豈在尋相之後耶？且敬德爲人，極是忠義，吾待之不薄，安有此事？爾等慮之太過矣！」遂命釋之。衆人皆默然而退。是夜，秦王引敬德入於寢室，以白金十斤賜之，因謂之曰：「吾以諸將有疑爾欲叛我而去，虛意拘留，但欲試汝之心耳。大丈夫意氣相期，勿以小嫌介意。吾終不聽讒言以害忠良，公宜體之。若必欲去者，聊以此金相助，庶表一時共事之情也。」敬德曰：「某本朔州一武夫，志在尋真主而事。自拜識大王以來，感恩不淺，恨無以報。欲爲大王掃清海宇，垂名竹帛，庶效初志之萬一。惟諸人見其在軍中，多不相合，故疑恭〔一〕有異志，特進讒言以激大王加害於某也。敬德如果有此不忠之念，天地神明當表其心！」秦王見敬德忠言剴切，拱手稱謝曰：「公宜勉力相扶。富貴功名，實與爾共之。」敬德曰：「但施犬馬之勞，共圖大業。」秦王大喜，敬德拜謝而退。後人有詩贊秦王善遇其下者矣：

秦王端不聽讒言，敬德忠良信不偏。
暮夜賜金恩義盡，果然勳業著當年。

卻説秦王著人體探世充虛實如何，細作人回報：「世充軍中連營數十里，旌旗嚴整，人馬雄壯。見今遣

〔一〕「恭」，原作「得」，據世德堂刊本改。

人會各處人馬，欲與我軍決一勝負。」秦王聽報，乃聚衆將曰：「今世充親來，諸公有何高見？」房玄齡曰：「近日打探軍回，世充所轄郡邑被吾軍攻擊，不暇爲謀，決不能來會。竇建德與鄭國深讎之人，彼有持遲，一時亦不肯出兵。大王祇可深溝高壘，勿與之戰。發檄於各處，截守世充救援。那時世充知各郡受困，必復轉洛陽，爲守株之計。然後大王鼓兵而東，一戰可勝矣。」秦王曰：「足下之論甚高。」即發檄文會知史大奈、劉德威等進兵攻擊。不數日間，果是管州總管陽慶、滎州刺史魏陸、陽城令王雄、汴州刺史王要漢皆來降。秦王曰：「誠不出公之料也。」

秦王因連日未交兵，身體怠倦，欲與一二將佐多帶弓弩，前往榆窠圍獵。李世勣曰：「不可。水北之地，便是王世充寨柵，與榆窠止隔六十里遠，倘有伏兵奈何？」秦王曰：「縱世充自來，吾何懼哉！」世勣曰：「前大王與鄭交兵，不知持防，致有長堤之厄，若非丘行恭之力戰，那時衆將亦不知大王所在，此事慎當爲鑒，不宜復蹈之。」世民曰：「今日與諸君同往無妨。」遂不聽世勣勸，全裝慣帶，綽槍上馬，引五百鐵騎出寨。徐世勣與數員將佐，祇得隨從。行至榆窠，一望平坦之地，周圍廣闊，乃天生一個寨場。左山陵，右川澤，前有照應，後有隱伏，又有勝境所在，昔黃帝遺下石室，魏宣武營造皇陵。秦王左右顧盼，稱羨不已，顧謂世勣曰：「吾欲過水北去，看王世充寨壁虛實。」世勣曰：「大王兵戎在身，豈宜頃刻而離？今圍獵已久，作急回寨。如復任看王世充營寨，倘有不測，何以禦之？」世民曰：「爾將衆騎在此等候，以防伏兵。吾往即回。」遂勒馬前進，衆將苦勸不住。將近行到世充寨壕邊，早有伏路軍報入左營。有守將單雄信聽得此事，即引槊上馬，率步騎萬餘繞營而出，抄從秦王背後趕來。秦王正待與諸將回營，忽見坡下征塵蕩起，一員猛將〔一〕，黑面黃鬚，身材雄偉，大叫：「秦王休走！」搶上坡來。世民大驚，勒馬便走。時秦王驍騎蔣雲龍挺槍躍馬，抵住交鋒。戰上數合，雄信衹要捉秦王，那裡顧廝殺，抛了雲龍，衝過鐵騎來趕。

不説雄信追趕秦王，且説徐世勣與衆將在坡前等候，忽雲龍一匹馬飛跑來到，曰：「主公有難！被世充將追得甚緊。」世勣大驚曰：「爾可速回大寨，報知接應！」言罷，率衆騎隨後趕來。未及數里，正見二人在前面交鋒。玩辭話者，且聽下節分解。

〔一〕「將」，原作「起」，據世德堂刊本改。

第四一節　單雄信割袍斷義　尉遲恭剗馬輸忠

是時世勣一騎望見，認得戰秦王者乃單雄信也，大叫曰：「故人休傷吾主！」雄信回頭看時，卻亦認得徐世勣，問曰：「賢兄此來何速？」世勣曰：「吾主被爾所逼，吾聞之，尚嫌來遲，何謂速耶？」雄信笑曰：「汝既道是爾主，我豈無主？今日祇知有世充，不知有秦王也。」世勣見雄信其言不讓，恐復追秦王，故欲延之，以待救兵來到，因謂雄信曰：「足下之言差矣。吾與足下舊曾同仕李公，猶如兄弟，親同骨肉。今李公已死，各歸一主。世勣每恨未得其人而事，今唐主四海瞻仰，士卒歸心，其亦天命也。爾鄭主一時草創，動輒稱王，非明正之君，久必爲人所擒。足下何不自審，圖善後之計？」雄信怒曰：「衆人逐鹿，未知誰得。偏爾主真主，吾主非天命乎？今日乃國家之事，難以念故人矣。」遂放馬復追小說言割袍斷義，即此事也。後人有詩斷曰：

兵刃交持困厄遭，窮追未必念同袍。
徐公徒有忠貞勸，難遏轟轟欲建勞。

此時秦王已走上一望之地，世勣亦勒馬尾其後。忽然山后喊聲大起，王世充知的，自領大隊人馬接應，將秦王圍在垓心。秦王恰慌，勒馬奔上高埠立定，遥望後面，征塵兢起。見一員大將，殺氣凌空，引數千鐵騎飛奔來到。單雄信驟馬引槊，直趨世民。槊未及落，來將大喊一聲，如空中起個霹靂〔一〕，躍馬舉槊，橫刺雄信於馬下。鄭軍齊出，救了回去。秦王見是敬德，叫曰：「將軍救我！」敬德曰：「鄭兵勢大，主公可隨吾而出。」秦王即勒馬下坡。敬德翼護秦王，殺出隘口，迎頭遇四員大將攔住，趙勝、鍾雄、孫彪、李達。敬德保定秦王，力戰四將，並無懼怯。衝開重圍，鐘雄、孫彪趕來，敬德帥騎還戰，立誅二將，殺死鄭兵無數。世充驅兵四出，李世勣斷後，且戰且走。出得榆窠，唐將屈突通、殷開山、段志賢引大軍繼至，衝入鄭陣中，世充大敗。將近黄昏，兩邊各自收兵歸寨。

次日，秦王升帳，大小衆將與秦王稱賀。秦王召進敬德曰：「昨日被賊將所窘，不遇公來到，幾不與公相見也。往常疑公有他志，如今足明公之真心也。」敬德頓首曰：「一者主公之洪福，使致賊將不能相傷，二者將報寢室之重贈。」世民曰：「賞勞吾與諸將常有，公何相報之速也！」自是敬德寵遇日隆。秦王又慰世勣曰：「日前正因不從公言，致諸將驚慮。久後之事，公當專諫也。」世勣曰：「望大王願以此爲終身之戒。」秦王深然之。

卻說王世充敗入羊角城，聚集衆人議曰：「朕縱横天下，未嘗挫刃，今被世民屢折吾鋒。吾今會集虎牢之衆，與唐軍決一死戰。」分付三軍尅日就起。楊振興曰：「唐軍勢重，又兼李靖、房玄齡計謀百出，尉遲敬德、屈突通勇不可當，以臣愚見，莫若深溝高壘，堅壁不出。著人運虎牢糧草入洛陽，以爲軍需，與彼紮持日久，彼軍決疲乏。那時主公以逸待勞，再約夏國人馬來到，合兵攻擊，此必勝之道矣。若主公不以臣言，空壁而

〔一〕「靂」，原作「正」，據世德堂刊本改。

往，倘戰有不勝，四面皆敵國，主公將何以適從乎？」世充沉吟不決。李光儀曰：「主公如不興師與唐兵決戰，唐兵知鄭怯敵也。羊角城倘不能守，主公將何依乎？爲今之計，正在統兵急與之戰。如勝，則世民必退矣。如不勝，歸守洛陽，以爲根本，調取各處人馬救援，亦可接次而來。又兼唐軍久次自疲，我軍乘其敝而攻之，似有可勝之機也。主公再延不戰，而欲作守株之計，不亦誤乎！」世充曰：「光儀之言，正合吾意。」即下令各營進發。人馬前臨穀水而陣，先撥趙勝、李達二將督三大樓船，於穀水伺候接應。何惠、羅質領飛騎一萬，往來於岸上巡哨。

是時秦王軍中聽的世充〔一〕率二十萬精兵前來，諸謀士入見秦王曰：「鄭兵勢大，未可以歲月破之。今士卒疲弊思歸，各出怨言。不如暫且息爭講好，班師旋國，再作計議也。」世民曰：「以吾料之，賊勢窘促矣。今以人馬傾國而來，意在希圖一戰，較量勝負。若勝則彼軍齊心，若敗必奔還洛陽，爲堅守之計。爾諸將正宜各勵乃志，鼓勇而前。若破之後，彼再不敢復出矣。取功名〔二〕富貴，在此一舉，何乃自生退心，而挫吾之銳氣？」尉遲敬德一班戰將齊聲曰：「願隨大王破賊，不敢後矣！」於是秦王下令，調撥應有馬軍，當先衝陣，分五路攻穀水。中一路世民自引兵，左一路殷開山、段志賢，左二路丘行恭、錢九隴，右一路尉遲敬德，右二路屈突通，每一路各二萬人馬。世民分撥已定，衆將平踏，前望穀水進發。趙勝、李達在樓船上，見五路軍馬來到，諸軍各有懼色。李達曰：「爾衆人不必驚擾。唐軍雖衆，不知吾之虛實。正好乘其驟至，出兵攻

〔一〕「世」，原漫漶不清，此據世德堂刊本。
〔二〕「名」，原脫，據世德堂刊本補。

之。」遂牽馬下船，飛奔岸邊上馬，引數百人殺入錢九隴軍中去了。何惠見唐軍來到，李達爭先而鬥，在船上令眾軍哨鼓吶喊，以助其威。錢九隴與李達岸上交鋒，未分勝敗。唐軍各路掩至，鄭軍不能抵當。李達翻身殺向上流，錢九隴一箭已到，射死於水中。丘行恭見九隴勝了初陣，驅兵掩殺，鄭兵死落於水中者不計其數。趙勝、何惠見勢不利，祇得死戰，奪圍逃走。世充聽得世民殺至穀水，自引大隊軍前來接應。正見唐軍圍住，兵在危急中。李光儀、張老虎兩枝兵當先衝入，尉遲敬德驟馬舞鞭，直取二將。軍器並舉，三將攪作一團廝殺。敬德戰得性急，大喝一聲，鞭稍已落，打中李光儀左臂，負痛而走。張老虎力戰住敬德，鄭兵四下箭如飛蝗。中軍秦王大隊來到，下令曰：「今番擒得世充者，授以上爵。」唐將得令，各奮力向前。敬德抛了別將，徑來尋世充。早有楊振興、屈突寧保定向東北走。敬德揮動三軍，鼓噪前進。鄭將曾球阻住一陣，敬德舉鞭打落馬下，殺出水口，與世民軍相合。世充已見勢敗，不敢再復羊角城，與諸將急走入洛陽，堅閉不出，秦王聽的世充遠遁，亦收軍紮於穀水。

此一回鄭兵三停折去二停，掠得糧草輜重無算，樓船軍器不計其數。秦王曰：「穀水之戰，世充膽已落矣。今復走入洛陽，正如樊籠之鳥，無能爲矣。可乘勝兵圍之，不出半個月，劇賊之首可致也。」李靖曰：「時不再來，機不可失，大王速宜進兵，世充自不暇爲謀。」秦王下令，率諸將直抵城下圍之。殷開山督眾攻打東門，段志賢打南門，丘行恭催打西門，錢九隴催打北門。四面金鼓振天，火炮火箭雲梯各項俱齊攻打。城內王世充集諸將商議，謂振興曰：「悔不用公言，致受此困。於今唐軍臨城，內無儲積，外無救援，如之奈何？」振興曰：「今既唐軍圍城，且理論出戰應敵之策，不必追悔前事。請一面遣使往虎牢，作急出兵，運糧入城，一面往夏國求救應。主公親督諸將，於各門往來巡守。料唐兵深入吾地，亦慮後兵襲之。不久自當退也。」世充從其言，遣侍郎段達爲使，逕往夏國求救，連發文書三通，星夜前去。一面遣人會王玄應人馬。

卻説世民親督諸將攻城，一連攻了十數日，不能剋。城上守禦甚嚴，擂下火炮木石之類，唐軍被傷者甚眾，將士皆疲弊。又聞世充約夏國竇建德各處兵〔一〕來救，各懷内懼思歸。總管劉弘基入見秦王曰：「世充恃壕塹堅完，嬰城固守，吾軍深入險地，疲弊終日，非萬全之策。又聽的各處兵集，實有可慮。主公且班師，養鋭儲積，另作後圖，少慰思歸之眾也。」世民曰：「東方諸州已望風歸降，惟洛陽孤城，勢不能久。今功在垂成，奈何棄之？」乃下令軍中曰：「敢有再言班師者斬！」自是眾將乃不敢復言〔二〕。朝廷遣使至秦王軍中，召世民還，有國事商議。秦王恐將士離心，即遣封德彝入朝復命。且看下節分解。

〔一〕「兵」，原作「進」，據世德堂刊本改。
〔二〕「言」下原衍「思」，據世德堂刊本删。

新刊參采史鑒唐書志傳通俗演義卷之五

起唐高祖武德四年辛巳歲是歲夏王竇建德、鄭王王世充、梁王蕭銑亡，凡三國

盡唐高祖武德七年甲申歲

首尾共四年事實

按《唐書》實史節目

孤城郭外送王孫，越水吴州共爾論。
野寺山邊斜有逕，漁家竹裡半開門。
青楓獨映摇前浦，白鷺閑飛過遠村。
若到西陵征戰處，不看秋草自傷魂。

第四二節　竇建德兵救世充　小秦王箭射殷狄

卻説封德彝領秦王命，徑至京師，入見唐主。山呼畢，唐主問德彝邊廷消息。德彝以秦王來命奏知唐主曰：「秦王自出將兵以來，屢得戰勝。今世充號令所行，一城而已，智盡力窮，剋在朝夕。近得敕旨，著令還國。秦王誠慮旋師，賊勢復振，後必難圖，特遣臣來復命，乞〔一〕陛下寬其日月，候在平定東都，然後凱還。」唐主從之，復差德彝賫詔往秦王軍中，安撫其下。德彝領詔，離了京師，復回見秦王，宣讀其詔：

干戈鼎沸，實戎馬在郊之日；天下未定，非臣子安枕之時。今爾秦王，總戎在外，三軍遵指揮之令，賊眾望旌旄而逃。近來中書省有司屢奏捷音，朕甚欣悦，特命内史侍郎封德彝賫詔宣諭，疾速進兵，征剿凶孽，以靜邊陲，庶滿一匡天下之志，勒若功千載，邦家之光。旨不多及，想宜知悉。

秦王得詔大喜，即以詔書宣示其下。遣人會王君廓出兵襲虎牢，以絶世充糧草，自督諸將日夜攻打不輟。城中祇是堅守，以待救兵。

卻説夏主竇建德自王世充侵他黎陽，他亦遣將襲破世充殷州，因是二國挾讎，信使不通。及唐兵圍逼洛陽，世充屢遣使來求救。夏主君臣正在議論間，忽報世充遣使段達來到，遂請入問之。段達言：「鄭主勢已

〔一〕「乞」，原作「今」，據藏珠館刊本《唐傳演義》改。

危，見退守洛陽，八面皆是唐軍，望大王發兵救之。若退了唐軍，當以重鎮報之，決不相負。」建德曰：「侍郎少歇，待我與眾商議。」段達去駉（駟）中安歇。中書侍郎劉彬言於夏主曰：「天下大亂，唐得關西，鄭得河南，夏得河北，共成鼎足之勢。今唐舉兵臨鄭，鄭地日蹙。唐強鄭弱，勢必不支。鄭亡則夏不能獨立矣。不如解讎除怨，發兵救之。夏擊其外，鄭攻其内，破唐必矣。唐師既退，徐觀其變。若鄭可取則取之，併二國之兵，乘唐師之老，天下可取也。」建德從之，遂起傾國之兵以救鄭。唐武德四年夏五月，夏主出兵，以劉黑闥、范願爲先鋒，王伏寶、曹旦爲左右翼，宋正本、齊行善爲合後，自督中軍，悉發孟海公、徐圓朗之眾，西救洛陽。行至滑州，有世充行臺僕射韓弘開城迎接。次日，建德攻陷管州、滎陽、楊翟等縣，水陸並進，大兵三十餘萬，相屬不絶，前抵成皋之東原屯紥，築營板渚地名，遣使通知王世充，先令其臣李大師、魏處繪賫書以達秦王。

卻說秦王正在中軍商議攻城之策，人報：「世充往夏國求借救兵，即日竇建德會合本處人馬共三十餘萬，水陸並進，船騎雙行，出成皋而來。見有人賫書到此。」秦王接了書，啟緘觀之：

嘗聞兵乃兇器，戰者逆德。夫春秋諸侯有歃血之盟，未嘗輒有征伐之兵。何爾唐主既得關中而王，志亦足矣，奚必生外釁，欲成一統天下耶？隋失其鹿，人共逐之，非惟爾有。今王莫若返騎解甲，爲計之上。不然，吾與鄭王時勢相依，不得不救也。謹此先達，惟王諒之。

秦王看書畢，留之不答，集將佐議之。諸將皆言夏兵水陸並進，鋒芒正盛，且退師拒長陵，少避其鋭。郭孝恪曰：「世充窮蹙，垂將擒縛，建德遠來助之，此天意欲兩亡之也。大王宜據武牢之險，伺其疲困而後動，破之必矣。」記室薛收亦曰：「世充府庫充實，所將皆江淮精鋭之眾，但少糧食，故受我困。今建德自將遠來，所部極其強壯。若放之至此，兩寇合從，轉河北之粟以饋洛陽，則戰爭方始，混一無期，勝敗未可知也。如今之計，莫若分兵守洛陽，深溝高壘，勿與之戰。大王親帥驍鋭，先據成皋阻建德之來路，以逸待勞，決可剋也。建德既破，世充自下。不過二旬，兩主之首可致麾下矣。」世民曰：「公言甚當。」有蕭瑀、屈突通、封德彝等，皆勸秦王退保新安，以乘其弊。世民見諸將議論不一，因謂其下曰：「建德新剋孟海公，將驕卒惰，吾今以衆扼其咽喉，取之甚易。若其不戰，旬月之間，賊入虎牢，諸城新附，必不能守。兩賊併力，其勢必強，有何弊可乘？吾計決矣。」即中分其軍，使屈突通等副齊王守東都，防竇建德來寇，自督諸將東趣武牢。世民分撥已定，次日早晨，大兵離了北邙，抵河陽，望鞏縣進發。哨騎報入洛陽，世充欲開城追之。驍衛大將軍何惠曰：「世民大軍既退，必有暗計。若追之，恐墜其阱也。目下遊騎來報，建德發水陸之衆，鼓震而來，莫非慮鄭兵襲其後，故分騎迎之？主公正宜養鋭固守，坐觀時勢也。」世充遲疑莫測，竟不敢出。

卻說世民大隊人馬已近虎牢，忽前面征塵蔽日，一枝人馬來到。秦王著人體探，乃李世勣也，聽的秦王部兵來到，故此迎候。秦王見了大喜，遂安下營壘，因問世勣攻剋之事。世勣曰：「鄭之資糧俱在虎牢，近日世充屢遣人入關運糧。守將王玄應出兵，被吾殺得片甲不回，堅閉不出。今王大軍既集，併力攻之，若得了虎牢，糧草足支，世充破敗之必矣。」世民曰：「虎牢已在掌中，唯有竇建德大勢人馬可慮。吾先示兵，挫其先鋒，乘勝兵攻虎牢，此必取之勢也。」即令段志賢引軍五千埋伏成皋之東，程咬金、馬三寶引步騎三千，多帶弓弩，埋伏於左路有雜木處，聽炮響爲號，李世勣、秦叔寶部軍一萬接〔一〕應。秦王自將驍騎五百，出覘建德營寨。分撥已定。衆將各依令去了。

〔一〕「接」，原作「復」，據世德堂刊本改。

及日中，秦王與驍騎帶了鄉道數人，離虎牢，望石頭山，繞出建德寨後來，週匝觀視一回，果是旗幟齊整，隊伍分明，連營二十餘里，人馬往來不息。早有遊兵報入軍中，建德大驚曰：「唐兵何神速耶！」即遣驍將殷狄引鐵騎五百追之，自部眾將，開壁而出，喊聲大舉，鼓如雷動。秦王知的建德出兵來追，勒轡轉陣前而走。未一里間，殷狄一騎尾其後。世民故意延緩，看定追騎將近，拽滿雕弓，回頭大呼曰：「賊將慢來，吾〔一〕秦王也！」殷狄躲避不及，一矢正中面門，墜死馬下。鐵騎軍皆不敢近，秦王按轡徐徐而行。建德自部兵趕到，前軍報殷狄已被射死。世民不知從那條路去。曹旦曰：「山路崎嶇，世民譎計百出，倘四下有伏兵，如之奈何？」正相議間，忽樹林中火炮齊舉，更不知多少唐兵，捲地而來，兩傍箭如飛蝗。夏兵大驚，不戰自亂。建德知入伏中，與諸將鼓勇殺出。未數里，東路金鼓齊鳴，一彪人馬湧出，乃唐將段志賢也，大叫：「賊眾不即納降，更待何時！」建德前鋒大將劉黑闥，舞刀直取志賢。二人戰上三十餘合，不分勝負。隨後李世勣、秦叔寶揮動人馬，衝殺過來。黑闥〔二〕不敢戀戰，與眾將保定建德，奪圍走回成皋。秦王見夏兵去遠，亦收回人馬。

卻說建德回至中軍，怒氣未息，集諸將議曰：「吾軍初出，本來救鄭，今日先挫此一陣，又折了大將殷狄，豈不惹諸侯笑恥！明日出大軍，與世民決一死戰，方雪此憤也！」曹旦曰：「因一戰之失利，而即爲報怨

〔一〕「吾」上原衍「一」，據世德堂刊本刪。

〔二〕「黑」上原衍「外」，據藏珠館刊本《唐傳演義》刪。

之舉，語云：小不忍則亂大謀。今唐〔一〕軍所慮者，唯在糧草不繼，故引兵急圍虎牢，意在得其地而資其食。若虎牢不下，彼眾亦難久住。大王可遣人運回洛下之粟，爲長守之計，世民自當退矣，何必急於戰哉？」建德從其議，即著左衛將軍黃琮、副總管蘇有年運回糧草，遂堅壁不出。是時秦王引得勝兵，急攻虎牢，連數日不能下。忽細作報知夏兵已運糧草入成皋。秦王聽罷，正在沉吟之際，人報王君廓已從轘轅回。秦王喜曰：「君廓來，吾事諧矣。」急召入問之，君廓曰：「聞王大兵出虎牢，目下要與夏兵交鋒，特留廖平守轘轅，吾得東助大王出戰。」秦王曰：「正有個大關係處，非公不能濟。目下建德運洛下之粟出成皋，公肯代吾取之乎？」君廓曰：「食君之祿，受王之命，何所不可！」即引所部慨然而行。秦王復喚過段志賢曰：「君廓若得了糧草，建德知之，必遣人來奪。汝可埋伏東原隘口，候夏兵過，從中截出，彼眾自亂。」志賢領計去了。又喚馬三寶、程咬金引五千馬步軍，截住竇建德來路。馬三寶、程咬金各引兵去了。

〔一〕「唐」，原作「曹」，據世德堂刊本改。

第四三節　世充用賄讒凌敬　秦王定計破建德

卻説黄琮、蘇有年押帶軍糧出洛口，正行之間，忽見一彪唐軍來到，爲首一員大將，紫髯朱顔，眉目清朗，乃右武衛將軍王君廓也，大叫：「賊衆留下糧草，免爾誅戮！」蘇有年拍馬挺槍，直取君廓。君廓舞刀還戰，衹一合，斬有年於馬下，押糧軍士皆走。君廓著令衆軍將〔一〕糧草盡搬出谷口。後面金鼓大作，夏兵捲地追來。君廓來與夏兵交鋒。黄琮揮動步軍，四下箭如猥集，唐兵中箭者多〔二〕。正在危急中，馬三寶、程咬金二軍驟至，會合君廓，殺退夏兵。黄琮正慌忙間，被段志賢伏兵抄出，又殺一陣，死者不可勝計。唐軍奪得糧草，緩緩而回。秦王聽知君廓得勝，不勝歡喜，重賞將校。黄琮漏夜回成皋見夏主，説糧草被唐軍奪去一半，殺死大將蘇有年。建德拍案罵曰：「豎子誤吾大事也！」叱令將黄琮推出斬之。即起大軍，前來與唐軍決戰。祭酒凌敬曰：「大王息怒，臣有一計，使鄭國之圍自解，吾軍穩坐無憂矣。」建德曰：「計將安出？」凌敬曰：「大王宜將大隊人馬渡河，攻取懷州、河陽。若得此二處，然後使重將守之，遂建旗鼓，踰太行山名，入上黨郡名，徇汾、晉，趨蒲津關名，直入無人之境，拓地收兵，則關中一面調各營進發，震懼秦王，自當遠遁，鄭

〔一〕「將」，原脱，據藏珠館刊本《唐傳演義》補。

〔二〕「多」，原脱，據藏珠館刊本《唐傳演義》補。

圍必解矣。」建德從之，先令人密會知世充。

卻說差人徑至洛陽見世充，具言建德出兵取懷州等處，乞大王出兵相應。世充驚曰：「目下吾眾有燒眉之急，夏兵乃渡河而襲他郡，非來救鄭也。」遂與眾人商議，段達曰：「建德諸將，皆欲請夏主東向，今此謀實出凌敬所導。大王可重將金寶賄賂其部下，眾人得其利，必譖夏主復兵救鄭矣。」世充從其計，即差大夫李榮帶書一封，賚金帛，從小路徑投成皋，先將金玉結好建德諸將。次日，李榮入見夏主，具曰：「世充遣臣報知大王，目今唐兵勢大，乞引兵東向，與定破敵之計。有書在此。」建德將書拆開觀之：

> 古言救兵如救火，止水在未流。今秦王兵馬征鉦之聲，徹於晝夜，吾鋒屢挫其刃，是洛陽附邑有泰山壓卵之危。若持精兵出魏，以舒吾難，部曲聞之，引領望旗旄屢日矣。再報君以兵渡河，未審計將安出？使唐得志，吾唯足下未見其利也。謹此以達。次不宣。

建德看了書，與凌敬議之。敬曰：「兵會世充，一時之計。渡河攻唐之無備，萬全策也。」王琬、長孫安世等皆曰：「大王水陸並出，正在與鄭合兵破敵，今我眾屢挫其鋒，即欲渡河，西接傍郡，非必勝之道。豈料唐軍太多，糧草不敷，若合洛陽之眾，決難支將。兵法有云：兵多將累，况無糧乎？今乘彼之軍無糧，而往戰之，蔑不勝矣。」凌敬固爭曰：「大王新敗於成皋，世民兵迫於虎牢，累日不得進。今若引烏合之眾當之，必無勝理。不如西征自保，待唐兵無糧自亂，然後出兵，此萬全之計也。」諸將復曰：「凌敬書生輩，安知戰事？」建德聞諸將之言，決意東向。凌敬又欲諫之，建德怒，令人扶出帳外。凌敬見建德不用其謀，遂披髮佯狂，詐作風魔，逃躲於他鄉去了。

胡氏曰：凌敬之策，誠善策也。然長安、并州將帥，自足以當建德，而汾、晉、蒲津豈不戰所能下？延引日月，適足以孤洛陽之心。而秦王攻圍亦急，世充其能不破乎？既破世充，北取建德，不過遲時月間耳。

卻說建德將大隊人馬分作前後而進。有曹后入軍中，見建德戎服在身，因問曰：「連日聞唐兵將近，大王欲待何往？」建德將凌敬之言訴説一遍，曹后曰：「祭酒之言極爲有理，如大王從其謀，社稷可保無事。不然，恐難取勝，夏國亦不可守。」建德曰：「諸將欲圖成功者，爭請孤東向洛陽。然孤恐唐衆延蔓，久則難進，是以從衆議也。」后曰：「諸將激一時之勇，未見全利。大王當熟思之。」建德曰：「此非女子所知。且鄭國朝暮待吾來，既許之，豈可見難而退，且示天下不信也。」亦不用〔一〕曹后諫矣。是時，細作來報秦王：「建德不聽凌敬之計，三軍已趣洛陽。」世民謂玄齡曰：「建德之衆東向，其計安出？」玄齡曰：「使凌敬之言若聽，則吾軍必受其弊。今夏〔二〕兵出洛陽，將會世充，爲合從之勢，伺吾大衆怠倦，牧馬於河北，建德必襲虎牢。大王即便進兵，北濟河南，東向攻洛陽，取積穀，招納豪傑，南臨廣武城名，傳檄四郡，建德策轡可破矣。」世民善之。於是將三軍分作四隊，多帶旌旗風火鑼鼓之類，日伏夜行，望洛陽進發。故留駿馬千餘，著老弱軍牧於河渚間，以疑其兵。

卻說建德大軍正行之際，時五月天氣，侵晨紅日正昇，忽流星馬報：「唐軍知得夏兵出洛陽，彼亦撤虎牢之圍，引衆東向，遺下空營，止留老弱軍人牧馬於河渚。」建德驚曰：「世民委善用兵，早知防吾來鬥。」李光儀曰：「今世民部兵已出，吾有一計，待他立定寨柵，便可擊之。」建德從其言，乃遣劉黑闥部兵二萬，西

〔一〕「用」，原作「明」，據世德堂刊本改。

〔二〕「夏」，原作「鄭」，據藏珠館刊本《唐傳演義》改。

應虎牢，范願、王伏寶迎敵唐軍，郭士衡爲遊兵接應。自悉眾出牛口山名，列陣二十里，旌旗蔽日，鼓噪而前。當日中，兩軍齊出。世民部下見建德人馬勢大，皆有懼色。世民擺開陣勢，令眾軍射住陣腳，自陞高埠望之，祇見夏兵漫山塞野而來，略無節次，顧謂世勣曰：「夏兵雖多〔一〕，不知紀律，吾破之易矣。」遥指前面白水漫漫，乃禹山峽，召過殷開山曰：「爾可引兵五千，於前面峽口上流埋伏。此處水勢頗急，人不堪渡。待夏兵戰倦取水飲，即出兵襲之，夏兵必敗。」殷開山領計去了。又喚宇文士及曰：「與爾輕騎三百，徑由建德營後抄出，候陣動之際，乘勢殺入，奪其積聚。」宇文士及領兵去了。世民分撥已定，乃約諸將曰：「建德初起山東，未嘗見大敵。今越險而來，令不肅也。逼城而陳同陣，有輕我心。我按兵不出，彼勇氣自衰。陣久卒饑，勢將自退，然後縱騎破之，無不剋矣。」忽遊兵報建德大眾將逼營壘，世民入中軍，下令堅壁勿出。眾將皆摩拳擦掌，截髮請戰。秦王見眾氣〔二〕鋭，乃曰：「可以擊矣。」急召史大奈、程知節即咬金也、秦叔寶、尉遲恭，各選輕騎二千人，人持一唐幟，從汜南水道潛往屬鵲山，遥望建德營寨以觀動靜。因密誡曰：「候我大軍與夏〔三〕兵對陣小卻略敗也，彼必空壁而追，爾等疾入夏〔四〕壘，盡去其旗號，立唐之幟，堅壁拒守，不必與戰。宇文士及兵出，乘勢掩擊，夏兵自亂也。」諸將聽令，各引軍去訖。又下令各營：「今日破夏兵，且不

〔一〕「多」，原作「甚」，據藏珠館刊本《唐傳演義》改。
〔二〕「氣」，原作「老」，據藏珠館刊本《唐傳演義》改。
〔三〕「夏」，原作「鄭」，據藏珠館刊本《唐傳演義》改。
〔四〕「夏」，原作「鄭」，據藏珠館刊本《唐傳演義》改。

必會食，暫令三軍傳餐，待破建德，然後會食也。」諸將皆未信，佯應曰：「諾。」先遣王君廓迎敵初陣。

是時建德在軍中，令群臣行朝參之禮，聽的唐軍已至，遂列出戰。王君廓揮動三軍殺入。夏陣中王伏寶一騎跑出，與君廓戰上二十合。范願拍馬舞刀，夾攻君廓。君廓虛手一招，眾軍望後便退。夏兵見唐軍力怯，喊聲大震，一齊掩殺過來。秦王高處望見建德督兵追趕，用紅旗摩動，段志賢從中軍放起連珠炮，如天崩地裂之勢。夏兵驚嚇，楊振興一馬迎前曰：「此唐兵誘敵之計，大王速退！」建德正待下令回馬之際，唐兵四下迸集，箭如雨點。王伏寶、范願見勢不利，保定建德殺出。有史大奈等所出奇兵二千騎，遥見建德拔寨追襲，壁壘空虛，鼓噪馳入夏營，盡拔去其旗號，立唐之旌幟。及夏兵望見營中皆立起秦王旗號，已知唐軍襲其後，遂大亂，四散奔潰。尉遲敬德揮鞭拍馬，衝擊前來。夏將石瓚迎頭阻住交鋒，衹一合，被敬德打死馬下。復殺入中軍，來尋竇建德。王伏寶與范願衝圍，正走間，前面又一軍到，乃秦叔寶也。范願、王伏寶雙出戰之，三將殺在一處。史大奈一彪軍從中陣截出，將建德人馬分作兩路。范願、王伏寶捨死殺出重圍，來尋建德保駕。且看下節何如？

第四四節　楊武威生擒竇建德　李世民怒斬單雄信

卻說秦王大隊人馬已到，時三軍猶未傳飱。秦王下令曰：「今日爾諸將取功名之時也，各宜努力向前。」衆人得令，鼓勇踏平板渚而來。范願、王伏寶引敗兵走至禹山峽，與曹旦、宋正本、齊行善、張允濟、廖鴻等相遇，止不見建德走何地。時衆人殺得困弊，日氣正盛〔一〕，爭向流頭取水飲之。忽峽口鼓聲震響，一彪軍馬殺到，爲首大將殷開山也。夏兵大亂，死落於急流中者，不可勝數。范願等戰力已乏，各棄馬爬上山奔走。張允濟死戰不得出，被殷開山一刀斬落水中。降者無算，奪掠其軍器極多。此時建德幾部殘兵，繞堤走出汜流，恰遇孟海公引水軍救入樓船去。唐將史大奈、秦叔寶急追至汜流邊。孟海公舟艦上各設強弓硬弩，並連鐵索，雖觸風衝浪，走如平地。見唐軍至，弓弩齊發，皆不能進。史、秦二將各持牌在前，不避矢石，直至艨艟邊，砍斷鐵索，樓船散亂，二將飛上戰船。夏兵見唐軍湧上船，各走入後櫓。水軍都督周葛仙撞出櫓棚，來戰唐將。未及交鋒，秦叔寶大喝一聲，早活捉過來，衆軍縛了。史大奈直入船隊，放起火燒著餘船，夏兵四散逃竄，死者無算。岸上喊聲大震，唐軍各要爭功，一齊掩殺，勢不可當。孟海公見艨艟火著，部水軍馮南、蔣翼，棄樓船逃走。建德度勢不可支，從樓船小倉後跳上北岸，奪敗軍所乘之馬，拚死逃走。南岸史大

〔一〕「盛」，原作「勢」，據世德堂刊本改。

奈看見，衝開士卒，直趕將來，指望捉了建德獻功，如何肯放。忽道傍鼓角齊鳴，一騎馬撞出，乃車騎將軍楊武威也。大奈恐武威奪功，舉長槊望建德後心摽來，正中左脅，建德墜於馬下，武威即擒之。二人合兵一處，同入中軍，來見秦王請功。是役也，夏兵三停已去二停，降者不下數萬，宇文士及奪掠糧草五百餘車，屍首亙積二十餘里。

此時諸軍皆得馬匹器械而回，精神百倍。秦王已收集各處人馬，諸將聽的捉了竇建德，皆聚帳下。秦王召進建德，責之曰：「我征討世充，何干汝事？」建德曰：「今日不來，亦難免禍。唇齒之國，祇得相救。」秦王呼左右以檻車囚之，待捉王世充，一齊回關中問罪。眾人將建德囚了。世民下令，催三軍不分〔一〕星夜〔二〕，進〔三〕圍洛陽。李世勣曰：「夏兵既破，洛陽勢孤，大王祇將建德囚至城下招安，城中膽落，世充必率眾納款。」世民從其議，即將建德監至洛陽。此時唐將俘獲夏兵不願爲軍者，世民散使還鄉就業，不願去者，充入行伍，著各部領之。封德彝入賀曰：「大王妙算，已建不世之功。關中預聞捷音，足可以聳動天顏也。」世民笑曰：「不用公言，得有今日？」因大享將士於軍中。時武德四年夏五月。

世民既平建德，遊騎兵回洛陽，報知王世充。世充大驚，閉户不出，忽報唐軍大隊，監囚了夏主於城下，世民親督諸將攻打各門。諫議大夫法嗣、親將劉師立入奏曰：「城中糧草食盡，軍民疲餓屢月，死者枕藉，事已極

〔一〕「分」，原漫漶不清，此據世德堂刊本。
〔二〕「星夜」，原漫漶不清，此據世德堂刊本。
〔三〕「進」，原漫漶不清，此據世德堂刊本。

矣。大王可救一城生靈，迎候軹道，庶免自身夷族之禍。」世充沉吟不語。李光儀一派戰將曰：「城中尚有精兵十餘〔一〕萬，皆願與主公死戰。不如乘唐軍立營未定，突圍南走襄陽，以就其食。然後約虎牢之眾，復來取洛陽，成敗未可期也。何必遽爲亡國計哉！」世充將從之。秦王世衡、楚王世偉復勸曰：「自二國交兵，殆無寧日。吾所恃者夏主，今已爲擒。縱投往他處，終必無成，不如降之以保善後計也。」世充乃淚下曰：「吾血戰數年，賴諸將扶佐爲王，今日若逆天意，復使諸軍血肉填於草野，係我之罪也，我心何安？不如投降，以順天時矣。」於是世充城上插起降旗，次日素車白〔二〕馬，帥太子玄恕等及群臣三十餘人，開城詣軍門納降。眾人報入中軍，秦王大喜，令諸將擺開，即出軍前受降，見世充諸人拜伏於道旁。世充曰：「臣不道，違抗天兵，今勢窮力盡，情願歸降，以安其下。」秦王曰：「爾等既降，吾奏唐主，不害汝之命。」言訖，乃部諸軍先入洛陽。是時城裡城外軍民百姓，各以香燈花燭迎門而接。秦王下令諸人，分守市肆，禁止侵掠，無敢犯者。世民入至宮城，命房玄齡收隋之圖籍。時府中詔制，已被世充所毀，殘闕無稽者多。命蕭瑀等封府庫，收其金帛。次日，世民於宮中大享將士，議功績之上下，賞賜金帛。諸將言曰：「世充暴虐萬民，罪不容誅，大王何故留之？」世民曰：「世充之罪固有，非建德之比。且人已服降，遽殺之不祥也。」止收其附党段達、單雄信、朱粲二十餘人斬之。

單雄信密使人叫李世勣曰：「雄信望將軍垂救。」世勣聽的，徑往帳下叩頭拜伏。世民問其故，世勣曰：「臣故人單雄信，理當罪戮，望大王垂憐赦之。且其材武足用，願請納官爵，以贖其罪。若雄信得更生之賜，

〔一〕「餘」，原爲墨丁，據藏珠館刊本《唐傳演義》補。
〔二〕「白」，原脱，據藏珠館刊本《唐傳演義》補。

必有以報。」世民笑曰：「榆窠之厄，雄信窘迫吾前，汝以追騎後至，那時雄信曾識故人乎？公有他言，無所不從。赦雄信，弗汝聽也。」世勣曰：「當日緊追殿下，各爲其主也。使雄信先事主公，亦必效世勣之忠矣。願王赦之。」世民曰：「雄信爲人，言過其實，非公之比。」竟令推出斬之。世勣見秦王不許，乃號慟出宮門，割股肉以啖雄信曰：「非吾不念舊情，主人言不允聽。今日與君生死永訣，此肉委[一]於土。君之妻子，無用憂也。」言罷，劊子手斬了回報。在傍觀者，無不垂淚，皆感李世勣重於義云耳。宋賢有詩爲證：

難將重諾割袍襟，烈士真同管鮑金。
取肉啖之生死訣，由來仁義感人深。

又斷單雄信不識事人，致有夷戮之禍：

四下干戈擾攘時，義士忠臣罔所思。
擇主不臧遭殺戮，堪嗟雄信未男兒。

秦王既斬了逆党，坐於閶闔門，郡中諸官，皆拜降於堂下。太師蘇威請見，稱他老病不能拜。世民遣人數之曰：「公隋室宰相，危不能扶，使君弑國亡。見李密、王世充皆拜伏舞蹈。今既老病，何勞相見？」蘇威聞其言，不食終日而死。劉師立、羅士信閉户不出，武官欲殺之，世民慌傳令曰：「如有害此二人者，夷三族。」次日，自登門請此二人。二人感世民之恩，乃出。師立曰：「殿下欲濟大事，知洛陽有二賢乎？」世民曰：「不知也。」師立曰：「一人魏州繁水人氏，姓張，名公謹，字弘慎，見爲洧州長史。一人與公謹同里，

[一]「委」，原爲墨丁，據世德堂刊本補。

爲本州刺史，姓崔，名樞。是二人者，皆有命世之才，王何不請之？」世民即遣使聘請。張公謹亦聞世民有德之主，與崔樞挈城來降。世民大喜，詢以時務，二人對答如流，乃曰：「何相見之晚也！」因拜公謹爲參軍，崔樞爲檢校。

時世充有未附者，各懷内懼。杜如晦叔父杜淹當死初，淹事王世充，與如晦有隙，嘗譖其兄殺之。又因其弟楚客，楚客飢餓將死，秦王平洛陽。至是杜淹當死，如晦之弟楚客請如晦救之。如晦曰：「彼嘗欲陷我於死地，豈料有今日乎？」楚客曰：「昔者叔已殺兄，今兄又殺叔，一門之内，相殘而盡，豈不痛哉！」言罷欲自刎。如晦勸止之，乃爲請於秦王。秦王引爲天策府曹參軍。世民與諸將入宫，見隋之宫殿華采壯麗，規模宏大，有三十六宫、二十四院，蘭室椒房，重樓玉宇。世民觀了一迴，顧謂諸人曰：「煬帝無道，殫人力以事奢侈，欲無亡得乎？」薛收進言曰：「峻宇雕牆，殷紂〔一〕以亡，土階茅茨，唐堯以昌。始皇興阿房而秦禍速，文帝罷露臺而漢祚永。後主曾不是察，奢侈是矜，死一夫之手，爲後世笑，何此之能保哉！」世民深然之，即令左右撤了端門樓，焚乾陽殿，毀則天闕，廢去諸道場。百姓聞之，無不稱快此見隋帝苦民才力之爲也。

秦王欲議班師，李世勣曰：「建德、世充餘黨尚多，虎牢王玄應與夏將劉黑闥勁兵屯此，糧草足食，此一路亦可慮也。建德敗衆王伏寶、范願皆劇賊，有萬夫之勇，洺〔二〕州建德養子竇晟尚在。倘衆人復聚就之，

〔一〕「紂」，原爲墨丁，據世德堂刊本補。
〔二〕「洺」，原爲墨丁，據世德堂刊本補。

其患不在世充之下矣。王用熟籌之。」秦王曰：「誰可征服虎牢？」史大奈曰：「臣〔一〕未曾加尺寸之功，當擒此二賊。」世民曰：「劉黑闥，建德驍將，更得一人同往尤好。」王君廓進曰：「臣願與大奈同行。」秦王大喜，即與二人精兵五萬去了，又著遊騎於洛〔二〕州界上，體探竇晟虛實如何。

〔一〕「臣」，原爲墨丁，據世德堂刊本補。
〔二〕「洛」，原爲墨丁，據世德堂刊本補。

第四五節　五六煙塵歸闕下　十八學士登瀛洲

卻説王玄應與劉黑闥屢日在虎牢〔一〕望洛陽消息，道路阻絶，不能通聞。忽報秦王已破了夏兵，擒竇建德，乘勝攻圍洛陽，城中困弊，鄭主率衆納降，見遣將來取虎牢，兵屯關下，祇曾二十餘里。玄應聽的，大驚曰：「洛陽既陷，吾孤軍難以支持。不如即降，免受其困也。」劉黑闥曰：「公子據虎牢，兵精糧足，正好商議復國之計，何便説歸降？爾且深溝高壘以待之，吾引軍先殺他一陣，以報故主之讎矣。」言罷，綽槍上馬，殺下關來。哨軍報知王君廓。君廓曰：「黑闥一勇之夫，可以智勝。」與大奈議曰：「爾可引兵二萬，伏於中路，候黑闥兵過，從中截出，彼衆必亂。」大奈依其所行。王君廓部軍開壁迎敵。劉黑闥鋭氣正盛，鼓噪而前。君廓一馬當先。兩下金鼓齊鳴，軍器並舉。二人戰上數合，王君廓賣陣而走。黑闥不知是計，驅兵掩殺過來。未及二里間，忽報後軍已被唐軍截殺。黑闥復勒回馬，正遇史大奈軍馬，二人又戰數合。君廓前軍殺來，兩下夾攻，夏兵大亂。黑闥料不能勝，衝開血路，望漳南而走。君廓合兵一處，乘勝攻虎牢。此時，玄應知黑闥戰敗，即開關納降。唐軍入虎牢，收其錢糧軍馬，班師回洛陽見秦王。秦王大喜，重賞王、史二

〔一〕「虎牢」，原爲墨丁，據世德堂刊本補。

人。玄應亦免死罪。世民見〔一〕洛陽管轄已平服，止不知洺州消息。正議間，遊騎軍報，果是建德餘衆王伏寶等聚集敗騎，走至洺州，欲立竇晟爲主，徵兵以拒唐軍。世民曰：「誠如世勣之料也。」即下令親督三軍討之。秦世勣曰：「不須再煩遠取。大王修書一封，陳其利害，差人送入洺州。竇晟怯懦之徒，必從衆議來降也。」秦王依其議，著令房玄齡作書，選一能言者，遞往洺州。秦王屯兵洛陽不動。

卻説竇晟正在與衆人議事，有左右來報秦王差人下書。晟召入，接了書，拆開觀看。書曰：

不觀勝〔二〕敗，不見真命之符，不量時勢，實爲井底之智。今大唐建號關中，威令一行，攻無不勝，戰無不剋，威武足以制服天下。王世充有百戰百勝之計，一旦而失之。築板之役，破夏主二十萬衆，尚有餘孽，逃竄他郡，欲起不軌之謀者，務在身首碎分而後已。方今兵屯洛陽，遣書北指，若能明乎順逆，倒戈納款，猶可免於誅刑。不然，前鑒不遠。其熟思之！

竇晟看書畢，問左右曰：「世民既將書至，爾衆人有何高論？」僕射齊行善曰：「夏主英武，士馬精強，一朝爲擒，易如反掌，豈非天命有所屬耶？今喪敗如此，必無所成。不如委心請命於唐，尚可保其終也。」竇晟從其言，遂以府庫金寶散給軍士，令各解去。於是范願、王伏寶引三千餘人，叛入太行山去了。竇晟乃與裴矩、曹旦帥百官奉建德妻曹氏及傳國玉璽，請降於秦王。秦王受其降，交割玉璽，令〔三〕房玄齡、李世勣入

〔一〕「見」，原作「洺」，據世德堂刊本改。
〔二〕「勝」，原作「大」，據世德堂刊本改。
〔三〕「令」，原爲墨丁，據藏珠館刊本《唐傳演義》補。

城招安。王世充弟世辨亦以徐、宋三十八州請降。淮安王神通又徇下山東三十餘州。自是世充、建德之地悉平。

靜軒先生有詩贊秦王之功曰：

旌旗東下耀鋒芒，百萬貔貅動一勞。
談笑幕帷成妙算，折衝隊伍見軒昂。
五更戰艦驚飛渡，萬里堅城入款降。
奏凱歸來功已就，丹書詔裡倍增光。

時秋七月，秦王世民班師，大小三軍離了洛陽，各依隊伍而行。果然鞭敲金鐙響，人唱凱歌聲。回至長安，世民披黃金甲，齊王元吉、李世勣等二十五將隨〔一〕其後。鐵騎萬匹，甲士三萬人，前後部曲，鼓樂齊鳴。檻車囚著王世充、竇建德，獻於太廟中。行飲至之禮飲至，告廟也，以餉之。次日，唐主詔赦王世充爲庶人，徙於西蜀閑住，至親者隨行，其僚屬留長安聽用。竇建德罪在不赦，斬於長安市。建德臨刑，仰天長嘆曰：「建德縱橫天下，諸侯誰不知之。今日一至於此，非天乎！」令行刑者請快刀，監斬官即令開刀。死年四十九。是時〔二〕建德兵屯牛口，先有謠言曰：「豆入牛口，勢不得久。」至是果敗。後人有詩嘆曰：

烽火連營見識微，倥傯戎馬悔何遲。

〔一〕「隨」，原作「後」，據世德堂刊本改。
〔二〕「是時」，原爲墨丁，據世德堂刊本補。

罔將豪傑忘家國，徒説興王苦衆夷。

塞北方將驅戰騎，陣前先自倒征旗。

獻俘已就東市戮，千古令人别是非。

唐主既斬了〔一〕建德，將首級號令四門，其外皆赦宥之。自以天下略定，設太平筵宴，重賞三軍，大赦百姓，與免一年徭賦。陜、虢地方，人民苦於轉輸勞費，免二年。唐主後慮王、竇餘黨在京師，恐生内患，欲議悉令遠徙惡地，侍御史伏伽上表諫曰：

表曰：臣聞王者無戲言。書稱爾無不信，朕不食言，言之不可不慎也。陛下制詔曰：常赦不免皆原之。此非直赦有罪，是亦與天下更新辭也。世充、建德所部，赦後乃欲流徙。書曰：殲厥渠魁，脅從罔治。渠魁尚免，脅從何辜。且跖狗吠堯，吠非其主。今與陛下結髮，故往爲賊臣，彼豈忘陛下哉？壅隔故也。至疏者，安得而罪之？由古以來，何代〔二〕無君，然止稱堯舜者，何也？直由善名難得也。昔天下未平，容應機制變，今四方已定，設法須與人共之。法者，陛下自作，須自守之，使天下百姓信而畏之也。自爲無信，欲人之信，若爲得哉？賞罰之行，無貴賤親疏，惟義所在。臣愚以爲賊党於赦當免者，雖甚無狀，宜一切加原。則天下幸甚！

〔一〕「斬了」，原漫漶不清，此據世德堂刊本。
〔二〕「代」，原作「始」，據藏珠館刊本《唐傳演義》改。

唐主既覽表，從之，遂赦不徙。後來王世充未行，被定州刺史獨孤修德矯詔殺之〔一〕，死年五十二歲。後人有詩嘆曰：

僭王未免作降囚，始悔當年不軌謀。
神器自言容易得，民心終是霸難投。
蜂屯戎馬三軍取，猬聚豺狼一鼓收。
功業已隨兵刃滅，洛陽宮殿幾經秋。

冬十月，唐主以秦王平定洛陽功績大，前代官皆不足以稱之，特封天策上將，位在王公上，爲其高建府第，置官屬，預朝廷政事。秦王拜恩受命後，亦以海内漫平，乃於長安西建立弘文館，極其偉觀。左開秘書閣，右設講政軒，前後楹堂，皆設名額，延引文學俊秀之士居其中。時有杜如晦、房玄齡、虞世南、褚亮、姚思廉、李玄道、蔡允恭、薛元敬、顏相時、蘇勗、于志寧、蘇世長、薛收、李守素、陸德明、孔穎達、蓋文達、許敬宗十八人，爲文學館學士，分爲三番，輪流直宿。世民暇日即至館中，或講論經書，或商議政事，至於夜分不寢。又命庫直官名閻立本畫十八人之像，褚亮作贊，時人榮之，號爲「十八學士登瀛州」言如昇仙也。未數月，唐主因外郡官闕，以秦府僚屬除補，杜如晦亦出爲陝州長史。房玄齡入見秦王曰：「餘人雖〔二〕出，不足惜。杜如晦王佐之才，大王經營四方，非如晦不能濟。」世民驚曰：「公不言，幾失之矣！」即奏唐

〔一〕「之」，原爲墨丁，據世德堂刊本補。
〔二〕「雖」，原作「因」，據世德堂刊本改。

主留之。唐主許其請，使參謀帷幄。軍中多事，如晦剖決如流，世民甚禮重之。

話分兩頭。卻説劉黑闥虎牢之戰，敗走漳南，據蒲津爲守，收〔一〕餘衆欲圖恢復。不數日，范願、王伏寶等引衆來會。黑闥大喜曰：「諸君今來相助，當與故主取讎也。」范願等各訴款曲，因進説曰：「故主既被擒囚，斬於長安之都市，竇晟弱懦無爲，奉曹后歸降。吾想起來，我主爭隋天下，二十有餘年，建號立國，待我衆人亦不薄矣。一旦身斃國亡，族無遺類，顧無一人與同患難者耶？」言罷，不勝其憤。黑闥曰：「諸君莫憂。使黑闥一日在世，決叛唐而報讎矣。明日即以吾部下攻入關中，與世民拚一死戰。」王伏寶嘆曰：「將軍此行，猶飛蛾撲燭，必致隕身而後已。何以報讎爲哉？」黑闥曰：「公何如出此言？」伏寶曰：「今關中城郭堅完，兵精糧足。秦王虎踞於内，豪傑折衝於外。君以一旅之衆，驅入其中，曾有得生之理乎？」黑闥曰：「足下見之甚明。竟有何策，可以復讎？」伏寶曰：「近聞唐主欲征楚地，將軍正好儲積餱糧，養威蓄鋭，先取懷州爲根本之地。然後遣一介之使，通謀徐圓朗，結好楚梁王。那時，將軍率激勵之衆，東襲洛陽，據其衝要，待唐、梁之交兵。唐勝則吾休兵固守，梁勝則出以撓其後。坐覘時勢，見機而動，非惟可以復讎，霸王之業，不難致也。」黑闥喜曰：「足下之論是也。」即遣人以書通於徐圓朗，結好梁王〔二〕蕭銑。遂按甲不出。

〔一〕「收」，原爲墨丁，據藏珠館刊本《唐傳演義》補。
〔二〕「梁」，原作「越」，據藏珠館刊本《唐傳演義》改。

第四六節　李孝恭興兵征蕭銑　黃君漢列陣戰蘇胡

卻說徐圓朗因世民初平洛陽，率其衆請降，唐主封爲兗州總管。聽的劉黑闥聚衆蒲津，欲與故主報讎，正在持疑間，忽報黑闥遣人呈書來此。圓朗接書看曰：

書云：車輔相依，唇亡齒寒，勢〔一〕使然也。吾王不幸，見作俘囚，此吾之所恥。今我猶〔二〕幸哀其餘衆，再欲復圖國計，未知人力可以勝天否？聞君虎踞一方，封連魏境。助我一旅之師，先取幽、邠爲根本之地，然後攻關，共取隋業，亦不世之功也。足下其審之。

圓朗看書畢，與部將孫暉、徐文等議曰：「黑闥既有書來，吾當起兵應之。」徐文曰：「總管擁精鋭之衆，正好乘時取事也，何有不可？」圓朗決意叛唐，回書答黑闥，約共起兵日期，即點起本部人馬，來取任城縣名。時唐主遣安撫大使盛彥師安集河南，行至任城，聽得圓朗叛唐，將取任城，自至軍前問之曰：「君既降復叛，何意也？」圓朗出馬曰：「吾乃當時豪傑，止得一鎮，甚有不平，故叛也。」顏師曰：「公見差矣。今

〔一〕「勢」上原衍「寒」，據藏珠館刊本《唐傳演義》刪。

〔二〕「猶」，原作「不」，據藏珠館刊本《唐傳演義》改。

唐主寬仁大量，天下歸心，又有秦王用兵如神，雖世充、建德之強勇，尚被俘囚，何況總管兵微將寡，勢力孤弱，恐難與爭鋒。不若專意事唐，保守兗州，不失魯封圓朗封爲魯郡公，此亦人臣之極也，何他望耶？」圓朗曰：「大丈夫當自創立，豈可碌碌屈於人下！」即使徐文等圍之。彥師見圓朗志不肯服，欲回馬走，被衆軍一齊趕上捉了。圓朗乘勢攻陷任城，自稱魯王，部下人馬約數萬。與衆商議，欲推一人主謀。孫暉曰：「彥師智勇足備，大王可用之。」圓朗曰：「其人初拘於此，心志未定，豈肯服哉？」暉曰：「祇以兵刃挾之，彼畏懼，必降也。」圓朗依其計，先用厚禮待之，數日召入問曰：「君今被執，若肯委心歸降，富貴共之。不然，難免禍矣。」彥師曰：「吾天子使也，見執就刑，理之當然，禍患非所恤，今日此頸可斷，志不可奪也。」圓朗曰：「不順且由汝。即目爾弟守虞城，若作書使其來降，免汝之誅。」彥師被禁逼不過，乃爲書曰：「吾奉使無狀，爲賊所擒。爲臣不忠，誓之以死。汝善待老母，勿以吾爲念。」圓朗見書，乃笑曰：「盛將軍有壯節，不可殺也。」待之如舊。遣人報知於黑闥，黑闥大喜，復以圓朗爲大行臺元帥。由是，河南震動，鄆、陳、杞、伊、洛、曹、戴等州豪傑皆起兵應之。

聲息傳入長安。唐主集群臣商議曰：「徐圓朗，孤待之不薄，何乃通同劉黑闥侵朕河南？須發兵討之。」衆臣皆請先征蕭銑，平定楚地，乘勝兵剋服劉黑闥，圓朗不足慮矣。唐主從之，詔趙郡王孝恭、開府親軍李靖，統領巴、蜀[一]精兵十五萬，自夔州東征蕭銑。孝恭、李靖分調各處人馬，遣廬江王瑗一軍出襄陽，黔州刺史田世康一軍出辰州。次日，辭唐主出師，水陸並下，三軍望夷陵進發。但見旌旗蔽日，鎧甲凝霜，已近

〔一〕「蜀」，原爲墨丁，據世德堂刊本補。

了梁地。此時梁將周法明守泗州，丘安守夏口，見唐兵勢大，不敢迎敵，各閉門堅守。孝恭令王瑗圍泗州，田世康圍夏口，下令曰：「兵貴神速。」遂撤十二軍史載十二軍，未詳若干，星行電走，浩浩蕩蕩，前至安州界。城中守將雷長穎、荀安二人商議曰：「唐兵十數萬前來，勢不可當，不如守之。」荀安曰：「唐兵遠來，雖多何懼？前有魯山關，地勢險惡，使一軍當之，萬夫不能進也。足下須部兵二千守此，吾引衆以退唐軍。若不出戰，夏、泗二城休矣。」長穎持疑不定。荀安曰：「事不宜遲。倘唐兵至關下，此城決不保矣。」即令長穎守關隘，自引五千軍，殺奔魯山來。止曾五里程途，望見唐軍寨壁。荀安鼓噪而進，唐兵不戰便走。荀安乘勢驅衆追殺二十餘里，唐兵復合。荀安急回，關上已豎起降旗。荀安大驚，高罵：「忘義之賊！」衹見雷長穎在魯山關上大叫曰：「我已順了大唐，汝可隨吾投降。」荀安大怒，罵曰：「汝乃反賊也！吾豈效之哉？」關上矢石如雨，荀安翻身殺回。李靖自督兵大至，將荀安圍在中軍。荀安所領人馬，十停去九，死戰不得脱，身著數槍，坐下馬已倒，被唐兵所執。孝恭得了安州，山險地峻，糧草軍器極多，大喜，犒賞三軍。招集餘衆，唯荀安以不屈見殺。

却説蕭銑在江陵，聽知遊騎報唐兵已襲了安州，即今泗〔一〕州、夏口二處緊急。銑星夜差人傳檄各處救兵，遣大將文士弘出清江口拒敵唐兵。文士弘帶領副將周琦、鄭世昌、吳威、董晟等十數員，人馬五萬，前至清江口，多設艨艟戰船，分爲四隊統領，外用小船居遊騎往來，前後張錦幔，内置長槍硬弩，金鼓之聲，達於晝夜。孝恭在軍中聽此消息，與衆商議進兵。黄君漢曰：「賊據阻險立營，且又峽江方漲，戰艦乘水而

〔一〕「泗」，原作「明」，據藏珠館刊本《唐傳演義》改。

下，吾眾難以禦之。請待水勢潦落，方可進兵。」李靖曰：「兵機事以速爲神。今吾眾始集，銑不及知，若乘江漲掩其不備，是震霆不及塞耳，此必成擒，不可失也。」孝恭從之，乃帥戰艦二十餘艘東下。兵抵荊門，守將蘇胡兒守把不住，逃回江陵去了。唐兵遂拔荊門，連取宜都二鎮。進至夷陵，大軍引屯北江，守把官吏聽知唐軍到，疑是天降，乃飛報入江陵。蕭銑聽知唐兵已近城壕，見屯兵於北江。是時，銑重兵在外，宿衛軍纔數千人，倉卒徵兵未到，祇得點起民壯，同宿衛軍盡出拒戰。人報梁兵請戰，孝恭會諸將出兵。李靖曰：「不可。士弘乃蕭銑健將，其下皆勇士，今聞吾取荊門，彼悉鋭拒。此救敗之師，鋒芒正盛，不若且泊南岸，緩之一日，俟梁眾必分兵歸守，乘其懈戰之，蔑不勝矣。若急之則併力死戰，楚兵剽鋭，未易當也。」孝恭曰：「兵進此而不戰，是怯敵也。」遂不聽李靖之言，遣黃君漢部兵二萬迎之，自總中軍，李靖爲後應。黃君漢兩軍相遇，梁將張繡出馬。君漢更不打話，提槍直取張繡，張繡舞刀來迎。戰上數合，張繡敗走。孝恭驅兵掩擊，趕上十里。鑼聲響，一彪人馬湧出，乃梁將蘇胡兒，攔住唐兵。孝恭衝擊過來，梁兵四散逃走。黃君漢鼓動三軍，又趕了五里。忽報：「江口士弘人馬已攻北江寨壘，勢不可當。將軍速回兵救之！」孝恭大驚，即下令抽回黃君漢追兵。被張繡、蘇胡兒兩路軍抄回，唐兵大敗，死者不計其數。孝恭走上二三里，人困馬乏。及殺回北江，又逢士弘生力軍正在奪掠糧草。孝恭憤怒，崢力來戰士弘。兩下交鋒數十合，不分勝敗。士弘將周琦、鄭世昌等跳出戰艦，縱兵圍繞上來，船上箭如雨落。孝恭左衝右突，無路得出。正在危急間，李靖見梁眾散亂，爭取軍資，引本部精壯斬壁而出，喊聲大舉，殺入北江來。迎頭正遇周琦攔住，李靖一槍刺於馬下。且看下節如何分解？

第四七節　戴布幘蕭銑納降　設祭壇黑闥興兵

其時唐軍無不以一當十，士弘不能抵當，引眾渡水而走。孝恭內外夾攻，又遇江面狂風大作，戰艦將覆，梁兵已自驚慌。黃君漢率水軍從流頭截住，大殺一陣，梁兵墜水死者不可勝數。吳威、董晟各棄艦，渡小船逃竄，士弘伏劍立於船頭接戰，對岸李勣一箭矢來，士弘翻身墜落水中。鄭世昌知無走路，亦跳落水中而死。孝恭此回得其降眾數〔一〕萬餘，戰船四百艘，軍器糧草無算。李靖曰：「破竹之勢，不可失也。乘此勝兵，直下江陵，蕭銑已在目中矣。」孝恭然之，遂進兵，徑趣江陵，與諸將謀曰：「蕭銑閉守孤城，不足慮，倘外援迸集，何以禦之？」李靖曰：「請以奪得舟艦盡散流江中，可以阻外援之眾矣。」諸將皆曰：「士不惜命，破賊而得舟艦，當濟吾用，奈何棄之以資賊？」靖曰：「蕭銑所屬最廣，南出嶺表，東距洞庭。今吾懸軍深入，若攻城未下，救兵四集，吾前後受敵，進退不得，雖有舟楫，何所用之？今棄舟艦，使蔽江而下，救兵見之，必謂江陵已破，未敢輕進，往來體視動靜。不旬月間，吾取之必矣。」諸將皆伏其論。孝恭即將所獲戰艦，散流江中，果是救兵見之，遲疑不進。孝恭因率三軍，急圍江陵。蕭銑慌聚文武商議，張繡曰：「外援一時不到，大王祇得再遣將背城一戰，以待救兵。」蕭銑依其議，遣楚王鄭文秀、大將楊君茂統領甲士三萬，迎敵唐

〔一〕「數」，原爲墨丁，據世德堂刊本補。

軍。楊、鄭即日領兵來與孝恭決戰。李靖曰：「梁兵若來，當出奇兵勝之。」孝恭使黃君漢、祖廷獻兩兵伏於後，李靖進兵與梁兵交戰。兩軍相遇，楊君茂挺槍躍馬，直奔李靖。李靖未及接戰，勒馬便走。梁兵一湧趕來，兩下伏兵齊起，楊君茂大驚，奔回本陣。黃君漢趕上，一刀斬落馬下。鄭文秀引敗衆繞城而走。壕塹邊一將躍出，乃孝恭也，大叫：「賊將速降，免受快刀！」文秀見勢不支，遂下馬拜伏道旁乞降。孝恭盡收其衆，得甲士二萬人。乃下令進兵，薄城而營，布長圍守之。

梁王見兵馬戰盡，內外阻絶，問計於衆臣。張繡曰：「事急矣！不如奔上党，投劉黑闥，復整兵來恢復江陵未遲。」蕭銑沉吟不決。中書侍郎岑文本曰：「自古以來，無倚他國以稱王者。愚料唐軍征梁，不久必併黑闥。今大王勢敗國亡，投於黑闥，固已辱矣。久後黑闥復被所逐，大王再稱臣於唐，是兩番之辱也。今日之計，不若降唐爲上。」蕭銑聞文本之言，謂群臣曰：「天不祚梁，不可復支矣。必待力屈而降，則百姓蒙患。奈何以我之故，陷百姓於塗炭？值今城未拔，先出降，可免亂，諸人勿憂無君也。」乃令守埤者於城頂豎起降旗，軍民聞者皆慟哭。次日，蕭銑以太牢（祭祀牲名）告於廟，帥官屬著緦縗，戴布幘，開城詣孝恭軍門謝曰：「當死者，唯蕭銑耳。江陵軍民，久遭兵革，肝腦塗地，誠可憫之。願將軍入城，禁勿暴掠，生靈之幸也。」孝恭大喜，即部大軍入城。不移時，諸將皆先爭走，欲掠金帛財物，取庫藏積聚。文本説孝恭曰：「江南之民，遭隋虐政，重以戰爭不息，引領以望真主。是以蕭氏君臣決計歸命，庶幾有所息肩。今若縱兵俘掠，士民失望，恐自此以南無復向化之心矣。」孝恭曰：「公不言，幾失此機也。」即下令禁止三軍，不得侵掠。諸將又言梁之將帥，有拒戰而死者，請籍没其家以賞將士。李靖曰：「王者之師，弔人而伐有罪。彼其爲主鬥死，乃忠臣也，豈可同於叛逆之科乎？今若降而籍其家，恐自荊門而南，聞者皆堅城據屯，必致死守，非計之善也。」孝恭拔劍在手曰：「敢有違吾令而妄殺一人者，夷其三族！強取民間一物者，定按軍法！」於是城中安堵，秋毫無犯。忽上流旌旗蔽日，殺氣衝天，直趣江陵而來。孝恭大驚，移時人報蕭銑救兵至，且十餘萬，聞銑已降，各按甲送款。軍中始安。由是南方州縣聞之，皆望風歸附。周法明、丘安知江陵已失，亦舉城降。孝恭既平定江南，下令班師，將一應府庫錢糧及民籍户口，俱載歸京師。蕭銑護送至長安，朝見高祖。稱臣畢，高祖責之曰：「君以何功，得僭稱王號，有阻寡人聲教？」銑曰：「隋失其鹿，英雄競逐。銑無天命，故爲陛下所擒，猶田横南面，豈負漢哉出銑本傳？」高祖怒其不屈，下詔斬於都市。後人有詩斷曰：

隋綱已墜虎爭時，高祖關中建義旗。
每惜君臣徒草創，偏憐兵革苦瘡痍。
投降軹道甘心辱，梟首長安噬臍遲。
霸業荒涼城郭異，夕陽殘角起高陴。

范氏曰：蕭銑故梁子孫，因隋之亂，保據荆、楚，欲復先業，非唐之叛臣也。唐師伐之，銑又以百姓之故，不忍固守而降。然則唐初割據之主，銑最無罪。高祖誅之，淫刑甚矣！

按，蕭銑，後梁宣帝曾孫也。祖巖開皇初叛隋降陳。陳亡，文帝誅之。銑少貧，傭書事母，有孝聞。煬帝以外戚封爲羅川令。大業十三年，岳州校尉董景珍、雷世猛等九人謀叛隋，推銑爲主。銑因據江陵而都，自稱梁王，僭國至滅，凡五年。死年三十九歲。

唐主既斬蕭銑，遣人將首級傳示各處。初，銑遣大將劉洎攻襲嶺表，得五十餘城，尚未還國。聽得銑敗已死，以所得城來降。有桂州總管李襲，亦帥部下投降〔一〕。凡得九十六州，户口六十餘萬，嶺表悉平。加封孝恭爲荊州總管，李靖爲上柱國，其餘將校，各依次封賞。特議發兵征劉黑闥。衆臣奏曰：「將士初回，傷痕未滿，陛下且待秋高馬肥，議征進未遲。」李靖曰：「臣有一計，使黑闥自致麾下，不勞張弓隻箭也。」高祖曰：「計將安出？」靖〔二〕曰：「黑闥一勇之夫，所恃者部下驍鋭也。陛下遣使召之，各封以高爵，其衆若離，則黑闥必成擒矣。」唐主〔三〕依其計，即遣使來召范願。范願與衆人王伏寶、董康買、曹湛、高雅賢等議曰：「王世充舉洛陽而降，驍將楊公卿、單雄信之徒皆夷滅之。今召吾等，若西入關中，必無全理。且夏主曾有德於唐，昔擒淮安王同安公主，皆厚遣還之，今唐得夏主，即見加害。我等尚存餘生，不能與主復讎，無以見天下義士也。」於是斬其使，與黑闥商議起兵。是時建德之衆稍歸，兵勢〔四〕浸盛。黑闥乃設壇漳南祭建德，告以舉兵意，自稱大將軍，進攻歷亭。歷亭守將王行敏，引兵出戰，遥望黑闥人馬浩浩蕩蕩而來。兩陣對圓，行敏出門旗下，責黑闥曰：「天下群雄懾服，公何獨叛耶？」黑闥曰：「夏主無罪見殺，吾等願爲之報讎也。」行敏大怒，拍馬舞刀，直殺過來。黑闥舉槍來迎。二人戰上二十合，不分勝負。范願揮動本部，衝入唐陣。行敏衆寡不敵，恐後軍有失，撥回馬而走。黑闥乘勢掩擊，行敏走入寨壘，閉營而守。三軍正解甲傳飧，略不設

〔一〕「投降」，原漫漶不清，此據世德堂刊本。
〔二〕「靖」，原爲墨丁，據世德堂刊本補。
〔三〕「主」，原爲墨丁，據世德堂刊本補。
〔四〕「兵勢」，原漫漶不清，此據世德堂刊本。

備。忽黑闥人馬掩至，喊聲大振，矢如飛猬。唐兵慌亂逃竄，射死者不計其數。行敏跑馬來奔城下，坐下馬倒，被賊眾一齊捉住。黑闥攻入歷亭，綁縛行敏來見，立而不跪。黑闥曰：「君若委心歸降，不失封侯之位。」行敏怒曰：「吾乃大唐臣子，不能爲主守封土，寧降賊乎！」范願曰：「留之無益。不如殺之。」黑闥下令推出斬訖。行敏臨刑，西向跪曰：「臣之忠，唯陛下知之！」言罷，引頸受刑。宋賢有詩贊云：

氣節重爭日月光，臨刑慷慨〔一〕豈〔二〕歸降。
鐵心一片編難盡，名在人間草木香。

〔一〕「慨」，原漫漶不清，此據世德堂刊本。
〔二〕「豈」，原漫漶不清，此據世德堂刊本。

第四八節　李世民洺水交兵　羅士信相州死節

卻説黑闥既取歷亭，進寇定州。定州總管李玄通聽的〔一〕，堅閉〔二〕不〔三〕出。黑闥人馬至城下，見城郭完固，壕塹險深，急攻打不下〔四〕。范願獻計〔五〕曰：「玄通堅守不出，意在候關中救兵來。將軍且退圍，如此如此〔六〕，唾〔七〕手可得。」黑闥曰：「此計大妙！」即下令拔寨盡退。城中報知黑闥兵〔八〕馬退去，玄通曰：「此必有謀。」分付軍民祗顧持防，止開東門與人打柴取水。過數日，人報黑闥又到。玄通自登城守護，見黑闥耀

〔一〕「的」，原漫漶不清，此據世德堂刊本。
〔二〕「堅壁」，原漫漶不清，此據世德堂刊本。
〔三〕「不」，原漫漶不清，此據世德堂刊本。
〔四〕「不下」，原漫漶不清，此據世德堂刊本。
〔五〕「范願獻計」，原漫漶不清，此據世德堂刊本
〔六〕「如此」，原漫漶不清，此據世德堂刊本
〔七〕「唾」，原漫漶不清，此據世德堂刊本。
〔八〕「兵」，原作「日」，據世德堂刊本改。

武揚威，舉鞭言曰：「汝唐主濫霸關中，殺吾故主。今人馬到此，汝當束手歸降。乃敢閉城攔阻！若打入城，玉石俱焚！」玄通曰：「我乃天子封臣，豈降叛賊耶！」言未畢，一將從城壕邊湧出，將玄通一把捉住，殺散餘軍，乃驍將范願也。即劈開城門，黑闥人馬衝進，奪了定州。范願綁縛玄通來請功。黑闥愛其才，欲用爲將。玄通曰：「吾當守節以報唐主，此膝不可屈也。」黑闥令人監之，每遣其故吏王雄送飲食與之，使以言勸諭來降。王雄見玄通，從容説曰：「大丈夫建功立業以成美名，乃爲豪傑。豈可甘受其死，而寂然無聞於世耶？不如歸降，得顯足下之才，猶勝於死矣。」玄通曰：「城破被擒，有死而已。豈有歸降之理！諸君見哀於吾，與吾一醉。」監者以大觴酒〔一〕飲。玄通飲醉謂曰：「吾能舞劍。願借吾刀，以助諸君一笑。」守者取刀與之。玄通拔劍在手，口占短歌一律，且唱且舞。其歌曰：

泉流不歸山，雨落不上天。
一身爲國許，膝肯屈人前？
幼學萬夫敵，樊籠志未平。
酣歌舞長劍，事主不盡年。
恩德〔二〕厚何補，綱常義要全。
紅光已滿面，踴躍付茫然！

〔一〕「酒」，原爲墨丁，據世德堂刊本補。
〔二〕「德」，原脱，據世德堂刊本補。

玄通歌舞畢，仰天太息曰：「大丈夫受國厚恩，鎮撫方面，不能保全所守，有何面目視息世間哉！」引刀自刺而死。有詩贊曰：

轟轟烈烈氣吞牛，念念忠貞孰克儔！
視死如歸驚賊膽，名同天地兩悠悠。

次日，人報知黑闥。黑闥見其忠義慷慨，甚憐之，令收其屍而葬。時有饒陽賊崔元遜攻陷深州，殺刺史裴晞應之。自是黑闥威聲大震，南結徐圓朗，北連高開道，衆至數十萬。襲破相州，號漢東王，建元天造，以王琮爲中書令，劉斌爲中書侍郎，范願爲左僕射，董康買爲〔一〕兵部尚書，高雅賢爲左領軍，王小胡爲右領軍，召建德僚屬，悉復用之，建都於洺州，遣使賫金寶結好突厥頡利。不半年，盡復建德舊境。唐將軍秦武通、程名振等，皆自河北逃歸長安。高祖聞知黑闥爲寇深入，急聚文武商議。侍御史孫伏伽奏曰：「黑闥劇賊也，今以建德爲名，鼠黨爭附之。若不急發兵剿除，久則延蔓他郡，爲患不淺。必秦王可當此任。」高祖〔二〕從其議，詔秦王發兵征進。齊王元吉奏曰：「秦王平定江陵始回，當與之保養。臣在陛下處，未建寸箭之功，今日願領兵征討黑闥，庶報朝廷萬分之一也。」秦王復奏曰：「世民雖初回，未嘗一日敢忘軍旅。今戎馬不息，非臣子安逸之時，正當出力，安靖漳南。」二人在殿前各要爭行。高祖曰：「卿二人一同征討，軍中亦好籌事。平伏了黑闥，回朝自有陞賞。」秦、齊二王辭唐主，分撥三軍，剋日離了京師，前望相州進發。時有程名振、

〔一〕「爲」，原脫，據藏珠館刊本《唐傳演義》補。
〔二〕「祖」，原脫，據世德堂刊本補。

王君廓、羅士信、李世勣、殷開山、段志賢等戰將二十員，精兵十二萬，進至肥鄉縣名，列營於東山。

卻說劉黑闥細作飛報入漳南，黑闥聞知世民部兵來到，與衆人商議。董康買曰：「先發者制人。今唐兵遠來，利在急戰。大王親出兵擊之，無不勝矣。」黑闥下令整點人馬，次日於獲加縣名東岸列開陣勢搦戰。世民與元吉作前後隊而出。世民跨〔一〕馬立於門旗下，左有王君廓，右有程名振。世民指黑闥曰：「大唐天下，誰不稱臣。何君獨阻聲教，乃爲滅亡之謀哉！」黑闥曰：「吾主建德，未嘗無恩於唐，今見身亡國破，我等特來復讎也。」秦王曰：「爾有逆天之罪，自己且不能保，尚望與主報讎！」言罷，問諸將：「誰出馬擒此逆賊？」王君廓應聲而出，挺槍躍馬，直取黑闥。黑闥背後轉出一員驍將，乃范願也，舞刀搶出陣前交戰。二人鬥上二十餘合，不分勝負。正戰間，忽流星馬報寨後火起，不知何處軍馬。黑闥大驚，催回人馬。世民見黑闥陣動，驅三軍掩殺。范願、王小胡殺回本寨，金鼓連天，一彪軍馬從寨後襲出，乃幽州總管李藝也。聽的世民發兵征黑闥，故引本部人馬來會，正好遇著交鋒，爇於賊寨放起火，煙焰衝天。世民軍馬兩下夾攻，漢兵大敗，殺死者無數。范願、王小胡等不敢戀戰，與黑闥殺奔洺水而走。世民與李藝合兵一處，遂取了相州，著王君廓守之，自率兵征進，設營於洺水上，以逼賊寨。

卻説劉黑闥敗歸洺水，與衆將議曰：「今唐軍復取相州，芒鋒正盛。爾等有何計退之？」范願曰：「相州城郭完固，若今被唐軍所有，急難取勝。大王可將人馬分作三處，一軍拒住秦王，二軍急攻相州，令世民首尾不能救應，雖有神機妙策，亦不能展施矣。」黑闥依其議，乃遣范願、王伏寶、張童、劉悦引兵前攻相州，

〔一〕「跨」上原衍「立」，據世德堂刊本删。

自督餘衆，拒住秦王。范願、王伏寶四將，引人馬直抵相州，將城郭圍了。王君廓在城中衆寡不敵，祇是堅閉防守。漢兵一連困打十數日，城中糧草不繼，急發文書，請救於秦王。

秦王聞知君廓被困，與元吉議曰：「黑闥兵阻住洺水，餘賊困攻相州，若大衆齊赴救援，黑闥必襲其後，則吾軍兩受弊也。爾引一半人馬屯此以防追兵，吾自引衆救相州之圍。」元吉領諾。世民留李藝副之，即引羅士信、程名振等六萬人馬，前赴相州。人報漢兵勢大，唐兵進打不透，阻絕書信，難以通聞。世民曰：「君廓孤軍在内，恐不能守，誰肯潰圍而入，報知君廓？」行軍總管羅士信曰：「吾願入城見君廓。」世民曰：「祇恐透不得重圍。」士信曰：「視死如歸，何所不至！」秦王分付程名振率壯騎一萬，先殺一陣，助士信入城。自登西南高塚，以紅旗上書秦王世民四字，招君廓。次日平明，程名振跑馬舞刀，衝入漢陣中，士信引鐵騎乘勢衝入，漢兵四下散而復合，名振袍鎧中已著數矢。殺近城壕邊，城中聽的城下金鼓不絕，君廓登城，望見世民招旗，唐兵正在交鋒，即開南門，引數千敢死軍潰圍而出。當頭漢將張童阻住交鋒，君廓祇一合，斬於馬下，殺散餘騎。羅士信跑馬來到，君廓曰：「賊勢衆大，吾與君乘此殺出。」士信曰：「君速出見秦王，吾代守此城。」君廓曰：「孤城難支，不如一同回軍中，另作商議。」士信不從，乘勢殺入城中，堅閉不出。君廓殺奔東壁，祇剩得數騎而已。前遇程名振，合兵來見秦王。秦王〔一〕曰：「士信既入城，賊勢正盛，吾兵又不得入，何以保之？」即令君廓築營於南，以分漢兵之勢。程名振引軍視敵，乘間攻擊。秦王自督諸將救之。

卻說黑闥聞知世民自救相州，亦自引衆急馳至城下，與范願等合兵攻之。是時春三月，俄然彤雲佈野，

〔一〕「秦王」原脱，據藏珠館刊本《唐傳演義》補。

雨霰交飛，平地雪深三尺，秦王救兵不得往。黑闥連攻八日，城南門崩陷，唐兵不戰自亂。士信死鬥，跑馬奔出城南。范願一騎趕來，士信馬前蹄已陷入雪坑中，被衆人一齊向前捉住，綁縛見黑闥。黑闥素聞其勇，欲用之，因謂曰：「君若降，決不負汝。」士信曰：「今日此膝若爲賊而屈，是我負唐天子也。」辭色俱厲。黑闥怒，令推出斬之，死年二十八歲。有詩贊曰：

披肝瀝膽戰間關，視彼降讎有汗顔。
生順死安成個是，高名千古重於山。

第四九節　黑闥戰敗投突厥　元璹持節使頡利

卻説秦王飛騎報〔一〕入黑闥復陷相州，執總管羅士信，不屈而死。秦王聽得，深慟惜之，乃下令軍中曰：「不誅此賊，無以見唐主也。」會集元吉人馬，著李藝列營於洺水之南，自以大隊屯洺水北岸，遣李世勣引遊兵逼其寨。程名振獻計曰：「黑闥之眾迸集，賴漳南糧草以應。我當截其要衝，使糧食不得運入。大王與李藝屯兵南地，爲相援之勢，休養士馬，堅壁勿戰。不出兩月間，黑闥糧盡眾疲，乃鼓兵而出。乘其弊戰之，此必勝之理也。」秦王曰：「公言正合我意。」即遣程名振引精兵一萬，前據夾灘邀擊，著李藝按甲休兵勿動。黑闥數引兵挑戰，世民堅壁不應。黑闥軍中闕糧，遣人往漳南催糧。賊將黃常押帶糧草，漏夜運送相州，前阻唐軍不得進，又恐違了日期，與騎將李濟議曰：「今糧草俱裝載到此，唐軍把住夾灘，何以得進？」濟曰：「不如將小舟載之，乘流而渡，吾等發人馬乘夜從陸路抄出，唐軍無奈我何矣。」黃常依其計，即將糧食裝作四十車，用十數舟載之，自分人馬，從隘口而去。細作報與名振知的，令三軍偃旗息鼓，每軍各執火炬一把，柴草二束，密藏在東岸蘆葦中。選會水性軍，以利刃縛在腰背上，分付如此如此，眾人各領計去了。自選精鋭軍士五十，頭裹赤幘，從陸路潛出。

〔一〕「報」，原作「辨」，據世德堂刊本改。

却說黄常帶領步騎，正行過隘口，將近三更時候，忽山隘後金鼓齊鳴，火光照天。黄常大驚，正不知何處軍馬，眾人已自慌亂。程名振軍人頭裹赤幘，一湧殺進。黄常夜裡不敢戀戰，復奔原路而走。將近舊寨，遥望東岸一派通紅，人報糧草盡被唐軍燒毁，舟船又鑿沉於水中，殺死李濟，眾人死者無數。黄常聽説，嘆曰：「吾中奸人計矣。」衹得殺奔東岸來救。程名振人馬已追在後，黄常見勢不支，匹馬走向鼓城去了。天色微明，唐軍救滅餘燼，尚有糧草數車，即搬回軍中。名振已得大勝，遣人報秦王。秦王大喜曰：「黑闥糧草既被焚毁，城中必困，吾今有算矣。」李世勣曰：「大王有何妙策破賊？願聞其詳。」世民曰：「兵機事豈可預知？」密書數字與世勣看，道如此如此。世勣曰：「殿下真神算也。」世民將三軍各分撥停當，著世勣出戰，眾人各依計而去。

却説黑闥城中果是乏糧，連遣人催趲不到，與眾將商議。范願曰：「四面皆敵人，糧如何得入？不如決戰，殺退唐軍，以就其食。」黑闥從之，令范願、高雅賢引馬步軍一萬，出城迎敵。兩陣對圓，李世勣出馬，與范願更不打話，戰上四五合，世勣敗走。范願、高雅賢二支人馬一發趕入陣去。黑闥城上觀望，見唐軍寡弱，即披甲上馬，引步騎二萬出城，乘勢衝突。世民見漢兵迸集，自率精騎出陣，正迎黑闥。二馬相交，戰上數十合，世民勒馬跑回本陣。黑闥驟騎追襲，不持防一矢飛來，射中黑闥馬膛，掀於地下。王小胡一騎走出救了。世民回馬復戰，四下喊聲大振，金鼓不絕。南營李藝率敢死軍斬壁而出，衝入黑闥軍中，所到莫敢〔一〕遮攔。自午至昏，黑闥勢不能支，遂先遁走。范願、高雅賢等不知，猶各死戰追襲，將近洺水邊，紅日

〔一〕「敢」，原作「到」，據世德堂刊本改。

將沉，祇見兩邊無數唐兵，吶一聲喊，決開堰塞，霎時間洺水上流水勢洶湧而來，波翻浪逐，疾如箭發。大水一至，如何阻當？將漢兵淹没水中者大半。范願等驚慌，殺回南岸，李世勣從旁抄出，賊衆大亂。范願刺斜奪圍而走，世勣鼓勇追殺。高雅賢在後勒馬復戰，被世勣一刀斬落南岸，降其餘衆。此時范願走出，與黑闥敗兵相合。范願曰：「唐軍已奪了相州，四下追襲不止。大王可速走突厥，以圖後計。」黑闥從之，與范願等殺開血路，漏夜走奔突厥去了。世民亦收軍入城，安撫百姓。諸將奪得軍器輜重者，各依次而賞。令人尋羅士信屍骸葬之。山東悉平。

卻說黑闥聚敗殘人馬，與范願、王伏寶等徑奔突厥，來見頡利可汗，曰：「臣故主建德，無大故，被唐主所滅，因領山東之衆，欲爲報讎。奈兵微將寡，殺敗至此。望君長憐之，借吾軍馬，復取故主舊境，進貢北國，臣之志也。」頡利曰：「爾且退。我與文武議之。」黑闥退居館驛。可汗問左右曰：「黑闥特來借兵，可許否？」左丞阿里顔奏曰：「我國嘗欲與唐定歲貢之禮，彼恃中原人馬雄壯，不以我王爲意。今黑闥既相投，正好用爲嚮導，發兵取其邊郡。唐主自要遣人講和也，有何不可？」頡利可汗從之。次日，遣大將黄天奴、副將阿赤環，部領精兵十五萬，加封黑闥爲征南大元帥，一同出取中原。黑闥即辭了突厥王，總領胡兵入雁門，寇并州。二處告急，報入長安。高祖集衆臣議曰：「秦、齊二王近日平服山東，今黑闥結連外國，引兵入寇邊郡，爾衆臣有何高論？」諫議大夫蘇世長奏曰：「黑闥驍賊也，輔之以范願等，實爲勁敵。今投突厥借兵，頡利可汗非專意欲助之哉！其來本欲與我主講結盟好，不如議和，免將士冒於鋒鏑，亦良策也。」唐主曰：「和與戰二者孰利？」鴻臚卿鄭元璹曰：「戰則禍深，不如和利。」封德彝曰：「突厥恃犬羊之衆，有輕中國之意。若不戰而即與和，則示之以弱。今日雖退回人馬，明年將復來矣。臣愚以爲，戰之既勝，然後與和，使恩威兼著，夷狄自當束手也。」唐主從之，下令太子建成同秦王領兵禦之。是時秦王尚未班師，既得詔，與衆商議間，忽報太子建成人馬已到。秦王即出相州，迎接入城。到中軍坐定，建成訴王命出軍意，秦王曰：「黑闥敗窮之賊，今借得突厥人馬侵并州，欲決死戰。頡利可汗意在圖我金帛，亦必爲之力鬥。今差使人逕往襄邑、汾州，二處出兵截其來路，乘機殺掠，胡寇自不敢南下。吾與太子休兵固守，以逸待勞，看黑闥如何施展也？」建成曰：「所議甚善。衹恐頡利深入，吾等難免稽延之罪。」世民曰：「突厥此來，非其本心，實欲利吾講和也。太子但放心無憂。」建成從其議，遂按甲不出。果是未旬月間，襄邑守將王神符、汾州刺史蕭顗各出奇兵，乘間攻擊，連破突厥人馬，斬首五千餘級，掠得牛駝馬匹不計其數。捷音報入長安，唐主復與衆臣商議。鄭元璹奏曰：「如今議講和，使我王兩得其利，一者孤黑闥之勢，二者堅盟誓之好，在此一舉矣。」高祖乃遣元璹持節往突厥議和。

元璹辭了唐主，逕至突厥，來見頡利可汗，議所以講和意。頡利可汗曰：「我與中國自結好以來，信使往返不絕。何爾主輕視外國，不以我爲意？豈謂夷狄無堅甲利兵哉！」元璹當廷折之曰：「我主建都長安，通好四夷。但有歲貢禮物，依時頒賜。諸侯悅服者，無不來廷。何獨爾國弗思恩澤，妄生邊釁，侵擾并州？今主上特遣一旅之師，連破虜騎，首尾莫救。捷音報入關中，吾主猶思兵革危亡之事，不忍死及無辜，特遣小臣奉使，欲講和好。誰知尚不以我主爲德，反同讎者論耶？」頡利聞元璹之言，頗有慚色，其臣屬各面面相覷。元璹因說之曰：「唐與突厥風俗不同，突厥雖得唐地，不能居也。今虜掠所得，皆入國人，於可汗何有？不如召還人馬，復修盟好，坐受金帛，豈不勝如棄昆弟積年之歡，結子孫無窮之怨乎？」頡利大悅曰：「聞君之言，誠有利也。我即當抽還軍馬。」重贈元璹而回。元璹將頡利講和文書帶歸長安，見高祖奏知。高祖甚悅，加賜元璹金寶。元璹辭曰：「臣自義寧以來，五使突厥，幾死者數次，托賴天朝，威加外國，留得微軀復見陛下，幸矣！賞賜非所願。」高祖賜書曰：「知公口伐，可汗遵約，遂使烽火頓息。朕何惜金寶賜於公哉。」

竟令受之。忽邊廷報入：頡利人馬已退本國去，黑闥結連河北，州縣皆附之，即目攻打并州甚緊，宜速起兵救應。高祖與眾臣曰：「秦王世民守相州而禦突厥，今頡利已退，須召之剿除黑闥。」封德彝奏曰：「秦王與太子兵屯相州，所係亦重，不宜再遣。陛下可召齊王討之，并州之圍必解矣。」高祖從之，即召齊王啟行。元吉得命，部領精兵七萬，淮陽王李道玄爲先鋒，副將史萬寶爲合後，自總中軍人馬，浩浩蕩蕩，望并州進發。前至雁門關屯紮，不在話下。

第五十節　田留安義守魏州　劉黑闥囚詣昌樂

卻説劉黑闥人馬復振，聽得齊王前來救并州，與衆將議曰：「今唐軍遠來，利在急戰，先挫他一陣，并州唾手可取。」衆皆然之。黑闥將人馬分作兩隊，一隊攻城，自引大隊來戰唐軍。飛騎報入元吉軍中，史萬寶曰：「賊衆烏合，欲激一時之戰。大王且堅其寨壁，勿與交鋒。不消數日，其志必懈，破之易矣。」道玄叱之曰：「我軍遠來，欲救并州之圍，今賊馬臨城而不出戰，是怯也。願借五千軍，以斬黑闥之首於麾下！」元吉從之，令道玄點馬步軍五千，出營迎敵。兩陣對圓，道玄出馬，正遇黑闥，手執長槍，立門旗之下。道玄更不打話，舞刀拍馬，直取黑闥。二將戰上二十合，黑闥敗走。道玄引五千壯騎，一齊趕近城壕邊，被范願從旁殺出，將道玄圍於垓心，左衝右突不能出。中軍喊聲大振，賊衆散而復合，唐兵慌亂，各自逃竄。道玄見從騎不滿數百，後軍又不相繼，挺身復殺出。賊將王伏寶大叫曰：「唐將尚不投降，更走何處！」道玄怒激，勒馬來戰伏寶。不提防范願一矢射來，早中坐下馬，道玄掀落地下，被伏寶一刀斬之。唐兵大敗，死者不計其數。前軍報知元吉，元吉大驚，即遣史萬寶救之。萬寶因與道玄不協，擁兵不進，致有道玄戰没之禍，死年一十九歲。黑闥乘勝兵攻入中軍，元吉見勢失利，與萬寶奔走昌樂。范願等驅兵追襲，萬寶在後死戰，元吉且得走脱。將近相州地界，哨馬先報知秦王世民。世民聞元吉殺敗，道玄戰没，深痛惜曰：「道玄嘗從吾征伐，見吾深入賊陣，心慕效之，今日果因貪敵而喪身也。」言罷，流淚滿面。諸將皆勸曰：「死生有命，大王何必重悲。」世民曰：「即日起兵征黑闥，爲吾弟雪讎！」於是殷開山、段志賢、程名振、李世勣等大小三軍起行。

卻説劉黑闥攻并州，總管周法明戰敗，與部下乘勝寇魏州。魏州總管田留安堅守不出。黑闥遣先鋒孟柱攻東門，甚是緊急。留安在城中與副將江英商議曰：「賊衆勢大，困圍東門不止。今若乘其怠倦殺出，彼必自亂。」江英曰：「總管先出，吾引兵合後，首尾攻之，賊可破也。」留安即披掛上馬，近一更初，帶領一千步騎悄悄開城而出。時刁斗無聲，賊營中不知持備，被留安斬寨而入，喊聲大振，賊衆驚慌不迭。孟柱綽槍上馬，又是黑夜裡，殺得出來，正遇留安。交馬衹一合，捉歸本陣。江英隨後繼出，火光照天，衝突左營。黑闥不知虚實，各四散奔走。留安大殺一陣，奪得糧草無數。入城，天色已明，留安將過孟柱，斬於城下，所得牛馬，俱給賞軍士。江英曰：「黑闥人馬驍雄，昨夜彼不知虚實，被吾殺他一陣，倘今日復迸而來，何以退之？」留安曰：「吾與爾曹爲國禦賊，固宜同心協力，堅守城池，不久秦王軍馬來到，何懼鼠賊哉！」英曰：「總管言固是，吏民多有相猜欲降賊者。」留安乃揚謂曰：「爾衆人必欲棄順從逆，但斬吾首去！我不忍此膝屈於賊也。」軍中聞之，相戒曰：「田公推至誠以待人，當共竭死力報之。」忽報秦王大隊人馬已到，黑闥分衆拒之，城中無憂矣。留安曰：「太子建成屯昌樂，彼知秦王軍到，必先出破敵。昌樂與魏州止曾一日程途，豈宜坐視？」遣江英引軍五千會之。英即領軍去訖。

卻説建成聽得秦王兵出相州，恐奪其功，欲先發。魏徵曰：「太子前者破黑闥，擒其將帥，皆處死罪，故齊王之來，雖有詔赦其黨與之罪，皆莫之信。今宜悉赦其餘黨，遣人慰勞之，則可坐視其離散矣。」建成從之，密遣人將詔赦至黑闥軍中宣示，又重以金寶，結其心腹將士。果是半旬間，黑闥食盡，又聽得秦王軍至，部下親將皆散去，衆人來降者無算，建成各厚遣之。大將劉弘基曰：「黑闥人馬錯亂。太子急令大勢人馬逐之，賊敵必成擒矣。」建成依其言，即下令大小三軍掩殺追趕。黑闥奔走，不得休息，行至饒陽縣名，從者纔百餘人。連日未得食，餒甚，立馬於城下叫曰：「黑闥人馬至此，城中急開門！」人報知刺史諸葛德威。德威聽知〔一〕，即開城出迎，令軍吏送飲食至。黑闥食未畢，衹見前面旗幟齊整，一彪人馬來到，乃魏州副將江英也。黑闥大驚，欲勒馬復戰，餘衆皆困乏，衹得繞城逃走。江英不捨，勒騎追襲。黑闥慌亂走不及，被江英一槍刺落馬下，衆軍一齊近前捉了。不移時，劉弘基大隊人馬來到，與江英合兵一處，監囚黑闥，詣昌樂見太子建成。建成聞知捉了黑闥，不勝之喜，遣人報與秦王。秦王護送至洺州處斬。黑闥臨刑嘆曰：「我幸在家辟〔二〕萊爲農，不致及禍，爲高雅賢輩所誤至此！」死年四十有九。秦王既斬了黑闥，令將首級號令，設祭李道玄，與衆將議班師。程名振曰：「黑闥附党徐圓朗未滅，不如剿除之，班師未遲。」秦王從之。下令三軍望兗州進發。

卻說圓朗聞知黑闥被執，斬於洺州，秦王大勢人馬來到，甚懼。河間人劉復禮說圓朗曰：「彭城有劉世徹，才略不常，有異相，士大夫許其必王。將軍欲自拒唐軍，恐敗，不如迎世徹立之，功無不濟。」圓朗從其議，乃遣人迎之。盛彥師聽得，恐世徹聯叛，其禍不解，乃入見圓朗曰：「聞公欲迎世徹而立之，信有乎？若果然，公亡無日矣。」圓朗曰：「何以言之？」彥師曰：「獨不見翟讓用李密哉？」圓朗信其說，遂止不迎。人報秦王大軍將近城矣，大將孫暉曰：「唐軍深入，吾以精騎破之。」圓朗即與步騎五千迎敵。孫暉綽槍上馬，引步騎出郭。兩陣對圓，李世勣跑馬當先，大罵：「殺不盡賊奴！好著圓朗納降，免汝之誅！」孫暉曰：「爾

〔一〕「知」，原爲墨丁，據世德堂刊本補。
〔二〕「辟」，原爲墨丁，據世德堂刊本補。

唐主自立關中，尚亦不足，汝今來特送死耳。」世勣大怒，挺槍直刺孫暉。孫暉舉槍來迎。二人戰上三四合，孫暉力怯，望本陣便走。世勣驅兵掩殺，賊兵大亂，死者無數。孫暉正殺回中路，一彪人馬，金鼓齊鳴，乃淮安王李神通也，馬上大叫：「賊將慢走！」孫暉驚慌，措手不及，被神通一刀斬於馬下，降其餘衆。世勣軍馬合爲一處，併力圍打兖州。圓朗堅閉城門不敢出。唐軍一連困了十日，城中乏食，降者爭踰城而出。彦師乘夜劈開南門，唐兵湧入城中，喊聲振天。圓朗知的唐軍入城，與數騎漏夜出西門逃走，後爲野人所殺。次日，迎接秦王入城，安撫吏民，進府坐定。彦師拜伏階下曰：「臣有辱君命，所不死者，欲爲我主圖後計也。」世民降階扶起曰：「君之忠義，吾足知矣。見唐主自有公論。」彦師拜謝。

秦王平定河南、山東等處，下令班師，回長安朝見高祖，奏上各人之功。高祖皆依次陞賞，唯盛彦師有靖寇之功，加封兖州總管。詔太子建成、齊王元吉各抽回人馬，不在話下。秦王復奏曰：「陛下威聲所及，群雄實服，唯淮南輔公祏奸情不測。陛下外用恩撫，内須嚴防，必以重爵榮之，使諸侯聞知陛下服降者厚。縱後公祏有不軌謀，自不見容於衆矣。」高祖從之，即封公祏爲行臺僕射。杜伏威奏曰：「公祏爲人反覆不常，陛下榮之以重爵，恐生外患，必須得人副制之可矣。」高祖曰：「卿言極當。」乃著王雄誕握兵副之，下詔密誡之曰：「君至京不失職，無容公祏爲變。」雄誕受命副公祏，凡兵機重事，盡出於己，公祏唯領文書而已，因恨雄誕，遂有奪其兵柄之意。心腹人左遊仙説之曰：「天下紛紛，得時者即霸王。公抱文武全材，何不因時而起，顧乃制於人下乎？」公祏曰：「我有此志久矣。奈無兵權，縱有撥天關本事，亦徒想也。」遊仙曰：「不誅王雄誕，此謀決不成也。」公祏曰：「若得成事，富貴與君共之。」遊仙曰：「此事容易。來日公可請雄誕在私第飲酒，話及中途，明告以叛唐意。雄誕若從則已，不然即殺之，奪其兵印，詐稱伏威有書來，令吾起兵，其事如反掌矣。」公祏喜曰：「公言正合吾意。」次日，即差人去請雄誕。且看下節分解。

第五一節　大亮招諭張善安　孝恭義斬輔公祏

卻説差人來請雄誕，雄誕不疑，即往赴席。公祏邀入後堂，分賓主坐定，行酒禮。飲至半酣，公祏謂雄誕曰：「吾與君等，豪傑不讓人下。值紛紛隋境，烽火不息，非有文武全材者出其間，何以撥亂而見太平耶？今李氏雖倡義而起，既入關中，其時隋君尚在，彼輒稱王僭號，屢興兵革，黎民荼毒者，無所控訴。今我與君欲替天行道，剗除禍亂，以安隋之餘民，公意如何？」雄誕聞公祏此言，知其欲起不軌謀，乃諭之曰：「君言雖是，其實時勢使然也。隋失其鹿，天下人逐之。自高祖入關而王，所向無敵，南誅王世充，東平竇建德，其餘瑣瑣蠆類，一時屏息。今天下方平定，吳王在京師杜伏威封吳王，奈何無故自求族滅乎？」公祏不答。雄誕佯醉而出。席罷，雄誕以疾臥床，不出視事。公祏復與衆人商議。遊仙曰：「事已敗露，若不早爲之，必被他人所制矣。」公祏即集心腹將徐紹宗、陳正通等，埋伏甲士，入臥房執雄誕，將殺之。雄誕大叫曰：「公祏將謀叛，衆軍何在？」府外有五百軍士，聽得殺入臥房。徐紹宗伏劍在手，立誅數人，埋伏甲士一齊搶出，擒雄誕殺之。公祏曰：「吳王遺書，令吾誅雄誕以安其衆。敢有不從者，視雄誕爲令！」衆軍士喪膽，皆服之。於是公祏稱帝於丹陽，國號宋，署百官。以左遊仙爲兵部尚書，徐紹宗爲左將軍，陳正通爲右將軍。遣使越州總管，增修器械，轉運糧食，又著徐紹宗侵海州，陳正通寇壽陽。聲息傳入長安，高祖聞知，聚文武議曰：「人度輔公祏有叛唐意，寡人尚未深信，今果然也。」李靖奏曰：「公祏部下皆庸夫，陛下無慮。臣願發兵討之。」高祖允奏，詔趙郡王孝恭爲元帥，同李靖起十二萬大軍，征討公祏。孝恭部領人馬，離京師前往丹陽進發。但見旌旗蔽日，殺氣凌空，三軍將近九江，孝恭下營，大饗將士。時李靖、李大亮、黃君漢、張鎮州、盧祖尚等皆稟節度使職，正在飲間，孝恭激烈，下令取江水而飲。左右遞進，其水忽變爲血。宴集諸將皆失色，以爲不祥之兆。孝恭顏容自若，徐謂曰：「禍福無基，唯所召耳。顧我不負於物，無重諸君憂。公祐禍惡貫盈，今仗威靈以問罪。杯中血，乃賊臣授首之祥乎！」一飲而盡。衆心皆安。

大軍前望丹陽不遠，卻說輔公祐遊騎報：「唐主遣孝恭部軍征進，大王作急定奪。」公祐與左遊仙議曰：「唐軍既至，何以敵之？」遊仙曰：「即目唐軍在境，芒鋒正利，且未可以出戰，衹宜深溝高壘，爲固守計，以觀時勢何如也。」大將馮慧亮叱之曰：「據公之見，我等死無葬身之地。今唐兵遠來，人馬疲乏，正好統兵截殺。倘延之以歲月，知吾虛實，外援阻絕，更有何計禦之？」公祐曰：「卿言是也。」即遣慧亮帥舟師一萬，出峽硤江北〔一〕路襲其後，陳正通引步騎一萬拒官軍，自與一派文官守城。哨馬報知孝恭，孝恭與衆將議之。李靖曰：「公祐自守孤城，不敢展足。若彼軍得勝，則乘勢相攻，若敗則老死城中矣。吾以水軍先斬其部將，公祐膽折，破之易也。」孝恭依其議，遣李靖引五萬水軍次舒州，李大亮引步騎出洪州，自以勁兵直趣丹陽。分撥已定，李靖等引兵去了。

卻說李大亮兵至洪州，與公祐將張善安隔水設陣。見善安立於門旗下，大亮遙與語，因諭之曰：「君何不審視時勢，顧乃蹈滅亡之事！今公祐得丹陽而不知守，拒孤城而不能敵。今君以一旅之師，而欲抗全勝之唐，不亦誤乎！」善安沉吟半晌，乃曰：「善安初無反心，爲將士所誤，欲降又恐不免。」大亮曰：「唐主寬仁大德，

〔一〕「北」，原爲墨丁，據藏珠館刊本《唐傳演義》補。

必無殺汝意也。張總管若有降心，則與我一家耳。」善安曰：「既如公言，我自歸降矣。」次日，大亮單騎入善安軍中，執手共語，猶如平生。善安曰：「我來日率衆指軍門〔一〕回禮。」大亮許諾，歸本營。次日，人報張總管引數十騎飛跑而來〔二〕。大〔三〕亮下令曰：「堅閉營壘，不許其入見。遣甲士數十人列於轅門，候善〔四〕安入，即執之。」衆人得令，各安排停當。善安至其營，尚未下馬，甲士一齊搶進捉住。善安高聲曰：「吾以誠心歸降，爾等捉我何意？」衆人曰：「將軍號令捉總管也，我輩安知？」不移時，善安營中聞知，各激烈攻來，欲奪主將。大亮遣人出營前諭之曰：「總管自言赤心歸國，欲放還營，恐將士或有異同，故留不去耳。爾輩何怒於我？」衆人聞之，遂散去。大亮執善安回見孝恭。孝恭大悦曰：「君無憂。歸長安必赦汝罪。」善安拜謝後來送至長安，赦其罪。及公祏敗，所得與往來書信，乃殺之。

李靖將進兵攻硤口。慧亮等見唐軍勢鋭，堅壁不戰，一連相拒十數日，靖軍中皆曰：「慧亮擁强兵，據水陸之險，攻之不能下，不如直指丹陽，掩其窠穴，慧亮安能爲哉？」靖曰：「今此諸柵尚不能拔，公祏保據石頭，兵亦不少，豈易取哉？若進攻丹陽，旬月不能下，慧亮等躡吾後，腹背受敵，此危道也。且慧亮、正通皆百戰餘賊，其心非不欲戰，正以公祏之計，使之持重，以老我軍耳。今攻其城以挑之，一舉可破也。」衆

〔一〕「軍門」，原漫漶不清，此據世德堂刊本。
〔二〕「來」，原漫漶不清，此據世德堂刊本。
〔三〕「大」，原漫漶不清，此據世德堂刊本。
〔四〕「善」，原漫漶不清，此據世德堂刊本。

皆然之。會孝恭差人催進兵，李靖曰：「須出奇兵勝之。」著黄君漢引兵五千，埋伏石頭城東北，聽有號炮起即殺出，君漢領計去了。又著盧祖尚率步騎五千，各帶葦柴乾燥之物，埋伏於硤江口，候慧亮登岸，即放起火來，祖尚亦引兵去訖。喚過李大亮，與之議曰：「慧亮等雖類驍賊，頗識兵機，來日公整兵挑戰，祇顧佯輸，誘敵人入吾計中，丹陽可取也。」大亮領諾。靖又遣人約孝恭進兵。

卻説慧亮自率水軍，連戰船而守，與陳正通東西列營。人報唐軍出硤石，要來交鋒，軍士在陣前百端辱罵，甚是無禮。賊將皆請出戰。慧亮曰：「此乃唐軍激我之怒，欲賺汝等出戰。必有奸計，從容待之。」又報唐軍各裸身赤體，罵聲猶穢。慧亮登戰船觀之，果是唐軍盡是老弱將士，於陣前辱罵。慧亮下了舟艦，逕率五千精鋭，殺上岸來。已砍倒數十軍人，唐兵散亂奔走。賊將久欲戰，乘勢殺入，迎頭正遇李大亮。慧亮更不打話，舞刀直劈將來。二人戰未數合，大亮跑馬便走。對岸陳正通見唐軍戰敗，引本部一直衝進。唐軍走過丹陽，慧亮等猶奮力攻擊。時初夏間停午，微風正發，李靖於高處觀望，見敵兵漫山塞野而進，已入伏中，即放號炮，如天崩地裂之勢，唐軍伏兵齊起。慧亮見唐軍四下迸集，箭如猬發，知中誘引之計，即催回人馬，奔走東岸。黄君漢一支人馬截出，與慧亮戰了數合。慧亮刺斜突出硤江，見江口煙焰張天，戰艦盡被燒著。祖尚一軍截殺，賊衆死於水中者不可勝計。慧亮殺近北岸，祖尚勒馬追襲，未及數步，一刀斬慧亮於馬下，降其餘衆。祖尚引得勝兵殺向丹陽，與孝恭大軍相合。城下金鼓之聲，達於遠近。賊將陳正通已被李大亮刺死。公祏在城中，聞其衆盡被〔一〕唐軍所殺，棄城而走。未五里，伏路軍人認得，捉回丹陽。是時唐軍大隊已

〔一〕「被」，原作「道」，據藏珠館刊本《唐傳演義》改。

入城，收公祏餘黨誅之，獨走了左遊仙。孝恭鳴金收軍，將士各上其功，降其眾數萬，奪得輜重無算。人報知公祏到，孝恭坐軍門，責之曰：「唐主有甚負爾處，謀殺雄誕而叛？今日捉到，尚有何辭？」公祏低首無語。孝恭令推出斬之，不移時軍士簇下，斬首回報。孝恭將首級以匣盛之，遣人傳送京師。

靜軒周先生有詩斷云：

越位貪心不久長，輔公亦自昧行藏。
於今梟首鋒芒下，山鳥無聲幾夕陽。

第五二節　元吉定計圖秦王　建成稱罪見高祖

卻説近臣奏知捷音，唐高祖將公祏首級掛於四門號令，下詔召回太子建成等班師。秦王先到，高祖著文武迎之入朝，賜賚甚厚。及齊王元吉至，唐主亦如待秦王之禮，各賜宴回。秦王甲士前呼後擁，文士戰將，齊齊整整，鼓吹送入府中。建成觀看，甚懷不平。居至自府中，悶悶不悦。中允王珪入見之曰：「太子平定山東，功績顯著，皇上悦而重賜，因何有憂色？」建成曰：「我心事，汝豈知之？」珪笑曰：「莫非以秦王勢大，太子不能固其位乎？」建成曰：「實不瞞君，昨因皇上賜宴而回，見秦王爪牙極壯，甚懷憂懼。倘皇上一有不諱，乘機而起，則唐之天下必其有矣。因是終日不食，形於慍色，蓋爲此也。」珪曰：「太子勿憂。洗馬魏徵極有見識，殿下召而問之，必有高論。」建成遣人召魏徵至，以秦王事告之。徵曰：「殿下特以長居東宮，非有功德爲人所稱。值今禍亂之時，無秦王，何以見太平耶？如今之計，殿下正宜修德於内，親賢於外，使四海歸心，黎民是賴，則天位自保耳。秦王其奈爾何？」建成沉吟半晌，乃曰：「以公之論，則吾以長得此位，竟爲强者所得，不如早讓之，以免後患。」徵曰：「臣之言本出誠心，欲使殿下歸有德之位。非敢以私意説王，而殘骨肉之親乎。」建成見徵言不合，拂袖而起。次日，王珪入見曰：「昨魏徵所言，非愛殿下者也。何不請齊王議之？」建成曰：「公不言，幾忘之矣。」即遣人請齊王來，有機密事議。不移時，齊王已到，入府中坐定，建成密以秦王事告之。元吉曰：「太子勿憂。秦王自恃功高，每有輕我之意，遇機會處，當爲兄手刃之，則彼衆自散，成得甚事來！」建成曰：「弟若爲，須掩衆人耳目。骨肉之親，不無嫌疑也。」元吉曰：「自當見機而作。」即辭建成而回，與心腹人裴善商議。善曰：「秦王無罪，且功勞顯赫，大王欲圖之，倘彼衆有内變，誰可禦之？此事不宜漏泄於外，恐畫虎不成，反類其狗者也。」元吉曰：「吾有一計，未知行得否？」善曰：「王有何計？」元吉曰：「吾來日以母后慶旦，請車駕至第，秦王必隨之而來。預先埋伏甲士於密室，候車駕先回，延秦王在坐，醉之以酒，擊盞爲號，令甲士殺之，足除其患矣。」善曰：「此計雖妙，秦王隨侍者亦多，若殺之，不免於筵前成戰場矣，王之禍能免[一]耶？可與太子議之。」元吉著人請建成來到，將謀秦王計告之，建成曰：「不可。弟既以慶誕爲辭，豈席中而有殺兄之理？須緩緩圖之。」元吉怒曰：「今日此事，爲兄計耳，於我何有！」建成告歸，元吉見所謀不就，私自招驍勇之士二千餘人，使護衛太子，又密使慶州都督楊文幹募壯士，欲圖秦王。

卻説高祖集文武商議曰：「朕始創仁智宮，將報皇祖考之德，卿等以爲誰可奉此宮事？」諫議大夫蘇世長奏曰：「太子建成慈仁慎密，可居之。」高祖大悦，即下詔，著太子出守仁智宮。詔下數日，高祖親率文武幸仁智宮，群臣各侍從隨行，齊王元吉[二]、秦王世民亦在行列。建成已先知得高祖親幸其宮，準備迎接，密遣人告元吉曰：「秦王深得内外心，若不因便宜圖之，吾等危亡無日矣。」元吉聞此消息，即與郎將朱煥議曰：「日前囑君之事，在此一舉。若事成，自有重用。」朱煥曰：「受君之命，敢有違錯！王無憂，誅秦王，吾之任也。」元吉即以兵甲付之，使其先入宮中，候有動静，即爲内應。朱煥領命去了。元吉又慮秦王侍從者多，

〔一〕「免」，原作「保」，據藏珠館刊本《唐傳演義》改。
〔二〕「吉」，原爲墨丁，據世德堂刊本補。

先著校尉橋公山部甲士於宮門外攔截，不許混入。此時齊王分撥已定，遣人通知建成。次日，車駕已到宮中，公山等懼有變亦不免禍，逕入秦王府中報知。世民聽得大驚曰：「我得何罪，太子欲害於吾？」即入宮訴知建成欲謀害事，正遇寧州人杜鳳亦言此事。高祖大怒曰：「骨肉如此，何以正外侮哉！」即遣校尉張田收建成問罪。衆臣皆奏曰：「陛下以太子居仁智宮，爲社稷計也，雖有奸謀，未見實跡，乞寬宥其罪而問所屬。」高祖怒不息，因下詔捕其所屬王珪、魏徵及左衛率韋挺、舍人徐師謨、左衛車騎馮世立，欲殺之，以薄太子罪。孫伏伽曰：「太子所屬罪固有，謀秦王出爲一朝之故，其臣猶有未知者。今若併殺之，足顯太子有叛意也。陛下須召太子問之，其冤自白矣。」高祖從之，乃手詔召建成。建成聞詔來召，驚懼不敢往，集官屬商議。師謨曰：「事已敗露，不如舉兵誅秦王爲名，國家可定。不然，患及身矣。」建成將從之。詹事主簿趙弘智諫曰：「太子若此舉，我等皆受滅門之禍矣。今秦王已知殿下之謀，其府中將士擐甲待戰者，不下萬人。若與之比量，其能勝乎？如今之計，稱皇上有詔來召〔一〕，速宜〔二〕去車服，屏其隨從，輕往宮中謝罪，庶明無此事，尚可及也。何乃速爲受罪乎？」建成依其議，乃入見，叩頭請死，投身於地不能起。帝怒〔三〕不解，衆臣力勸之，乃下令囚於幕中。時秦王在傍，欲與之分辨，見上囚了建成，亦俯首不語。忽邊廷飛報慶州都督楊文幹發兵反入寧州，殺死守臣，聲勢已近宮廷矣。高祖驚問衆臣曰：「賊近仁智宮，誰可討之？」秦王奏曰：「文幹豎

〔一〕「來召」，原漫漶不清，此據藏珠館刊本《唐傳演義》。
〔二〕「速宜」，原漫漶不清，此據藏珠館刊本《唐傳演義》。
〔三〕「帝怒」，原漫漶不清，此據世德堂刊本。

子耳，官司當即擒之。就使爲禍，亦刻漏之久。止須遣一將，可致麾下，何重勞聖慮耶？」帝曰：「文幹事連建成，恐助應之者多。汝宜自行。若事平定，還朝立汝爲太子。吾不能效隋文帝自誅其子，當封建成爲蜀王。蜀兵衰弱，他日若能事汝，汝宜念骨肉親以全之。不能事汝而起叛意，汝取之易矣。」世民領命，即部兵出征文幹，不在話下。

卻説元吉見秦王既行，乃入宮見高祖寵妃張婕妤、尹德妃曰：「秦王自私金帛，或皇上有所頒賜，彼輒諫已封帑簿，非有功者不得支。上因止而不賜。今又欲專功於外，希圖其賜，使娘娘等不見府庫服玩。若今復以建成爲太子，他日得君位，爾宮嬪無不富貴者矣。」德妃曰：「王無憂。我見上，自爲解説。太子之位，必復矣。」元吉喜而出，遇見封德彝，亦爲建成言之。德彝曰：「明日朝見，力爲君奏此事。」元吉曰：「事若就，必當重報。」遂與德彝別。次早，高祖尚未出宮，張婕妤與宮妃皆爲建成遊説曰：「海内無事，陛下春秋且高，昔日曾賜諸王宴享，秦王輒悲泣，正爲嗔忌妾屬耳。若陛下萬歲後，秦王得志，妾屬無遺類。東宮慈愛寬洪，必能全養我等。今被囚廢之，唯陛下爲臣妾保善後計，復其原位，斯有望也。」言罷，皆悲不自勝。帝惻然，諭之曰：「待孤與群臣計之。」遂出宮問及建成之事。封德彝奏曰：「東宮有長者之量，爲内外所容。雖一時有忤陛下，乞赦之，使其得改過自新，蒼生蒙福也。」高祖曰：「寡人曾許於秦王，如復東宮之位，無以示信群下矣。」德彝曰：「立長不立幼，國家之大體。秦王弟也，太子君長，陛下立之，自可以塞眾議。何謂失信耶？」高祖聞德彝之言，意遂變，赦建成之囚，召入責之曰：「爾今兄弟，自當和睦。須念王業艱難，各保其位，無復爲相殘之禍，後〔一〕再不輕赦也。」建成叩頭受命。高祖遣還守京師，惟歸罪於王珪、韋挺，併流巂州去訖。

卻説秦王進討文幹，兵未至寧州，文幹被部下所殺，以其首級來降。世民班師，見高祖，奏平服之功。高祖大悅，將文幹首級傳示京師。下詔回長安。

范氏曰：建成擅募兵甲，以危君父，其罪大矣。高祖不以公議廢之，乃惑於奸臣之計，牽於妃嬪之請，至使兄弟不相容於天下，皆高祖不明之過也。

靜軒周先生有詩斷曰：

唐於眷屬得登庸，謀議紛紛非至公。
龍競騰空雲擾擾，雁排亂齒雨濛濛。
豈知骨肉天親内，復作兵戈劍戟叢。
俯讀仰思深可慨，原歸高祖不明中。

〔一〕「後」，原作「群」，據世德堂刊本改。

第五三節　秦王承詔征突厥　張瑾調兵戰頡利

卻説唐高祖車駕已歸長安，太子建成迎接。群臣參賀罷，高祖曰：「東宮僚屬，不以仁義訓導，使建成蹈弗赦之禍。今後須選碩德老成者輔之，庶能保其位也。」衆臣皆以中允王珪、洗馬魏徵，是二人才德偉聞，陛下可赦其罪，必懲勸太子於有道之歸矣。高祖允奏，特赦二人之罪，復其原職。又誡秦王曰：「自後兄弟各齊心輔治，勿越分而生異心，國法必所不容。」世民頓首稱謝。

武德七年秋七月，突厥入寇，邊廷消息報入長安，高祖大驚，慌聚文武議曰：「孤素知夷狄反復無常，今秋高馬肥，大舉入寇。若一旦人馬到長安，何以當之？」群臣畏懼，皆曰：「突厥所以屢寇關中者，以子女玉帛皆在長安故也。若焚長安，陛下遷都以避其鋭，則胡寇自息矣。」高祖欲從之。一人大呼曰：「不可！」衆視之，乃秦王世民也，進前曰：「夷狄爲患自古有之。陛下以聖武龍興，所征無敵。奈何以此貽四海之羞，爲百世之笑乎？願假數年之期，臣請繫頡利之頸，致之闕下。若其不效，遷都未遲。」太子建成譖之曰：「突厥犯邊，得賂則退。秦王外托禦寇之名，内欲總兵權，成其簒奪之謀。」言未畢，一人出曰：「秦王之論，金石之言。主上便可舉事，何必紛紛以動衆議耶？」言者乃諫議大夫蘇世長也。高祖乃改容勞勉，詔世民將兵出豳州，以禦突厥。

《史》斷云：高祖每有寇盜，輒命世民討之，事平之後，猜嫌益甚。

卻說秦王以李世勣爲參軍，房玄齡爲參謀，點起大兵十二萬，潛出長安，徑望幽州進發。正值初秋天氣，紅塵〔一〕極〔二〕目，雁陣南飛。後人有《出塞曲》二首，單道出征將士，遇此蕭條光景，亦祇得棄家而行也：

吹角出轅門，軍中寂不喧。
塞鴻驚陣起，胡騎隔河屯。
箭劈秋雲黑，旗搖落日昏。
腰間雙劍在，猶未報君恩。

又：

出得長安道，秋雲一望賒。
野狐啼古堠，磷火照寒沙。
鐵甲秋風冷，牙旗暮雨斜。
單于猶未滅，戰士莫思家。

秦王兵屯胡堡，先喚程知節、秦叔寶曰：「你二人先引五百軍去守雄關，敵住胡兵。吾自隨後持兵來也。」叔寶曰：「頡利、突利二可汗舉國入寇，連營三十餘里，勢如丘山。大王如何祇與某等軍五百去守隘口？胡騎

〔一〕「塵」，原爲墨丁，據世德堂刊本補。
〔二〕「極」，原爲墨丁，據世德堂刊本補。

掩至，將何策以禦之？」世民曰：「吾使汝等少帶人馬去，必有所主。夫出兵之道，先察天時，次審〔一〕地利。今近秋半，必有霖雨。胡兵雖有數十萬，安敢深入險地？故不〔二〕以多軍付汝，恐受苦。吾以大隊且屯關中，不過一月，待戎狄自退之時，天必晴霽。此時，吾以大軍隨後掩之，無有不剋。汝何多疑哉！」房玄齡亦曰：「昨夜觀天文，見河漢畢星失度，此月之內，必有霖雨也。大王之見，的與天機符合，秦〔三〕公但去無憂。」程、秦二將領兵而去。世民與一班戰將張瑾、程名振、殷開山、段志賢等，各備軍糧馬草，以防秋霖。果是未數日，天降大雨，盆傾甕瀉，淋淋不住，豳州城外，平地水深三尺，旌旗衣甲盡皆濡濕，糧運阻絕。胡騎饑疲，器械頓弊。大雨三十餘日不止，馬匹多斃，夷人不服水土，往往病黃而死。東營大將阿赤環入見突利曰：「天時久雨，騎眾疲弊。大王若不退回，必被唐軍所算。且目下牛馬皆死，糧食不繼，非攻敵之計也。」突利曰：「遊騎報知，唐軍已屯雄關。倘今便退，世民有追兵，何以禦之？秋雨落之已久，不日開晴，願與卿等決戰。唐人有軍餉可資也。」突利雖是嚴令禁之，胡人如何止約得定？忽報秦王大軍已近豳州，唐軍冒雨而來，山坂浚滑，正好乘其疲而戰之。即約東營頡利可汗，率萬餘騎，奄至豳州城下。唐軍立營未定，見胡騎一湧而來，皆懼不敢出。世民乃引殷開山、段志賢等五萬人馬，擺開陣勢。對面頡利可汗跨馬立於門旗下。世民馬上揚鞭而言曰：「國家與可汗和親，何爲負約，深入我地？我秦王也，奉命來討汝等。可汗能戰，獨出與我戰，若

〔一〕「次審」，原漫漶不清，此據世德堂刊本。
〔二〕「故不」，原漫漶不清，此據世德堂刊本。
〔三〕「秦」，原作「但」，據世德堂刊本改。

以衆來，我衹用百騎相當耳。」頡利不知其意，但笑而已。世民又遣李世勣曰：「爾出軍前，如此如此説之。」世勣跑馬出告頡利曰：「爾昔與我主結盟，有急相救。今乃引兵相攻，何無香火之情也？」頡利亦不應，胡騎各面面相覷，欲戰不戰，皆有退意。房玄齡見虜陣不整，馳入見世民曰：「大王渡河，吾引兵繼至，二可汗不足破矣。」世民曰：「吾且疑之，彼必自亂。」即輕騎突出陣前，引數十騎欲濟溝水。頡利隔岸看見世民輕出，又聞香火之言，疑突利與世民有謀，乃高叫曰：「王不須渡，今日非戰鬥之會也，但欲與王申固盟約耳。」言罷，即引胡騎退回。黄昏雨如注下，世民亦收軍回營中，謂諸將曰：「虜騎所恃者，弓矢耳。今積雨彌旬，筋膠俱解，弓不可用。吾有堅甲利兵，以逸待勞。乘今夜虜賊不知持防，可以挫其鋒也。」衆將皆曰：「王之計甚妙。」世民著李世勣守軍中，自與衆將夜出，冒雨而進。至突厥營中，將二鼓矣。是夜雨益甚，胡騎各散亂安歇，並無巡禁。世民令三軍吶喊，虜營中大驚，鞍馬不及，衹顧逃走。唐軍火炬齊發，衝入虜營，殺死者不計其數。頡利二可汗黑裡不敢戀戰，各自逃竄。唐軍大殺一陣，奪得弓矢駝馬無算。次日天明，突利可汗收集人馬，已折去一停，深悔恨之，遣人於東營會頡利，欲來與唐軍決一死戰。

卻説頡利可汗被唐軍混殺一場，正在營中悶坐，忽報：「秦王差軍人來見大王，有機密事説。」頡利令召入。軍人逕至帳前，告以秦王來意，曰：「我主以大王所愛者金帛子女，往年已盟誓約，今又相攻，是君長失信於中國屢耳。目下兩敵相拒，欲戰則示兵，不戰須議和。二者唯大王所擇。秦王帶甲百萬，控弦者何止數千。若不見機，大王未必能全師而回也。」頡利曰：「汝回拜上秦王，吾人馬屯紮在此，明日自來與申前好也。」軍人自回。突利已差胡卒來約出戰。頡利單騎入西營，見突利可汗曰：「高祖威加四海，秦王兵馬精雄，今來欲與我等決一成敗。吾衆久被霖雨，野無所掠，戰心日怠。若復出戰，必無勝理。不如講和息爭，固其盟好，斯爲上計矣。」突利半晌不答。胡將撒禮黑、塔察兒等皆思歸，亦力勸之和。突利曰：「既與講好，當先遣人通知秦王。」頡利即令胡騎至秦王軍中，議所以講和意。秦王曰：「天時不如地利，地利不如人和。既爾國要來復申盟好，有何不可？」乃許之於里溝河相會。胡騎領命去了。

次日，秦王帶一班將士，列陣於東岸，旌旗齊整，隊伍分明。遥見突厥二可汗，亦整點人馬，於隔河相會。秦王出門旗下，謂之曰：「自今講和，以後吾與爾國猶如兄弟，急難相救，再毋得有侵中國。所賜金帛，亦不汝惜。如有違此盟誓，香火之所不容也胡人以香火爲信，故秦王以此爲誓。」二可汗齊曰：「大唐都於中國，夷狄界乎一隅，所愛者唯金寶子女而已。既與大王申前好，將士解兵甲〔一〕之苦，關隘息烽火之警，天下幸矣。豈有復爲邊患者耶？今日之言，必無違也。」世民大悦。突利因自託於世民，請爲兄弟。世民亦以恩意撫之。二可汗得金帛牛馬之賜，將大隊人馬退回本國去了。

卻説秦王聽知突厥退去，與衆將議曰：「二可汗受盟而去，胡虜貪心不足，若見中國多事，必復來矣。吾當以重兵守此，防其不測。」房玄齡曰：「大王所慮甚遠，必須得一大將當此任，可保無事。」世民問曰：「誰可守此？」言未畢，帳前一將應聲而出，衆視之，乃右衛大將軍張瑾也。世民喜，撥精兵六萬，著溫彦博、司馬雄爲副將，鎮守豳州。自班師回長安，不在話下。

卻説突厥回本國以後，所得金帛悉分與部落。撒禮黑因謂突利曰：「秦王大隊人馬班回京師，所遺糧食牛馬皆在豳州，不如乘其退去，部衆掠之。彼若知，來救應，則吾已奪之而歸矣。」突利曰：「吾與秦王盟誓，瀝血未乾，今復以人馬入寇，非安國之計。」禮黑曰：「前日侵犯中原，因霖雨不止，致人馬損斃，又被唐軍

〔一〕「甲」，原作「華（华）」，據世德堂刊本改。

撒禮黑殺敗，吾等受其恥辱。今有此機會，如何不復讎也？」頡利見部下志銳，即引胡兵數萬，分三處入寇，引人馬出潞州，塔察兒引胡騎出朔州，自統大隊攻豳州。哨馬報入豳州，張瑾聽得，與溫彥博議曰：「夷狄不可取信，日前議和而去，今日復來。吾與君整點人馬，近前殺他一陣，彼不敢正視豳州也。」彥博曰：「夷人此來，欲利吾所積。將軍正宜深溝高壘，嬰城而守。一面差人往長安求救，候彼兵到，兩下夾擊，必勝之道也。」張瑾曰：「秦王班師未久，今以大任付吾，豈可坐視而不戰？我即點起二萬人馬，開了南門出戰。」彥博見張瑾示兵，祇得披掛相隨。兩陣對圓，頡利出馬於門旗下，張瑾遙指罵之曰：「夷賊不量時勢，有失信約！今日受吾開刀！」頡利笑曰：「爾城中所積糧食金帛，好獻出與我，我即退回。不然，打破城池，寸草不留！」張瑾大怒，舞刀直取頡利。頡利舉鞭來迎。二人戰上二十合，頡利敗走。張瑾驅兵〔一〕掩殺，彥博引兵繼進。四下喊聲大舉，虜眾佯輸，走入太谷，唐軍不捨追襲，忽谷中火炮齊發，胡兵四下逆集，箭如雨落。且看下節如何分解？

〔一〕「兵」，原脫，據世德堂刊本補。

第五四節　建成畫計邀元吉　叔寶擁盾救秦王

張瑾見胡兵勢大，急揮軍殺回，迎頭正遇虜將吟麻里，手執銅刀，跨黃鬃馬，大叫：「唐將下馬投降！」張瑾更不打話，與麻里交鋒。戰殺數合，頡利人馬兩下夾攻，唐兵大敗，死者不計其數。張瑾勒馬，刺斜殺出，遇溫彥博一支軍馬到，彥博曰：「虜賊甚眾，可往朔州奔走。」張瑾即引殘兵，與彥博往朔州而走。未十里，忽前面征塵競起，殺氣衝天，唐兵大驚，乃胡將塔察兒也，當頭攔住。張瑾奮激，衝開血路走出。彥博人馬困乏，被察兒衹一合，捉歸本陣，餘眾盡被殺之。是時司馬雄守豳州，聞知唐師戰没，亦墜城而死。突厥攻入豳州，部落執彥博請功。頡利以彥博職在內府，因問之曰：「唐主置都關中，糧草虛實何如？」彥博曰：「關中兵糧有十年之陳腐，兵甲侍衛內外，龍盤虎踞，非爾國所知。」頡利曰：「今若肯降，重封汝之官也。」彥博曰：「吾堂堂天朝之臣，豈肯降汝夷狄哉！若殺即殺，決不降也。」頡利怒，欲殺之。塔察兒曰：「大王留之，勿遣則可。如即殺之，結讎於中國必深，誠非利矣。」頡利依其說，將彥博遷於陰山，使人監禁之。此時頡利將豳州糧食庫藏積聚並民間子女，掠之一空而去。消〔一〕息傳入長安，高祖知的大驚，謂侍臣曰：「突厥貪婪無厭，朕若不親征之，是示弱於中國矣。」眾臣皆奏，以爲：「夷狄之地水草不生，大駕若啟行，軍民困弊，非所以重國體也。

〔一〕「消」，原作「傳」，據世德堂刊本改。

陛下止須遣大將討之足矣，何勞聖躬自冒鋒鏑？」秦王亦奏曰：「突厥無信義，臣必爲陛下擒之。」高祖曰：「外患經年不止，非惟一突厥哉。今洛陽形勝之地，朕將擇日令汝鎮守，以禦外夷。」秦王謝辭而退。

建成聞此消息，遣人召元吉至，相議曰：「上欲以洛陽封秦王，若使得此地，是唐有二天子也。不如先謀之，以絶後患。」元吉曰：「吾有一計，使秦王死於頃刻之間。」建成曰：「弟有何策？願聞之。」元吉曰：「太子可密差人遞書與秦王，只說一向思想手足之情，欲在府中一敘。秦王見召，決然赴席。酒内下鴆，因而藥死。卻奏知皇上，只說秦王因飲酒中症薨逝，可以瞞過内外。除此一害，一收〔一〕僚屬，掌秦府軍，則權勢自重，太子之位，難動摇矣。」建成曰：「此計甚妙。」隨召親信吏張學將書去請秦王。

卻說秦王正在府與衆謀士議國計，忽報太子令人遞書至。秦王召入，張學呈進太子請書。秦王看畢大喜，即欲與來人赴席。忽一人進曰：「大王此去，必有大災。」衆視之，乃行臺郎中房玄齡也，進前曰：「昨聞大王有封洛陽之命，太子、齊王必懷不平。今請赴席，必有奸謀，故使勿往。」世民曰：「骨肉至親，豈有陷害之事？汝不必多疑。」尉遲敬德曰：「仁智宫之謀，非大王預防，其有骨肉之親乎？筵無好筵，不可遽往。」秦王曰：「不然。太子與吾乃手足弟兄，况今上是吾之父也，豈有謀害之意？如若不往，愈見疏矣。」遂不聽衆人之諫，逕隨張學赴席。秦王去後，其部屬相議曰：「主人有難，各人齊心保之。」秦叔寶曰：「吾以精壯隨侍，如有反意，即誅太子，以除禍根。」玄齡曰：「公先往體虛實，吾又有人接應。」叔寶引壯軍二百去訖，著程知節於太子府後潛伏，候有動靜，從内抄出。秦府官屬，各準備迎候，不在話下。

〔一〕「一收」，原作「卻說」，據世德堂刊本改。

卻説太子建成、齊王元吉，分付甲士埋伏兩廊下，令護軍宇文寶行酒，以防秦王隨侍。府中擺列筵席十分齊整，專候秦王來到。建成此謀，無人知之，惟元吉記室參軍榮九思知的，爲詩刺之曰：「册旨飾成慶，玉帛云〔一〕禮諸。」元吉見之不悟。又有典籤官名裴宣儼亦知此謀，力勸元吉莫行，元吉不聽。恐宣儼事泄，鴆殺之。自是人莫敢言，任從齊王裝下此計較矣。靜軒周先生有詩斷云：

骨肉相殘何太惡，君臣恩義總乖張。
奸謀徒矣成禍阱，喋血宫庭最可傷！

忽報秦王已到，太子降階迎接，笑容可掬，乃曰：「吾弟膺兵戎之寄，經年在外，未嘗敘手足一日之歡。今幸四方平定，正是兄弟團圞之時。今得即來，實慰渴想也。」秦王喜而稱謝，進後堂，與齊王一同相見畢，左右即擡進筵席，各依次序坐定。酒至數巡，齊王以目送情，令心腹近侍斟酒。先斟一杯進太子，次斟一杯與秦王。秦王接過酒，杯中穢氣衝逼，甚疑怪之，知酒中有毒，遂佯暴疾，咯血數升，曰：「弟不勝酒力，乞告歸。」齊王擊盞爲號，令宇文寶近前殺之。時文寶亦醉，正待攬衣而進，忽府外秦叔寶帶劍擁盾徑入，把門軍意要阻攔，怎當秦瓊力大，將把門軍士都撞倒，直進到後堂，披帷而入。見秦王顔容不常，即挾之而出。齊王等皆失色，呼甲士追捉。宇文寶乘醉持劍後襲，將及府門外，叔寶大喝一聲，斬下首級，擲入府中。伏兵各面面相覷，不敢近前。比及元吉自出追之，程知節從後巷門跳出，劈開鎖鑰，與叔寶一齊保回秦府去了。建成見謀不就，懊悔無及。且看後來如何？

〔一〕「云」，原脱，據世德堂刊本補。

新刊參采史鑒唐書志傳通俗演義卷之六

起唐高祖武德九年丙戌歲是歲秦王即天子位

盡唐太宗貞觀六年壬辰歲

首尾七年事實

按《唐書》實史節目

細推今古事堪愁，貴賤同歸土一丘。

漢武玉堂人豈在，石家金谷水空流。

光陰自旦還將暮，草木從春又到秋。

閑事與時俱不了，且將身暫醉鄉遊。

第五五節　尉遲恭義辭建成　程知節忠勸世民

卻說叔寶、程知節一班將士，保得秦王回府，房玄齡、長孫無忌等賀曰：「大王知今日之危乎？」世民曰：「非叔寶與諸君持防，決死非命矣。」尉遲敬德曰：「今後尤宜慎之。齊王不害主公，其心未休也。」秦王深識之，遂退入寢室，夜臥不起，蓋因鴆毒氣盛，衝入五臟故也。早有近臣奏知高祖：「夜來秦王飲酒於太子府中，臥病不起。」高祖驚曰：「朕幾日未召秦王，原來遽有疾也。」即差醫官診視回報。醫官來秦府，看視秦王脈息，知中酒毒，回奏高祖。高祖心甚疑之，因敕建成曰：「秦王不能飲酒，今後朕無詔命，不許夜聚。」建成得旨，悶悶不悅，與元吉惟思圖秦王之計。聲息頗揚於外，人懼之，不敢告知。秦王病愈，入朝謝恩，上謂世民曰：「首建大謀，平定天下，皆汝之功。吾欲立汝爲太子，而汝固辭。且建成立爲東宮日久，吾不忍廢也。觀汝兄弟，似不相容，不可同處。今遣主居洛陽，自陝以東皆屬主管，出入仍建天子旌旗，如漢梁孝王故事。汝即日便行，勿再延長安也。」秦王泣曰：「洛陽有行臺尚書溫大雅鎮守，外夷無憂。臣若居此，非所願也，不可遠膝下。」帝曰：「我爲天下之主，何地莫非吾臣。汝居洛陽，猶吾在也，何用悲耶？」秦王固辭，不許，乃謝而出。建成、元吉聽得秦王將行，相與謀曰：「秦王若至洛陽，不可復制。不如留在長安，則是一匹夫，取之易矣。」乃密遣人以金寶賄賂宮妃，結好侍官封德彝，令諫止之。德彝因諷中臺官上封事，言：「秦王左右聞陛下有洛陽之命，無不喜躍，觀其志趣，若與之行，正如放虎歸山，捉禽脫網，恐不復來矣。」高祖沉吟不決。入宮又惑於妃嬪之譖，乃止。

元吉聞知高祖不著秦王赴洛陽，心中暗喜，來與建成議曰：「略施小計，遂使秦王留長安。可乘皇上有疑，來日太子入朝，奏世民有通夷狄之情，結連諸侯，欲危社稷。皇上若允，則明正其罪。不允，矯詔殺之甚易也。」建成大喜曰：「此計正合吾意。」次日，入奏高祖曰：「秦王世民親密甚多，往往結連夷寇，欲起謀意。陛下不早圖之，恐禍難測也。」高祖怒曰：「秦王豫建起義之謀，未有叛意。今天下已定，寧有異心？汝勿多言，自生釁端也！」建成惶恐〔一〕而〔二〕出。近臣報知秦府中，僚佐皆驚懼，不知所出。房玄齡與長孫無忌〔三〕等議曰：「今太子、秦王嫌隙已成，一旦禍機竊發，豈惟府朝塗地，實乃社稷之憂也。不如勸大王行周公之事謂殺管叔及蔡叔之事，以安國家。存亡之機，正在今日。」無忌曰：「公言甚善。然事不宜遲，恐後有變。」即邀眾人入見秦王，告以建成謀害之狀：「不如乘此行事，國家可定也。」秦王曰：「杜如晦見識深遠，爾等且與商議。」因遣人召入問之，如晦亦勸之曰：「管、蔡不誅，朝堂之亂不息。今王若容忍之，則流言之禍日至矣。且王所行社稷計，非爲禍階者乎。」秦王曰：「諸君且退，容吾思之。」眾人各出，而議論紛紛然。

建成又以秦王牙爪驍勇，難以動手，與元吉商議。元吉曰：「秦王僚佐，惟尉遲敬德最勇。若得此人降服，其餘不足慮也。今重以金帛結之，誘彼動心，世民無所恃矣。」建成大喜，即遣心腹人劉緒，密將金銀器一車結識敬德。劉緒逕來見敬德，送上禮物，告以太子意，言：「君若棄秦王而爲彼用，亦不失高爵。聊送

〔一〕「惶恐」，原漫漶不清，此據世德堂刊本。
〔二〕「而」，原漫漶不清，此據世德堂刊本。
〔三〕「無忌」，原漫漶不清，此據世德堂刊本。

些須之物，庶表相見情也。」敬德辭曰：「某因天下離亂，久陷逆地，蒙秦王收錄，恩無以報。今於太子無功，其敢當重賜？若私許，則懷二心，是爲棄忠逐利人矣。縱事殿下，亦焉用之哉？」劉緒再欲言，敬德已退入帳中去了。劉緒祇得回見太子，告知敬德不肯相從。建成怒曰：「吾先誅此輩，然後除秦王。」元吉曰：「敬德一勇之夫，差一有膽量心腹人，當夜越牆入府刺之足矣。」建成曰：「誰人可往？」元吉曰：「弟家有一勇士，自來無姓名。人見其身長力健，以萬金剛呼之。著此人藏利刃取敬德頭，如探囊取物耳。」建成大喜，即召萬金剛至，賜以酒食，令之來刺敬德。金剛慨然請行。

卻說敬德自思有忤太子，夜嘗防有不測。是夜大開外門，自安臥於堂中，左右不設一人。萬金剛近二更入其府中，見燈燭微明，堂上並無動靜。近前來，見敬德臥於堂中，聲息如雷。金剛吃了一驚，不敢動手。良久乃嘆曰：「敬德真英雄丈夫也。殺之無益，不如逃走他處，以絕太子之望。」言罷，遂抽身復出，走往他方去了。次日天明，建成與元吉候金剛回報，並不見消息。建成知計不成，乃入奏高祖曰：「秦王所以起謀逆，皆僚佐希圖富貴之故。秦府智略之士，可憚者，獨房玄齡、杜如晦、程知節、尉遲敬德數人耳。望陛下逐而出之，則秦王之禍自息矣。」高祖允奏，出房玄齡爲并州刺史，杜如晦爲洛陽安撫使，程知節爲康州刺史。齊王復奏曰：「敬德初起劇賊，陛下若封之於外，恐與秦王通謀，乞殺之。」高祖收敬德囚下。人報知秦王，秦王即入朝見高祖曰：「臣削平四海，敬德之功居多，陛下何以將殺之？」高祖曰：「人適奏敬德謀叛，急圖富貴。朕收之，以除其患。」秦王頓首泣曰：「奏陛下者，欲陷臣於死地也。敬德起自貧賤，心如山嶽，豈富貴所能移？主上必欲殺之，臣請納職以贖其罪。」高祖見秦王懇切，遂赦之。眾臣退出，裴寂、蕭瑀、陳叔達等自相議曰：「朝廷自是有蕭牆之憂矣。」裴寂曰：「太子用心險惡，寧能免於禍耶？不出一月，必應也。」言罷，各散去。

卻說秦王至府中，杜如晦、房玄齡各來辭。玄齡曰：「主公之計，宜速爲之。太子譖吾等出外，吾亦專候大王信息。若復遲緩，禍在近矣。」秦王曰：「君所言計，吾甚不忍。今且權出居外職，不久亦回。」如晦、玄齡悵悵而別。不移時，程知節入見世民曰：「大王股肱羽翼，皆被太子所剪盡，身何能久？知節寧死君前，以報知遇之恩，不願去矣。王早決計。」秦王良久乃曰：「容吾再思之。」時世民腹心，惟長孫無忌、將軍侯君集、親將尉遲敬德與其舅高士廉輩在幕下。知節與是數人，日夜勸世民決計。世民猶豫，終夜不寢，乃遣人召李靖、李世勣入宫中問之曰：「眾人皆勸我行周公之事，以安家國。吾計屢日不決，二公試爲我熟籌之。」李靖曰：「太子位居東宫，高祖命也。今王之功雖大，是亦臣子職矣。若必爲相殘計，吾安敢預於是哉！」世勣亦勸秦王當立法後世，無爲天下議也。世民曰：「二公之言誠確論，吾當遵之。」二李辭出，世民由是甚重二人。

忽邊廷消息報入長安，突厥大舉入塞，潞、朔等州甚緊。高祖集文武商議：「誰可將兵討之？」建成恐秦王爭功，出奏曰：「齊王元吉軍馬閑熟，陛下召征突厥，必成功也。」高祖召齊王曰：「夷寇犯邊，爾部人馬前往征討。須用心退敵，自有重賞。」元吉奏曰：「突厥之眾，鋒芒甚鋭，長安軍士恐未經戰陣，難以拒敵。有秦府精兵，不下數萬，臣將悉簡閲出征，必能剿除胡賊也。」高祖允其請，即下詔將秦府驍勇軍士，盡發遣出征，尉遲敬德亦在行伍。建成見世民侍從漸散，心甚歡喜，遣人請元吉來相議曰：「秦王心腹已離，可以行事矣。明日弟辭皇上出征，吾與秦王設餞送行於昆明池，爾分付壯士拉殺之。吾遣人佯説上讓我以國，而立汝爲太弟，共理天下，眾人必無疑。君位不由斯而定乎？」元吉曰：「此計大妙，吾來日必〔一〕殺秦王。」建成準備了當。且聽下節分解。

〔一〕「必」，原作「雖」，據藏珠館刊本《唐傳演義》改。

第五六節　玄武門秦王射建成　臨湖殿敬德誅元吉

卻説秦府僚佐長孫無忌、尉遲敬德等聞此消息，入告知秦王曰：「元吉出師，欲因其兵作亂，願大王先事圖之。」世民嘆曰：「骨肉相殘，古今大惡。吾誠知禍在旦夕，欲待其事發，然後以義討之，不亦可乎？」敬德曰：「人情誰不貪生怕死？今衆人誓死從王，乃天授也。大王不用敬德之言，敬德將竄身草澤，不敢留於大王左右，交手受戮也。」無忌曰：「不從敬德之言，無忌亦當相辭而去。不能服事大王矣。」世民曰：「寡人之謀，未可全棄。公等再思之。」敬德曰：「處事有疑非智，臨難不決非勇。大王素所蓄養勇士八百餘人，今悉入宮，披甲執刀矣。事勢已成，大王安得穩坐乎？」世民懷疑，復訪之府僚。府僚皆曰：「齊王凶戾，終不肯事其兄。嘗謂其護軍官名薛實曰：『但除秦王，取東宮如反掌耳。』今彼與太子謀亂未成，已有害太子之心，足見齊王亂心無厭，何所不至。若使二人得志，天下非復唐有。大王奈何執匹夫之節，忘社稷之計乎？」世民猶未決，衆曰：「大王以舜爲何如人？」世民曰：「舜乃聖人也。」衆曰：「昔舜之弟象欲謀殺兄，使舜穿井，舜既入，瞽瞍令人下土塞井，舜乃從井孔旁而出。象見其謀未成，又使舜上塗倉廩，舜既上，瞽瞍從下焚廩，舜乃以兩笠自扞而下得免。使舜當時穿井而不出，塗廩而不下，則舜〔一〕爲井中之泥、廩上之灰耳，安能澤被

〔一〕「舜」，原爲墨丁，據世德堂刊本補。

天下，法垂後世乎？是以小杖則受，大杖則走，蓋所存者大也。」世民見衆議懇切，乃命卜其吉凶。忽幕兵張公謹自外來見之，取龜殼投於地曰：「凡卜所以決疑，今事在不疑，何用卜哉！使卜而不吉，其可已乎？」世民意乃決。司天臺官傅奕密奏：「太白星名再經天，見於秦分分野，應秦王當有天下。」時武德九年夏六月也。

次日，秦王入奏建成、元吉淫亂後宮，且曰：「二人專欲殺臣，以爲世充、建德復讎，使臣雖死，亦恥見諸賊於地下。」言罷，伏而慟哭。高祖驚曰：「朕不知太子欲危社稷，明日當鞫問，汝宜早入證之。」世民乃退出府中，與長孫無忌等相議。無忌曰：「先發者制人，大王須集甲士預備，以防不測。」世民即召程知節、秦叔寶、尉遲敬德部甲士埋伏於玄武門，候有動靜即出。程知節等各領諾去了。

卻説高祖欲鞫太子消息聞入宮中，張婕妤遣人告知建成。建成驚懼，召元吉謀之曰：「事已極矣！秦王令部下假以討我等爲名，實欲奪關中而僭帝位。吾今令薛萬徹監兵自守，不入朝，以觀形勢。爾爲何爲？」元吉曰：「兵備已嚴，當俱入朝，自問消息。世民之衆如順者，太子以言撫之，而納爲心腹。如不順者，即殺之，以警其餘。如此則人心恐懼，而不與敵，則天下自定矣。」建成從之，乃俱入，至臨湖殿，衹聽闕下摇旗吶喊，兵甲之聲達於内外。建成知有變，即抽身奔出，各門關閉，如鐵桶相似。此時建成、元吉衹有數十騎相隨，走至玄武門，正遇秦王。建成曰：「弟休得無理，見皇上自有分辨。」秦王曰：「吾無意害汝，汝何苦苦相逼？今日奉命討逆，汝尚何言？」建成見勢頭不好，勒回馬便走。秦王拈弓在手，望後追趕，一矢射中，建成墜馬，即殺之於禁宮，死年三十八歲。秦王復追元吉，元吉走上數十步，將取弓回矢射之，忽掖門邊一將怒氣衝天，咬牙切齒，乃尉遲敬德也。元吉見他來的勢惡，復抽身而走。敬德大呼，挽弓射之，元吉墜馬，敬德近前梟下首級。死年二十四歲。是時，東宮、齊府將帥薛萬徹等，聽得宮中廝殺，率衆大至，攻玄武門。秦叔寶、程知節引騎兵衝突而入，與建成甲士鏖戰不止。宮中震動，死及無辜者不計其數。敬德聞宮外喊聲不絕，即將建成、元吉首級從門掖中擲下。薛萬徹眾人見了首級，各散去。世民出臨湖殿，與長孫無忌合兵一處。眾人見誅了建成、元吉，乃拱手稱賀曰：「吾所患者，惟是二人。大王併誅之，天下自此定矣。」世民曰：「非吾之能，乃兄弟罪惡貫盈，致諸君贊助之力也。」言未罷，忽有人來報：「皇上方泛舟於海池，聞王誅太子及齊王，驚惶無措，欲自爲計。」世民大驚，即使敬德入侍禁衛。敬德乃擐甲持矛，直入宮中來。內臣奏知，高祖懼，欲起身避之。敬德至上所奏曰：「太子、齊王作亂，秦王兵已除之矣。恐驚動陛下，遣臣特來宿衛。」高祖心始安，顧謂裴寂等曰：「不圖今日乃見此事。當如之何？」蕭瑀、陳叔達曰：「建成、元吉本欠撥亂之才，又無功於天下，妒秦王功高名重，共爲奸謀。今秦王已討而誅之，陛下若處以元良，委以國務，再無事矣。」上曰：「此吾之初心也。」乃召秦王至，慰撫之曰：「朕無遠慮，不能處汝兄弟，致今日而有相殘之禍，所不忍聞。吾今立汝爲皇太子，凡軍國庶務，悉委汝處決，然後奏聞。」世民伏地號泣，不能止。高祖再三勉諭之，乃退。

司馬溫公曰：立嫡以長，禮之正也。然高祖所以有天下皆太宗之功。隱太子以庸劣居其右，地嫌隙逼，必不相容。嚮使高祖有太王之明，隱太子有泰伯之賢，太宗有子臧之節，則亂何自而生哉？既不能然，太宗始欲俟其先發，然後應之。如此，則事非獲已，猶爲愈也。既而爲群下所迫，遂至喋血禁門，推刃同氣，貽譏千古。惜哉！夫創業垂統之君，子孫之所儀刑也。彼中明書代之傳繼，得非有所指疑，以爲口實乎？

靜軒周先生讀史至此，有感作詩曰：

親親恩義總乖違，太子緣何苦執迷？
惟識奸貪危社稷，遂忘禍患起宮闈。

全謀決策由無忌，梟首監兵有尉遲。
掩卷追思前代事，不勝哀感淚沾衣。

卻説世民已受東宮之位，即命縱放禁苑鷹犬時元吉喜鷹犬，出遊嘗載置網三十車，曰：「我寧三日不食，不可一日不罾。」世民首令禁之，罷四方貢獻，聽百官各陳治道。自是政令簡肅，中外大悦。召臺司傅奕謂之曰：「汝前所奏，幾爲吾禍。凡有休祥大變，卿宜盡言。勿以前事爲戒也。」傅奕頓首稱謝。近臣請收建成、元吉諸子，皆坐誅。世民曰：「二人之惡雖甚，以皇上視之，皆同氣也，豈宜盡夷滅之？有傷國體。吾當奏上赦之。」諸將又欲盡誅東宮、齊府左右百餘人，敬德曰：「爲惡者二人，今已誅矣。若又收其支黨，非所以求安也。」世民曰：「敬德之言是也。」即下令東宮、齊府左右悉赦之不究，由是中外乃安。敬德曰：「建成僚佐，魏徵、王珪最賢，太子可召之共理國事。」世民曰：「公不言，吾幾忘之！」即遣人召魏徵。

魏徵來見，世民謂之曰：「汝何爲離間我兄弟？」徵舉止自若，對曰：「太子建成早從徵言，必無今日之禍魏徵嘗勸建成早除秦王。」太子世民改容謝曰：「卿之忠義，吾所素聞矣。」甚禮重之，引爲詹事主簿。取回王珪、韋挺於巂州，皆以爲諫議大夫。亦召房玄齡、杜如晦等。自是齊王譖逐出者，悉歸京師。

范氏有斷魏徵云：聞之程子，齊桓公殺公子糾，召忽死之。管仲不死，又相桓公以霸。而孔子取之，何哉？桓公子糾，皆以公子出奔，子糾未嘗爲世子也。桓公先入而得齊，非取諸子糾也。桓公既入而殺子糾，惡則惡矣，然納桓公者齊也。《春秋》書「公伐齊納糾」，不稱子，不當立者也。齊小白入於齊，以小白繫之齊，當立者也。是以，管仲不得讎桓公，而得以之爲君。建成爲太子，且兄也。秦王爲藩王，又弟也。王、魏受命爲東宮之臣，則建成其君也。豈有人殺其君而可北面爲之臣乎？以弟殺兄，以藩王殺太子，而奪其位，太宗亦非可事之君矣。食君之祿，而不死其難，朝以爲讎，暮以爲君，於其不可事而事之，皆有罪焉。臣之事君，如婦之從夫也，其義不可以不明。苟不明於義，而委質於人，雖曰不利，吾不信也。

第五七節　李世民南面登基　孫伏伽禁中獻璽

卻說高祖自立秦王爲太子後，國家政事，並不親理，乃召裴寂、封德彝、蕭瑀、陳叔達等入宮中，諭之曰：「吾今惛亂，不堪爲君，將頒詔傳示中外，讓天位與太子。寡人退養深宮，願保餘年也。」裴寂曰：「太子有天日之表，有帝王之德，仁孝寬厚，内外遵服。若立爲君，足可以繼陛下之後，而衍無疆之休矣。」衆大臣齊應聲曰：「若讓太子君位，上順天理，下合人心，邦家由是大定也。」高祖大悅，即遣侍官召太子入宮議之。世民隨侍官進宮中見高祖，諭以讓位意。世民固辭曰：「前因太子之惡，擅弄國柄，恣肆大逆，今且夷滅，大事已定，豈可即以寶位與臣？如臣無德，縱使登帝位，宗廟不歆，天下不服，何以安社稷而衍鴻休耶？」言罷，頓首出血。陳叔達等曰：「此非讓天下之所，太子暫退。來日於朝堂公議。」衆臣各散去。

次日，秦王於東宮集衆臣僚佐議之。長孫無忌曰：「夫隋失其鹿，天下豪傑並起，人人自以爲得之。然天命有在，所以率歸李氏，有天也。且唐業鞏固，四海宴安，高祖因天下之心，欲讓位太子，皆公議所出，非有私也。太子當自決斷之，不可執匹夫之見，而失此機會也。」世民曰：「建成、元吉纔因肆逆而誅，吾即受位爲君，難塞天下之議矣。」尉遲敬德曰：「吾衆人棄鄉里，隨大王於矢石之間，皆欲圖顯耀宗親，垂名竹帛，以成其所志耳。今功業既定，而大王猶不即帝位，誠恐衆人無望，紛然散去，那時難復合矣，則誰與相扶持乎？願大王思之。」世民見衆人勸言甚切，乃許之。忽報高祖親臣裴寂、蕭瑀、陳叔達等，具天子璽符，欲以上獻。世民曰：「宮禁之中，非授受之地。待出朝會議。」次日，世民引一班僚佐趣朝堂，祇見蘇世長、宇文士及、韋雲起、孫伏伽、張玄素、陳叔達等一干文武大臣，俱在禁門迎候。太子曰：「受皇上君位，天下之重事也。寡人不佞，不足以當之，願請皇族中有最賢者立焉。」蘇世長進曰：「大王乃唐主嫡子，宜爲高祖嗣。願大王即天子位，以爲天地宗社神民之主。」陳叔達亦曰：「臣等熟計已久，今皇上退居深宮，而以大位讓太子，誠爲允當，王請勿疑也。」太子世民乃曰：「卿將相各以寡人宜受君位，寡人不敢辭。」乃於八月甲子日，群臣捧天子璽符，再拜上獻。太子接璽符，升顯德殿，即皇帝位，是爲太宗文皇帝[一]。遣裴寂告於南郊。其文曰：

維年月日，朕以隋政不綱，運祚永終，士卒苦於奔命，蒼生困於流離。今者豪傑雲集，天下歸心，登大寶長安之南面，示天命關外之東隅。凡爾諸侯，各攄厥志，共仗忠義，守封疆而勿貳，庸供乃職，遵王化而莫違。報功厚爵，朕不吝焉。如有梗於聲教，法所不私，其各體之

裴寂宣文已罷，大小文武群臣各上表，行朝賀禮畢。次日奉高皇[二]法駕，入養老宮。封大臣蘇世長等爵邑萬户，陳叔達、裴寂邑各三千户，侍中高士廉，中書令房玄齡、宇文士及，僕射蕭瑀，封德彝以下，各居原職。凡大小文武群臣，俱有賞賚。發詔傳示天下，立妃長孫氏爲皇后。

后少好讀書，造次必循禮法。上爲秦王，后奉事高祖，承順妃嬪，甚有內助。及爲后，務崇節儉，服御取給而已。上深重之，嘗與之議賞罰，后辭曰：「牝雞之晨，惟家之索，我婦人，安敢預聞政事？」固問之，終不對。太宗甚重之。

〔一〕「皇」上原衍「武」，據世德堂刊本删。

〔二〕「高」上原衍「皇」，據世德堂刊本删。

卻說邊廷飛報入突厥，言秦王世民已即天子位，見有詔書，發於各國知道。頡利可汗聞此消息，遣人召突利〔一〕可汗相議曰：「今秦王初登大寶，何不因其國中未安，起二國之兵，攻入長安，可以雪前恥矣。」突利曰：「高祖以天下讓與秦王，秦王必兢謹以保其國。若祇起本國人馬，急難取勝。須〔二〕遣使往高麗，見國君建武王，獻送金帛，以賂其心，令其起遼東人馬，從海西攻長安之南，吾起本國騎兵，出雁門攻長安之北，令唐主首尾不能救應，方可以成功矣。」頡利大喜曰：「君之計甚妙。」即日合十萬餘騎，離突厥，從涇州入寇。但聞鼙鼓連催，笳聲悲切，胡騎捲地而來。人馬至渭水，屯於便橋在長安城北門。頡利先遣腹心將執失思力入見唐主，以觀虛實。飛騎報入長安，近臣奏知突厥二可汗合兵入寇，即日人馬屯紮便橋，聲勢甚緊。太宗集文武議之，中書令房玄齡奏曰：「胡寇結連高麗，爲中國患。陛下新立，軍士解甲未久。須遣人再與之議和，免動干戈，亦良策也。」言未畢，忽一人於班部中走出曰：「不因此時進兵，更待何時？」衆視之，乃朔州善陽人也，覆姓尉遲，名敬德，見爲殿左親軍。敬德進言曰：「彼〔三〕不顧仁義，若復與之和，則彼念輕中國，非所以馭夷狄之道。今部衆深入吾地，必不能保全而回。乞陛下假臣一萬騎，斬頡利二可汗之首，致於闕下。」太宗曰：「和與戰，二者皆利。且看突厥來意若何。」忽報頡利遣使人朝見，太宗召入。思力進拜山呼畢，即奏：「二可汗將兵百萬，見屯便橋之北，弓強刃利，請陛下定奪。」太宗怒責之曰：「吾與汝可汗在溝

〔一〕「突利」，原作「頡利」，據世德堂刊本改。
〔二〕「須」，原作「雖必」，據藏珠館刊本《唐傳演義》改。
〔三〕「彼」，原作「心」，據藏珠館刊本《唐傳演義》改。

水之岸面結和親，贈之禮物無算。今可汗背盟入寇，擾我軍民，汝雖戎狄，亦有人心，何得全忘大恩，猶自誇兵馬強盛？今先斬汝頭號令，然後發兵問二可汗之罪！」思力驚懼，再三哀告曰：「非臣之過，本二可汗失信之罪，臣特來通命也。」群臣以爲力勸，太宗乃令監囚於帥府。即遣高士廉、房玄齡引壯勇數千，於長安北道先發，又遣敬德、程知節引衛兵爲合後，「朕將親見二可汗」。詔令已下，高士廉、房玄齡各引兵去了。敬德等亦準備軍馬後應，不在話下。

卻說太宗車駕出得北門，徑至渭水上，遥望見突厥人馬，如葉聚蜂屯一般，金鼓之聲不絕。頡利、突利二可汗看見長安有人馬出城，亦自擺開陣勢。不移時，旌旗擁出，黃羅傘下蓋著唐太宗車駕，左有房玄齡，右有高士廉，背後隨騎各金盔銀甲，紅錦戰袍，端的人雄馬壯，秦王之兵矣！突利二可汗看定，認得是太宗御駕親出，大驚，相謂曰：「思力入朝不回，唐主輕騎而來，必無好語也。」言未畢，太宗遣人出軍前揚叫：「唐天子請頡利二可汗出馬打話！」胡騎聽得，報〔一〕入軍中。二可汗亦並馬出，立於門旗之下。太宗隔水責之曰：「日前與君盟約，誓書載辭，何獨忘之乎？」頡利無語可應，唯曰：「因陛下新立，特來定歲貢之禮，非專爲入寇也。」太宗怒曰：「既議歲貢，何必結連他國，合兵大舉而來？狄夷之心，貪婪不足，曾謂我中國無殺人之劍耶！」頡利聽罷，各面面相覷。忽長安城北一聲炮響，尉遲敬德部領精兵來到，旌甲蔽野，殺氣衝天。頡利二可汗見唐兵勢大，皆下馬羅拜於地，揚聲曰：「如今願與陛下實心講和，再不敢背約也。」太宗聞可汗之言，乃下令：「後軍且退十里佈陣，吾獨留在此，候與頡利議和。」於是兩下皆退。僕射蕭瑀叩馬

〔一〕「報」，原作「得」，據世德堂刊本改。

諫曰：「戎狄之心不測，今日議和，明日〔一〕又反。陛下以大軍皆退，而車駕獨留，倘胡兵一有他變，非所以重國體也。」太宗曰：「今突厥敢以部下傾國而來者，以我國内有誅建成、元吉之難，聽得朕新即位，謂我不能迎敵也。我若不出兵，示之以弱，虜必放兵大掠，不可復制。故朕輕騎獨出，以疑其衆。然後縱大隊出城，震曜軍容，使知必戰。且虜賊既深入，自有懼心。與戰則勝，與和則固。制服突厥，在此一舉矣。」衆再不復言。忽報頡利遣達官胡人之長也來請和。太宗許之。次日，引文武前至便橋之上，對面頡利二可汗，兩下各屯住人馬。太宗出於軍前曰：「既今再和，勿復有生異心。寡人以兵革危事，不忍使軍民死於鋒鏑。此約不信，征討之兵有所不免也。」言罷，令高士廉以白馬一匹斬於橋上爲盟。頡利見太宗親爲盟誓，皆羅拜於馬下，受命曰：「突厥自此不復反矣。」太宗仍令將金帛〔二〕送於突厥，突厥亦獻名馬二千匹，羊萬口，太宗皆不受。

〔一〕「日」，原脱，據世德堂刊本補。
〔二〕「金帛」下原衍「牛馬」，據藏珠館刊本《唐傳演義》删。

第五八節　唐太宗論功封爵　孔穎達陳義講經

次日，率胡騎退還本國去了。蕭瑀等入賀曰：「突厥未和之時，諸將爭欲戰，陛下不許，而虜自退，其策安在？」上曰：「突厥之衆雖多，號令不整，惟將求吾金帛而已。昨日達官皆來見我，我若醉而縛之，因擊其衆，埋伏騎兵阻其前，大軍襲其後，破之如反掌耳。然吾即位未久，國家未安，一與虜戰，結怨日深。彼或恐懼，回與衆虜，積餱糧，修戰具，則吾未可以得志也。故捲甲藏戈，啖以金帛，彼既得所欲，志必驕惰。然後養威俟釁，一舉可滅也。兵法曰：將欲取之，必固與之，此之謂也。」瑀等皆拜伏曰：「陛下神算，臣所不及也。」於是下詔，鸞駕回長安。大小三軍各鼓吹而入，但聞馬敲金鐙響，人唱凱歌聲。

太宗已歸朝，用改年號，是爲貞觀元年。追封故太子爲息隱王，齊王爲海陵，敕改葬之。春正月，太宗以突厥既退，天下且安，詔宴群臣於顯德殿，群臣乃奏《秦王破陣樂》以獻太宗爲秦王時，破劉武周，軍中作此樂曲，舞用樂工一百二十八人披銀甲執戟而舞。後改號「神功破陣樂」，貞觀七年改名「七德舞」，其此樂也。上諭曰：「朕昔受委專征，民間遂有此曲。雖非文德之雍容，然功業所由，不敢忘也。」封德彝曰：「陛下以神武平海內，文德豈足比乎？」上曰：「定亂以武，守成以文，文武之用，各隨其時。卿謂文不及武，此言過矣。」德彝拜伏。是日，各盡歡而退。先是，太宗嘗謂太平不可忘武備，日引諸衛將卒數百人，習射於殿庭，諭之曰：「朕不使汝衆人穿池築苑，以圖驕樂，專令習弓矢矣。若遇居閑無事之時，朕則爲汝之射師。一有突厥入寇，則爲汝將。

庶幾中國之民，可以少安。」群臣多諫曰：「律法以兵刃至御前者絞，今陛下使將卒習射殿庭，萬一狂夫竊發，出於不意，非所以重社稷也。」上曰：「王者視四海爲一家，封域之内皆朕赤子，朕一一推心置其腹中，奈何宿衛之士，亦加猜忌乎？」由是諸衛將卒思自勵，數年之間，悉爲精鋭之射矣。上嘗言：「吾自幼年經略四方，頗知用兵之要。每觀敵陣，即知來兵之強弱，常以吾弱當其強，出其不意，擊之無不服矣。」

范氏斷曰：有國家者，雖不可忘戰，然教習士卒，乃有司之事，殿庭非其所也。將帥得人，何患士之不勇，技之不精乎？且以萬乘之主，而爲卒伍之師，既非所以示德，即位之初，不以教化爲先務，而急於習射，志則陋矣。雖士勵兵強，征伐四剋，非帝王之盛節，亦不足貴也。

卻說太宗於殿廷親定功臣爵邑名，陳叔達唱名示之，乃下詔：「朕所定未允當，許各人自言。」於是諸將爭功，紛紜不止。淮安王神通進前曰：「臣舉兵關西，先應義旗，而〔一〕房玄齡、杜如晦等專弄刀筆，功居臣上，臣有不服。」上曰：「叔父雖首唱舉兵，蓋亦自營脱禍。及竇建德吞噬山東，叔父全軍陷没。劉黑闥再合餘賊，叔父望風奔走。玄齡等雖未經戰陣，運籌帷幄，坐安社稷，論功行賞，固宜居叔父之先。叔父國之至親，高爵誠無愛，但不可以私恩濫與功臣同賞耳。」神通再不復言。諸將乃相謂曰：「陛下至公。淮安王尚無所私，吾等何敢不安其分！」遂皆悦服。房玄齡進曰：「秦府舊人，未陞官者，皆嗟怨，乞陛下封之。」太宗曰：「王者至公無私，故能服天下之心。設官分職，以爲民也，當擇賢才而用之，豈可以新舊爲先後哉？」玄齡乃退。

〔一〕「而」，原作「今」，據世德堂刊本改。

次日早朝，群臣俱列殿前。是時，上欲開心論治道，因謂侍臣曰：「朕觀隋煬帝，文辭深奧，亦知堯、舜爲賢君，桀、紂爲惡主。然行事何其相反也？」魏徵對曰：「人君雖聖哲，猶當虛己，以受人言。故智者獻其謀，勇者竭其力。煬帝自恃其俊才，驕矜自用，雖口誦堯舜之言，而身爲桀紂之行，亦不自知，所以至於滅亡也。」上曰：「煬帝之事不遠，吾當深鑒之。」廷臣進講《論語》，上問給事中孔穎達曰：「《論語》以能問於不能，以多問於寡，有若無，實若虛，何謂也？」穎達具釋其義以對，且曰：「非獨匹夫如是，帝王猶宜慎之。若居尊位，自作聰明，以才陵人，飾非拒諫，下情不能上達，取亡之道也。」上曰：「卿言吾當謹佩。」上復諭侍臣曰：「朕每臨朝，欲發一言，未嘗不三思，恐爲民害，是以不多言。」知起居事官名杜正倫曰：「臣職在記言。陛下之言有失，臣必書之，豈惟有害於今，亦恐貽譏於後。」太宗深然之。

時太宗略重佛教，因謂傅奕曰：「佛教玄妙可師，卿何不悟其理？」奕對曰：「佛乃胡中桀黠，誑耀彼土。中國邪僻之人，取莊、老玄談，飾以妖幻之語，用欺於俗，無益於民，有害於國。臣非不悟，實輕之不學也。」上頗然之。後因謂侍臣曰：「梁武帝惟談苦空，侯景之亂，百官不能乘馬。元帝爲魏軍所圍，猶講《老子》，百官皆戎服以聽。此深足爲戒。朕所學者，惟堯、舜、周公之道，如鳥之有翼，魚之有水，不可一時無耳。」侍臣皆曰：「誠如陛下所論也。」群臣多有上書言事者，太宗悉粘於屋壁，謂裴寂曰：「及日多上書，朕粘之屋壁，得出入有覽，數音朔思治道，至於夜分乃寢。公輩亦當勤於職事，副朕此意。」

有上書請去佞臣者，上問：「佞臣爲誰？」對曰：「願陛下與群臣言，或詐怒以試之，彼執理不屈者，直臣也，畏威順旨者，佞臣也。」太宗曰：「君乃水之源也，臣爲水之流也。濁其源而求其流之清，不可得矣。君自爲詐，何以責臣下之直乎？朕方以至誠治天下，見前世帝王，好以權譎小數接其臣下者，常竊恥之。卿之策雖善，朕不取也。」上書者慚退。太宗嘗與群臣論止盜術，臣僚或請用重法以禁之。上曰：「朕當去奢省費，輕徭薄賦，選用廉吏，使民衣食有餘，則自不爲盜，安用重法耶？」自是數年之後，海内昇平，路不拾遺，民間外户不閉，商旅行途者野宿焉。上嘗曰：「君依於國，國依於民，刻民以奉君，猶割肉以充腹，腹飽而身斃，君富而國亡矣。然人君之患，不自外來，常由身出。蓋欲盛則費廣，費廣則賦重，賦重則民愁，而國危矣。朕常以此思之，不敢縱欲也。」

一日，上謂公卿曰：「昔禹王鑿山治水，而民無怨謗者，與人同利故也。秦始皇造宫室，而民怨叛者，病人以利己故也。夫美麗珍奇，皆人之所欲，若求之不已，則危亡立至。朕欲創一殿，材用俱備，因始皇爲鑒。自今王公以下，宜體朕此意。」群臣皆諭旨。由是二十年間，風俗素樸，衣無錦繡，公私富給。又謂侍臣曰：「吾聞西域國有名賈胡者，得一美珠，無藏處，剖開身肉以藏之。果有此事乎？」諸侍臣曰：「以臣所聞，實有之。」太宗曰：「若果有此事，則人皆笑彼之愛珠而不愛其身也。今有吏受贓罔法，與帝王縱奢欲而至亡國者，何以異於賈胡之可笑耶？」魏徵曰：「昔春秋有魯哀公，謂孔子曰：『人有好忘記者，一日徙宅而忘其妻。』孔子曰：『又有甚此者，桀紂乃忘其身。』亦由是也。」上曰：「然。朕與公輩宜戮力相輔，庶幾免爲人笑也。」

近臣奏有司令史（官名）受人贓絹一匹，太宗下詔欲殺之。民部尚書裴矩諫曰：「爲吏受賂，罪誠當死。但陛下使人遺之而受（時上患吏多受財，密使左右試賂之，故云），乃陷人於法也。恐非所謂道之以德，齊之以禮。」上大悦，告群臣曰：「裴矩能當廷力諍，不爲面從。倘事事皆如是肯言，何憂不治！」裴矩又奏：「邊民遭突厥殘暴，不復聊生，乞每户給絹一匹。」上曰：「卿言雖善，朕以誠信御下，不欲虚有存恤之名而無實惠。户有大小，豈得雷同給賜？」手詔令有司計口爲率。太宗每日衹是與群臣厲精求治，講求國體。遇退朝，常引魏徵入臥内，訪以得失。徵知無不言，上皆欣然嘉納。近臣奏：「軍衛不充，乞陛下裁處。」太宗問群臣裁處之宜。封德彝奏曰：「民間中男，雖未十八，其壯大者，亦可並點，則軍伍可實。」上從之。

第五九節　馮酋長擾亂嶺南　崔仁師鞠獄青州

太宗敕將出，魏徵固執曰：「國依爲民，使良家盡入軍伍，則何以堪？」上曰：「且待來年復點兵矣。」魏徵復諫，以爲不可。上怒責之，徵曰：「夫兵在御之得其道耳，何以多取細弱以增虛數乎？且陛下每云『吾以誠信御天下』，今即位未久，失信者屢矣。」上愕然曰：「何以失信也？」徵曰：「陛下初詔，悉免負逋官物，及有司奏負秦府國司者，陛下以此非是官物，令催督如故。且陛下以秦王陞爲天子，國司之物，非官物而何？又曰關中免二年租調，關外復給一年。既而復有敕云：『已役已輸者，以來年爲始散還之，俟後再徵。』百姓聞之，不能無疑。今復點兵，何謂來年爲始乎？又陛下所與共治天下，在於守宰。至於點兵，獨疑其詐，豈所謂誠信爲治乎？」上悦從之。

時有景州錄事參軍張玄素來朝，上聞其名，召見殿前，問以政道。玄素對曰：「隋主自專國務，不任群臣，以一人之智，決天下之事。是以得失相半，乖謬已多，下諛上蔽，不亡何待？陛下誠能擇群臣而分任之，遲其歲月，而唯考功績，何憂不治？」太宗悦曰：「卿言甚合孤意。」以爲侍御史。又以張蘊古爲大理丞。

按，張蘊古，□□人，爲幽州記室時，上《太寶箴》以教人君。其略曰：「聖人受命，拯溺亨屯，故以一人治天下，不以天下奉一人。」又曰：「壯九重於內，所居不過容膝，彼昏不知，瑶其台而瓊其室。羅八珍於前，所食不過適口。惟狂罔念，丘其糟而池其酒。」又曰：「勿没没而闇，勿察察而明。雖冕旒蔽目，而視於未形，雖黈纊塞耳，而聽於無聲。」

太宗設朝，邊臣奏曰：「陛下以選人襲封者，多有詐冒資蔭，乞詔禁之。」太宗下詔曰：「仍有詐冒資蔭，許自首。不首者〔一〕，處以死罪。」未幾時，有詐冒事覺，奏聞於太宗。太宗下詔殺之。侍臣戴胄〔二〕奏曰：「詐冒之罪，依法問擬，止應該流。陛下何遽殺之？」上怒曰：「卿欲守法而使朕失信乎？」胄曰：「敕者，出於一時之喜怒；法者，國家所以佈大信於天下也。陛下怒選人之多詐，故欲殺之。既而知其不可，復斷之以法。此乃忍小忿而存大信也。」上改容曰：「卿能執法〔三〕，朕復何憂！」與胡演同爲大理少卿。時胡演侍朝，有奏將軍長孫順德私受人饋絹。上嘆曰：「朕以廉恥風教於内外，近臣不能焉，何况遠者乎？」乃召順德入於殿庭，賜絹數十匹。胡演以爲不可，上曰：「彼有人性，得絹之辱，甚於受刑。如不知愧，是一禽獸耳，殺之何益。」順德聞之，羞退其職。太宗知得，亦不復問矣。一日，謂太子少師蕭瑀曰：「朕少得良弓十數張，自謂無以加。近日以示弓工，乃曰皆非良材，蓋謂木心不正則脈理皆邪，弓雖勁而發矢不直。朕自以弓矢定四方，識之尚未能盡，况天下之務乎？」乃命京官五品以上更宿中書内省，「與寡人得問民間疾苦，政事得失。」

六月，封德彝卒。

初，太宗令德彝舉賢，久無所舉。上詰之，對曰：「非不盡心，但於今未有奇才耳。」上曰：「君子用人如器，各取所長。古之致治者，豈借才於異代乎？正患己不能知，安可誣一世之人？」德彝慚而退。御史大夫

〔一〕「者」，原作「殺」，據藏珠館刊本《唐傳演義》改。
〔二〕「戴胄」，原爲墨丁，據藏珠館刊本《唐傳演義》補。
〔三〕「法」，原作「事」，據世德堂刊本改。

杜淹奏：「諸司文案恐有稽失，請令御史就司檢校。」上以問德彝，對曰：「設官分職，各有所司。果有愆違，御史自應糾舉。如淹所言，大爲煩碎。」淹默然。上問淹：「何故不復論執？」對曰：「德彝所言，真得大體。臣誠心服，不敢遂非。」上悦曰：「公等各能如是，朕復何憂！」

太宗聞德彝卒，因問侍臣蕭瑀曰：「德彝何爲人？」瑀曰：「在朝黨立，亦敦厚君子也。」太宗曰：「誠如卿言。惜其不得留輔朕矣。」君臣二人議論間，問及周、秦修短，瑀曰：「紂爲不道，武王征之。周及六國無罪，始皇滅之。得失雖同，立心則異。」上曰：「公知其一，未知其二。周得天下，增修仁義；秦得天下，益尚詐力。此修短之所以異也。蓋取之或可以逆，若守之不可以不順故也。」瑀謝曰：「陛下之見，臣所不及也。」

范氏斷曰：取之以仁義，守之以仁義者，周也。取之以詐力，守之以詐力者，秦也。此周、秦之所以異也。太宗以湯武之征伐爲逆取，而不知征伐順天應人，所以爲仁義也。其曰取之或可以逆，亦非也。既謂之逆，則無時而可矣。

是時，太宗以長孫無忌有布衣之交，加以外戚有安命功，欲託以腹心之任。入宮與皇后商議，皇后長孫氏固請曰：「妾備位椒房，貴寵極矣，誠不願兄弟執國政。前朝呂、霍、上官漢高后時呂產、呂祿，昭帝時上官桀、上官安，宣帝時霍山、霍禹等，皆以外戚謀反伏誅，故后言及之，可爲切骨之戒。」太宗曰：「無忌朕之幼相識也，寧有是事哉？吾必欲任之。」遂不聽后言，以爲右僕射。

冬十月，忽邊廷報入，嶺南酋長馮盎與諸酋長自相攻擊，將欲謀反。太宗聞奏，集群臣議曰：「嶺南連年不靖，今諸州告急，朕將發兵討之。」武臣皆請擊之爲利。魏徵出班諫曰：「嶺南瘴厲險遠，不可以宿大兵。且告急者已數年，而盎兵未嘗出境，此其不反明矣。若遣信臣，示以至誠，撫以恩德，可不煩兵而服，何必動干戈哉？」太宗依其奏，即遣殿中侍御史崔仁師爲使，前往嶺南安撫馮盎。仁師領敕命，徑至嶺南，見諸酋曰：「唐天子以遠臣不沾德化，自相殘戮，邊廷疑有反意，奏入京師。今上特賫敕書，安撫爾眾人，各宜自保其位，不得越分而取夷滅禍矣。」諸酋長聽得有安撫詔書來到，大悅，各息鬥兵，馮盎遣其子智戴隨天使入朝謝罪。崔仁師回長安奏知：「諸酋各遵諭旨，嶺南悉平。見有盎子智戴隨臣詣闕下請罪，伏候敕旨。」太宗大悅，詔智戴面撫慰之，遣回，顧謂魏徵曰：「卿一言，勝十萬之師。不可不賞。」賜絹五百匹。魏徵固辭曰：「此陛下天威所及，非臣之能。」太宗由是甚重之。

忽閤門太使奏知：「青州賊相聚爲亂，守臣捕捉滿獄，乞候聖裁。」太宗與群臣議曰：「侍御史崔仁師明敏有見，日前撫安嶺南，甚稱朕意。今詔之按獄於青州，必得其明。」眾臣皆舉仁師可任。於是太宗召入問之曰：「青州所繫於獄者實多，然而未有謀反者亦不少。朕誠不忍刑及無辜。卿莫惜一行，與朕公決之。」仁師曰：「君命召，行不俟駕。臣食君之祿，未有補報，今陛下遣臣，寧有辭哉？」太宗大悅。即日詔旨已下，仁師承詔，徑至青州而來。不則數日，將近青州界，守臣各迎接入城，進府中坐定。仁師令取出有罪人於階下，逐一覆按之。仁師審其招辭，嘆曰：「良民亦拘爲謀反者，其冤何伸！」即令悉去杻械，與之飲食湯沐，分付監者不許禁逼之。次日，仁師錄其當死魁首十餘人上奏，太宗詔依擬。孫伏伽退見仁師，私議曰：「足下承王命，按青州之獄，今惟坐罪十餘人，恐得免者或有爲惡，則受刑之徒，未肯甘心矣。」仁師曰：「凡治獄，當以仁恕爲本，豈可濫及無罪。今按之，知其冤而不爲伸，是失朝廷之心矣。萬一誤有所放，以一身代十囚之罪，亦所願也。」伏伽唯唯而退。及太宗復差使至青州更訊審之，諸囚皆曰：「崔公平恕無枉，請速就死。」無一人異辭者。孫伏伽乃奏曰：「陛下之臣崔仁師，體國公恕，臣等之所不如。」因謂之曰：「卿等可效仁師，以朕心爲心，何憂國不治哉！」伏伽頓首曰：「近日聞陛下好騎射，臣實不願陛下如此。」太宗曰：「朕騎射亦安不忘危之意，卿何過慮乎？」伏伽曰：「天子居則九重，行則警蹕，非欲苟自尊嚴，乃爲社稷生民之計也。夫走馬射的，乃少年諸王所爲，非今日天子事業也。既非所以安養聖躬，又非所以儀刑後世矣。」上大悅，乃曰：「朕所不及處，卿等須正言之。」伏伽復奏曰：「陛下遇視朝，神采英毅，群臣進見，皆失舉措。乞聖容寬悅，則臣下得以盡言。」上深然之。自是，每假以辭色。嘗謂公卿曰：「人要自見其形，必用明鏡照之。君欲自知其過，必待忠臣規諫。苟其君自恃爲賢，其臣阿諛順旨，必致失國。君既失國，臣豈獨能全？如隋煬帝、虞世基者，亦足以鑒矣。公輩宜用此爲戒，事有得失，無惜盡言也。」伏伽等稱謝。

第六十節　李百藥奏出宫女　唐太宗分任廷臣

貞觀二年三月，海〔一〕内旱饑，民多賣子者。近臣奏知，太宗下詔，將御府金帛，贖所賣子以還其人，大赦天下。因謂侍臣曰：「古語有云：赦者小人之幸，君子之不幸。一歲再赦，善人喑啞無所訴，猶田中養稂莠者害嘉穀，赦有罪者害良民。故朕即位以來，不欲數赦，正恐小人恃之，輕犯憲法故也。」群臣齊曰：「陛下再赦，無非愛民之盛德也。其如小人之所輕，誠如聖諭。」上曰：「使年豐穀熟，天下太平，猶移災朕身，是所願也。」

史評云：太宗是時，君德清明，勤恤民隱，每有饑旱，輒書於册。去夏嘗詔山東賑恤蠲租，今又特降赦令。其愛民之心，可謂切矣。

靜軒先生讀史至此，感太宗饑人賣子將金贖之事，有詩云：

饑人賣子將金贖，一點仁臺惻隱生。
中外黎民無失所，邦家安得不隆興！

〔一〕「海」，原爲墨丁，據世德堂刊本補。

是年夏四月，因謂侍臣曰：「朕幼在戎馬之間，甚知戰士之苦。遇王命出征，冒鋒鏑、犯矢石而死者，吾甚不忍。隋煬帝自恃國富，黷武萬民，兵革連年不息，致死者枕藉道路。朕將下詔，令所在官司，給衣帛與附近邊民，將暴露骸骨悉收葬之，庶體朕之念也。」魏徵等謝曰：「陛下恩及枯骨，天下無有弗悅，由是國家何患不安？」

靜軒有詩云：

亡卒遺骸散帛收，洪恩奚用復他求。
綿延國祚無爲治，應是當年一念投。

卻說太宗恩赦屢下，祥瑞疊見，群臣各上表稱賀。上曰：「近日爾群臣屢賀瑞祥，朕甚不悅。夫使百姓富給而無瑞，不失爲堯舜，百姓愁怨而多瑞，不失爲桀紂。後魏之世，吏焚連理木，煮白雉而食之，豈足爲至治乎？」乃詔：「自今大瑞聽表聞，其小事，止申所司而已。」時有白鵲巢於寢殿槐樹上，兩巢相連如腰鼓樣，左右稱賀。太宗曰：「我常笑隋煬帝好祥瑞，至於滅國。朕好瑞在得賢，此何足賀？」因命毀其巢。由是禎祥雖見，群臣莫敢上聞矣。是歲京師無雨，中書舍人李百藥進奏曰：「往年陛下雖放出宮人，今宮中無用者尚多，陰氣鬱積，亦足致旱。乞再出之，必應天意也。」太宗依其奏，下詔再簡出之，前後凡三千餘人。

靜軒先生有詩云：

怨女三千放出宮，歷代民主少奇逢。
推將己欲同天下，唐德巍巍世已隆。

近臣奏知，今有交阯，因與日本不和，連年動兵革，禍延藩鎮，邊延聲勢甚緊。報入長安，太宗聚群臣商議。魏徵奏曰：「陛下仍遣大臣鎮撫之，則交阯之亂自息矣。」上以盧祖尚廉平公直，可充此任，乃遣之。

祖尚領命而出，歸至府中，復悔曰：「交阯夷狄之性，其人險惡，且又地方遼遠，吾何以鎮守？」次日，遣人上表以疾辭。太宗覽表，乃曰：「祖尚既謝恩而去，今日輒以疾辭。寡人復遣他臣，非所以示信也。」乃命杜如晦等至祖尚府中諭旨。如晦領命，至見祖尚曰：「君上有交阯之命，足下何以固辭？今遣吾等諭旨回奏。公意若何？」祖尚曰：「君之命，敢有違逆！吾今惛亂有餘，恐不足以當此任。望公等善爲我辭焉。」如晦以祖尚之言復命。上大怒曰：「我使人不行，何以爲政？」命召之，斬於朝堂。不移時，金瓜武士梟了首級回報。太宗既斬了祖尚，卻有悔心，祇是不肯正言。他日與侍臣論齊文宣帝之爲人，魏徵對曰：「文宣狂暴，然人與之爭事，理屈則亦從之。曾有青州長史魏愷，爲使梁國而還，文宣除之爲光州長史，不肯行。文宣怒而責之，愷曰：『臣先任大州，有功勞而無過失，今得小州，所以不行。』文宣赦之。此文宣所長也。」上曰：「嚮者盧祖尚雖失人臣之義，朕殺之，亦爲太暴。由此言之，不如文宣矣。」因命復其官蔭。

魏徵，容貌不逾中人，而有膽略，善回人主意。每犯顔苦諫，或上怒甚，亦爲之止。上嘗得佳鷂自臂之，望見徵來，即藏匿於懷中。徵奏事故久，鷂竟死懷中。嘗謁告上冢，徵還言於上曰：「人言陛下欲幸南山，嚴裝已畢，而竟不行，何也？」上笑曰：「初實有此心，畏卿嗔，故不敢行耳。」

十一月，太宗以國事分任其政。大事則令中書舍人，各執所見，雜署其名，謂之「五花判事」。更使中書侍郎、中書令省審之，給事中、黃門侍郎駁正之。至是，上謂侍臣王珪曰時珪爲侍中：「國家本置中書、門下，以相檢察，正以人心所見，互有不同。苟論難往來論難，謂事之難明處，務求至當，捨己從人，亦復何傷。近來有或護己短者，遂成怨隙，或避私怨，是以知人之不是處，亦不肯正言，順一人之顔情，爲兆民之深患。此乃亡國之政，隋煬帝之世如此也。當時群臣如此，必皆自謂我有智識，禍患不及我身。及天下大亂，家國兩亡，其幸有脫免者，亦爲時論所貶，終古不磨。卿等各當依公忘私，勿雷同也。」又謂房玄齡曰：「中書、門下，機要之司，詔敕有不便者，皆應論執。比來惟睹順從，不聞有違異。若但行文書，則誰不能爲，何必擇才也？」王珪、房玄齡等皆頓首稱謝。

次日，朝臣已退，太宗見王珪猶在侍，乃問曰：「卿欲奏事否？」珪對曰：「皇風清穆，無事可奏也。」上笑曰：「天下至廣，民間疾苦有不勝言者。卿謂無事可奏，斯言過矣。」因引入宮中，議論治道，問珪曰：「近世治不及古，何也〔一〕？」珪〔二〕曰：「漢世尚經術，宰相多用儒士，故風俗淳厚。近世重文輕儒，參以法律，此治化之所以益衰也。」上然之。時有美人侍太宗之側，上指謂〔三〕珪曰：「此廬江王瑗之姬也，瑗殺其夫而納爲姬。」珪避席曰：「陛下以廬江王納此姬爲是耶？非耶？」太宗曰：「殺人而取其妻，卿何問是非哉？」對曰：「昔齊桓公知郭公之所以亡，何也？蓋由其有善人而不用。管仲，齊桓公之臣，見桓公亦棄善人之言，以爲無異於郭公。今此美人尚在左右，臣以爲聖心是之也。」太宗悅，即出之。王珪亦退。

初，上皇命祖孝孫定雅樂。孝孫以爲梁陳之音多於吳楚，周齊之音多於胡夷，於是考古聲作唐雅樂，凡八十四調，三十一曲，十二和。至是上奏於太宗，太宗曰：「禮樂者，聖人緣物以設教。治之興衰，豈由於此？」御史大夫奏曰：「齊之將亡，作《伴侶曲》。陳之將亡，作《玉樹後庭花》皆曲名。其聲哀思，聞者悲泣，豈可謂治不在樂乎？」上曰：「悲喜在心，非由樂也。將亡之政，民必愁苦，故聞樂而悲耳。今二曲俱存二曲

〔一〕「也」，原爲墨丁，據世德堂刊本補。
〔二〕「珪」，原爲墨丁，據世德堂刊本補。
〔三〕「謂」，原作「六」，據世德堂刊本改。

謂《伴侶》《玉樹後庭花》，爲卿等奏之，卿豈悲乎？」魏徵曰：「樂在人和，不在聲音也。」他日太宗使祖孝孫教宮人樂，不稱旨，怒責之。王珪與溫彦博諫曰：「孝孫端雅之士，今乃使之教宮人，又從而譴之譴，責也。臣竊以爲不可。」上怒曰：「卿等當竭忠直以事我，乃爲孝孫遊説耶？」彦博懼旨拜謝，珪不拜，復奏曰：「陛下責臣以忠直，今臣所言豈私曲耶？」上爲改容而罷。明日謂房玄齡曰：「自古帝王納諫誠難，朕昨責二公，至今悔之。公等勿爲此不盡言也。」玄齡拜謝。

貞觀三年正月，裴寂卒裴寂官爲司空，得罪，流靜州而死。太宗以房玄齡、杜如晦爲僕射，魏徵守秘書監，參預朝政。謂玄齡、如晦曰：「公爲僕射，當廣求賢人，隨才任用。近聞卿因聽訟，日不暇給，安能助朕求賢乎？」因敕尚書細務屬左右丞，惟大事當奏者乃關僕射。他日，上謂玄齡等曰：「爲政莫若至公。昔蜀主之臣諸葛亮竄廖立、李嚴於南夷，及亮卒而二人哭泣，有死者非至公，能如是乎？近有高熲相隋，熲爲人公平，識治體，熲存則隋興，熲没隋亦亡。朕慕前世之明君，卿等不可不學前世之賢臣也。」玄齡頓首拜謝。

玄齡明達吏事，輔以文學，夙夜盡心，唯恐一物失所。用法寬平。聞人有善，若己有之。不以求備取人，不以己長格物，與如晦引拔士類，常如不及。上每與玄齡謀事，必曰：「非如晦不能決。」及如晦至論之，竟用玄齡之策。蓋玄齡善謀，如晦善斷也。二人同心徇國，故唐世稱賢相，推房、杜焉。

第六一節　薛延陀分兵入寇　北頡利遣使請糧

太宗命玄齡監修國史，因語之曰：「《漢書》載《子虛》《上林》賦，浮華無用。其上書論事，詞理切直者，朕有從與不從的皆載之。」玄齡叩頭領旨。俄有人告：「魏徵私其親戚，權由己出，乞陛下正其罪。」上使御史大夫溫彥博按之，彥博領旨往按，移時回奏曰：「魏徵私親戚事，無跡可據。以臣度之，恐未有也。」上不悦，以徵不避嫌疑。次日徵會朝，太宗責之曰：「卿自今遇事，宜存形跡，庶與朕可驗。」徵奏曰：「君臣同體，宜相與盡誠。若但存形跡，則國之興喪未可知也，臣不敢奉詔。」上曰：「吾已悔之矣。」徵再拜曰：「臣幸得奉事陛下。願使臣爲良臣，莫使臣爲忠臣。」太宗曰：「忠良有異乎？」對曰：「昔三代隆盛之時，稷、契、皋陶，君臣協心，俱享尊榮，所謂良臣。桀、紂之世，龍逢、比干，面折廷諍，身誅國亡，所謂忠臣。」太宗大悦。他日從容問徵曰：「人主何爲而明，何爲而暗？」徵對曰：「兼聽賢臣之言則明，偏信邪佞之説則暗。昔堯清亦問下民，舜帝明目達聰，故共鯀驩苗不能蔽也。秦二世偏信趙高，以成望夷之禍。梁武帝偏信朱忌，以取臺城之辱。隋煬帝偏信虞世基，以至彭閣之變。是故人君兼聽廣納，則近幸之臣不得壅蔽，而下情得以上通也。」太宗深然之。不則一日，言事者請上親覽各人奏表，以防壅蔽。太宗以問魏徵。徵曰：「此人不知國之大體，必使陛下一一親覽之，豈惟朝堂，至於州縣之事，亦當親之矣？」上是其言，因問曰：「朕每以前王得失爲鑒，不敢自欺。昔齊後主與周天元二君名號皆重斂百姓，厚自奉養，力竭而亡。譬如饞人自啖其肉，肉盡而死，何其愚也。然二主孰爲最下？」徵曰：「齊後主懦弱，政出多門；周天元〔一〕驕暴，自專威福。是二主雖同至亡國，而齊主尤劣也。」太宗曰：「卿言自專威福誠是也。人言天子至尊，無所畏憚，朕則不然。上畏皇天之鑒臨，下憚群臣之瞻仰，兢兢業業，猶恐不合天意，未副人望矣。」魏徵曰：「此誠至治之要。願陛下慎終如始，則善矣。」言未罷，有侍御史權萬紀奏：「房玄齡、王珪二人掌内外官考，其有不公平。」太宗欲命魏徵推勘之。徵諫曰：「二人素以忠直承委任，所考既多，其中豈無一二不平？然察其情，終非阿私。且萬紀近在考堂，曾無駁正，及身不得考，乃始陳奏，此非竭誠循國者乎。今使臣推之，未足補益朝廷，徒失委任大臣之意。臣所愛者治體，非敢私二臣也。」上乃釋而不問。靜軒先生讀史至此，有感君臣相得之處，有詩贊云：

君臣相得古爲難，龍虎風雲際會間。
忠直股肱元首諭，唐虞治化可回還。

卻說突厥自回本國，恃人馬勢強，嘗侵伐他國。有敕勒者，不能抵敵，因是諸部各皆分散。當時有薛延陀先與薛種雜居，後滅其部，因號薛延陀，姓一利咥氏、回紇其先匈奴也，姓藥葛氏，居薛延陀之北、都播匈奴别種也，一曰都波、骨利幹居瀚海北，其地晝長夜短，日方没後，天色正曛，煮羊羹〔二〕適熟，日已復出、多濫葛在薛延陀東，濫或作覽、同羅在多濫葛東、僕固在多濫葛東北，一曰僕骨、拔野古居磧北，在僕固東，拔蒲撥反，一曰拔野固，或作拔曳固、思結在薛延

〔一〕「元」，原作「無」，據世德堂刊本改。
〔二〕「羹」，原作「師」，據藏珠館刊本《唐傳演義》改。

陀之故牙、渾戶昆反，即吐谷渾之類，在諸部之南，建中功臣渾瑊即其後、斛薛在多濫葛北，東連僕固、奚結在同羅之北，僕固之東焉、阿跌一曰阿咥，或曰夾咥，其實一也。本出河曲部落，稽其後内屬，賜姓李氏、契苾契音喫。苾，蒲結反。一曰契苾羽，在焉耆西北，其後因以爲氏。按，《北史》苾作弊、白霫霫音習。董衡又音先立反，在於契丹之北，地與奚結連等十五部，皆居磧北之地。及見頡利不理其國，惟好酒色，政事大亂，薛延陀乃約回紇等曰：「突厥初以強盛，征伐我主，致吾輩各散不聚。今其國事離亂，人馬多死，我輩何不率眾攻入他國，復雪前恥。汝眾人以爲何如？」回紇等曰：「今頡利結好於中國，若攻之，彼必借兵於唐，我眾人如何抵當？不如叛入中國，據了幾座城郭，又資他軍器糧草，待我等有安止處，然後發兵攻突厥，豈能勝我哉？若有後患，亦祇是歸降大唐便了，有何不可？」薛延陀曰：「君計甚高。」即日分諸部前後，望并州、朔州、潞州、雁門等處入寇。不數日，是處軍民聽得胡騎入〔一〕塞，各棄家逃走。守臣驚恐，一面遣人報入長安，一邊預防戰守。消息傳入長安，近臣奏知，太宗聚群臣議曰：「薛延陀絶遠胡夷，今何以擾攻邊郡，爾眾臣何謂？」親軍總管李靖奏曰：「此部落原屬突厥頡利所管，頡利不能制服之，因致其入寇。陛下若發兵征討，則虛費歲月，無益也。祇須遣使見頡利可汗，令彼出兵伐之。薛延陀慮巢穴有失，必部回人馬矣。」上從之，即遣使星夜往突厥見頡利可汗。使臣領了詔書，徑來突厥，見了頡利，宣讀太宗詔書已畢，頡利先打發天使回朝，再與眾文武商議征伐薛延陀之策。左丞撒禮黑曰：「延陀等抵死之輩，必合諸部磬力而鬥。大王可差人通知朔、潞等處人馬，内外夾攻，使眾部首尾不能相救，必自敗散矣。」頡利依其議，即日遣人通知朔、潞等處守臣，自部胡騎十餘萬出渤海，掩襲薛

〔一〕「入」，原作「出」，據世德堂刊本改。

延陀歸路，不在話下。

卻說延陀與回紇多濫葛等相約〔一〕，欲攻雁門關。忽遊騎來報，大唐遣使於突厥處知會，即今頡利可汗統人馬已出渤海矣。回紇大驚曰：「渤海渾谷乃吾等門户，若被頡利襲破，我輩無所安止，必死之道也。不如急抽回人馬，乘突厥空虚，併力攻入其國。頡利知吾兵來，必亦抽轉騎兵。待他來，首尾擊之，無有不勝矣。」延陀從之，即退回各部人馬，摇旗吶喊，殺奔突厥而來。頡利知得延陀襲他本國，將人馬分作二路，出鐵籠山與延陀會戰。先説頡利先鋒塔察兒，部本騎二萬出得鐵籠山來，遥望見前面征塵蔽日，殺氣衝天，知的薛延陀之兵，即擺開胡騎。延陀人馬已到，兩下出坡前廝殺。塔察兒出言大罵，延陀激怒，拍馬舉鐵杖，直取塔察兒。兩馬相交，戰四五十合，回紇勒騎助戰，塔察兒敗走，諸部趕去，塔察兒繞沙地而走。回紇部屬毛虎哩不捨，先一騎追趕，塔察兒覷得毛虎哩來近，拈弓搭箭，一矢正中虎哩左目，死於馬下。回紇見塔察兒射死其將，怒氣充塞，用一柄宣花斧，乘勢劈來，早劈死數騎。塔察兒見延陀衆盛，不敢戀戰，引部下殺奔本國去了。薛延陀部落一齊趕近城壕邊。忽前面笳聲刮地，鼙鼓連天，一彪人馬已近，乃是頡利可汗也。薛延陀分騎兩路邀擊，可汗驍騎孛羅背後殺來，兩下喊聲大振，殺了一陣。霎時間城中撒禮黑、塔察兒聽得頡利交戰，引騎兵開南門，乘勢殺出，前後夾攻。延陀人馬初時併在一處，因廝殺亂了，各分散，被頡利可汗揮兵截殺，回紇等不能抵當，大敗，與延陀走退三十餘里。頡利收兵入本國，堅閉了城門，亦不敢出。兩下一連相拒五十餘日，延陀衆部不退兵，頡利城中受困。會其年十二月中，天凍雨不止，遂成大雪，内外積深

〔一〕「約」，原作「攻」，據藏珠館刊本《唐傳演義》改。

三尺。突厥營中羊馬多死，軍民大饑。頡利君臣商議，忽統率都部官名擴廓奏曰：「薛延陀部落屯紮不退，城中軍士無糧，何以能濟？乞大王速差使臣入中國見唐主，借得兵馬糧食來，方可退得延陀，以濟吾今饑困。」頡利依其議，隨差使命前往中國，見唐主借兵糧。使人領了文書，徑入長安，朝見太宗，奏上突厥之事。太宗覽奏，與侍臣議曰：「突厥不能制服他虜，見今受困，遣人來借兵糧。卿等以爲可應之乎？」是時鴻臚卿鄭元璹自突厥回，奏曰：「戎狄興衰，專以羊馬爲候。今突厥民饑畜死，又有兵革，將亡之兆也。陛下若許以兵糧，使彼復振，久則復爲邊患矣。不如莫應之，以待其疲。」群臣多勸乘其國之弊而征之。太宗曰：「卿等言似亦有理。既然與人盟，又背之，則是不信，利人之災則不仁，乘危征之爲不武。縱其部落盡叛，六畜無餘，朕終不擊，必待有罪，然後討之。朕將與其兵食。」魏徵奏曰：「陛下既與之兵，則勿與糧，與糧勿與兵，二者不可兼足，恐無益於中國，反生嫌隙也。」上曰：「天氣嚴寒，亦非出兵之時，祇以糧草赴之。」即日遣人裝載糧草，與突厥使臣一同帶上本國去了。

第六二節　張公謹獻策闕下　李世勣兵出雲中

卻説頡利可汗君臣朝日望中國兵糧來到，正相議間，忽報大唐差人運得糧草四十車，與使臣同回。頡利見無人馬來，與文武議曰：「延陀干戈不息，今唐主止應糧草，何以退敵？」塔察兒曰：「目今天氣甚寒，霜雪不開，想彼之眾，亦無戰心。大王可將糧草十車、牛馬百匹，差人送與薛延陀等，與他講和。彼眾見有此物來和，亦必歡喜聽從。待他退回人馬，大王養威蓄鋭，儲積餱糧，俟其隙而討之，一舉可滅也。」頡利悦曰：「公言甚當。」即日遣會言語者一人，帶糧食牛馬，徑來薛延陀營中講和。是時，延陀與回紇等正在營中相議曰：「如今天氣甚寒，頡利堅守本國不出，目今糧草又盡，戰馬多凍死，甚非計也。」回紇曰：「再過數日，突厥必有消息，我人馬且祇顧莫動。」言未畢，忽報頡利可汗差人來，有事商議。延陀令喚入，差人將糧草牛馬於營外，輕身入見眾部落曰：「突厥主道天氣寒凍，軍民受饑，何况吾兩〔一〕家兵革不息，自相殘戮，實有怒於皇天，亦弗祐吾等也胡家有如此語。今國君差吾賫送糧草二十車，牛馬一百匹，濟汝營中，相與講和。未知眾人依允否？」延陀與部落商議，回紇、多濫葛等皆曰：「君可乘此機會許之和。」延陀乃對來人言：「既

〔一〕「兩」，原作「之」，據世德堂刊本改。

是講和，無復再相侵也。二國交兵，以和爲利，既突厥要來結好，我輩豈有不從？」收〔一〕了糧草牛馬，亦贈駝羊二百口報之，即日將各部人馬，退還磧北去了。差人回報頡利，薛延陀等許和，皆退了人馬，頡利復遣哨馬打探，果是祇遺下一座空營。突厥君臣商議，撒禮黑曰：「既然薛延陀罷兵，皆唐天子之賜。大王可遣使入朝報知，一且以謝應糧草。」頡利曰：「此論甚善。」即遣右丞擴廓奉表入朝，奏知頡利可汗自將面見。

擴廓領命，徑入長安，朝見太宗，先謝賜糧之德，次呈頡利可汗自請入朝。太宗覽表畢，詔來使返國，謂侍臣曰：「嚮者突厥方強，憑陵中國，用是驕恣，以失其民。今困窮如是，朕聞之且喜且懼，何則？突厥衰則邊境安，故喜。然朕或失道，亦將如此，卿等莫惜苦諫，以輔朕之不及。」眾臣皆稱賀。忽有代州都督張公謹上奏：「突厥有六可取之狀：頡利縱欲逞暴，誅忠良，昵奸佞，一也；諸部皆叛，二也；突厥諸部，皆得罪無所容，三也；塞北霜早，餱糧乏絶，四也；疏其族類，信任諸胡，大軍一臨，必生内變，五也；華人入地，所在嘯聚，大軍出塞，自然響應，六也。」太宗以狀示群臣曰：「朕與頡利既議講好，近日又應之糧食。若復伐之，恐夷狄以朕失恩信也。」兵部尚書杜如晦進曰：「夷狄無信。我雖如約，彼常負之。今陛下忘其征伐，使頡利兵馬復振，所謂養虎遺患，終成大害也。」太宗曰：「頡利無罪，遽伐之，恐外夷致疑，非所以安國計也。」如晦曰：「比者不能制薛延陀，致擾我邊郡，殘戮軍民，又常發兵救梁都師。安得無罪？」太宗從其言，乃命李靖爲行軍總管，以公謹爲副，李世勣、柴紹、薛萬徹爲諸道總管，合人馬十餘萬，皆受靖持調。李靖領旨出軍中，與諸人分道出征突厥。李世勣部軍三萬出雲中，柴紹、薛萬徹引兵三萬出白道，自與戰將程名振、李藝引兵四萬餘出馬邑，望定襄進發。大軍離了長安，正值春二月間，但見路上野花隨馬足，林中

〔一〕「收」，原爲墨丁，據世德堂刊本補。

啼鳥動征情。李靖大隊人馬，前望定襄不遠，屯下寨壁，遣人將戰書進入定襄。

卻說守定襄胡將，乃是頡利心腹人康蘇密，原乃隋煬帝之臣，因隋滅，帶了蕭皇后與宮官楊政道奔走突厥〔一〕，投頡利。頡利以蘇密鎮守定襄，使近中國地方。是日聽得唐軍有戰書來到，與楊政道商議迎敵。政道曰：「唐兵所向無敵，天下諸侯莫不帖首歸服。統軍總管李靖用兵如神，我與閣下守此孤城，如何當抵？不如獻了定襄，詣靖軍中納降。緣我等先是中國之臣，靖必不棄。君欲迎敵，決無勝理。」蘇密曰：「公言甚善。明日即開城納降。」卻說李靖正在軍中分遣將士出戰，忽報定襄守將來降。靖召入，康蘇密等拜伏於帳前曰：「臣聞天兵來到，情願乞降。」靖曰：「公乃隋臣，非夷虜之屬。今既歸順，唐主必不負汝。」蘇密因請大軍入城。李靖既取了定襄，大軍直抵突厥。早有遊騎報入頡利可汗，見有唐主發兵來征伐，李靖已襲破了定襄。頡利聽得大驚，聚諸將商議。左丞撒禮黑曰：「唐主以我國常失盟好，今發兵來討，祇得整點人馬，預備出戰。」言未畢，人報唐軍已抵城下矣。右丞擴廓進前曰：「兵來將對，水來土壓。唐軍深入吾地，何足懼哉！乞我步騎二萬，以退唐軍。」頡利從之，即付騎兵二萬。擴廓全身披掛，引了步騎，開城東門出戰。遥望見唐軍來到，兩陣對圓，李靖出馬。胡將更不打話，舞刀躍馬，直取李靖。李靖舉槍來迎。兩馬相交，戰了四五合，擴廓力怯，撥回馬走入城。唐軍一齊掩殺，胡騎死者無數。李靖恐深入險地，鳴金收軍。胡將入見頡利，説道唐軍勢大，不能抵敵。頡利曰：「初出一戰即敗，何以爲計？」塔察兒進曰：「唐兵雖衆，亦不足慮。目今春潦將降，人染濕氣，必生疫癘，豈能久屯乎？且彼初來，芒鋒正盛，如何迎敵？大王祇顧預備守城，勿與交鋒。且看他如何施展也。」頡利依其計，深溝高壘，嚴立烽火，差人四面巡哨，一連十餘日不與唐交兵。

〔一〕「厥」，原脫，據世德堂刊本補。

李靖軍中見突厥人馬不出，皆曰：「日前胡將殺輸一陣，卻又堅城不出，何也？」靖曰：「此必頡利鈍兵之計，欲疲我衆。」即喚過牙將程名振，分付曰：「離突厥三十里有鐵山，乃頡利屯糧草所在。爾領一枝人馬去此處，夜裡放起火來，彼必有人出戰，吾又有後軍接應。」名振領兵去了。又喚過李藝曰：「頡利聽得糧草有失，定著人出城救應。你領步騎一萬，埋伏鐵山北原，候彼衆來到，與名振合兵擊之。」李藝領計而行。李靖與公謹議曰：「胡虜出城，城中必虛。吾與足下分兵攻打，頡利膽落矣。」公謹依其行。

卻說程名振引五千軍馬，皆束草負薪，悄悄望鐵山而來。將近黃昏左側，是時鐵山守把將頡利族弟沙摩可汗，自以鐵山險阻之處，人馬難行，不十分持防。一更時分，祇聽得寨外響聲不絕，及起來看，火光滿天，糧草盡被燒著。四下喊聲大舉，唐軍一掩殺入。沙摩可汗驚慌不及，被程名振一刀斬之。胡騎死者不計其數。走回餘騎報入，守城兵傳與頡利知得。頡利望見鐵山火光正焰，慌聚衆人救之。撒禮黑進曰：「某與擴廓急去鐵山救糧草。」塔察兒曰：「不可去救。近年民饑，鐵山些須糧草，損之無害，須防唐軍夜襲也。」禮黑曰：「鐵山一失，大王事去矣，豈可不救？」頡利即遣禮黑、擴廓部兵去救鐵山，開了城門，遥望火光未熄。行近北原，一聲鼓響，火把照天，李藝兵從中截出。撒禮黑抵住交鋒。未數合，程名振從後抄出，兩下攻擊，胡兵大敗。禮黑、擴廓奪路走入城去。天明，李靖引大軍攻打四門，城中緊急，頡利無計可施。衆人皆曰：「大王要退唐兵，除非遣人往遼東見高麗王，許以本國遞年進貢所産，問他借得救兵來，内外相應，則可退也。」頡利從其言，即差健騎縋城而下，從間路悄悄而來〔一〕。未三四里，被唐伏兵所執，縛入軍中，來見李靖。搜身上帶有求救書札，李靖令將來人縛之，與衆將謀曰：「頡利城中困急，遣人往遼東借兵，不是今截了書札，倘

〔一〕「來」，原爲墨丁，據世德堂刊本補。

高麗以兵應之，内外夾攻，何以抵當？今可乘其疲弊，併力攻之，城郭或可取也。」眾皆然之。次日，李靖自監軍士，於城下攻打。頡利聽得城外金鼓不絶，唐兵攻城，坐臥不安。眾將齊曰：「城中尚有精兵一十萬，豈肯束手受戮？大王不親出陣，眾人未肯用心。不如與唐兵決一雌雄，勝敗未可料也。」頡利見眾人要出戰，祇得披掛上馬，引眾胡騎開城而出。且看勝負何如。

第六三節　蘇阿力石城爭功　唐李靖陰山建績

卻説李靖軍中聽的頡利自來決戰，亦整點人馬，排開陣勢。俄城南金鼓大作，殺氣連天，頡利一騎先出，立於門旗下，左有撒禮黑，右有塔察兒，隨後騎兵，漫坡塞野而來。李靖出馬，與頡利答話。頡利曰：「吾以唐主君臨天下，亦自有失信約。今我無罪，何以見伐？」靖揚言曰：「汝夷狄之人，往往負盟，來寇吾境，又不能制薛延陀等，致〔一〕亂邊郡，尚説無罪！」言罷，顧諸將曰：「誰出戰先擒頡利爲首功？」一人飛馬而出，衆視之，乃帳前牙將程名振也，拍馬舞刀，直奔頡利。頡利背後撒禮黑接住交鋒，二人戰上數十合，不分勝敗。忽東南角上喊聲大振，張公謹引兵衝突而來。頡利欲分騎迎之，李靖抖擻英雄，拍馬夾攻。唐兵努力奔前，各要爭功。頡利不能當抵，大敗而走。程名振單要捉頡利，衝入胡陣，正遇虜將擴廓在那攔截，名振搶近前，一刀砍落馬下。頡利見勢不支，繞城而走。四下皆是唐兵，已絕了歸路，不敢復入城中，與撒禮黑奪圍走奔鐵山。李靖三軍趕二十里方回，殺得胡騎屍首蔽野，血流成河。程名振等各上其功。靖曰：「胡賊尚衆，且彼城郭堅固，一時難以攻打。今頡利敗窮，走入鐵山屯守，必不出戰。鐵山路徑險絶，人馬不堪行。

〔一〕「致」，原爲墨丁，據藏珠館刊本《唐傳演義》補。

近聞嚮導者說，内通遼東大路，若逼他緊急無他計，必將奔投高麗，爲患尤猛。如今且將人馬退去鳳凰坡屯紮，差人約李世勣人馬，出其背而襲之。伺其力竭，自成擒矣。」衆人然之，即將人馬退屯鳳凰坡。

卻説李世勣領兵徑出雲中，打探軍回報，唐兵屢勝，頡利見敗走鐵山，堅守不出。世勣曰：「吾與李靖共承王命出征，彼已建此大功。今我人馬尚延在此，他日何以見唐天子？」即催動諸軍，趣鐵山來。是時頡利與撒禮黑等敗聚鐵山，多設鹿角，爲守禦之計。近日遊騎報說：「李靖軍已退在鳳凰坡，正要來與大王交鋒。因山勢險惡，人馬難進，按兵不出。」頡利曰：「此個去處，他如何進兵？吾祇管固守不戰，彼衆自當退也。」因是頡利諸將不甚持防。忽哨馬報：「唐兵分作數路而來，一路出白道，襲吾石城；又一路出雲中，攻北原上道，二處甚是緊急。」頡利驚曰：「石城乃吾老小在彼。」急遣撒禮黑救之，塔察兒引騎出北原迎敵。兩人皆去。不半日，速報將來，唐將薛萬徹打破石城，花赤哩棄城而走，塔察兒被圍不能得出。頡利要起，又怕唐兵後襲。驍將蘇阿力曰：「吾與大王作前後而出。吾引步騎去救塔察兒，大王引兵在後，以防唐兵。」頡利依其計，整兵出鐵山。蘇阿力引步騎五千先行。約有數里，望見前面金鼓震天，阿力知是交兵，揮騎殺入，正遇塔察兒血映袍鎧，引敗騎走來到。阿力曰：「君速行！待吾抵住一陣。」背後李世勣乘勢趕到，與蘇阿力兩馬相交，戰上數合。唐兵精鋭，胡騎祇顧得奔〔一〕走，那裡敢當抵？阿力料不能勝，縱馬殺開血路，正遇見頡利接應人馬。阿力曰：「大王速回！唐兵來得利害，恐墜其計也。」頡利與塔察兒、蘇阿力等併力殺回鐵山，

〔一〕「唐兵精鋭，胡騎祇顧得奔」，原漫漶不清，此據世德堂刊本。

不度李靖已有打探軍報知，預先遣李藝在此等候。看定頡利殺回，一聲鼓響，軍馬截出。李藝大叫曰：「頡利下馬受擒！」背後世勣又趕來，突厥諸將死戰不得出。頡利正慌，忽東原一彪生力虜騎衝突而來，乃撒禮黑保護頡利家小到此。內外相應，方救得頡利，走入鐵山去了。李世勣與李藝合兵一處，殺死虜兵不可勝數，奪得弓矢無算。李世勣來見李靖曰：「頡利膽落，竄走鐵山，吾與總管合大軍困之。不出一月，夷虜盡爲齏粉矣。」靖曰：「窮寇勿追，歸師莫遏。此兵家所忌。吾與足下東西立營，爲犄角之勢，且看頡利如何退吾兵。」程名振曰：「兵出日久，費用且多，總管不即平之，何以爲長住之計乎？」靖曰：「頡利突厥之最雄者，部落衆多，且其城中騎兵不下數萬。今彼深恃險地，我人馬又不能進。若急之，倘奔投所部，部落爲之死門，非吾之利也。今緩其攻，正所以結其所讎，離其支黨，勢必敗也。諸君何以歲月計哉？」衆將皆服其論，遂按甲不出。

卻說頡利堅守鐵山，常密遣人打探唐軍消息，回報並無動靜。撒禮黑曰：「李靖善能用兵，輔之以李世勣、程名振等有萬夫之勇。今其據營不出，欲爲久留之計，以疲吾輩。大王今在鐵山，城中阻絕不通，弓矢日耗，糧食不繼，此誠有可慮者。不如遣使入長安請罪乞降，詔回李靖人馬，斯可以保其後也。」頡利從其議，復遣執失思力徑上長安，朝見太宗，奏曰：「突厥頡利可汗有忤陛下，致天兵出塞，胡騎驚懼。令窮敗無依，竄棲鐵山，特遣臣入朝謝罪，君臣引領待拜，乞陛下視四海爲一家，寬頡利斧鉞之誅，詔回大軍，與頡利復國，使其進貢不缺，繼世稱臣，實出本心至望也。」太宗見其來意懇切，與侍臣議曰：「頡利既降，朕將詔回三軍，以蘇久征將士也。」魏徵出班奏曰：「古來制戎無良策，今李靖功在垂成，突厥計窮不支。陛下若詔回之，虛費其歲月也。突厥險性，反復無常，縱天朝歸命，亦難保其後無叛矣。不如遣使詣靖軍中獎勵軍士，使之直抵虜巢，擒俘頡利，誠爲萬古之利，機會不可失也。」太宗曰：「人以窮來歸我，若復遣人殺之，不祥也。卿計誠善，朕將兼用，一邊遣人慰撫突厥，仍敕李靖督兵征進。突厥無疑，的降則受之，若有疑惑，使李靖擒以獻。」衆臣拜伏曰：「陛下明見萬里，真神算也。」太宗即遣鴻臚卿唐儉爲使，往突厥見頡利諭旨。唐儉領了詔命，與思力一同徑往突厥。近鐵山，執失思力先入報知，頡利出迎唐儉。進入營中，頡利頓首拜曰：「有勞天使遠臨塞北，頡利無道，至怒朝廷見伐，窮追止此。望天使見唐主，願終世歸順，再不復生異心也。」唐儉曰：「吾主寬仁大度，豈必與夷狄計較。即日詔回人馬。君等須傾心降服，唐主亦無負汝也。」頡利大喜，即款留唐儉，候在帶降書而回。次日，與衆部落商議，有願降者，有願守者，因是頡利沉吟不決，外爲卑辭，内實猶豫，欲走磧北。

卻説李靖近日受朝廷奬率，詔催進兵，又聽得唐儉爲使，撫慰頡利部落，乃引兵與世勣謀曰：「頡利雖敗，其衆猶盛。近聞欲度磧北〔一〕走。若果去之，則難圖矣。今唐儉領詔至彼撫慰，虜必自寬。若選萬騎與足下分前後而進，出其不意，頡利可擒矣。」張公謹曰：「詔書許其降，又有使者在彼處，奈何擊之？」靖曰：「往常令諸君勿出，未有利便也。趁今擊之，頡利不暇爲謀，此韓信所以破齊也。唐儉輩何足惜。」遂勒兵趣惡陽嶺而行，世勣亦合西營精兵繼之。

且説頡利每日祗與唐儉宴會，忘了兵事，將近二更前後，忽報唐軍襲破了城池。頡利大驚曰：「吾失算

〔一〕「北」，原脱，據藏珠館刊本《唐傳演義》補。

矣！」急引眾將來救時，山下火光照天，李靖已到營門外，單槍已刺落守壘騎兵。是夕狂風大起，唐兵四下併集。頡利令眾騎發矢，山上箭如雨點，又是夜裡，唐兵傷損無數。李世勣攀堞先登，面被數矢，早砍倒數十虜兵。撒禮黑首先殺開鹿角而出，世勣一騎近前，手起刀落，斬於馬下。頡利見禮黑殺死，心膽皆落，與塔察兒、蘇阿力率眾殺出山後大路來，又遇李藝阻住交鋒。頡利不敢戀戰，衝圍望沙鉢羅走了。天微明，李靖已取了鐵山，遣人探〔一〕頡利走往何處，回報頡利漏夜走入沙鉢羅，投蘇厄失去了。諸將〔二〕皆〔三〕請乘勝兵襲之，靖曰：「窮寇不足慮矣，吾自有計取之。」下令三軍屯紮於城中。且看後來如何。

〔一〕「探」，原漫漶不清，此據世德堂刊本。
〔二〕「將」，原漫漶不清，此據世德堂刊本。
〔三〕「皆」，原漫漶不清，此據世德堂刊本。

第六四節　蘇厄失設計擒頡利　張寶相獲俘會李靖

是時唐儉見夜來交兵，先自脱身走歸。靖因點錄諸將之功，世勣居首。衆人前後共斬虜將萬餘級，俘男女十餘萬，羊馬弓矢不計其數。自是李靖威聲大振，磧口酋長懷懼，皆帥衆降，斥地自陰山北至大漠悉平。靖捷音報入長安，露布以聞。

《擬李靖破頡利可汗露布》：

尚書兵部李靖上言〔一〕：臣聞周征玁狁，長驅北伐之師，漢討匈奴〔二〕，用絶南牧之患。惟帝王之耀武，亦今古之長風。我國家乘五運以膺圖，順三靈而改卜。義旗方舉，萬民喧桃李之歌；神武惟揚，四海絶萑蒲之盜。建德尋膏於椹鑕，世充俄繫於桴囚。武周則瓦解以無遺，黑闥乃土崩而自盡。杜伏威蜂屯江表，束手來降；徐圓朗竄竊山東，連頸受戮。蕭銑之兵銷嶺外，薛舉之電掃隴川。民心於是悦隨，王業以之大定。惟茲左衽，滯我休伐。頡利豺狼其心，腥膻異類，信天地之偏氣，爲聲教之外臣。前王忍含育之恩，歷代患羈縻之術。和之則防如蛇豕，違背歡盟；攻之則遁若犬羊，疲勞師旅。我高祖以洪基肇創，黔首未安，慮王化

〔一〕「李靖上言」，原脱，據藏珠館刊本《唐傳演義》補。
〔二〕「奴」，原爲墨丁，據世德堂刊本補。

之不敷，捨鬼方而弗顧。稔以稱臣之禮，加其厚往之儀，持神鋒而方俟斬鯨，拳良犬而未遑顧兔。謀臣爲之切齒，壯士爲之衝冠。天威久戰於雷霆，醜類逾滋於蜂蠆。伏惟陛下，經綸草昧，掃蕩攙槍。出震宫而日麗九天，仰皇道而風行八表。痛心疾首，長思渭水之侵；繕甲理兵，特問鐵山之罪。而又侵淩王土，搔動邊民。稔惡貫以既盈，奉天誅而無赦。臣等徂征授鉞，仗義平戎，執乎彼曲之辭，乘以我盈之勢。鼓鼙動地，三春掀蟄震之雷；戈甲連雲，千里散龍蛇之雪。指陰山而直入，趨馬邑以兼程。康蘇密應變知機，先來潁附；蕭太后離邦去里，再見京師。頡利有此敗亡，方來朝謁。阱中餓虎，暫爲掉尾之情；籌上饑鷹，終有背人之意。臣與副將張某等，知其猶豫，恐恣猖狂，遂乘無備之時，爰作襲人之計。賫三旬之路食，擁一萬之精兵。火炎而立見燎毛，雷疾而寧容掩耳。斬俘馘於萬段，虜羊犬以千群。頡利生擒，義城斷首，盡復恒安之地，永清大漠之塵。韋韝毳幕之人，從兹率服；浴鐵衽金之士，將見凱旋。臣等職忝專行，材非善戰，實賴自天之祐，敢言破虜之功？遥荷皇威，不辜閫外之寄；咸知睿算，自驅堂上之兵，佇見興耒耜於沙場，戢干戈於武庫。憧憧夷邸，長傾奉日之心；寂寂邊城，永罷防秋之役。臣等無任樂聖戴天，抃舞歡呼之至！

卻説頡利與塔察兒、孛羅等，引數千騎奔沙鉢羅來部役之號也。蘇厄失知頡利等敗窮來投，遂聚本部商議。帳前牙將執失契必曰：「頡利往年常有侵沙鉢羅之心，因未有暇也。今其戰敗將亡，無處依棲，來投此處。若容納之，必有相圖。不如賺入城殺之，送頭與唐主。唐主必重待於汝也。」蘇厄失曰：「祇恐唐將乘時引兵取吾地，又不如納頡利以助之，使爲前驅，其必與吾死鬥矣。」契必曰：「唐將已破其城郭，必待擒頡利以獻，縱使未暇即來，任城王道宗聽得頡利在此，亦將引兵逼之，其肯放過哉？」蘇厄失曰：「公之言甚善，必如何可以擒頡利？」契必曰：「大王接他入洞中，埋伏部下於洞口，待彼坐定，令衆人搶入，就於座〔一〕上執之，

〔一〕「座」，原爲墨丁，據世德堂刊本補。

有何難哉？」蘇厄失曰：「頡利部騎驍鋭，亦須持防。」契必曰：「吾自有計。先令安排飲食於洞側，以醲酪夷地酒名，味極厚相待。飲若醉，令人盡行綑縛之。」蘇厄失曰：「此計大妙。」即出洞口迎接頡利入洞中。相見畢，一邊安頓其衆部，在洞外相待。蘇厄失與頡利與唐兵交鋒之事，言未及半，洞口喊聲大舉，數百醜漢奔入洞中。頡利口癡目呆，不知所爲，被衆人近前捉了。頡利連叫部下何在，塔察兒已先醉了，衆騎皆不能動，唯蘇阿力少飲，見勢不好，踏進前來，大叫曰：「賊奴輩，不得無禮！」拔刀早砍倒數人。被契必一湧而出，罵曰：「逆天狂虜，猶不知死在目下！」一斧劈下，阿力頭已落地。其餘頡利帶來部騎，俱被捉了。蘇厄失商議，正待解送詣李靖軍中請賞，忽報洞口金鼓連天，一彪人馬來到。蘇厄失遣人打探虛實，乃是任城王道宗與行軍總管張寶相，引兵來擒頡利。厄失知的，即率部落，與契必將頡利可汗並衆騎送至軍前，曰：「頡利因投本地，小臣知的天兵已臨，預先安下捉了。正待解送李總管處交割，不期總管先到，今特捉來以獻。」寶相大喜曰：「吾當奏知天子，上汝之功，使汝世封此地也。」厄失拜謝。寶相命以金帛軍餉贈蘇厄失以回。即將頡利用檻車囚了，並其餘衆，各解送長安請功〔一〕。衆〔二〕軍得令，遂班師回長安，不在話下。

卻說李靖軍中，早先哨馬報知，頡利可汗已被沙鉢羅酋長用計捉了，送獻總管張寶相，解赴長安。靖聞知捉了頡利，大喜，乃下令班師。各營將士久征思歸，今已平伏了突厥回軍，皆歡聲動地，拔寨起行。正是勝兵已破胡人膽，回馬先敲響鐙鞭。靜軒先生有詩贊曰：

承詔南征顯俊豪，輸謀決策霍嫖姚。

〔一〕「功」，原爲墨丁，據世德堂刊本補。
〔二〕「衆」，原爲墨丁，據世德堂刊本補。

揮丸落鶩培元化，披霧觀天解戰袍。
胡越一家無鼾睡，汗青千古載功勞。
凱還士卒歡聲動，萬里胡騎入貢朝。

不一日大軍已近長安，正遇總管張寶相人馬會齊。近臣奏知，太宗大悦，率群臣於御樓受俘，下詔許李靖、張寶相鼓吹入長安，解頡利等至御樓前處決。使臣遞詔至靖軍中諭旨。次日早，李靖將三軍分爲前後隊而入，檻車囚頡利於中軍。是日金鼓齊鳴，槍刀出鞘，入長安。内外軍民，觀者無不喝采。李靖等先朝見，太宗於御樓慰之曰：「卿以三千騎趣惡陽嶺，頡利可汗失計，君乃喋血胡庭，遂定突厥。古未有此，足可洗吾渭水之恥矣。」靖曰：「此出陛下神算，眾士齊心，以成平蠻之功，臣何預焉？」太宗又召世勣，謂之曰：「朕聞君交鋒之際，披矢先登，首誅虜將。捷音報入，朕甚戚戚然，誠恐公致危，吾復何望？今後臨敵，慎勿深入也。」世勣頓首曰：「臣幼從戎馬，未沾寸箭之功。今得小勝，何以重勞聖慮？陛下之言，臣當深銘肺腑。」太宗於諸將，各召而撫諭之。命監過頡利於樓下，太宗揚責之曰：「君背負盟約，屢生邊釁，今日勢窮窠破，欲與君復馳騁於便橋之上太宗初與頡利於橋上講和，面陳和好，其可得乎？」頡利曰：「非吾背約，君亦失信。今乃突厥當滅之日，何復多言！」太宗猶不忍誅之，沉吟半晌，將下詔赦還國。僕射杜如晦進曰：「此乃千載不遇之功，天授之而不取，反受其患。陛下若復縱令還國，再欲致之，無十數萬人馬不可得矣。今將士百戰之餘，而成厥功，何以輒棄之耶？」諸將力請太宗誅之。太宗乃命將頡利可汗推出長安城東斬之，其餘部落，量情發落。不移時，監斬官將頡利首級呈進，太宗命傳首各夷，不在話下。是時高祖〔一〕上皇在養老宮，聞知李

〔一〕「高祖」，原作「太僕」，據世德堂刊本改。

靖已平服突厥，嘆曰：「漢高祖困白登，不能報其恥。今我子能滅突厥，吾付託得人。復何憂哉！」

次日，太宗早朝，群臣畢立，下詔曰：「突厥既亡，其部將散居者甚多，或北附薛延陀，或西奔西域。今其降唐者尚十萬口。汝群臣各陳所見，朕將擇而區處之。」諫議大夫蘇世長出班奏曰：「戎狄自古爲中國患，今幸破亡，宜悉將降衆徙往河南兗豫之間，其種落散居州縣，教之耕織，可以化爲農民。」太宗曰：「卿之論，經久策也，未可以目前取效。各人更陳其次。」忽一人進曰：「依臣之策，酋長部落自安也。」衆視之，乃中書舍人顔師古也。太宗問曰：「卿有何論？」師古曰：「中國雜之以夷狄，恐化之不能，反滯其性。莫若寘之河北，分立酋長，領其部落。不出一年，染吾之俗，則皆良民也。」侍衛李百藥以爲：「突厥雖云一國，然種類區分，各有酋帥。宜因其離散，各署君長，使不得相臣屬，則國分勢敵，不能抗衡中國矣。仍於定襄間置都護府，爲其節度。此安邊之長策也。」中書令溫彥博進曰：「臣有一策，可制夷狄。請准漢建武年故事，以降部落置於塞下，順其土俗，以實空虛之地，使爲中國捍蔽，外患頓可熄矣。」秘書監魏徵曰：「察乎夷狄，人面獸心，弱則請服，窮則叛亂。若留之中國，數年之後，蕃滋倍多，必爲腹心之疾。西晉之禍，前事之明鑒也。宜放之使還故土爲便。」彥博曰：「公言未當。且王國之於萬物，天覆地載，無有所遺，今突厥以窮來歸，奈何棄之？今若救其死亡，授以生業，數年之後，悉爲吾民。選其酋長，使入宿衛，畏威懷德，何後患之有！」太宗竟用彥博策。突厥降衆，東自幽州，西至靈州，分突利故地爲四州，又分頡利之地爲六州，左置定襄、右置雲中二都督府，以統其衆，以突利爲順州都督。時有頡利族人思摩，初無寵於頡利，頡利之亡，親近者皆離散，獨思摩不去，被唐兵襲了突厥城郭，竟與俱擒。太宗見其壯貌魁梧，可以大用，與蘇厄失皆封郡王。其餘拜官有差，五品以上有百餘人，因而入居長安者近萬家。

第六五節　張玄素上書諫太宗　封德彝排言斥魏徵

太宗區處外夷以來，沙鉢羅及遠方蠻酋，各上表朝貢，年年不絕。因謂侍臣曰：「往者太上皇以百姓之故，稱臣於突厥，朕嘗痛心焉。今單于稽顙，庶幾可雪前恥矣。昔人謂禦戎無上策，朕今治安中國，而四夷自服，豈非上策乎？」房玄齡等拜賀曰：「陛下英武廣披，四夷賓服，漢高之世不及遠矣！」忽中書省奏入杜如晦疾篤，具表納還官誥。太宗聞奏，即遣太子詣府中問疾。太子承詔，徑來看視如晦病體。如晦遣人迎接，入榻前坐定，如晦之子侍立於側。太子因問起居消息，皆其子應對之。如晦曰：「臣已老矣，病入沉疴，殿下回奏皇上，臣不能復起以視國事也。」太子曰：「君善保其恙，皇上亦必親來視。」言罷即出，家臣拜送至府外。太子登了車駕，徑入朝，以如晦所言奏知。太宗其時正在便殿，與講臣說書，聽得太子奏，即起，詔備鑾駕，與一派講官親詣如晦府問安。不移時，各執事準備儀仗已具，太宗啟行。早先有人報知，如晦著堂候眾人，迎接聖駕，至府門外謝了鑾駕，太宗輕身入到堂中，隨官於外伺候。如晦扶病見上於西軒，太宗坐於榻前，親臣遠遠侍立。太宗問曰：「卿之疾未瘳，朕無日不念。自以爲戎馬在邊，不得與卿請誨。今四夷寧息，正好議論治道，輔朕不及。倘君萬一不諱，誰可代之？」如晦淚下而言曰：「臣蒙陛下知遇，雖粉身碎骨，無以報恩。今疾不起，而與陛下永訣。房玄齡與臣同任，其人忠貞可任，陛下當與理政事矣。魏徵、王珪盡言無私，實社稷之臣，若付人民之寄，必有可觀。臣再無他言，惟願陛下息兵革，毋傷天地之和，誠生靈之幸！」太宗曰：「卿言朕當識之。」俄陰陽官報日近晡，上乃慰諭而出，升鑾駕回朝，百官隨至宮門方散。

次日早朝罷，中書省奏杜如晦卒，上聞知流涕，謂房玄齡曰：「公與如晦同佐朕，今獨見公，不見如晦矣。」玄齡亦爲慘焉，因奏曰：「昨日聖駕問安，如晦囑不及家事，真乃清節之臣，陛下須保全之。」太宗曰：「朕與如晦，分雖君臣，恩猶手足。朕正欲以報其功也，肯忘之乎？」即詔有司依制給贈喪儀，官其子孫至親十三人。後賢有詩贊杜如晦云：

敷陳王道闡孤忠，致治唐虞念在躬。
未見宣承星已墜，高墳先有鳥呼風。

卻說太宗以如晦已卒，政事皆決於房玄齡。玄齡效忠開誠，剖決如流，上甚禮重之。侍立於朝，必過午始退。是日，正與太宗議論軍政，有御史大夫蕭瑀在列，每妒李靖功高，乃奏曰：「陛下以軍政在嚴，近有李靖所部，御之無法，曾傷塲圃民稻。請付法司推之。」太宗曰：「靖有平戎之功，縱其部下有傷民稼穡之事，府司自用治之。今若輒付法司，非朝廷待大臣之體。」不聽。蕭瑀退出。次日，李靖會朝，頓首謝罪。太宗責之曰：「隋帝之臣史萬歲破達頭可汗，有功不賞，以罪見誅。朕則不然，錄公之功，赦公之罪。」乃加靖爲光祿大夫，賜絹千匹。靖曰：「臣無功有罪，陛下何以加爵賜帛？」固辭不受命。太宗復謂之曰：「前者人或讒公，今朕已寤，勿以爲懷。」竟令受之。

會林邑獻大珠來，有司以其表辭不順入奏，請討之。太宗以獻表示李靖曰：「好戰者亡，如煬帝、頡利，皆所親見也。今林邑小國，縱有不順之辭，朕毋與計較也。」靖曰：「戰士初回，不宜即遣。若討而勝之，亦爲不武。況未可必勝乎？」上深然之。

太宗以外夷屏息，來朝者眾，欲修洛陽宮，以備遊幸。給事中張玄素上書曰：「洛陽未有巡幸之期，而預修宮室，非今日之急務也。且陛下初平洛陽，凡隋氏宮室之宏侈者，皆令毁之。曾未十年，復加營繕，何前日惡之，而今日效之也？且以今日財力不及隋世，陛下勞瘡痍之衆，襲亡隋之弊，恐又有甚於隋帝矣。」太宗曰：「朕今所爲，異於桀、紂者乎？」玄素曰：「若此役不息，亦同歸於亂耳。」上嘆曰：「吾思之不熟，乃至於是！」顧謂房玄齡曰：「玄素所言有理，可即罷之。」他日與房玄齡、蕭瑀政於便殿，上以玄素言，即罷洛陽之命，因自思隋帝拒諫自任而喪國，乃問二人曰：「隋文帝何如主也？」對曰：「文帝勤於爲治，臨朝或至日昃，即引五品以上坐論治道，命衛士傳餐而食。雖性非仁厚，亦勵精之主也。」太宗曰：「公知其一，未知其二。文帝不明而喜察，不明則照有不通，喜察則多疑於事。物皆自決，不任群臣。帝王一日有萬機之事，豈能一一合理？群臣既知上之意，則凡事惟取決受成而已。雖有過失，莫敢諫諍。此國止以二世而亡也。朕則不然，擇天下賢才，寘之百官，使思天下之事，經由宰相，使宰相審熟便宜可否，然後奏聞。有功則賞，有罪則刑，敢不竭心力以修職業，何憂天下之不治乎？」房玄齡拜曰：「陛下所見甚遠，臣等將睹治安之世也。」上因敕百司：「自今詔敕未便者，皆應執奏，毋得阿從，不盡己意。」

次日，邊廷貝西突厥種落散在伊吾部落别號也，將起謀叛，有司以事應執奏者，申於上知。太宗聚群臣議處。房玄齡奏曰：「戎虜之性，難以統率。今散居他處者，是其固俗矣。今陛下天威所披，外夷仰皇風尚不暇，豈有輒叛者耶？邊臣不原其意，故有是奏。乞遣忠直之臣安撫之，其患自息也。」太宗然之，以李大亮爲安撫使，貯糧磧口以賑之。大亮進曰：「玄齡之見實然，安撫之策未便。」太宗曰：「何以言之？」大亮曰：「欲懷遠者，必先安近。中國如本根，四夷如枝葉。疲中國以奉四夷，猶拔本根以益枝葉也。今招致西突厥，但有勞費，未見有益。況河西州縣蕭條，不堪供億，不如罷之。其或自立君長，求内屬者，羈縻受之，使居塞外，爲中國藩蔽。此乃施虚惠而收實利也。」上從之。至是九月，伊吾來降，詔置伊西州以處之。未幾，高昌王麴文泰亦來朝，太宗加意接納。西域諸國聞知，皆請朝，上即遣使令文泰使人迎之。魏徵諫曰：「昔光武不聽西域送侍子，置都護，以爲不以蠻夷勞中國。前者文泰之來，陛下厚其賜，致緣道供億甚苦，若諸國皆來，將不勝其敝。聽其商賈往來，與邊民交市，則可矣。倘以賓客禮遇之，非中國之利也。」太宗曰：「卿論是也。」時遣使人已行，輒詔止之。

上以屢年豐熟，民殷國富，嘗與群臣語及治化，乃曰：「今朕承大亂之後，恐斯民未易化也。」魏徵對曰：「不然。久安之民驕佚，驕佚則難教；經亂之民愁苦，愁苦則易化。譬如饑者易爲食，渴者易爲飲也。」上深然之。封德彝進曰：「徵之言非也。三代以還，人漸澆訛，故秦專法律，漢雜霸道，蓋欲化而不能，豈能之而不欲耶？魏徵書生，未識時務，信其虛論，必敗國家。」徵抗言曰：「五帝三王，不易民而化，湯武皆承大亂之後，身致太平。若謂古人淳樸，漸致澆訛，則至於今日，當盡爲鬼魅矣，人主安得而治之？」上卒從徵言。先年關中饑饉，米豆一斗，值絹一匹，連歲天下蝗蟲、大水，百姓疲竭。太宗勤而撫之，雖有東西就食，流離出境者，未嘗嗟怨。是時天下大熟，流散者皆歸鄉里，米豆不過三四錢，年終出死囚，纔二十九人。東至於海，南及五嶺，皆外户不閉，行旅不用賫糧，取給於道路焉。

他日，太宗謂長孫無忌曰：「貞觀之初，議者皆云人主當獨運威權，不可委之臣下。又云宜震耀威武，征討四夷。惟魏徵勸朕偃武修文，中國自安，四夷自服。朕用其言，今頡利成擒，其酋長並帶刀宿衛，皆襲衣冠，徵之力也。但恨不使封德彝見之耳。」徵再拜謝曰：「此皆陛下威德，臣何力之有？」帝曰：「朕能任公，公能稱朕所任，則其功豈獨在朕乎？」

第六六節　唐太宗避暑九成宫　張公謹哀聞辰日哭

一日，上謂侍臣曰：「朕有二喜一懼。比年豐熟，斗粟三錢，一喜也；北虜降服，邊廷無事，二喜也。遇治安則驕侈易生，驕侈則危亡立至，此一懼也。」群臣曰：「陛下安不忘危，社稷之幸也！」忽房玄齡奏，閱視府甲兵，芒鋒耀目，勝過隋朝。太宗曰：「甲兵武備，誠不可闕。公等以遠勝隋世，煬帝甲兵，豈不足耶？卒亡天下。若公等盡力輔治，使百姓安寧，此乃朕之甲兵也。」

一日，太宗與衛騎遊獵於後苑，衆人於紫薇花下，趕起一兔，上見之，親架弓逐之。長孫無忌在隨，諫曰：「射獵較力，秦府之事也。今天命陛下爲華夷父母，乃不思享國長久之計，奈何自輕爲武人之能哉？」太宗又將逐鹿，無忌固諫，乃罷。次日會朝，上憶無忌之言，問公卿以享國長久之計。蕭瑀對曰：「三代封建而長久，秦孤立而速亡。陛下比者既立太子，餘王須使領藩鎮之任，正今日之急務也。」上以爲然，令群臣議之。魏徵曰：「京畿稅少，多資畿外，若盡以封建，經費頓闕。又燕、秦、趙、代俱帶外夷，若有警急取兵，内地難以齊赴，甚非長計也。」李百藥以爲，勳戚子孫，皆有人民、社稷之寄，易世之後，驕淫自恣，攻戰相殘，害民尤深，不若令之迭居，毋使外封也。顔師古曰：「不若分王宗子出外，勿令過大邑，兼以州縣雜錯而居，互相維持，足扶京室。陛下再爲設置官僚，皆令省司選用。法令之外，不得擅作威刑。朝貢禮儀，立成一定之制。此萬代無虞也。」太宗大悦，乃從師古之策。詔宗室有功績賢良者，作藩鎮部，遺其子孫，令所司明條例，定等級高下以奏。不數日，中書〔一〕詳開定制上聞，王封由是大定焉。

忽有司以當決死刑上奏，帝謂侍臣曰：「朕以死刑至重，故詔令三覆檢察，蓋欲思之詳熟也。而有司須臾之間，即謂三覆已訖。又斷獄者，惟據律文擬罪，雖情在可矜，而不敢違法。其間豈能盡無冤乎？古者刑人，君爲之罷樂減膳，朕雖庭無常設之樂，亦不常食酒肉，但未曾著爲令耳。今制決死囚者，二日間，國中五覆奏，下諸州者，三覆奏。行刑之日，尚食官名，掌天子之食物不得進酒肉，內教坊子弟習歌唱之所及太常官名不得舉樂。皆令其居門下覆視罪囚，有據法當死而情可矜者，錄狀以聞。」由是全活甚眾。靜軒周先生有詩贊曰：

罪當抵死復能全，一旦雲開見日天。

是處囹圄荊棘滿，太宗君德絕無冤。

他日太宗與侍臣論獄，魏徵曰：「煬帝時常有盜，發捕得之拷訊服罪者二千餘人，悉令斬之。時大理丞張元濟尋其狀察之，惟五人嘗爲盜，餘皆平民。元濟當時終不敢執奏，盡被殺之。」太宗曰：「豈惟煬帝無道，其臣亦不盡忠。君臣如此，何得不亡？公等宜戒之。」又嘗謂執政曰：「朕嘗恐因喜怒妄行賞罰，故欲公等極諫。公等有不是處，亦宜受人諫，不可以己之所欲惡人而違其言。苟自不能受諫，安能諫人？」玄齡等拜旨曰：「謹佩聖諭。」

時邊臣呈奏：「康國部落蕃滋，欲求內附，乞上裁處。」帝與侍臣議曰：「前代帝王，好招來絕域，以求服遠之名，無益於用，反成糜弊百姓。今奏康國內附，倘有急難，於義不得不救。其地又遠，師行萬里，豈不疲勞？勞百姓以取虛名，朕不爲也。」下詔不受。顧謂魏徵曰：「治國如治病，病雖愈，尤宜調護。倘輕自放縱，

〔一〕「書」，原爲墨丁，據藏珠館刊本《唐傳演義》改。

病復作，則不可救矣。今中國幸安，四夷俱服，誠自古所稀。然朕日慎一日，惟懼不終。故欲日聞卿輩諫諍也。」魏徵曰：「內外太平，臣不以爲喜，惟喜陛下安居思危耳。」太宗復問之曰：「比者群臣皆以封禪爲帝王盛事，朕意以爲不然。若天下遂安，家給人足，雖不封禪，亦何傷乎？昔秦始皇封禪，而漢文帝不封禪，後世未有議文帝不及始皇。且事天掃地而祭，何必登泰山之巔，封數尺之土，然後可以展其誠敬乎？及群臣請不止，朕將從之，獨卿以爲不可。卿試言何爲不可？」徵對曰：「陛下功高德厚，中國安寧，四夷賓服，年穀歲豐，祥瑞疊見。是六者，陛下皆有之。然户口未復，倉廩尚虛，車駕東巡，供頓勞費。又伊洛以東，從事久廢，灌莽極目。陛下車駕啟行，遠夷君長皆當扈從，此乃引戎狄入腹中，而示之以虛弱也。尚賞賚不繼，見有遠人之望，費用連年，深致百姓之勞。崇虛名而受實患，此臣所以爲不可也。」太宗深然之。會有司奏河南北大水，封禪事遂息。

明年，群臣復以爲請，帝有幸九成宮避暑之命，乃止。其時太宗鑾駕準備起行，文武各伺候隨駕。監察御史馬周上疏諫曰：「大安宮太上皇徙居此宮在長安城西，制度卑小，而車駕獨爲避暑之行，是太上皇留暑中，而陛下居涼處也。清溫之禮，臣竊有所未安。然且太上皇春秋已高，陛下宜朝夕視膳。今九成宮去京城三百餘里，太上皇或時思念陛下，陛下何以赴之？今陛下行計已成，不可復止，願速示返期，以解眾惑，仍逐增大安宮，以稱中外之望。」馬周疏上，而太宗儀從已在途矣。既幸九成宮，來五十日，復回車駕。會朝廷將長樂公主出嫁長孫沖，上降敕有司，資送公主之物，倍過於永嘉長公主。魏徵諫曰：「昔漢明帝欲封皇子，曰：『我子豈得與先帝子比？』令如楚淮王一半地方封之。今奈何資送公主反倍於長主乎？」太宗薄怒曰：「卿且退，容吾思之。」乃入宮中，以魏徵言告於皇后長孫氏。后嘆曰：「妾素聞陛下稱重魏徵，妾不知其故。今觀其所言，皆引義禮以抑人主之私情，乃知真社稷之臣也，陛下當納其諫。」帝依后言，乃復敕有司照常例送之。后因遣中使宮內之官厚賜魏徵，且語之曰：「聞公正直，今乃見之。願公常秉此心，勿轉移也。」使者領命，賚賜物徑至魏徵府中，諭以皇后來意。魏徵不敢辭，拜而受之。一日，太宗罷朝，退入宮中。長孫皇后接見，上怒猶未息，對后曰：「遇有機會，必須殺此田舍翁。」后問曰：「田舍翁爲誰？」上曰：「可恨魏徵，朕有所爲，彼每當朝廷辱我，故將殺之。」后聞之退，具朝服進曰：「妾聞天下之安，由主明而臣直。今魏徵忠直，由陛下之明故也。妾敢不賀！」上大悅。

次日視朝，中書省奏鄭公張公謹卒。太宗聞奏，爲之慟曰：「國事倥傯，賢臣相繼而喪，孤何以望哉？」因命有司：「即整備鑾駕，朕將親臨公謹第發哀。」有司奏曰：「今日建辰，曆書忌哭泣之事，陛下宜慎之。」上曰：「君臣猶父子也，情發於哀，安避辰日？」竟命出車駕而哭之。靜軒先生有詩曰：

扶植綱常志每堅，君臣情義兩兼全。
自來欲效唐虞治，不與賢能假數年。

卻說太宗幸九成宮既回，未有賜命。至秋七月夕日，詔宴近臣於丹霄殿。長孫無忌曰：「王珪、魏徵昔日仇讎，不量今日得同此宴也。」上曰：「徵、珪盡心所事，故我用之。然徵每諫我，遇不從，待我與之言，即不應，何也？」魏徵對曰：「臣以事爲不是，故諫。若陛下不從而臣應之，則事遂施行，故不敢應。」太宗曰：「卿就應而復諫何傷？」徵曰：「昔者舜帝戒群臣曰：『爾無面從，退有後言。』臣心知其非，而口應陛下，乃面從也，豈稷、契事舜之意耶？」上大笑曰：「人言魏徵舉止疏慢，我視之更覺嫵媚，正謂此耳。」徵起拜謝曰：「陛下納臣所言，故臣得盡其愚。若陛下拒之不受，臣何敢數犯顏色乎？」太宗是之，顧謂王珪曰：「玄齡以下，朕宜悉加品藻，且自謂與數子何如？」時魏徵、房玄齡、李靖、溫彥博、戴胄等俱在宴，珪乃曰：「孜孜奉國，知無不爲，臣不如玄齡；才兼文武，出將入相，臣不如李靖；敷奏詳明，出納唯允，臣不如彥博；處繁治劇，眾務畢舉，臣不如戴胄；恥君不及堯舜，以諫諍爲己任，臣不如魏徵。至於激濁揚清，嫉惡好善，臣於數子，亦有微長。」太宗深以爲然。眾人亦服其確論。內官行酒至半，上指殿屋謂侍臣曰：「治天下如建此屋，營構既成，莫祇改移。苟換一榱，修整一瓦，踐踏動搖，必有所損。若思奇變法度，不守其舊，勞擾實多。」群臣拜伏。是夕宴罷，上命小黃門傳燭，送各官出宮。

新刊參采史鑒唐書志傳通俗演義卷之七

起唐太宗貞觀六年壬辰歲
止唐太宗貞觀十九年乙巳歲
首尾共十四〔一〕年事實
按《唐書》實史節目

鄉人來話亂離情，淚滿殘陽問楚荊。
白社已應無故老，清江依舊達孤城。
高秋軍旅齊山樹，昔日漁家楚野營。
牢落故居灰燼後，黄花野蔓上牆生。

〔一〕「十四」，原脱，據世德堂刊本補。

第六七節　侯君集左騎破虜　李藥師兩路分兵

貞觀六年秋九月，太宗巡行慶善宮，因宴群臣於宮中，諸鎮之官，皆得預其列。太宗傳命已罷，正值天氣清朗，金紫輝映，上命賦臣歌詩，奏於管弦，因謂侍臣曰：「朕百戰之餘而有天下，今四方平定，擬此樂名曰《功成慶善樂》，亦允當乎？」衆臣皆曰：「陛下英武所及，戎馬頓息。今名是樂，實相稱矣。」上大悦。又使聰俊童子六十四人，各戴進賢冠，穿紫袴褶，長袖漆髻，著屣履而舞，號爲「九功舞」。太宗曰：「朕於是宮所生，車駕未臨此宮數年矣。今日得君臣之樂，亦良會也。爾衆人自皇族以下，各依品從而坐，無得喧嘩失禮。」衆臣奉命，皆循序列坐。命黄門行酒。是日，歌聲遏耳，鼓瑟洋洋，宮中大吹大擂。酒行一週，有任城王道宗放肆不循禮法，欺傲下坐之位。他人不言，忽右列第三位逞出曰：「汝有何功，得坐上位，而欺壓我等耶？」衆人大驚，視之，乃善陽人氏，覆姓尉遲，名敬德也，見爲同州刺史，是日亦在其列。道宗曰：「上命依論品爵，吾乃天子宗親也，坐是位豈越分哉？汝遠職之臣，敢來與我爭上下乎？」敬德大怒，伸出一拳打來，正中道宗左目。衆人各起身勸時，道宗目睛返轉，左隻幾眇，先逃席而出。上不悦，乃罷，大小群臣皆散。次日視朝，太宗謂侍臣曰：「昨日君臣相樂，朕自以爲一時良會。敬德有失人臣之禮，朕甚不樂。道宗實寡人親〔一〕族也，彼亦如是行兇，況同類者乎？朕之言甚非有私道宗也。」言未畢，忽奏敬德自縛請罪。眾臣懷懼，皆爲之力請曰：「敬德武臣，本不習儒行。今無禮，有忤聖旨，乞陛下念其汗馬之功，寬宥罪責。」太宗召入敬德，爲釋其縛，謂之曰：「朕欲與卿共保富貴，然卿居官數犯法，朕不以過而掩卿之功。乃知漢有韓、彭，一旦菹醢，非高祖之罪也。」敬德叩頭謝罪。上曰：「卿再不宜如是，恐司法者不敢容私也。」敬德再拜而出。由是始懼，頓斂其暴矣。

貞觀七年春正月朝會，太宗以王珪求罷，加魏徵爲侍中。一日，與侍臣論安危之本，溫彥博曰：「願陛下所爲，常如貞觀初年，則善矣。」帝曰：「朕近來怠於爲政乎？」魏徵曰：「貞觀之初，陛下節儉，求諫不倦。近來工作徵多，諫者頗有逆旨，此其所以異耳。」帝欣然納之。秋九月，赦死囚三百九十人。先是，太宗親錄繫囚，見該死者，憐念之，放其歸家，約其來年秋復來就獄。仍敕天下，但有死囚皆放遣，使其依期來長安。死囚既歸，是年天下死囚，果是皆如期自至朝堂請死。上皆赦之。靜軒先生有詩云：

太宗仁德春天下，卓卓巍巍萬古欽。
四百罪囚俱釋宥，從來堯舜本同心。

貞觀八年冬十月，太宗在朝堂，每日祇是與侍臣講論治道。魏徵、房玄齡等知無不言，言無不盡，以是君臣相得，而致貞觀之治焉。是年吐谷渾可汗伏允老耄，國中皆其臣天柱王用事，屢入塞侵擾。邊廷飛報，天柱王大起虜兵數十萬犯境，即目占了涼州西海一帶，聲勢甚緊。太宗聚群臣商議，欲親駕征之。中書令溫

〔一〕「親」，原作「貴」，據藏珠館刊本《唐傳演義》改。

彦博出班奏曰：「突厥初平，關中將士解甲休息者未久，吐谷渾絶域胡寇，大軍無所屯止。陛下君臨天下，而自欲遠征，非所宜也。若伏允蕞心不息，祇須遣大將以討之，必然成功矣〔一〕。」太宗曰：「朕不親行，唯李靖可以付此任。祇恐年老，朕不忍再重勞之。」言未畢，李靖厲聲進曰：「臣雖年邁，尚有廉頗之勇，馬援之雄，何故不遣用？臣今職列中官，未嘗不思臨陣破敵。大丈夫得死沙場，幸也！吾何恨焉？乞爲前鋒，征討吐谷渾而回，庶報陛下之萬一也。」太宗大悦，以靖爲西海道行軍總管，李大亮爲副，同領兵前去。

是日，李靖辭太宗出師，上親諭之妙算而去。三軍離了長安，迤邐望伏俟城進發，但見旌旗蔽野，劍戟如銀。胡騎報入吐谷渾，伏允與其臣天柱王部下一班胡將高牙尉、醜豹軍、都力思哈等在營中議事，聽得大唐遣李靖爲將，部領精兵二十萬來到，天柱王曰：「唐兵遠來，人馬疲弊，乘其立營未定，點起我吐谷渾騎兵，與他大戰一場，先挫其鋭氣，著他不敢正視吾輩也。」伏允依其言，即日領胡兵十數萬，摇旗吶喊，捲地而來。唐兵前至大非川，正遇胡兵殺來。李靖下了軍令，射住陣脚，親出馬，立於門旗下，左有侯君集，右有薛萬均。李靖馬對面吐谷渾大將天柱王出馬，使一柄大刀，上手高牙尉，下手都力思哈，背後捲毛環耳醜漢不計其數。李靖馬上指虜將罵曰：「反國之賊，敢侵吾境！今日天兵已到，尚不納降，兀自前來拒抗，特尋快刀也？」天柱王不顧，拍坐下黄鬃馬，手舞大刀，直劈過來。唐陣中一將飛出，乃侯君集也，挺槍迎敵。兩下金鼓齊鳴，殺氣衝

〔一〕「矣」，原爲墨丁，據藏珠館刊本《唐傳演義》補。

天。二將戰上數合，胡兵那裡顧先後，一湧殺進，弓弩齊發，箭如雨落。李靖一條槍，神出鬼没〔一〕，勒馬〔二〕揮兵迎截。怎當得唐軍長槍利刃，早殺死胡騎數十人。天柱王見唐兵勢大，撥回馬便走。李靖兩下夾擊，胡寇大敗，自相踐踏，死者不計其數。唐兵喊聲大舉，一直趕殺三十里，方且收軍。李靖立營於大非川界口。衆將上功，斬得有環胡首四百級，掠其羊駝兵器無數。靖曰：「吐谷渾夷戎之輩，勇而無謀，今輸了一陣〔三〕，明日復來。你衆人各謹慎寨壘，嚴其烽火。不出兩月之中，吾與諸〔四〕君剿絶此類而回也。」諸軍依令準備，不在話下。

卻説吐谷渾大敗一陣，走回舊營，計點胡兵，死者無數。國主伏允曰：「唐兵勢大，李靖神機不測，倘一併而來，何以當之？」谷渾部將醜豹軍頗有見識，進言：「李靖大軍在前，糧餉必在後。兵書云：師行萬里，兵不宿飽。今深入吾地，大半欲資我國之食。又值炎熱天氣，人必生癘。不如盡驅部落，將積聚野草燒除之，輕騎走入砂磧，深溝高壘，與衆人緊守。不過數月，唐兵自退也。」伏允曰：「此計甚高。」即將外屬部落盡驅入磧北，將四下野草皆燒了而去。卻説李靖軍中，聽得吐谷渾人馬走回北磧，野草積聚悉燒毀。李大亮曰：「胡虜生性氣習與中國不同，得其地不可居，得其人不足使。今彼戰敗，在磧北而爲堅壁清野之計，目下馬無草食，况吾等踰越關山而來，必失地利。若復追之，虚費歲月矣。不如罷戰回師，以全民命爲上也。」侯君集

〔一〕「没」，原漫漶不清，此據世德堂刊本。
〔二〕「勒馬」，原漫漶不清，此據世德堂刊本。
〔三〕「陣」，原爲墨丁，據世德堂刊本補。
〔四〕「諸」，原爲墨丁，據世德堂刊本補。

曰：「不然。大軍一動，今復回之，虜勢必復振矣。今一戰而挫其衆，竄走磧北，取之易於拾芥矣。乘此而不除之，後必有悔。」李靖從其議，乃中分其軍爲兩路，侯君集與道宗引精兵一十萬，由南道襲其後，自與薛萬均、李大亮引兵十萬，由北道攻其前。分撥已定，各引兵去了。

且説李靖一路人馬，出得北道來，前望伏允大營不遠，立寨於牛心堆。是時五月，天氣正熱，北地平空一望，並無樹木遮陰。李靖命軍士於遠處取雜葦，結成大篷，於中軍遮日。與薛萬均分作二營，分付衆人各於涼處避暑，多設鹿角，爲久住之計，每日軍中令將士歌樂飲酒。有細作報入吐谷渾營裡來，天柱王自引五十騎兵，出營外牛心堆上窺望，見唐兵東西立營，李靖於帳中露頂解甲避暑，衆人大吹大擂而飲。回至營中，與衆部落議曰：「唐軍遠來，値此炎天，彼衆各於散地避暑飲酒。乘今夜出營劫寨，靖軍可破矣。」醜豹軍曰：「李靖有謀，莫非用賺我之計？不如衹是莫出。値此炎天，他豈能久留？候在退而擊之，無不勝矣。」天柱王曰：「你衆人不去，我自去。」醜豹軍曰：「既天王要去，亦須分左右翼而出，以防不測。」天柱王依其説，準備劫寨不題。

第六八節　侯君集冒雪驅兵　李道宗飛騎斬虜

卻說李靖一連十數日不出戰，西營薛萬均入稟曰：「總管屯兵不出，意欲如何？」靖曰：「我預算定已十數日矣。前夕露坐帳外，見賊星入於我度。本日干支相剋，今夜必有賊敵臨營。君以西營人馬，各準備埋伏於牛心堆路口，候胡騎出營，亦不須動，看中軍信炮響，爾可乘勢殺入，奪其大營。」萬均應諾，領計去了。靖又分付軍士，各披掛結束，遠遠埋伏，舉火爲號，四下抄進。眾軍得令，各摩拳擦掌，伺候交鋒。靖分撥已定，止立一個空營在此。是時二更左側，天柱王乘月黑，部五千精兵，先出營。胡騎口各銜枚，悄悄徑奔唐寨。遥望李靖大明燈燭，正在帳中坐定。天柱王大喊一聲，都力思哈在後爲助，直殺入中軍，但見主將端坐不動。天柱王驟馬近前，一槍刺倒，原來是個草人，身穿主將衣甲，頭上縛著金盔。天柱王見是個草人，急勒馬出帳外，叫：「後兵莫進，墜其計也！」言未畢，帳後連珠炮起，寨中一老將當先攔住去路，姿貌魁秀出《唐史》，聲若巨鐘，乃京兆三原人李藥師也藥師，李靖□□，挺槍躍馬，直取天柱王。兩下騎兵各自拒定，二人在火光之中交鋒。都力思哈見中唐軍計策，先自跑馬走了。天柱王衹望舊營人馬來救，原來已被薛萬均精兵斬營而入，殺死部將無數，就勢奪了大營。天柱王與靖死戰，唐寨中放起火來，葦蓬皆著。是夜南風微動，一時間，火趁風威，滿營通紅。天柱王奪圍走回，舊營已被唐軍占了，勒馬乘夜望赤太原而走。李靖趕了一程，收軍回入舊營。原來此舊營乃是吐谷渾門户，極是險固，當被唐軍占了。靖謂萬均曰：「破竹之勢，不可失也。胡寇窮走絶域，乘其巢穴已破，勒兵追襲，全虜可擒矣。」萬均曰：「總管一面追襲，先差人會侯君集，截其去路，使虜前後受敵，則功可成也。」靖然之，一面進發人馬，隨即差人報知侯君集，令出兵截虜去路。

卻說侯君集與道宗人馬出南道，行無人之境，有二千餘里。三軍遇盛夏，踰險深入，傷疲甚眾。行及烏海，不想北地風俗，與中國不同，六月天氣，海風凜冽，人馬凍不堪行。一半日間，霜雪大降。是時三軍正病暑，遇霜雪，人各口含冰，馬啖雪而行。哨馬軍報：「唐軍已襲破舊營，吐谷渾人馬走入赤太原。今來約總兵引軍絶其去路。」侯〔一〕君集與道宗議曰：「吐谷渾被前軍趕得無所投依，何不以勝就而〔二〕破之？」道宗問如何，君集曰：「虜勢力已竭，必蜂屯猥集一處，以全微喘。我明日當先鋒去，汝卻引精兵在後，出其不意，彼必慌亂，望山谷而走。吾於幾處都著人埋伏，用車數十乘，各帶柴草，用火燒著，吾乘勢擒天柱王。」道宗得了計。次日，侯君集遣哨騎沿路打探，自引軍前進。遥望赤太原平空一匝草地，見虜兵旗幟交加，胡騎來往。君集令人馬擺開，一聲炮響，三軍一湧而進。吐谷渾正不知何處人馬，驚亂各四散逃走。天柱王披掛來迎，正遇侯君集。兩馬交鋒，戰上數合，都力思哈、醜豹軍、高牙尉一齊掩殺將來，君集詐敗，都力思哈引步兵後趕。原路口一支人馬湧出，爲首一員大將，乃任城王道宗，喝曰：「虜將慢來！」一槍刺於馬下。步兵皆走，君集合兵殺回，胡騎大敗，死者不計其數。天柱王見勢不支，與國王伏允保妻子望山峪而走，被四下伏兵放火燒著柴車，沿及山頭，蘆草皆著，煙迷其徑。君集引兵復追，天柱王四下無路，與部落棄了馬，與

〔一〕「侯」，原爲墨丁，據世德堂刊本補。
〔二〕「而」，原爲墨丁，據世德堂刊本補。

伏允奔長蛇嶺，攀藤附葛而走。時唐兵大勝，前來與李靖會齊。靖遣人打探吐谷渾走於何處，遊騎回報，天柱王保伏允，收聚敗兵，走入積石河源，堅守不出。靖曰：「正好合兵追之。看吐谷渾何所依棲！」傳令離赤太原，拔寨而進。

卻說天柱王走入石河源，與部落商議曰：「此處乃絶源之地，雖古今之英雄，不曾有人到也。中條路後通蓬海，水勢險惡，誰人可渡？路側兩邊，盡是石壁，無一寸著腳之地。今大王穩居於此，但疊斷我等來路，倘有唐兵追來，於路無水，亦必自退矣。」伏允然其議，即著人以鐵蒺藜，已將路口斷絶了，又在於積石山多設鹿角，令兵守之。李靖人馬趕到積石河源，吐谷渾走入其中，路口盡皆疊斷，山險嶺峻，不能前進。總管高甑生進曰：「今兩勝吐谷渾部落，既已膽喪，安敢再出？天氣甚熱，軍馬疲乏，取之無益，不如班師。」靖曰：「據汝之言，正中天柱王之計也。吾兵一退，彼必隨後追襲。既到此地，安有復回之理？如有再言者，立斬。」於是無敢言者。靖召本處嚮導問之，皆言此間祇有前後一條路，前面乃是大軍經由之路，後面泊蓬海絶源之處，兩邊積石山，人不能行，去西南二百里，便是吐蕃別部，曾降了大唐，往年亦去進貢，其外無有所在矣。李靖聞土人之言，以手加額曰：「天教我在此人身上成功也。」眾將問其計，靖曰：「兵機事不可預知，恐走透消息未便。不過數日，諸君便見也。」眾人皆懷疑，靖即修下書一封，預備中國玩好之物，及金帛二車，密遣數軍人，分付：「從東路徑至吐蕃處下書，彼見書中意，自有消息。爾眾人疾速回來。」軍人帶了書，將金帛之物，漏夜前至吐蕃，不在話下。原來吐蕃乃吐谷渾西南別種，未嘗通中國。其王稱贊普浴，不言姓氏，王族皆曰「論稱」，官族皆曰「尚」。貞觀五年，遣使入貢。聽得大唐遣使將書、金帛到國，贊普浴聚部落，拆書觀看，見書内令起兵襲吐谷渾之後。與帳前尚里吉商議。尚里吉曰：「往年大王入貢中國，天子厚意接納，今大軍深入絶漠，求救内應，安得不從？大王若擒吐谷渾以獻，唐主必重待我等也。」贊普浴依其言，即起本國騎兵三萬，就著尚里吉統領，密密出蓬海，以應唐軍。尚里吉領兵去了，不在話下。

卻說吐谷渾知的唐兵已屯積石界口，祇是不能攻打，天柱王與眾部落議曰：「李靖便有神機妙算，亦進不得此來矣。今我等守此，足可報二敗之恥。」言未畢，忽報唐兵已占了石積左隘，殺了守兵，鹿角盡被燒毀。伏允大驚曰：「唐軍何神異也？若殺入來，吾妻子亦休矣！」天柱王曰：「事急矣！祇得與唐兵決一死戰，豈能束手受縛？」是日，宰馬殺牛，大賞部落，候與唐兵交戰。遊騎報蓬海一彪人馬，盡打吐蕃旗號，殺氣衝天，從海東而來，不知何處軍馬。天柱王正待遣人打探，尚里吉引三萬兵徑入營中，早有人認得鄰國人馬，報入帳中。眾皆迎接，尚里吉曰：「聞君輩被唐軍所困，本國遣吾來助戰。」天柱王大喜曰：「鄰國助我，戰必勝矣。」即安排筵席，管待尚里吉人馬。酒至半酣，尚里吉大喝一聲，左右二十騎健虜近前，把天柱王捉住。高牙尉卻待要走，被尚里吉一槍搠死，營中一時發作起來，誰敢近前？里吉揚言曰：「同降在唐者免誅戮。」眾部落皆曰：「情願納降。」里吉入帳中，即將伏允妻子監在一邊，惟有伏允見勢不好，早與數十騎走出積石山去了。天柱王憤怒曰：「兔死狐悲，物傷其類。吾與汝等無讎，何故相擒而助外人也？」尚里吉曰：「吾國主感唐天子之恩，無可以報，汝今是反臣，故當獻之。」於是開了路口，放唐兵入石河源。李靖諸將已取了虜營，升帳坐定，尚里吉解吐谷渾妻子共三十餘人，及其臣天柱王、醜豹軍等入拜，具言：「某等得總管書來，著引兵襲吐谷渾之後爲内應，不敢忘中國恩澤，今航蓬海，徑入敵人巢穴，故擒其部落以獻。祇走脫吐谷渾主伏允，逃奔荊蠻去了。」李靖勞而遣之，不在話下。

第六九節　高甑生計誣李靖　唐太宗分任諸王

靖卻令驅其子順與天柱王等入，責之曰：「吾大唐天下，無一處不來庭者，何獨爾國，自專一隅，驅犬羊之眾，戕我良民？今日擒來麾下，復望生乎？」順叩頭而泣曰：「吾雖化外之民，頗知禮義。吾父伏允，嘗起叛中國之心，某因苦諫不從，凡事皆出於天柱王，致天兵來討。今巢破勢亡，捉於軍前，生死由於總管也。」言甚悲切。靖曰：「吾今饒汝等之命，各人心肯伏乎？」順等泣而謝曰：「子子孫孫，皆感生成之恩，安得不伏也？」靖請順上帳，設宴作賀，就令順永遠為吐谷渾之主，所得土地，盡皆還之。諸將皆謂：「遠夷難以征服，今於盛夏，勞師屢月，而致其部落，若復縱之，恐久後滋蔓，又將叛也。」靖曰：「戎狄亦人也，豈不惜命哉？今既降而誅之，是傷天子好生德也。今復縱之，使為一隅之主，亦中國盛事矣，何必盡戮之哉？」眾將請之不已，乃令將天柱王推出梟首號令，其餘皆免誅。後來李靖班師，國人立順為可汗，唐太宗詔以為西平郡王。靜軒先生有古風一篇，贊李靖之功曰：

藥師儀容秀且奇，聲如鐘韻徹雲衢。
喜來起作唐霖雨，怒後便把周戈揮。
職列中官心每激，突厥初平烽火息。
忽朝絕域鼓頻催，擾亂中原成禍孽。

九重震怒詔平夷，厲應前驅義弗辭。
勇敢豈居廉頗下，驍雄可與馬援齊。
羽書遞急臨衙府，指揮猛士驅貔虎。
胡沙獵獵寒淒淒，年邁寸心惟報主。
風吹畫角出山溪，電閃旌旗白日低。
隊伍嚴明胡膽落，披開黑霧運神機。
蠢彼戎蠻何足介，勢如破竹亟危殆。
腥臊血濺汙征衣，滾滾黃塵迷野塞。
海風竟作朔風威，須臾霜雪降其時。
將軍冀建功勳業，穴中螻蟻豈能支？
蜂屯部落窮無倚，義士忠臣心不死。
彎弓晨入石源中，掃盡妖氛咸北指。
愁雲茫茫塞草寒，月輪斜掛白狼山。
一朝挽卻天河水，自是征人洗甲還。
出將入相居皓首，萬丈虹光射牛斗。
功勳赫赫壯皇威，整頓乾坤濟時了。
萬里疆場白骨枯，近來殘照夕陽孤。
玉關回首當年恨，曾有漁樵訪問無？

秋八月，李靖班師，與諸將會議曰：「今大寇既平，吾與諸君將人馬仍分爲兩路，副總管高甑〔一〕生與侯君集、任城王道宗，從赤太原出鹽澤道地名，安撫未順餘寇，我一軍出大非川，復從伏城而回，皆於關中取齊。」甑生等依其議，傳令拔寨，離了吐谷渾。順等賫送羊馬共二百口，金寶之類二十車。靖皆不受，順再請以爲餉軍之資，靖乃命典書簿官吏每受其三分之一。順與衆人直送出舊營遣回。靖三軍出得舊營，徑望伏城而回。果是得勝軍兵雄似虎，回鞭敲鐙馬如龍。大軍行了數日，已近伏城。捷音早報入長安，太宗差黃門官迎接。靖三軍屯紮關中，候高甑生人馬會齊朝見。甑生一連失期五日，太宗聞靖軍已到關中，詔屢下促朝。靖次日秖得先朝見，具奏：「吐谷渾全兵被俘，臣以陛下之德諭遣之。惟戮首惡者一人天柱王。」太宗大悅，謂曰：「卿南平吳，北破突厥，今西走吐谷渾，而大定其國。卿之勞，誰不知之！久後論功受賞，自有公處也。」靖曰：「仗陛下之威而成小功，何敢望賞。」靖又奏：「副總管高甑生與臣分路班師，今猶未到，必有擾勞於民，乞陛下遞詔促之。」太宗允其言，輒下敕書，沿路遞送，以催甑生回軍。又過四日，甑生之兵始到關外。聞李靖已入長安十日，甑生懼罪，漏夜入長安朝見。太宗怒曰：「卿乃吾之初識，與李靖同日班師，何如後期？沿路應給官軍之民，不勝疲勞，公安坐曾不顧耶？」甑生失次，唯頓首請罪。上命之退，及出，汗沾浹背。甑生歸至府中，深恨於李靖曰：「吾與汝同事之人，何得在帝前奏我哉？此必報之！」令人請殿中侍御史劉程文程文乃高甑生之妻舅來府，與之謀曰：「李靖自恃功高，比來得寵於上。日前奏我後期之過，致聖上嗔怒，此讎豈肯干休！」程文曰：「公察靖曾有私處，吾當協力譖之，上必聽信。去靖之位，亦非難事。」甑生曰：

〔一〕「甑」，原爲墨丁，據世德堂刊本補。

「他無所知，比征吐谷渾，受順可汗七車金寶，唯此可以證之。」程文曰：「來日公先奏，吾亦助言。」二人商議散去。

次日，甑生入奏曰：「李靖承王命出征，仗陛下之威，竭諸將之力，平伏吐谷渾。大軍班師之日，伏允子順賫送金寶七車，靖受之而付書簿軍中執記錄之官，密與順私語始別。臣觀李靖，外爲陛下詐忠，内實有通謀之情，乞推勘以抑其不軌。」太宗默然。御史劉程文譖之曰：「李靖自以有不世之功，欺弱朝廷，因與外夷通謀欲叛，此事或有之也。」太宗顧謂房玄齡曰：「公等推有此事否？」玄齡曰：「臣不敢以私意料人。日前陛下征吐谷渾，以李靖老邁，靖至臣家，謂吾曰：『我雖老，尚堪一行。』今果成功。以此言證之，足明靖有忠於朝廷也。」太宗曰：「靖果有叛，不在於老年。朕不令人按之，恐無以服群下；按之無狀，然後治誣者之罪，則公論自定矣。」高甑生懷懼而出。上遣中書舍人溫彦博按靖反狀。彦博承詔，察錄靖征討事蹟，皆其經歷，出兵交戰俱有文簿可驗，併所得糧餉金銀，支給軍士，一一明白，並無叛狀。彦博錄之上聞，太宗大怒曰：「高甑生自有罪過，何得離間我君臣哉！」詔問以誣告論，減死罪一等，罷職徙邊外爲民。御史劉程文附親逆，削其官職。群臣言：「甑生秦府功臣，宜寬其罪。」帝曰：「國家功臣多矣，若甑生得免，則人人犯法，安可復禁乎？」不聽。李靖爲甑生之誣，自是闔門，杜絶賓客，雖親戚亦不得見耳。

貞觀十年二月，太宗以吐谷渾既平，設太平宴，重賞將士。宴罷退居便殿，顧侍臣房玄齡、魏徵在立，上因謂之曰：「朕往年與公等議封建之計，雖著爲令，尚未及行。今外夷多事，宜即頒詔。令中書省擬藩鎮上聞，朕將親遣之行。」魏徵曰：「陛下經營遠慮，愚臣之所不及。中書省擬議藩鎮而授之，恐諸王有爭上下。陛下須當廷僉陛，命中官喝名唱〔一〕之，諸王亦無異議也。」上從之，召荊王元景等十四人，當朝廷，帝親點授藩鎮之所，俱爲都督。各王得鎮所，皆謝恩而出。元景授河南都督，過數日，入朝辭太宗。太宗問之曰：「御弟猶未出長安乎？」元景曰：「臣受命已後，心亦不安，但於陛下有戀戀不捨，所以遷延未行。即今辭出，一二日就臨任也。」太宗曰：「兄弟之情，豈不欲常其處耶？但以天下之重，不得不出而分理之。朕之諸子，尚可復有，獨汝兄弟，不可再得。」言罷，因流涕嗚咽不能止，諸王亦各灑淚而別。次日，皆離長安，走馬上任去了。獨有魏王泰爲相州都督，不肯赴官。近臣奏聞，太宗曰：「泰好文學，既不肯赴官，朝廷豈無事理乎？」即命於泰府中別置文學館，召引天下俊秀，日與討論時政奏聞。魏王雖是得太宗寵愛，諸大臣多輕視之。上頗知其事，召諸大臣責之曰：「隋文帝時，大臣皆被諸王挫辱。今我若縱之，豈不能折辱公等耶？魏王泰，朕所愛者也，爾諸臣何得輕慢之？」房玄齡等皆伏謝。魏徵正色曰：「若紀綱大壞，固所不論。今遇聖明在上，魏王必無折辱群臣之理。隋文帝驕其諸子，卒皆夷滅。陛下安足學？」太宗〔二〕悦曰：「朕以私愛忘公義，及聞公言，方知理屈。人主發言何得容易乎？」王珪曰：「臣嘗奏三品以上之官，途中若遇親王，即下乘以執人臣之禮，甚非禮體，陛下曾不之聽。是言豈易發哉？」太宗曰：「卿輩輕我子耶？」魏徵曰：「諸王位次三公。今三品官，皆九卿八座（九卿八座，三品之官），爲王降乘，誠非所宜。」上曰：「人命難期，萬一太子不肖，安知諸王不爲公輩之主乎？」徵曰：「自周以來，皆子孫相繼，不立兄弟，所以絶庶孽之窺窬，塞禍

〔一〕「唱」，原爲墨丁，據世德堂刊本補。

〔二〕「太宗」，原作「士之」，據世德堂刊本改。

亂之源本，此爲國者所深戒也。」上乃從珪之奏。

夏六月，魏徵屢以目疾不能趣朝，上表固辭退位。上不得已，以爲特進知門下省事，參議得失。房玄齡亦因求退，上近來頗疏玄齡，允其退職。是時長孫皇后得疾在宮，太子侍立榻前，見后呻吟不安，奏曰：「臣請皇上赦天下罪人，度僧道入法門，祈禳娘娘。」后曰：「死生有命，非智力所能移。赦者，國之大事，不可屢下。道釋異端之教，蠹國害民，皆皇上平素所不爲。奈何因吾一婦人，使皇上爲平昔不爲之事乎？」太子因是不言。

第七十節　馬周上章陳王道　魏徵進疏效唐虞

后病勢未見減退，日漸沉重，自知不可起也，遂請太宗入寢榻，囑之曰：「臣妾疾甚危殆，料不能起。但陛下宜保聖躬，以安天下。房玄齡事陛下已久，小心慎〔一〕密，苟無大故，不可棄也。妾之家族，因緣以致祿位，非其才德可稱，是輩易致顛危，賴陛下保全之，慎勿與之權要。妾生無益於人，死後勿高丘壟而葬，勞費天下，但因山爲墳，器用瓦木可也。更願陛下親君子，遠小人，納忠諫，辟邪佞，省作役，止遊畋，則妾死無恨矣。」又顧太子曰：「爾宜竭盡心力，以報陛下付託之重。」太子拜曰：「敢不遵娘娘之命！」后囑罷，遂崩於長樂宮，年三十六歲。

后長孫氏，河南洛陽人，隋右驍衛將軍晟之女。性仁孝儉，素好讀書。嘗與上從容商略古事，因而獻替，裨益弘多。撫視庶孽，逾於所生。妃嬪以下，無不愛戴。訓諸子，常以謙儉。爲太子乳母以東宮器用少，請奏益之，后不許，曰：「太子患德不立，名不揚，何患無器用耶？」嘗采古昔婦人得失事，爲《女則〔二〕》三十卷。

〔一〕「慎」，原作「之」，據世德堂刊本改。
〔二〕「則」，原作「法」，據藏珠館刊本《唐傳演義》改。

皇后既崩，次日宮司以后所著集奏之。太宗覽之悲痛，以示近臣曰：「皇后此書，足以垂範百世。朕非不知天命，而爲無益之悲，但入宮不復聞規諫之言，失一良佐，故不能忘懷耳。」乃遣黄門召玄齡，使復其位。上念后之死，無日不哀，群臣多勸之，不聽。冬十一月，詔葬皇后於昭陵，帝親爲文，命有司刻石，稱皇后節儉，遺言薄葬，不藏金玉，當使子孫奉以爲法。上與從臣登墳豎碑，四顧寥寥，徘徊不忍遽離。及黄昏，車駕始發〔一〕，遲遲而回。至南衛，日已黑矣，帝命從官侍宿南營。原來南衛乃將軍段志賢、宇文士及分統士衆，帝先遣宮官至二人衛所報知。士及聽知天子鑾駕來，即將出迎。志賢曰：「戎馬在外之時，軍門不敢夜開，足下祇好安内莫出。」士及持疑間，使者叱之曰：「此有手敕在此，聖駕露宿於外，爾等不納之，明日天子見罪，將軍何所分剖耶？」志賢曰：「夜半不辨真僞，來日見天子，自有定論。」即留使者在衛，至天明，與士及開軍門，詣天子前謝罪。太宗曰：「公乃能嚴軍令，真將軍也。朕將賞之不暇，何罪之有？」乃勞而遣之。上車駕入宮，衆百官各朝見而退。

上以后死，懷念不已，於苑中起立重觀層屋也，登之則可遠觀以望昭陵。嘗引魏徵同登，使視之，徵熟視之曰：「臣昏眊不能見也。」上用手指示曰：「直望豎新碑處，后之陵也。」徵曰：「臣以陛下望獻陵皇祖之墓所，則昏眊不見。若昭陵，是臣固見之矣。」上感泣，爲毁其觀。群臣以上爲后之故，少有視朝，魏徵率衆臣入宮諫曰：「死生有命，富貴在天。陛下且宜保重聖躬，以臨天下，庶慰萬民之望也。」上乃從其諫。次日設朝，仍與侍臣議論時政得失。忽治書侍御史權萬紀奏曰：「宣饒之地銀大發，陛下遣人采之，歲可得數萬緡。」上

〔一〕「發」下原衍「獻陵」，據藏珠館刊本《唐傳演義》删。

曰：「朕貴爲天子，所乏者，非財也，但恨無嘉言可以利民耳。與其得數百萬緡，何如得一賢才？卿爲御史之職，未嘗進一賢才，而專言銀利。昔堯、舜棄璧於山，投珠於谷，漢之桓、靈，乃聚錢爲私藏。卿欲以桓、靈待我耶？」是日，罷黜萬紀官職，使還鄉里。

貞觀十一年春正月，太宗將幸洛陽，車駕至顯仁宮，上以官吏闕少儲偫承奉天子飲食之類，皆被責。魏徵諫曰：「陛下以闕儲偫，重責官吏。臣恐承風相效，異日民不聊生，殆非行幸之本意。昔隋煬帝諷郡縣獻食，視其豐儉，以爲賞罰，故海内叛之，陛下所親見也，奈何效之乎？」上驚曰：「非公不聞此言！」因謂長孫無忌曰：「朕幼年過此，曾買飯而食，租舍而宿，今供頓如此，豈得猶嫌不足乎？」無忌曰：「陛下體此，足可止勞費也。」車駕至洛陽，與侍臣載船泛積翠池遊觀，顧謂侍臣曰：「煬帝作此宮苑，結怨於民，今悉爲我有，正由宇文述、虞世基之徒，内爲諂諛，外蔽聰明故也，可不戒哉！」侍臣以爲然。

秋七月，車駕未回長安。值大雨，連三日不止，平地水深四尺。自穀、洛二水名溢入洛陽，蕩壞官舍〔一〕民居無數，溺死者六千餘人。侍臣奏知，上乃詔被水所毀宮室少加修整，恐勞百姓，命廢明德宮、玄圃院，以其材給與遭水民家，令百官上封事，極言過失。他日謂侍臣曰：「上封事者，皆言朕遊獵太過，今天下無事，武備不可忘，但與左右獵於後苑，無一事煩民，夫亦何傷？」魏徵曰：「先王惟恐不聞其過，苟其言無取，亦無所損，乃皆勞而遺之。」上是其言。侍御史馬周上疏以聞。疏曰：

以爲三代及漢，歷年多者八百，少者不減四百，良以恩結人心，人不能忘故也。自是以降，多者六十年，少者纔二十餘年，皆無恩於人，本根不固故也。今之户口，不及隋之什一，而給役者，兄去弟

〔一〕「舍」，原作「寺」，據藏珠館刊本《唐傳演義》改。

還，道路相繼，營繕不休，器服華侈。陛下少居民間，知民疾苦，尚復如此，況皇太子生長深宮，不更外事？萬歲之後，固聖慮所當憂也。臣觀自古百姓愁怨，國未有不亡者。人主當修之於可修之時，不可悔之於既失之後。貞觀之初，天下饑歉，斗米直匹絹，而百姓不怨者，知陛下憂念不忘故也。今比年豐穰，匹絹得粟十餘斛，而百姓怨咨者，知陛下不復念之，多營不急之務故也。自古以來，國之興亡，不以蓄積多少，在於百姓苦樂。且以近事驗之：隋貯洛口倉，而李密因之；東都積布帛，而世充資之；西京府庫，亦爲國家之固，至今未盡。夫當積貯不可無，要當人有餘力，然後收之，不可強斂以資寇敵也。夫儉以息人，貞觀之初，陛下所親行也，豈今日而難之乎？欲爲長久之計，但如貞觀之初，則天下幸甚！又陛下寵遇諸王過厚，亦不可不深思也。魏武帝愛陳思王，及文帝即位，遂遭囚禁。然則武帝愛之，適所以苦之也。又百姓所以治安，惟在刺史、縣令，今重內官而輕州縣，刺史多用武臣，或京官不稱職，始補外任，邊遠之處，用人更輕。所以百姓未安，殆由於此。出《通鑒綱目》

疏上，太宗覽而稱善。久之，謂侍臣曰：「刺史之職，朕當自選，縣令宜詔京官五品以上，各舉一人，中書省奉旨而行。」是時魏徵亦上疏以奏，疏曰：

人主善始者多，克終者寡，豈取之易而守之難乎？蓋以殷憂則竭誠以盡下，安逸則驕恣而輕物。盡下則胡越同心，輕物則六親離德，雖震之以威怒，亦皆貌從而心不服故也。人主誠能見可欲則思知足，將興繕則思知止，處高危則思謙降，臨滿盈則思益損，遇逸樂則思樽節，在宴安則思後患，防壅蔽則思延納，疾讒邪則思正己，行爵賞則思因喜而僭，施刑罰則思因怒而濫。兼是十思，而選賢任能，則可以無爲而治矣。

又曰：陛下欲善之志，不及於昔時，聞過必改，少虧於曩日。譴罰積多，威怒微厲，乃知貴不期驕，富不期侈，非虚言也。在昔隋之未亂也，自謂必無亂；其未亡也，自謂必無亡。故賦役無窮，征伐不息，以致禍將及身，而尚未之寤也。夫鑒形莫如止水，鑒敗莫如亡國。伏願取鑒於隋，去奢從約，親忠遠佞，以今之無事，行昔之恭儉，則盡善盡美矣。夫取之實難，守之甚易。陛下能得其所難，豈不能保其所易乎？

又曰：「今立政致治，必委之君子，事有得失，或訪之小人。其待君子也，敬而疏；遇小人也，輕而狎。狎則言無不盡，疏則情不上通。夫中智之人，豈無小慧，然才非經國，慮不及遠。雖竭力盡誠，猶未免有敗，况内懷奸宄，其禍豈不深乎？夫雖君子，不能無小過，苟不害於正道，斯可略矣。陛下誠能慎選君子，以禮信用之，何憂不治？不然，危亡之期，未可保也。」出《通鑒綱目》

太宗覽疏罷，大悦，親賜手詔褒美曰：「得公之諫，朕知過矣。當置之几案，爲朝夕便視。」貞觀十二年二月，太宗車駕離洛陽，至蒲州，刺史趙元楷整飾樓觀，豐盛儲偫。上怒曰：「此亡隋之弊俗也，安用哉？」悉令毁去之。閏月，帝還宫，設宴於東宫，賜五品以上之官。是時魏徵、王珪、房玄齡等俱在席。使中官行酒，至數巡，上曰：「貞觀之前，從朕經營天下，玄齡之功也。貞觀以來，忠言直諫，使朕不蹈過失，魏徵之功也。」皆賜之佩刀上殿。玄齡、魏徵起拜謝恩，上謂徵曰：「朕政事何如往年？」徵對曰：「威德所加，比往年則遠矣。人心悦服，則不及也。」上曰：「何也？」徵曰：「陛下嘗以未治爲憂，故日新其德。今以既治爲安，故不及。」上曰：「今日所爲，亦何以異於往年耶？」徵曰：「陛下初年恐人不諫，嘗導人使言，中間悦而從之，今則勉強從之，而猶有難色也。」上曰：「其事可得聞歟？」徵曰：「陛下昔欲殺元律師，孫伏伽諫以爲不當死，陛下賜伏伽以蘭陵公主園，直百萬錢。或云太厚，陛下云：『朕即位以來，未有諫者，故賞之。』此導之使言也。司户官名柳雄妄訴隋朝資級，陛下欲誅之，納戴胄之諫而止，是悦而從之也。近有皇甫德參，上書諫止修洛陽宫，陛下怒之，雖以臣言而罷，實勉強從之也。」上曰：「非公不能及此，人苦不自知耳。」是日宴罷而散。

第七一節　唐太宗大興文學　侯君集興師討罪

貞觀十三年春正月，上以房玄齡爲太子少師。太子欲執師生禮待之，玄齡恐太子拜，不敢謁見而歸。國人美其有讓。玄齡以度支糧穀之官，繫天下利害，嘗有闕職，求其人未得，乃自領之。上嘗問侍臣創業與守成，二者孰難，玄齡曰：「草昧之初，與群雄並起，必須較其才力，而後臣之，是創業難矣。」魏徵進曰：「自古帝王，莫不得之於艱難，失之於安逸。守成難矣。」上曰：「二公之論皆是。玄齡與吾共取天下，出百死，得一生，故知創業之難。事既往矣，魏徵以守成之難，方當與諸公謹慎。」玄齡等拜曰：「陛下之言及此，四海之福也。」靜軒先生有詩曰：

不易興王守業難，君臣相與吐衷肝。
唐朝三百傳來位，猶憶當年保治間。

是月，永寧公王珪卒。上聞之，傷悼不已。既退便殿，見武臣尉遲敬德尚未出，太宗召問之曰：「人或言卿有叛，何也？」敬德曰：「臣從陛下征伐四方，身經百戰，錢九隴、公孫武達、李安遠、樊興、屈突通等盡已物故。今之存者，皆鋒鏑之餘也。天下已定，乃更疑臣反乎？」因解衣投地，出其瘢痍以示太宗。太宗見之，流泣撫之曰：「卿之心，寡人足知矣。寢室贈金之言，朕嘗不忘。今將反言以試卿耳。」敬德叩首曰：「臣雖年邁，報陛下之心，綣綣於懷。自不知出於何日也，敢〔一〕有過望哉。」太宗厚慰而退。他日復召敬德入宮中曰：「朕欲將公主嫁卿，何如？」對曰：「臣妻雖陋，相與共貧賤久矣。臣雖不學書，聞古人云：『富不易妻。』今陛下以公主妻臣，此非臣之所願也。」上悦其志誠，以爲鄜州都督。仍詔宗室功臣，得襲刺史職。中書舍人馬周奏曰：「堯、舜之父，猶有朱均之子。倘有孩童襲職，萬一驕愚，百姓被殃，國家受敗，則與毒害於見存之百姓，寧使割恩於已亡之一臣矣。是則嚮所謂愛之者，乃所以傷之也。臣請宜賦以茅土，疇其户邑。必有材行，隨器授官，使其人得奉大恩，而子孫終其福禄，乃長計也。」長孫無忌亦奏曰：「縱使陛下封臣，臣亦不願之國。臣披荊棘事陛下，今海内寧一，奈何棄之外州乎？」太宗曰：「割地以封功臣，古今通義。朕欲令公子孫世爲有土之君，而公不願，朕豈強公以茅土耶？」乃詔停之。

話分兩頭。卻説高昌西域國名王麴文泰部下有牙將赤健阿、天漢軍二人，皆有萬夫之勇，部落約數萬。文泰自恃居西域衝要，人馬精雄，欲起叛謀。是時西路進貢，皆由高昌而過，年年被文泰遏絶。遇中國有通使者，即拘留之。邊廷屢次報入京師，詔令入朝又不至。自是爲惡尤盛，附近之民，被其侵剥，不得寧居，聲勢頗張。太宗乃御書遣使問狀，使命領得敕旨，徑詣高昌，來見文泰，正遇文泰與眾部落在帳中商議，聽的中國遣使人到，召入問之。使人將聖旨宣讀，文泰眾跪聽罷，問使者曰：「鷹飛於天，雉伏於蒿，貓遊於堂，鼠噍於穴，各得其所，豈不能自生耶，何用聖旨來惱吾輩乎？」即令：「將使者監下，看大唐奈我何否？」左將赤健阿進曰：「今上威風咸仰，中國謀臣勇將如雲。大王不聞征突厥、吐谷渾之事乎？今監一使，而惹天

〔一〕「敢」，原作「望」，據世德堂刊本改。

兵來到，吾輩豈得安生？不如以溫言遣之，斯可保後慮矣。」文泰從其言，始放使者還國。使命得脫高昌，漏夜奔回長安，朝見太宗，以文泰言奏知。太宗怒曰：「蠻鬼敢縱言以侮朝廷哉！」即下詔發兵討之。會薛延陀可汗遣使請爲嚮導，上意決行。衆臣皆諫，以爲：「西域不服王化，人習頑性，陛下以詔撫安之，雖未得利，亦無所損。如大軍一動，勞費不資，甚非利便也。」上意亦望文泰悔過，復下璽書以示禍福，召之入朝。使者仍賫敕書至西域安撫文泰，部落報入帳中：「天朝復差使命來此。」文泰召入，使者以璽書呈進，拆讀璽書曰：

朕以君臨天下，皇風所披，四夷賓服。奚爾高昌不遵聲教，徒恃犬羊之衆，有窺中原之意。即將發兵遣將，芟除惡孽，以靖邊界。朕念禽獸亦貪生而懼死，何況略近於人性，是以征討之詔，止而不下。朕今以往者不追，來者宜鑒，敕爾文泰輕騎入朝，拱手稱臣。非惟可以免罪，猶或有所頒賜。如仍然以天子之牒，視如故紙，天兵一臨，玉石不分。文泰其自諒之。

文泰看璽書畢，以示部將赤健阿等曰：「天子召我來朝，可行否？」衆皆勸之曰：「朝廷屢次詔下，今不往，恐得罪反重。不如入朝謝罪，或可以保洗前愆。」文泰懼罪，乃曰：「若去必無還理，祇且自守其地，唐兵便能擒我耶？」由是竟稱疾不住，使人回奏曰：「文泰專肆其志，稱疾不來。」太宗大怒曰：「不誅麴文泰，何以服四夷？」乃遣總管侯君集及薛萬均，發精兵十二萬，征討高昌。君集等領旨，辭帝出師，不在話下。

太宗以君集兵馬既行，與魏徵、房玄齡幸國子監觀釋奠，命祭酒孔穎達講《孝經》，賜諸生有差。因謂魏徵曰：「治道不明，由五經未備，朕將以國子生，講明聖人之道，以著爲經。卿等試爲區處。」徵曰：「欲使聖經燦然如星日，必在碩儒才學者能之。陛下可召天下明儒入國子監，授以學官職，得與儒臣互相參詳，日與講解。不出期年，無患治不若古，道弗明也。」上悅曰：「卿之言，金石論也。」乃大徵天下名儒爲學官，使之講論。學生能明一經以上，皆得補官。增築學舍千二百間，增學生滿三千二百六十員。於是四方學者雲集京師，乃至高麗、百濟、新羅、高昌、吐蕃諸酋長，亦遣子弟請入國學，升講筵者，至八千餘人。他日，上謂魏徵曰：「用公之策，果致治平。是知好學之心，人皆所向慕者也。」徵曰：「上之所好，下必有甚然，理固如此也。」忽報太史令傅奕卒，上聞之，顧謂侍臣曰：「臨湖之變臨湖，殿名，誅元吉之處，傅奕常以星變告我。朕當時疑其有附會之說，及事定，始知其不妄也。今聞其死，朕甚傷焉。」魏徵曰：「天人一理也。陛下德符上天，而先著其兆，非偶然哉。今後猶當以天變爲懼，日新其德，妖孽自成禎祥矣。」帝深然之，命有司給官錢與奕喪禮。

傅奕精究術數之書，而終不之信，遇病不呼醫餌藥。有僧自西域來，能咒人使立死，復咒即生。上試之，以驗告奕。奕曰：「此邪術也。臣聞：『邪不干正。』使請咒臣，必不能行。」上命僧咒奕。奕初無所覺，須臾，僧忽僵僕，遂不復蘇。又有婆羅門僧，言得佛齒，所擊輒碎。長安士女輻輳如市。奕謂其子曰：「吾聞有金剛石者，性至堅，物莫能傷。惟羚羊角能破之。汝往試焉。」其子如言叩之，應手而碎。觀者乃止。奕年八十五卒。臨終，戒其子無得學佛書。又集魏晉以來駁佛教者爲《高識傳》十卷，行於世。

卻說高昌王麹文泰聽的唐起兵來伐，謂其國人曰：「中國至我地共七千里，而有二千里之沙磧，地無水草，人馬不堪行，寒風如刀，熱風如燒，安能止大軍乎？我等衹在深溝高壘，嬰城而守，唐兵其奈我何？」言未畢，哨馬報：「唐兵遍地而來，離高昌止曾一百里。大王作急定奪。」文泰驚曰：「唐兵從何來，而若是其速也？」即傳令部落，各用心守把城郭，防備迎敵。是時眾騎雖依號令，終是恐懼不安。文泰因懷懼，夜來疾發，氣逐不止，至四更而死。侵早諸胡將發哀，輒立其子智盛統領國眾。牙將赤健阿進曰：「即目大敵在前，一面令諸將照隊伍防護城池，一邊刻日葬埋國王。候在唐兵來到，又作商量。」智盛依其議，即分付眾人依令而行。

卻說哨馬報入侯君集軍中：「見有高昌王文泰因發疾而死，部落立其子智盛統領國事。即目要安葬，城中四下預備守禦，十分堅固。」諸將聞此消息，入告曰：「文泰既死，國人未安，其子年幼，不知軍旅，總管宜乘此機襲之，一舉可以成功也。」侯君集曰：「天子以高昌無禮，故使吾討之。今襲人於墟墓之間，非問罪之師也。再過數日，吾自有智取之。」衆人再不敢言。第五日，君集下令，三軍拔寨離西山，直抵高昌城下。原來這高昌乃西域舊都也，週圍都是高山，城池堅固，牆垣宏闊，攻打甚難。君集令諸將四面圍了，城下堆起砂土，準備攻城之具。智盛在城中，知得唐兵攻城緊急，聚衆人商議。右牙將天漢軍曰：「唐兵勢大，如何迎敵？今國主初喪，人懷内懼，縱部兵出戰，必致傾亡。不如開城納降，以保吾國，爲今日之上計也。」智盛問曰：「爾衆人皆願降乎？」左牙將赤健阿曰：「降者易安，戰者難保。大王可從漢軍之策。」智盛曰：「祇恐吾父罪重，若降未免夷滅，不如與諸君死守。」赤健阿曰：「今天子四海皆沾其澤，豈獨見罪於我輩？且先主既死，大王降之，必保無虞也。」於是智盛於城上插起降旗。次日大開西門，率衆部落詣侯君集軍前納降。

第七二節　李思摩大戰薛延陀　李世勣兵救阿思力

君集聽得高昌王來降，分付三軍嚴其隊伍，親出轅門迎接。見高昌王拜伏帳下，君集扶起，引入軍中，諭之曰：「吾主寬仁愛下，但有來廷者，無不禮接。君今既降，吾當保奏天子，使爾永遠爲國主也。」智盛再三叩首謝罪。次日，君集大軍入城，見其部落富實，衆人各爭取財物，君集不能禁止，副將薛萬均亦私入高昌宮室。城中大亂三日，君集乃嚴下禁令，再有竊盜民物者腰斬，由是諸軍始有約束，其亂方息。仍遣薛萬均分兵招安其地。數日，來降者二十二城，得户口八千四十餘。君集以高昌之地悉平，乃議班師。大軍離了高昌，國王率部曲送出隘口而回。君集人馬已近關中，次早朝見太宗奏知：「臣部三軍，直抵沙漠，後主智盛，懷威感德納降，致不動聲勢，已平定高昌所屬二十二城，乞陛下定奪。」太宗大悦，重賞侯君集等，與群臣商議，欲以高昌爲州縣。魏徵諫曰：「文泰有罪，故陛下發兵討之。今罪人已死，其子又服，宜撫其百姓，存其社稷，復立其子，則威德被於遐荒，四夷皆悦服。若以爲州縣，當復遣兵鎮守，勞費不貲，死亡相繼，而陛下終不得高昌撮粟尺帛，以佐中國。所謂散有用以事無用也。」上曰：「吾以爲州縣，因彼土地人民而資其用，何有不可？」遂不聽徵諫，下詔以其地爲西州，置安西都護府，每歲發兵千餘人，戍守其地。諫議大夫褚遂良上疏諫曰：「陛下取高昌，調人屯戍，破産辦裝，死亡者衆。設使張掖、酒泉二郡名有烽燧之警，陛下豈得高昌一夫斗粟之用？終當發隴右諸州兵食以赴之耳。然則河西者，中國之心腹，高昌者，他人之手足，奈何糜弊本根，以事無用之土乎？願擇高昌子弟，使君其國，永爲藩輔，内安外寧，不亦善乎？」上弗聽。

是時侯君集因破高昌，私其珍寶，將士爭爲竊盜，被有司劾奏，詔下君集等於獄治罪。中書舍人岑文本諫曰：「命將出師，主爲剋敵。苟能剋敵，雖貪可賞。若其敗績，雖廉可誅。是以黃石公曰：『使智使勇，使貪使愚。』故智者樂立其功，勇者好行其志，貪者急趣其利，愚者不計其死。今君集等雖有罪過，願錄其微勞，而赦宥之，則雖屈法，而陛下之德彌顯矣。」上曰：「君集以主將得罪，在不赦論。卿奏其有平高昌之功，朕當釋之。止有薛萬均破高昌之時，私人婦女，須付大理寺，與婦女對辨，審的實治罪。」魏徵諫曰：「臣聞君使臣以禮，臣事君以忠。今遣大將軍而與亡國婦女對辨。使事實則所得者輕，事虛則所失者重。」上曰：「卿之言是也。」遽釋之。

貞觀十五年夏五月，太宗遣方郎中陳大德使高麗。大德承詔，初入其境，欲知山川風俗，所至城邑，以綾綺送其守者，守臣皆悅，大德因得遊歷各處。至玄菟新城，見中國人，乃是隋末從軍没於高麗者，各來問親戚存没。大德曰：「爾等妻子親戚皆無恙。」衆人聞説，皆涕泣相告。數日後，大德既回，隋人望之而哭者，遍於郊野。大德歸，言於太宗曰：「臣奉使高麗，歷遍其山川城郭，何處可以屯兵，何處可以埋伏，前後往來之路，總畫成一圖，名曰《指掌圖》，今特以獻陛下。且高麗沃野之地，民殷國富，與他國不同。若得之，足可以爲大藩鎮也。」太宗覽其圖，大喜曰：「高麗本四郡地耳，吾發兵數萬，取之不難。但山東州縣，雕殘未復，吾不欲勞之也。候有機會，朕當與卿等圖之。」大德既退，太宗詔來年二月，將封泰山。有司承旨，各預備不題。

卻説薛延陀真珠可汗，聞天子將東封，聚集衆人商議曰：「中國欺辱我等，重待思摩阿史那思摩入朝，上乃賜姓李氏，立爲泥孰俟利苾可汗，又賜鼓纛，使統其種落，至是薛延陀恨之，常欲報之無因，今天子封泰山，邊境之臣扈從，必空虛。我以此時取思摩如拾草芥耳。」乃命其子大度設、驍將張天王，發諸部兵，合二十萬，擊突厥思摩。諸部得令，引兵馬離北磧，鼙聲大振而來。哨馬報入突厥，李思摩聞此消息，亦部衆將出平城迎敵。遥望薛延陀人馬，旌旗交雜，殺氣連天。來到平川曠野，兩下各屯住營腳。李思摩横槍勒馬，出軍前罵曰：「爾等不伏王化之徒，大唐天子有甚負你處？又思叛耶？」對營薛延陀亦罵曰：「天子祇重汝輩，嘗有征伐我國意。今日先擒汝輩，然後叛入長安。」思摩大怒，舉槍拍馬，直取延陀。延陀舞刀勒馬迎戰。二馬相交，兩下胡兵喊聲大振。二人戰上二十合，不分勝敗。北營張天王勒馬舞斧助戰。胡兵一掩殺入，箭如雨發。思摩遮攔不住，見北兵勢大，跑馬望本陣逃走。薛延陀兵齊趕，南兵大敗，殺死者不計其數。思摩不敢入平城，引敗騎奪圍走入長城，堅閉不出。延陀人馬，直趕上三十里方回，奪得器械羊駝無算。延陀大喜，重賞部下，乃曰：「乘吾勝兵，直攻入朔州，取了此個大郡，足可以禦唐兵也。」眾部落得令，即拔營直抵朔州，圍了城池。守朔州者，乃突厥新降將阿耶思力，此人極是忠義，有勇力。唐主見其身材不常，故任爲朔州總管。是日，聞李思摩敗入長城，薛延陀部兵來攻城郭，一面遣人約思摩出兵，首尾相應，一邊差使命入長安取救不題。

卻説京師聽的薛延陀謀叛，朔州聲勢甚緊，即聚文武商議。群臣皆以李世勣素有威望，可發兵救之。太宗曰：「世勣昔爲并州長史，在州十六年，令行禁止，民夷懷服。朕聞之，自以爲隋煬帝勞百姓築長城，以備突厥，卒無所益。今惟置李世勣於晉陽，而邊塵自息，其爲長城，豈不壯哉！」即日詔世勣爲總管，李藝、薛萬徹等副之，引兵十萬，前救朔州之圍。諸將辭行，上親諭之曰：「薛延陀負其強盛，踰漠而南，行數千里，馬已疲瘦，見利不能速進，不利不能速退。吾遣使敕思摩燒其薙草，彼糧糗日盡，野無所掠。卿等俟其將退，與思摩一時奮擊，破之必矣。」世勣等承戒諭，出離長安，引三軍望長城進發。是時冬十二月，但見塞雁寂寥風凜冽，征人寒凍雪瀰漫。不則一日，大軍已到石塹，世勣下令屯了大寨。世勣問李藝曰：「胡兵攻〔一〕朔州甚急，公有何高見？」藝曰：「若會思摩之眾，朔州一城必被攻陷矣。吾料薛延陀合諸部而來，北磧空虛，可徑奔摩天隘，抄出北磧之後。薛延陀知之，必退回人馬。此乃圍魏救韓之策也。待其退，約思摩追襲，胡兵兩頭不能接應，薛延陀可擒也。」世勣曰：「此計大妙。」即與薛萬徹中分其兵，令出摩天隘，徑攻敵人巢穴。萬徹引兵去了。世勣自與李藝部兵直抵長城。

卻說薛延陀圍攻朔州，被阿耶思力設計防備，以此攻打不入。聽的中國救兵來到，引將迎敵，正遇唐兵。世勣擺開陣勢，出馬指延陀而罵曰：「背國逆胡，今日休走！」延陀更不打話，舞刀拍馬，直取世勣。世勣舉槍來迎，兩下喊聲大振，思摩於城上擊鼓助威，二人戰上數十合，未分勝負。忽後兵來報，唐兵已出摩天隘，襲取北磧營，先將回路絕了。延陀大慌，正待分兵救之，李世勣揮兵衝入胡隊，唐兵鼓勇而進，無不以一當百，延陀人馬大敗。思摩開長城，放出一彪生力人馬衝殺，延陀與張天王引兵往諾真水而走。唐兵乘勢追擊，殺死於水中者不計其數，斬首三千餘級，擒虜五萬餘人，遂解朔州之圍。世勣下令曰：「胡賊不可長，乘勝追之，彼再不敢來也。」眾軍得令，拔寨離長城，如風捲追襲。延陀勢窮，又值大雪，人馬凍死者什八九。聽得後面喊聲不絕，征塵蕩起，知有追兵，與部落急急而走，忽聞前軍發喊，唐兵斷絕去路。延陀慌到前看時，見薛萬徹大喝曰：「汝欲走回北磧，吾已等候多時。」張天王忿怒曰：「前有阻兵，後有追騎，祇得拚一死戰！」言罷，一匹馬跑出，舞斧直奔萬徹。兩馬相交，萬徹磬力而鬥，未數合，一刀將張天王劈於馬下。胡兵慌亂，各四散逃走。

〔一〕「攻」，原爲墨丁，據世德堂刊本補。

第七三節　唐太宗省疾魏徵　乾太子娱樂元昌

是時薛延陀與其子大度設剌斜殺開血路而走，萬徹追上數里方回，得其降兵二萬餘人，前來與世勣人馬會齊。世勣收軍入朔州。阿耶思力接見，入府坐定。世勣曰：「公堅守邊城，賊人不能攻取，足見公能。」思力曰：「賴總管來救，致保無虞，非某之能也。」世勣大喜，乃安撫軍民，重賞諸將。次日班師，回定襄屯紮，遣人以捷音報入長安。卻説太宗知李世勣等已破薛延陀，龍顏大悦，因謂群臣曰：「朕能用人，果見成功，薛延陀再不敢正視中原矣。」長孫無忌曰：「陛下之兵，實爲勁敵，四夷莫不懼之。然而薛延陀居北磧，自恃絶遠之地，人莫能討，以致結連别部，爲患最深。陛下若不設法以制之，恐是輩今日雖窮而去，後日滋蔓復來也。」上顧侍臣曰：「無忌所見誠遠，朕以薛延陀倔強莫比，今御之有二策：苟非發兵殄滅之，則與其婚姻以撫之耳。」房玄齡進曰：「兵兇器，戰危事，莫若以和親爲便。」於是上命兵部侍郎崔敦禮承節使薛延陀，許以新興公主妻之，仍復抽回李世勣軍馬。崔敦禮承詔，前往北磧和親，不在話下。

貞觀十七年春正月，魏徵寢疾。上與太子曰：「幸〔一〕其第視疾。」徵扶坐於榻前，與上議論。上曰：「公

〔一〕「幸」，原爲墨丁，據世德堂刊本補。

之疾未瘳，幾日政事頗繁，欲待卿入朝剖決。」徵曰：「臣疾已重，恐不足以付陛下望。房玄齡、蕭瑀等，皆有命世之才，陛下不可棄之。朝廷有是數人，足可以致太平也。」上曰：「卿之功績，朕未有深報，將衡山公主以妻卿之子，庶使姻聯骨肉，世不相忘也。」徵曰：「陛下金枝玉葉，臣子隈陋之質，何敢與天子議親？」上曰：「此朕將報功臣之盛事，卿何必辭。」徵乃令其子〔一〕叔玉拜謝。車駕既回，次日近臣奏知鄭公魏徵卒。上聞之，深加傷悼。及遇葬，乃命百官赴喪，給羽葆鼓吹，陪葬昭陵。其妻裴氏曰：「徵平生儉素，今葬以羽儀，非其志也。」悉辭不受，惟以布車載柩而葬。太宗親登後苑西樓，望哭盡哀，自製碑文，並爲書石，命有司刻之。他日謂侍臣曰：「人以銅爲鏡，可以正衣冠，以古爲鏡，可以知興替，以人爲鏡，可以知得失。魏徵没，朕亡一鏡矣。」言之甚悲。上乃命畫匠圖畫功臣〔二〕長孫無忌、趙郡王孝恭、杜如晦、魏徵、房玄齡、高士廉、尉遲敬德、李靖、蕭瑀、段志賢、劉弘基、屈突通、殷開山、柴紹、長孫順德、張亮、侯君集、張公謹、程知節、虞世南、劉政會、唐儉、李世勣、秦叔寶等，共二十四人於凌煙閣。

是月，忽洛州近來吐蕃犯界，民不聊生，欲相聚爲亂。近臣奏上，詔張亮爲洛州都督安撫之。張亮承詔將行，過侯君集家。是時君集自以功高而居下位，因怨望有異志。見張亮來，就留亮小飲數杯，以手相挈，避退左右而謂亮曰：「我有平一國之功，致怒陛下，鬱鬱殊不聊生。公能反乎？我卻爲君從中起，兩勢夾攻，天下可圖也。」張亮笑曰：「堂堂天下，藩鎮諸臣，帶甲百萬，是何等時勢也？今君欲舉此意，又無大軍馬，

〔一〕「子」，原脱，據藏珠館刊本《唐傳演義》補。

〔二〕「臣」，原作「名」，據藏珠館刊本《唐傳演義》改。

若強爲之，猶飛蛾入燈，自求滅身也。公此事再勿出口，恐漏與外人知的，其禍不小。」張亮言罷，遂別君集而出。次日，會江夏王道宗從容言於上曰：「君集自負微功，恥在房、李之下，以臣觀之，必將爲亂。」上未之信，適張亮密以君集將謀反事奏知。上曰：「卿與君集皆功臣，當下君集與卿語時，旁無他人，若下獄吏證問，君集必不服，卿且勿言。」張亮退出，自赴洛州安撫去了不題。自是太宗待君集如故。

忽齊州使臣奏都督齊王祐不理國政，惟好酒色畋獵。長史權萬紀初廢之，後復取諫不聽，錄其過以聞。太宗覽之，謂侍臣曰：「朕之建封諸王，與群臣熟籌而行，正欲其捍蔽王室，輔翼京師也。今齊王祐爲不法事，朕須召入朝罪之。」太師房玄齡奏曰：「王之有過，陛下惟遣使諭之，不可遽入其罪。」上從之，遣中使以敕書戒之。中使領旨，徑至齊州來見齊王，宣讀天子敕書。齊王跪聽罷，打發天使還朝，召長史萬紀入，責之曰：「我有何過失，長史錄奏，賣我以爲功耶？」萬紀曰：「王好畋獵，傷民之稼穡，朝廷自知之，非臣所奏也。」齊王怒起，退居私室，與左右曰：「必殺萬紀，乃雪吾恨矣。」萬紀知此消息，恐後并得罪，復上表劾齊王左右數十人，言其每隨齊王出城門，悉解縱鷹〔一〕犬，勞擾百姓。太過覽表，再遣使按之，詔祐入朝。齊王聽得上遣人來按其狀，又有詔書召入朝，乃與左右謀曰：「攻吾者，乃史萬紀也。不除之，必爲內應。我今先殺此賊，然後長驅入長安，以圖大事。」衆皆以爲然。獨兵曹杜行敏諫曰：「萬紀無罪，雖屢諫王，欲王歸有德之位，因王不聽，乃奏知。實有大功，今何又將殺之？」齊王祐曰：「彼窺吾過失上奏，以致天朝使人來按我罪。安得不殺之！」遂不聽行敏言，密遣人召萬紀至後堂殺之。萬紀臨死揚言曰：「今王殺我，王之禍亦不遠

〔一〕「鷹」，原爲墨丁，據世德堂刊本補。

矣。」齊王既殺了萬紀，驅都郊百姓，悉入城中，繕甲兵，深溝高壘，先爲守禦之計。

卻說近臣奏知齊王拒抗天使，殺了長史權萬紀，即目準備欲起謀叛。太宗大怒曰：「不正乎內，何以安外？」詔總管李世勣發兵討之。世勣辭行，上賜手敕曰：「吾常戒汝此指齊王祐而言勿近小人，正爲此耳。」世勣奏曰：「臣雖領旨討齊王，兵至其地，自有方略。使王知懼入朝，則陛下不必促兵恐之。」上允奏。世勣人馬離長安，望齊州進發。兵未至齊，忽轅門外報：「齊州府兵曹杜行敏等，見齊王祐的意謀叛，執之解送京師，今特來見總管。」世勣聽説，即召行敏入問之。行敏曰：「齊王自殺了權萬紀，日日招集人馬，將反入京師。以行敏不從，又將謀誅我等，故執之以見天子。」世勣大喜，乃下令班師回長安。次早世勣與杜行敏解進齊王祐朝見。太宗面責之曰：「吾往年以汝等分領諸州，臨別綣戀之言，曾不記耶？爾守齊地，富貴何所相虧，而起不軌謀，妄殺功臣？」言罷，因下詔賜死。其黨逆伏誅者五十餘人。上檢閱祐家所積文疏，得記室孫處約諫書，嗟賞之，並官杜行敏有功者數人。

貞觀十七年夏四月，太宗以齊王祐得罪伏誅，謂侍臣曰：「朕以勤勞，奄有天下，身冒矢石者屢矣。今賴諸公相輔，即居大位，每自兢兢業業，惟恐失之。今太子承乾，不好詩書，未識治體，異日何以承統紀乎？」諫議大夫褚遂良進曰：「太子〔一〕諸王，宜有定分，此爲最急時太子承乾失德，魏王泰有寵，群臣日有疑□，故遂良對之。東宮之德，必由賢者以培之，使左右前後，皆碩儒名臣，日以誨之，時以導之。宴遊邪僻之事，不接於心目，則太子化於有道之地，亦不自知矣，異日何患不致太平乎？近聞今太子宮中所處者，皆僥倖之輩，略有

〔一〕「太子」上原衍「且」，據世德堂刊本刪。

過失，衆人皆爲之覆掩，不與上知。果若是，設使承天位，不可一朝居也。往者張玄素在東宫，數諫諍太子之過，甚稱其職。陛下嫌之門户不應，遂輕其人。臣以爲君能禮乎臣，臣〔一〕乃能盡其力。玄素雖出寒微，若重用之，使翼贊皇儲，則東宫日就其德，國家有磐石之固矣。」上大悦，以張玄素爲銀青光禄大夫兼庶子，使教太子不題。

卻説太子承乾少有躄疾，喜聲色畋獵，所爲奢侈。畏上知之，對宫中侍臣常論忠孝，事中感處，或致涕泣。及退歸宫中，則與左右群小輩相調戲，不由禮義。宫官有欲諫者，太子知其意，即拜迎自責。因是宫官無所諫焉。嘗招募城中亡奴，使出盗民間馬牛，太子親自烹煮，與得寵執役人共食之。又學突厥胡語，及服飾飲食，皆類胡俗。謂左右曰：「一朝我有天下，當引數萬騎畋獵於金城西，以度歲月矣。」是時漢王元昌多犯法，被太宗譴責，由是有怨望。太子每差人請入宫中，朝夕同遊戲。一日，太子曰：「深宫裡無以娱樂，吾與君詐爲交戰，以力不敵者爲輸。」元昌曰：「正好依太子言。」於是二人披錦袍銀甲，頭頂朱盔，各執利刃，於宫掖外寬處交戰。兩下大呼，左右爲之助喊。至有被擊刺流血，則拍手而笑。嘗曰：「我爲天子，極情縱欲，有來諫者即殺之，不過數百人，諫者自定矣。」元昌是其言。

〔一〕「臣」，原脱，據世德堂刊本補。

第七四節　魏王定計奪東宮　無忌預謀立太子

時魏王泰多能有寵，聽太子失德，惟好驕樂，陰有奪嫡之志，折節下士，以求聲譽。上命韋挺、杜楚客攝秦府事，二人俱爲要結朋黨，因謂魏王曰：「天命無常，歸於有德。今皇太子專事佚遊，非人君之望。王正可陰蓄士馬，外結民心。若使大義一倡，天下響應，則國事可圖也。」魏王深然之。人報知太子，太子怒曰：「魏王有何德能，敢窺吾位！」即召刺客紇干承基謀之。紇干承基曰：「魏王素得士心，且上愛寵，若事不密，反成禍亂矣。容臣緩緩圖之。」太子無決斷人，遂聽其言，乃密遣人請吏部尚書侯君集入宮中有事商議。差人去不多時，君集已至。太子親出掖門外，接入宮中坐定，君集固讓曰：「臣何等人，敢與殿下敘賓主禮？」太子曰：「君有大功，見識深遠。今日特有事訪問，君不必辭。」君集暗思曰：「吾欲報上之怨，每無機會，今皇太子暗劣，正好乘釁圖之。」因以言挑之曰：「殿下近來有人相逼其位者耶？」太子曰：「實不相瞞，深恨魏王泰陰有異志，結好內外，欲謀反奪吾之位。我想起來，他人不足與謀，獨君能決吾之事。若使東宮位不失，公之富貴，吾當永保之。」君集拜曰：「深荷太子厚恩。臣須盡心竭力，以扶殿下。此有中郎將李安儼，有意於殿下，可召之同來商議。」太子即著人去請李安儼。安儼徑隨中官入宮，拜見太子。太子命與君集相見畢，因告以誅魏王事。安儼曰：「吾屢得太子盛賜，爭敢負之！殿下有用某處，唯當一力向前也。」太子大悅曰：「二公相助，國事可定矣。」忽報駙馬都尉杜荷來宮中，欲見太子。太子聽的，即引入後宮坐定。杜荷曰：「殿下知魏王泰有奪嫡之意乎？」太子佯應曰：「不知也。」荷曰：「外議紛紛，不久爲亂矣。太子猶自不知乎？」太子見其情實，乃謂之曰：「魏王果起謀意，欲奪我位，今知之數日矣。」因令君集、安儼等與杜荷相見，具所以謀反之意。杜荷曰：「太子此事，且秘而勿發。洋州刺史趙節，吾之故人，見掌十二萬雄兵。太子先遣人約之日期，以爲外應。今魏王有大權，若知此謀，因而作亂，將何以處之？殿下遇天文有變，當速發，勿被他人所制。但詐稱暴疾危篤，主上必親臨看視，因其來，乘機圖之，國事遂定。然後收魏王等誅之，有何難哉！」太子然之，乃厚賂衆人。衆人各割臂爲誓而散。

過二日，太子之謀已露。中官宮中之官上變，告於太宗，太宗驚曰：「東宮的有是事，國家亂無日也。」即敕大理、中書、門下參鞠之。有司鞠審太子反狀已具，入奏。上大怒，召太子至金階下，面責之曰：「吾以汝爲嫡子，而有東宮之命。不思王業艱難，專事失德之行。今越分過求，先起不軌謀，何以安人民社稷乎？」承乾曰：「臣爲太子，志已足矣，復何所求哉？但爲泰所圖，時與朝臣謀自安之術，不忠之人，遂教臣爲不軌耳。今陛下若立泰爲太子，所謂落其度内也猶言墜其計中也。」言罷，頓首流涕。上乃謂侍臣曰：「將何以處承乾？」群臣莫對。通事舍人來濟進曰：「東宮之罪雖有，陛下不失爲慈父，太子得盡天年，亦天下之公議也。」上從之，詔廢承乾爲庶人，幽於禁宮，不許輒出入，漢王元昌賜死，侯君集、李安儼〔一〕、趙節〔二〕、杜荷〔三〕等，以通同太子謀反，盡伏誅，庶子張玄素以不諫諍罷職爲民。獨于志寧以數諫於太子有功，褒美之。是時上發

〔一〕「李」，原脫，據藏珠館刊本《唐傳演義》補。
〔二〕「趙」，原脫，據藏珠館刊本《唐傳演義》補。
〔三〕「杜」，原脫，據藏珠館刊本《唐傳演義》補。

落已定。侯君集臨刑，遣家人上表，訴其有大功勞，乞留性命。上覽表謂侍臣曰：「君集有功，欲乞其生，可乎？」群臣皆曰：「君集謀反已露，陛下罪之當矣。若復赦宥，何以服他人？」上乃泣曰：「傳與君集，朕將與之長訣矣。」遂斬之。

上以承乾既得罪見廢，魏王泰日入侍奉，上面許立爲太子。岑文本、劉洎等亦勸之曰：「魏王好仁愛下，深得內外心，若使承統，社稷之福也。」長孫無忌固請立晉王治，上謂侍臣曰：「昨日青雀魏王泰之小字也投我懷云：『臣今日始得爲陛下子。臣有一子，若死之日，當爲陛下殺之，而絕爭兢。』今傳位晉王，朕甚憐之。」諫議大夫褚遂良曰：「陛下失言矣，此國家大事，存亡所繫，願熟思之。且陛下萬歲後，魏王據有天下之重，肯殺其愛子以授晉王哉？陛下前者以嫡庶之分不明，致此紛紜。今必立魏王，願先措置晉王，始得安全耳。」上流涕曰：「卿之言實切我心，今日之事，吾不能也。」因起入宮，侍臣隨之。先是魏王泰恐上立晉王，先以計惑之，因謂晉王治曰：「汝與漢王元昌相善，今元昌雖得罪賜死，汝亦無憂乎？」治曰：「吾每懷之，今其死，安得無憂？」於是晉王見上，憂形於色，上屢怪之，因問曰：「卿以何事不足，見寡人常有弗愉色也？」晉王治對曰：「臣職爲王，何所不足？特以元昌得罪賜死，臣甚憐之，致有此憂也。」是時太宗亦以元昌不預太子之謀，既賜其死，甚有悔心，及聞晉王之言，始覺晉王有友愛〔一〕之親，乃憮然悔立魏王之言矣。因獨留長孫無忌、房玄齡、李世勣、褚遂良謂曰：「我三子一弟，所爲如是，我心誠無聊賴！」因自投於床，拔所佩刀欲自刎。褚遂良急向前奪刀，度與晉王。無忌等曰：「請陛下所欲立誰爲太子，異議自定。」上曰：「我欲

〔一〕「友愛」，原作「愛手」，據世德堂刊本改。

立晉王。」無忌曰：「謹奉詔命。」上乃使治拜無忌曰：「此汝舅許汝矣。」上出御太極殿，召群臣謂曰：「前太子承乾悖逆，魏王泰亦兇險，諸子誰可立者？」衆皆歡呼曰：「晉王仁孝，當爲嗣。」太宗大悦，即立晉王治爲皇太子，時年一十六歲。群臣各上表稱賀。太宗因謂侍臣曰：「我若立泰爲東宫，則是太子之位，可經營而得。自今太子失道，藩王窺伺者，皆兩棄之，不許復有其位，傳諸子孫，永爲後法。且泰立則承乾與治皆難保全，今治爲太子，則承乾與泰皆無恙矣。」無忌等拜曰：「陛下之見甚明，自是可以絶禍亂矣。」上乃降泰爵爲東萊郡王，幽之北苑，其府僚親狎者，皆遷嶺表。

司馬溫公曰：唐太宗不以天下大器私其所愛，以杜禍亂之源，可謂能遠謀矣。

太宗以太子之位既定，詔長孫無忌爲太子太師，房玄齡爲太傅，蕭瑀爲太保，李世勣爲詹事，瑀、世勣並同中書門下三品同三品自此始，又以李大亮、于志寧、馬周、蘇勗、高季輔、張行成、褚遂良皆爲僚屬。世勣嘗得暴疾，醫者云：「得鬚灰可療。」上聞之，自剪鬚與之和藥，又嘗從容謂世勣曰：「朕求群臣可託幼孤者，無以踰公。公[一]往不負李密，豈負朕哉？」世勣流涕辭謝，齧指出血。是時，黄門侍郎劉洎言太子宜勤學問，親師友，今入侍宫闈，動過旬朔不出，師保以下，接對甚少。上是其言，乃命洎與岑文本、褚遂良、馬周至東宫與太子遊。自是，上見太子，遇物則誨之。見其飯，則曰：「汝知稼穡之艱難，則常有斯飯矣。」見其乘馬，則曰：「汝知其勞而不竭，則常得乘之矣。」見其乘舟，則曰：「水所以載舟，亦所以覆舟。民猶水也，君猶舟也。」見其坐息於木下，則曰：「木從繩則正，君從諫則聖。」太子亦深領其誨。他日上疑太子

〔一〕「公」，原爲墨丁，據世德堂刊本補。

柔弱，密謂長孫無忌曰：「雉奴懦怯雉奴，太子治小字，恐不能守社稷。吳王恪英果似我，我欲立之，何如？」無忌固爭曰：「陛下以皇儲始定輒有此舉，何以信服藩王？今後此言，慎勿出也。」上曰：「卿以恪非公之甥耶？」無忌曰：「太子仁厚，真守文良主，足可衍陛下之鴻休。且儲副至重，豈可數易？」上乃止，謂恪曰：「父子雖至親，及其有罪，則法不可私。漢立昭帝，燕王不服，霍光析簡誅之。此不可以不戒。」恪頓首受命。一日，上謂群臣曰：「吾有如太子少〔一〕年時，頗不能循常度，朕觀治自幼寬厚，俗語云：生狼尤恐如羊。望其稍壯，自不同耳。」無忌對曰：「陛下神武，乃撥亂之才，太子仁恕，實守文之德也。」上大悦。話分兩頭。

〔一〕「少」，原爲墨丁，據世德堂刊本補。

第七五節　貞觀中君臣論治　高麗國部將專權

卻說兵部侍郎崔敦禮，持節〔一〕使薛延陀，逕來北磧見延陀，以議和親。延陀曰：「天子既以公主妻我，我當順旨。」即吩咐眾將接待天使。敦禮曰：「既大王與天朝結好，更請何力同回中國何力初因歸省其母，薛延陀部落執之以降。何力拔佩刀，東向大呼曰：『豈有大唐烈士而受屈虜庭。』因割左耳以自誓。上聞契苾叛曰：『何力心如鐵石，必不叛我。』會有使者自薛延陀來，具言其狀，上乃命崔敦禮與之同回。」延陀曰：「既是和親，則中國、外域爲一家矣，放回何礙？」次日，著契苾何力同使臣崔敦禮歸長安。延陀遣人直送出塞磧。何力回見太宗，深訴其辱君命之罪。太宗喜曰：「公立節胡庭，志不少衰，乃朕之忠臣也。」甚加賜賚。適薛延陀真珠可汗使其侄來納聘，獻羊馬以議和親，太宗會群臣商之，契苾何力上言：「薛延陀不可與婚，彼恃居於北磧，離長安甚遠，陛下雖極其榮寵以奉承之，亦難抑其爲惡志也。」上曰：「卿未回時，吾已許之矣，可食言乎？」何力曰：「願陛下亦且遷延是事，敕夷男效中國禮，使其親迎，彼必不敢來，以此絕之，則有名矣。」上從之，乃詔御駕親幸靈州，召真珠可汗會禮，即遣來使先回報知。使人回見薛延陀，具所以天子親幸靈州，來與大王議親。薛延陀與眾部落商議，將出北磧見天子。其臣皆曰：「不可往。天朝所以不能致吾輩，正以居遠方，無奈我何矣。今

〔一〕「節」，原爲墨丁，據世德堂刊本補。

若行，必不返。」延陀曰：「天子聖明，遠近朝服，今親幸靈州，以愛主妻我。我得見天子，死不恨矣。爾輩何患無君。」遂不依眾議，又多以牛馬爲聘。經砂磧，值炎熱天氣，耗死者過半。太宗乃責其聘禮不備，遂絶之。褚遂良上疏曰：「往者夷夏咸言陛下欲安百姓，不愛一女，莫不懷德。今一朝忽有改悔之心，得少失多，臣竊以爲國家惜之。嫌隙既生，必結邊患。彼國蓄見欺之怒，此民懷負約之慚，恐非所以服遠人，訓戒士也。夫龍沙以北，部落無算，中國誅之，終不能盡。當懷之以德，使爲惡者，在夷不在華，失信者，在彼不在此耳。」上不聽。是時薛延陀初無府庫，至是厚斂諸部，以充聘財之用，諸部怨叛，薛延陀於是遂衰。

貞觀十八年秋七月，以劉洎爲侍中，岑文本、馬周爲中書令。文本既拜職還家，悶悶不悦。母問曰：「兒今受命而回，何故不悦？」文本曰：「吾又非國之功臣，又非天子舊知，濫荷寵榮，位高責重，所以憂懼。」母善其言。他日上謂侍臣曰：「朕欲自聞其失，諸公見直言無隱。」劉洎曰：「頃有上書不稱旨者，陛下皆面加窮詰，恐非所以廣言路也。」馬周亦曰：「陛下比來賞罰，微以喜怒有所高下。」上皆納之。太宗文學辨敏，群臣言事者，引古今以折之，多不能對。劉洎諫曰：「以至愚而對至聖，以極卑而對至尊，虛襟以納其說，猶恐未敢對説，況動神機，縱天辯，飾詞而折其理，引古以排其議，欲令凡庶何階答應？且多記損心，多語損氣。願爲社稷自愛。」上善其言，乃飛白字答之曰：「非慮無以臨下，非言無以述慮。比有談論，遂致煩多，輕物驕人，恐由茲道。形神志氣，非此爲勞。今聞讜言，虛懷以改〔一〕。」劉洎拜而受之。

九月，以褚遂良爲黄門侍郎，參預朝政。上嘗問遂良曰：「舜嘗造漆器，諫者十餘人，此事不干礙，何

〔一〕「改」，原作「致」，據世德堂刊本改。

足諫？」對曰：「奢侈者，危亡之本。漆器不已，將以金玉爲之。忠臣愛君，以防其漸。若禍亂已成，無所復諫矣。」上曰：「然。朕見前世帝王，拒諫者，多云業已爲之，終不爲改。如此，欲無危亡得乎？」遂良曰：「正如陛下之謂也。」一日，太宗謂長孫無忌等曰：「人苦不自知其過，卿可爲〔一〕朕明言之。」無忌對曰：「陛下武功文德，臣等將順之不暇，又何過之可言？」上曰：「朕問卿以己過，公等乃曲相諛説，朕欲面言公等得失，以相戒而改之，何如？」無忌等皆拜謝，上曰：「長孫無忌善避嫌疑，敏於決斷，而總兵攻戰，非其所長。高士廉臨難不改節，當官無朋黨，所乏者，骨鯁規諫耳。唐儉言辭辨捷，善和解人事，朕三十年遂無言及於獻替。楊師道性行純和，而情實怯懦，緩急不可得力。岑文本性質敦厚，持論常據經義〔二〕，自當不負於物。劉洎性最堅貞，有利益，然意向然諾，私於朋友。馬周見事敏速，直道而言，朕比任使，多能稱意。褚遂良學問稍長，性亦堅正，每寫忠誠，親附於朕，譬如飛鳥依人，人自憐之。」群臣既退。是年遼東守臣屢告急，高麗王絶新羅之貢，欲起叛謀。太宗敕亳州刺史裴思莊賚詔書招諭之。思莊承命，徑來高麗不題。

卻説高麗王，建武弟之子，名藏，貞觀十六年，爲東部大人泉蓋蘇文所立先是蓋蘇文弑建武而立高藏。是日，正與大對盧、吐捽、鬱折、大模達、參佐等一派文武，在國中議事，忽報中國遣使命至，高麗王召入。思莊進於階下，行君臣禮。王命賜坐，因問：「中國差使臣至此，有何高論？」思莊曰：「大唐天子，以大王自居一方，不得爲其率土之臣，以致君臣疑議，特遣臣賚詔撫諭，欲使大王來朝，共講和好，使中外咸得相安

〔一〕「爲」，原作「謂」，據藏珠館刊本《唐傳演義》改。

〔二〕「義」，原作「遠」，據世德堂刊本改。

也。」高麗王曰：「天使且退，容吾與眾商議。」裴思莊既出，王因問眾文武：「此事何以回答？」左丞大對盧進曰：「今天子威望所加，四海莫不承風順旨。爲今之計，莫若遣人進貢，遠地稱臣，則唐王非敢以尋常待主公哉。不唯能安本國之百姓，抑且絶禍患之源也。」高麗王將從之，忽一人厲聲進曰：「大左丞何其弱也！」眾視之，其人貌質魁秀，濃眉美髯，乃本國專臣莫離支官名，猶唐兵部尚書、中書令職云蓋蘇文也，穿帶冠服，皆飾以金玉，佩三口飛刀，有萬夫不當之勇，立朝中，左右莫敢仰視。是日奏高麗王曰：「中國有征伐之兵，吾國有預備之固。唐天子祇好平服他處，蓋蘇文在此，彼敢正視高麗耶？大王且把使臣監了，先統本國精兵，臣請先伐新羅，以剪中國輔翼。然後遣人結連百濟，許以附近封邑，與之乘勢長驅入關中，使百濟跨海襲其後，吾出新城攻其前。唐之君臣，便有吕望之才、馬援之勇，何能當哉？」高麗王大喜，即從蓋蘇文言，將使臣幽之於安市城。發精兵十萬，差大將消奴部統領，前征新羅，一面遣人賫金寶結好百濟，令其出兵襲長安之西。當下分撥已定。消奴部辭高麗王，引精兵望新羅進發。不則一日，近長平、高固二城，被高麗人馬乘勢攻入。守將周里力、王舒翰不能抵敵，棄城而走，消奴部遂取了二城。

新羅國王聽的高麗取其二城，慌聚文武商議。左丞張啓進曰：「高麗自恃兵精糧足，蓋蘇文專秉國政，今連師百濟，先寇吾境。除非遣使入中國，乞伐高麗，吾助其人馬糧食，敵兵方可退也。」王依其議。即遣使臣徑入長安，朝見太宗，言百濟與高麗連兵，謀絶入朝之路，乞兵救援。上聞之，謂侍臣曰：「蓋蘇文弑其君而專國政，誠不可忍，近時又監使臣裴思莊。朕以今日兵力，取之不難，但不欲苦勞百姓耳。吾欲先使契丹、靺鞨二國出兵擾之，何如？」太師長孫無忌曰：「蓋蘇文自知罪大畏討，必嚴設守備，陛下且爲之隱忍，彼得以自安，必更驕惰，討之未晚也。」上從其言，復遣司農丞相里玄獎以璽書至高麗，册命高藏爲遼東郡王，且使莫攻新羅。玄獎領旨，徑詣高麗，見了高藏，宣讀天子璽書，册封高藏爲郡王。高藏接詔，望長安謝恩畢，賜玄奘坐位。玄奘諭帝旨曰：「天子以郡王自領一國，今取新羅二城，實爲過分，詔郡王抽回攻新羅兵馬。」蓋蘇文笑曰：「往年隋煬帝侵新羅，乘勢奪我封邑五百里。今不盡復其地，我兵不肯止，二城尚何言哉？」玄奘曰：「往事且莫論。遼東故我中國〔一〕郡縣，天子與你亦不取，今日何得違詔不從？」蓋蘇文曰：「君好舌辨，不見使臣裴思莊耶？」玄奘無語，祇得回奏蓋蘇文不奉詔命，不可以不討。太宗怒曰：「高麗權柄下移，蓋蘇文罪惡貫盈，朕今征之，誰道我出師無名哉？」諫議大夫褚遂良曰：「今中原清晏，四夷咸服〔二〕，陛下之威望大矣，乃欲渡海，遠征小夷，萬一〔三〕蹉跌，傷威損望，更興忿兵，則安危難測也。」李世勣曰：「近日薛延陀入寇，陛下欲發兵窮追，因魏徵之言，遂失機會。若依陛下之見，薛延陀無遺類矣。此乃魏徵誤朕，今已悔之無及耳。且高麗比延陀何止十倍，若不早平伏，後爲患更深。朕將御駕親征之。」遂良力〔四〕諫曰：「天下譬猶一身，兩京心腹也，州縣四肢也，四夷身外之物也。高麗罪大，誠當致討，但命一二猛將，統數萬精兵，取之如反掌耳。太子新立，年紀幼少，陛下所知，一旦棄金湯喻城郭之堅固之全，渡遼海之險，以天下之君，輕行遠舉，皆臣之所甚憂也。」群臣亦多諫者，上皆不聽。

〔一〕「國」，原脱，據藏珠館刊本《唐傳演義》補。
〔二〕「咸服」，原爲墨丁，據世德堂刊本補。
〔三〕「萬一」，原脱，據藏珠館刊本《唐傳演義》補。
〔四〕「力」，原爲墨丁，據世德堂刊本補。

第七六節　唐太宗御駕征東　薛仁貴洛陽投軍

會新羅國屢次遣使命來乞救兵，太宗乃命營州都督張儉起幽州兵五萬，與契丹、靺鞨等先出遼海救新羅。仍下詔起諸路兵馬，伺候隨駕，許授總管職者，得自招募精壯以行。太宗將征發，召長安耆老至御駕前，勞之曰：「遼東原屬中國地，因莫離支弑其主，阻吾聲教，朕將自征討之，故與父老約知，但有子孫從我行者，我自撫恤之。爾衆人不必慮也。」父老齊拜曰：「子侄隨陛下者，皆願圖立功於當時，垂名於後世，何所慮耶？惟陛下車駕遠征，須宜保重，吾民專待凱還也。」上納其言，命有司給布粟，遣衆耆老回。群臣復勸太宗莫行，太宗曰：「汝群臣勸我，我知之矣。今去本而就末，捨高以取下，釋近而征遠，三者爲不祥，伐高麗是也。奈蓋蘇文弑其君，因使臣，殘暴不忍言，黎民被苦者延頸待救，衆臣顧未諒耶？今朕決意征討，復有諫者，罪之。」衆臣再不敢諫。

於是運糧草於營州，發戰兵於吳江，軍器利刃，諸具齊全。時太子聞上將行，悲泣數日，上入宫中諭之曰：「爲國之要，在於進賢退不肖，賞善罰惡，至公無私，汝當努力行之，悲泣何爲？」太子乃止。上尅日出師，太子諸王及百官送出東門之外。但見旌旗蔽日，鎧甲凝霜，隊伍分明，軍令整肅。上召太子治至御前，謂之曰：「吾宫中所囑國事，不可有忘。內外不決者，與高士廉、張行成、馬周、高季輔、劉洎、岑文本等議而行之，必無疏失。」太子拜而受命。上又召高士廉等諭之曰：「太子幼稚，未識治體。國有重事，卿輩自當理之。朕遠征，非好立威外夷也，誠爲長久之慮矣。」士廉等各拜領旨。上乃命衆臣同太子諸王回長安，御駕合中外人馬，共三十萬，水陸並進，船騎雙行，西連遼海，東接營州，連路寨柵三百餘里，煙火不絕。十一月，駕至洛陽，李世勣奏曰：「高麗山川險阻，道路難認，陛下必須廣招有曾經其地者問之，則車駕識安止之處，人馬知所以屯紮也。」上曰：「近有陳大德使高麗，曾畫一圖，名曰《指掌圖》，其地山川風俗，進止之處，俱載明白，但得經過者，按圖指示尤善。汝眾臣各舉所知以聞。」張亮進曰：「前宜州刺史鄭元璹，嘗從隋煬帝伐高麗，今致仕在家，陛下可召而問之。」太宗即遣使召鄭元璹至，問其高麗路徑。元璹曰：「遼東道遠，糧草難進，東夷將士善守城，攻之不可猝下。」上曰：「今日非隋之比，公但聞之，亦未知其詳也。」或言洺州刺史程名振善用兵，上遣人召來，問之方略，名振對答如流，太宗自謝〔一〕不敏，勞賚之。名振忘拜謝，上欲試之，乃詐爲責怒，以觀其所爲。名振謝曰：「疏野之臣，未嘗親奉聖問，適聞正思所對，故忘拜耳。」言罷，舉止自若，顏容不變。帝乃嘆曰：「奇士也！」即日拜名振爲右驍衛將軍，以張亮爲平壤道行軍大總管，常何、左難當、冉仁德、劉英行、張文幹、龐孝泰副之，引水軍十五萬，戰艦五百艘，自萊州泛海趨平壤。又以李世勣爲遼東道行軍大總管，江夏王道宗副之，張士貴、張儉、執失思力、契苾何力、李思摩等爲行軍總隸之，引步騎十五萬，趨遼東。太宗分撥已定，張亮等各引兵前後而進不題。太宗乃手詔諭天下曰：

詔曰：今以高麗蓋蘇文弑主虐民，特〔二〕問其罪。朕所過，營頓無爲勞費，水〔三〕可涉者勿作橋梁，行在非州縣，不得令學生耆老迎謁。朕昔提戈撥亂，廩無十日之積，今幸家給人足，祇恐勞於轉餉，故驅

〔一〕「自謝」，原作「□下」，據藏珠館刊本《唐傳演義》改。
〔二〕「特」，原作「今」，據藏珠館刊本《唐傳演義》改。
〔三〕「水」上原衍「怪」字，據世德堂刊本刪。

牛羊以飼軍。且朕必勝有五，以我大擊彼小，以我順討彼逆，以我安乘彼亂，以我逸敵彼勞，以我悅當彼怨，何憂不剋。佈告元元，勿爲疑懼。

卻説絳州龍門人薛仁貴，少貧賤，以農爲業，嘗自曰：「大丈夫當封侯萬里，何用久屈鄉里乎？」其妻柳氏謂之曰：「夫有高世之材，要須遇時，方且發達。今天子自征遼東，招募猛將，此難得之時也，君何不圖功名以自顯？」仁貴曰：「妻之言誠善，祇慮家事凋零，吾去後，爾難以自存也。」柳氏曰：「君以丈夫之志，而猶戀於家事，終身祇是一〔一〕個田舍翁也，富貴何時得之？君但慕前程，他事不必慮矣。」仁貴悅〔二〕然，遂辭了妻子，徑往投軍去訖。是時總管張士貴正在洛陽招軍，忽報有人應募，願見總管。士貴召入，薛仁貴昂然進立於帳前曰：「遠方壯士，聞天子御駕征遼，招募果毅。某因不辭跋踄，得來從軍，以立功名。」遂通了鄉貫名目。士貴見其人眉目清朗，虎體熊腰，喜曰：「君肯護駕，用心破敵，無患不封侯也。」乃拜爲帳前先鋒，仁貴領職，自去伺候出征，不在話下。

貞觀十九年二月，御駕自洛陽趨定州屯紮，太宗見諸軍會齊，乃謂文武曰：「今天下大定，唯遼東未服。其王恃士馬盛強，蓋蘇文唆以叛逆，喪亂方始，朕故自取之，不遺後世憂也。」衆皆曰：「然。」太宗親坐於城門，見過兵人人皆親撫慰之，遇疾病者，敕州縣給藥治療，由是將士大悅，無有一人怨者。長孫無忌見帝奏曰：「天下諸侯，悉從鑾駕，今陛下宮官，止有十人，此非所以重聖體哉。」帝曰：「將士度遼者三十萬衆，

〔一〕「一」，原爲墨丁，據世德堂刊本補。

〔二〕「悅」，原作「哉」，據世德堂刊本改。

皆辭鄉里、别親戚而來，朕以宫官十人儘足矣，公何謂少？此乃朕臥不安枕之日，非比在長安時也。此事公再莫言。」無忌乃出。四月，敕李世勣進兵，世勣乃集諸將議曰：「前至玄菟新城，高麗守將聽得大兵來到，皆嬰城而守，不可力敵，當以智勝。」召副總管道宗曰：「公可引兵數千，至新城之南埋伏，候吾軍到交鋒，可從彼處抄出，麗兵見之自亂矣。」道宗領計去了，又喚折衝都尉曹三良引千餘騎，直壓城門，誘其出戰，曹三良亦領兵去訖。喚過營州都督張儉曰：「公引胡兵爲前鋒，進渡遼水，護駕趨新安城，使高麗首尾不能相應，破之必矣。」張儉慨然而行。世勣分撥已定，乃下令三軍，多張旗幟，佯出懷遠鎮名之狀，而潛師北趣甬道。三軍得令，各離柳城，望甬道而進。

卻説玄菟新城，乃是高麗第一個衝要，城中有牙將漢桂婁、金通精、汪茶丘三人鎮守，正在軍中相議唐兵將近。漢桂婁曰：「高麗王累次有檄文來，著我等嚴加防備，恐唐兵來攻。今哨馬報天子御駕已到洛陽，即目大軍渡遼水，想是緊急，吾等準備迎敵。」金通精曰：「趁唐兵未至，吾引驍騎數萬，跨遼水而戰，先使車駕不能濟渡，挫其一陣也。」汪茶丘曰：「不可。唐兵勢大，戰將雲集，我若先出，必被其所制。不如堅守，候其人馬來到，乘疲擊之可矣。」桂婁曰：「公之見爲是。」言未罷，遊騎報大唐軍馬已渡遼水，離玄菟新城不遠矣。漢桂婁聽的，即議出兵。汪茶丘曰：「新城濠塹堅完，彼縱打不能猝下。將軍衹宜固守，一面遣人催安市城〔一〕兵到，兩下夾攻，唐軍必退矣。」金通精曰：「新城有燒眉之急，尚何待哉？乞步兵二萬，出城迎敵。」桂婁與之步兵，自亦披掛，與汪茶丘作左右翼而出。且看下節分解。

〔一〕「安」，原脱，據藏珠館刊本《唐傳演義》補。

第七七節　李世勣大戰蓋牟郡　王大度智取卑沙城

卻說曹三良人馬直壓城濠，遥望東門旌旗捲起，湧出一彪麗兵，喊聲大振。曹三良擺開陣勢，金通精頭頂銀盔，身披鎧甲，手執方天戟，跑馬出陣前曰：「唐主已都關中，自保疆土足矣，何乃又侵吾境，自來送死耶？」曹三良馬上指罵曰：「麗蠻不遵王化，蓋蘇文大逆不道，今天子親統大兵東征，汝當延頸受死，反乃妄言相侵耶？」金通精大怒，舞戟直取曹三良，三良舉刀交還。戰不十合，三良詐敗，落荒而走。通精揮動麗兵趕來，漢桂婁、汪茶丘兩翼齊出，唐兵小輸。忽東南喊聲大舉，一支精兵繞出新城後，繡旗大書唐副總管江夏王道宗也。漢桂婁見唐兵出其後，疑有伏兵，即傳令抽回追兵。道宗一騎飛出，迎頭正遇桂婁。兩下更不打話，兵器並舉，戰上數合。又報新城被唐兵潛出甬道，自通定鎮名，在遼東郡境内渡遼水，襲了城池。桂婁大驚，即抛了道宗，引兵殺出來救。李世勣於城上插起唐家旗號，麗兵見了，各抛戈棄甲逃走。桂婁見勢不支，勒馬殺回，道宗趕近前，一刀斬於馬下。遼兵大敗，死者不可勝數。金通精知的唐兵已奪了新城，不敢戀戰，與汪茶丘引殘兵望建安城而走。曹三良下令曰：「今日擒得遼將者，重賞。」三軍得令，各努力向前追襲。金通精見後面征塵蔽日，正急走間，忽山後金鼓齊鳴，一彪人馬阻住，乃唐都督張儉也。儉揚言：「遼將納降者免死！」汪茶丘曰：「眾人衹得死戰，投入建安，又作商議。」金通精拚死當先，麗兵隨之，乘勢奪圍而走。被唐兵大殺一陣，斬首數千級，茶丘等衹剩得五千騎走脱。張儉收回人馬，迎接聖駕入了玄菟新城。太宗入此城，見山川險固，居民稠密，即出榜安撫，城中秋毫無犯，居民大悦，各賫送羊酒以迎王師。太宗喜不自勝，謂世勣曰：「公一戰遂得此衝要之地，麗王聞之，已破膽矣。」世勣拜曰：「仗陛下之威，衆士齊力，以致成功也。」上命掌行軍書簿，錄各人功績。

次日，御駕發新城，前望蓋牟城進發。卻說守蓋牟城者，乃高麗王之婿都魯花赤，與驍將阿力虎鎮守。是日正在城中議論軍事，忽遊騎報大唐天子御駕親征，提水陸三十餘萬，從洛陽渡遼水，已取了玄菟新城，殺死守將，今近蓋牟城，甚是利害，望作急提備。都魯花赤驚曰：「祇說天子要征伐高麗，不意其來恁速也。今既失了新城，祇可堅守莫出，差人告知麗王，著遣兵馬救應，方可與唐兵放對。」阿力虎進曰：「新城守將正是衆心不一，有願戰者，有願守者，以致一戰則敗。大王今日又說等待救兵，倘唐兵逼於城下，城中不通水火，那時何以爲計？正須乘其驕怠，彼一時未知地理，出兵決戰，唐將可擒，新城可復也。大王勿疑。」都魯花赤即付之精兵數萬，開城出戰，自引步騎合後。

卻說李世勣人馬已近蓋牟城，轅門小校報說有麗兵旌旗嚴整，鼙聲大振，前來迎敵。世勣訪得守將都魯花赤，謂諸將曰：「此一勇之夫，吾分前後翼而出，此城一鼓可下也。」張士貴曰：「都魯花赤不足慮，部下驍將阿力虎，此人勁敵也，總管少避其鋭。」世勣曰：「公先戰，吾引兵繼進，命善射者以硬弓取之。」士貴慨然而行，正遇麗兵如風捲來到。士貴躍馬舞刀，出陣前曰：「遼將及早獻城，不失封侯。若阻天兵，交汝目前流血！」阿力虎睜環眼，竪剛鬚，怒曰：「爾天子濫圖我地，尚説獻降哉！」舞鐵杖縱騎一直衝殺過來。士貴拍馬舞刀交還。兩下大喊，二將戰上二十合，不分勝負。都魯花赤看見阿力虎戰唐將不下，拍馬舉槍助戰。士貴遮攔不住，撥回馬望本陣跑回。阿力虎驅兵後追，唐陣先鋒薛仁貴看定麗將追士貴，大約曾一望之地，拈弓在手，指著阿力虎當門矢來。力虎戰慌，不知提備，左目已中一箭，應弦而倒。士貴聽得後面弦響，回騎看時，見阿力虎墜在馬下。士貴殺回，正待再復一刀，阿力虎終是力大，早先攀鞍跳上馬，走了數十步。

薛仁貴躍馬趕近前，輕舒猿臂，將阿力虎挾於馬前。士貴揮兵掩殺，麗兵大敗，自相踐踏，死者填滿郊野。都魯花赤見唐兵勢大，單馬走回高麗去了。李世勣遂取蓋牟城，迎接御駕入城。太宗又得此城，龍顏大悦，命紀勳官錄張士貴之功，重賞諸將。世勣奏曰：「今得蓋牟城戍卒七百人，皆願隨陛下出征，未知聖意如何？」太宗乃召戍卒謂之曰：「汝今隨我從軍，必爲我戰，高麗王知得，定將汝家滅族矣。使朕得一人之力而滅一家之命，吾不忍也。爾等有田土者，各居守業，無田土者，依前戍守此城。」即命有司賜各人盤纏遣之。於是歡聲大呼，願回鄉里者一半。太宗以其城爲蓋州，御駕駐停城中。遣使臣賚敕，命張亮速渡海，合兵一處征進。

使臣領了敕書，賚至張亮軍中開讀。張亮率衆將跪聽宣讀畢，乃與諸將議曰：「今天子御駕至蓋牟城，等會我兵一齊進發，目今海水正漲，焉能即渡？若是遲了日期，吾等何以見天子？」驍衛將軍程名振曰：「我軍將趨平壤，前阻大海，正不知前面何處，總管可召此間居民問之，方好進兵。」張亮依其言，遣人召居民來，問其出海之路。居民曰：「此處乃遼海之總處。今天子所渡遼水，即此海別派，其水勢小可容易渡之。明日大駕近遼東，要渡遼海，中流四望，皆是漫天之水，無風略可，若遇有風，縱是堅牢大船，亦免不過傾覆之危。今總管實問我出海之路，祇有卑沙城近平壤大路，若取得此個城池，不消三日出海矣。」張亮聞居民所言大喜，即重賞其人而去。張亮自乘小舟，帶數十從人，渡海口來觀卑沙城，見四面盡連海水，惟有西門可上，近日聽的唐兵消息，十分預備堅固。張亮前後看了一迴，與從人撐小舟復回中軍坐定，喚過程名振、王大度等曰：「麗兵守把卑沙城，且是嚴整，四下盡是水路，惟有西門可上，前接平壤大道。彼又不出兵放對，吾雖率舟師攻之，亦無奈他何。」程名振曰：「且先發水軍二萬，四面攻之。彼若出門，則一鼓可下。若堅閉不出，又作計較。」張亮從其議，即調水軍二萬，乘潮直至城下，四面圍攻，金鼓之聲，震動天地。守卑沙城麗將丹鬚鬼、白面郎君，聽得唐兵圍城，部麗兵上城觀敵。見城下四面船隻並進，槍刀佈密，指麗鑾罵曰：「有強者出馬打話！」丹須鬼在城頂，令衆人擂下火炮石矢，戰船當著者，應手而碎。唐兵傷損無數，不敢近前。一連圍攻三日，麗兵不動分毫，唐兵所折〔一〕十八九。張亮見軍士被傷，計無所出，集諸將佐議之。王大度曰：「麗將恃城郭懸絶，擁兵以守，使一年不出戰，吾軍一年過不得遼海。此難以力鬥，祇可智取。分付三軍，以戰船總作一連，日裡遠離其城，夜間圍繞城下。船蓬上盡用重布作幔蓋之，以避矢石。船中多張火炬金鼓之類，候麗兵將息，即擊動金鼓，點著火炬。城中必登城守護，放下矢石。我兵祇管莫出，待他矢得布幔，箭滿戰船約退城下，平明收下其箭，至第二夜亦如此進發，祇留西門莫放人馬行動。一連數夜如此，麗兵必怠惰，候其動靜，乘勢攻之，卑沙城唾手可得。」張亮曰：「此計大妙。」即傳下令，著程名振持調，照依王大度所行，名振領計，準備去了。唐兵將戰船一時退離城下，守城軍報知主將，丹鬚鬼未信，登城遠見唐兵約離城一望之地，與白面郎君曰：「中國人譎詐多端，此退去人馬，必有計謀，我等比常時更宜防備，且看唐兵如何過此海也。」白面郎君曰：「公言正合我意。」分付衆人用心守城。至夜裡約三更左側，唐兵將戰艦乘潮水進逼城下，火把齊明，金鼓大作，四下喊聲攻城。且看下節分解。

〔一〕「折」，原爲墨丁，據世德堂刊本補。

第七八節　程名振單馬擒麗將　李道宗潰圍退遼兵

城裡聽得，慌聚兵登城守護，分付眾人夜裡多用長弓硬弩射下，眾兵得令，一齊發矢。至平明，戰艦布幔上皆滿，名振下令，一時撐退，收下布幔，得其箭何止數萬。麗兵所損者，不計其數。一連如此四夜，麗兵被其噪鬧，日夜不得休息，盡皆困怠。第五夜上城守護者不滿一千，箭亦不矢，隨時防備。程名振已知停當，入軍中稟曰：「今夜乘月黑，麗兵疲弊，可取卑沙城矣。」王大度曰：「吾引步騎五千進西門，君可引水軍照依前夜攻城，功必成矣。」張亮分付三軍：「各宜用心，先登城者爲第一功。」王大度、程名振各依計而行。

卻說王大度引騎兵直進西門，登高埠處探望，單有一條中路，兩傍皆是石壘，石壘上插起旌旗，知的有人守把。大度下了山坡，候夜裡聽的海中金鼓之聲不絕，大度傳令曰：「可以進矣，爾眾騎隨吾而上。」言罷，攀堞先登，一手奪其旗幟，步騎喊聲繼進。守兵大驚，被大度連砍數人，步騎放起火，將西門燒著，霎時間火光迸天，照得海水上下通紅，城中鼎沸。麗兵已知唐兵攻入西門，人不及甲，馬不及鞍，各四散逃走。報入中軍，丹鬚鬼聽得，驚慌不迭，欲駕船逃走，城下盡是唐軍，不能得出，即披掛上馬，殺奔西門來，正遇王大度。二將在火光之中交鋒，未數合，大度揮起鋼刀，將丹鬚鬼劈於馬下，盡降其眾。白面郎君引麗兵殺出東門，船上走出程名振，衹一合捉於馬下。麗兵四下無路，殺死海中者不可勝計。平明〔一〕，王大度開了四門，張亮三軍入了卑沙城。果然好一座城郭，西連渤海，東接平壤，糧儲倉庫皆有，張亮大悅。捉過白面郎君，責之曰：「爾不識時勢，阻截天兵，今日留爾無用。」令推出斬之。左右一時簇下，斬首回報。張亮記錄各人功績，王大度居首，程名振第二，其餘依次謄奏。麗兵降者二萬人，張亮選其精壯出征，老弱兵戍守卑沙城。次日，三軍離城，望平壤進發。行三日，至蓋牟城，進見御駕，張亮面奏眾將取卑沙城之功。太宗大悅，命前軍總管李世勣，合水陸人馬取遼東，迎候鑾駕。世勣得旨，與江夏王道宗、李思摩等，引兵望遼東而行。

卻說守遼東將徹萬三、黑垂環、高天莫三人，皆有萬夫之勇。數日前聽的遊騎報唐兵已近遼東，徹萬三與眾人商議曰：「今天子御駕親征，一連取了幾個大郡，目今將來遼東，此地乃是高麗咽喉之路，若被唐兵攻破，則安市城危矣。你等有何計策，可退敵兵？」高天莫進曰：「唐兵乘勝而來，鋒芒正鋭，不可與交兵。帥將一面遣人往高麗取救，傳下軍令，移城外居民盡入城中守護，將應有積聚，盡行燒毀。我這裡深溝高壘，嚴用提防，唐兵一至，欲戰又不能，退又不能，野無所掠，軍勢糧缺，候在高麗人馬併集，吾合勢戰之，交他片甲不回也。」徹萬三曰：「此計大妙。」即遣人星夜往高麗取救，一邊傳令，交城外百姓盡數搬居城中，選精壯者守護各門，將應有藏蓄一時燒了，四下多設鹿角預備，十分堅固。

卻說哨馬軍報入李世勣軍中，遼東準備迎敵，將城外民家盡行燒了，好生利害。世勣聽的，喚過江夏王

〔一〕「明」，原爲墨丁，據世德堂刊本補。

道宗：「引數千騎前去哨巡一遭，以觀動靜，方好進兵。」道宗得令，引騎逕至遼東城下，週圍團視一回，四門守禦甚是嚴固，回報世勣曰：「遼東城郭近高麗之地，比他處大有不同。即目各門插起旌旗，城樓守軍往來不絕。今將城外居民〔一〕，盡移入城，以爲長守之計。彼若今不出，必往高麗取救兵。倘高麗人馬襲吾後，城中助之，吾軍何以抵當？總管正須乘其城中器具未備，人心懷懼，鼓噪前進，齊力攻之，使麗將不暇爲計，或可以成功也。」世勣依其議，即下令三軍拔寨，直抵遼東城下。道宗與李思摩分兵攻各門，城下堆起葦草攻城之具，眾軍大振，金鼓聲徹晝夜。終是城郭堅厚，攻打不下。守護將擂下火炮矢石，唐兵被傷，不敢十分近前。道宗幾欲先登，面被數矢，亦不能前進。一連相拒數日，唐兵無計可施。

卻說高麗王近日邊廷消息聞得唐天子御駕親征，已渡了遼水，取了數座城郭，即今大軍近遼東，每日聚文武商議迎敵。忽報遼東使臣來乞救兵，高麗王問眾臣曰：「今唐兵攻遼東甚緊，誰可引兵救應？」蓋蘇文進曰：「臣舉一人，可以退唐兵。」王曰：「公舉誰人？」蘇文曰：「左衛將軍大模達，此人武藝精通，勇力過人。主公著他領兵去救遼東，敵人不足破矣。」高藏依奏，召過大模達，率步騎四萬救遼東。大模達辭王，引兵逕出高麗，但見槍刀佈密，劍戟如霜，四萬騎兵如風捲而來。唐軍中江夏王道宗，望見近東一派征塵蔽日，殺氣連天，即與副將張君義曰：「遼東有救兵來矣，與汝精兵二萬，靠城南埋伏，吾勒騎兵逆戰，連珠炮響，乘勢殺出。」君義引兵去了。道宗全身披掛，手綽鋒槍，引三萬步兵，跑馬馳向東門，正遇敵兵來到。金鼓大振，麗兵漫山塞野而進。主將大模達拍刀舞刀，躍奔陣前，喝曰：「唐軍有不懼死者，請決一戰！」道宗厲聲

〔一〕「居民」，原誤倒，據藏珠館刊本《唐傳演義》乙正。

出曰：「吾在此等候多時！」言罷，挺槍直取模達，模達舉刀迎戰。兩馬相交，二將戰上二十合，不分勝負。遼東城裡見高麗救兵來到，高天莫引精兵一萬，開東門乘勢殺出，夾攻道宗。道宗軍中放起連珠炮，西南角上張君義伏兵齊起，被高天莫拒住交鋒。兩下戰住陣腳，喊聲不絕。徹萬三於城上擂鼓助威。道宗單要迎敵麗兵，苦戰不止。遼兵四下箭如雨點，唐兵被傷者無數，各有退志。麗兵終是頑皮，不懼刀箭，一湧殺進。南陣張君義先自跑馬走了，伏兵亦隨之逃竄。道宗見勢失利，引步騎潰圍而出。大模達殺勝一陣，與高天莫收兵入城。

卻説道宗歸見總管李世勣，具言：「遼兵勢大，吾軍不能抵敵，損者甚多。」世勣曰：「勝敗兵家之常，此不足慮。惟君義交戰先走，何以馭其眾？今遇小敵如此，明日至高麗必敗吾事，當按軍法。」即令推出轅門斬之。左右將君義簇下，一時間梟首回報。世勣既誅了君義，號令軍中，與眾將議破麗兵之策。副總管張士貴進曰：「遼東城郭堅固，今又添高麗救兵在裡，人馬眾盛，愈難攻擊。不若深溝高〔一〕壘，以待車駕之至，合勢攻打，一鼓可下也。」道宗曰：「吾等爲前軍，當〔二〕逢山開路，以待鑾駕，何乃停遼東不攻，而留與君父來乎？乞精兵一〔三〕萬，請先登南門，以取遼東。」世勣曰：「眾寡不敵，公且少待。吾與眾將〔四〕連營合勢，

〔一〕「高」，原漫漶不清，此據世德堂刊本。
〔二〕「當」，原漫漶不清，此據世德堂刊本。
〔三〕「一」，原漫漶不清，此據世德堂刊本。
〔四〕「眾將」，原漫漶不清，此據世德堂刊本。

待聖駕來，誠未晚也。」眾將依其議，各分兵據守。

卻說太宗御駕至遼海，水勢甚溢，從官船小者將至顛覆。張亮率水軍連艨艟而進，至中流，忽狂風驟起，波浪翻天，龍舟蕩漾不定。帝亦憂懼，召海濱居民問之，居民皆曰：「此海神爲孽，年年遼東有過者，皆用生人祭之，自然平靜。陛下亦用如此祭之，方保無事，不然終有覆溺之患。」太宗與長孫無忌商議以祭，無忌曰：「陛下德符鬼神，可用犧牲牛馬代人而祭，自然無危矣。」太宗依其議，即命水軍總管張亮具犧牲以祭海神。張亮得旨，用白馬二匹，黑牛四頭，於船外陳設香燈花燭，著有司官宣讀祭文，將牛馬犧牲齊傾入海中。諸軍吶一〔一〕聲喊，震動川谷，金鼓齊鳴，船舵上插起旌旗，龍舟頂掛起飛篷，霎時間天清日朗，風恬浪靜，戰艦旁船，皆隨水而進。衹三夜已出平壤大岸，望遼東止曾一百里。是時太宗坐於龍船中，眾百官侍立終日，船外金鼓之聲不絕，縱衡激浪勢，亦不知覺。及聞渡了遼海，龍顏大悅。張亮入御前奏知：「李世勣攻遼東城已二十日未拔，專候陛下御駕，合兵攻擊。今幸渡過遼海，去遼東不遠，臣請先部水軍出遼澤，襲取遼東，聖駕隨後而進。」太宗允奏，即命張亮引兵先發。亮辭帝出，與程名振、王大度等，領水軍十五萬，徑出遼澤，望遼東城進發，不在話下。

〔一〕「一」，原脫，據世德堂刊本補。

新刊參采史鑒唐書志傳通俗演義卷之八

起唐太宗貞觀十九年乙巳歲

止唐太宗貞觀十九年乙巳歲

首尾凡一年事實

按《唐書》實史節目

兩河戰罷萬方清，原上軍回識舊營。
立馬望雲秋塞靜，射雕臨水晚天晴。
戍閑部伍分岐路，地遠家鄉寄萬旌。
聖代止戈資廟略，諸侯不復更長征。

第七九節　薛仁貴斬將立功　董世雄部兵解圍

卻說張亮既部水軍出遼澤，欲與李世勣人馬相會。哨馬軍早先報知李世勣，天子鑾駕出了遼海，即目水軍總管張亮部水軍趨遼澤而來。世勣喚過張士貴：「先引精兵一萬搦戰，吾有人馬接應。」士貴引兵去了。又喚過江夏王道宗，「引步騎二萬，繞出東門救應」。道宗〔一〕亦領兵去訖。世勣分撥已定，自準備火箭火炮攻城之具，爲合後。是時城中聽得唐兵搦戰，徹萬三整兵迎敵，與高天莫、黑垂環分左右而出。次日平明，徹萬三開東門，放出一彪麗兵。旌旗捲舞，金鼓喧天，麗將一匹馬跑出陣前。張士貴見遼兵出戰，擺開陣勢，兩軍對圓。士貴馬上罵曰：「殺未盡遼蠻，尚不獻城納降！今天子御駕將臨，若攻破城池，使爾輩寸草不留！」徹萬三亦罵曰：「爾唐主無故侵我封境，反來説我歸降！贏得手中刀，便獻城與汝也。」士貴大怒，正待躍馬而出，背後一員虎將手執丈八蛇矛，跨下黃鬃駿馬，頂一副冰玉水銀盔，著一領川中素白袍，撞出陣前曰：「本官且停，小將立誅此匹夫！」衆軍視之，不是別人，乃龍門縣人薛仁貴也。

仁貴跑馬舉矛，直取徹萬三。萬三驍騎金忻躍馬橫槍來迎，兩下喊聲大舉。二人戰上兩合，仁貴要立奇功，賣陣便走。金忻勒馬後追。仁貴較其來近，回馬大喝一聲，金忻撞入懷中，早被仁貴挾於脅下。仁貴放

〔一〕「道宗」上原衍「張士貴」，據世德堂刊本删。

下遼將，令步騎捉縛去了，復勒馬衝進麗陣，勇不可當。徹萬三射住陣腳，欲與唐兵鏖戰，見仁貴捉了副將，衝入本陣，即分兵圍之。仁貴左衝右突，殺死遼兵無數。黑垂環、高天莫兩騎雙出，抵住仁貴。仁貴力戰二將，並無懼怯。張士貴驅兵繼進。城中大模達引兵截出，長槍硬弩一湧而來，將士貴圍在垓心。薛仁貴正鬥二將，後軍報曰：「主將被圍危急。」仁貴抛了二將，復殺回，正遇麗將大模達阻住一陣，仁貴挺矛而戰，麗兵不退。高天莫乘勢趕來，仁貴前後受敵，部下隨騎漸少。忽東門喊聲大起，道宗引二萬步騎殺入中軍，與仁貴合勢夾攻。高天莫見唐兵四起，恐城中有失，正待殺奔東門收兵入城，被薛仁貴趕近前，一槍刺死馬下。大模達見高天莫刺死，勒馬殺奔東門來。張士貴潰圍殺出，與道宗合勢掩擊，麗兵大敗，死者不計其數。徹萬三、黑垂環見唐兵勇猛，引敗騎殺回東門，正會著大模達，城裡放下吊橋。

將近黃昏左側，忽壕澤邊金鼓連天，槍刀齊舉，五六萬唐兵湧上東岸，乃副總管王大度人馬出遼澤，聽的兩下交鋒，在此等候。麗兵戰得困乏，如何當得五六萬生力精兵？徹萬三大驚，衹叫得苦。遼兵未及交戰，先自抛戈棄甲逃走。王大度勒馬截殺。黑垂環、大模達〔一〕等衹得死戰。李世勣一支兵繞出東門，兩下夾攻。麗兵四下無路，投死澤中者屍首相疊。大模達跑馬奪圍走出，被王大度趕上，一刀斬於馬下。徹萬三、黑垂環二騎刺斜突奔，未數里，又被張士貴人馬攔住。徹萬三見無走路，拔所佩刀〔二〕自刎而死。黑垂環棄馬逃走，被薛仁貴一箭射死。唐兵合在一處。城中守兵尚有數萬，堅閉了城門。世勣傳令曰：「今日此戰，難遇

〔一〕「模」，原爲墨丁，據世德堂刊本補。

〔二〕「刀」，原脱，據藏珠館刊本《唐傳演義》補。

之機也。功在垂成而退回人馬，遼東城再不可得矣。麗將盡被殄戮，城中雖有守眾，已皆喪膽，豈敢再來與我交鋒乎？今日先登城者，功居第一。」世勣令已下，三軍齊聲曰：「取功名富貴，在此舉也！」各努力攻城。江夏王道宗攀堞先登，薛仁貴執箭板繼上。城東樓角守兵刺下長槍，仁貴閃過，把守埤軍砍倒城濠邊，仁貴遂登了東城樓櫓，劈開城門，唐兵一湧而入，城中大亂，男女乞降之聲徹於內外。麗將見唐將殺入城來，各開西門逃走，被百姓一個個捉將回來。世勣入城已近二更，即下令休得傷損百姓，因是城中秋毫不動。次日紀錄各人功績，薛仁貴居首。得降兵萬餘人，男女四萬口，軍糧、馬料極多。世勣出榜安民，遣使迎接御駕。是時天子鑾駕離遼東五十里，沿路捷音報知，太宗聽的取了遼東城，大喜。車駕已進城中，諸將各朝參問起居畢，世勣近御前具奏取遼東之由。太宗慰勞曰：「公諸將披矢石，爲寡人立功，回朝廷不忘今日之勞也。」世勣頓首拜謝。太宗詔三軍取白巖城。李世勣、張亮等水陸並進，前望白巖城進發。

卻說守白巖城〔一〕遼將達魯揭里、麗三高、張有威、劉士安四員猛將，領十萬麗兵鎮守，近日聽得唐兵將到，達魯揭里聚眾人商議迎敵。麗三高曰：「唐兵勢大，難與交鋒。主帥衹管預備堅守，一面遣人上高麗取救兵。待人馬來到，唐兵少怠，一戰可破也。」達魯揭里依其議，分付諸軍緊守四門，嚴立烽火，按甲不出。

卻說唐兵已近白巖城，總管李世勣屯下寨柵，喚過張士貴、李思摩各引精兵先至城下請戰。士貴、思摩各引精兵二萬去了。世勣與張亮水陸前後救應。士貴、思摩引兵直哨到白巖城下，見城裡準備〔二〕得十分齊整，

〔一〕「巖」，原爲墨丁，據世德堂刊本補。
〔二〕「準備」上原衍「祇是」，據世德堂刊本刪。

祇是没一個出戰。士貴與思摩議曰：「遼兵堅守不出〔一〕，吾與足下分兵攻之。」思摩依其議，即與士貴分東西門攻打。城中聽的唐兵攻擊，報入中軍。遼將張有威請出兵退敵。達魯揭里曰：「唐兵合水陸而進，祇恐不能取勝。」有威曰：「趁今不戰，倘唐兵併集，何以當之？」揭里即與精騎二萬，出城迎敵。有威全身披掛，綽槍上馬，引二萬兒郎開東門而出，金鼓喧天，飛奔將來。

張士貴見城中有人出戰，各將陣勢擺開，横刀立馬於門旗下，指遼將罵曰：「反叛逆賊，何不早降！」張有威大怒，遣步騎洪飛虎舞斧直取士貴。士貴背後薛仁貴挺丈八矛躍出陣前，大喝：「遼將休走！」兩馬相交，戰上二三合，仁貴手起槍落，刺中心窩，洪飛虎落馬而死。張有威見折了步騎，拍馬舞刀，直奔仁貴。仁貴賣陣而走。有威乘勢追襲，士貴結住陣腳助喊。仁貴較定遼將近，按了金槍，拈弓搭箭，回馬望有威矢來。有威措手不及，一箭射死。士貴見仁貴贏了二將，驅兵掩殺，麗兵大敗，連忙走入城中，閉了城門。唐兵直趕近城壕邊而回。仁貴得了頭功，仍復城下搦戰。達魯揭里見折了二員大將，又損兵馬，那裡敢出？一面遣人申奏高麗王，一面四門多添人馬守護。

卻說使臣漏夜入高麗國來，見了麗王，俱奏：「唐天子御駕已臨白巖城，近日交鋒，損兵折將，甚是緊急。望國王早爲定奪。」高藏大驚，謂文武曰：「唐天子一連取了高麗許多城池，今大兵又攻白巖，離安市城不遠，倘一日兵馬來此，何以迎敵？爾衆臣有何良策？」衆臣皆低頭無語。蓋蘇文進曰：「日前臣舉大模達無功，再舉一人，可退唐兵。」王問是誰。蘇文曰：「此人新城人氏，姓董名世雄，善騎射，使一條金槍，神出

〔一〕「出」，原作「守」，據世德堂刊本改。

鬼没，端的有萬夫之勇。我主若用此人押兵前救白巖城，必有成效。」高麗王〔一〕依其奏，即召過董世雄，付以本國鐵騎兵二萬，前解白巖城之圍。世雄得了恭旨，辭王出兵，前望白巖城而來。是時董世雄有二子，官爲左、右都尉，一名董琦，一名董魁，皆善戰。引著二萬鐵騎兵，乃高麗護衛將士，極其驍猛。人馬望白巖城不遠，先遣二子引步兵，先去退敵，自與鐵騎兵合後。

董琦、董魁引五千步騎，直哨出白巖城，遥望見唐兵正在攻城。董琦手執方天戟，跨烏龍馬，引二千兒郎，殺入唐陣中。李思摩見高麗一路人馬來到，縱馬跑出陣前，正遇麗將董琦。思摩更不打話，兩馬相交，四下喊聲大舉，戰上十數合，不分勝負。麗陣後面董魁手舉銅鎚，拍馬突殺將來。唐兵不能當抵，一湧而退。

〔一〕「王」，原脱，據藏珠館刊本《唐傳演義》補。

第八十節　李思摩臂傷流矢　唐太宗白巖鏖兵

李思摩力戰董琦不下，董世雄引鐵騎隨後繼進，將李思摩圍住垓心。李思摩大呼曰：「今日當死〔一〕戰，以報天子。」手起刀落，殺死麗兵無數。董魁見思摩勇不可當，按住兵器，探飛魚袋中，取出狼牙箭，架上寶雕弓，指定思摩矢來。思摩祇顧貪戰，不知提防，右臂已著一箭，負痛不能抵敵，跑馬奪圍走出。董世雄下令曰：「休教走了唐將！」驅兵掩殺，唐兵大亂，各四散逃生。思摩正在危急間，東營張士貴人馬已從麗兵後截出，麗兵慌亂，纔救了思摩。兩下混戰，金鼓連天。待李世勣大軍已到，董世雄已收兵馬入東門，放下吊橋渡進去了。士貴入軍中，見世勣曰：「麗兵已入白巖城，今合城中人馬，聲勢盛大。李思摩已中流矢，右臂傷重不起。總管可奏知聖駕，會聚諸將議敵，方可成功。」世勣曰：「公之言誠是。」一面申奏天子，仍將各營人馬分四門攻擊，使城中無計，然後議交鋒也。士貴引兵去打西門，張亮引水軍攻打南門，不在話下。

卻説御駕已離遼東城，望白巖城不遠。沿路哨馬報唐兵與麗兵交戰，殺傷甚多。太宗聽此消息，連敕諸將各人見機而動，勿爲貪功，有致疏危。忽報大將李思摩因昨日與麗兵逆戰，右臂中流矢，傷重不起。太宗聞之大驚曰：「吾所以不與諸人輕敵者，正恐有傷名將也。今果然。」即促駕至白巖城下。各營總管迎接聖駕，屯紮於中軍。世勣等入候起居畢，奏曰：「遼兵嬰城不出，近日臣分諸營攻擊未能下。今思摩傷重，請陛下御

〔一〕「死」上原衍「圍」，據藏珠館刊本《唐傳演義》删。

駕暫宿中軍，不久此城必〔一〕破也。」太宗曰：「朕當親視思摩所傷。」即與世勣一派戰將，徑至西營看李思摩。西營守軍報入帳中：「今有御駕親來看視將軍箭瘡。」思摩聽的，即披衣忍痛出帳外迎接。時御駕已到轅門，思摩拜伏在地，太宗御手扶起入帳中，太宗坐定，隨將各立帳外。思摩拜曰：「臣因小敵，不持防麗將一矢，毒深入骨，不能爲陛下剋敵清道而伺聖駕，臣之過也。」太宗曰：「聞公力戰中流矢，憂懷終日。得城池不足喜，倘公有疏失，朕復何望！」因令思摩解手臂視之。思摩乃解下縛帛，去了金瘡藥，四邊皆青腫，中箭鏃處爛成死肉，猶有瘀血未散。太宗看見，親自〔二〕將口吮出瘀血。思摩拜而泣曰：「臣有何功能，敢屈陛下看視箭傷，又污聖口，罪該萬死也。」太宗曰：「君臣猶父子矣，公之體，亦吾之體，有何污哉？」帳前將士觀者莫不感動。太宗命思摩養息箭瘡，且休妄動。思摩頓首拜謝。靜軒先生有詩曰：

斬將搴旗不顧身，未防流矢貫袍筋。
太宗深有君臣意，弗惜倉皇吮箭痕。

御駕乃出。思摩直送至轅門。次日招各營進兵不題。

卻說白巖城達魯揭里、劉士安、麗三高、董世雄等終日在軍中議論退敵，近日已知唐天子御駕親臨城下，督諸軍攻城。麗三高曰：「今唐兵迸集，戰之若勝，則吾威復張，天子之駕自當退去。若戰不勝，眾人膽落，此城必難保。成敗實在此舉。高麗王雖著救兵來到，唐兵聲勢如此，焉能抵當？爲今之計，莫若燒毀城中倉廒府庫，將一應可充軍馬之食者，盡行去了，引本部精兵，乘夜開西門走奔安市城，與大勢兵馬相合，以拒唐軍。況安市城比白巖城濠塹堅完，城郭如鐵桶一般。吾等坐守其中，若不出戰，唐兵一年過不得。彼軍深入

〔一〕「必」，原作「亦在目下」，據藏珠館刊本《唐傳演義》改。
〔二〕「自」，原作「爲」，據世德堂刊本改。

吾地，勞師經年，衆人必有思鄉念也，乘輿豈能久駐乎？未知此舉，你衆人肯依否？」劉士安以麗三高此策可行，董世雄叱之曰：「麗將軍何如此〔一〕弱也？今唐天子御駕到此，不取此城，其肯干休？若待白巖城已破，安市城有泰山壓卵之危，何復拒守哉？近者麗王遣下官持救來到，正以白巖城實爲安市城之門户也。其外咽喉之地，盡被唐兵所取。止有此城，將復棄而與唐將得之！今城中精兵不下數十萬，猛將何止一二千。吾救兵初到之日，唐兵望風而逃，被殺傷者無數。目下未與大敵，勝敗豈可逆料？主帥正須點集城中兵馬，來日平明，分作前後隊而出：劉士安引精兵二萬打初陣，麗三高引步騎二萬第二陣，董琦、董魁引鐵騎爲左右翼，我與主帥統大兵爲合後，選羸兵與文墨官守城。」達魯揭里依其議。董世雄分撥已定，麗兵各各準備交鋒，不在話下。

卻説李世勣軍中探馬回報白巖城插起戰旗，來日平明要與唐兵決一雌雄。世勣知的，即入中軍見御駕奏曰：「明日與遼兵交鋒，陛下保重聖躬，待諸將自用前敵，慎勿輕萬乘之重，而損威望也。」太宗笑曰：「公以吾得天下非戎馬之間取乎？朕未登基時，南征北討，東蕩西除。渭水岸邊，曾與突厥馳驟和親，突厥部落下馬不敢仰視。寡人非是深宮未經大敵者。比來日朕親臨陣，殺此遼蠻。公可調度兵馬迎敵。」世勣辭帝而出，入帳中喚過〔二〕契苾何力曰：「君引精兵二萬，列陣於東門，遇有敵兵出城，抵住交鋒。吾自有兵來應。」契苾何力引兵去了。又喚過薛萬備曰：「來日聖駕親出陣監戰，你引精騎二萬，緊靠其後。見兩下鏖戰，天子有調遣處可離，若無調遣，衹在御前守護。」薛萬備領命去訖。又遣小校約南營水軍總管張亮：「持水軍截住遼兵陣後，待遼兵已入垓心，兩下夾攻，必自亂矣。」小校領命去訖。

世勣分調已定。其餘各營將士，照依隊伍而進。各營得令，個個弓弩上弦，槍刀出鞘，按住寨門營壘，

〔一〕「此」，原作「仍」，據藏珠館刊本《唐傳演義》改。

〔二〕「過」，原作「作」，據世德堂刊本改。

伺候交鋒。次日平明，城中戰鼓三通，一聲炮響，東門捲出一彪麗兵，踏地而來。爲首麗將劉士安，銀盔鐵甲，跨馬横刀，立於門旗下，連叫：「唐將有强者出馬！」對陣中契苾何力拍馬挺槍，指來將罵曰：「殺不盡逆賊！尚敢陣前摇舌哉？」劉士安大怒，舞刀直取何力。何力約退數步，挺槍迎敵。兩下金鼓齊鳴，二人戰上二十合，不分勝負。太宗打起龍鳳日月旗，坐在鑾駕中，左右隨軍各金盔銀甲，紅錦戰袍，團團守護著。太宗看契苾何力打初陣，親擊戰鼓助威。遼將麗三高放出二萬步騎夾攻，契苾何力要在天子面前立功，挺身奮鬥，衝入陣中。麗三高勒兵死戰，舉起長槊，望契苾何力當胸刺下。何力貪戰，躲避不及，側過身，左腰已中一槊，墜落馬下。太宗遠遠望見，即遣御前薛萬備救之。萬備得旨，單馬馳入遼陣。麗三高正待再復一槊，萬備馬已近前，大喝一聲：「遼將慢來！」殺退麗三高，救契苾何力上馬，潰圍而出。正遇劉士安副將李鐵率麗兵阻住，薛萬備更不打話，一刀揮爲兩截，麗兵散而復合。萬備在前，步兵在後，救出契苾何力於萬衆之中。何力回營，用帛束了傷痕，再整兵甲出戰，衝入麗陣。劉士安正在阻住唐兵，契苾何力鼓勇殺進，劉士安抵敵不過，跑馬繞陣而走。何力殺奔西門，與薛萬備合騎奮戰。是時唐將結住陣腳交鋒。董琦、董魁二員將分左右翼突出，勇不可當，殺奔東營來。東營總管張士貴舞刀躍馬，抵住董琦交鋒。戰未數合，董琦提起方天戟，將士貴撥於馬下。先鋒薛仁貴聲如巨雷，一匹馬跑出陣前，來戰董琦。兩馬相交，戰得正酣，仁貴手起槍落，董琦死於非命。殺散餘騎，勒回馬救了士貴歸本陣。右翼董魁見折了其兄，大驚曰：「不雪冤讎，更待何時！」拍馬舞鐵〔一〕鎚，追在仁貴馬後來。仁貴望見遼兵驟至，回馬曰：「一發結果了此賊。」撚丈八矛直取董魁。董魁死戰仁貴，一連數合，勝敗不分。仁貴賣陣便走，董魁那裡肯放，縱馬復追。仁貴拈弓搭箭，覷定董魁已近，弦響箭到，董魁面門著了一箭，翻身落馬而死。

〔一〕「鐵」，原爲墨丁，據世德堂刊本改。

第八一節　董世雄詐獻降書　魯揭里開城納款

薛仁貴勒回馬，衝過麗陣，如入無人之境。世勣見東營戰勝，驅〔一〕兵掩殺，麗三高、劉士安衹顧得遮攔，終是唐兵勢大，一湧而進，遼兵大敗，死者不可勝計。董世雄與達魯揭里正在混戰唐將，見折了二子，心自慌懼，奪圍殺入東門。麗三高見勢不支，引餘騎走入城中。世勣各營奮戰，斬首數千級，奪得弓矢器械無數〔二〕。日近黄昏，世勣乃下令各營收了兵馬。諸將進御前獻功。太宗命錄功官紀薛萬備衝陣有救契苾何力之功，東營張士貴有斬麗將之績，其餘依次而賞。世勣奏曰：「麗將輸此一陣，走入城中，料必再不敢出。陛下敕諸將齊力攻城，城中無計，不過五日，唾手可取也。」太宗允奏，即敕下各營用心攻城，先登城者授之以上賞。各營得旨，皆準備火炮火箭攻城之具，日夜攻擊不止。

卻説達魯揭里戰敗，走入城中，與諸將堅閉了城門。守城軍報：「唐兵攻打甚緊。城下堆起沙石，高〔三〕

〔一〕「驅」，原爲墨丁，據世德堂刊本補。
〔二〕「數」，原爲墨丁，據藏珠館刊本《唐傳演義》補。
〔三〕「高」，原爲墨丁，據藏珠館刊本《唐傳演義》補。

搭雲梯，火炮火箭俱齊。天子限五日要破此城。主帥早爲區處。」達魯揭里聽説大驚，無計可施。麗三高曰：「唐兵勢大，衆將齊心，量此白巖城，他如何攻不破？吾兵戰敗一陣，衆人膽落矣，再誰敢出門？日前要走安市，西門尚無唐兵圍守。如今水軍總管張亮阻住，何以得出？不如舉城納降，以救一城百姓。若待他打破城郭，吾輩無遺類矣。」達魯揭里沉吟不決。忽董世雄怒激曰：「二子之讎，吾肯不報！勝敗乃兵家常事。今據一戰之失，便要獻城投降，豈不被唐人所恥？你等納降，我不降。」達魯揭里曰：「公言雖是，事勢極矣。縱要出戰，亦祇是敗的。若攻破城池，我等能保無事哉？」董世雄曰：「高麗王若知我等受困，不日必有救兵來到。城中尚有糧草，可支一月之用。主帥點起精壯百姓，上城守護。量彼未必便能攻陷此城也。候在救兵一到，吾等合勢戰之，唐兵不足破矣。」達魯揭里雖隨時應允，心下終是不安。麗三高與劉士安等，祇勸納降，以保後患。又過二三日，城中愈急，守城百姓有密地投下納降者，達魯揭里禁約不住。劉士安曰：「居民已有投降唐將的，倘攻打不息，内先激變，我輩死無葬身之地。不如早降，以安衆心。」董世雄進曰：「吾有一計，可止唐兵不攻城。主帥權且各門插起降旗，先遣人約唐天子，候在拘集散卒，打點倉庫衙門，迎接聖駕納降，須停待三日，方得完備。天子見吾此説，亦必准信，將御駕退離城下。各營兵亦退去矣。一面遣使漏夜至高麗見王，火急部大隊人馬來救。我這裡再整戈甲，添築城壘，爲守禦計。若過數日，救兵必定來矣。」達魯揭里依其議。一面遣使人漏夜上高麗取救，一面分付四城門插起降旗，差一個能言的軍人，前往唐天子處約定出降日期。

當下分撥已定，先打發軍人來議納降。軍人縋城而下，走入唐軍大營裡，大叫曰：「白巖城主帥差我來御前獻降書。」轅門小校聽的，報入中軍帳來。李世勣知道，召來人至帳前問之。軍人曰：「城中主帥見將軍等各門攻打，甚是緊急，百姓不安，戰士疲勞，即今插起降旗，先遣小軍來天子御前報知：權將鑾駕退離城下，著將士不必再攻，候在主帥拘集餘衆，整備衙門府庫，迎接聖駕，祇在三日，便開門出降也。」世勣聞其言，即遣之回，謂曰：「傳與主帥，三日尚可停，其外不許矣。」差人領諾自回不題。世勣至中軍見太宗，奏知遼將請降，乞容三日，開城迎接聖駕。太宗曰：「三日何所不容。」即下令各門將士，且緩攻擊，將人馬暫離城下三十五里。長孫無忌曰：「遼將莫非用緩敵之計？故意使陛下退軍，彼城中得以整點戰具，以待高麗救兵合勢，與吾決戰也。陛下正須乘勢攻之，彼知謀不遂，必急來降矣。」太宗曰：「料此小城，何難攻哉？今既遣人來約請降日期，若不允，是見寡人量不弘也。可從其請，後有反復，取之彼亦無怨。」眾將得令，各回營自守寨壁不題。

卻說差人入城，報知達魯揭里：「今有唐天子御駕已退去三十五里，諸將亦不攻城。」揭里與眾人商議曰：「唐軍已緩攻城，我等如今正好準備戰守之具。」董世雄曰：「急遣眾兵築起樓櫓，深鑿濠塹，將箭垛眼裡堆起木石擂打之具，拘集百姓各登城守護。」達魯揭里傳下軍令，眾人懼誅責，祇得添築樓櫓，準備守城器械。果是二日間，城中整備敵樓城垛一應完固。第三日，太宗遣哨馬體探城中動靜，不移時，哨馬回報：「遼將達魯揭里，整備戰守器具，一應齊全，欲來與唐兵放對，不肯納降。」太宗聞知大怒曰：「遼蠻敢以詐言哄寡人耶！」即敕諸營兵馬，乘勢攻之。長孫無忌曰：「麗人反復難憑，不出臣所料。陛下親督諸軍攻城，可取矣。」太宗從之，自親禦大隊，出軍前下令曰：「各營先攻破城，捉得遼兵者，盡以庫藏金寶併其人賞之。」眾戰士得令，奮力攻擊，四下喊聲大振，金鼓連天。城上矢石火炮之類從箭垛上發擂下來，唐兵那裡肯退？守兵報知主帥：「唐兵攻擊四門，城西鹿角將陷，聲勢甚緊。」達魯揭里曰：「事迫極矣！爾眾將有何高見？」麗三高等曰：「即今便開城納降，亦可保殘生也。不然，一城軍民，難免屠戮。」達魯揭里無奈，祇得復遣人請降，先於城頂豎起降旗。太宗望見降旗，城頂乞降之聲振動山嶽。太宗聚諸將商議允其降。李世勣進御前曰：「士卒所以爭冒矢石，不顧其死者，貪擒得蠻虜而受重賞也。今白巖城將次攻陷，陛下奈何復允其降，孤戰士之心？」太宗曰：「公言誠是也。奈緣縱兵殺人而貪其賞，朕所以不忍。公麾下戰士有奮力攻城者，朕以庫藏金寶賞之，暫問公贖此一城也。」世勣乃退。

太宗手敕曉諭諸營，准其納降。於是城中聽得天子手敕唐兵緩攻，各伺候迎接。主帥達魯揭里命衆軍開了東門，率麗三高、劉士安等出城，遠遠拜伏在地，不敢仰視。太宗詔諸軍開了轅門，各人整整齊齊，擺列隊伍，十分嚴肅。敕近臣諭敕旨，令降將主帥者入御前聽候。達魯揭里得旨，匍匐至天子鑾駕前，叩首呼降。太宗曰：「吾天兵臨城已二十日矣，爾等既識威風，如何不早開城納降？致兩下損兵折將，百姓受苦。汝等貪僥倖以圖成功。今高麗王不道，奸臣蓋蘇文殘虐尤盛。朕來正其罪，在安爾國之黎民也。爾衆人亦將附逆黨耶？」達魯揭里曰：「遠方之臣，不知大義，惟識食人之食，當盡人之事。高麗王以爵位與臣，臣等即背反之，誠非人類也。且陛下守臣何處無之，一有叛君者，陛下亦所必誅也。今小臣爲麗王堅守故土，以拒天兵，理之當然。今已弓矢消盡，兵馬損折。衆人戰守不能，逃走得罪，計甚窮矣，情願納降御前，乞陛下憐之。」太宗壯其言，顧謂侍臣曰：「麗人所言，誠出其本心。朕當悉赦之。」長孫無忌曰：「陛下之來，正在安撫遠夷也，非爲取其城郭，屠其人民哉。」太宗然之，即命達魯揭里等先回城中伺候，明日早接鑾駕。達魯揭里得旨先回，入城中預備安頓車駕所在不題。

卻說太宗分付各營：「明日依次入城，不許擾亂百姓。若有不遵約束者，罪其本營統領官。」衆軍士得旨。至次日，御駕先發，入白巖城東門〔一〕。達魯揭里等率衆將耆老等迎門拜伏。唐將一時入了城，果然好一座

〔一〕「門」，原脫，據藏珠館刊本《唐傳演義》補。

城郭：四面皆平磧沃野，惟西路接渤海，城中居民稠密，雞犬相聞，週〔一〕圍共二百餘里。太宗御駕既入府中，諸將各各參見畢。記書簿官查得受降户三萬家，麗兵七萬餘，單衹走了大將董世雄。太宗命遼將捉得刺契苾何力者至階下，太宗召何力謂之曰：「此乃日前與公戰，用槊刺公讎人麗三高也，付卿自殺之。」何力奏曰：「當日交戰，彼不殺臣，臣亦殺他，各爲其主故也。此人冒白刃以槊刺臣，知有今日哉？此乃忠勇之士，臣不忍殺也。」太宗是其言，遂赦之。麗三高嚇得三魂已去七八分，聽得赦他，連忙抱頭走出。且看下節分解。

〔一〕「週」，原作「圍」，據世德堂刊本改。

第八二節　李世勣兵進安市城　薛仁貴智取黄龍坡

是時太宗將府庫金銀分給賞了將士，改其城爲巖州，調兵鎮守。李世勣奏曰：「前面乃是安市城，按圖指示及問鄉導之人，此安市城爲高麗一個大郡，攻了此城，便是建安城，前至高麗二百里也。此一處須用得陛下親臨陣中，諸將乃肯盡心。」太宗曰：「卿言甚善。朕聞安市城濠塹固完，兵精糧足。我兵臨城攻之，不能以歲月破也。今建安城兵弱而糧少，城郭低淺，若出其不意，攻之甚易。使建安襲破，安市在吾掌中耳。此兵法所謂城有不用攻，自能取之也。」世勣曰：「陛下之策，難保全勝。建安城在南，安市城在北，吾軍糧皆在遼東。今越過安市而攻建安，倘若麗兵絶斷吾糧道，不能運進，如之奈何？」太宗從之，即敕諸將護駕，前望安市城進發。後人有詩云：

帷幄籌謀可萬全，太宗親討志何堅。
曾聞諸葛能興漢，未必田單解誤燕。
貔虎風雷驚海嶽，旌旗閃電耀山川。
六軍〔一〕雲擁驅安市，悉掃妖氛靜塞邊。

〔一〕「六軍」，原作「中兵」，據世德堂刊本改。

卻説御駕離了白巖，三軍水陸並進，沿路旌旗不斷。雖是夏月，御駕前全不見日影，因是太宗無暑渴之疾。大軍行了三日，與安市城衹曾一百五十里程途。李世勣與張亮分兵二處征進，張亮率水軍，出虎胥江，直趨建安城，自提步兵進安市，前至黄雲塞屯紮，與張士貴等東西立營，遣人將戰書投進安市城。

卻説守安市城者，卻是高麗國左右親衛軍官鎮守，各分絶奴灌奴等部。絶奴部主帥梁萬春、鄒定國、李佐升，灌奴部主帥歐飛、暨武、張猴孫，共六員猛將，虎踞於安市城中。近日哨馬報唐天子御駕已取了白巖城，引大軍來，都準備下迎敵器具。是日正在廳堂上會集二部商議，灌奴部歐飛進曰：「唐兵合水陸三十餘萬而來，近日所向無敵，麗兵屢挫其鋒。今大軍指日到安市城。臨時出戰，未得地利。乘其未至，先引部下精兵數萬，直抵黄龍坡屯紮，阻住御駕，且看他從那裡過？」梁萬春曰：「此計大妙。與君精兵五萬，先截住唐軍，我隨後亦有人馬來應。」歐飛慨然與副將暨武、張猴孫等領了五萬麗兵，即日出得安市城，直抵黄龍坡紮下營寨。原來此黄龍坡離安市七十餘里，乃是大官路，最是險隘。對面阻汚泥河，兩邊盡是石山，人馬不堪行，正中有水可飲，他處皆絶泉源。若有一夫當之，萬夫不能過去，實乃天生一個戰場。

當日歐飛兵馬立寨在正路口，左壁有一條樵路，可通安市，已將大石横木築斷了。四下皆安著箭垜，令善射者守把，甚是堅固。歐飛等占住此個去處，按兵不出。哨馬軍報入前軍總管李世勣帳中：「見有麗兵把住黄龍坡，甚是堅固，不能前進。」世勣聽的，即唤過張士貴、契苾何力、薛萬備等，入軍中分付曰：「安市城人馬不比他處，此近高麗封境，盡是驍勇者鎮守。今聽得我大軍將到，先遣將把住黄龍坡。我觀畫圖及問此處嚮導，皆言止有一條中路進安市，左壁有條小路，人馬不堪行，且各處無水吃。今值此炎熱天氣，若絶了泉，我等何以存濟。爾眾人正須用力攻破黄龍坡，據了此地，方好進兵取安市也。」眾將皆領命，部兵去了。時李思摩箭瘡平伏，乃進曰：「不才數十日未經戰陣，今引本部人馬，取黄龍坡，以報天子。」世勣曰：「君養傷痕新痊，未可即動力。吾有他處用得君，此回莫行。」思摩曰：「大丈夫得死沙場幸矣。吾瘡口安痊，今日要立功處，總管何如不許？」堅執要行。世勣見其志鋭，乃付與精兵一萬，令爲合後，思摩即引兵去訖。世勣分撥已定不題。

卻説張士貴、契苾何力、薛萬備等，領騎兵六萬，迤邐哨到坡下，並不曾見一騎往來。張士貴與衆將商議曰：「麗兵守住此個隘口，果實堅固。彼若不出，將奈他何？」薛萬備曰：「且把三軍至隘下，一時攻擊，看有敵人出來否。」士貴從其議，驅三軍直抵隘下。忽聽坡頂一聲鼓響，早發下數矢。唐兵退避不及者，中了弩箭。士貴看時，豎著一面彩繡白旗，旗下數員麗將，靠壘而立。士貴隘下指而罵曰：「不量時勢麗蠻，今日天兵到此，尚自抗拒。豈不見前路守將，曾饒過誰來？早開隘道與御駕前征，則留汝等性命。若執迷不醒，死在目前！」坡上歐飛曰：「我高麗未曾侵犯中朝，何故深入吾地，自來送死哉？我今守住此處，縱是人馬能飛，亦過不去矣。」士貴大怒，令三軍一齊攻擊。隘上見唐兵迸集，攻上坡來，歐飛一聲梆子響，兩邊強弓硬弩齊發，箭如雨落，唐兵不能著腳，傷損者無算。契苾何力曰：「未得地利，且抽回人馬，再作計較。」士貴然之，即揮三軍退離隘下二十里。麗兵見唐兵退去，欲出兵追襲。歐飛曰：「中國人譎計甚多，恐有埋伏。我等衹是堅守，彼自不能過也。」衆人依其議，遂按甲不追。

卻説副總管張士貴，見攻不得黄龍坡，計無所出，悶悶不悦。先鋒薛仁貴進曰：「量此一個小可關隘，不能攻拔，何況要取高麗！總管無憂，吾有一計，使高麗兵盡死隘中，黄龍坡唾手可得。」士貴驚曰：「將軍有何妙算，願聞其略。」仁貴曰：「兵法云：『得地利者勝。』今麗兵守住隘口，是地利彼先得矣。總管若以力取，一年亦不能過。此當以智勝之也。」士貴聞仁貴此言，即屏退左右，引仁貴入中軍，詳細問其取黄龍坡計策。仁貴曰：「近訪得居民，説此處有二條路，可通安市城中。一條麗兵守把，乃是大路。左壁有小路可通，祇是險峻，人馬不堪行，即目麗兵將木石斷絶了。爲今之計，總管且把兵馬作左右營屯紮，休兵養鋭，再勿復出。麗人多疑，見我兵不來攻擊，祇作前面提防。小將部五千健卒，各帶火箭火炮，密地潛出小路，抄進黄龍坡。約過一日，總管可調右營悄悄埋伏隘下有躲藏處。近三更左側，軍中專候火箭連起，吾兵已出隘後，可將伏兵催起，遠遠的喊聲攻打，麗兵見是夜裡必慌。待他矢下弓弩，衆軍多著皮鎧遮護，我軍從寨後放起火來，内外夾攻，遼將便有撥天關本事，亦逃不出吾之料也。」士貴聽了，以手加額曰：「將軍真當代之孔明也，何憂高麗不破哉！」即密密傳下軍令，將人馬分作兩營，一依仁貴所行。仁貴曰：「事不宜遲，恐有走透不便。」士貴即日選精健兵軍士五千，各給與乾糧。仁貴全身披掛，辭主將，徑取黄龍坡小路而來。是時六月末旬，初更無月，仁貴與步騎穿林透嶺，攀藤附葛，行過數里，到一處山嶺險峻小路口，都用大石疊斷。仁貴令健卒疏開而過，約近三更，已出黄龍坡後寨。仁貴連放起數根火箭，伏路軍報入唐營中，薛萬備知的，催起伏兵，於隘下齊聲吶喊，火把兢天。坡上麗兵聽有唐兵攻擊，一時速集隘前守護。歐飛下令曰：「夜裡不分人馬，衆軍祇管發下矢石，敵兵自退。」麗衆得令，長弓木石，一齊放下，四邊箭如猬集。唐兵亦不近前，祇在遠地擊鼓，如攻打之狀。麗將緊守住隘前，不提防薛仁貴轉到寨後，令步兵堆起硫黄焰硝，放起火來，糧草積聚，一時燒著，半夜南風正起，風隨火勢，火趁風威，坡頂光衝漢表，響聲振天。比及遼兵報知歐飛，隘下見坡上火起，知的仁貴幹功，薛萬備率軍士乘勢攻上坡來。麗兵不戰自亂，都祇顧走路。歐飛與暨武、張猴孫等知唐兵襲其後，急來救應。且看下節何如？

第八三節　高延壽列陣戰唐兵　薛仁貴奪圍救主將

是時薛仁貴引五千健卒，斬寨而入，正遇著歐飛。仁貴大喝曰：「我等已過了黃龍坡，早投降者，免汝一死！」歐飛大怒，撚刀直奔仁貴。仁貴舞槍來迎，二人在火光之中戰了數合，歐飛如何抵敵得過，勒馬乘黑跑出山坡而走，被仁貴趕上，一槍刺死馬下。遼兵大敗，暨武、張猴孫見勢不好，棄盔曳甲，扒上山逃走。隘下薛萬備引唐兵搶上坡來，眾將都要爭功，薛萬備趕近前，生擒暨武，薛仁貴活捉了張猴孫，遼兵被唐軍擒獲大半。時天色微明，薛萬備取了黃龍坡，張士貴亦領人馬續後而到。左右推過暨武、張猴孫，跪在面前請發落。士貴曰：「抗拒逆賊，留之無益。」令斬之，手下簇去梟首回報。士貴將二人首級號令，記錄薛仁貴、薛萬備眾人功績，收其弓弩箭矢，不計其數。

次日，捷音報知御前，太宗聞知副總管過了黃龍坡，敕李世勣催動三軍，攻取安市城。世勣得旨，領兵馬至黃龍坡，與張士貴會齊。世勣與士貴議曰：「煩公先引本部軍士，直抵安市城。吾候迎聖駕，隨後便至。」張士貴慨然請行，與先鋒薛仁貴、都尉薛萬備領六萬精兵，先出黃龍坡，離安市城一望之地屯紮。

卻說安市城絕奴部梁萬春哨馬報：「歐飛等守黃龍坡，被唐將用計出隘後，殺死歐飛等三人，部下麗兵擒捉去大半，即日唐兵逼於城下，主帥早為提備。」梁萬春大驚，謂鄒定國曰：「唐兵已過了黃龍坡，殺死灌奴部歐飛等三員大將，今已來到安市城。爾眾人有何高見？」定國曰：「幾時聞得唐兵善戰，所向無敵，今一連取了高麗數個大郡，果的不虛。我兵先輸了一陣，又折了三員大將。若復出兵對陣，定不能取勝。城中衹管預備軍器，城上插起戰旗。主帥一邊遣人漏夜上高麗見國王，急調軍馬救應，然後出兵未爲晚矣。」梁萬春依其議，即分付三軍緊守城池，準備戰具，一邊遣人上高麗取救不題。

卻說高麗王正在國中與奸臣蓋蘇文、大對盧計議唐將征伐之事，忽報：「安市城遣人取討救兵。即目唐兵過了黃龍坡，殺死大將歐飛、暨武、張猴孫〔一〕等三人。目今兵臨城下，聲勢甚緊。」高麗王聽的大驚，與文武議曰：「唐天子征伐之兵已入境矣，爾眾人有甚良策，能安國家？」奸臣蓋蘇文出班奏曰：「目前白巖城公文雪片求取救兵，正因赴應遲緩，有失此個大郡。今聞唐兵兩路而來，利在急戰。臣調北部都督高延壽、高惠真統兵十五萬，前救安市，左丞相大對盧副之。」高麗王允其奏，即遣高延壽等引兵迎敵。延壽辭王出師。原來高延壽北部最驍雄者，使一柄蘸金斧，入陣無人敢當。惠真是其族弟，使一把銅刀，重六十斤，亦有萬夫之勇。是日，引十五萬麗兵，長槍闊斧，殺奔安市城來。

卻說李世勣屯黃龍坡，接著鑾駕，一齊進發安市城。太宗謂世勣曰：「先用招安詔書，入城諭旨，若守將知天命，獻納城池，省得驚動百姓，極善待他。不肯歸順，然後敕諸將攻城。」世勣曰：「陛下所見誠是。奈麗將兇惡，不遵詔旨，反損威風也。」太宗曰：「不降由他，百姓本是無罪，祇依朕行。」世勣乃退。是時城中知得救兵來到，不依天子詔旨。太宗聞之，即下令各營進兵，攻打安市城。眾將得令，城下裝起雲梯火

〔一〕「孫」，原脫，據世德堂刊本補。

箭火炮之類攻擊。

忽哨馬報：「高麗王聽的唐軍取安市，今遣大將高延壽等，引十五萬精兵前來救應。遥望前面征塵蔽日，殺氣連天，將次到矣。」太宗乃與長孫無忌等議曰：「我想延壽今來救安市，其策有三：彼若引兵直前，連城爲壘，據住險隘，食現成之糧草，掠吾之牛馬，我軍攻之不可猝下，欲退則泥潦爲阻，坐困吾軍，此上策也。若乘城中之衆，連夜走去，不與吾對敵，此中策也。不度智能，未審時勢，強來與吾交鋒，乃下策也。我察高延壽勇夫也，上、中之策不審，必出下策，遭擒在吾目中矣。爾諸將試觀之。」長孫無忌曰：「陛下之見甚明。然亦須得人誘之，延壽必來鬥矣。」太宗然之，乃敕下各營，命東營總管張士貴：「先將千騎兵誘之出戰。祇許敗，不許贏。吾自有他計。」張士貴得旨，自引兵去了。又喚李世勣：「引精兵二萬，離安市東南八里，依山埋伏，候麗兵入垓心，聞鼓聲然後殺出。」世勣領計，自用調度去了。又喚薛萬備、李思摩等引步兵一萬五千，屯紥西嶺，以絶敵人走路。薛萬備披掛領兵去訖。江夏王道宗進曰：「高麗傾國而來，以拒我軍，平壤之地必無人守把，願與臣精兵五千，先取其本根，則數十萬衆可不戰而降矣。」太宗曰：「今大敵在前，若破之，則平壤唾手得之，不必勞師遠取也。公可引本部騎兵，出狹谷以衝敵人之後。」道宗領兵去訖。太宗分撥諸將已定，自與長孫無忌將精卒二萬爲奇兵，偃旗息鼓，登北山準備舉號。

卻説都督高延壽、高惠真引麗兵直望安市城，欲與唐兵放對。謀臣大對盧進説曰：「秦王内芟群雄，外服戎狄，獨立爲帝，此命世之才。今舉海内之衆而來，不可敵也。爲今之計，莫若按兵不戰，曠日持久，分遣奇兵，斷其糧道，待彼糧食既盡，求戰不得，欲歸無路，乃可勝也。」延壽曰：「今唐兵深入疲困，利在速戰，不可養成氣力，急難退也。」對盧又曰：「君用吾策，唐兵不戰自慌，將軍何用冒矢石而取僥倖之功耶？」

高惠真曰：「吾匹馬縱横天下，何愁唐兵也！待見唐[一]王，吾自擒之。」遂不聽對盧之計。

麗兵至安市城下，屯住寨柵。次日，引衆將出，陳兵於野。高延壽立馬於門旗下，遥望見張士貴兵到，陣開處，當先出馬，左有薛仁貴，右有劉君卯，三匹馬盤旋陣前，鼓聲大振。麗將高延壽指唐將而言曰：「吾與中國自來無讎，何故奪吾州郡？」對陣張士貴欲激其怒，大罵曰：「殺不盡麗賊，尚不引頸受吾快刀，而敢陣前摇舌哉！」延壽大怒，拍馬舞斧，直奔士貴。士貴挺槍迎敵，兩下金鼓齊鳴。未數合，士貴勒馬便走，薛仁貴、劉君卯各跑回本陣。高延壽謂惠真曰：「唐兵易爲破耳。」乃驅兵鼓噪而前。直至安市城下。城中梁萬春見高麗兵馬來，率衆將在敵樓上擂鼓助喊。唐陣張士貴復戰延壽。延壽曰：「敗將又敢再來！叫強者出馬！」士貴曰：「再與你併數十合。」二人又戰三四合。士貴落荒而走，頭盔盡落。延壽曰：「不在此處捉唐將，更待何時？」縱馬揮兵，乘勢衝入，喊聲大振。太宗在高埠望見麗兵入了垓心，將手中紅旗摩動，左右擊起戰鼓，東南伏兵齊起。李世勣挺槍躍馬殺出，正遇高延壽，接住交鋒，勝負不分。唐將結住陣腳，各要爭功。東營薛仁貴持矛縱騎，大呼曰：「取封侯正在今日也！」直衝進麗陣，迎頭遇著麗將霍雲龍，手起槍落，刺於馬下，殺散餘兵。後隊高惠真見仁貴來得勇猛，乃勒住馬，按了手中刀，拈弓搭箭，望仁貴對面矢來。左軍劉君卯看見，喝曰：「有人暗算將軍！」仁貴聽的，側回身，一箭射中馬膛，其馬負痛，將仁貴掀於馬下跑走。麗將黄毛壽拍馬舉槍，望後心便刺。槍未落，仁貴接住槍，罄平生力一扯，黄毛壽墜於馬下，抽出短劍，

〔一〕「唐」，原作「秦」，據藏珠館刊本《唐傳演義》改。

截爲兩段，攀鞍上其駿馬，一直殺入，所向無敵。原來黄毛壽那一匹馬，新羅來的，名做玉珠龍，滿身雪白，端的入陣如飛，由人跨馭。仁貴喜曰：「此乃天賜吾成功也！」

太宗在高處望見薛仁貴連贏麗將，敕問此將是誰。護駕軍跑馬向東營，問其主將張士貴，少刻回報，太宗乃知薛仁貴也。太宗再敕諸將：「力擒遼將，安市城唾手可取。」各營得令，誰不向先！李世勣在軍前，合士貴兵馬，衝出陣來。高延壽、惠真等皆走。四下唐軍迸集，麗兵大敗，死者不可勝數。惠真曰：「唐人勢大，已用埋伏計，城中已不得入。可走黄城，以拒敵兵。」延壽依其議，揮兵奪圍，殺出垓心，望黄城而走。出得西嶺，忽〔一〕西嶺鼓聲大振，一彪人馬殺出。且看下節何如？

〔一〕「忽」，原作「直」，據世德堂刊本改。

第八四節　高延壽納降李世勣　蓋蘇文保舉東頂漢

左有李思摩，右有薛萬備，延壽祗得死戰。李思摩當先衝擊，延壽不能抵當，復殺回，望銀城逃走。薛萬備大殺一陣，斬首五百級，奪其軍器無算。延壽殺出南陣，望見背後征塵蕩起，追兵喊聲不絶。延壽大懼，謂惠真曰：「出不得重圍，我與弟分作兩翼殺出。」惠真曰：「若分二翼而戰，吾等全軍皆没。不如兵馬相連，拚死而鬥，或可免難矣。」延壽依其言。部下餘兵尚有二三萬，並作一連，乘勢衝出南陣。正走間，前面旌旗捲出，大書「江夏王道宗」，兵馬當頭攔住，大叫曰：「敗將無路，何不早降！」惠真當先衝陣，梆子響處，箭如驟雨，惠真面中數矢，射死山坡。麗兵傷損者，屍首相疊。延壽見勢不支，棄了坐馬，刺斜望山狹走了。餘衆走不得的，羅拜地下乞降，道宗盡擒之，引本部出狹谷來，各營俱在御前獻功。

是時太宗大勝一陣，敕各營給賞本部，命東營薛仁貴入侍。仁貴素袍銀甲，見太宗於中軍。太宗視仁貴眉目清朗，人材出衆，又見他搴旗斬將，人不能近，乃喜曰：「朕以一班舊將已老，不忍再勞他出征，今見君武藝不群，深慰朕望也。」仁貴頓首稱謝而出。太宗顧謂長孫無忌曰：「寡人不喜得遼東，喜得名將也。」無忌曰：「觀其對敵，真豪傑矣。陛下何患高麗不服哉！」太宗然之。

忽報江夏王道宗擒得麗兵而回，太宗召進御前問之。道宗曰：「臣埋伏射卒於狹谷，適遇麗將戰敗走來其地，被臣伏弩齊起，首先射死大將高惠真，遼兵死於谷口者，屍首枕籍，得其降卒二萬，單獨走了主將高延壽、左臣大對盧。」太宗大喜曰：「朕正在軍中紀錄諸將，正不知高延壽下落。今公一戰，勝他人之績也。」

道宗拜謝。太宗乃下令諸軍乘勝攻擊安市，一面遣李世勣襲銀城，困住高延壽。眾人得令，於安市城下不分晝夜攻打。梁萬春見麗兵戰敗，與部下鄒定國、李佐升等議曰：「唐兵日夕打攻城池，百民各懷内懼，高延壽損折兵馬，走入銀城，何以退得敵兵？」李佐升曰：「安市城濠塹堅固，縱唐兵攻打，無奈我何。復遣人入高麗取救，我祇顧準備戰守之具，敵人自退也。」梁萬春依其議，一面遣使再來高麗取救，一面分付軍士嬰城而守。

卻說太宗敕諸將攻城，連攻了二日，不能前進。且是城郭堅完，守護軍兵發下強弓硬弩，傷損者亦多。長孫無忌曰：「安市城實乃高麗之藩障也，兵精糧足，難以歲月下也。陛下詔世勣進兵取〔一〕黄城〔二〕、銀城，若得此二座城郭，鑾輿有駐驆之所，又孤安市之勢〔三〕，此亦〔四〕一策矣。」太宗從其議，即遣薛萬備引兵五千取黄城，仍詔李世勣進兵取銀城。薛萬備領兵去了不題。

是時，李世勣兵馬抵銀城，團團圍住，水泄不通。原來銀城近高麗之東，亦是一險要去處〔五〕，糧草積聚大半在此城。高延壽走入城中，與原守將祖文魯堅閉〔六〕城門，提防迎敵。聽的李世勣部兵攻擊，延壽曰：「唐

〔一〕「取」，原漫漶不清，此據世德堂刊本。
〔二〕「黄」，原漫漶不清，此據世德堂刊本。
〔三〕「勢」，原漫漶不清，此據世德堂刊本。
〔四〕「此亦」，原漫漶不清，此據世德堂刊本。
〔五〕「處」，原漫漶不清，此據世德堂刊本。
〔六〕「閉」，原漫漶不清，此據世德堂刊本。

兵勢大，謀臣勇將不下數千，近日殺得遼兵片甲不回。今又來困住此城，難爲計矣。」祖文魯曰：「小官亦聽的唐兵所向無敵，祇得準備交鋒。」延壽嘆一聲，乃曰：「看得來高麗王懦弱，蓋蘇文專弄國柄。他日唐兵若臨本國，亦祇是歸降的，徒枉了千軍萬馬冒鋒鏑死於無辜。爾衆人有何高論？」左丞大對盧進曰：「即日唐兵四集，安市城尚不可保，何况銀城兵馬不滿二萬，若拒守之，自疲精神，無益也。爲今之計，莫若開城乞降，免被擒獲耳。」延壽曰：「吾亦要如此主意，正不知你衆人皆願降否？」祖文魯亦曰：「降之可保，若戰自取死矣。」

延壽見勢不利，衆人〔一〕皆無鬥心，次日開東門，詣世勣軍中請降。小校報入帳中，世勣聽的，謂李思摩曰：「延壽乃高麗最驍雄者，今日勢窮來降，餘者不足慮矣。」思摩曰：「須整軍待之，以防不測。」世勣然之，即下令軍中整戈甲，親出轅門，見高延壽一派戰將，伏在軍前。世勣扶起延壽，引入帳中，與其分賓主而坐。延壽曰：「敗將不可以語勇。今延壽窮敗來歸，何勞將軍待之以賓主禮？」固辭不敢當。世勣曰：「吾天子得汝高麗降將，無不虚心接納，何况我等？今足下來降，實知時勢者也。」延壽見世勣意誠，乃坐下位，其餘皆依次而立。世勣分付諸軍備酒禮待延壽，延壽亦開懷盡飲。酒至半酣，延壽曰：「某等不勝酒力，請將軍人馬入城，安撫人民。」世勣曰：「足下先入，吾兵馬來日早入城。」延壽領諾。酒罷，辭世勣，引本部先入城中去了。李思摩曰：「麗人頑皮，不以禮〔二〕義爲重，總管自用提防，休使墜其計也」。世勣曰：「高延壽誠心

〔一〕「人」，原作「心」，據世德堂刊本改。
〔二〕「禮」，原漫漶不清，此據世德堂刊本。

歸降，若復疑之，使來者立腳不定矣。吾與諸公明日侵早入城，準無後慮。」思摩再不復言。

次日平明，銀城四門大開，延壽先遣二騎出城迎接，世勣下令人馬依次入城，不許侵擾百姓。三軍得令，金鼓齊鳴，入銀城東門。近濠邊，延壽率衆將迎著世勣，二人大悦如平生，並馬入城，軍民秋毫無犯。世勣至府中坐定，麗將各參見畢，世勣一一諭遣之。即日安撫了百姓，引延壽等出離銀城，入中軍來見太宗，奏曰：「今延壽舉銀城以降，臣不動張弓隻箭，已平伏了此處。且延壽爲人忠厚，陛下可重用之。」太宗大悦曰：「朕以鑾駕駐驛銀城，就其糧草，以攻安市，何懼城郭不破哉？」即日下詔，將中軍人馬入銀城屯紮。是時銀城與安市止曾二十里遠，太宗御駕既入了銀城，召高延壽親安慰之，以延壽爲鴻臚卿，延壽拜謝。忽報薛萬備亦取了黄城，得精兵七千而回，太宗仍遣其合諸營，進攻安市，不在話下。

卻説高麗國王連得安市救急文書，乃聚文武商議。蓋蘇文出班奏曰：「臣舉數人，皆不能成功，以致折兵損將。亦知罪大，深自羞愧，每求補過，未有效忠竭力之地。臣得一大將，勇冠三軍，力敵萬夫，兩手能開鐵胎弓，百發百中，又有一身本事，端的會呼風喚雨，變化無窮，乃是遼東新城道人也，姓束名頂漢。臣乞保此人爲先鋒，殿前都尉曹觀爲主將，再統三軍，前救安市之圍，必要生擒唐將。」高麗王大喜，召進束頂漢至階下拜〔一〕畢，宣上殿觀之，其人身長一丈，紅睛藍面，醜惡兇狠。高麗王以金甲錦袍賜之，加爲前部大先鋒。以曹觀爲都督，與頂漢引麗兵十二萬退敵。束頂漢辭〔二〕王出征。次日，領人馬同曹觀離了高麗，但見

〔一〕「拜」，原爲墨丁，據世德堂刊本補。
〔二〕「辭」，原作「故」，據藏珠館刊本《唐傳演義》改。

槍刀蕩蕩，劍〔一〕戟層層，十二萬遼兵，風捲而來。早有哨馬報入銀城，近臣奏知，太宗與群臣議曰：「張亮提水軍一時未到，安市城守護得嚴緊。今有高麗救兵來〔二〕到，誰可迎敵？」薛萬備要去。太宗曰：「汝既爲護駕，且未可去。」更問其次，都尉李思摩應聲而出曰：「某不才，願敵來將。」太宗與兵二萬，交思摩去邀戰。又問曰：「思摩雖然去了，麗兵此來，鋒芒盛鋭，誰敢再護助？」帳下驍騎黄常、霍茂願往。太宗與兵二萬，兩枝軍馬去了。太宗分遣已定，敕西營總管李世勣監戰。

且説李思摩引軍前去，離安市三十里，與麗兵相遇。兩陣對圓，思摩横槍立馬於陣前。高麗軍中東頂漢躍馬而出，手執銅刀，跨千里驊騮馬，厲聲大罵：「不懼死唐人，敢侵犯封界！」李思摩大怒，挺槍躍馬而出。麗副先鋒詹虎舞刀直取思摩。兩陣相交，鬥不數合，被思摩一槍刺於馬下。東頂漢見折了副先鋒，撚刀來戰思摩。兩下金鼓齊鳴，二將戰上二十餘合，勝敗不分。頂漢按住銅刀，就馬上披髮仗劍作法，口中喃喃念咒，忽風雷大作，黑氣中無限人馬自天而降，霎時間，飛砂走石。思摩急回馬，唐兵驚慌大敗，自相踐踏，死者不計其數。曹觀見唐陣已亂，率衆直衝過去，正遇黄常、霍茂二員將抵住。且看下節勝負何如？

〔一〕「劍」，原作「干」，據世德堂刊本改。
〔二〕「來」，原漫漶不清，此據世德堂刊本。

第八五節　李道宗築土攻安市　程名振持兵出綠水

是時束頂漢交鋒，戰不數合，黄常、霍茂部下先自驚走，二將皆被束頂漢斬之。李世勣見勢失利，急收回人馬，按住寨柵，麗兵趕上數里方回。太宗聞此消息，大驚曰：「何曾見此等人？」即召李世勣商議。世勣曰：「此妖術也。來日可宰豬羊血，令軍士埋伏四下，候敵人趕入陣中，令衆軍乘勢潑之，其法可解。」太宗曰：「公宜用心，先擒此賊。若待入了安市城，吾軍未得其利也。」世勣辭太宗而出，傳下軍令，撥契苾何力、張士貴各引軍二千，伏於安市城東南，準備豬羊血並穢物，待等敵兵，何力、士貴引兵去了。又喚李思摩引步騎七千迎敵，思摩亦引兵去訖。世勣自引大隊爲後應。

次日，束頂漢摇旗擂鼓，引兵搦戰。思摩出陣，挺槍迎之。兩馬相交，戰到十餘合，不分勝負。思摩佯輸詐敗，望本陣便走。束頂漢驅兵直趕，一邊口中念咒，平地風雷大作，飛砂走石，一道黑氣自軍中起，滚滚人馬，自天而下，唐兵各自奔走。頂漢人馬趕入垓心，忽東南角上一聲炮響，二千伏兵齊起，將豬羊血並穢物一齊潑起，但見空中紙人草馬紛紛墜地，風雪頓息，砂石不飛。束頂漢見解了法，急引兵退回。先鋒薛仁貴挺槍躍馬，從後趕來。唐兵鼓躁而進，麗兵大敗。

頂漢於軍中奪路而走，李思摩乘勢追襲。頂漢見追騎來近，拽滿鐵胎弓，衹一箭射中思摩左臂，思摩落馬。頂漢欲再復一刀，不提防薛仁貴弦響箭到，射透頂漢咽喉，墜死馬下，救了思摩。契苾何力衝入，捉了都督曹觀。這一陣殺死麗兵三萬餘衆，降者不知其數。世勣鳴金收軍。太宗聽的唐兵破了束頂漢妖術，捉住都督曹觀，不勝之喜，令將曹觀監囚下，敕李思摩養息箭瘡莫出。太宗日夕催兵攻擊安市，月餘不下。世勣奏準，令各營剋城之日，不問軍民男女皆坑之。城中聞此消息，加益堅守。唐兵攻不能陷。

太宗以安市不下，召諸將，問所以攻取之策。高延壽進曰：「烏骨城與高麗唇齒之國，其主老耄，不能堅守。陛下若移兵攻之，朝至夕剋。取了烏骨，其餘小城必望風而下。然後收其資糧，鼓行而前，平壤必不能守矣。安市孤城，反掌可得也。」群臣亦請召張亮出建安，提水軍渡鴨綠水，取平壤。太宗將從眾人之議，長孫無忌曰：「不可。今陛下御駕親征，比諸將出兵不同，今若乘危地，僥倖向烏骨，倘建安新城之虜躡吾背後，何以當之？不如先取安市，候張亮襲了建安，然後進〔一〕兵，此爲上計也。」太宗乃止。江夏王道宗曰：「臣請督諸軍築土山，以逼其城攻之。」太宗依其言，又敕各營協力攻擊。李世勣分付三軍齊心攻打。道宗引本部，在南門築起土山，與敵樓相望，令軍士執鑾牌，避矢石先登。祇見城內各門築起重城，十分嚴固。有先登者，即以利刃摽下，唐兵應手而倒，各有退志。李世勣、張士貴等裝起雲梯四十乘，週圍用板遮護弓箭，下以車輪推之，揀城上無軍守處，即推進，軍中鼓起，乘勢便上。麗將梁萬春知此消息，城中亦預備火箭火炮之具。次日平明，世勣推進雲梯，軍中鼓聲如雷，三軍四面兢進。將近壕邊，麗將火箭齊發，燒死軍兵墜地，雲梯盡被燒之。城頂矢石如雨，唐兵不能前進。薛萬備進曰：「彼能燒吾雲梯，須不識衝車之法。令軍中連夜排衝車，車上裝炮石。衝車輪轉，炮石飛騰而上，不拘樓櫓軍士，當著應手皆碎。」世勣依其計，準備停當，將衝車推進城壕，四面擂鼓吶喊而進。果是輪動其機，衝車上炮石奔騰飛去，打壞樓堞。城中隨將木柵以塞其缺。梁萬春急令運石盤石磨用藤繩穿擊衝車，其車皆折，又不得進。晝夜相攻，二十餘日，無計可施。

〔一〕「進」，原漫漶不清，此據世德堂刊本。

太宗聽的安市攻不下，軍士傷損者甚衆，正在憂慮間，忽報：「守西門都尉傅伏愛私自離營，被麗將鄒定國自缺城處出戰，殺死軍士無數。比及伏愛知之，麗兵已奪了土山，築起壕塹據守，不能前進。」太宗大怒曰：「自今將士冒矢石以攻安市，不能取其寸地。伏愛敢亂吾隊伍，先失地利！」命監斬官梟首號令，不移時，將傅伏愛首級掛在轅門。太宗即斬了伏愛，仍下令諸軍攻擊。長孫無忌曰：「麗兵堅守其城，我軍用功凡六十日，不能前進。且軍士疲勞終日，折傷殆甚。陛下若復攻之，徒用心苦也。莫若催張亮提水軍出建安，從鴨綠水直趨平壤，合兵攻擊，安市自當下矣。」太宗從其言，即遣使賫敕著張亮疾速進兵。使臣領了敕書，徑至張亮軍中，不在話下。

卻説張亮提十五萬水軍，出虎胥江，三軍已趨建安。是時，建安守將盧漢二、盧漢三、張鼎石、王朝奉四員鎮守，近日聽的唐兵來到，於城上插起戰旗，準備迎敵。張亮兵馬離城五十里葫蘆山屯紮，正在軍中與程名振、王大度等商議出戰。忽報有天子遣使賫敕書來到，張亮率衆將跪聽宣讀畢。張亮謂名振曰：「天子御駕親取安市城未下，今特遣使促進兵取建安，出鴨綠水，直趨平壤。且我艨艟阻風於虎胥江，今纔到岸。建安城郭守把甚緊，何以即能下之？倘或有誤日期，又非良計。汝衆人有何高論？」程名振曰：「建安城池堅固，更兼守城用心，盧漢二等兄弟武藝高強，急不可得。不若提水軍趨鴨綠水小港襲平壤。某如此如此用計，可取建安也。」張亮看計乃曰：「汝若如此而行，大事可成也。」遂〔一〕差洪寶、廖英二人提調水軍，從鴨綠徑趨平壤，卻交程名振引步騎五千，埋伏建安東山，自與王大度爲前後救應。張亮分撥已定，各人皆領計去了。

〔一〕「遂」，原作「程名振」，據藏珠館刊本《唐傳演義》改。

卻説城中盧漢二聚集麗將商議出戰。忽哨馬報：「唐兵見將軍把得堅固，今將兵馬趨鴨綠[一]直望小港，要出平壤而去。」張鼎石聽的，進曰：「吾提精兵出港口邀擊之，唐兵不戰自亂。」盧漢二曰：「唐兵勢大，今他艟艨戰艦，你將步騎，如何迎敵？」鼎石曰：「彼雖水戰平壤，要從港口小渡可出。我先在港口屯下營寨，絶了小渡，四下多設弓弩，使他有數十萬人馬也飛不出也。」漢二曰：「亦須得一人助佐乃可。」帳前王朝奉應聲出曰：「小將願往。」漢二付與二人步騎一萬，前去迎敵，又交沿路打探唐兵虛實。

且説張鼎石、王朝奉引了一萬麗兵，迤邐前進。原來鴨綠水離建安有一百里路，比及麗兵未到，洪寶、廖英已先知了，準備戰船，直撐向港邊，遥望見征塵蕩起，喊聲不絶，張鼎石直前殺來。約近黄昏左側，不提防洪寶、廖英二員將，斬岸而登，船裡唐兵繼進，四下箭如雨發。張鼎石知中計，急令後軍退時，麗兵行了許多路，人馬困乏，怎抵得洪寶、廖英生力軍掩殺？自相踐踏，落港填坑，死者不計其數。鼎石殺開一條血路，正走間，一矢飛墜左臂，鼎石負痛落馬。張寶趕近前，再復一刀，鼎石死於非命。王朝奉拚死力戰唐軍。有伏兵報入城中：「麗將與唐兵交鋒，正在危急。乞將軍早早接應！」盧漢二聽得大驚，謂漢三曰：「今又夜裏，不可出兵。恐有兵埋伏，我等皆休矣！」漢三曰：「兄長所見差矣。若不去救，倘鼎石等有失，唐兵一湧而來，我建安豈能保哉？正須親提兵馬接應，殺退敵兵爲上計也。」漢二祇得發兵救之，即[二]與漢三點本部軍馬，離城而去，止留文字官守城。

〔一〕「綠」，原作「水」，據藏珠館刊本《唐傳演義》改。
〔二〕「即與」，原脱，據藏珠館刊本《唐傳演義》補。

第八六節　盧漢三建安死節　蓋蘇文鐵勒徵兵

且説盧漢二提兵望鴨緑水而來，遥望見火光衝天而起，催軍星夜而行，離鴨緑尚有五十餘里，前後軍一聲吶喊，漢二慌交看時，張亮阻住去路，王大度後面殺來，麗兵殺得四下亂竄。漢二曰：「今番中了唐人計矣！」與弟漢三引步兵死戰得脱，奔歸建安。到濠邊喚門，敵樓上亂箭射將下來。漢二因仰視，一矢射透咽喉而死。盧漢三大驚，正不知所爲，麗兵各慌。程名振在城上喚曰：「我已入取了城也。」元來卻被名振賁夜扮作麗兵，賺開城，已得了建安。漢三忙投新城而走，行不到一程，王大度、張亮截出，漢三激怒，挺槍躍馬，乘勢衝殺。王大度一力當先。二人戰未數合，漢三措手不及，活捉馬上，餘兵皆降。天色微明，張亮引軍入城，安撫百姓，城中秋毫無犯。程名振接見張亮，喜曰：「非公之策，何以得此城池？」名振曰：「略施小計，幸得成功，皆仗總管威風也。」忽小軍報〔一〕洪寶、廖英殺死王朝奉，亂箭射了張鼎石，生擒麗兵五千。張亮令推過麗將盧漢三，漢三立而不跪。亮曰：「若肯歸降，免汝一死。」漢三曰：「你用賺〔二〕計殺了吾兄，奪去

〔一〕「忽小軍報」，原誤倒，據藏珠館刊本《唐傳演義》乙正。
〔二〕「賺」，原作「范」，據世德堂刊本改。

城池，恨不得盡誅汝等報讎，尚來説我降哉！」張亮猶不忍殺。王大度曰：「留他亦無益，不如誅之，以全其義。」張亮喝令推出斬之。左右簇下，漢三罵不絶口，引頸受刑。不移時，梟首回報。張亮憐其盡忠，令收屍首葬於建安西門。靜軒先生有短詞一篇，贊云：

建安城外旌旗急，鴨水流頭戰艦密。
鼙鼙鼙鼓每催兵，麗地豪雄心激烈。
整干戈弓〔一〕調弩矢，跨下驊騮當陣入。
唐人定下鬼神機，不意牢籠遭掀跌。
孤城失守勢難支，壯士階前分曲直。
等閑視死氣吞虹，笑彼偷生甘屈折。
今來此處吊行蹤，滿地空遺連草血。

卻説張亮既取了建安城，調人鎮守，提水軍艨艟俱進，直趨平壤。由鴨綠水進發，所過郡縣，望風逃避。將近安市，早有人報知太宗：「今有張亮一連贏了麗將，取其建安城，即日大軍出平壤。」太宗大喜，即敕李世勣諸將，攻打東西南門陸路，張亮攻打北門水路，兩下合勢，務要取了城池。二處總兵得旨，晝夜攻擊，梁萬春終日與鄒定國、李佐升等議論戰守，聽的唐兵各門攻打甚急，李佐升曰：「唐兵屢攻我不下，徒弊精神。主將可出兵殺他一陣，以挫其鋒。」鄒定國曰：「唐人已被吾奪了土山，又得一重堅固。今水陸並進，人

〔一〕「弓」，原爲墨丁，據世德堂刊本補。

馬三十萬，長驅而來，其勢甚盛，若出戰，必爲所破。急差人求救於高麗，又作計較。」梁萬春依其議，遣人星夜入高麗求救。城中祇是深溝高壘，相持〔一〕不出。

卻說使命入得高麗，奏知唐兵攻打安市，晝夜不停，甚是危急。高麗王聚文武商議，右丞大吐捽奏曰：「日前建安新城報到，已被唐人襲了，止有安市未下。外面衝要城郭，俱不能守，若復攻陷此處，高麗危矣。若祇用本國兵馬迎敵，恐退不得唐兵。除非借得外國驍雄相助，方且成功也。」高麗王曰：「外國雖有，正不知那一處兵馬驍雄？」大吐捽曰：「離高麗四百里，有鐵勒國，聚九姓十餘萬，盡是弓馬閑熟，不懼刀箭之徒。我主須遣使賫金珠至其國，宣他眾人至高麗，封以官職，許將附近州鎮贈之，此輩必拚死爲王出力，何患唐兵不退哉？」高麗王從其議，即遣使命帛衣頭大兄收拾金玉數車，往鐵勒國借兵。帛衣頭大兄領了鈞旨，即日辭王，離了高麗，賫送金珠來鐵勒國，不在話下。

卻說鐵勒國乃北部種落，原無城郭，人各築壘布帳居之，飲食類高麗。其人頗有知識，皆是各處相聚，據了此處，無人能到其地。九姓惟萬留公、萬濟公、萬通公此三兄弟最雄，人號萬三聖。其八姓石雲龍、朱厥、李摩天、張豪、黄班、樊虎、烏賽神、孫霸君等，俱聽其指揮，部下人馬數萬，盡能走射，矢無虛發。因是他國懼之，不敢去侵犯。是日正在帳中飲酒高會，見人來報：「高麗王遣使來到本國，有機密事商議。」萬留公聽報，遣人請入帳中，使臣與眾人相見畢，分賓主坐定。留公問曰：「麗王遣使至此，有何見議？」大兄曰：「國王爲因唐天子御駕親征高麗，近來一連被奪去數座城池，即目攻打安市城。本國屢次交兵，未能退

〔一〕「持」，原爲墨丁，據世德堂刊本補。

敵。今特遣小臣賫送金珠數車，來與大王作賞眾人之資，乞借汝國驍雄，前退唐兵。高麗王言，候退得敵兵，唐天子御駕回去了，重將附近大州鎮謝將軍，望將軍勿推阻。」留公曰：「我這裡亦聽的唐天子征伐高麗。我國本與彼無讎，今若借爾兵馬，可不是自惹干戈？」使臣曰：「唐人貪婪無厭，若取了高麗，還思來征汝國也。不如乘敵人尚未深入，合我本國人馬，殺退唐軍。那時大王亦得重賜，且保無後患，卻不是兩得其利也？」是時眾人見了金珠，各希圖賞賜，力勸留公借他人馬。留公曰：「爾先回，拜覆高麗王，我隨後便起兵馬來也。」使者即領了回書，辭留公先自回去了。留公乃發下號令，將本部人馬盡數起行，衹留些老弱者守國。眾人得令，各準備弓箭刀槍，尅日拔營，離了鐵勒國，望高麗而來。

卻說使臣星夜回奏高麗王：「鐵勒國萬家兄弟，見王借兵文書，初尤未肯許，被臣陳説利害，即目隨後便起人馬來也。」高麗王大喜，先遣人於路上體探。次日，但見正東征塵蔽日，殺氣連天，人報鐵勒兵馬到矣。高麗王聚文武見之，鐵勒人馬至城下屯紮。萬留公止率八姓部落入城。麗王傳旨宣入，留公隨使進至階下，禮畢，麗王降階迎接，入殿上對坐，文武侍立兩邊。高麗王曰：「本國見怒於中朝，今天子御駕征伐，不想連被奪去數處城郭，恐大軍到此，一時準備未完，難以迎敵。聞將軍鎮守鐵勒，威名皆仰。今特勞動，退了唐兵，吾當重謝不負也。」留公笑曰：「國王不必憂慮。憑俺九姓兄弟，十數萬驍騎，莫説道唐兵三十萬，便是傾國而來，殺交他片甲不回矣。」麗王大悦，即命設筵席款待萬留公等。當日酒罷，眾人各退。次日早，萬留公入辭高麗王出師。高麗王助兵馬五萬，以殿前大將淵沙多門部領，合鐵勒人馬，共計十五萬，前望安市進發。但見人如流水急，馬似疾風吹，大隊兵馬已到石城屯紮。

卻説太宗在銀城，聽知高麗王借得鐵勒國部人馬來救安市，即令諸將預備迎敵。南營李世勣聞知鐵勒動兵，問帳前誰敢當此一軍，契苾何力願往。世勣曰：「鐵勒人馬驍雄，今高麗又助精兵而來，勢力盛大，更得數員將，迎敵可矣。」帳前轉過四將：一人姓史名恭，武邑人；一人姓葛名定方，冀州人；一人姓郭名翟，許州人；一人姓王名許忠，泗州漣水人。此四人皆應募將士，進曰：「我等願退敵兵。」世勣付與精兵二萬。契苾何力爲合後，史恭等爲前鋒，衆將引兵去了。世勣分遣已定，約束營張士貴分兩路爲救應。

且説契苾何力引軍前近石城，見麗兵旌旗捲舞，槍刀密密，甚是利害，與史恭商議。恭曰：「未知麗兵虛實。來日見陣，便可知也。」次早，把兵馬分爲三路，史恭在中，葛定方在左，郭翟在右，三路兵齊進。但見鐵勒人馬漫山塞野而來，當先一員猛將，生得身長九尺，面貌醜惡，使方天戟，有萬夫不當之勇，乃是別部石雲龍也，早與史恭兵馬列成陣勢。史恭出馬，與石雲龍交鋒。戰上數合，史恭抵敵不住，葛定方一騎挺槍助戰。兩下金鼓齊鳴，喊殺連天。石雲龍揮起剛刀，大喝一聲如雷，將史恭斬落馬下。葛定方見史恭失手，勒馬跑回本陣。萬留公見唐陣已動，手執鐵鎚，腰帶雙刀，跨龍馬衝突而來，勇不可當。契苾何力聽的前軍失利，急催動後軍救應。鐵勒人馬如潮湧而進，唐兵大敗。且看下節分解。

第八七節　白袍將百步穿楊　唐太宗獨契英雄

是時葛定方正走間，萬留公扯開硬弩，指定矢來，定方番身落馬。郭翟卻待舞斧抵住交鋒，萬留公復架一矢，縱馬扭回身射落，穿透郭翟腦髓而死。石雲龍衝入陣中，唐兵死者不可勝數。契苾何力被麗兵一裹，直圍入西北角上去了。王許忠一匹馬在陣前左衝右突，不能得出。當頭一員鐵勒將烏賽神阻住交兵，許忠無心戀戰，刺斜引敗騎殺出，賽神放馬緊追。許忠恰慌，連人帶馬陷入土坑。賽神展出一條蛇矛，從坑中刺下，可憐大將王許忠，一命須臾。是時唐兵你我不相顧，契苾何力望山谷尋路而走。後面喊聲大振，當先那員鐵勒將，手掿鐵鎚，大叫：「小將休走！吾乃萬留公也。」契苾何力終是膽寒，架隔不住，縱馬望天山腳下而逃。走到前面，正值塞了山口，衹得勒回馬，卻被萬留公按住鐵鎚，扯起硬弓矢來。何力躲過自身，坐下馬中了一矢，掀下何力便倒。何力掙起直走，正在危急間，天山隘口鼓聲雷動，當先一員大將，白袍銀甲，手撚丈八蛇矛，大叫：「賊將慢來！」契苾何力認得本家兵馬，大叫曰：「薛將軍救我也！」原來敗軍正遇東營救應兵到，指說西北角上被麗兵圍去主將契苾何力，士貴急遣先鋒薛仁貴抄出天山後來救，正好此間遇著仁貴，一騎搶出來戰萬留公。二人戰上數合，不分勝負。仁貴激怒曰：「不斬此賊，非是英雄！」二人又戰二三合，留公勒馬便走，仁貴縱馬追來，留公扯弓在手，回馬望仁貴左脅矢來。仁貴眼快力大，左手已將一矢接住，乃曰：「吾且回他此一矢，看他能躲避否？」架上弓弦，復回一矢，正中留公左腿，負痛而走。麗兵風捲來到，救出本營去了。仁貴勒回馬，與契苾何力出山前。李世勣、張士貴兵馬都到，眾軍同歸寨內。世勣與士貴議曰：「此一陣折了許多人馬，一連被殺了四員大將。如今何以計議？」士貴曰：「我等且守住寨柵，公往見天子定奪，再戰未遲。」世勣依其言，來見御駕，奏知折將敗軍之事。太宗驚曰：「鐵勒何等人馬，折許多將士？朕明日親自臨敵，以觀勝負。」長孫無忌曰：「陛下將帥雲集，何必自冒矢石，以損威望。但謹保聖躬，看各營自用退敵也。」太宗曰：「寡人不親臨陣，諸將未肯齊心。吾意決矣。爾等勿再言。」無忌再不敢諫。

次日，御駕離了銀城，水陸總管李世勣、張亮、王大度、程名振、張士貴，俱會齊進兵。李世勣入御駕前奏曰：「鐵勒人馬據守石城，離城五里，地名天山，最是險隘。今賊兵屯聚列柵，預備嚴固。我軍若攻其前，彼則退出於後。地利生疏，難以剋敵也。陛下須調撥應有軍馬，當先衝陣，將東西營分作三路迎戰，方能成功。」太宗從之：「中一路，朕御駕自引兵；左一路，公與李思摩；右一路，張亮、程名振。再調東營張士貴、御前薛萬備護駕，各一萬馬軍，平踏到石城而來。」鐵勒大將李摩天，搖旗擂鼓，引軍搦戰。太宗自跨黄鬃馬，打起龍鳳日月旗，左有張士貴，右有薛萬備，指虜兵曰：「爾等不度時勢，拱手歸降，尚乃蜂屯猬聚〔一〕，自來尋死路耶？」對面虜兵見旗下唐天子親出陣，萬留公一馬當先，手𢭃鐵鎚，腰帶雕弓，答曰：「爾自爲中國主，亦已足矣，何乃棄金湯之險而取域外封境，親冒矢石，僥倖成功，非重威望者乎？今若退回兵馬，我等與高麗王稱臣進貢，且使軍士息爭罷戰，庶民省供給之勞，豈不美哉？」太宗顧謂諸將曰：「頑皮逆賊，軍前巧言摇舌，以侮寡人。誰先出馬擒之？」言未畢，薛萬備縱馬挺槍而出，直奔虜將。萬留公正待出馬，

〔一〕「蜂屯猬聚」，原漫漶不清，此據世德堂刊本。

其弟萬濟公一騎當先，手執烏龍棍，與薛萬備交鋒。戰到二十餘合，勝敗不分。兩下金鼓齊鳴，結住陣腳。虜陣萬通公見兄濟公戰不下唐將，勒馬舞宣花斧助戰。對陣張士貴躍馬提刀，接住廝殺。萬通公戰到二三合，勒回馬便走。右衛將軍李思忠，靺鞨人也，生得顔容奇怪，善使流星鎚，坐一匹追風馬。太宗征高麗雖有戰功，是日見虜將賣陣而走，要在天子面前顯功，拍馬追去。萬通公見唐將追來，兜回馬，揮起越斧，對面劈來。思忠側身，躲避不及，左臂傷了一斧，墜於馬下。萬通公再復一斧，可憐思忠腦髓迸流而死。張士貴看見，一匹馬搶出，正待救時，不提防萬留公回馬一矢，射中士貴坐下戰馬，那馬立地起來，把士貴掀在地上。留公撚鎚打之，鎚未落，祇聽得一聲弓弦響，一箭射中留公面門，番身落馬。萬濟公抛了薛萬備，殺回救了。射留公馬者，乃先鋒薛仁貴也。是時仁貴激怒，挺丈八蛇矛，縱馬直衝入虜陣〔一〕，迎頭正遇李摩天。兩下更不打話，戰上四合，仁貴手起槍落，刺於馬下，殺散餘騎。太宗見仁貴首先殺死虜將，親擊戰鼓催兵。仁貴左衝右突，人不敢近。萬家兄弟殺回保本陣，石雲龍、烏賽神合勢抵住仁貴交鋒。薛萬備當先殺入，唐兵繼進，喊聲大振。仁貴獨敵石雲龍、烏賽神二將，全無退心。提起金槍，石雲龍閃落馬下。雲龍攀鞍復上，薛萬備一馬近前，再復一槍，刺透咽喉。虜兵散而復合。萬備與仁貴二騎馬直殺入中軍，虜兵大敗。萬留公兄弟祇顧得抵敵，那裡分得前後？忽然北風大起，飛砂走石，對面不能開眼。太宗恐深入重地有失，急鳴金收軍。鐵勒人馬亦退回石城去了。

且說太宗點計諸將，折了右衛將軍李思忠，甚是感傷，兵馬折損者亦多，乃謂長孫無忌曰：「今日臨陣，非東營先鋒薛仁貴連贏虜將，吾軍盛挫鋭氣也。」無忌曰：「吾所以不與陛下冒矢石，正以虜賊頑皮，恐有不

〔一〕「陣」，原脱，據世德堂刊本補。

測也。」太宗深然之，即敕各路且慢進兵，須在見機而動。李世勣、張亮等按住寨柵聽候。次日，太宗召東營先鋒薛仁貴來見，仁貴卸卻盔甲，徑詣駕前，拜伏在地。太宗親慰勞之曰：「昨觀卿對陣，真勁敵也。且矢無虛發，一連誅斬虜將，實與寡人壯觀威風。回鑾之日，功勞朕不負也。」仁貴頓首曰：「此乃陛下威望所及，臣有何能？然寸心報主，未嘗一日有忘。必盡誅此類，剋伏高麗，方遂吾願矣。」太宗大悦曰：「朕有白袍將，足以剋敵也！」張士貴奏曰：「仁貴善騎射，陛下且試之，以觀其能。」太宗曰：「朕幼年亦好矢箭，未見巧射。既仁貴善此，朕正須試之。」因謂仁貴曰：「聞卿善騎射，古人善射者，有能穿七札悉透，卿試以五甲射焉，與孤較其力量。」仁貴曰：「陛下既要試臣射藝，當於御前面較。」太宗即命步騎離御前約有一百五十步，豎起高竿，竿上疊懸五甲，甲用紅絨索繫之。步軍承旨，準備停當回報。太宗親自擊鼓爲號，命仁貴射之。仁貴辭太宗而出，披袍掛甲，跨下玉珠龍馬，盤旋於帳前。左右諸將看者，專待仁貴射中喝采。仁貴調了弓矢，勒動飛馬，搭上箭，拽滿弓靶。太宗擊動號鼓，仁貴弓開如明月行天，箭去似寒星墜地，口呼箭應，一矢洞貫五〔一〕甲，不差些須。太宗大驚曰：「真將軍也！」仁貴勒回馬，再復一箭，射落繫甲紅絨墜地。眾軍士見了，齊聲喝采。仁貴下馬，伏在御前。太宗曰：「觀公之射，春秋養由基，殆不過是也。」更取黄金甲賜之。仁貴拜謝。張士貴奏曰：「鐵勒九姓部落，惟萬家善射。陛下委仁貴征進，必能成功。」太宗允奏，即敕仁貴征討萬家兵馬，總管張士貴輔之而行。

仁貴辭太宗，歸至軍中，與士貴議曰：「鐵勒之眾，昨日已輸二陣，今已堅守石城，據住天山，正在養

〔一〕「五」，原作「七」，據世德堂刊本改。

威〔一〕蓄鋭，要來與我軍決取勝負。本管若驅兵攻之，未得地利，難以剋敵。莫若約集二路李世勣、張亮之兵，出天山隘口，以防敵人衝突。劉君卯與本管引兵直出石城。吾與副將杜微、盧敬以步騎埋伏天山正路。江夏王道宗、薛萬備爲左右救應。御駕大隊人馬據住安市，以防内應。須是如此而行，鐵勒之衆可破，石城反掌而得矣。」士貴曰：「公言甚善。」即往太宗御前，奏知仁貴所行。太宗曰：「仁貴妙算，朕欽服也。」即敕諸軍照依仁貴調度。士貴回至軍中，李世勣、張亮兵馬自出天山隘口，不在話下。

〔一〕「威」，原爲墨丁，據世德堂刊本補。

第八八節　張總管二路取石城　薛仁貴三箭定天山

且説東營總管張士貴與副先鋒劉君卯引六萬精兵，直哨進石城土壕邊，見城上插起皂雕旗，擺下槍刀守著〔一〕，城後便是天山。鐵勒人馬分作二處屯紮，高麗大將溫沙多門合鐵勒數姓烏賽神、孫霸君、張豪等共十萬兵馬守石城，萬留公兄弟與樊虎、朱厥等數萬驍雄兵馬據守天山。士貴遣劉君卯攻城西南角，鳴鼓大進。城裏烏賽神與溫沙多門率精鋭之衆，出西南角，與士貴鏖戰。兩下欲決死鬥，各不肯退。江夏王道宗、薛萬備自將鐵騎二萬，逕取東北角，衝入虜陣。烏賽神恐失城池，急棄西南而回。唐兵兩下抄進，麗兵大敗，奔入石城，士貴分兵四面圍定攻擊。烏賽神、溫沙多門聚衆人商議。烏賽神曰：「唐兵勢大，即戰之，彼鋒正鋭，難以取勝，我等祇堅守此城，彼今深入，候其怠懶擊之，一鼓可破也。」溫沙多門曰：「公言雖善，唐人所利者，馬戰長槍，吾軍所利者，步騎強弩。今夜可乘敵人疲竭，劫其寨柵，必獲全勝。」烏賽神曰：「中國人譎計百出，恐彼預防，吾等何以支持？」溫沙多門曰：「吾與公分前後而出，倘有不測，庶能救應。」烏賽神依其計，著孫霸君領步騎五千，出東門埋伏，候有動靜，乘勢掩殺。自與溫沙多門，作前後隊，出西門不題。

卻説唐軍中，張士貴與薛萬備作二營屯紮，忽東營江夏王道宗乘夜來西營，有機密事商議。令人報知，

〔一〕「著」，原爲墨丁，據藏珠館刊本《唐傳演義》補。

士貴出迎道宗至帳中，問之曰：「足下趁晚來此，有何見議？」道宗曰：「偶見天河賊星明朗，直逼主星，今夜必有虜兵劫寨，我等作急準備。」士貴曰：「足下不來，吾心下亦有疑慮。即便裝下空營，令三軍各整點迎敵。君亦須會知本營兵馬，不宜怠慢，看火起爲號。」道宗辭了士貴，自去準備不題。

且說烏賽神與溫沙多門，前後出了石城，軍士銜枚，馬摘鑾鈴，將到唐軍寨柵，看見營門不閉，虜兵不敢擅進。烏賽神先遣步騎四下打探，回報並不見唐兵動靜。烏賽神自思曰：「莫非戰得疲倦，各安歇去了？」祇顧驅著人馬，大刀闊斧，直殺進營中，見是空營，烏賽神大驚，抽馬便回，即令：「後軍莫進，中了唐將計也！」言未畢，祇見中營火起，營〔一〕門角炮聲振天，四下伏兵齊起。烏賽神衝開營門奔走，正面撞著先鋒劉君卯，更不打話，兩下相交。烏賽神提起金槍，劉君卯黑影裏措手不及，被〔二〕刺於馬下。烏賽神乘勢衝出。西邊〔三〕張士貴大喝：「賊將快下馬受降，免汝一死！」烏賽神無心戀戰，刺斜殺出。麗將溫沙多門救兵來到。溫沙多門曰：「西路唐兵正盛，不能入，須向南門可脫。」烏賽神二人合兵望南門而走。四下火光兢天，喊聲不絕，士貴引兵馬追來。烏賽神與溫沙多門正走到南門，江夏王道宗一軍阻住，烏賽神祇得死戰。道宗掙起精神，手起刀落，斬於馬下。溫沙多門閃過便走，不提防火光中搶進薛萬備，抽出短劍，劈爲兩斷。麗兵死者不計其數，生擒步騎大半。孫霸君聽知中了計，彼軍亦不敢出，堅閉了城門。唐軍已得大勝，李道宗、薛

〔一〕「營」，原作「城」，據世德堂刊本改。
〔二〕「被」上原衍「平」，據藏珠館刊本《唐傳演義》删。
〔三〕「西邊」，原漫漶不清，此據世德堂刊本。

萬備自相議曰：「此一回殺了鐵勒大將烏賽神、高麗右衛將軍溫沙多門，足可報初陣之讎也。」祇是折了副先鋒劉君卯，張士貴深嘆惜之，次日令尋其屍首葬訖，再遣使報捷音於太宗，不在話下。

是時石城〔一〕守將因劫寨，兵將損折殆盡，孫霸君遣人報知萬留公等。卻說萬留公聽的唐兵攻擊石城，殺了烏賽神，大怒曰：「吾九姓兄弟，威鎮外國，誰不仰懼？誰想來此，一連折去幾個頭目。若不復讎，何面目見高麗王？」即交點起本部驍雄，要與唐兵決一勝負。其弟萬濟公曰：「近日唐兵已出吾前後，天山路口有那薛仁貴搦戰。我這裡面石城没消息，按兵不出。今部落殺敗，石城危急，若引衆出戰，倘仁貴兵馬襲吾後寨，我等何處屯紮？不如且據住山隘，乘其怠倦，以衆分爲二路戰之，彼首尾受敵，一鼓可破也。」樊虎曰：「萬兄所言不然。乘今不殺退唐兵，石城有失，被其據守，合勢來攻，我等自取其困矣。吾引本部出天山，生擒唐將，以報衆兄弟之讎。」萬留公曰：「弟若願戰，亦須分爲二路而出。吾與萬濟公三人出正路迎敵，你與張豪、黃班出石城，著令朱厥守寨，其別部盡行。」衆人得令，各引兵去了。

且說萬留公與兄弟三人，摇旗呐喊，殺出天山來。伏路軍眼見停當，報入前隊杜微、盧敬，説知天山有人出戰。杜微曰：「我等先誅來將，奪取頭功。」即引部騎，擺開迎敵。萬留公一騎乘高而下，如天崩地裂之勢，大喝曰：「唐將不懼死者慢來！」杜微見其威風，先自膽怯，更不打話，挺槍直奔將來。萬留公交馬祇兩合，鐵鎚落處，一道寒光迸起，杜微措手不及，打死馬下。步騎敗走，鐵勒人馬衝突而來，盧敬抵當不住。後隊薛仁貴聽的，一騎馬飛跑來到。萬留公正趕盧敬落荒而走。仁貴挺槍抵住，留公拋了盧敬，來與仁貴放

〔一〕「城」，原爲墨丁，據世德堂刊本補。

對。兩下金鼓齊鳴，二人戰上十數合，不分勝負。留公自料贏〔一〕他不得，賣陣繞天山而走。仁貴縱動玉珠龍後追，萬通公、萬濟公兩翼抄進，將仁貴步騎圍入山口。盧敬復勒回馬來救應，當頭萬濟公截住交鋒。戰未數合，濟公舞起烏龍棍，將盧敬打落馬下，殺散餘騎，趕進天山口來，尋人廝殺。薛仁貴緊趕萬留公，在山前左衝右突，虜兵皆不敢近。正遇萬濟公、萬通公二將，器械並舉雙出，仁貴獨敵二將，全無懼怯，喊聲如雷。萬留公看見二弟戰住仁貴，立地扯起雕弓，指定仁貴射來。仁貴每知萬留公善射，亦提防之，聽的弦響，側身躲過，其箭早從仁貴頭頂飛去。仁貴勒回馬，望後約退數十步，濟、通二公一直殺進。仁貴怒曰：「不誅此虜蠻，何日見太平也！」令步騎列於山頂，擂鼓助喊。是日天使英雄在此立功，忽山谷裏狂風驟起，黃雲迸集，虜兵對面各不相覷。仁貴按住丈八矛，勒住玉珠龍，拽滿神臂弓，架上連珠箭，指定濟、通二將矢來，喝聲箭應，濟、通二公馬未近前，身已先倒，死於地下。步騎齊聲吶喊，振動山嶽。虜兵湧退，自相踏墜，死者不可勝數。萬留公見二弟失手，大驚曰：「兄弟之讎，不得不報！」驟馬乘怒殺回。仁貴見其來得猛，乃曰：「一齊結果此賊，免生後患。」拖槍跑馬直走，留公縱馬追來。轉過山僻，虛架一箭，留公亦防其矢，聽的弦響，伏於馬上躲過。起視之乃是空弦無箭到，留公曰：「仁貴矢必盡矣。」放心追趕。仁貴較其來近，再復一箭，留公應弦而倒，墜死馬下。步騎乘勢掩殺，鐵勒兵没一個走脫，大半伏地乞降。此一陣乃仁貴第一之功，名爲「三箭定天山，匹馬戰三公」。靜軒周先生有詩贊云：

化行猶有未平蠻，大將從征不憚煩。

〔一〕「贏」，原作「夢」，據藏珠館刊本《唐傳演義》改。

義勇孤忠扶社稷，驍雄三箭定天山。
謀猷可與孫吳列，勳業真同房杜班。
掩卷慨思單馬戰，令人千載一開顔。

第八九節　長孫臣勸回鑾駕　唐太宗坐享太平〔一〕

仁貴當下傳令，勿殺降眾，勒馬催動後軍，乘勢殺上天山。朱厥不能抵當，引守軍棄了寨柵逃走，仁貴據了天山。忽前面金鼓大振，哨馬回報乃是李世勣、張亮二路兵馬，見天山隘口殺氣衝天，在此抄出救應。仁貴接著，就在寨柵屯下兵馬，俱知誅萬家三兄弟之事，世勣聽罷，悚然曰：「公之膽力，古之惡來不過是也惡來，紂之名將。」張亮亦曰：「天山如此險峻，公以五千步騎，連破萬家之眾數萬。吾等連日戰勝，不及將軍三箭之功也。」仁貴曰：「誤得小勝，何足掛齒？」李世勣曰：「機會難遇，乘破竹之勢，取石城唾手可得矣。」仁貴曰：「公言正合吾意。」於是催動三軍，殺奔石城而來。

且說樊虎、張豪、黃班三將，引部落正與唐兵鏖戰，從辰至午，虜眾不退。李世勣當先領鐵〔二〕騎二萬，衝入虜陣。樊虎見唐兵四下迸集，急走入石城，薛仁貴一騎直趕至城壕邊。虜眾堅閉城門，再不敢出，世勣分兵四面圍之。城中聽得萬家人馬盡被殄滅，眾部落無不膽寒，號天踴地而哭曰：「我等賴萬姓英雄，自守鐵勒國，誰想爲救他人，至此喪折殆盡，再何面目復回也？」言罷，各人欲出城死戰，以報冤讎。樊虎曰：「乘今便出，正中唐人計策。此石城四下是山，後面雖被唐兵奪了，彼亦不能居守，且城中自有一年糧草，敵人

〔一〕「第」與「節」之間原爲墨丁。此節目原缺，據藏珠館刊本《唐傳演義》補。

〔二〕「鐵」，原作「勒」，據藏珠館刊本《唐傳演義》改。

深入，亦自疑慮。我等坐據其中，四〔一〕邊準備戰守之具，仍遣人往高麗起傾國兵馬來救。唐兵前慮安市，後有吾等，必生退心。候救兵一集，四面攻擊，足可以報此讎也。」眾人依其議，四門築起重壘，爲守禦之計，一面遣人往高麗求救，遂按兵不出。

是時太宗已得捷音，及聞石城攻打未下，安市守禦益固，因手敕諸道協力攻擊。值初冬朔風驟起，塞外天寒，又早軍中糧運不繼，將士皆有思鄉之念，長孫無忌乃率近侍入御前諫曰：「陛下親御六龍，渡遼海之險，深入重地，將行天討，今麗兵消折者十八九，吾軍傷亡者亦不少。雖連得其數城，域外封邑，不爲中國之增損也。目今遼左早寒，草枯水凍，士馬難久留，且糧食將盡，眾情懷歸，陛下每以父母之心爲心，何獨於高麗而必欲降服，以苦久征之士乎？如今諸將俱建奇功，高麗君臣亦已喪膽，不若班師回鑾駕，甦醒軍民，度外小丑，陛下何〔二〕必計較也？」太宗見無忌所言，沉吟不決，乃曰：「寡人不能平服遼東，誠恐後世復爲邊患，非長久計矣。」近臣皆曰：「蓋蘇文雖今爲暴，陛下後世以德化之，兵患自息也，何必揚威武以服人哉？」太宗見眾臣力諫，且以久師在外，太子幼年，遂納其言，因敕下各營，準備班師。各營軍士聞此消息，無不踴躍歡呼。李世勣、張亮、張士貴水陸兵馬，俱抽回聽候。太宗召世勣至御前，謂之曰：「吾軍自出長安，戰無堅陣，攻無完城，其餘州邑，聞寡人風聲，盡皆降附，惟安市城守將志堅，軍民齊力。雖是抗拒寡人，而其忠義可嘉。卿於城下，將東西營兵馬，各齊整披掛，繞城行了一回，然後旋師。」世勣領命去了。太宗又召過契苾何力：「引馬軍先出遼海，俟候遞報入長安。」契苾何力亦領旨去訖。當下分撥已定，一面交有

〔一〕「四」，原爲墨丁，據世德堂刊本補。
〔二〕「何」，原脫，據藏珠館刊本《唐傳演義》補。

司官通知各處，明日起發。

且説李世勣已早分付東、西二營兵馬，披掛已備，人各刀槍出鞘，弓弩離弦。次日，於城下依隊伍而行。但見旌旗蔽日，盔甲鮮明，兩下金鼓齊鳴，都將安市城圍了一匝。早有守軍報入城中：「唐天子已回御駕，各營班師。」麗將梁萬春率眾將登城觀望，見城下人馬齊整，衣袍燦映，各依隊伍而行，繩然不亂，麗兵暗暗喝采。梁萬春曰：「久聞秦王之兵所向無敵，今日見其威儀，果的不虛也。」忽中軍風捲起一面龍鳳日月旗，旗下開展黄羅傘，眾將前擁後湧，簇住一道鑾駕，金鼓聲近，將至城濠邊，梁萬春等知是唐天子過來，眾人城上各跪下，齊聲拜辭聖駕。前後報入中軍，太宗知的，命有司取絹縑一百匹，以賜梁萬春等。不移時，有司官即遞過絹縑，令城上縋木板而下受之。有司乃曰：「此絹天子賜汝等事君之忠，守城志堅者也。」麗兵得賜，城頂拜謝之聲，振動御前。太宗兵馬前後離了安市，至白巖城屯紮。因敕下各營集將士，大賞三日。太宗顧謂世勣曰：「卿征高麗，身先士卒，朕足知公之疲勞。試以紀功簿考視，查吾軍之得失，曾有幾何？」世勣頓首稱謝，乃曰：「凡征高麗，拔數十城，徙遼、蓋、巖三州户内入中國者七萬人。陛下在銀城駐驆，與虜將三次大戰，斬首四萬級，戰士死者三千人，戰馬死者什七八。」太宗聞世勣檢視所損，且又不能成功，深悔之，嘆曰：「魏徵若在，不使我有是行也。」後人讀史至此，有詩嘆曰：

大唐整隊去征夷，勝敗兵家未可期。
本爲剪荊揚武烈，豈知失律至輿屍。
鳳凰折翥浮雲漠，臊羯摇旗狡兔馳。
虜未獲擒功未建，夕陽斜下照荒堤。

次日，三軍發離白巖城，御駕行處，於路秋毫無犯，果然鞭敲金鐙響，人唱凱歌聲。又數日，過了遼海，合著契苾何力人馬，捷音先報入長安去了。鑾駕已近京師，太子率諸王百官，遠出臨榆關迎接。太子下車輦，立於道旁，以候聖駕。前隊李世勣先見，拜伏於太子車前。太子扶起世勣，同詣御前，拜見太宗曰：「臣不能爲皇上征東一行，致聖躬犯冒鋒鏑，疲凋龍體〔一〕，臣之罪也。」太宗見卻太子，悲喜相半，乃指所著御褐袍謂太子曰：「待見汝，乃換此〔二〕袍耳。是袍在遼左之時，雖遇盛暑流汗浹背，朕亦弗換。」至是，太子進新衣，太宗乃換之。

太子與衆百官隨鑾駕而回，入得京都，內外百姓各香燈花燭，迎門而接。次日，太宗設朝，群臣文武山呼畢，召進長孫無忌、李世勣、王大度一班征遼將士，各面撫慰之，敕下中書門下：「依資給陞官職。但是隨征軍士，没於王事者，各給金帛賜之，免其家徭役。」太宗謂張士貴曰：「公之先鋒薛仁貴，臨陣鏖戰，取城先登，朕將以優爵待之。」士貴曰：「將士披矢石而俘虜將者，無非欲立功名，陛下戰士齊力爭先，不爲不多。且朝廷爵祿，非可濫及。仁貴功雖有，衹依上下封之，則他人亦無過望也。」太宗然其言，即封仁貴爲左武衛將軍，仁貴承恩拜謝。

次日太宗召李世勣謂之曰：「諸軍所擄高麗民一萬四千口，今安集於幽州。當時朕將以賞軍士，又愍其父子夫婦離散。今命有司平其直，令以錢布贖爲民可乎？」世勣曰：「陛下恩若及此，誠乃天地之父母也，何有不可？」太宗大悦，即命有司行之。由是麗民感激，歡呼之聲，三日不息。太宗命設太平筵宴，慶賀功臣。

〔一〕「體」，原脱，據世德堂刊本補。
〔二〕「此」，原漫漶不清，此據世德堂刊本。

文武百官〔一〕、九〔二〕卿四相，同登御宴，但見金紫輝映，人物軒昂。正是：赤心報國征東士，斬將搴旗渡海人。日晡，君臣宴罷乃散。

太宗於舊將尉遲敬德、秦瓊叔寶、王君廓、黄君漢、殷開山、段志賢等，或老致仕，或因物故者，皆優恤之，子孫俱世蔭。房玄齡、褚遂良總理國政以治内，李世勣、程名振等訓練兵馬以治外，蠻夷順附。自此，天下無事，謳歌載道，無復昔日出征兵革之苦。後人有長篇一章，單道唐太宗創業守成之能，其詩曰：

太宗發跡在晉陽，隋帝江都駕未將。
關中倏〔三〕爾生豪傑，旌旗便出正鷹揚。
干戈到處奸雄伏，世充李密咸囚縛。
建德當年稱帝王，虜俘一旦終其祿。
驅兵東向定寰宇，隋地和風降時雨。
郡城父老壺漿迎，蕭銑路旁銜綬組。
突厥蜂屯塞草黄，封場劍戟事倥傯。
雲集將帥攄忠義，西誅逆虜剿餘凶。
神州荊棘爭奈何，建成元吉起風波。

〔一〕「文」上原衍「是」，「百」上原衍「武」，據藏珠館刊本《唐傳演義》删。
〔二〕「九」，原作「乃」，據世德堂刊本改。
〔三〕「倏」，原作「不」，據世德堂刊本改。

弗知天命心狼戾，臨湖殿下血摩挲。
端拱正南登大寶，黎民安業忘征討。
君臣致有貞觀風，欲把金甌長兢保。
未交常泰及治平，忽報遼東動戰塵。
羽書三下邊廷急，謾勞聖駕發長征。
六軍既出榆臨隘，萬千從騎渡遼海。
玉龍五月砂磧行，萬里關山臨紫塞。
白巖城下夜多兵，壯士功名尚未成。
戈〔一〕折弓凋多少戰，髑髏難認不勝情。
千官依復回鑾馭，回首濃雲迷野樹。
至今剩水與殘山，更有誰人問來去？
我觀遺史亦傷悲，往事茫茫嘆黍離。
創業已難尤在守，太阿謹執全綱維。

〔一〕「戈」，原漫漶不清，此據世德堂刊本。

圖書在版編目（CIP）數據

福建通俗文學彙編 2. 唐書志傳通俗演義 / 涂秀虹主編；（明）熊大木著；胡小梅點校 .-- 福州：海峽文藝出版社，2023.10
（八閩文庫 · 專題彙編）
ISBN 978-7-5550-3220-5

Ⅰ . ①福…　Ⅱ . ①涂…　②熊…　③胡…Ⅲ . ①章回小說—中國—明代　Ⅳ . ① I242.4

中國版本圖書館 CIP 數據核字（2022）第 229632 號

福建通俗文學彙編2・唐書志傳通俗演義

作　　者：涂秀虹主編
（明）熊大木著　胡小梅點校
出 版 人：林濱
責任編輯：余明建
出版發行：海峽文藝出版社
經　　銷：福建新華發行（集團）有限責任公司
社　　址：福州東水路 76 號 14 層
發 行 部：0591-87536797
印　　刷：雅昌文化（集團）有限公司
廠　　址：深圳市南山區深雲路 19 號
開　　本：787 毫米 ×1092 毫米　1/16
字　　數：388 千字
印　　張：30.25
版　　次：2023 年 10 月第 1 版
印　　次：2023 年 10 月第 1 次印刷
書　　號：ISBN 978-7-5550-3220-5
定　　價：128.00 元